BASTEI
LÜBBE

JUDE DEVERAUX

Herz in Aufruhr

Aus dem Amerikanischen von
Bodo Baumann

BASTEI
LÜBBE

BASTEI-LÜBBE-TASCHENBUCH
Band 11 216

Deutsche Erstveröffentlichung
Titel der amerikanischen Originalausgabe:
The Enchanted Land

Printed in West Germany, Juni 1988
Einbandgestaltung: Klaus Blumenberg, Köln
Titelfoto: Sanjulian/Norma, Barcelona
Satz: Fotosatz Froitzheim, Bonn
Druck und Bindung: Ebner Ulm
ISBN 3-404-11216-4

1

Morgan starrte auf das häßliche braune Kleid, das auf dem Bett ausgebreitet lag, und erschauerte. Als ihr wieder einfiel, was ihr an diesem Abend bevorstand, drehte sie sich nachdenklich um und betrachtete ohne sonderliches Interesse ihre blauen Augen und ihr helles Haar im Spiegel. Sie legte den Kopf schief und versuchte ein Lächeln. Doch nein... sie war nicht hübsch und bestimmt würde sie es auch niemals sein. Da war sie sich ganz sicher.

Sie wandte sich rasch vom Spiegel ab, als es klopfte und ihr Onkel Horace hereinkam. Er war untersetzt und wohlbeleibt – ein Mann, der die Tafelfreuden bis zum Exzeß liebte. Er lächelte und streckte die Hand aus, um Morgans Wange zu tätscheln, doch sie drehte den Kopf zur Seite.

»Was willst du von mir?« fragte sie kalt.

»Ist alles in Ordnung? Kommst du mit dem Packen voran?«

»Ja.« Sie blickte ihn noch immer nicht an.

Horace schaute sich im Zimmer um, betrachtete die geschlossenen Koffer und dann das braune Seidenkleid auf dem Bett. Er strich flüchtig mit der Hand über die Seide.

»Warum ruhst du dich nicht aus, ehe wir zum Ball fahren? Bis dahin sind es noch ein paar Stunden.«

Sie gab ihm keine Antwort, und er drehte sich um, ging wieder zur Tür und machte sie leise hinter sich zu.

Morgan vertauschte ihr Kleid gegen einen schlichten Frisiermantel und legte sich aufs Bett. Aber sie konnte keinen Schlaf finden, denn wieder einmal ließen ihre Gedanken sie nicht zur Ruhe kommen.

Ihre Probleme hätten eigentlich schon vor ihrer Geburt angefangen. Ihre Eltern waren beide dazu erzogen worden, das Leben von begüterten Plantagenbesitzern im südlichen Kentucky zu führen. Doch ihrem Vater stand der Sinn mehr nach

Abwechslung und Abenteuer. Er wollte lieber die Entbehrungen eines Pionierdaseins auf sich nehmen und sich als Eroberer neuen Siedlungslandes bewähren.

Nach der Heirat waren ihre Eltern nach Neu-Mexiko gezogen, und dort hatte Morgan das Licht der Welt erblickt. Ihre Mutter wäre fast im Kindbett gestorben. Das Baby kam zu früh, und der werdende Vater brauchte geschlagene achtzehn Stunden, ehe er eine Hebamme auftreiben und an das Bett seiner Frau bringen konnte. Wie oft hatte ihr die Mutter von diesen Schrecken und Schmerzen erzählt, die sie damals allein hatte durchstehen müssen, denn einer Dame ihres Standes war es verwehrt, einem Bediensteten der Ranch den Zutritt zu ihrem Schlafzimmer zu erlauben.

Als Morgan ein Jahr alt war, kehrte ihre Mutter mit ihr nach Kentucky zurück, da sie sich weigerte, ihre Tochter in dem wilden Neu-Mexiko aufwachsen zu lassen. Das hatte zu erheblichen Meinungsverschiedenheiten zwischen ihren Eltern geführt, und ihr Vater hatte damit gedroht, falls seine Frau ihn mit dem Kind verließe, wollte er sie beide nicht mehr wiedersehen. Und so war es dann auch gekommen: Morgan hatte ihren Vater in siebzehn Jahren kein einziges Mal gesehen.

Ihre Miene verriet Verbitterung, als sie daran dachte, daß er seine Rache bekommen hatte. Über seinen Tod hinaus bestrafte er seine Frau durch seine Tochter.

Sie versuchte nicht daran zu denken, daß vor zwei Wochen sein Letzter Wille verlesen worden war – an dieses schreckliche Testament, das zu ihrem Entschluß, diesen Abend betreffend, geführt hatte.

Morgan drehte den Kopf zur Tür, als sie ein leichtes Klopfen hörte. Sie lächelte, als sie die Stimme ihrer Tante vernahm.

Als Lacey eintrat, mußte Morgan daran denken, wie gut dieser Name zu der älteren Frau paßte. Lacey war klein und zierlich und erinnerte Morgan an ein gestärktes Spitzendeckchen.

»Hallo, Liebes! Fühlst du dich auch gut? Ich kann mir denken, daß du wegen heute abend ganz aufgeregt bist.«

Tante Lacey war immer die Güte in Person. Und sie war

sicher, daß ein so junges Mädchen wie Morgan die Aussicht auf einen Ball aufregen müsse. Und das wäre wohl auch tatsächlich so gewesen, hätte er unter anderen Voraussetzungen stattgefunden. Morgan sah wieder auf das schlichte braune Kleid, das sie auf eine Seite des Bettes geschoben hatte, und Lacey folgte ihrem Blick.

Dann ging Lacey um das Bett herum, berührte die Seide mit den Fingerspitzen und sagte mit sanfter Stimme: »Braun ist nicht gerade deine Farbe, nicht wahr, mein Liebes?«

Morgan unterdrückte die Regung, den Kopf in den Nacken zu werfen und hysterisch zu lachen. »Das stört mich nicht, Tante Lacey. Wenn ich ein Pariser Modellkleid anziehen würde, machte das auch keinen Unterschied. Aus einer häßlichen Ente kannst du keinen Schwan machen, wie Onkel Horace immer zu sagen pflegt.«

Laceys Blick wurde traurig. Sie bewegte sich durchs Zimmer und setzte sich dann neben Morgan aufs Bett. »Ich weiß, daß Horace dich nicht für hübsch hält.«

»Meine Mutter war derselben Ansicht.«

»Ich denke mir immer, wenn du hellere Kleider tragen und deine Haare nicht verstecken würdest... denn du hast wunderschönes Haar, weißt du?« Sie strich mit dem Finger über Morgans Wange. »Und auch eine wunderbare Haut.« Lacey hielt einen Moment inne. »Ich bin fest davon überzeugt, daß du viel attraktiver sein könntest, mein Liebes, wenn du öfter lächeln würdest.« Morgan verzog das Gesicht. Wie oft hatte ihre Tante nicht schon gesagt, wenn sie glücklicher aussähe und mehr aus sich herausginge, würde sie hübsch sein. Was ihre Mutter wohl dazu sagen würde, wenn sie die ermunternden Worte von Tante Lacey hörte, daß Morgan sich »attraktiver« machen sollte. Wie eine Blume, die mit leuchtenden Farben Bienen anlocken will.

Als Lacey ihre Nichte lächeln sah, tätschelte sie ihr die Hand. »Das ist schon besser, Liebes.« Sie erhob sich wieder vom Bett, ging zur Tür und drehte sich dann, die Hand auf der Klinke, noch einmal um. »Kann ich dir beim Ankleiden helfen? Oder beim Frisieren?«

»Nein, vielen Dank, Tante Lacey. Ich glaube, ich sollte mich noch eine Weile ausruhen.«

»Gut. Ich werde dich in einer Stunde wecken.«

Die Tür schloß sich hinter Lacey, und Morgan war wieder allein. Sie legte sich in die Kissen zurück und schlief, bis ihre Tante nach einer Stunde wiederkam, um sie zu wecken. Dann kehrte Lacey in ihr Zimmer zurück, um sich für den Ball vorzubereiten.

Morgan hob das braune Seidenkleid hoch, starrte es einen Moment an und warf es auf das Bett zurück. Sie mußte heftig gegen den Impuls ankämpfen, es in Stücke zu reißen. Wieder dachte sie an ihren Vater. Das war alles seine Schuld. In achtzehn Jahren hatte sie nicht ein einziges Mal auf ihr Aussehen achten müssen.

Fünfzehn Jahre lang hatte sie mit ihrer Mutter allein in »Trahern House« gelebt. *Trahern House.* Schon der Name machte sie krank vor Heimweh. Trahern House waren hundertfünfundsiebzig Morgen welliges grünes Land mit einem Ententeich, Reitwegen und Wäldern. Ihre Mutter hatte ihr jeden Wunsch erfüllt. Morgan erinnerte sich voller Wehmut an ihre hübsche kleine Stute Kassandra.

Ihre Mutter hatte ihr gesagt, sie sähe unscheinbar aus; aber sie wußte, daß ihre Mutter sich wünschte, daß sie so aussehen sollte. Ihre Mutter hatte keinem Mann den Besuch ihres Hauses gestattet. Sie hatte Morgan erklärt, daß Männer sich nur für hübsche Larven interessierten und Morgan besser fahre, wenn sie nicht hübsch sei. Mit einem unscheinbaren Aussehen könne sie bis zum Ende ihrer Tage friedlich in Trahern House leben. Und ein anderes Leben als in Trahern House hatte sich Morgan auch nie gewünscht.

Doch nach dem unerwartet frühen Tod ihrer Mutter vor zwei Jahren war Morgan gezwungen gewesen, in das Haus ihres Onkels zu ziehen. Und das Testament war für sie ein zweiter harter Schlag gewesen. Warum hatte ihre Mutter ihr denn nicht gesagt, daß praktisch alles das Eigentum ihres Vaters gewesen war? Sie wußte, daß Morgan Trahern, ihr Großvater mütterlicherseits, der Eigentümer von Trahern House gewesen war, und so hatte sie angenommen, ihre Mutter habe den Besitz geerbt. Wie konnte es nun geschehen, daß das Haus mit dem dazugehörigen Land dem Schwiegersohn von Großvater Morgan Trahern vermacht wurde statt der leiblichen Tochter?

Sie blickte wieder in den Spiegel, und ihre Augen nahmen einen kalten Ausdruck an, als sie laut sagte: »Du magst zwar mein Vater gewesen sein, Charles Wakefield; aber du hast mich nicht wie eine Tochter behandelt. Du hast mir das einzige genommen, was ich hatte – Trahern House. Und du hast mir etwas Häßliches abverlangt, damit du es dir nehmen konntest.« Morgan beugte sich dichter an den Spiegel heran, und ihre Stimme wurde zu einem rauhen, tiefen Flüstern: »Doch du kennst deine Tochter nicht. Sie ist stark. Ich schwöre hier und jetzt, daß weder du noch irgendein anderer Mann« – hier kam ihr kurz Onkel Horace in den Sinn – »mich daran hindern kann, mir zu holen, was ich mir wünsche.«

Sie starrte ein paar Sekunden lang ihr Spiegelbild an. Was bedeutete es schon, daß sie nicht hübsch war? Hatte ihre Mutter ihr denn nicht stets versichert, daß sie eine innere Schönheit besaß. Und nur das zählte. Körperliche Schönheit war etwas für dumme Frauen, die sich einen Mann angeln wollten. Und das Letzte, wonach Morgan verlangte, war ein Mann.

Trotzdem wünschte sie sich, daß sie einmal, nur an diesem Abend, hübsch aussehen würde. Weil sie etwas tun mußte, was sie niemals hatte tun wollen: Sie mußte sich heute abend einen Mann angeln.

Sie seufzte und begann sich anzukleiden, strich sich die Haare aus dem Gesicht und schlüpfte in das schlichte braune Kleid.

»Du siehst reizend aus, meine Liebe«, sagte Onkel Horace, als er ins Zimmer trat, und streckte ihr den Arm entgegen.

Doch Morgan entging nicht die Genugtuung in seinen Augen, seine Siegesgewißheit. Natürlich gefalle ich ihm so am besten, dachte sie. Wenn ich in einem tief ausgeschnittenen roten Satinkleid zum Ball erschiene, würde mich vielleicht ein Mann so reizvoll finden, daß er mich nach Neu-Mexiko entführte und Onkel Horace das viele schöne Geld verlor. Aber sie wußte, daß ihr Onkel heute abend so etwas nicht befürchten mußte.

Sie trafen schon früh im Ballsaal ein, in dem sich erst wenige Gäste versammelt hatten. Morgan war froh darüber, denn so bekam sie Gelegenheit, die Leute zu studieren, wenn sie durch die Tür kamen. Sie mußte sie alle sorgfältig abschätzen, durfte sich keine Fehler leisten. Ihr Herz klopfte heftig.

Als sie den hell erleuchteten Saal betraten, führte Horace seine Frau Lacey und seine Nichte zuerst zu ihren Gastgebern, Matthew und Caroline Ferguson. Morgan war in der Vergangenheit schon ein paarmal mit den Fergusons zusammengetroffen.

»Ich freue mich sehr, daß du mitgekommen bist, Morgan. Du gehst viel zu selten aus«, begrüßte Caroline sie mit einem Lächeln.

»Unsere kleine Morgan«, erklärte Horace, »zieht das häusliche Leben vor, wo sie sich in ihre Bücher vergraben und sich im Garten ergehen kann.«

Morgan zuckte zurück, als Horace sie mit der Hand an der Schulter berührte, aber es gelang ihr, seine Bemerkung mit einem Lächeln zu begleiten.

Als die kleine Gruppe sich wieder entfernen wollte, trat Cynthia Ferguson zu ihren Eltern. Cynthia war hübsch, wußte das genau und achtete darauf, daß jeder es bemerkte.

»Ach, Morgan, meine Liebe«, säuselte sie, »ich bin so froh, daß du zu unserer kleinen Party kommen konntest. Oh, was für ein ... bezauberndes Kleidchen!«

Morgan fürchtete fast, daß ihr die Hand ausrutschen könnte. Cynthia trug ein tief ausgeschnittenes malvenfarbenes Seidenkleid, dessen Mieder und Säume mit kleinen Jettperlen besetzt war. Morgan biß sich auf die Zunge. »Vielen Dank, Cynthia. Ich bin froh, hier sein zu können.«

»Du mußt dich hier ganz wie zu Hause fühlen. Ich weiß, daß die jungen Männer sich um dich reißen werden und ich heute abend keine Gelegenheit mehr bekomme, mit dir zu sprechen.«

Als Morgan sich abwandte, um sich mit ihrem Onkel zu einem Tisch zu begeben, hörte sie Cynthia ihrer Mutter zuraunen: »Ich hätte nie gedacht, daß Seide auch *so* aussehen kann.« Morgan konnte nicht verstehen, was Mrs. Ferguson darauf erwiderte.

Horace rückte die Stühle für Lacey und seine Nichte zurecht und ging dann in eine andere Ecke des Saales, um dort ein paar Freunde zu begrüßen. Dann entdeckte auch Lacey ihre Freundinnen, und nachdem Morgan ihr versichert hatte, sie käme allein zurecht, entfernte ihre Tante sich ebenfalls.

Morgan lehnte sich zurück, genoß die Ruhe und nützte die Chance, die Gäste ungestört beobachten zu können. Sie schob ihren Stuhl so weit nach hinten, daß sie im Schatten eines Vorhanges saß, der eine Türöffnung bedeckte.

Sie studierte jeden Mann, der in den Saal kam, sehr genau. Sie hatte sich erst an den Gedanken gewöhnen müssen, daß sich außerhalb von Trahern House eine ganz andere Welt befand – eine Welt, in der auch Männer existierten. In dieser neuen Welt fühlte sich Morgan gehemmt und deplaziert. Es war unglaublich, daß ihr persönlicher Wert nach solchen Äußerlichkeiten wie Kleider, körperliche Schönheit und danach beurteilt wurde, ob sie eine gute Partie war.

Morgan beobachtete, wie Brian Ferguson in den Saal kam, und zog ihn einen Moment lang in Erwägung. Er war schlank, groß, hübsch und mochte um die Zwanzig sein. Doch er würde wahrscheinlich sein behagliches Heim nicht aufgeben und es gegen die Wildnis von Neu-Mexiko eintauschen. Er war der einzige Sohn und somit wohl Erbe der väterlichen Plantage. Sie mußte nach den zweiten oder dritten Söhnen Ausschau halten, die Geld brauchten und nichts oder nur wenig zu verlieren hatten, wenn sie nach Neu-Mexiko zogen.

Die Kapelle begann zu spielen, und die ersten Paare betraten die Tanzfläche. Morgan saß im Schatten und wünschte sich nach Trahern House zurück, statt hier allein am Tisch zu sitzen und sich zu langweilen. Ein paar ältere Männer und Frauen besetzten inzwischen die Tische in ihrer Nähe, ohne sie jedoch zu beachten, und falls sie es doch taten, bedachten sie sie nur mit einem flüchtigen mitleidigen Blick.

Morgan hörte genau zu, wenn die Frauen sich gegenseitig auf einen Gast aufmerksam machten und über die Anwesenden klatschten.

»Diese Cynthia Ferguson – ich weiß nicht, was ihre Mutter sich dabei gedacht hat, sie in einem so tief ausgeschnittenen Kleid erscheinen zu lassen!« bemerkte eine ganz schwarzgekleidete grauhaarige Frau.

»Ihre Mutter hat sich das wohl sehr genau überlegt, sie möchte nämlich nur zu gern diesen hübschen Mr. Seth Colter zum Schwiegersohn haben«, erklärte eine andere Besucherin.

Morgan blickte wie die Damen am Nebentisch zu einem Pfeiler, an dem ein Mann gelehnt stand, und ihre Augen weiteten sich bei seinem Anblick. Seth Colter war in der Tat ein gutaussehender Bursche, doch in gewisser Weise nicht auf konventionelle Art hübsch. Er war nicht zu groß – knapp einen Meter achtzig –, aber die Breite seiner Schultern und sein Brustumfang machten ihn zu einer imponierenden kräftigen Erscheinung. Er hatte eine schmale Taille und muskulöse Beine, die sich unter der engen Hose abzeichneten.

Morgan errötete und sah zur Seite. Wie, in aller Welt, kam sie nur dazu, die Schenkel eines Mannes anzustarren? Sie lächelte bei dem Gedanken, was ihre Mutter wohl dazu gesagt hätte.

Die Frauen am Nebentisch unterhielten sich nun über andere Gäste, und Morgan zwang sich dazu, den Blick wieder durch den Saal schweifen zu lassen. Ihre Augen verweilten auf jedem Mann, und da sie so gut wie nichts über die männlichen Besucher wußte, hörte sie wieder genauer zum Nebentisch hin. Das Gesprächsthema dort war wieder Seth Colter.

»Also, ich verstehe das auch nicht. Er hat doch alles. Nora und William Colter haben ihr ganzes Leben lang für diese Plantage geschuftet, und eines Tages wird sie ihm gehören«, sagte die Dame in Schwarz.

»Und ich kann William auch keinen Vorwurf machen, daß er ihm für seine Ranch kein Geld geben will. Wo liegt die eigentlich?«

»In Neu-Mexiko – ich glaube, so wird dieses Territorium genannt.«

Morgan wäre vor Überraschung fast von ihrem Stuhl aufgesprungen. Das war eine interessante Neuigkeit. Seth Colter brauchte Geld, und er hatte eine Ranch in Neu-Mexiko.

Seth unterhielt sich inzwischen mit Cynthia, und so etwas wie Ärger flammte kurz in Morgan auf. Er blickte mit einem spöttischen Lächeln auf das hübsche Mädchen hinunter, als ob er sich über es lustig machte.

Während Morgan sein Gesicht studierte, fühlte sie sich beobachtet und merkte, daß Cynthia sie nun ihrerseits anstarrte. Seth folgte Cynthias Blick, drehte sich zur Seite und faßte Morgan ins Auge. Er musterte sie genau, schien dabei jeden Teil ihres Körpers zu betrachten. Er lächelte ein wenig, zeigte aber kein echtes Interesse für sie.

»Morgan, meine Liebe! Du sitzt hier ja ganz allein im Schatten! Da kann dich ja keiner sehen! Hat dich schon jemand zum Tanzen aufgefordert?« Cynthia lag offenbar sehr viel daran, daß Seth bemerkte, wie attraktiv sie im Gegensatz zu diesem unscheinbaren Mädchen in dem einfachen braunen Kleid war.

»Nein«, erwiderte Morgan schüchtern, »ich habe noch nicht getanzt. Aber ich sitze ja auch noch nicht lange hier.« Sie glaubte, wenigstens etwas von ihrem Stolz retten zu müssen. Weshalb mußte dieser Mann sie nur die ganze Zeit so *anschauen*? Und warum wurde ihr so warm dabei.

Cynthias Blick glitt von Morgan zu Seth zurück. Sie schien sich an Morgans offenkundiger Verlegenheit zu weiden. »Seth, mein Lieber, warum tanzt du nicht mit unsrer kleinen Morgan?«

»Nein ...« begann Morgan und sah zu dem Mann hinauf, der sich offenbar über ihre Verwirrung amüsierte.

»Seth, ich habe Paul Davis den nächsten Tanz versprochen, und wenn du inzwischen Morgan ein bißchen Gesellschaft leisten möchtest, komme ich anschließend gleich wieder zu dir zurück.« In Cynthias Blick lag ein zärtliches Versprechen, als sie zu ihm hochschaute. Morgan preßte die Lippen zusammen, als sie den Sinn von Cynthias Bemerkung erkannte. Sie durfte Seth getrost Morgan anvertrauen. Morgan stellte für sie keine Bedrohung dar.

Seth Colter sah auf die junge Frau hinunter, die Cynthia nun auf ihn zuschob. Arme Cynthia, ging es ihm durch den Kopf, du bist wie meine Schwestern. Du glaubst, du brauchst einem Mann nur ein paarmal schöne Augen zu machen und zweimal mit ihm zu tanzen, und die Verlobung ist perfekt.

Aber diese Morgan interessierte ihn irgendwie. Sie hielt die Augen gesenkt, und er blickte auf ihren Scheitel. Ihre Haare hatten eine wunderschöne Farbe und einen herrlichen Glanz. Von ihrem Körper vermochte er unter diesem gräßlichen Sack von einem Kleid so gut wie gar nichts zu erkennen; aber daß sie klein war, stand außer Frage. Er zweifelte, daß sie über eins fünfundfünfzig hinauskam.

Seth wußte natürlich, daß Cynthia die Kleine nicht für konkurrenzfähig hielt. Das Mädchen wußte das sicherlich auch. Morgan war nicht hübsch – oder war sie es doch? Er fragte sich, wie sie wohl aussehen würde, wenn sie ihre Haare lose über ihre Schultern herabfallen lassen und keine Kleider tragen würde. Als er Cynthia etwas sagen hörte, wurde er aus seinen Gedanken gerissen und versicherte ihr, daß er gern mit Morgan tanzen würde. Ein Schatten des Zweifels wanderte über Cynthias Gesicht, doch nur einen kurzen Augenblick lang.

»Würdest du uns nur zuerst miteinander bekannt machen?« bat Seth.

Nachdem sie einander vorgestellt waren, streckte Morgan ihm die Hand hin, und er umschloß sie mit seiner Rechten. Sie war warm, die Handfläche hart und voller Schwielen.

»Ich bin erfreut, Ihre Bekanntschaft zu machen, Miss Wakefield.« Seine Augen lächelten. Er zeigte viel mehr Interesse für sie als noch vor einer Viertelstunde. Er drehte sich Cynthia zu. »Entschuldige uns jetzt bitte. Gerade spielt man einen Walzer, und ich möchte gern erfahren, wie Miss Wakefield zu so einem Vornamen wie Morgan gekommen ist.« Er führte Morgan auf die Tanzfläche. Sie konnte die Wärme seines Körpers durch den Ärmel ihres Kleides hindurch spüren.

Er legte den Arm um ihren Rücken, und sie begannen zu tanzen. Morgan war nun froh darüber, daß Tante Lacey ihr Tanzunterricht hatte geben lassen. Sie wollte dahingleiten, sich vergnügen, aber sie durfte den Plan nicht vergessen, der sie heute abend hierhergebracht hatte.

»Mr. Colter – wie ich vorhin hörte, sollen Sie Land in Neu-Mexiko haben?«

Er sah sie einen Moment forschend an, ehe er antwortete. »Ja, das stimmt – und darauf eine kleine Rinder-Ranch.«

Wie sollte es nun weitergehen? Wie brachte man einen vollkommen fremden Mann dazu, einem einen Heiratsantrag zu machen? »Mein Vater hat viele Jahre dort gelebt. Ich wurde dort geboren.« Als Seth nichts sagte, fuhr sie fort: »Sein Name war Charles Wakefield.«

Nun schien er hellhörig zu werden. »Ihr Vater ist für mich kein Unbekannter. Ein sehr reicher Mann, mit einem großen Besitz südlich von Albuquerque.«

Morgan sah ihm jetzt fest in die Augen und wiederholte eindringlich: »Ja, ein sehr reicher Mann.«

Er lachte laut. Darauf also wollte sie hinaus! Er wußte, daß ihr Vater vor kurzem verstorben war. Sie war vermutlich Wakefields Erbin, und da sie nicht wie Cynthia ein attraktives Aussehen ins Spiel bringen konnte, wollte sie ihm ihr Geld als Köder unter die Nase halten. Es war unglaublich, was Frauen doch alles anstellten, um sich einen Mann zu angeln.

Morgan holte tief Luft. »Ich will ehrlich zu Ihnen sein, Mr. Colter. Ich würde gern ein Geschäft mit Ihnen abschließen. Wie Sie schon sagten, war mein Vater ein sehr vermögender Mann. Und nun hat er mir seinen ganzen Besitz hinterlassen, allerdings unter einer Bedingung... Und um diese Bedingung erfüllen zu können«, fuhr sie fort, »möchte ich Ihnen einen Job anbieten. Es wäre wirklich nicht mehr als ein Job«, betonte sie. »Dieser Job würde ein Jahr dauern, und dafür bräuchten Sie auch ihre Ranch in Neu-Mexiko nicht zu verlassen. Und ich würde Ihnen fünfundzwanzigtausend Dollar für Ihre Dienste in diesem Jahr bezahlen.«

Seth wollte etwas sagen, als der Walzer verklang. Sie blickten beide hoch und sahen, wie Cynthia rasch auf sie zukam. Die hat es aber verdammt eilig, dachte Morgan.

»Miss Wakefield« – Seth nahm Morgans Arm – »Ihr Job interessiert mich. Wollen wir irgendwo hingehen, wo wir ungestört reden können?«

Zu Cynthias großem Kummer führte er Morgan von der Tanzfläche weg.

»Cynthia! Was für ein wunderschönes Kleid!« rief in diesem Moment eine Frauenstimme. Cynthia drehte sich um, um das Kompliment mit einem Lächeln entgegenzunehmen, und deshalb entging ihr, wie Seth mit Morgan in den Garten hinaustrat.

Morgan und Seth setzten sich nebeneinander auf eine Steinbank unter eine Gruppe von Bäumen.

»Also – was ist das für ein Job, Miss Wakefield, der für Sie so wichtig ist, daß Sie mir dafür fünfundzwanzigtausend Dollar zahlen wollen?« Er lehnte sich mit der Andeutung eines Lächelns auf den Lippen gegen einen Baum zurück.

Morgan dachte rasch nach. Sie spürte, daß sie nun nicht gleich mit den Bedingungen des Jobs herausplatzen durfte, weil Seth sonst bestimmt sofort aufgesprungen und gleich wieder in den Saal zurückgegangen wäre. Nein, sie mußte ihm alles von Anfang an erklären und dann behutsam auf den Kern der Sache zu sprechen kommen.

Sie blickte auf ihre Hände hinunter und holte tief Luft. »Mr. Colter, es ist eine ungewöhnliche Geschichte, und ehe ich von dem Job rede, möchte ich Ihnen erst die Hintergründe erläutern.

Also – wie ich Ihnen bereits sagte, wurde ich in Neu-Mexiko geboren. Mein Vater und meine Mutter lebten dort ungefähr zwei Jahre zusammen, davon ein Jahr nach meiner Geburt. Meine Mutter haßte die Hitze, die Trockenheit und den Mangel an jeglichem Komfort. Sie war an ein weitaus besseres Leben im Hause ihres Vaters hier in Kentucky gewöhnt gewesen.

Und so verließ sie meinen Vater und kehrte mit mir in ihr früheres Heim zurück. Ich lebte dort mit ihr allein auf dem Land, bis ich sechzehn Jahre alt war. Dann starb meine Mutter. Die letzten beiden Jahre habe ich hier in Louisville bei meiner Tante und meinem Onkel verbracht.« Morgan spürte, wie sich an diesem Punkt der Geschichte Zorn in ihr regte. Sie stand auf und stellte sich neben die Bougainvillea-Ranken am Ende der Bank.

Ohne Seth anzusehen, fuhr sie fort: »Bis vor sechs Monaten ist mein Leben friedlich verlaufen. Ich hatte mir vorgenommen, bei meinem Onkel und meiner Tante wohnen zu bleiben, bis mein Onkel mir die Erlaubnis geben würde, nach Trahern House zurückzukehren – dem Heim meiner Kindheit. Ich muß hier einen Moment vom Thema abschweifen, um Ihnen zu gestehen, Mr. Colter« – sie sah ihm jetzt wieder in die Augen –, »daß ich mich nicht wohl fühle unter vielen Leuten. Mein größter Wunsch war immer, allein in Trahern House zu wohnen. Das müssen Sie verstehen.«

Seth dachte an sein Heim in den Bergen von Neu-Mexiko, dessen strenge Abgeschiedenheit, den Frieden, der dort herrschte. »Ich verstehe das«, antwortete er schlicht.

Morgan spürte, daß er die Wahrheit sagte.

»Bitte, fahren Sie fort, Miss Wakefield. Sie deuteten eben an, daß sich vor einem halben Jahr Ihr Leben verändert hat?«

»Vor sechs Monaten starb mein Vater. Er hinterließ mir sein Geld, aber mit einer Auflage, die mich in diesem Moment hier bei Ihnen stehen läßt.«

»Aber, Miss Wakefield, das klingt nicht sehr schmeichelhaft für mich. Ich bin sicher, daß Cynthia, stünde sie an Ihrer Stelle, dieses Zusammensein nicht so unangenehm fände.«

Morgan verkrampfte sich. »Sie können mich überhaupt nicht mit Cynthia Ferguson vergleichen. Wenn es nach meinen Wünschen ginge, würde ich jetzt daheim in Trahern House sein.«

»Entschuldigung. Ich wollte Sie nicht verletzen. Ich warte immer noch auf Ihre Erklärung, was für eine Rolle ich dabei zu spielen habe.«

»Mein Vater hat meine Mutter jahrelang darum gebeten,

mich nach Neu-Mexiko zu schicken; doch meine Mutter lehnte ab. Und deshalb hat mein Vater beschlossen, dafür zu sorgen, daß ich nach seinem Tod nach Neu-Mexiko ziehe.« Sie hielt inne, holte tief Luft und blickte Seth fest an.

»Wenn ich mein Erbe antreten will, muß ich einen Mann heiraten und ein Jahr lang mit ihm in Neu-Mexiko leben.«

Morgan beobachtete Seth gespannt. Doch in der Dämmerung konnte sie keine Veränderung in seiner Miene erkennen.

»Ich muß diese Auflage noch vor meinem fünfundzwanzigsten Lebensjahr erfüllt haben, oder der ganze Besitz meines Vaters fällt an meinen Onkel.« Ihre Stimme wurde bitter. »Und natürlich tut mein Onkel alles, was in seiner Macht steht, um mich an einer Heirat zu hindern. Sie sehen ja selbst, wie ich mich anziehen muß. Übermorgen will er mit meiner Tante und mir eine ausgedehnte Reise durch Europa machen. Meine Koffer sind dafür bereits gepackt.«

Morgan setzte sich wieder auf die Bank. Sie fühlte sich wie ausgelaugt. Es war schwer, einem Fremden das Herz auszuschütten, und sie konnte Seth nicht länger ansehen.

Er sagte nichts, und in Morgan wuchs das Gefühl, daß sie verloren hatte.

Endlich brach er sein Schweigen. »Nun, dann ... soll ich also der Mann sein, der den Wunsch Ihres Vaters erfüllt?«

Sie hob hastig den Kopf. »Ich biete Ihnen ein Geschäft an, Sir. Ich will Ihnen fünfundzwanzigtausend Dollar für Ihren Namen und für ein Jahr Unterkunft und Verpflegung in Ihrem Haus in Neu-Mexiko bezahlen.«

»Und was gedenken Sie am Ende dieses Jahres zu tun?« fragte Seth mit ruhiger Stimme. »Wie wollen Sie die Ehe wieder auflösen?«

Morgan hatte einmal ihre Tante Lacey mit ein paar Freundinnen über ein Mädchen reden hören, das seinen Eltern davongelaufen war und geheiratet hatte. Die Ehe war für ungültig erklärt worden. »Sie wird annulliert werden.«

»Annulliert?«

Sie konnte die Belustigung aus seiner Stimme heraushören und war sich nicht sicher, ob er sie richtig verstanden hatte. »Ja.

Annulliert – wie die Ehe von Alice Fulton im letzten Frühjahr annulliert wurde, nachdem sie mit Kevin durchgebrannt war.«

Seth lachte laut. »Oh, ich verstehe. Ich glaube, daß diese kurze Ehe mit der Begründung annulliert wurde, daß sie nicht vollzogen worden war. Haben Sie denn eine Annullierung... unserer Ehe aus den gleichen Gründen ins Auge gefaßt?«

Vollzogen! Morgan war sich nicht sicher, ob sie die Bedeutung dieses Wortes richtig verstanden hatte; aber sie hatte da einiges munkeln hören. Doch sie wollte nicht die Frau von irgendeinem Mann sein – weder von Seth noch von irgendeinem anderen. Sie wollte sich lediglich die Freiheit erkaufen, damit sie am Ende des Jahres wieder nach Trahern House zurückkehren könnte. »Ja«, sagte sie und hielt seinem Blick stand, »diese Ehe soll nur dem Namen nach eine solche sein.«

Seth betrachtete ihr schmales, ehrliches Gesicht, auf das der Mond sein silbernes Licht warf, und lächelte in sich hinein. Er dachte an die Einsamkeit seines Hauses in den Bergen Neu-Mexikos und an die kalten Winter und fragte sich, ob sie beide nach einem Winter, den sie allein in seinem Haus verbracht haben würden, noch die Bedingungen für die Annullierung ihrer Ehe erfüllten. Hoffentlich nicht!

2

»Morgan, Morgan!« drang die Stimme von Onkel Horace bis in den Garten hinaus.

»Ich muß wieder hinein, oder er schickt alle Gäste im Ballsaal auf die Suche nach mir.« Morgan drehte sich Seth mit einem fragenden Blick zu, da sie sich nicht ohne eine feste Abmachung von ihm trennen wollte.

Er verstand ihr Zögern und sagte rasch. »Ich nehme Ihr Angebot an. Sie erwähnten vorhin, daß Sie schon übermorgen nach Europa reisen sollen?«

»Ja.«

»Dann muß sofort einiges in die Wege geleitet werden. Ich werde Sie morgen im Hause Ihres Onkels abholen, aber es kann später Nachmittag werden, bis ich erscheine.« Als er Morgans Arm nahm und sie zum Ballsaal zurückführte, bat sie ihn, ihre Abmachung geheimzuhalten. Bestimmt würde Onkel Horace sonst noch heute nacht mit ihr nach Europa aufbrechen wollen.

Als sie den Ballsaal wieder betraten, drehten sich ihnen einige neugierige Gesichter zu, und Cynthia eilte ihnen hastig entgegen. »Aber Seth, es ist wirklich reizend von dir, daß du Morgan das Gefühl gibst, bei uns willkommen zu sein.« Ihre Worte klangen heiter, doch ihre Augen verrieten sie. Sie berührte Seths Arm und blickte mit flatternden Lidern zu ihm hoch. »Seth, mein Lieber, ich glaube, das ist unser Tanz.«

Morgan bemerkte, wie Seth die Stirn runzelte. Offenbar fühlte er sich von Cynthia überrumpelt, und Morgan sagte schnell: »Dort drüben ist meine Tante Lacey. Würden Sie mich bitte zu ihrem Tisch führen, damit ich mich zu ihr setzen kann?«

Seth drehte sich Cynthia zu. »Wenn du mich bitte entschuldigen möchtest – ich will Miss Wakefield zu ihrer Tante begleiten.«

Er bot Morgan seinen Arm, und die beiden gingen davon, während Cynthia ihnen finster hinterher starrte.

Als sie sich dem Tisch näherten, an dem Tante Lacey mit ein paar anderen Damen saß, verstummte dort das Gespräch. Morgan nahm neben ihrer Tante Platz, und Seth raunte Morgan mit leiser Stimme ins Ohr: »Also dann bis morgen.« In seinem Lächeln schwang wie am Anfang leiser Spott mit.

»Mein liebes Kind« – die Dame, die Tante Lacey gegenüber saß, schaute Morgan prüfend an, nachdem Seth sich entfernt hatte, »wissen Sie überhaupt, wer das ist?«

»Sein Name ist Seth Colter«, antwortete Morgan. Sie war neugierig, was die Frauen am Tisch von ihm wußten.

»Und kennen Sie auch die Colter-Plantage in der Nähe von Louisville?« Als Morgan schwieg, fuhr die Dame fort: »Sie ist eine der größten und reichsten Pflanzungen in diesem Staat, und eines Tages wird der ganze Besitz Seth gehören. Aber er wirft das alles weg und zieht es vor, irgendwo im Westen in der Wildnis zu leben.«

Ja, das wußte Morgan bereits. Doch sie wollte noch mehr über diesen Mann erfahren, der in zwei Tagen ihr Ehemann sein würde. Lächelnd stellte sie sich vor, wie diese übergewichtige Dame in dem grünen Satinkleid auf diese Neuigkeit wohl reagieren würde: »Soll das etwa heißen, daß dieses schmächtige Ding in dem gräßlichen Kleid – Laceys Nichte – den reichen, hübschen Seth Colter bekommen hat?« Morgan hüstelte hinter vorgehaltener Hand, um einen Lachanfall zu unterdrücken.

Dann blickte sie die Dame in Grün mit großen unschuldigen Augen an. »Aber ich dachte, er und Cynthia Ferguson wären so gut wie verlobt? Cynthia würde doch niemals in den Westen in die Wildnis ziehen, nicht wahr?«

»Nein«, antwortete ihr diesmal die Schwarzgekleidete, die Morgan anfangs vom Nebentisch aus belauscht hatte. »Und Cynthias Verlobung mit Seth existiert auch nur in den Wunschträumen ihrer Mutter. Bisher ist Seth der hübschen Cynthia noch nicht ins Netz gegangen.«

»Sie möchte nur gern, daß jeder glaubt, sie seien verlobt«, setzte ihre Nachbarin hinzu.

Morgan sah ihren Onkel Horace auf den Tisch zukommen und stand auf, weil sie wußte, daß dies das Signal für ihren Aufbruch war.

Sie verabschiedete sich mit Tante Lacey und ihrem Onkel von ihren Gastgebern und suchte dann die Menge mit den Augen nach Seth ab. Sie hätte gern noch ein Zeichen von ihm bekommen, daß es bei ihrer Abmachung blieb. Als sie seinen breiten Rücken am anderen Ende des Saals neben einer hübschen jungen Frau entdeckte, spürte sie, wie sich Zorn in ihr regte. Doch im nächsten Moment machte sie sich wegen ihres törichten Verhaltens heftige Vorwürfe.

Auf der Heimfahrt in der mit rotem Plüsch ausgekleideten Kutsche dachte Morgan über ihre nächsten Schritte nach. Sie würde heimlich ihre Koffer umpacken müssen, damit sie sofort aufbrechen konnte, wenn Seth morgen abend kam, um sie abzuholen.

Plötzlich fiel ihr voller Schrecken ein, daß sie ihm nicht erklärt hatte, hinter welchem Fenster ihr Zimmer lag. Sie würde eine Lampe auf die Fensterbank stellen, damit er wußte, wo er anklopfen mußte.

Dann hielt die Kutsche schon vor dem Haus ihres Onkels. Und nachdem sie sich gegenseitig gute Nacht gesagt hatten, war Morgan endlich allein in ihrem Zimmer.

Sie zog das häßliche braune Kleid aus und warf es über die Couchlehne. Gleich darauf löste sie das zu einem festen Knoten aufgesteckte Haar, ließ es locker über die Schultern fallen und seufzte. Einem Impuls folgend, entkleidete sie sich bis auf die Haut und betrachtete ihren nackten Körper im Spiegel. Sie musterte kritisch ihre festen runden Brüste, die schlanke Taille, den flachen Bauch und den Schwung der Hüften. Langsam strich Morgan mit der Hand über die glatte Haut ihrer Taille, dann über die Hüften bis zu den wohlgeformten Schenkeln hinunter. Sie erschauerte, schockiert über das, was sie da tat. Keine anständige Frau betrachtete ihren nackten Körper, und schon gar nicht im Spiegel.

Rasch drehte sie ihrem Spiegelbild den Rücken zu und streifte sich ihr Nachthemd über den Kopf. Aber das Bild ihres Körpers stand ihr noch immer vor Augen. Vielleicht bin ich gar nicht so häßlich, ging es ihr durch den Kopf. Ich sollte mein Haar offen tragen, es locker auf die Schultern fallen lassen.

Dann stieg sie in ihr Bett und kuschelte sich in die Kissen. Und nach wenigen Minuten schon war Morgan eingeschlafen.

Am nächsten Morgen war sie noch vor den anderen Hausbewohnern wieder auf den Beinen. Sie war schon immer eine Frühaufsteherin gewesen, denn der Morgen war ihre beste Zeit. Und wenn sie noch in Trahern House gewohnt hätte, wäre sie jetzt in den Stall gegangen, hätte ihre Stute Kassandra gesattelt und einen Ritt über die im Morgentau glänzenden Felder gemacht.

So ging Morgan nur leise in die Küche und machte sich ihr Frühstück. Einer der vielen Wünsche, die ihre Mutter ihr erfüllt hatte, waren Kochstunden bei einem französischen

Küchenchef gewesen. Zuerst hatte ihre Mutter entsetzt reagiert, als sie ihre kleine Tochter in der Küche fand, wo sie der Köchin am Herd half. Das hatte zu einer längern Auseinandersetzung zwischen Mutter und Tochter geführt, bis ihre Mutter am Ende nachgab. Einen Monat später war Jean-Paul in Trahern House eingetroffen. Er hatte sich vorgenommen, dort sechs Wochen zu bleiben; war dann aber fast ein Mitglied der Familie geworden und erst nach einem Jahr wieder abgereist, als dringende Verpflichtungen ihn nach Marseille zurückriefen.

Morgan erinnerte sich an die vielen glücklichen Stunden mit Jean-Paul in der hellen geräumigen Küche von Trahern House, und heute war sie froh, daß sie bei ihm so vorzüglich kochen gelernt hatte. Er hatte den Unterricht damit begonnen, daß er ihr beibrachte, wie man seine eigene Butter aus Sahne knetet. Und schon nach der ersten Woche hatte sie herrliche Marmeladen und Gelees herstellen können, und es gelangen ihr die lockersten Kuchen und Pasteten.

»Aber Morgan, mein Liebes«, hörte sie auf einmal Tante Laceys Stimme, »du bist heute schon so früh auf?«

»Komm herein, Tante Lacey, und sag mir, was du zum Frühstück haben willst«, rief Morgan, die daran dachte, daß dies wahrscheinlich ihr letztes gemeinsames Frühstück war. Sie würde Tante Laceys Sanftmut vermissen.

Bei einem lockeren, mit Käse überbackenen Omelett erörterten Morgan und Lacey den gestrigen Ballabend, was bedeutete, daß Lacey darüber redete, während Morgan ihr zuhörte.

Nach dem Frühstück begaben sich die beiden Frauen wieder auf ihre Zimmer, um weitere Vorbereitungen für die morgige Reise, die sie für ein paar Monate nach Europa entführen sollte, zu treffen.

Als Morgan sich in den vier Wänden ihres Zimmers wieder allein wußte, begann sie, ihre Sachen umzupacken. Sie füllte einen kleinen Koffer und eine Reisetasche mit den allernotwendigsten Dingen und stellte sie als Handgepäck für ihre Reise nach Neu-Mexiko neben die Tür.

Die Sachen, die sie aus Trahern House mitgebracht hatte, waren ihr von ihrem Onkel weggenommen und durch häßliche, für sie viel zu große Kleider ersetzt worden, die eine Schneiderin nach den Vorstellungen ihres Onkels für Morgan hatte anfertigen müssen. Sie bedauerte nicht, daß das meiste davon nun hierblieb. Nur ihr Kochbuch durfte sie auf keinen Fall vergessen.

Um sieben Uhr abends, als sie sich gerade zum Dinner an den Tisch setzen wollten, meldete der alte Diener der Wakefields einen Besucher an. »Ein Mr. Colter möchte Sie sprechen, Sir.«

Morgan holte geräuschvoll Luft und lenkte damit sofort die fragenden Blicke von Tante Lacey und Onkel Horace auf sich. Doch sie sagte kein Wort.

»Führen Sie den Herrn in die Bibliothek, Roy. Die beiden Damen werden mich eine Weile entschuldigen müssen.« Horace warf noch einen letzten, ein wenig ratlosen Blick auf Morgan und verließ dann das Speisezimmer.

»Ist das dieser nette Mr. Colter, mit dem du gestern abend getanzt hast?« Als Morgan immer noch stumm blieb, fuhr Lacey fort: »Ich glaube, daß du Eindruck auf ihn gemacht hast. Es würde mich nicht wundern, wenn er jetzt Onkel Horace bittet, dir den Hof machen zu dürfen.«

»In Europa?«

Lacey blickte auf ihre Hände hinunter und schwieg. Sie war bei der Testamentseröffnung dabei gewesen und wußte nur zu gut, warum Horace mit ihnen nach Europa reisen wollte.

Morgan bedauerte ihre Bemerkung, ging zu ihrer Tante und strich ihr sanft über die Schulter. »Entschuldigung, Tante Lacey. Es war nicht böse gmeint. Vielleicht hast du recht, und er ist hierhergekommen, um Onkel Horace zu bitten, mir seine Aufwartung machen zu dürfen.«

Lacey lächelte und erging sich wieder in Spekulationen, während Morgan unruhig im Zimmer auf und ab lief und die Standuhr im Auge behielt. Sie hörte kaum, was ihre Tante zu ihr sagte.

Eine Dreiviertelstunde später ging die Tür auf, und Horace trat mit Seth ins Zimmer. Seth hatte ein kleines Lächeln auf dem Gesicht, doch Horace blickte Morgan nur grimmig an und stieß mit kalter Stimme hervor:

»Pack deine Sachen und geh.«

Diesmal war es Lacey, die geräuschvoll Luft holte. »Horace...«, protestierte sie schwach.

Als Horace die Stimme seiner Frau hörte, drehte er sich um, und sein Gesicht sah nicht mehr ganz so haßerfüllt aus. »Es scheint, daß Mr. Colter hierhergekommen ist, um unsere Morgan zu entführen«, sagte er in weniger barschem Ton. Und dann nach einer kurzen Pause: »Sie werden noch heute abend im Haus von Richter Stevenson getraut.«

Morgan riß die Augen auf. Was, in aller Welt, hatte Seth mit ihrem Onkel gemacht, daß Horace ihm die Zustimmung zu ihrer Heirat gegeben hatte?

Lacey umarmte Morgan, die wie betäubt im Zimmer stand. »Oh, Morgan! Eine Entführung! Wie romantisch! Was willst du denn zur Trauung anziehen? Wir müssen packen! Es gibt noch so viel zu erledigen.«

Seth trat vor und nahm Morgans Arm. »Wir müssen uns beeilen, Liebes.« Er führte sie hinaus in die Halle. Dort ließ er ihren Arm wieder fallen, trat einen Schritt von ihr weg und blickte sie dann wieder mit seinem spöttischen Lächeln von Kopf bis Fuß an. »Wenn die beiden Kleider, die ich bisher gesehen habe, Musterbeispiele für Ihre Garderobe sind, sollten Sie überhaupt nichts mitnehmen. Ich besorge Ihnen dann unterwegs etwas – das Ihnen wenigstens paßt.«

Morgan wollte wieder aufbrausen und ihm sagen, was sie von seinen Manieren hielt, als Horace und Lacey hinter ihr aus dem Speisezimmer traten. Sie schluckte, wirbelte auf ihren Absätzen herum und lief die Treppe zu ihrem Zimmer hinauf.

Nach drei Minuten kam sie wieder herunter, nur mit ihrer Reisetasche bewaffnet, in die sie ein paar Schmuckstücke, ihr Kochbuch, ihr Nachthemd und ein paar Toilettenartikel gepackt hatte. Ihren Koffer wollte sie nicht mitnehmen.

Nach einem tränenreichen Abschied von Lacey und einem kalten Lebewohl für Horace stiegen Seth und Morgan in die wartende Kutsche.

Sie fuhren ein paar Minuten schweigend dahin. Dann fragte Morgan: »Wie haben Sie das nur gemacht?«

»Wie ich was gemacht habe?« gab Seth zurück und wandte ihr sein Gesicht zu.

»Wie haben Sie es angestellt, daß Onkel Horace Ihnen die Erlaubnis gab, mich mitzunehmen?«

Er lächelte. »Ich habe nur ein paar Namen erwähnt. Und dann fragte ich ihn, ob er es für moralisch gerechtfertigt hielte, Sie nach Europa zu entführen und Ihnen jede Möglichkeit zu nehmen, sich einen Ehemann zu suchen, der Ihnen helfen könnte, die Bedingungen des Testaments Ihres Vaters zu erfüllen.«

Morgan wartete darauf, daß er etwas konkreter würde, aber Seth drehte nur wieder den Kopf nach vorn und schien jetzt mit seinen Gedanken beschäftigt. Als das Schweigen andauerte, begann sie sich unbehaglich zu fühlen. Sie war noch nie mit einem Mann allein gewesen, jedenfalls nicht mit einem Mann, der nicht viel älter war als sie selbst.

»Es ist nur ganz anders verlaufen, als ich es mir vorgestellt habe.«

Er wandte ihr wieder überrascht das Gesicht zu, als würde er sich erst jetzt ihrer Gegenwart bewußt. »Und wie haben Sie sich das Ganze vorgestellt?« fragte Seth in herablassendem Ton.

Morgan kam sich vor wie ein Kind, das getadelt werden sollte. »Ich...« stotterte sie, »habe eine Lampe in mein Fenster gestellt...«

Seine Miene hellte sich auf, und in seinen Augen schien ein Licht zu tanzen. »Sie glaubten, ich würde nachts mit einer Leiter kommen und Sie aus dem Haus entführen?«

Sie sagte nichts, aber ihre aufeinandergepreßten Lippen waren Antwort genug. Seth lachte laut, und sie hätte ihm jetzt am liebsten eine Ohrfeige gegeben.

Er wurde ein wenig ernster, als er den Schmerz in ihren Augen las. Er streckte den Arm aus und legte seine Hand auf ihre ineinander verschränkten Hände. »Sie haben wirklich geglaubt, ich würde wie ein Schuljunge zu ihrem Fenster hinaufklettern?« fragte er mit ruhiger Stimme.

Und als er sie dabei lächelnd ansah, erkannte sie, wie verrückt ihre Vorstellung gewesen war. Nein, sie konnte sich nicht ausmalen, daß dieser Koloß von einem Mann mitten in der Nacht eine schmale Leiter zu ihrem Fenster hinaufstieg, um sie zu entführen. Sie gab sein Lächeln zurück.

Sie fuhren weiter, schweigend zwar, doch in einer weit entspannteren Atmosphäre als zu Anfang. Und auf einmal war Morgan auch gar nicht mehr nervös.

Nach einer Fahrt, die Stunden zu dauern schien und wobei jeder wieder stumm seinen Gedanken nachhing, blieb die Kutsche plötzlich stehen. Seth half Morgan heraus und fragte: »Bleibt es bei unserer Abmachung – oder haben Sie es sich inzwischen anders überlegt?«

Sie schüttelte den Kopf. »Nein, es bleibt dabei.«

»Gut.« Wieder tanzte ein Funken in seinen Augen. »Sie glauben also, daß Sie es ein ganzes Jahr mit mir aushalten können.«

Er führte sie zum Eingang eines großen, schönen, weiß verputzten Hauses. Sie blickte sich ein wenig benommen um. Sie wußte zwar, daß sie nach Süden gefahren waren, auf Lexington zu, hatte aber keine Ahnung, wo sie sich nun wirklich befanden.

Schließlich öffnete ihnen ein Diener die Tür, und Morgan ging Seth voran in die Halle.

»Der Richter erwartet Sie bereits, Mr. Colter.«

»Danke, Elijah.«

Der Diener führte sie zu einer Tür, die links von der Halle abging und sich in ein behaglich ausgestattetes Wohnzimmer öffnete.

Ein großer Mann kam ihnen rasch mit ausgebreiteten Armen entgegen. »Also, nein! Ich hätte nie geglaubt, daß mir die Ehre vergönnt sei, diesen Tag zu erleben – diesen Abend, meine ich. Es freut mich, daß du nun doch noch unter die Haube kommst, Seth.«

Seth lächelte. »Darf ich dir Miss Morgan Wakefield vorstellen?«

»Ich bin glücklich, die junge Dame kennenzulernen, die sich

dieser junge Mann zur Frau erkoren hat. Ich kenne seinen Vater schon seit vielen Jahren.«

»Und ich seine Mutter«, sagte eine zierliche Frau, die in diesem Augenblick ins Zimmer kam. »Nora Colter ist meine beste Freundin.«

»Das ist Sara, meine Frau, und wenn es Ihnen Ihr Bräutigam noch nicht verraten haben sollte – ich bin Richter Samuel Stevenson.«

Morgan gab ihm die Hand, die er kräftig schüttelte. »Sehr erfreut, Sie kennenzulernen, Sir.«

»Dann laßt uns doch gleich zur Sache gehen, ja?«

Die Zeremonie war so rasch vorüber, daß Morgan kaum glauben wollte, daß sie jetzt verheiratet war. Das Schweigen am Ende war fast peinlich, bis der Richter schließlich lachend sagte: »Nun mach schon, Seth, und küß die Braut.«

Seth drehte sich mit einem gewinnenden Lächeln Morgan zu, faßte sie sacht bei den Schultern und beugte sich zu ihr hinunter, um ihr einen Kuß zu geben.

Zuerst hielt sie überrascht still. Dann, als seine Lippen schon dicht vor ihrem Mund waren, drehte sie rasch den Kopf zur Seite, so daß sein Kuß auf ihrem Ohr landete – direkt über dem Ohrläppchen. Sein Atem war weich und warm in ihrem Ohr, sein Kuß feucht, und ein Schauer lief ihr über den Rücken.

Danach vermied es Morgan, Seth anzusehen, und nahm die Glückwünsche des Richters und seiner Frau Sara entgegen. Obwohl die beiden die Frischvermählten bestürmten, doch noch bei ihnen zu bleiben, verließ das junge Paar sofort nach der Trauung wieder das Haus.

Dann ging es weiter mit der Kutsche, und Morgan wollte es sich gerade in einer Ecke der Sitzbank bequem machen, als sich das Fahrzeug ein wenig auf die Seite legte. Sie blickte hoch und sah in Seths lächelndes Gesicht.

»Wach auf, meine kleine Frau – wir sind da.« Er gab ihr die Hand um ihr beim Aussteigen zu helfen.

Vor sich, im Mondlicht schimmernd, sah sie ein riesiges weißes Landhaus. Was hatte diese Frau in Schwarz gestern abend gleich wieder gesagt? Die Colter-Plantage wäre eine der größten und reichsten in diesem Staat.

Das zweistöckige Haus hatte massive weiße Säulen, die sich vom Boden bis zum Dach erstreckten. Eine breite Veranda führte um das Gebäude herum, auf denen eine Reihe von Schaukelstühlen und Sesseln mit schweren Eichenlehnen standen. Zu beiden Seiten des Hauses wiegten zwei große alte Weidenbäume ihre langen Zweige sacht in der nächtlichen Brise.

Im ersten Stock ragte ein Balkon vor, mit einer feinen weißgestrichenen Balustrade. Morgan konnte dahinter eine Doppeltür ausmachen, die sich auf den Balkon öffnete, und vermutete, daß es noch mehrere solche Türen gab.

Seth nahm ihre Reisetasche, führte Morgan ins Haus und eine breite Treppe in das obere Stockwerk hinauf. Sie folgte ihm schweigend den mit einem dicken Teppich ausgelegten Korridor hinunter zu seinem Schlafzimmer.

Seth zündete eine Lampe an, und Morgan konnte nun sehen, wie groß der Raum war. Alle Möbel waren aus Nußholz gefertigt: dunkel, reich und schwer. Das dieses Zimmer beherrschende Element war ein mächtiges Vier-Pfosten-Bett. Morgan stand davor, starrte es an und dachte, daß es genau die richtige Größe für einen Mann wie Seth hatte.

Er war inzwischen leise hinter sie getreten, und während sie das Bett anstarrte, flüsterte er: »Es ist genauso bequem, wie es aussieht.«

Sie zuckte zusammen, drehte sich um, und stellte fest, daß ihre Gesichter nur wenige Zoll voneinander entfernt waren. Seth beugte sich noch näher zu ihr. »Komm, *mi querida*, und ich zeige dir, wie man sich fühlt, wenn man eine richtige Braut ist.« Seine Stimme war tief und sanft und verführerisch. Doch Morgan, die an die Gegenwart eines Mannes nicht gewöhnt war, hatte Angst vor seinem großen Körper und wich einen Schritt zurück.

Ihre Miene verriet ihre Furcht, und Seth lachte. »Hab keine Angst, mein Häschen, ich werde dir nicht weh tun. Wo ist denn dieser feurige Blick geblieben, den du Cynthia Ferguson zugeworfen hast? Eine Frau, die so lodernde Blicke werfen kann, sollte doch vor einem Mann keine Angst haben.«

Morgan lächelte.

»So ist es besser. Du darfst dir das Bett nehmen, und ich werde auf der Couch schlafen. Würde dir das etwas von deiner Furcht nehmen?«

Sie nahm zögernd ihre Reisetasche hoch und ging in das angrenzende Ankleidezimmer hinüber. Nervös zog sie ihr Kleid aus und schlüpfte in ihr schlichtes weißes Nachthemd. Während sie die Nadeln aus ihrem Haarknoten zog und die Strähnen zu einer üppigen, schimmernden Flut von Locken ausbürstete, die bis zu ihrer Taille hinunterfielen, versuchte sie nicht an Seth zu denken.

Als Morgan dann in das Schlafzimmer zurückkehrte und ängstlich und befangen auf das Bett zuging, sah sie, daß er die Zudecke zurückgeschlagen hatte. Er selbst lag, in eine Decke eingewickelt, auf der Couch und hielt das Gesicht von ihr abgewendet. Anscheinend schlief er bereits. Irgendwie fand sie es ärgerlich, daß er sie nun vollkommen ignorierte.

Doch nachdem sie die Lampe gelöscht und sich in die Kissen gekuschelt hatte, hörte sie ihn schlaftrunken sagen: »Gute Nacht, *mi querida*.«

Morgan lächelte. »Gute Nacht.«

3

Am nächsten Morgen wurde Morgan von einem Klopfen an der Tür geweckt. »Mr. Seth, sind Sie schon auf?«

Sie setzte sich genau in dem Augenblick hoch, als Seth durchs Zimmer auf ihr Bett zuging. Erstaunt starrte sie ihn an. Er war splitternackt. Morgan hatte bisher nur wenige Männer gesehen, und diese immer vollständig angezogen – jedenfalls war ihr noch niemand ohne Hemd unter die Augen getreten. Sie sah seine breite, muskulöse Brust, die dicht mit dunklen Haaren bewachsen war, breite Schultern, kräftige Arme, einen flachen Bauch und lange Beine. Bevor sie ihn noch ausgiebiger betrachten konnte, stieg er zu ihr ins Bett.

»Mach den Mund zu, mein Kleines. Du willst doch nicht, daß Bessie auf die Idee kommt, ein frischvermähltes Paar würde in seiner Hochzeitsnacht getrennt schlafen, oder?« Seth rückte so dicht an Morgan heran, daß ihre Schenkel sich berührten. Mit lauterer Stimme fuhr er dann fort: »Komm herein, Bessie!«

Eine auffallend große Frau betrat mit einem Tablett das Zimmer. Als sie Morgan neben Seth in dem riesigen Bett sitzen sah, blieb sie stehen und schaute sie mit großen Augen an. Seth rückte noch dichter an Morgan heran und legte ihr den Arm um die Schultern. »Bessie, ich möchte dir meine Frau, Morgan, vorstellen.«

Bessie brauchte nicht lange, um ihre Sprache wiederzufinden. »Also, ich meine, Sie hätten uns ja ein Wort davon sagen können, daß Sie eine Frau mit nach Hause bringen würden, Seth. Ich wette, selbst Ihre Mama weiß nichts davon.«

Er grinste, zog Morgan an seine Schulter und wickelte sich eine ihrer Locken um den Finger. »Nein, meine Mutter weiß nichts davon, aber schließlich war es ja auch eine ziemlich überstürzte Heirat. Morgan und ich haben uns erst vorgestern abend kennengelernt.«

»Eine Brautentführung! Ihre Schwestern werden begeistert sein!« meinte Bessie augenzwinkernd. »Aber wo bleiben denn meine Manieren! Ich bin sehr erfreut, Sie kennenzulernen«, sagte sie zu der noch immer stummen Morgan.

Der gelang es, ein Dankeschön zu murmeln.

Bessie lächelte breit. »Nun, Mr. Seth, ich will Sie beide jetzt nicht länger stören. Kommen Sie hinunter, wenn Sie so weit sind.« Ihr Lächeln wurde noch breiter, während sie Seth wieder augenzwinkernd ansah. Er gab den Blick zurück, während Morgan auf ihre Hände hinunterschaute und errötete.

Bessie stellte das Tablett mit dem Kaffee auf den Nachttisch und wandte sich dann wieder der Tür zu. Auf dem Weg dorthin blieb sie einen Moment stehen und blickte auf die

Couch mit der zerknüllten Decke und dem eingebeulten Kissen, auf dem der Abdruck von Seths Kopf noch deutlich zu erkennen war. Sie runzelte kurz die Stirn, verließ das Zimmer und schloß die Tür hinter sich.

Es schien jetzt sehr still im Zimmer zu sein, und Morgan war sich nur zu deutlich bewußt, daß Seth keine Anstalten machte, wieder von ihrer Seite wegzurücken oder wenigstens den Arm von ihren Schultern zu nehmen. Sie fuhr fort, ihre Hände so aufmerksam zu betrachten, als hätte sie sie noch nie zuvor gesehen.

Seth legte ihr seine andere Hand unter das Kinn und drehte ihren Kopf zur Seite. Ohne ein Wort zu sagen, drückte er ihn sanft nach hinten und berührte sacht ihre Lippen mit seinem Mund. Morgan hatte das Gefühl, daß sie noch nie so etwas Süßes und Sanftes wie seine Lippen gekostet habe. Langsam schloß sie die Augen.

Dann löste er seine Lippen wieder von ihrem Mund und schaute auf sie hinunter. Das Licht der Sonne drang gedämpft durch die Vorhänge ins Zimmer und legte einen goldenen Schimmer über ihr Haar. Er hätte jetzt nur zu gern gewußt, wie sie unter ihrem schlichten Nachthemd aussah. Seth lächelte bei diesem Gedanken, und Morgan öffnete die Augen und bemerkte dieses Lächeln.

»Finden Sie mich so lächerlich?« fragte sie mit kalter Stimme. Ihre Schultern wurden steif unter seinem Arm.

Er ließ sie los. »Amüsant, würde ich sagen. Auch finde ich es erstaunlich, wie Sie diese Fülle von Haaren in einem so kleinen, festen Knoten unterbringen können.« Wieder spielte er mit ihren weichen Locken.

Morgans Tonfall änderte sich nicht. »Darf ich Sie daran erinnern, Mr. Colter, daß unsere Übereinkunft streng geschäftlicher Natur ist. Meine Frisur geht Sie also nichts an.«

Er biß die Zähne aufeinander, und sie sah, wie seine Wangenmuskeln spielten. »Sie haben recht, Madam. Ihre Erscheinung – oder Nichterscheinung – ist nicht meine Sorge.«

Sie zuckte zusammen. Warum mußten die Leute sie denn *immer* daran erinnern, wie unscheinbar sie aussah?

»Und wenn ich Sie nun nicht schockieren soll, würde ich Sie bitten, woanders hinzusehen.«

Morgan verstand den Sinn von Seths Aufforderung nicht, bis er die Zudecke zurückschlug. Sie drehte den Kopf zur Seite; konnte aber den Blick nicht ganz von ihm abwenden. Verstohlen betrachtete sie seinen breiten Rücken, das feste Gesäß und die muskulösen Schenkel, die mit goldenen Härchen bewachsen waren. Als sie Seths Lachen hörte, sah sie hoch und begegnete seinem Blick im Spiegel.

»Aha! Meine kleine Frau ist also nicht mehr so scheu, wenn ich ihr den Rücken zudrehe.«

Sie hielt seinem Blick im Spiegel stand und sagte in einem, wie sie hoffte, kühlen Ton: »Nur neugierig.«

Seths Lachen wurde zu einem Brüllen. Noch beim Anziehen konnte er vor Lachen kaum seine Knopflöcher finden. Morgan hütete sich, ihm beim Ankleiden zuzusehen.

Dann ließ er sie allein, nachdem er ihr vorher noch gesagt hatte, daß sie hinunterkommen sollte, wenn sie fertig angezogen sei, da seine Familie neugierig darauf wäre, sie kennenzulernen. Während Morgan sich ankleidete, hatte sie Zeit zum Nachdenken. Es mißfiel ihr, wie sich die Dinge entwickelten. Sie hatte sich bereits mit Seth gestritten, obwohl sie nur wenige Stunden mit ihm verheiratet war. Sie mußten sich schon vertragen, wenn sie ein ganzes Jahr zusammenleben wollten. So konnte es nicht weitergehen – mit gestohlenen Küssen und zornigen Worten.

Seine drei Schwestern erwarteten sie bereits am Fuß der Treppe.

»Hallo! Du mußt Seths Frau sein«, rief die größte der drei. »Das ist Jennifer, die jüngste, das Eleanor, die mittlere, und ich bin Austine, die älteste.«

»Austine und Eleanor sind verlobt!« zwitscherte Jennifer.

»Laß uns ins Wohnzimmer gehen, wo wir uns näher kennenlernen können. Bessie sagt, ihr beiden hättet euch nur anderthalb Tage gekannt!« rief Austine mit einem fragenden Blick auf Morgan

»Ja, das stimmt.«

»Liebe auf den ersten Blick! Ich hätte nie geglaubt, daß Seth so romantisch sein könnte.« Eleanor kicherte.

Jennifer lächelte. »Wir sind so froh, daß du die Frau von Seth geworden bist und nicht Cynthia Ferguson.«

»Jennifer!« Austines Ärger schien vorgetäuscht. »Was Jennifer meinte, ist...«

»... genau das, was sie gesagt hat«, fiel ihr Eleanor ins Wort. »Du bist jetzt unsere Schwägerin, und wir können dir anvertrauen, was wir denken.«

Austine schien ganz plötzlich Morgans häßliches sackartiges Kleid zu bemerken. »Hast du viel Gepäck mitgebracht?«

Morgan errötete. »Nein, ich... Seth wollte, daß ich mir neue Kleider kaufe, ehe wir nach Neu-Mexiko aufbrechen.«

»Neu-Mexiko!« rief Eleanor. »Ich dachte, er würde jetzt zu Hause bleiben, weil er doch eine Frau hat.« Sie schien den Tränen nahe.

»Sei still, Elly. Seth und Morgan müssen schon selbst entscheiden, was sie wollen. Doch nun sollten wir uns überlegen, was du für Kleider brauchst. Papa wird mit uns nach Louisville fahren, und dort werden wir eine Unmenge Stoffe für dich einkaufen.«

»Und Bänder und Spitzen.«

»Das ist ja so aufregend! Morgan, wir werden dich in die eleganteste junge Dame des Westens verwandeln.«

»Mädchen! Bitte, erlaubt eurer Mutter, ihre neue Tochter begrüßen zu dürfen.« Morgan sah zur Tür hinüber und erblickte dort eine große, schlanke Frau mit einer Fülle dichter dunkelblonder Haare, die sie auf dem Hinterkopf zu einem Kranz geflochten trug. Sie war so ganz anders als ihre rundlichen rosig-weißen Töchter. Tatsächlich hatte sie etwas an sich, das Morgan nur zu sehr an Seth erinnerte.

»Oh, Mama! Seth hat ihr gesagt, daß sie sich neue Kleider besorgen müsse, ehe sie weiterreisen. Sie gehen nach Neu-Mexiko«, rief Eleanor mit einem ungläubigen Ton in der Stimme.

Die Mutter der Mädchen lächelte Morgan zu, und Morgan

spürte Erleichterung. Hier war jemand, mit dem sie reden konnte – diese geschwätzigen Mädchen waren nicht leicht zu verstehen.

»Morgan, mein Name ist Nora. Gehen wir doch ins Frühstückszimmer hinüber, wo wir ungestört reden können.« Sie führte Morgan aus dem Wohnzimmer durch die große Halle in ein kleines, ganz in Grün und Weiß gehaltenes Zimmer hinein. Ein großes Fenster lag nach Osten hinaus, und das Sonnenlicht flutete in den Raum. Nora lud Morgan mit einer Handbewegung zum Sitzen ein.

»Ich habe dich ein paar Sekunden lang beobachtet, als du mit meinen Töchtern geredet hast. Mir schien es, als wärest du an ihrem Geplapper nicht sehr interessiert.«

Morgan fand sofort Gefallen an dieser Frau. Sie hatte das Gefühl, daß sie ihr gegenüber aufrichtig sein konnte. »Nein, ich bin nicht daran gewöhnt, über Kleider, Spitzen und romantische Erlebnisse zu reden.«

Noras Gesicht veränderte sich nicht. Sie sah Morgan offen in die Augen. »Warum hast du meinen Sohn geheiratet?« Sie zögerte nur Sekunden, ehe sie fortfuhr: »Ich weiß, daß einer von euch in der letzten Nacht auf der Couch geschlafen hat, und ich kenne auch meinen Sohn. Er ist nicht der Mann, der sich auf den ersten Blick in eine Frau verliebt.« Sie schaute Morgan unverwandt an.

Morgan beschloß, ihr die Wahrheit zu beichten. »Ich werde es Ihnen sagen. Ich habe nur ein Ziel im Leben, nämlich wieder in das Heim meiner Kindheit, Trahern House, zurückkehren zu dürfen. Ich bin ein stiller Mensch. Ich fühle mich nicht wohl unter vielen Leuten, und ich möchte dort allein leben.

Vor zwei Jahren starb meine Mutter, und da ich nicht volljährig war, schickte man mich in das Haus meiner Tante und meines Onkels. Meine Eltern hatten sich getrennt, als ich ein Jahr alt war, und mein Vater lebte noch immer in Neu-Mexiko.«

Nora zog die Brauen in die Höhe, als Morgan Neu-Mexiko erwähnte.

»Vor einem Monat unterrichtete mich dann mein Onkel vom

Tod meines Vaters. Da ich mich ja nicht mehr an ihn erinnern konnte, empfand ich auch keine Trauer. Zwei Wochen darauf wurde sein Testament verlesen. Es war für mich ein großer Schock. Es schien, daß alles – das Geschäft in Kentucky, das Land in Kentucky, die große Ranch in Neu-Mexiko und Trahern House – meinem Vater gehört hatte. Er vermachte mir seinen Besitz, doch nur unter der Bedingung, daß ich heiratete und ein Jahr lang mit meinem Mann in Neu-Mexiko leben würde. Wenn ich diese Bedingung nicht erfüllen sollte, würde mein gesamtes Erbe an meinen Onkel fallen. Wie Sie sehen können« – Morgan deutete auf ihr Kleid – »hat mein Onkel alles getan, um zu verhindern, daß ein Mann mich beachtet.«

Sie hielt einen Moment inne und sah Nora eindringlich an.

»Vorgestern abend habe ich einen Ball besucht. Mein Onkel hatte mich vorher meine Koffer packen lassen, da er am übernächsten Tag mit mir nach Europa reisen wollte. Auf dem Fest hörte ich, wie Frauen am Nebentisch erwähnten, daß Ihr Sohn einen Besitz in Neu-Mexiko hat. Ich bot ihm fünfundzwanzigtausend Dollar an, wenn er mich heiraten würde und mich ein Jahr lang in Neu-Mexiko bei sich wohnen ließe. Er nahm das Angebot an.«

»Gut«, war alles, was Nora dazu sagte.

Das war zuviel für Morgan. Sie erhob sich aus ihrem Sessel und trat mit flammenden Augen vor Nora hin. »Gut? Gut…, daß ein Vater seine eigene Tochter dazu zwingt, sich so zu demütigen, daß sie sich den Namen eines Mannes kaufen und mit ihm leben muß, obwohl sie ihn gar nicht kennt?«

Nora wartete eine Minute, bevor sie antwortete, und ihre Ruhe färbte auf Morgan ab. »Ich meinte mit ›gut‹, daß ich froh bin, wie vernünftig Sie sind. Sie sahen sich vor eine unmögliche Situation gestellt, und Sie beschlossen, um das, was Sie sich wünschten, zu kämpfen.«

Seths Mutter stand nun ebenfalls auf und ging zu dem von der Sonne erleuchteten Fenster. Sie blickte einen Moment in den Garten hinaus und drehte sich dann zu Morgan um. »Laß mich jetzt etwas von meinem Sohn erzählen. Er glaubt, daß alle Frauen so sind wie seine Schwestern. Daß du mich nicht mißverstehst – ich liebe meine Töchter. Aber du hast ja selbst gesehen, daß sie noch sehr jung und ihre Köpfe voller Träume sind. Ihrem Vater gefällt das, und er verwöhnt sie. Mein Sohn betrachtet Frauen nicht als ernst zu nehmende Menschen.«

Nora kehrte zu ihrem Sessel zurück. »Also habe ich ›gut‹ zu deiner Geschichte gesagt, weil mein Sohn eine vernünftige Frau braucht – eine, die er nicht nur lieben, sondern auch gern haben kann. Seth ist ein sehr starker Mann, und wenn ihr beiden lernt, euch zu lieben, werdet ihr ein ausgezeichnetes Paar abgeben.«

Morgan starrte Nora an. Hatte sie denn nicht begriffen? »Mrs. Colter – Nora –, Sie scheinen mich nicht verstanden zu haben. Diese Ehe ist ein geschäftlicher Vertrag. Ich habe nicht vor, Ihren Sohn zu lieben.«

Nora blickte sie mit einem Lächeln an, das Morgan sehr an Seth erinnerte. Seine Mutter hatte den gleichen amüsierten Gesichtsausdruck, den sie schon ein paarmal bei ihm gesehen hatte. »Glaubst du wirklich, daß du zwölf Monate allein mit einem Mann verbringen kannst, ohne am Ende dieser Zeit etwas für ihn zu empfinden? Meinst du wirklich, daß du dich danach so einfach von ihm zu trennen und dein Einsiedlerleben wieder aufzunehmen vermagst?«

»Ich habe meine Tante sehr geliebt und zwei Jahre mit ihr gelebt. Und dennoch habe ich sie verlassen.«

Nun warf Nora den Kopf zurück und lachte. »Wie alt bist du, Morgan?«

Morgan reckte das Kinn in die Höhe. »Achtzehn.«

»Die Liebe, die eine Frau für eine andere Frau empfindet, ist sehr verschieden von ihrer Liebe für einen Mann.«

In der etwas peinlichen Pause, die darauf folgte, konnte Nora den Ärger in Morgans Augen erkennen. »Tut mir leid – unser Gespräch verläuft nicht so, wie ich mir das gedacht habe. Ich habe dich vor allem hierhergebeten, um dich in unserer Familie willkommen zu heißen und dir zu sagen, daß du mir nach allem, was ich bisher von dir gesehen habe, sehr gefällst. Du bist vernünftig, und ich glaube, daß du Seth eine gute Frau sein wirst.«

Morgan öffnete den Mund, um zu protestieren, ließ aber nur einen enttäuschten Seufzer hören.

Nora ging zu ihr und strich ihr freundschaftlich über die Schulter. »Bitte, erlaube einer Mutter, zu glauben, daß ihr Sohn eine gute Partnerin gefunden hat.«

Morgan lächelte, und sie gingen gemeinsam zur Tür. »Was die Kleider betrifft«, fuhr Nora fort, »wird die Zeit nur für das Allernötigste reichen, aber meine Töchter würden sich sehr freuen, wenn sie dir die Stoffe für eine ganze Ausstattung mit auf die Reise geben dürften.«

Morgan wußte, daß Nora nun ihre Freundin war, und ihr Gespräch ließ ein gutes Gefühl bei ihr zurück.

Den Rest des Tages verbrachte sie mit Seths Schwestern. Es war nicht schwierig, gut mit ihnen auszukommen. Ihr Geplauder verlangte wenig Konzentration und keine tiefsinnigen Antworten. Austine und Eleanor erzählten von ihren Verlobten. Morgan entnahm Austines Worten, daß es sich bei ihrem Zukünftigen um einen schon älteren Mann mit sehr vernünftigen Ansichten handelte, aber Eleanors Bräutigam eher das Gegenteil war. Eleanors zukünftiger Mann hieß Jackson Brenner und war der älteste Sohn einer alteingesessenen, sehr reichen Familie. Austines Verlobter, James Emerson, war Witwer mit einem noch kleinen Kind.

Kurz vor dem Dinner ging Morgan nach oben, um sich die Hände zu waschen, und als sie das Zimmer wieder verließ, um in das Erdgeschoß zurückzukehren, hörte sie Seth mit einem anderen Mann reden. Sie blieb am Kopfende der Treppe stehen, um ihren Schwiegervater zu betrachten.

Morgan hatte wesentliche Züge von Seth im Gesicht seiner Mutter wiedergefunden, aber als sie nun William Colter ansah, glaubte sie Seth zu erblicken, wie er in zwanzig Jahren aussehen würde. William war ein großer und sehr kräftiger Mann. Die beiden schienen ein ganzes Zimmer ausfüllen zu können. Und sie hatten beide den gleichen nachsichtigen, etwas amüsierten Gesichtsausdruck, als sie die drei Schwestern beobachteten.

Seth blickte hoch und bemerkte Morgan zuerst. Eine

Sekunde lang wünschte sie, daß er sie mit dem gleichen Blick angesehen hätte, der ihr an anderen Männern aufgefallen war, die ihre jungen Frauen anschauten, doch dann begrub sie diesen Wunsch.

»Hallo, da habe ich ja noch eine Tochter, und noch so eine hübsche dazu!« William Colter streckte ihr beide Arme entgegen.

Morgan schüttelte ihm herzlich die Hand. »Ich bin zwar Ihre Schwiegertochter, aber ich fürchte, Sie sehen mich nicht so ganz richtig«, sagte sie mit einem Lächeln.

Er tätschelte ihre Hand. »Für mich sind alle Frauen hübsch«, erklärte er charmant. »Wollen wir nicht ins Eßzimmer gehen? Ich habe einen Mordshunger.«

Im Speisezimmer setzten sie sich an einen großen Mahagonitisch. Morgan bekam ihren Platz zwischen William und Seth, während Nora sich ihr gegenüber niederließ. Austine und Eleanor hatten ihre Stühle neben Nora, und Jennifer ihren neben Seth. Es war leicht zu erkennen, daß Jennifer ihren Bruder am meisten vergötterte.

»Papa«, begann Eleanor, »Morgan braucht ein paar neue Kleider, und die müssen fertig sein, ehe sie und Seth in den Westen reisen. Würdest du uns morgen alle nach Louisville mitnehmen, damit wir dort Stoffe kaufen können?«

William wandte sich Morgan zu und bemerkte zum erstenmal ihr Kleid.

»Dürfen wir, Papa?« rief Jennifer.

»Ja, natürlich. Ich muß ja selbst dort ein paar Einkäufe erledigen.«

Nora warf Morgan einen Blick zu. Ihre neue Schwiegertochter würde bestimmt keinen Einkaufstag mit drei kichernden Mädchen verbringen wollen.

»Hört mal, ihr vergeßt, daß Morgan eine frischgebackene Ehefrau ist. Ich bin sicher, sie würde den Tag gern mit ihrem Mann verbringen.«

Morgan nickte ihrer Schwiegermutter dankbar zu. »Kannst du reiten, Morgan?« fragte Nora ruhig. »Ja, aber ich habe seit zwei Jahren nicht mehr auf einem Pferd gesessen.«

»Sehr gut. Seth, du mußt deiner Frau unbedingt die Plantage zeigen.«

»Ja, warum nich«, gab Seth zurück. Er nahm Morgans Hand, die neben ihm auf dem Tisch lag, und hob sie an seine Lippen. Mit einem spöttischen Funkeln in seinen Augen sagte er: »Ich wäre überglücklich, wenn ich meine kleine Frau einen Tag lang aufs Land entführen dürfte. Bist du damit einverstanden, *mi querida*?«

»Oh, Seth«, hauchte Jennifer, »du bist ja so romantisch!«

In diesem Moment blickten ihn alle Familienmitglieder an. Eleanor und Austine auf eine ziemlich verträumte Weise und Nora und William wie zwei behäbige, zufriedene Hennen, die froh waren, daß ihr Küken endlich unter der Haube war.

Wieder war es Jennifer, die zuerst das Schweigen brach. »Aber wie können wir denn wissen, was wir für sie einkaufen sollen? Sie muß uns nach Louisville begleiten.«

»Wie ihr sehen könnt, weiß ich so gut wie gar nichts von Kleidern«, entgegnete Morgan gelassen. »Was euch gefällt, wird auch mir gefallen.«

»Nein«, mischte sich Nora ein. »Meine Töchter neigen zu Rüschen und Spitzen. Du bist zu zierlich für so etwas. Und zudem«, fuhr sie fort, während sie Morgans Gesicht zu studieren schien, »haben sie eine Vorliebe für Pastellfarben. Du brauchst reine, strahlende Farben – Rot, Grün, helle Blautöne und auch Schwarz.« Nora unterbrach sich, als sie den gelangweilten Ausdruck ihres Sohnes bemerkte und lachte. »Ja, mein Lieber. Ich höre ja schon auf, von Kleidern zu reden.«

»Du mußt nur darauf achten, daß sie aus derbem, widerstandsfähigem Material bestehen«, beendete Seth das Gespräch.

Nach dem Dinner zog sich Morgan wieder auf ihr Zimmer im ersten Stock zurück. Die letzten beiden Tage waren sehr anstrengend für sie gewesen. Als sie die Tür öffnete, entdeckte sie Bessie im Zimmer, die eine große weiße Badewanne mit Wasser füllte. »Ich wußte, Sie würden zu müde sein, um heute abend lange aufzubleiben. Deshalb habe ich schon das Bad für Sie zurechtgemacht.«

»Oh, vielen Dank, Bessie. Sie wissen ja gar nicht, wie sehr ich mich darauf freue.« Morgan griff sich an den Kopf, um ihre Haarnadeln zu entfernen.

»Nein, junge Frau, Sie setzen sich dorthin und lassen die alte Bessie das machen. Ich habe mehr als einmal eine Lady frisiert. Schließlich habe ich doch drei Töchter im Haus groß werden sehen.«

Als Morgans Locken sich aus dem strammen Knoten auf dem Hinterkopf lösten und in einer breiten Flut zu ihrer Taille hinunterfielen, sog Bessie geräuschvoll die Luft ein.

»Lieber Himmel, Kind! Warum wollen Sie denn diese wunderschönen Sachen vor allen Leuten verstecken?« Sie hob Morgans schimmernde Haarpracht hoch. »Passen Sie auf, wie ich Sie frisieren würde – so etwa.« Bessie steckte die Haare locker auf Morgans Scheitel fest.

Morgan lachte und stand auf, während die ältere Frau ihr die winzigen Knöpfe hinten am Kleid öffnete. Als Morgan einen Augenblick später nackt vor Bessie stand, rief diese erstaunt: »Und ich dachte, sie wären ein bißchen breit um die Taille herum und oben dafür um so flacher! Aber wie man sich doch täuschen kann.«

Morgan hätte sich jetzt gerne rasch wieder bedeckt. Sie hatte sich bisher lediglich vor ihrer Mutter und ihrer Amme nackt gezeigt, und das auch nur als Kind. Sie stieg rasch in die Wanne, lehnte sich im Wasser zurück und schloß die Augen. So lag sie da, träumte und hörte nicht, wie sich die Tür hinter Bessie schloß und dann wieder aufging. Seth war ins Zimmer getreten und schaute auf seine kleine Frau hinunter. Ihre dichten Haare türmten sich wie eine Krone auf ihrem Kopf. Ein paar Locken ringelten sich über ihren Rücken, und ein paar Strähnen klebten an ihrem vom Dampf feuchten Gesicht. Ihre Haut war makellos, schimmerte hell auf den glatten Schultern, von wo aus Seths Blick zu dem bläulichen Schatten zwischen ihren runden Brüsten wanderte, die mit ihren Spitzen gerade noch aus dem Wasser hervorlugten. Ein schlanker Arm ruhte links und rechts auf dem Rand der Wanne. Er betrachtete Morgan, bis er merkte, daß sie die Augen aufgeschlagen hatte.

Sie sahen sich eine Sekunde lang an, und Seth grinste. »Meine Schwestern schicken mich, um dich zu fragen, ob du einen bestimmten Kleiderstil bevorzugst. Das scheint sehr wichtig zu sein für die Wahl des Stoffes.«

Morgan hielt seinen Blick fest und sagte ruhig: »Nein. Ich kenne mich weder mit Kleiderstilen noch mit Stoffen aus.«

Seth wandte sich wieder zum Gehen, schaute dann aber noch einmal mit spitzbübischem Blick auf sie zurück. »Soll ich ihnen sagen, daß ich den Stil bevorzugen würde, in dem ich dich jetzt sehe? Diese Badewanne steht dir viel besser als alles, was du bisher getragen hast.«

»Sie!« Morgan sah sich nach etwas um, mit dem sie nach ihm werfen konnte.

Er lachte. »Vorsicht – oder ich sehe mehr als nur die Badewanne.« Er drehte sich um und verließ unter Gelächter das Zimmer.

Sie versuchte, zu ihren Träumen zurückzukehren, doch Seth hatte ihr die Stimmung dafür verdorben. Also kletterte Morgan aus der Wanne und trocknete sich ab, um dann in das große Vier-Pfosten-Bett zu steigen. Als sie in den Schlaf hinüberglitt, sah sie plötzlich wieder Seths Augen vor sich. Warum war ihr nur so warm geworden bei seinem Blick?

4

»Wach auf. Ich dachte, du wolltst die Plantage besichtigen.« Seth rüttelte sacht an ihrer Schulter.

Morgan streckte sich und lächelte zu ihm hinauf. Himmel! dachte er. Sie sieht so anmutig aus wie eine Märchenfee! Während er sie betrachtete, spürte er sein Verlangen nach ihr in sich wachsen. »Entweder steigst du jetzt aus dem Bett, oder ich komme zu dir hinein.«

Sie war überrascht von seinem Ton und schlug die Augen auf. Dann rollte sie schnell hinüber zu der anderen Seite des

Bettes und sprang hinaus. Als sie ins Ankleidezimmer eilte, hörte sie ihn etwas von einem Bullen am Morgen murmeln. Morgan kicherte leise, während sie wieder das Kleid überstreifte, das sie schon gestern getragen hatte.

Sie bemerkte, wie Seth das Gesicht verzog, als sie aus dem Ankleidezimmer zurückkam. »Darf ich Sie daran erinnern, daß ich auf Ihren Wunsch hin keine Kleider mitgenommen habe? Das, was ich anhabe und mein Nachthemd sind meine ganze Garderobe.« Er verließ das Zimmer und kam in wenigen Minuten mit einem Reitkleid wieder. »Das gehört Jennifer. Probieren Sie es an.«

Morgan kehrte aus dem Ankleideraum zurück, nachdem sie das hellgrüne Cordgewand angezogen hatte. Jennifer war größer als sie und auch erheblich schwerer, und ihr Kleid paßte Morgan genauso wenig wie die Kleider, die ihr Onkel ihr gekauft hatte.

Seth schnitt eine Grimasse. »Wir haben nichts anderes, also müssen wir uns damit zufriedengeben.«

Im Haus war es noch ruhig, und auch im Stall hatte der Dienst noch nicht begonnen. Seth gab ihr eine dicke mit Butter bestrichene Scheibe Brot und sattelte zwei Pferde für sie. Morgans Stute war ein sanftes Tier, und sie war froh darüber, weil sie nicht die Kraft hatte, auch noch gegen ein Pferd zu kämpfen.

Sie ritten schweigend nebeneinander, genossen beide den kühlen Märzmorgen. Nach einer Stunde zügelte Seth seinen Hengst und sagte: »Dieser Fluß dort ist die Grenze der Colter-Plantage. Lassen Sie uns dort hinuntergehen, und ich zeige Ihnen einen Platz, wo ich als Kind immer gespielt habe.« Er half Morgan aus dem Sattel und schien gar nicht zu merken, daß er sie dabei um die Taille faßte.

»Geben Sie mir Ihre Hand«, sagte er am Flußufer, und dann wateten sie durch das Wasser zu einer Gruppe von Felsen, die am anderen Ufer standen. Er ließ ihre Hand auch nicht los, als sie die Böschung hinaufkletterten und über eine Wiese schlenderten. »Ich bin sehr oft hierhergekommen«, erzählte er. »Es schien so aufregend, weil das nicht mehr Colter-Land war.«

»Und Ihre Schwestern?«

»Die hatten Angst, sich schmutzig zu machen.«

»In Trahern House gab es einen besonderen Platz für mich. Das war eine alte große Sykomore, die allein auf einer Wiese stand. Ich trampelte das ganze Gras unter dem Baum nieder und schuf mir so einen großen Platz unter seinen Ästen, doch konnte mich niemand dort sehen, wenn er nicht ganz nah herankam, weil die Gräser ein ganzes Stück größer waren als ich.« Ihre Augen leuchteten.

»Ich glaube, Ihr Platz hätte mir gefallen.«

Morgan lachte. »Ich hatte weder Brüder noch Schwestern, mit denen ich diesen Platz hätte teilen können. Vielleicht hätte ich Ihnen den Platz gezeigt.« Sie blieb stehen und legte rasch die Hand auf den Mund.

»Was ist denn?« fragte Seth bestürzt.

»Ach, mir fiel nur eben ein, daß Sie bereits erwachsen waren, als ich dort noch im Gras unter der Sykomore spielte.«

Er lachte. »Ja, da haben Sie wohl recht. Schließlich bin ich ja vierzehn Jahre älter als Sie. Ich scheine doch immer wieder zu vergessen, daß Sie genauso alt sind wie meine kleine Schwester.«

Morgan blickte zu ihm hoch, lächelte und drückte kurz seine Hand. »Ich glaube, das sollte wohl ein Kompliment für mich sein.«

Seth spürte ein unwiderstehliches Verlangen, ihr einen Kuß zu geben, doch als er sich gerade zu ihr hinunterbeugen wollte, hatte Morgan einen großen bunten Schmetterling entdeckt und zog Seth hastig an der Hand hinter sich her. Verdammt! Frauen waren dazu da, daß man sie küßte und anzog wie Schaufensterpuppen, aber man sollte nicht mit ihnen in den Wäldern herumrennen und dabei von seiner Kindheit erzählen.

Er wurde aus seinen Gedanken gerissen, als er endlich den Baum sah. Er hatte einmal weit entfernt vom Flußufer gestanden, doch die Strömung hatte den Boden weggespült, und nun warfen seine Äste einen Schatten auf das klare Wasser.

»Dort ist es.«

Morgan erblickte den Baum, auf den sein Finger deutete, und

ehe Seth noch ein Wort sagen konnte, hatte sie schon seine Hand losgelassen, kletterte die Böschung hinunter und setzte sich unter den Baum. Sie blickte erwartungsvoll zu Seth hinauf.

Er blieb stehen und sah zu ihr hinunter. Sie hatte jetzt einen großen Schmutzfleck auf dem viel zu großen Hosenrock, und an ihrer rechten Wange klebte Lehm.

Sie merkte genau, warum er sie so eingehend betrachtete. »Ich dachte, Sie wüßten inzwischen, daß ich keine Lady bin und auch nicht vorhabe, eine zu werden. Ich fühle mich hier tausendmal wohler als auf Cynthia Fergusons Ball.«

Er lachte. »Mir gefällt es hier ebenfalls besser.« Jetzt stieg auch Seth die Böschung hinunter und setzte sich neben Morgan.

Sie nützte die Gelegenheit, um ein paar Dinge zu klären. »Seth, ich wollte etwas mit Ihnen besprechen. Gestern morgen stritten wir uns wegen meiner Frisur, und gestern abend war ich wütend, als ich in der Badewanne lag...« Sie unterbrach sich, aber er sagte nichts, schaute sie nur von der Seite an.

»Ich möchte, daß unsere Beziehung auf einer freundschaftlichen Ebene bleibt. Ich will nicht, daß wir uns streiten. Nun, was ich sagen will..., es muß Klarheit zwischen uns herrschen, daß wir nur eine Scheinehe eingegangen sind – eine geschäftliche Vereinbarung getroffen haben.«

»Ich verstehe. Sie wollen auf keinen Fall das Bett mit mir teilen.« Seine Augen waren kalt. »Nun schön.« Er musterte ihren strengen Haarknoten, das sackartige Kleid. »Ich glaube, ich kann mich so weit beherrschen, daß ich Sie nicht belästigen werde. War das Ihre ganze Sorge?«

Sie war verletzt von seinem Zorn. »Ich denke, ja.«

»Dann gebe ich Ihnen mein Wort, daß ich mich Ihnen niemals aufdrängen werde. Stellt Sie das zufrieden?«

Sie seufzte. »Ja.«

Mit Seths guter Laune war es nun vorbei. Aber für Morgan schien die Sonne nun erst richtig aufgegangen zu sein. Sie war erleichtert. Offenbar war die Gefahr, daß sie sich streiten könnten, nun für immer gebannt.

Seths barsche Stimme brach das Schweigen zwischen ihnen.

»Lassen Sie uns zu den Pferden zurückgehen.« Er stand auf und ging in die Richtung davon, wo die beiden Tiere angepflockt waren.

»Seth, warten Sie!«

Mit einem ungeduldigen Ausdruck auf dem Gesicht blieb er stehen.

»Seth...« Sie legte ihm die Hand auf den Arm. »Es war nicht meine Absicht, Sie zu ärgern. Ich wollte nur versuchen, Ihnen zu sagen, daß ich mir Ihre Freundschaft wünsche. Ich will keinen Streit mit Ihnen. Doch irgendwie scheine ich alles nur noch schlimmer gemacht zu haben.«

Sein Zorn legte sich wieder, und er lächelte. »Sie haben recht, kleine Frau. Ich habe ein hitziges Temperament. Ich bitte Sie für mein grobes Benehmen um Vergebung.« Er nahm seinen Hut ab und verbeugte sich vor ihr.

Morgan lachte. »Ich vergebe Ihnen, Sir.«

»Und um Ihnen meine Reue zu zeigen, werde ich die Köchin bitten, uns morgen einen Picknickkorb vorzubereiten, den wir in meine Hütte mitnehmen – ein hübscher Platz ein Stück weiter flußaufwärts. Würde Ihnen das gefallen, meine kleine Lady?«

»Durchaus, mein guter Sir, bis auf eine Kleinigkeit.«

Wieder bildete sich eine Falte auf Seths Stirn. »Und was für eine Kleinigkeit gefällt Ihnen daran nicht?«

»Ich möchte, daß Sie mir gestatten, den Picknickkorb selbst vorzubereiten«, erwiderte Morgan mit einem berückenden Lächeln.

»Du! Du kannst kochen?«

»Darüber sollen Sie sich morgen selbst ein Urteil bilden.«

Jetzt lächelte auch Seth. »Mir scheint, ich habe bei diesem Handel mehr bekommen, als ich mir davon versprechen durfte. Eine Frau, die kochen kann! Ich hoffe nur, daß Lupita nicht eifersüchtig wird.«

»Lupita?«

»Das ist meine Köchin auf der Ranch in Neu-Mexiko.«

»Ich möchte, daß Sie mir morgen etwas von Ihrer Ranch erzählen. Ich mag Tiere.«

Langsam gingen sie zu ihren Pferden und ritten in einträchtigem Schweigen zum Herrenhaus zurück.

Kurz vor dem Dinner hörte Morgan die Stimmen ihrer Schwägerinnen.

»Morgan, komm herunter und schau dir das an!« Jennifers rundes Gesicht strahlte nur so, als sie Morgan zu einem Tisch führte, der unter seiner Last von Stoffen und Bändern und anderem Putzwerk fast zusammenbrach. Trotz der Empfehlungen, die Nora ihren Töchtern mit auf den Weg gegeben hatte, waren es durchweg zarte Pastelltöne, die Morgan dort auf dem Tisch erblickte – helles Beige, Rosa und blasses Blau. Nora betrachtete die Einkäufe und rief:

»Aber Mädchen, ich habe euch doch gesagt, daß ihr Stoffe in kräftigen, reinen Farben wählen müßt, die zu Morgan passen! Das ist nichts für ihren hellen Typ!«

Die drei jungen Frauen sahen sie betreten an. Eleanor meinte schüchtern: »Aber, Mutter, das sind doch so schöne Farben!«

Morgan befühlte die dünnen Seiden- und Satinstoffe. Sie waren absolut ungeeignet für Neu-Mexiko.

»Wie ich sehe, haben meine kleinen Schwestern genau das Richtige gekauft für einen langen anstrengenden Treck zu den Bergen Neu-Mexikos.«

Sie drehten sich alle zu Seth um. Jennifer reckte das Kinn hoch. »Nur weil eine Lady in ein gottverlassenes Land reisen soll, heißt das noch lange nicht, daß sie aufhören muß, eine Lady zu sein.«

»Jennifer hat recht«, stimmte Austine zu. »Wenn eine Lady Seide trägt, wird sie sich immer daran erinnern, daß sie eine Lady ist.«

»Wenn eine Frau eine Lady ist, dann ist sie immer eine Lady – selbst wenn sie in Männerhosen herumläuft.«

»Männerhosen!« wiederholte Eleanor ungläubig. Abgesehen davon, daß sich tief in ihr Zweifel regten, ob sie mit ihren stämmigen Beinen überhaupt in eine Männerhose passen würde, fand sie dieses Ansinnen ungeheuerlich.

»Also gut, Schwestern«, fuhr Seth in weniger spöttischem

Ton fort, »da ihr für Morgan total ungeeignete Stoffe ausgesucht habt, müßt ihr sie eben behalten und ihr etwas von eurer Garderobe abtreten, das besser zu ihr paßt. Nur wirklich derbe Sachen kommen für sie in Frage.«

Morgan konnte den Mädchen ansehen, daß ihnen der Vorschlag, sich aus diesen Stoffen neue Kleider anfertigen zu lassen, nicht unangenehm war.

Austine faßte sich als erste. »Morgan, laß uns hinaufgehen und sehen, ob du in meinem Kleiderschrank etwas Geeignetes findest.«

Als die drei Mädchen mit Morgan die Treppe hinaufliefen, sah sie noch einmal zu Seth zurück. Er stand vor dem mit Seide und Brokat überladenen Tisch und schüttelte den Kopf. Kein Wunder, daß er alle Frauen für dumm hält, dachte Morgan.

Zwei Stunden später kam sie völlig erschöpft aus den Schlafzimmern der Mädchen zurück. Sie hatte ein Kleid nach dem anderen probiert. Doch egal, was sie anzog – es war ihr alles viel zu weit und zu groß. Seths Schwestern hatten sich natürlich sofort angeboten, die Sachen mit Nadel und Faden passend zu machen, doch Morgan hatte dieses Angebot nach kurzem Nachdenken verworfen. Sie wußte, daß Seth ihr diese sonderbaren Blicke nur zuwarf, wenn sie ihre Haare offen trug, und hatte das Gefühl, daß er sich besser an sein Versprechen von heute morgen halten könnte, wenn ihr die Kleider wie ein Sack um den Leib schlotterten. Und deshalb erfand sie allerlei Ausreden und Ausflüchte, um ihre Schwägerinnen davon abzuhalten, die Kleider zu ändern.

Beim Abendessen versuchte Austine ihren Bruder als Verbündeten zu gewinnen, damit er Morgan überreden sollte, die Kleider, die sie sich ausgesucht hatte, doch noch ändern zu lassen. Doch zu ihrem Kummer ergriff Seth für Morgan Partei.

»Ich glaube, meine kleine Frau hat recht. Enge Kleider mit schweren Corsagen« – die Augen der Mädchen wurden ganz groß, weil sie sich fragten, woher ihr Bruder das Geheimnis ihrer Corsagen kannte – »eignen sich nicht für lange Fahrten auf dem Kutschbock eines holpernden Präriewagens unter sengender Sonne.«

Damit schien diese Angelegenheit endgültig erledigt, und das Gespräch wandte sich anderen Themen zu.

Nach dem Dinner zog sich die Familie ins Wohnzimmer zurück. Als sie es sich dort gemütlich machen wollte, klopfte ein Stallbursche an die Tür, um Seth und William zu melden, daß Susan jeden Augenblick fohlen würde.

Seth sprang sofort von seinem Sessel auf. »Nein, Pa, das ist meine Sache. Du bleibst hier und genießt deinen Brandy.« Er sah zu Morgan hinüber und zögerte, aber nur eine Sekunde lang. »Komm mit.«

Ihr Gesicht leuchtete auf vor Freude. Sie nahm seine Hand, und gemeinsam eilten sie hinüber in die Scheune.

Die Stute, Susan, lag im süß duftenden Stroh, und ihr Atem ging rauh und schnell. Die Geburt des Fohlens hatte bereits eingesetzt, und während Seth alles Nötige tat, hielt Morgan den Kopf der Stute und redete leise und beruhigend auf sie ein.

Es war eine leichte Geburt, und dennoch war die Spannung groß. Morgan wußte, daß Seth die hübsche kleine Stute sehr liebte und das Fohlen ihm gehören sollte. Er half der Stute, das Fohlen zu reinigen, und schon nach wenigen Minuten versuchte der kleine Hengst im Stroh aufzustehen.

Morgan und Seth standen nebeneinander und lachten über die ungeschickten Bemühungen des neugeborenen Fohlens. Als es dann die Zitzen der Mutter suchte, fanden sie, daß es Zeit sei, die beiden jetzt sich selbst zu überlassen.

Sie traten aus der warmen Scheune hinaus in die kühle Abendluft, und Morgan erschauerte. Ohne lange zu überlegen, legte Seth seinen Arm um ihre Schultern und zog sie näher an sich heran, bis ihre Körper sich berührten. Morgan wollte wieder von ihm abrücken, aber irgendwie hatte seine spontane, unreflektierte Geste etwas Beruhigendes.

»Sie haben das sehr gut gemacht mit der Stute.«

»Vielen Dank.«

»Ich glaube, Sie passen gut nach Neu-Mexiko. Da gibt es viele solche Jobs wie eben.« »Mir gefällt es hier draußen. Können wir uns nicht noch ein paar Minuten die Beine vertreten, ehe wir wieder hineingehen?«

Ohne ein Wort zu erwidern, nahm er ihre Hand und führte sie um die Scheune herum auf ein kleines Wäldchen zu. »Es ist ein langer Tag für Sie gewesen, nicht wahr?«

»Ja.«

»Und meine Schwestern – war es anstrengend für Sie, mit ihnen zu plaudern?«

Morgan lachte. »Ein bißchen. Sie schienen ganz verstört zu sein, weil ich keine Passion für Kleider habe.«

Seth blieb stehen und schwang sie herum, bis sie in seinen Armen lag. Seine Stimme war leise und tief. »Verraten Sie mir etwas, Morgan – was wünschen Sie sich am allermeisten in Ihrem Leben?«

»Trahern House«, – erwiderte sie, ohne zu zögern.

Er blickte lächelnd auf ihr Gesicht hinunter. »Mir gefällt Ihre Aufrichtigkeit. Sie ist so ungewöhnlich bei einer Frau.«

»Vielleicht ungewöhnlich bei den Frauen, die Sie bisher gekannt haben, aber ich kann Ihnen versichern, daß einige von uns außer Männern noch andere Dinge im Kopf haben.«

Seth lachte so laut, daß sein ganzer Körper in Bewegung geriet. Morgan löste sich aus seinen Armen und unterdrückte den Impuls, ihm einen Schlag ins Gesicht zu geben. Ihre Mutter hatte recht gehabt. Es war unmöglich, mit einem Mann eine vernünftige Unterhaltung zu führen. Männer waren immer davon überzeugt, daß eine Frau zwar ein nettes Spielzeug, aber kein ernsthafter Gesprächspartner war. Sie drehte sich um und rannte, von Zorn getrieben, auf das Haus zu.

Noch bevor sie es erreichen konnte, hatte Seth sie eingeholt und hielt sie am Arm fest.

»Nun warten Sie doch eine Sekunde, Morgan!« sagte er in einem Ton, der keine Widerrede duldete. »Überlegen Sie doch einmal, was Sie zu mir gesagt haben, und beantworten Sie mir dann die Frage: Wie viele von den unverheirateten Frauen, die Sie in den letzten beiden Jahren kennengelernt haben, hatten noch etwas anderes im Kopf als den Gedanken, wie sie sich einen Mann angeln können? Und wie viele Mütter mit heiratsfähigen Töchtern hatten noch andere Sorgen außer der einen, wie sie ihre Tochter unter die Haube bekommen?« Er hielt einen Moment inne und fuhr dann in gemäßigterem Ton fort: »Wenn Frauen ihre Einstellung zu Männern ändern – in einem Mann etwas anderes sehen als nur einen Preis, den es zu gewinnen gilt – dann, und erst dann werden auch die Männer ihre Einstellung zu den Frauen ändern!«

Morgan starrte vor sich auf den Boden. Er hatte recht. Die meisten Frauen waren wie Cynthia Ferguson und seine Schwestern. Sie hob den Blick und lächelte. »Sie haben recht. Aber ich *bin* anders!«

Ein spöttisches Licht trat in Seths Augen. Seine Stimme war leise, fast ein Flüstern, als er sein Gesicht jetzt ganz nah an ihres heranbrachte. »Ich sehe, daß Sie für leichtfertige Dinge nichts übrig haben... aber wie steht es mit Männern? Ich glaube, daß Sie vielleicht noch keine Gelegenheit hatten, sich in dieser Beziehung zu prüfen.« Seine Lippen bewegten sich zu ihrem Ohr hin, und sein Atem streifte es weich und warm. »Wenn Sie herausfinden wollen, was ein Mann ist, lassen Sie es mich wissen. Ich wäre glücklich, Ihnen bei Ihren... Erkundungen behilflich sein zu können.«

Seine Nähe machte Morgan nervös. Sie zog sich rasch wieder von ihm zurück und rannte ins Haus hinein, wo sie sich sicher fühlte.

5

»Morgan.« Seths Stimme war dicht an ihrem Ohr. »Zieh dich an! Wir wollen wieder ins Gelände, und jeden Moment kann die Sonne aufgehen.« Er stockte und blickte auf ihr schlaftrunkenes Gesicht hinunter. »Besser noch – du bleibst, wie du bist. Du gefällst mir so.«

Morgan öffnete die Augen und lächelte zu ihm hinauf. Sie gewöhnte sich immer besser an seine Stimme, diesen neckenden Unterton, und an sein offenes, gönnerhaftes Lächeln. Sie waren zwar erst vier Tage verheiratet, kannten sich noch keine

Woche, doch sein Anblick war ihr so vertraut geworden, daß sie sich wunderte, warum sie sich eigentlich immer vor Männern gefürchtet hatte. Seth war vernünftig, freundlich und rücksichtsvoll. Wenn ihre Freundschaft sich immer weiter festigte, würde das ein angenehmes Jahr für sie beide werden.

»Nun?«

»Ich stehe ja schon auf.« Sie eilte in das Ankleidezimmer hinüber und legte rasch das grüne Reitkleid an, das Jennifer ihr überlassen hatte. Ihre Haare fielen ihr in großen Locken über den Rücken, als sie ins Schlafzimmer zurückkehrte und sich vor den Spiegel setzte. Sie nahm die Bürste zur Hand, um sich zu frisieren und ihr Haar dann zu einem festen Knoten aufzustecken.

»Nein!« Seths Stimme zwang sie, in ihrer Tätigkeit innezuhalten. »Laß es, wie es ist. Ich möchte es mir gern ansehen.« Morgan öffnete den Mund, um zu protestieren, aber er legte ihr zwei warme Finger auf die Lippen. »Ich will jetzt nicht von dir belehrt werden, daß es nicht auf Äußerlichkeiten, sondern auf die inneren Werte ankommt. Laß dein Haar los – bitte.«

Da sie den Tag nicht mit einem Streit beginnen wollte, gab sie nach. Als sie etwas später das Zimmer verließen und auf Zehenspitzen in die Küche hinuntergingen, konnte Morgan immer noch Seths Finger auf ihren Lippen spüren.

»Offenbar ist es früher, als ich dachte, sonst müßte die Köchin, der alte Drache, schon den Ofen geschürt haben«, flüsterte Seth, als sie in die große, noch leere Küche kamen.

»Sie ist aber sehr nett zu mir gewesen, als ich gestern nachmittag mit ihr das Picknick zusammenstellte.«

»Nett? Die Köchin und nett zu einer Lady? Sie glaubt, daß Damen nicht das Salz in der Suppe wert wären.«

»Vielleicht hält sie mich eben nicht für eine Lady. Schließlich habe ich ja auch das Essen für heute vorbereitet. Ich glaube nicht, daß Kochen eine Beschäftigung ist, die sich für Damen schickt.«

»Oh, richtig! Ich hatte ja ganz vergessen, daß meine kleine Frau kochen kann. Ich glaube, du findest in fünf Grafschaften nicht eine Lady, die Ahnung vom Kochen hat. Weib!«

Morgan schreckte bei seinem Ausruf zusammen.

»Wo ist mein Frühstück?«

Sie ärgerte sich über seinen Ton. »Ich koche nur, wenn ich will. Kein Mann kann mir befehlen, daß ich irgend etwas für ihn tun soll.«

Seth stöhnte und richtete die Augen zur Zimmerdecke. »Oh, Gott! Glaubst du, daß ich diese Strafe verdient habe? Ein ganzes Jahr mit einer Frau zusammenleben zu müssen, die keinen Sinn für Humor hat? Und wenn ich zu ihr sage, sie hätte hübsche Haare, fährt sie mir über den Mund, weil mich das nichts anginge. Und wenn ich zu ihr sage, ich bräuchte etwas zu essen, gibt sie mir zur Antwort, sie ließe sich nichts befehlen. Sage mir, o Herr, wie dein armer Knecht sich denn da verhalten soll!« Er senkte den Kopf, aber nur so weit, daß er Morgan aus den Augenwinkeln beobachten konnte. Sie hielt sich rasch die Hand vor den Mund, um ein Lächeln dahinter zu verstecken.

Seth bemerkte ihre Geste und schien Mut zu fassen. Wieder blickte er nach oben. »Wie war das bitte? Du meinst, man müsse dieses Mädchen überzeugen? Ja, aber womit? Mit einem was? Einem Kuß? Ah, ja, das könnte vielleicht klappen. Vielen Dank, o Herr.«

Er beugte sich zu Morgan hinunter, die ihn nun aus weit aufgerissenen Augen anstarrte. »Seth...«

»Du hast ja gehört. Es ist seine Idee, nicht meine.« Damit ging er zielstrebig mit gespitzten Lippen auf sie zu.

Morgan brachte sich auf der anderen Seite des großen Küchentischs in Sicherheit. »Seth... mach das nicht!« Als er ihr folgte, flüchtete sie wieder, und sie begannen beide, um den Tisch herum zu rennen.

»Der Allmächtige hat mir befohlen, die Köchin zu küssen, damit sie mir mein Frühstück macht.« Sein Lächeln wirkte ansteckend.

»Ich mache dir ja dein Frühstück – du brauchst dich nicht so zu verausgaben«, rief sie und hatte kaum noch genügend Luft zum Laufen, weil sie die ganze Zeit lachen mußte.

»Nun ist es aber genug mit der Alberei, Mädchen!« Seth

sprang mit einem Satz auf den Küchentisch und hüpfte dann über die Tischplatte auf Morgan zu. Diese hielt mitten im Schritt inne, verblüfft über die Behendigkeit, mit der ein so großer, muskulöser Mann wie er sich bewegte.

Ehe sie richtig zur Besinnung kam, hatte er sie schon mit beiden Armen umschlungen. »Jetzt habe ich dich«, sagte er immer noch lachend. Doch als er sie gerade küssen wollte, wurden sie beide von einer lauten Stimme hinter ihnen ernüchtert.

»Was ist denn hier passiert? Das hört sich ja an, als hätte man einen Stier in meiner Küche losgelassen! Und was hast du eigentlich mit deinen Stiefeln auf meinem Küchentisch verloren, Seth Colter?«

Die nörgelnde Stimme der Köchin wirkte wie eine kalte Dusche. Morgan sah verlegen zu Boden, doch auf Seth schien die Gardinenpredigt der älteren Frau keinen Eindruck zu machen.

»Guten Morgen, Carolyn! Wir haben nur soviel Lärm gemacht, damit du aufstehen solltest. Denn wir wissen doch, daß ohne dich die Sonne nicht aufgehen kann.«

»Also, da soll doch gleich...!« polterte die Köchin los, konnte aber dennoch nicht verhehlen, daß sie sich von Seths Bemerkung geschmeichelt fühlte.

»Seht nur!« rief Morgan und deutete auf den ersten kleinen Sonnenstrahl, der direkt vor den Füßen der älteren Frau einen hellen Fleck auf den Boden malte. »Seth hat recht, Carolyn. Sie haben uns die Sonne in die Küche gebracht.«

Das junge Paar verbrachte den Tag damit, zu reiten und Plätze zu besuchen, an denen Seth als Junge gespielt hatte. Es war ein Tag der unbeschwerten Zweisamkeit, den keine Mißstimmung trübte.

Als Seth und Morgan wieder am Herrenhaus eintrafen, waren sie gute Freunde geworden.

»Morgan, das war heute ein wunderschöner Tag für mich. Vielen Dank.«

Sie strahlte ihn an. »Für mich war er genauso schön.«

Er rückte näher an sie heran, doch sie rannte auf das Haus zu und rief außer Atem: »Fang mich doch!«

Nora hörte das Gelächter schon, ehe sie die beiden sah. Voller Vergnügen beobachtete sie, wie die zwei jungen Leute am Salonfenster vorbeiliefen. Sie drehte sich zu Cynthia Ferguson um und sagte in einem, wie sie hoffte, genüßlichen Ton: »Sieht so aus, als hätten mein Sohn und meine Schwiegertochter ein paar sehr angenehme Stunden hinter sich.«

Sie setzte ihre Teetasse ab, stand auf und ging zur Tür, um Seth und Morgan zu begrüßen. Doch Austine kam ihrer Mutter zuvor. Nora drehte sich an der Tür um und lächelte Cynthia zu, die am Teetisch saß und sich von Noras jüngeren Töchtern bewundern ließ. Die Mädchen schauten fast ehrfürchtig zu der schönen jungen Frau auf.

Als Nora die Salontür hinter sich schloß, hörte sie, wie Austine ganz aufgeregt zu Seth und Morgan sagte: »Cynthia Ferguson ist gekommen, um dem jungen Paar ihre Aufwartung zu machen. Sie mag nicht recht daran glauben, scheint mir, daß du Morgan geheiratet hast, Seth. Sie meint, euch beide kann sie sich schlecht als Eheleute vorstellen.«

»Still, Austine.« Nora blickte Morgan forschend an. Eine leichte Sonnenbräune gab ihrem Gesicht Farbe und den Augen etwas Strahlendes. Und ihre Haare! Nora hätte nie gedacht, daß Morgan so prächtige und dichte Haare haben könne. Ihre Schwiegertochter war ja bezaubernd. Und sie sah so aus, als käme sie eben aus den Armen ihres Liebhabers. Nora hoffte von Herzen, daß dies wirklich der Fall war.

Auch Seth wirkte heute ungewöhnlich heiter. Und er lächelte! Das war nicht mehr dieses schreckliche herablassende Grinsen, sondern ein Ausdruck echter Freude.

»Ich muß mich umziehen. Ich kann Cynthia doch unmöglich in diesem Reitkleid und mit aufgelösten Haaren begrüßen.«

»Ich helfe dir dabei, aber wir müssen uns beeilen. Cynthia wartet schon seit einer halben Stunde auf euch«, sagte Austine und nahm Morgans Arm.

»Ja, und deshalb sollte Morgan sie so begrüßen, wie sie ist«, meinte Nora.

»Aber Nora – ich muß mir doch wenigstens vorher die Haare richten!«

»Nein, Liebes, ich bin absolut nicht der Meinung, daß du jetzt deine Haare zu einem Knoten aufstecken solltest. Wenn Cynthia Ferguson uns einen unangemeldeten Besuch macht, dann muß sie auch darauf vorbereitet sein, ihre Gastgeberin und ihren Gastgeber« – sie warf Seth einen kurzen Blick zu – »in dem Zustand anzutreffen, in dem sie sich eben gerade befinden.«

Damit ging sie mit Morgan wieder auf die Salontür zu, aber Seth zog seine Mutter zur Seite und flüsterte: »Du führst doch etwas im Schilde, nicht wahr?«

Nora blickte ihren Sohn mit großen Augen an. »Ich habe keine Ahnung, was du damit meinst.«

»Morgan, Cynthia ist gekommen, um dich zu besuchen!« rief Eleanor mit ehrfürchtiger Stimme. War Cynthia Ferguson nicht eine allseits anerkannte Schönheit? Und nun hatte sie die Mühe einer langen Kutschfahrt auf sich genommen, um Morgan einen Höflichkeitsbesuch abzustatten.

»Hallo, Cynthia!« sagte Morgan. Sie fühlte sich, wie sie sich leider eingestehen mußte, ein wenig von Cynthias Gegenwart eingeschüchtert.

»Ach, meine liebe Kleine, was für ein... interessantes Kleid!« Cynthia streckte Morgan hoheitsvoll die Hand hin, und Morgan kam es fast so vor, als erwarte ihre Besucherin einen Handkuß. »Setz dich doch zu mir.« Cynthia klopfte mit der Hand auf das Polster der Couch, während sie nun den Blick auf Seth richtete. »Hallo, Seth. Deine Mutter sagte mir, du seist ausgeritten. Ist es nicht ein bißchen zu kühl dafür?«

Seth gab ihren Blick lächelnd zurück. »Es gibt Dinge, die einem Mann helfen, warm zu werden.« Damit warf er Morgan einen vielsagenden Blick zu.

Morgan hatte jetzt Mühe, ein Lachen zu unterdrücken, während die Mädchen rot wurden.

»Deine Schwägerinnen« – Cynthia wandte sich wieder an Morgan – »haben mir erzählt, daß du mit Seth von zu Hause durchgebrannt bist. Ich mochte das kaum glauben, da ich euch beide doch erst am Abend vorher miteinander bekannt gemacht habe. Oder hast du dich vielleicht nur verstellt? Habt ihr beiden euch wirklich nicht schon vorher gekannt?« Diese Frage war offenbar an Seth gerichtet. Die anderen im Raum schienen für sie nicht mehr wichtig zu sein.

»Nein, Cynthia.« Seth nahm die Tasse, die Austine ihm anreichte. »Ich glaube, du würdest so etwas Liebe auf den ersten Blick nennen. Wir kannten uns wirklich nicht vorher, und ich sah dann meine kleine Frau erst am nächsten Abend wieder, als ich mit ihrem Onkel verhandelte. Ein paar Stunden später waren wir verheiratet.«

Jennifer konnte nicht mehr an sich halten. »Ich hoffe, ich verliebe mich auch auf den ersten Blick.«

Morgan saß schweigend da. So wie Seth die Sache schilderte, klang sie tatsächlich romantisch. Sie erinnerte sich nicht so gern an den Ball, wo sie Seth gebeten hatte, sie zu heiraten. Unauffällig betrachtete sie Cynthias dunkle Schönheit, ihre exquisite Garderobe und ihre elegante Frisur. Vielleicht würde Seth sie heiraten, wenn dieses Jahr vorüber und ihre Ehe annulliert war.

Nora brach das Schweigen. »Seth, mir scheint, du hast heute eine sehr angenehme Zeit mit deiner Frau verbracht.« Sie zog dabei ein Blatt aus Morgans Haaren, studierte es angelegentlich und legte es auf den Teetisch.

»Auf einem Pferd durch den Wald zu galoppieren, entspricht leider nicht meinen Vorstellungen von einem angenehmen Zeitvertreib«, erklärte Cynthia und betrachtete mit unverhohlener Verachtung Morgans zerknittertes Reitkleid. »Man macht sich dabei nur die Garderobe schmutzig.«

Morgan und Seth wechselten einen Blick, und dann brachen sie beide in lautes Lachen aus. Erst gestern hatte Seth davon gesprochen, daß eine Lady sich nicht gern schmutzig macht, und Morgan hatte ihm geantwortet, daß sie keine Lady sei. Dieses Lachen, dessen Grund nur sie beide wußten, schaffte eine Verbindung zwischen ihnen, auf die die anderen wieder mit einem verlegenen Schweigen reagierten.

Nora, die nun davon überzeugt war, daß Morgan sich nicht

mehr von Cynthia einschüchtern ließ, scharte ihre Töchter um sich und verließ mit ihnen den Salon.

Nachdem sich die Tür hinter seiner Mutter und den Mädchen geschlossen hatte, fragte Seth: »Cynthia, darf ich dir sagen, daß du, wie immer, ganz reizend aussiehst?«

Cynthia warf ihm einen koketten Blick zu. »Aber, Seth, das darfst du mir sagen, sooft du willst. Du weißt doch –, sooft du es mir auch schon gesagt hast, ich höre es immer wieder gern.« Dabei drehte sie den Kopf ein wenig in Morgans Richtung, damit dieser kein Wort entgehen sollte, und setzte dann hinzu: »Morgan, hat Seth dir eigentlich schon erzählt, was für gute, alte Freunde wir beide sind?« Sie lächelte süß, aber ihre Stimme hatte einen beißenden Unterton.

Morgan gab das Lächeln genauso süß zurück, beugte sich vor und tätschelte Cynthias Hand. »Meine liebe Cynthia, ich würde mich an deiner Stelle nicht als *alte* Freundin bezeichnen.«

Cynthias Gesicht wurde hart, und ihre Augen sprühten Funken. Plötzlich ertönte ein merkwürdiges Geräusch, und die beiden Frauen wandten sich Seth zu. Er hatte offensichtlich ein Stück Kuchen verschluckt. »Entschuldigung, meine Damen«, sagte er und versuchte ein würdiges Gesicht zu machen. »Willst du nicht zum Dinner bleiben, Cynthia?« War da nicht ein Lachen in seiner Stimme?

»Nein, ich muß wieder weiter.« Sie stand auf, und Morgan und Seth erhoben sich mit ihr. Dann setzte Cynthia plötzlich ein strahlendes Lächeln auf und sagte mit seidenweicher Stimme: »Eigentlich bin ich ja nur hierhergekommen, um den Bräutigam zu küssen.« Sie trat ganz dicht an Seth heran und legte ihm die mit Filetspitzen bekleidete Hand auf die Brust, während sie Morgan den Kopf zudrehte. »Du hast doch nichts dagegen, mein Liebes – oder doch?« Ohne Morgans Antwort abzuwarten, schlang sie Seth die Arme auf eine, wie es Morgan vorkam, schon hundertmal praktizierte Weise um den Hals. Und dann zog Cynthia seinen Mund zu ihren Lippen herunter, während sie sich so eng an ihn schmiegte, als schmelze sie in seinen Armen dahin. Morgan wandte den Blick ab.

»Also, Seth, ich muß schon sagen – du hast dich überhaupt nicht verändert.« Cynthia drehte sich wieder Morgan zu, als wäre sie überrascht, sie noch immer im Zimmer vorzufinden. »Ach, ich *muß* jetzt leider gehen. Du wirst mich doch hoffentlich bald mal besuchen, ja?« sagte sie, an Seth gewendet, und drehte sich dann langsam zu Morgan um. »Und du mußt natürlich auch kommen.«

Seth trat zu Morgan und legte ihr den Arm um die Schultern. »Meine Frau wird dich natürlich nur zu gern besuchen – wenn wir mal wieder von Neu-Mexiko hierherkommen.«

»Neu-Mexiko! Ich dachte, eine – Frau würde dir solche Flausen... Gedanken, an so einem gottverlassenen Ort zu wohnen, austreiben.«

»Oh, nein – meine kleine Frau ist genauso erpicht darauf, nach Neu-Mexiko zu ziehen wie ich.«

Morgan, die sich Seths Arm auf ihren Schultern nur zu bewußt war, lächelte und gab Cynthia die Hand. »Du mußt uns mal wieder besuchen. Du findest den Weg zur Tür? Aber natürlich findest du ihn, da du dich hier ja so gut auskennst«, fügte sie ein wenig sarkastisch hinzu.

Cynthia drehte sich um und ging aus dem Salon, während Morgan dastand und auf die Tür starrte, die Cynthia recht unsanft ins Schloß fallen ließ. Sie zitterte vor Wut. Was bildete diese Cynthia sich eigentlich ein!

»Vorsicht! Die Tür ist aus Holz. Wenn du sie noch länger so anstarrst, fängt sie bestimmt Feuer.« Seth war zur Seite getreten und grinste über das ganze Gesicht.

Morgan drehte sich ihm zu. »Was gibt es denn da zu grinsen? Du hast ihren Besuch doch sehr genossen!« Sie tat so, als nippe sie – den kleinen Finger abgespreizt – an einer Teetasse. Dann sagte sie, Cynthias Stimme nachäffend, in blasiertem Ton: »‚Hat Seth dir denn nicht gesagt, daß wir *sehr alte* und *sehr gute* Freunde sind?‘« Ihre Empörung wuchs. »‚Ach, du hast doch nichts dagegen, daß ich den Bräutigam küsse?‘« Mir scheint, daß hat sie heute nicht zum *erstenmal* getan!«

Seths Gelächter hallte von den Wänden wider. »Würden Sie sich bitte wieder beruhigen, meine kleine Frau? Ich käme sonst noch auf den Gedanken, daß Sie eifersüchtig sind.«

»Eifersüchtig!« Ihre Stimme wurde etwas gelassener. »Ich bin nicht eifersüchtig – ich möchte mich nur nicht beleidigen lassen. Sie hatte kein Recht dazu, mich zu beleidigen.«

Seth trat zu ihr und zog sie an sich. »Du hast dich beleidigt gefühlt? Und du hast bemerkt, daß sie keine Anfängerin war, was das Küssen betrifft? Hat dich das etwa neugierig gemacht?«

»Nein.« Morgan war noch immer wütend. »Ich hatte nur den Eindruck, daß es für sie nichts Neues war, von *dir* geküßt zu werden.«

»Also bist du doch neugierig.«

»Nein... ich...«

»Ich habe dir bereits gesagt, daß ich jederzeit zur Verfügung stehe, falls du daran interessiert bist, das Küssen – oder ähnliches mehr – auszuprobieren.«

»Seth, du hast versprochen...«

»Ich habe dir mein Wort gegeben, daß ich dich nicht zu etwas zwingen werde. Aber dieses Versprechen verbietet mir nicht, daß ich versuche, dich zu überreden.«

Ihr Zorn verebbte allmählich, und sie legte den Kopf zurück und schmiegte sich an ihn, als er nun anfing, sie zu küssen.

»Oh, ich bitte um Entschuldigung, Kinder.« Nora war leise in den Salon zurückgekommen.

Morgan stemmte rasch die Hände gegen Seths Brust, um ihn von sich zu schieben. Doch er umschloß sie nur noch fester und wollte sie nicht loslassen.

»Cynthia ist gegangen, nachdem sie gesehen hat, was sie sehen wollte«, sagte Seth zu seiner Mutter.

Nora strahlte über das ganze Gesicht. Sie hatte ja gewußt, daß die Natur ihr Recht fordern würde.

Morgan, der es sehr peinlich war, daß sie in Seths Armen überrascht wurde, gab ihm einen heftigen Stoß mit dem Ellenbogen in die Magengrube. Doch Seth zuckte nicht einmal zusammen. Da funkelte sie ihn wütend an und zischelte durch die zusammengepreßten Zähne: »Laß mich gefälligst los!«

Er lachte leise, gab dann aber nach und ließ sie frei.

»Wir essen erst in einer Stunde zu Abend. Vielleicht wollt ihr beiden euch vorher noch ein bißchen hinlegen?«

Seth nahm seine Frau sofort bei der Hand und zog sie mit sich zur Tür. »Das ist eine gute Idee, Mutter.« Lächelnd führte er Morgan die Treppe hinauf zu ihrem Zimmer. »Nun laß uns dort weitermachen, wo wir unten aufgehört haben«, murmelte er, doch Morgan wich vor ihm zurück.

»Nein, Seth – vorhin war ich wütend.« Ihre Stimme hatte einen flehenden Ton. »Ich will, daß wir Freunde sind – nicht mehr.«

Er seufzte. »Schön – ich habe ja genügend Zeit. Ich kann warten. Warum ruhst du dich nicht aus? Bessie könnte dir vorher noch ein Bad zubereiten.«

»Das wäre herrlich.« Als er sich zum Gehen anschickte, sagte Morgan leise: »Vielen Dank, Seth – für deine Rücksichtnahme.«

6

Morgan blieb lange im heißen Wasser sitzen. Sie versuchte nicht an diesen Tag zu denken, an den langen Ritt mit Seth und ihre Empfindungen, als Cynthia ihn küßte. Es ging ihr alles viel zu schnell. Sie lehnte sich in der Wanne zurück und erinnerte sich an Trahern House.

Das Leben war dort so einfach, so geruhsam und harmonisch verlaufen. Sie hatte dort immer nur getan, was ihr gefiel, und ihre Tage waren ausgefüllt gewesen mit Reiten, Kochen, Strikken und der Pflege ihrer Blumen. Was für eine friedliche und glückliche Zeit! Damals hatte es nur wenige Menschen in ihrem Leben gegeben, und diese hatten sie in Ruhe gelassen.

Und jetzt hatte sie auf einmal eine Familie. Nora war so freundlich und immer so rasch zu einem Lachen bereit. Mit William konnte man schnell warm werden, und die Schwestern – komisch, daß sie einem nur zusammen einfallen wollten, als wären sie nur eine Person! Auch sie waren immer lustig und guter Dinge. Alle schienen sie soviel Freude am Leben zu haben. Morgan glitt tiefer in die Wanne hinein. Falls sie jemals Trahern House verlassen sollte, wäre sie nicht abgeneigt, bei den Colters zu wohnen. Aber natürlich würde sie Trahern House *niemals* verlassen. Wie kam sie nur auf solche Gedanken!

Sie hatte sich gerade fertig angezogen, als Seth hereinkam, um sich fürs Dinner umzuziehen. Er deutete mit dem Kopf auf die Wanne, die noch nicht geleert war. »Ich hätte doch schon früher heraufkommen sollen!«

Morgan lächelte ihm zu, während sie ihre Haare zu einem Knoten aufsteckte. Seth ging zu ihr und tippte mit dem Finger gegen die Haarspangen. »Deine Frisur heute nachmittag hat mir besser gefallen. Aber mit diesem Knoten bist du wenigstens keine Versuchung für mich.«

Morgan funkelte ihn an. »Gut! Dann darf ich also hoffen, daß du mich nicht mehr vor deiner Familie in Verlegenheit bringst.«

Nach dem Dinner zog sich Seth in die Bibliothek zurück, und der Rest der Familie versammelte sich im großen Wohnzimmer. William las und rauchte eine lange Zigarre. Die drei Schwestern fragten Morgan, ob sie ihnen beim Besticken von Austines Aussteuerwäsche helfen wollte.

»Eleanors Hochzeitskleid ist aus hellblauer Seide und das von Austine aus pinkfarbenem Satin«, plapperte Jennifer. »Sie sollen in diesem Sommer am gleichen Tag heiraten. Ich wünschte, du würdest an ihrem Hochzeitstag noch hier sein.«

»Ja, Morgan, das wünschen wir uns alle. Du könntest unsere Brautführerin sein. Es wäre herrlich, wenn du so lange hierbliebest. Glaubst du, daß sich das einrichten ließe?« Austine blickte Morgan erwartungsvoll an, doch Morgan schien ganz in ihre Stickarbeit versunken zu sein und gab ihr keine Antwort.

»Morgan.« Noras Stimme drang hell und deutlich an ihr Ohr.

Morgan blickte hoch und wurde sich erst jetzt bewußt, daß die Mädchen sie etwas gefragt hatten. »Es tut mir leid. Ich glaube, ich war mit meinen Gedanken gerade ganz woanders.

Nora wandte sich an ihren Mann. »William, weißt du, wo Seth hingegangen ist?«

»Er ist in der Bibliothek und liest seine alten Reisebücher.« Und dann, als habe er erst jetzt die Frage seiner Frau richtig begriffen, sagte er zu Morgan: »Warum leistest du ihm dort nicht Gesellschaft, Tochter? Ich bin sicher, daß er dir diese Bücher nur zu gerne zeigen würde. Sie waren schon seine Lieblingslektüre, als er noch ein kleiner Junge war. Und er hat jedem, der es hören wollte, daraus vorgelesen.«

»Ich habe Austine und Eleanor versprochen, ihnen beim Sticken zu helfen.«

»Nun sei nicht töricht, Morgan. Du bist in den Flitterwochen. Geh und verbring den Abend mit deinem Mann.« Nora sah sie lächelnd an. Sie wußte, daß Morgan sich jetzt nicht länger weigern konnte.

»Wenn ich frisch verheiratet wäre, würde ich jede Minute mit meinem Mann verbringen«, sagte Jennifer mit verträumtem Blick.

Morgan erhob sich, ging den Korridor hinunter und öffnete leise die Tür zur Bibliothek. Seth saß in einem großen Ledersessel hinter einem massiven Nußbaumschreibtisch. Er rauchte eine Zigarre und hatte einen dicken Folianten vor sich, in den er so vertieft zu sein schien, daß er ihr Kommen offenbar nicht bemerkt hatte. Da Morgan ihn bei seiner Lektüre nicht stören wollte, schlich sie auf Zehenspitzen zum Schreibtisch. Sie erschrak, als sie Seth sagen hörte:

»Schau dir das an.« Er deutete auf eine vergilbte Seite, die mit einer eckigen, schon verblassenden Handschrift bedeckt war.

Wir haben acht Tage darauf gewartet, daß das Hochwasser zurückgehen sollte. Die Sonne brennt erbarmungslos auf uns herunter. Es gibt keinen einzigen Baum, der uns Schatten spenden könnte. Vor uns breitet sich nur eine endlose eintönige

Grasflur aus. Und der Indianer wegen, die wir gesichtet haben, herrscht eine gereizte Stimmung zwischen uns.

»Wer hat das geschrieben?«

»Ich weiß es nicht. Mein Großvater hat dieses Buch, als ich noch ein kleiner Junge war, einem Franzosen abgekauft, den er in Louisville kennenlernte. Und dieses Journal ist nur eines von dreien, und zwar der mittlere Teil. Soweit ich mir ein Urteil erlauben kann – und ich habe diese Aufzeichnungen ein paarmal gelesen –, muß es sich hier um das Reisetagebuch sehr früher amerikanischer Siedler handeln, die versuchten, über die Prärie bis nach Santa Fé vorzustoßen.«

»Was ist aus diesen Siedlern geworden?«

»Auch das kann ich nicht sagen. Ich weiß nur aus anderen Quellen, daß alle Amerikaner in Santa Fé entweder getötet oder eingesperrt wurden, bevor Santa Fé die Unabhängigkeit von Spanien erlangte.«

Morgan schwieg.

»Die Reise, die vor uns liegt, ist kein Vergnügen, Morgan. Sie wird ungefähr drei Monate dauern, und dabei müssen wir ein paar ziemlich rauhe Landstriche durchqueren. Setz dich dorthin, und ich lese dir etwas aus diesem Kapitel vor.«

Sie gingen beide zu der kleinen Ledercouch unter dem Fenster, dessen Läden geschlossen waren. Ein kleines Feuer brannte im Kamin zu ihrer Linken. Morgan kuschelte sich an einer Seite des Sofas in die Polster und hörte Seth zu, der ihr vorlas. Seine tiefe Stimme hatte selbst dort eine beruhigende Wirkung, wo das Reisetagebuch von den Schrecken des Santa-Fé-Trails berichtete. Doch es kündete auch von der jubelnden Freude der Siedler, als sie auf die Quelle des Cimarron stießen. Durst und Mangel an Wasser wurde von dessen Überfluß abgelöst – von Flüssen, die weite Teile des Landes überschwemmten. Morgan versuchte, dies alles vor ihrem inneren Auge heraufzubeschwören, doch es gelang ihr nicht. Sie blickte träge in das flackernde Kaminfeuer und lauschte Seths tiefer, sonorer Stimme.

Irgendwann hörte er auf zu lesen, um einen Blick auf seine

Frau zu werfen. Sie schlief friedlich auf der Couch, die Beine unter dem viel zu weiten Rock an den Körper gezogen. Sie sah aus wie ein Kind von zehn oder elf Jahren. Er blies die Lampe aus und rückte dichter an sie heran. Im Schlaf kuschelte sie sich an ihn, und er legte den Arm um ihre Schultern und zog sie noch fester an sich, bis ihr Kopf an seiner Brust ruhte.

Eine Stunde später, als Nora in die Bibliothek kam, um ihrem Sohn gute Nacht zu sagen, fand sie die beiden so auf der Couch vor. Sie blieb ein oder zwei Minuten im Türrahmen stehen, ein wenig schuldbewußt, weil sie hier eingedrungen war.

Morgan erwachte von dem Geräusch der sich wieder schließenden Tür.

»Na, mein kleines Mädchen, bist du jetzt bereit, ins Bett zu gehen?«

Es war ihr sehr peinlich, als sie bemerkte, wie und wo sie auf der Couch lag. Sie stand rasch auf und eilte hinauf in ihr Zimmer. Dort zog sie sich hastig im Ankleidezimmer aus und lag kurz darauf im Bett.

Seth kam die Treppe herauf, als Morgan bereits im Bett lag, und zog sich dann in dem vom Mond erhellten Raum aus. Sie zwang sich dazu, zur Seite zu sehen, als er nackt im Zimmer stand. Sie erschauerte und glitt tiefer unter die Zudecke. Es ist doch nur Neugierde, sagte sie sich, und kurz darauf war sie eingeschlafen.

Die Sonne stand schon hoch über dem Horizont, als Morgan am nächsten Morgen erwachte. Sie räkelte sich faul auf dem Laken und dachte, wie gut es doch sei, daß man auch mal länger schlafen konnte. Die letzten Tage waren sehr anstrengend gewesen, und Cynthias Ball lag noch keine Woche zurück.

Sie blickte zum Fußende des Bettes hin und sah, daß Seth nicht im Zimmer war. Sofort sprang sie aus dem Bett, zog sich an, steckte ihre Haare zu einem festen Knoten zusammen und rannte hinunter in die Küche.

»Guten Morgen, Carolyn.«

»Morgen! Ich bin schon seit vier Stunden auf!«

»Ich habe heute verschlafen. Wo stecken sie denn alle?«

»Wer weiß? Die Mädchen pflücken Blumen, glaube ich, und die Missis ist auf ihrem Zimmer. Der Herr ist mit Mr. Seth schon vor Stunden ausgeritten. Wollen Sie jetzt etwas frühstücken?«

»Ja, danke, ich besorge das schon selbst.« Morgan holte sich den Kaffee vom Herd. »Sie sagten eben, Seth sei ausgeritten? Wissen Sie auch, wohin?« Sie versuchte, einen unbekümmerten Ton anzuschlagen.

»Dachte mir schon, daß Sie das wissen wollen. Schließlich ist ihm ja jedes Mädchen der Grafschaft nachgelaufen – warum dann also nicht auch seine eigene Frau?«

Nach dieser Bemerkung hielt Morgan es für besser, nicht mehr über Seth zu sprechen, beendete so rasch wie möglich ihr Frühstück und verließ die Küche.

Sie traf Nora in der Halle. »Seth beabsichtigt, einige von den besseren Möbeln nach Santa Fé mitzunehmen. Er hat mir beim Frühstück gesagt, du sollst dir aussuchen, was dir gefällt.«

Morgan war sehr erfreut über diesen Vorschlag, und sie ging mit Nora nach oben, um ihre Auswahl zu treffen. Das Schlafzimmer von Nora und William war riesig, mit Eichendielen und Eichentäfelung und einem Vier-Pfosten-Bett, das noch größer war als das in Seths Zimmer. Fuß- und Kopfteil waren mit feinem Schnitzwerk überzogen.

»Ich kann mir doch unmöglich etwas aus diesem Zimmer aussuchen«, meinte Morgan.

»Morgan, du kannst jedes Möbelstück aus diesem Haus haben – mit Ausnahme von Williams Bett. Ich möchte, daß du und Seth einen guten Start in Neu-Mexiko habt.«

»Nora – du kennst doch unsere Vereinbarung. Ich werde nach einem Jahr wieder nach Kentucky zurückkehren.«

Als sie den großen Raum verließen, um den Flur zum nächsten Zimmer hinunterzugehen, sagte Nora leichthin: »Wer weiß? Vielleicht gefällt es dir in Neu-Mexiko.:«

Morgan lächelte. »Es könnte mir vielleicht gefallen, aber du weißt nicht, wie sehr ich Kentucky – und Trahern House entbehren würde.«

»Ein Haus und ein Stück Land sind kein Ersatz für Liebe.«

»Seit wann wäre hier denn Liebe im Spiel?«

»Ich habe euch beide beobachtet, wie ihr euch neckt und zusammen lacht. Freundschaft ist die beste Grundlage für Liebe und Treue.«

Morgan dachte einen Moment über Noras Worte nach. »Ja, ich glaube du hast recht. Es wäre möglich, daß ich am Ende dieses Jahres Seth lieben würde.«

Nora blieb abrupt stehen und drehte sich mit einem triumphierenden Blick zu ihrer Schwiegertochter um.

»Wie eine Schwester einen Bruder liebt«, schränkte Morgan ein und hatte dabei ein Gefühl, als habe sie ein Turnier gewonnen.

Seth und William kamen mittags von den Feldern zurück und nahmen mit Nora und Morgan den Lunch ein. Die Mädchen waren in das Haus eines Nachbarn eingeladen worden, wo sie wahrscheinlich bis zum Dinner bleiben wollten.

»Möchte meine kleine Frau alle Möbel mitnehmen, oder will sie dir noch einige dalassen, Mutter?«

Morgan konnte diesen spöttisch-herablassenden Ton, den Seth zuweilen anschlug, nicht ausstehen. »Das einzige Möbelstück, das ich gerne mitnehmen würde, ist das Vier-Pfosten-Bett aus dem Zimmer deiner Eltern«, sagte sie und sah, wie Vater und Sohn sich erschrocken anblickten.

Seth schluckte ein paarmal, ehe er protestierte: »Aber dann bräuchten wir doch noch ein zweites Fuhrwerk allein für das Bett! Und außerdem hat es schon immer in diesem Haus gestanden!«

Nora konnte nicht länger an sich halten und lachte. »Morgan hat doch nur Spaß gemacht, Seth.« Die beiden Männer atmeten auf. »Aber vielleicht hättest du es verdient, daß sie das Bett mitnimmt, weil du immer in einem Ton mit deiner Frau redest, als hättest du Jennifer vor dir.«

Seth blickte betreten auf seinen Teller und aß schweigend weiter, während William seine Frau fragte, ob Morgan denn etwas Geeignetes gefunden habe. Worauf ihm seine Schwiegertochter – erst stockend, dann freimütig – vortrug, daß ihrer Ansicht nach so hübsche und elegante Möbel, wie er sie in seinem Hause habe, viel zu schade seien für Neu-Mexiko.

Jetzt mischte sich auch Seth wieder ein. »Genau das habe auch ich zu meiner Mutter und den Mädchen gesagt, als ich das erstemal aus Neu-Mexiko zurückkam. Ich wollte schon damals ein paar Sachen mitnehmen, aber Chippendale-Möbel passen nun einmal nicht in ein Adobe-Haus.«

»Hast du ihr auch den Speicher gezeigt, Nora?« fragte William seine Frau.

»Nein, daran habe ich nicht gedacht. Dort findest du bestimmt etwas Geeignetes, Morgan!«

Nach dem Lunch ritt Seth mit seinem Vater wieder hinaus auf die Felder, während Nora und Morgan ihren Streifzug durch das Haus fortsetzten.

Ein großer Teil der Möbel, mit denen das Colter-Heim vor Noras Einzug eingerichtet gewesen war, stand jetzt auf dem Speicher. Die Stücke waren in Amerika angefertigt worden und viel schlichter als die Chippendale-Möbel. Es waren Sachen darunter, die mit Planwagen über weite, grundlose Wege in die Wildnis von Kentucky transportiert worden waren. Das Glanzstück war eine robuste Aussteuertruhe, bemalt mit zwei von einem Herz umschlossenen schnäbelnden Tauben und der Jahreszahl 1784 darunter.

Auch einige robuste Tische aus Eichenholz und dazu passende Stühle fanden sich. Es waren schlichte, mit Liebe angefertigte Möbelstücke, alt, aber stabil. Und da sie schon einmal eine beschwerliche Reise im Planwagen überstanden hatten, würden sie wohl auch eine zweite, nicht weniger anstrengende Fahrt aushalten können.

7

Dann dauerte es nur noch einen Tag bis zur Abreise, und Morgan bedauerte sehr, daß sie Seths Familie verlassen mußte – sie hatte sich so wohl bei den Colters gefühlt. Sie fürchtete auch den langen Treck über Land, weil sie dann ganz allein war mit Seth. Doch zum Grübeln blieb wenig Zeit, weil vieles noch im letzten Moment eingepackt werden mußte und sie von den Reisevorbereitungen ganz in Anspruch genommen wurde.

Nach dem Mittagessen traf Jake im Haus ein. Er war ein kleiner, drahtiger Mann, den Morgan auf ungefähr Sechzig schätzte. Jake und Seth umarmten sich bei der Begrüßung.

»Du kleines Wieselchen! Man sieht sofort, daß dir inzwischen die richtige Ernährung gefehlt hat! Wenn du so weiterschrumpfst, muß ich das nächstemal ein Vergrößerungsglas mitbringen, damit ich dich nicht aus Versehen in die Erde stampfe«, sagte der kleine Mann, der von Seths muskulösem Körper schier erdrückt wurde. Er grinste mit fast zahnlosen Kiefern zu Seth hinauf.

»Du hast recht, Jake! Ich habe deine gute Küche sehr vermißt. Aber mit ein paar von deinen ledernen Steaks hole ich rasch wieder auf und bin in ein paar Tagen fast so groß wie du.«

Arm in Arm drehten sie sich zum Haus um und sahen sich Morgan gegenüber. Seth bekam rote Ohren und stotterte: »Jake, das ist Morgan. Morgan ist – äh – meine Frau.«

Jake richtete seinen Blick wieder erstaunt auf Seth und brach in Lachen aus. Dieser starrte auf seine Stiefelspitzen, während Morgan, von Jakes Gelächter angesteckt, ein Lächeln nicht unterdrücken konnte. Dann krähte der kleine Mann, sich die Tränen aus den Augen wischend: »Was habe ich gesagt? Habe ich nicht recht behalten?« Und in etwas ernsterem Ton zu Morgan: »Ich wollte Sie nicht beleidigen, Ma'am. Das war nur so 'ne kleine Wette zwischen uns beiden, die ich, wie's scheint, gewonnen habe.« Er streckte ihr die Hand hin. »Erfreut, Sie kennenzulernen.«

Jake erwies sich als der geborene Geschichtenerzähler und unterhielt beim Dinner die ganze Tischrunde. Nach dem

Abendessen zogen sich die Damen ins Wohnzimmer zurück, während Seths Vater mit Jake in die Bibliothek ging.

Seth nützte die Gelegenheit, um noch in allerletzter Minute ein Paket auf den Wagen zu legen. Es war eine kleine Spieluhr, die er Morgan zu Weihnachten schenken wollte. Nachdenklich blieb er ein paar Minuten draußen stehen, bevor er ins Haus zurückkehrte und die Bibliothek aufsuchte.

Jake war inzwischen auf sein Zimmer gegangen, und Vater und Sohn waren unter sich. Die beiden Männer waren immer sehr gut miteinander ausgekommen und hatten noch eine Menge zu bereden. Bis um zehn Uhr abends hatten sie eine ganze Flasche Brandy leergetrunken. Dann erhoben sie sich aus ihren Sesseln, weil Nora mit den Mädchen und Morgan in die Bibliothek kam, um ihnen gute Nacht zu sagen.

Als die Frauen sich wieder zurückziehen wollten, bat Seth: »Morgan, bleib doch noch ein Weilchen bei uns.«

Er lächelte, zeigte dabei seine Grübchen und schenkte Morgan ein Glas Brandy ein.

»Stoßen wir auf meine neue Tochter an«, rief William, und sein Lächeln war nicht weniger verschmitzt als das seines Sohnes.

Der Brandy wärmte Morgan, und ein wohliges, behagliches Gefühl breitete sich in ihr aus.

»Seth, mein Sohn, ich möchte dir noch einmal zu der Wahl deiner Frau gratulieren.« Williams Stimme klang etwas verschwommen.

Seth trat hinter Morgans Sessel und begann ihren Nacken mit den Fingerspitzen zu massieren. Was für seidenweiche Haare sie doch hat und wie gut sie sich anfühlt, dachte er, während er sich weiter mit seinem Vater unterhielt.

Morgan hörte den Männern nicht zu. Sie genoß die Wärme des Brandys und die Berührung von Seths Hand. Sie lehnte sich zurück und schloß die Augen.

Als es still wurde im Raum, schreckte sie aus ihren Träumen hoch, öffnete die Augen und sah, daß die beiden Männer sie betrachteten. Seth meinte lächelnd: »Mir scheint, du bist so müde, daß du die Augen nicht mehr offenhalten kannst.

Warum gehst du nicht schon voraus und legst dich hin?« Seine Wangen waren vom Brandy gerötet, und Morgans Herz schlug schneller, als sie ihn anschaute.

Sie erhob sich schweigend und ging zur Tür, wobei sie hörte, wie William leise zu seinem Sohn sagte: »Ich habe meine Frau in den Flitterwochen nie allein zu Bett gehen lassen.« Und dann: »Du könntest ihr wenigstens einen Gute-Nacht-Kuß geben!«

Vielleicht war der Alkohol, an den sie nicht gewöhnt war, daran schuld, daß ihr so seltsam zumute war. Ihre Hand lag schon auf dem Türknauf, als Seth seine Hand auf ihre Finger legte. Ein Schauer durchrieselte sie, als seine warme Haut mit ihrer in Berührung kam, sie seine Nähe spürte, den Geruch seines Körpers einatmete. Er drehte den Türknopf und folgte Morgan aus der Bibliothek. Sie waren jetzt allein in der vom Mondlicht erhellten Halle.

Er faßte ihren Arm, und sie drehte sich zu ihm um. Seth schob sacht einen Arm um ihre Taille, während er mit der rechten Hand ihr Kinn anhob, damit sie ihm in die Augen sehen mußte. Das Mondlicht warf einen silbernen Schimmer über seine Haare, und er stand so groß und breit über Morgan, daß sie sich ganz klein und zerbrechlich vorkam. Seine Lippen legten sich sanft und weich auf ihren Mund, und sie war jetzt nur noch ein fühlendes, nicht mehr denkendes Wesen, das seine Nähe suchte, um die Wärme, die er ausstrahlte, in sich aufzunehmen. Wie von allein umschlossen ihre Arme seinen Nacken und zogen ihn näher an sie heran. Morgan wurde schwindlig, und sie hätte nicht sagen können, ob ihr Atem nun schneller ging oder stillstand.

Seths Lippen berührten ihren Mund, und sie öffnete ihn, als sie seine Zunge spürte. Sie versuchten sich noch enger aneinander zu schmiegen, und Morgan hörte sich stöhnen, als sie fühlte, wie Seths Hüften sich sanft an ihrem Körper bewegten.

Er hob den Kopf und sah sie überrascht an – und da war noch ein Ausdruck in seinen Augen, den Morgan nicht zu deuten wußte. Langsam hob er sie auf seine Arme und trug sie die Treppe hinauf in ihr Schlafzimmer. Morgan schmiegte ihr

Gesicht gegen seinen Hals und seufzte leise. Noch nie hatte sie sich so geborgen und beschützt gefühlt wie in diesem Moment. Nichts existierte mehr außer Seth. Zärtlich berührte sie mit den Lippen die Stelle, an der sie seinen Puls spürte, und Seth atmete heftig, während er die Tür zu ihrem Schlafzimmer öffnete.

Er stieß die Tür mit dem Fuß zu und senkte den Kopf, um Morgan wieder zu küssen. Seine Lippen preßten sich fordernd auf ihren weichen Mund, und sie klammerte sich an ihn, als er sie behutsam aufs Bett legte und sich dann neben ihr ausstreckte. Seine Hände streichelten ihre Haare, ihre Schultern und fanden ihren Weg zu den Knöpfen ihres Kleides. Er liebkoste ihren Hals und dann die zarte Haut darunter, die er nun entblößt hatte. Und nun spürte Morgan, wie er ein Bein quer über ihre Schenkel legte.

Seth stemmte sich auf den Ellenbogen hoch und betrachtete sie im Licht des Kaminfeuers. Sein Blick war sanft. Er knöpfte nun langsam sein eigenes Hemd auf und zog es aus. Die Haare auf seiner Brust waren dicht und gelockt, die Farbe seiner Haut ein warmer Bronzeton. Morgan streckte vorsichtig einen Finger aus und berührte seine Schulter. Wie schön er war!

»Seth...« Seine Küsse, seine Zärtlichkeit – war da der Gedanke, ihm nun Einhalt gebieten zu müssen, nicht grausam?

»Sprich nicht, mein Herz – genieße nur«, murmelte er.

»Seth, du mußt aufhören... bitte, nicht!« Ihre Stimme war nur ein Hauch. »Bitte.«

Es dauerte Minuten, ehe Seth ihr Flüstern zu vernehmen schien und ihre Bitte durch seine aufgewühlten Sinne bis in sein Bewußtsein drang. Und ganz plötzlich brandete Zorn in ihm auf, obwohl er nicht wußte, warum. Abrupt ließ er Morgan los.

Er preßte die Kiefer zusammen, und seine Wangenmuskeln zuckten. »Keine Sorge, Madam, ich werde Ihnen keine Gewalt antun. Ich möchte keine Frau haben, die nein zu mir sagt.« Er stand auf, packte sein Hemd und streifte es wütend über die Schultern. »Es gibt einen Namen für Frauen wie Sie – für Frauen, die einen Mann so küssen, wie Sie das vorhin unten in der Halle getan haben, damit er verrückt vor Verlangen wird und sie sich ihm dann verweigern können.« Seine Augen sprühten Funken vor Wut. »Sie haben nun schon ein paarmal nein zu mir gesagt, aber dies wird das letzte Mal gewesen sein. Denn ich werde Sie nicht noch einmal fragen.«

Nun war es an Morgan, zornig aufzubrausen. »Ich habe Ihnen ein geschäftliches Angebot gemacht – nicht mehr und nicht weniger, und darüber habe ich Sie von Anfang an aufgeklärt. Ihre Annäherungsversuche habe ich nicht gewollt, woher nehmen Sie also das Recht, mir böse zu sein? *Ich* habe mich an meinen Teil der Abmachung gehalten!«

Seths Gesicht sah nun nicht mehr ganz so hart aus wie vor wenigen Minuten, wenn auch seine Augen noch immer voller Bitterkeit waren. »Du hast recht – du hast dich an deinen Teil des Vertrages gehalten.« Seine Stimme klang rauh und gepreßt. »So alt ich bin, ich werde es nie mehr lernen – daß es zwei Arten von Frauen gibt: meine törichten Schwestern und die berechnende Cynthia. Irgendwie glaubte ich fest daran, daß du anders seist, doch nun weiß ich genau, in welche der beiden Sparten du gehörst.« Seine nächsten Worte waren so leise, daß Morgan sie kaum verstehen konnte.

»Ich werde zusehen, daß du dein geliebtes Trahern House bekommst, und dich nicht mehr belästigen.« Abrupt drehte er sich um und verließ das Zimmer.

Morgan starrte auf die Tür, während sich die Tränen in ihren Augen stauten, bis sie überflossen.

Bestürzt bemerkte Nora am nächsten Morgen die Kälte zwischen Seth und Morgan. Auch William fiel auf, daß sich zwischen seinem Sohn und seiner Schwiegertochter etwas geändert hatte, doch weder er noch seine Frau verloren darüber ein Wort.

Man nahm tränenreichen Abschied voneinander, und obwohl Morgan sich sträubte, drängten William und Nora ihr Geld auf.

Endlich saß sie dann neben Jake auf dem Kutschbock, während Seth ihnen auf seinem Pferd vorausritt. Jake redete ununterbrochen – über Neu-Mexiko, Kansas City, über alles, was ihm gerade einfallen wollte. Während Morgan ihm zuhörte, wurde sie von dem schlecht gefederten Fahrzeug gründlich durchgerüttelt. Sie blickte auf Seths breiten Rücken. Wie klein ein Pferd doch wirkte, wenn es von einem so großen und kräftigen Reiter geritten wurde, dachte Morgan. »Vermutlich muß er eines von den dicken Zugpferden reiten, damit die Proportionen stimmen«, murmelte sie.

»Wie war das eben?« Jake sah zu ihr hin.

»Ich habe nur von Seth gesprochen«, meinte sie errötend.

Jake lächelte, zeigte dabei seine drei Zähne und begann nun seinerseits von Seth zu reden. »Ich bin wirklich froh, daß der Junge endlich geheiratet hat. Ich bin es nämlich leid, die Ranch allein zu bewirtschaften, während er in der Stadt herumläuft und nach Frauen Ausschau hält.« Jetzt war er es, der verlegen wurde. »Oh, ich bitte um Entschuldigung, Mrs. – äh – Morgan.«

Morgan hatte noch gar nicht an die Möglichkeit gedacht, daß eine zweite Cynthia in Neu-Mexiko auf Seth warten könnte. »Jake, hat Seth ein Mädchen in Neu-Mexiko?«

»Nun – ich kenne eine, die ihre Netze gern nach ihm ausgeworfen hätte. Eine junge Lady, deren Vater ein großer Teil von Santa Fé gehört.« Jake blickte Morgan an und grinste. »Sie würde das Kleid, das Sie anhaben, richtig ausfüllen und vermutlich noch mal die Hälfte dazu. Aber so ein schmächtiges Ding wie Sie findet man ja auch nicht alle Tage.«

Jakes Grinsen war so entwaffnend, daß Morgan ihm diese Bemerkung nicht übelnehmen konnte. »Vermutlich mag Seth solche Frauen nicht – so magere wie ich, meine ich.«

Jakes Gesicht wurde ernst. »Ich weiß nicht, ob er überhaupt Frauen mag. Er scheint sie mir eher zu benützen. Oh, er ist zwar nett zu ihnen, und sie mögen ihn auch alle, aber offenbar vergißt er sie total, wenn er sie wieder verläßt.« Er hielt inne und deutete mit einem Finger auf sich. »Also ich – ich bin in meinem Leben mehr als genug verliebt gewesen.« Er lachte und schlug sich auf den Schenkel. »Ich erinnere mich noch sehr genau an ein Mädchen in Louisville. Die Kleine hatte schwarze Augen und schwarze Haare. Ich war so verschossen in sie, daß ich drei Wochen lang nichts essen konnte. Aber ohne sie wäre ich wohl gestorben.«

»Und was wurde dann aus dieser Geschichte?« fragte Morgan.

»Oh... sie hat mich eines reichen Kerls wegen sausen lassen, aber sie wird mich niemals vergessen – das garantiere ich Ihnen.«

Morgan blieb eine Weile stumm.

»Sie glauben also, daß Seth sich noch nie richtig in eine Frau verliebt hat?«

»Also, ich habe ja früher für seinen Dad gearbeitet, und ich kannte Seth schon, als er noch ein Knirps von neun Jahren war. Soweit ich zurückdenken kann, hat er sich nie ernsthaft für eine Frau interessiert. Eigentlich schade. Denn was hat ein Mann schon vom Leben, wenn er sich nicht mindestens einmal im Jahr irrsinnig in eine Frau verliebt.«

Die ersten Tage der Reise waren nicht sonderlich beschwerlich. Sie hielten abends bei irgendeinem Gasthof an, wo sie eine heiße Mahlzeit und ein warmes sauberes Bett erwartete. Seth sorgte stets dafür, daß Morgan ihr eigenes Zimmer bekam, während er sich mit Jake ein Doppelzimmer teilte.

Aber auch tagsüber hielt er Distanz zu Morgan und redete nur das Allernötigste mit ihr.

Noch ehe sie Kansas City erreichten, begann Jake ihr von einem Mann namens Frank zu erzählen. Der kleine Mann schien großen Respekt vor Frank zu haben und sich schon jetzt darauf zu freuen, daß er sich ihrem Treck anschloß.

»Reist denn sonst noch jemand mit uns nach Neu-Mexiko?«

Es dauerte eine Minute, bis Morgan Jakes Antwort verstehen konnte.

»Joaquin? Was für ein hübscher Name.

Jake murmelte wieder etwas Unverständliches vor sich hin.

Kansas City war viel ländlicher als Louisville, und Morgan gefiel dieser Ort. Die Leute schienen sich hier nicht nach der Mode zu richten, sondern nur zweckmäßige Kleider zu tragen.

»Seth!« Ein Mann, der genauso hünenhaft gebaut war wie Seth, tauchte neben ihnen auf, als Seth sein Pferd vor einem Hotel an die Zügelstange band. Die beiden Männer schüttelten sich kräftig die Hände, offensichtlich beide über das Wiedersehen erfreut. »Und Jake, du kleine Kröte! Du bist noch genauso häßlich wie vor einem Jahr.« Der Blick des Riesen blieb an Morgan haften.

Seth folgte seinem Blick. »Das ist Morgan, meine Frau.« Seine Stimme klang unbeteiligt und kalt.

Frank – denn um ihn mußte es sich bei diesem Mann handeln – reagierte sofort auf Seths Ton. Er wußte direkt, daß hier etwas nicht stimmte, trat an den Wagen heran und streckte Morgan die Hand hin, um ihr vom Bock herunterzuhelfen. »Ich freue mich sehr, Sie kennenzulernen, Mrs. Colter.«

Morgan lächelte freundlich. »Jake hat mir schon eine Menge von Ihnen erzählt – nur Ihren Nachnamen hat er nicht verraten.«

Frank gab ihr Lächeln zurück. »Greyson – Frank Greyson –; aber die meisten nennen mich nur Frank.«

»Gut, Frank, Sie nennen mich in Zukunft Morgan, und wir wissen dann immer, wer gemeint ist.«

Als sie sich etwas später im Hotel eintrugen, raunte Seth Morgan zu: »Meine scheue kleine Frau scheint ja manchmal ihre Schüchternheit zu überwinden. Oder hebt sie diese nur für ihren Mann auf?«

Morgan war betroffen über die Feindseligkeit in seiner Stimme, doch bevor sie etwas erwidern konnte, hatte er sich schon umgedreht und an den Portier gewandt.

Jake hatte Seths leise Bemerkung gehört. »Er ist nur eifersüchtig«, flüsterte er Morgan zu und folgte dann Frank die Treppe hinauf.

Seth nickte dem Portier zu, bot Morgan seinen Arm und führte sie ein Stück zur Seite. »Sie haben keine Zimmer mit Verbindungstüren. Tatsächlich ist nur noch ein einziges Zimmer im Hotel frei. Ich könnte mich bei Frank und Jake einquartieren.«

Morgan blickte ihm in die Augen. Es war ihr gar nicht recht, daß andere Leute darum wußten, wie es wirklich zwischen Seth und ihr aussah. Sie wollte lieber, daß die Leute sie für ein ganz normales Ehepaar hielten.

Er schien ihre Gedanken zu lesen. »Jake weiß bereits Bescheid, aber wenn du es vor Frank geheimhalten willst, werde ich etwas arrangieren.«

Morgan senkte den Blick. »Mir wäre es lieber, er würde es nicht erfahren.«

Hatte sie sich getäuscht, oder hatte Seth tatsächlich ein wenig aufgeatmet?

Langsam stiegen sie die Treppe zum ersten Stock hinauf und betraten ein kleines, aber sauberes Zimmer mit einem schmalen Bett, das den Raum fast gänzlich ausfüllte und auf dem Morgan Platz nahm, da es keine andere Sitzgelegenheit gab. Sie blickte Seth an, der sie nicht weiter beachtete und sich auszuziehen begann.

»Seth, was machst du denn da?«

»Ich beabsichtige, mich vom Staub der Reise zu reinigen und dann ein sauberes Hemd zum Dinner anzuziehen. Du brauchst mir ja nicht dabei zuzuschauen, wenn du das nicht willst.«

Sie rutschte auf die andere Seite des Betts hinüber und blickte durchs Fenster auf die Straße hinunter, dachte dabei aber die ganze Zeit an Seth.

Sie hatten seit der letzten Nacht in seinem Elternhaus kaum noch miteinander gesprochen. Sie versuchte sich abzulenken und sich Trahern House in Erinnerung zu rufen, sah aber immer nur Seths wütende Miene vor sich. Morgan hörte wieder Noras Stimme, die zu ihr sagte, daß sie sich in Seth verlieben würde.

»Morgan?«

Sie drehte sich um. Seth stand ganz nahe bei ihr und merkte sofort, daß sie dem Weinen nahe war, denn Tränen blinkten in ihren Augen.

Er ließ sich neben ihr auf die Knie fallen. Was für ein Kind sie doch noch war! »Was hast du denn, mein Kleines? Wenn du nicht möchtest, daß ich hier bei dir im Zimmer bleibe, werde ich mir woanders ein Quartier suchen.

Seine Stimme war so sanft... sie *konnte* sich doch unmöglich schon in ihn verliebt haben? Sie kannten sich ja noch nicht einmal einen Monat. Aber warum war das Bild von Seth so deutlich und das von Trahern House so verschwommen?

Dann brach Morgan auch schon in Tränen aus. Sie drehte sich um, begrub ihr Gesicht im Kissen und ließ all den Kummer, der sich schon so lange in ihr aufgestaut hatte, aus sich heraus.

Seth betrachtete ratlos einen Moment lang ihre zuckenden Schultern, nahm sie dann in die Arme und setzte sich mit ihr aufs Bett. Er lehnte sich gegen das Kopfende und streichelte Morgans Haare, während sie an seiner Schulter weinte. Nach einer Weile wurde ihr Schluchzen leiser, und sie konnte verstehen, was Seth sagte:

»Sei still, *mi querida,* und beruhige dich. Du bist hier sicher. Niemand wird dir etwas zuleide tun. Ich werde dich nie mehr belästigen. Du hast nichts zu befürchten.«

Morgan hob den Kopf, um ihn anzusehen, aber er drückte ihn sanft wieder an seine Schulter und begann ein Lied zu summen. Sie fühlte sich so warm, so behütet und beschützt in seiner Nähe. Vielleicht würde er, wenn sie ihn liebte, eines Tages ihre Liebe erwidern?

Als Morgan wieder erwachte, war es schon heller Tag, und sie lag, voll bekleidet, auf dem Bett unter der Zudecke. Das letzte, woran sie sich erinnern konnte, war das Lied, das Seth gesummt hatte, während er sie in den Armen hielt.

Erst als sie sich das Gesicht wusch und die Haare kämmte, merkte sie, daß ihr ganz schlecht war vor Hunger.

Jake klopfte an ihre Tür, und sie gingen zusammen in den Saal hinunter, um zu frühstücken. Morgan hätte gerne gewußt, wo Seth steckte, wo er geschlafen hatte, was er im Augenblick tat.

Am Fuß der Treppe begegnete sie dem schönsten Mann, der ihr je vor Augen gekommen war. Seine blauschwarzen Haare waren tadellos frisiert. Seine makellos sauberen Kleider verrieten einen exquisiten Geschmack. Er sah aus, als wäre er dem

Bild eines Magazins entstiegen, das Morgan einmal bei Tante Lacey gesehen hatte. Dem Mann in diesem Magazin zuliebe hatte eine junge Frau ihren Bräutigam verlassen. Natürlich hatte sich der Mann im Magazin als Bösewicht entpuppt. Doch dieser hier lächelte freundlich zu ihr hinauf, als sie die Treppe herunterkam, und reichte ihr die Hand.

»Ah, Sie müssen die reizende junge Gattin sein.«

Morgan spürte, wie Jakes Arm unter ihrer Hand steif wurde.

Ohne Jake zu beachten, nahm der schöne Fremde Morgans Arm, als wären sie schon seit Jahren gute Bekannte.

»Sie erlauben doch, daß ich Morgan zu Ihnen sage, da wir doch von nun an enge Nachbarn sein werden.«

»Ich ... nun«, stotterte Morgan. Dieser Mann war wirklich sehr charmant. Sie merkte, wie sie sich unwillkürlich etwas größer machte.

Er lachte leise und zeigte ihr seine makellos weißen Zähne. »Entschuldigung – ich bin Antonio Joaquin Santiago de Montoya y Garcia, Ihr ergebener Diener.« Als sie den Eingang des Speisesaals erreichten, nahm er ihre Hand von seinem Arm und führte sie an seine Lippen, während seine Augen die ihren keinen Moment losließen.

Morgan hatte das alles stumm über sich ergehen lassen. Die Augen dieses Mannes hatten eine fast hypnotische Wirkung auf sie. Ein lautes Lachen, das von Frank stammen mußte, schlug an ihr Ohr, und sie drehte sich rasch in die Richtung, aus der es kam. Seth schickte ihr genau in diesem Moment einen finsteren Blick zu. Warum sah er sie nur so böse an? Sie ließ sich von Joaquin zu Seths Tisch führen und nahm dort Platz.

Frank lachte ein zweites Mal. »Mir scheint, daß Sie sich wieder das Herz einer Dame erobern möchten. Doch von dieser sollten Sie sich lieber fernhalten. Wenn nicht, werden Sie es mit unserem Freund Seth zu tun bekommen.«

Seth starrte auf seinen Teller. »Ich lege meiner Frau keine Ketten an.«

Joaquin blieb gelassen, obwohl ihm die Spannung, die am Tisch herrschte, nicht entgehen konnte. Er betrachtete die Gesichter der vier Personen, die dort saßen. Seth und Jake sahen wütend aus, Frank lachte, und Morgan schaute mit einer Mischung aus Betroffenheit und Hilflosigkeit auf den gesenkten Kopf ihres Mannes. Joaquin setzte ein verbindliches Lächeln auf. »Seth, Sie müssen mir verraten, wo Sie einer so hübschen jungen Frau begegnet sind. Ach ja, sie haben ja schon immer solch ein unverschämtes Glück gehabt, wenn ich mich recht entsinne.«

Seth schien wieder etwas von seiner Fassung zurückzugewinnen, wenn auch seine Augen noch immer zornig funkelten. Morgan wußte nicht, ob sein Ärger sich gegen sie oder Joaquin richtete.

»Morgans Vater hat viele Jahre in Neu-Mexiko gelebt.« Seth lenkte das Gespräch absichtlich in ein sicheres Fahrwasser.

Die drei anderen Männer richteten ihren Blick nun voller Interesse auf Morgan.

»Ich wurde von meinem Vater getrennt, als ich noch ein Baby war. Ich habe erst vor kurzem erfahren, daß er verstorben ist.«

»Zu schade, daß er von dieser Welt scheiden mußte, ohne seine liebliche Tochter noch einmal gesehen zu haben.« Wieder hob Joaquin Morgans Hand an seine Lippen. »Darf ich Ihnen mein aufrichtiges Beileid aussprechen?«

Jake, der diese etwas peinliche Szene bisher stumm verfolgt hatte, wäre nun fast Seth an die Kehle gesprungen. »Was ist eigentlich mit dir los, Junge!«

Seth lehnte sich auf seinem Stuhl zurück und blickte Morgan mit einem Lächeln an, das nicht seine Augen erreichte. »Meine kleine Frau ist durchaus in der Lage, einen Mann in seine Schranken zu weisen, wenn sie das möchte.«

Morgan stand sehr langsam und sehr bestimmt vom Tisch auf und wich dabei Seths Blick aus. »Entschuldigen Sie mich bitte – ich glaube, ich habe keinen Hunger.« Sie drehte sich um und verließ den Speisesaal, nachdem sie Joaquin versichert hatte, daß sie keinen Begleiter benötigte.

Als sie endlich ihr Zimmer erreicht hatte, war sie so wütend, daß sie am ganzen Leib zitterte. Sie setzte sich auf das Bett und dachte nach. Es war schrecklich! Nichts verlief so, wie sie es geplant hatte.

Morgan verbrachte den Tag mit einem Bummel durch die Stadt, während die Männer die Fuhrwerke beluden. Sie blieb vor einem Schaufenster stehen, fasziniert von einem Kleid, das im Sonnenlicht schimmerte. Wie hypnotisiert betrat sie das Geschäft, wobei sie noch immer auf das Kleid starrte. Es war von scharlachroter Farbe, hatte einen tiefen Halsausschnitt und eine anderthalb Zoll breite wunderschöne Burgunderspitze am Mieder. Was durch den tiefen Ausschnitt nicht entblößt wurde, konnte von dieser feinen Filetspitze nur spärlich verhüllt werden. Über der Taille, knapp unterhalb des Mieders, war ein Band aus Satin angebracht, das im Rücken des Empire-Kleides gebunden wurde. Der feine Stoff lag unter dem Band eng am Körper an, bis er die Hüften erreichte, wo er dann in einen langen, fließenden glockenförmigen Rock überging. Die Ärmel waren gepufft und reichten nur bis zur Mitte des Oberarms.

»Was darf es denn sein?« fragte eine höfliche Stimme.

Morgan fuhr zusammen und richtete ihre Aufmerksamkeit auf die junge Verkäuferin, die ihr zulächelte. »Ich bin Miss Satterfield. Dieses Kleid wurde für Sie gemacht« – erklärte die Frau voller Überzeugung.

Morgan konnte nur nicken, während Miss Satterfield fortfuhr: »Dieses Kleid hat eine seltsame Geschichte. Im vergangenen Jahr kam eine junge Frau zu mir und wollte von mir als Näherin beschäftigt werden. Natürlich mochte ich sie nicht anstellen, ohne eine Probe ihrer Arbeit gesehen zu haben, und das sagte ich ihr auch. Sie schien diesen Vorschlag begierig aufzugreifen und kam nach ein paar Stunden mit diesem Kleid wieder. Ich konnte daran ersehen, daß sie vorzüglich nähte, wenn auch der Stil des Kleides schon vierzig Jahre aus der Mode war. Sie sagte, sie habe den Schnitt des Kleides aus einem Buch kopiert. Ich konnte nie erfahren, wo sie sich diesen feinen Stoff besorgt hatte, aber ich erfuhr, daß sie die Spitze selbst klöppelte.«

Beide Frauen warfen nun einen bewundernden Blick auf das

Kleid. »Möchten Sie es nicht einmal anprobieren?« fragte die Verkäuferin mit glitzernden Augen.

Morgan, die sich noch nie viel aus Kleidern gemacht hatte, erinnerte sich nun an den Abend vor Cynthia Fergusons Ball, als sie sich vor dem Spiegel vorgestellt hatte, wie sie in rotem Satin aussehen würde. Sie war überzeugt davon, daß ihr dieses wundervolle Kleid genau paßte.

»Nein, ich glaube nicht, daß ich es anprobieren muß. Aber ich hätte gern, daß Sie es in einem einfachen festen Karton verpakken. Ich verlasse morgen mit einem Fuhrwerk die Stadt, und das Paket darf nicht zu groß sein.«

»Selbstverständlich.«

Als Morgan dem Laden den Rücken kehrte, fragte sie sich verwundert, wie sie wohl dazu gekommen war, dieses Kleid zu kaufen. Bestimmt würde sie es niemals tragen können.

8

Jeder versicherte Morgan, daß die erste Etappe der vor ihr liegenden Reise die leichteste sei, aber sie kam ihr unglaublich anstrengend vor. Die Tage waren lang und heiß, und die Nächte zu kurz. In der ersten Woche war sie so müde, daß sie kaum reden konnte. Immer bereitete irgend jemand ein Bett für sie unter dem Wagen vor, doch sie wußte nie, wer das war. Meistens konnte sie vor Müdigkeit nicht essen, sich nicht einmal waschen. Sie wollte sich nur hinlegen und ihrem Körper nach den rüttelnden Stößen auf dem Wagen etwas Ruhe gönnen. Doch der harte, kalte Boden brachte auch keine Erleichterung.

Erst nach einer Woche begann sie, auf ihre Umgebung zu achten. Sie gewöhnte sich allmählich an die langen Tage und das harte Bett. Zum erstenmal saß sie mit den anderen am Feuer und trank eine Tasse von Jakes Kaffee.

»Nett, daß Sie sich wieder einmal in unserem Kreis sehen lassen«, meinte der kleine Mann lächelnd.

Morgan gab sein Lächeln zurück.

»Es ist immer eine Freude, eine so schöne Frau in seiner Nähe zu haben, ob im Ballsaal oder in der Wildnis.«

Joaquins Schmeichelei machte sie wieder befangen. Sie konnte nicht umhin, solche Komplimente dankbar aufzunehmen, doch im gleichen Moment war sie sicher, daß Seth irgendwo im Hintergrund die Stirn runzelte. Als er dann einen Stapel Holzscheite neben das Lagerfeuer warf, brummte er: »Vielleicht könnte meine Frau sich hier ein wenig nützlich machen, anstatt sich von den Männern bedienen zu lassen.«

Morgan sah ihn mit einem, wie sie hoffte, süßen Lächeln an und sagte: »Natürlich würde ich dir sehr gern bei der Arbeit helfen, Seth.« Sie wollte sich von seiner schlechten Laune nicht anstecken lassen.

Seth warf ihr ein paar Decken zu. »Dann baust du uns mal heute abend die Betten.«

Als sie ihn ein wenig ratlos anschaute, forderte er sie mit einer Handbewegung auf, ihm zum Fuhrwerk zu folgen. Er zeigte Morgan, wie man aus den Decken ein halbwegs passables Bett machte. Nachdem er ihren Schlafplatz vorbereitet hatte, sah sie schweigend zu, wie er ein zweites Nachtlager unter dem Wagen richtete, das keine dreißig Zentimeter von ihrem eigenen entfernt war.

»Was...?« stieß sie überrascht hervor.

Seth grinste sie an. »Das ist das Bett deines Ehemannes. Du hast schon immer fest geschlafen, wenn ich mich hinlegte, doch dein Bett ist immer in meiner Nähe gewesen.« Abrupt erlosch sein Grinsen wieder, und er drehte sich um und ließ sie beim Wagen stehen.

In dieser Nacht war Morgan sich sehr deutlich der Nähe seines Körpers bewußt, der keine Armlänge von ihr entfernt in den Decken eingewickelt war. Sie konnte seine tiefen, leisen Atemzüge hören, und dieses Geräusch gab ihr ein Gefühl von Sicherheit.

Die Tage wurden nun zu einer angenehmen Routine. Seth verhielt sich Morgan immer noch kühl gegenüber, doch nicht mehr so feindselig wie am Anfang der Reise. Joaquin schien sich stets in Morgans Nähe aufzuhalten. Wenn sie irgend etwas brauchte, war er sofort zur Stelle.

Eines Abends schlugen sie schon früh ihr Lager in der Nähe eines Platzes auf, der Council Grove genannt wurde.

»Kannst du mit einem Gewehr umgehen?« wurde sie von Seth gefragt.

»Nein.«

»Dann wirst du es lernen. Wir werden bald in ein Gebiet kommen, wo diese Fertigkeit dir das Leben retten könnte.«

Sie bewegten sich durch das Wäldchen, bis sie eine Lichtung erreichten. Seth markierte dort eine Stelle an einem Baum als Zielscheibe und kam dann zu Morgan zurück.

»Nun ziehst du den Gewehrkolben so an die Schulter«, erklärte er, und demonstrierte, wie man es machen mußte.

»Ich wußte gar nicht, daß ein Gewehr so schwer ist.«

»Moment, ich zeige es dir.« Seth trat hinter sie, und seine muskulösen Arme umfingen ihre Schultern, während seine Hände sich auf ihre legten.

Sein Körper fühlte sich gut an. Er hatte sie nicht mehr angefaßt, seit sie Kentucky verlassen hatten. Als Morgan seine Wärme spürte, schmiegte sie sich an ihn.

Er beugte neben ihr den Kopf, um ihr zu zeigen, wie man mit einem Gewehr ein Ziel anvisiert. Als er von der Waffe weg auf ihr Gesicht sah, merkte sie, wie sie unwillkürlich näher an ihn heranrückte und wie sein Atem sich beschleunigte. Als sich ihr kleines rundes Gesäß gegen seine Lenden preßte, spürte sie, wie erregt er war.

»Verdammt!« Seth ließ abrupt die Arme sinken, trat von ihr zurück und drehte ihr den Rücken zu.

»Seth?« Morgan hatte keine Ahnung, womit sie jetzt wieder seinen Zorn erregt hatte. Sie ging zu ihm und legte die Hand auf seinen Arm. Bei ihrer Berührung zuckte er zurück.

Nun wandte auch sie sich wütend von ihm ab. »Meine Mutter hatte recht. Männer sind unbegreifliche Kreaturen. Kaum faßt man ein wenig Vertrauen und glaubt, gut Freund mit einem Mann sein zu können, folgt prompt die kalte Dusche, und man wird mit Flüchen überschüttet.« Sie ging zum Lager zurück, immer schneller, während ihr Zorn mit jedem Schritt wuchs.

Nachdem Seth ihr einen Moment lang unwillig nachgeschaut hatte, setzte auch er sich in Bewegung und holte sie mit ein paar langen Schritten wieder ein. Der Ärger, der aus seinen Augen sprach, war nicht geringer als ihrer. Er packte mit schmerzhaftem Griff ihren Arm und schwang sie herum, damit sie ihn ansehen mußte.

»Deine Mutter! Wenn deine Mutter nur einigermaßen diesen Namen verdient hätte, würde sie deinen Verstand und deine Gefühle nicht so vergiftet haben. Hätte sie nämlich ein Interesse daran gehabt, deinen Geist richtig zu formen, hätte sie dir den Unterschied im Wesen von Frau und Mann erklärt, anstatt dich in einem großen Haus einzusperren wie eine Nonne.«

Morgan befreite mit einem Ruck ihren Arm aus seinem Griff. »Wie kannst du es wagen, so über meine Mutter zu sprechen!« fauchte sie ihn wütend an. »Mit deinem Verhalten beweist du doch, daß alles, was sie mir von Männern erzählt hat, der Wahrheit entspricht. Ich kann nicht mit dir reden, ich kann mich nicht einmal in deiner Nähe aufhalten, ohne daß du nicht grundlos in Wut gerätst!« Mit funkelnden Augen drehte sie sich wieder um und ging weiter auf das Lager zu.

Mit ein paar Schritten holte Seth sie wieder ein und diesmal war er noch wütender als vorher. Er stellte sich ihr in den Weg und zischelte durch die zusammengepreßten Zähne: »Du hast verdammt recht, wenn du sagst, daß ich nicht in deiner Nähe sein kann. Was erwartest du denn von mir, wenn du dein Hinterteil an meinem Körper reibst?«

»Mein Hinterteil an deinem...! Wovon redest du überhaupt?« Morgan blickte ihn haßerfüllt an.

Rasch streckte er die Arme aus, umfing mit seinen großen Händen ihren Kopf und zog sie an sich. Sein Kuß war sanft und fordernd zugleich, und Morgan hatte wieder das Gefühl, als würde sie ertrinken. Sie spürte, wie ihr Körper kraftlos wurde und alle ihre Nerven auf diesen Kuß reagierten. Sie griff nach ihm, fühlte die festen Muskeln an seinem Rücken.

Sacht löste Seth sich wieder von ihr und blickte hinunter auf ihre geschlossenen Augen, auf ihre langen und dichten Wimpern. Seine Stimme war ein Flüstern.: »Deine Mutter hätte dir erklären müssen, wie empfindsam und empfindlich Männer sind. Deshalb kann ich nicht in deiner Nähe sein, ohne darüber zornig zu werden, daß ich dich nicht haben darf.«

Morgans Zorn war verflogen, doch die jahrelangen Vorhaltungen ihrer Mutter versuchten sich nun mit schriller Stimme zu behaupten. An die Stelle ihres Zorns traten jetzt Arroganz und Selbstgerechtigkeit. »Meine Mutter hatte recht, wenn sie meinte, daß Männer nicht lieben könnten, sondern nur ihre Geschäfte, ihre Pferde und ihr Vergnügen mit Frauen im Kopf hätten. Seit ich Sie kenne, Mr. Colter, haben Sie mich weniger freundlich und rücksichtsvoll behandelt als Ihr Pferd. Und wenn Sie mich jetzt bitte entschuldigen wollen – ich habe noch einige Arbeiten im Lager zu verrichten.«

Damit ließ sie Seth stehen und ging davon.

»Was haben Sie denn, mein hübsches kleines Täubchen?« hörte Morgan Joaquins sanfte Stimme dicht an ihrem Ohr.

Sie lehnte an einem Baum und kämpfte mit den Tränen. Hastig putzte sie sich die Nase und lächelte nervös zu Joaquin hinauf. »Ich fürchte, daß ich die Männer nicht verstehe.«

»Ah – aber Männer sind doch sehr leicht zu verstehen. Vielmehr sind es die Frauen, die uns Rätsel aufgeben. Die Frauen beherrschen die Männer.«

»*Beherrschen?* Ich bin anscheinend nicht einmal in der Lage, mit einem Mann zu reden.«

»Ein kleines Mißverständnis zwischen Liebenden. Es wird nicht lange dauern, und Sie versöhnen sich wieder. Und dann werden auch Ihre Augen wieder strahlen.«

Joaquin nahm ihren Arm und führte sie ins Lager zurück.

Am nächsten Tag übernahm Frank den Schießunterricht. Seth ging Morgan wieder aus dem Weg.

Als Joaquin und Morgan ein paar Tage später scherzend und lachend vom Wasserholen an einer Quelle ins Lager zurückkamen, begegnete Seth ihnen auf ihrem Pfad. Er schien von der Fröhlichkeit der beiden nicht angetan zu sein.

»Meine Frau fühlt sich offenbar in Ihrer Gesellschaft wohl, Joaquin. So freundlich geht sie in der Regel nicht mit Männern um.«

Joaquin blickte zwischen den beiden hin und her. »Ich gebe zu, daß ich den Umgang mit Morgan sehr erfreulich finde. Ich kann einen Mann um eine Frau wie sie nur beneiden. Aber nun entschuldigen Sie mich – ich habe noch einiges zu erledigen, bevor wir morgen wieder auf die Reise gehen.«

Schweigend ging Morgan weiter den Pfad hinunter. Seth schritt neben ihr her.

»Schau mal dorthin!« sagte er und deutete auf die Bäume.

»Ich sehe nichts.«

Er trat hinter sie, legte ihr die Hände auf die Schultern und schwenkte sie langsam nach rechts, bis sie den leuchtend roten Kardinal sah, der auf einem Ast saß und sich gelassen das Gefieder putzte.

»Ich wollte mir gerade die Beine vertreten. Wenn man den ganzen Tag auf einem Pferd sitzen muß, schlafen einem die Füße ein. Möchtest du mitkommen?«

Sie lächelte zu ihm hinauf. Dann nahm sie seine Hand, die er ihr hinstreckte.

»Dann komm!« Sie rannten den Weg hinunter, und Morgan hatte Mühe, mit Seth Schritt zu halten.

»Diese grünen Hügel erinnern mich an Kentucky. Leider wird sich dieses Bild bald ändern.«

»Erzähl mir, wie es in Neu-Mexiko aussieht. Ist das Land dort wirklich so flach und trocken?«

»Es ist überhaupt nicht flach. Manchen Leuten kommt es zwar öde und dürr vor, aber ich habe die Berge und Wüsten dort nie so empfunden. Für mich ist es immer ein verzaubertes Land gewesen.«

Sie folgten nun dem Wasserlauf, der sich rasch zu einem Fluß erweitert hatte, und hinter einer Biegung erreichten sie einen Platz, wo die Äste der Bäume über das Ufer hinausragten und sie gegen das Lager hin abschirmten.

»Das Wasser sieht einladend aus nach dem vielen Staub, den ich heute den ganzen Tag über schlucken mußte. Ich glaube, ich werde hier ein Bad nehmen. Hast du Lust, mit mir im Fluß zu schwimmen?« Seth blickte sie augenzwinkernd an.

Bevor Morgan ihm eine Antwort geben konnte, war er schon aus seinen Stiefeln und seinem Hend geschlüpft. Seine kräftigen Muskeln zeichneten sich unter seiner Haut ab, und sie betrachtete fasziniert seine Brust und seine Arme.

Als er sich anschickte, seine Hose auszuziehen, rief sie erschrocken: »Seth...« Er schenkte ihr ein Lächeln. »Vergiß nicht, *mi querida*, daß wir beide verheiratet sind. Ich sehe nichts Böses darin, mich vor den Augen meiner Frau auszuziehen. Du kannst dich ja so lange umdrehen, wenn es dich stört.«

Morgan wandte ihm hastig den Rücken zu und betrachtete einen Baum am Ufer, bis sie ein Plantschen hinter sich hörte.

»Das Wasser ist so warm. Bist du sicher, daß du kein Bad nehmen willst?«

Sie sehnte sich nach dem Wasser, sehnte sich nach einem Bad, um sich den Schmutz der Reise von der Haut zu spülen. Wenn sie sich im Planwagen mit dem Schwamm wusch, hatte sie nie das Gefühl, so richtig sauber zu sein.

»Nein. Ich werde mich nur ans Ufer setzen und die Beine ins Wasser baumeln lassen.« Sie beobachtete wie Seth ein Stück weit den Fluß hinunterschwamm. Seine Arme teilten mit kräftigen Stößen die Wellen, und sie konnte seinen Körper deutlich im klaren Wasser erkennen: seine breiten Schultern und seinen Rücken, sein rundes Gesäß und die kräftigen Schenkel darunter. Morgan erschauerte, während sie ihn betrachtete. Sie würde auf keinen Fall ins Wasser gehen.

Ein paar Minuten später kam Seth wieder ans Ufer geschwommen, und Morgan verschwand zwischen den Bäumen, während er sich anzog.

»Ich bin fertig«, rief er etwas später, »du kannst wieder herauskommen. Ich werde dich nicht mit meinem Anblick erschrecken!« Er faßte sie bei der Hand, als sie neben ihm stand. »Setz dich einen Moment hierher, bis ich wieder trokken bin.« Er hatte sich sein Hemd noch nicht übergestreift, sondern benützte es dazu, sich die Haare trockenzureiben.

Sie setzte sich auf den Boden und lehnte ihren Rücken gegen einen Baum. Seth ließ sich neben ihr nieder und legte seinen Kopf in ihren Schoß. Er schloß die Augen.

»Seth, erzähl mir etwas über dich«, bat Morgan schüchtern. »Du weißt ja schon so vieles von mir. Jake hat mir ein paar Dinge über dich verraten, aber ich möchte sie aus deinem Mund hören.«

Seth hatte die Arme vor der Brust verschränkt. Morgan streckte die Hand aus, um ein Blatt von seinem Bauch zu entfernen, und ließ ihre Hand dann dort liegen. Seine Haut war so warm. »Was hat Jake dir denn von mir erzählt?« Seth war sich der Berührung ihrer Hände nur zu deutlich bewußt.

»Er sagte, er glaube nicht, daß du schon einmal eine Frau geliebt hättest. Du würdest sie nur benützen.« Sie schwieg einen Moment. »Und außerdem meinte er, daß es viele Frauen gäbe, die gern mit dir verheiratet wären.«

Seth lächelte. »Ich glaube, er hat dir die Wahrheit gesagt. Aber ich schätze, daß sich die meisten Frauen danach sehnen, verheiratet zu sein, und ich war eben zufällig noch ledig.« Er drängte seinen Kopf noch tiefer in Morgans Schoß hinein und legte seine Hände auf die ihren, die nun auf seiner Brust ruhten.

»Und was ist mit seiner ersten Behauptung – *bist* du schon einmal in eine Frau verliebt gewesen?«

Er brauchte einige Zeit, ehe er antwortete: »Wahrscheinlich nicht. Wenigstens bin ich nie einer Frau begegnet, mit der ich für den Rest meines Lebens zusammenbleiben wollte. In der Regel hatte ich spätestens nach einem Monat den Wunsch, sie wieder loszuwerden.« Seth führte ihre rechte Hand an seine Lippen und küßte sie mit geschlossenen Augen. Er spürte, wie Morgan ein wenig zusammenzuckte, als er sie mit seinem Mund berührte.

»Und was empfindest du für dieses Mädchen, das in Neu-Mexiko auf dich wartet?« Er sah sie kurz an und schloß dann wieder die Augen. Auf seinen Wangen bildeten sich Grübchen, während er sich bemühte, nicht laut aufzulachen.

»Jake muß dir ja eine Menge über mich erzählt haben, wie? Marilyn ist sehr hübsch und sehr – äh – willig, aber nein, ich bin nicht in sie verliebt.«

Morgan lehnte ihren Kopf wieder gegen den Baumstamm und lächelte. Sie fühlte sich plötzlich sehr glücklich.

»Seth, du hast gesagt, meine Mutter hätte sich falsch verhalten – weil sie mich nicht über das Wesen von Frauen und Männern aufgeklärt hat.« Sie hielt kurz inne. Seth blieb stumm, schien ihr aber gespannt zuzuhören. »Ich gebe zu, daß ich Männer nicht verstehe. Und du bist mir gänzlich unbegreiflich. Zuweilen bist du nett und freundlich, und dann siehst du mich wieder an, als könntest du mich nicht ausstehen. Dann gibt es auch Zeiten – wie jetzt –, wo ich das Gefühl habe, ich hätte dich schon mein ganzes Leben lang gekannt.«

Sein Blick wurde ernst. »Ja, mein Kleines, manchmal verstehe ich mich selbst nicht. Zuweilen kann ich dich wirklich nicht ausstehen, und dann gibt es Zeiten, wo ich dich am liebsten hochheben und in die Luft werfen würde. Doch im Augenblick möchte ich nur ganz still daliegen.« Er machte wieder die Augen zu.

Morgan zögerte und fragte dann: »Möchtest du manchmal auch Marilyn in die Luft werfen?«

Seth schnappte nach Luft und brach in lautes Lachen aus. »Da müssen schon zwei Männer von meiner Größe her, wenn du Marilyn Wilson in die Luft schleudern möchtest. Aber wie ich sehe, willst du mich nicht in Ruhe hier liegenlassen. Also sollten wir lieber wieder ins Lager zurückgehen und nachsehen, was Jake uns heute Gutes zum Abendbrot gekocht hat.«

Er drehte sich auf den Bauch und betrachtete Morgan eine Weile lang. »Gott, wie sehr ich es hasse, wenn du deine Haare versteckst.« Er löste die Spangen aus ihrem Knoten und breitete ihre langen schimmernden Haare vorn über ihre Schultern. »So ist es besser.«

Dann stand er auf, nahm Morgan bei der Hand und zog sie auf die Füße. Sie blickte voller Vertrauen zu ihm hoch.

»Oh, Morgan«, stöhnte Seth. »Wie soll ich es schaffen, dich ein ganzes Jahr lang nicht ein einziges Mal anzufassen?«

Sie lächelte. »Das ist doch einfach – wenn du mich nicht fangen kannst, wirst du mich auch nicht anfassen können!« rief sie vergnügt und rannte dann den Pfad am Fluß hinunter.

Seth schlüpfte rasch in sein Hemd, stopfte es in die Hose und lief ihr nach.

Sie waren keine zwanzig Schritte mehr vom Lager entfernt, als er Morgan erreicht hatte, seine Arme um ihre Taille legte und sie zu sich drehte. Sie wehrte sich, strampelte mit den Beinen, trommelte mit beiden Händen gegen seine Brust und lachte, daß sie kaum noch Luft bekam. »Ist nicht so einfach, dich zu fangen«, meinte Seth grinsend. »Du bist ja nicht größer als ein Moskito.«

Er hob sie hoch und wirbelte sie ein paarmal über seinem Kopf um ihre eigene Achse. »Nein, nein«, schrie Morgan und lachte wieder, bis ihr alles weh tat.

Seth warf sie nun über seine rechte Schulter und schlug ein paarmal leicht mit der flachen Hand auf ihr Hinterteil, als sie nicht stillhalten wollte. Und mit dieser zappelnden Last auf der Schulter kam er ins Lager.

Jake und Frank, die das Essen am Lagerfeuer vorbereiteten, blickten von ihren Töpfen auf.

»Und ich dachte schon, wir wären von Indianern überfallen worden«, meinte Jake stirnrunzelnd. Seth feixte nur.

Morgan wurde jetzt plötzlich verlegen und flüsterte Seth ins Ohr: »Ach bitte, setz mich doch wieder ab.«

Er schüttelte nur den Kopf und trug sie am Feuer vorbei zu seinem Wagen. Morgan hörte, wie Jake zu Frank sagte: »Wenigstens weiß der Junge, wie man Frauen behandeln muß.«

Niemand bemerkte Joaquin, der im Schatten eines Baumes stand und die Szene mit finsterem Blick beobachtete.

Seth stellte Morgan auf der vom Feuer abgewandten Seite des Planwagens auf den Boden. »Das war schrecklich, Seth. Was werden Jake und Frank jetzt von mir denken!« sagte sie und versuchte ihn dabei strafend anzusehen, aber das Lachen in ihrer Stimme verdarb diesen Effekt.

Er brachte sein Gesicht ganz dicht an ihres heran. »Wenn du mich noch länger so anschaust, werfe ich dich nicht nur über die Schulter, sondern mache viel schlimmere Sachen mit dir«, antwortete er leise.

Morgan hatte gar nicht gemerkt, daß sie ihm nicht mehr ins Gesicht gesehen, sondern auf seine nackte Brust gestarrt hatte. Nun wurde sie rot und drehte den Kopf zur Seite. Im gleichen Moment beugte Seth sich vor und küßte sie aufs Ohr. Als sie seine warmen, weichen Lippen auf ihrem Ohrläppchen spürte, drehte sie ihm wieder das Gesicht zu.

»Morgan, meine Süße«, flüsterte er. Er zog sie an sich, und sie legte die Arme um seine Hüften. So blieben sie eine Weile stehen, ohne ein Wort zu sagen.

Seth löste sich zuerst von ihr. »Du bist eine Hexe – weißt du das?« Seine Stimme war tief und heiser. »Anstatt hier herumzustehen, solltest du lieber zum Lagerfeuer gehen und mir etwas zu essen holen, wie es sich für eine gute Frau gehört.«

»Willst du nicht mitkommen zum Feuer?« Sie wollte sich jetzt nicht von ihm trennen.

»Morgan, du mußt noch eine Menge lernen, was den Umgang mit Männern betrifft. Ich werde noch eine Weile hier warten, bis ich wieder einigermaßen gesellschaftsfähig bin.« Seth blickte vielsagend an sich hinunter.

Morgan folgte seinem Blick bis zu der Ausbuchtung seiner Hose. »Oh«, murmelte sie ein wenig entnervt und entfernte sich dann rasch zum Lagerfeuer.

Joaquin war an diesem Abend sehr still. Sonst richtete er es immer so ein, daß er ganz dicht bei Morgan sitzen und ihr laufend Komplimente machen konnte. Doch heute hatte sie kein Ohr für ihn. Es entging ihm nicht, daß alle ihre Gesten und Blicke nur noch ihrem Mann galten.

Ein einziges Mal blickte Seth zu Joaquin hinüber und erschrak über den blanken Haß, der ihm aus den Augen des anderen entgegenschlug. Doch im nächsten Moment hatte der Spanier sich wieder in der Gewalt und schaute mit ausdruckslosem Gesicht vor sich hin. Seth fragte sich verwundert, was er diesem Mann denn wohl angetan hatte, um diesen Haß zu provozieren, konnte aber keine Erklärung finden. Im übrigen machte er sich nicht viel Gedanken über Joaquin Montoya, den Besitzer einer prachtvollen Ranch, die südlich von Seths bescheidenerem Besitz lag. Natürlich war Joaquins schöne Schwester Lena eine ganz andere Sache. Als Seth sie das erste Mal geküßt hatte, hätte sie ihm fast in die Lippen gebissen. Und als sie sich liebten, hatte er geglaubt, eine Wildkatze in den Armen zu halten. Sein Rücken war eine Woche lang wund gewesen. Trotzdem, er dachte nicht oft an die Montoyas.

Seth blieb am Lagerfeuer, um mit den anderen Männern die nächsten Etappen der Reise zu besprechen, während Morgan zu ihrem Bett unter dem Planwagen ging. Sie legte sich auf den Rücken, verschränkte die Hände im Nacken und blickte zur hinteren Wagenachse hinauf. Ihre Gedanken wanderten zu dem vergangenen Tag zurück, und als sie sich daran erinnerte, wie Seth mit ihr gelacht, sie in die Luft geworfen und seine Arme um ihren Nacken gelegt hatte, schien ihre Haut zu glühen, und ihr Atem ging rascher.

Und als dann Seth zum Wagen kam und sich in seine Decken wickelte, die nur eine Armlänge von ihrem Lager entfernt waren, streckte sie die Hand aus, um ihn zu berühren.

»Oh, nein, *mi querida*«, flüsterte er. Er küßte ihre Fingerspitzen und schob dann ihre Hand sanft von sich. »Ich glaube nicht, daß ich heute noch mehr Küsse und Berührungen ertragen könnte. Ich bin auch nur ein Mensch. Schlaf jetzt und stell mich nicht mehr auf die Probe.« Er drehte sich auf den Bauch, und nach wenigen Minuten hörte Morgan seine tiefen, regelmäßigen Atemzüge.

Am nächsten Abend schlugen sie ihr Nachtlager an den Diamond Springs auf. Seth nahm Morgan an der Hand und führte sie zu der Quelle, die einem großen, ausgehöhlten Felsen entsprang. Das Wasser war klar und kalt. Sie füllten die schweren Wasserfässer, schleppten sie ins Lager zurück und lachten dabei, als wäre diese Arbeit ein Vergnügen. Morgan wusch sich in einem Eimer voll Quellwasser die Haare. Als sie sich an das Feuer setzte und ihre Haare wie einen Fächer ausbreitete, damit sie schneller trocknen sollten, sahen alle vier Männer zu ihr hin.

»Ich habe noch nie in meinem Leben so dichte und schöne Haare gesehen«, murmelte Jake.

»Mein kleines Mädchen hat zwar Haare von fast der gleichen Farbe; aber lange nicht so viele wie sie«, sagte Frank.

Seth faßte in Morgans Locken und drehte ihren Kopf zu sich. »Ich glaube, daß ich dich an deinen Haaren aus dem Lager schleppen sollte, weil ich mich sonst noch um dich prügeln muß.« Er zog sie an den Haaren vom Boden hoch.

»Seth, du tust mir weh!«

»Wenn ich es nicht besser wüßte, könnte ich fast daran zweifeln, daß du eine Lady bist. Was für ein hübscher Trick – am Feuer zu sitzen und all diese hübschen Sachen um sich auszubreiten.«

Er führte sie in den Schatten der Bäume hinein – weg vom Lager.

»Seth«, sagte sie verärgert. »Ich weiß nicht, wovon du redest.«

»Ich weiß es auch nicht. Mir scheint, du gefällst mir von Tag zu Tag besser. Ich fange an, immer öfter an dich zu denken. Ich kann nicht einmal ein paar Schritte in den Wald hinein machen, ohne mir zu wünschen, daß du bei mir wärest.«

Morgan spürte, wie ihr Herz ein paar Takte schneller schlug. »Seth ...« Sie hob ihm die Arme entgegen, und ihre Lippen trafen sich. Sein Kuß setzte ihren Körper in Brand. Ihr Mund bewegte sich unter seinem, und sie fühlte, wie sich ihre Zungenspitzen berührten. Sehnsüchtig zog sie Seth näher zu sich heran. Er schob ein Bein zwischen ihre Beine, und sie konnte seinen Schenkel spüren, hart und so erregend.

Sanft küßte er ihren Hals und knabberte dann an ihrer weichen Haut. Ein prickelnder Schauer lief ihr über den Rükken. Irgendwann hörte Morgan Franks Stimme aus weiter Ferne. Er mußte schon eine ganze Weile nach Seth gerufen haben. »Zum Henker mit ihm!« murmelte Seth an ihrem Ohr. »Ich muß wieder ins Lager zurück, Süßes. Vielleicht ist Frank dein Schutzengel.«

»Er könnte auch der Teufel sein«, flüsterte sie.

Er schob sie überrascht von sich. Dann lachte er leise. »Ich glaube, daß ich allmählich Gefallen daran finde, ein Jahr mit dir verbringen zu müssen.« Seth küßte sie auf die Stirn und ging davon.

Morgan schlenderte langsam bis zum Rand des Lagers und blieb dort unter den Bäumen stehen. Vielleicht liebe ich ihn, dachte sie und seufzte leise. Ob es möglich war, sich so schnell in einen Mann zu verlieben?

Nachdenklich kehrte sie ans Feuer zurück.

9

Ein Reiter war ins Camp gekommen, und Seth verließ noch am gleichen Abend mit ihm das Lager, um den Weg, der vor ihnen lag, zu erkunden. Auch wollte er am Cottonwood Creek eine Stelle finden, wo sie den Fluß gefahrlos überqueren konnten.

Während er seine Satteltaschen packte, sagte er zu Morgan, daß sie sich in zwei Tagen wiedersehen würden.

Dann küßte er sie und hielt sie noch einen Moment in den Armen. »Denkst du auch ein bißchen an mich, wenn ich fort bin?« fragte er mit einem Lächeln in den Augen.

»Vielleicht.« Sie sahen sich mit einem glücklichen Lächeln an, und im nächsten Moment war er auf sein Pferd gestiegen und im Schatten der Bäume verschwunden.

Am nächsten Tag war Joaquin besonders um Morgan bemüht. »Vielleicht möchten Sie nach dem Essen noch ein bißchen spazierengehen?« sagte er höflich. »Ich bin sicher, mein alter Freund Seth wünscht, daß ich in seiner Abwesenheit seiner kleinen Frau ein bißchen Gesellschaft leiste.«

»Morgan muß mir beim Aufräumen im Lager helfen«, fuhr Jake ihn mit barscher Stimme an.

Joaquin maß ihn mit einem kalten Blick. »Ich glaube nicht, daß Morgan sich bisher um solche Sachen gekümmert hat, und ich sehe nicht ein, warum sich daran plötzlich etwas ändern sollte. Darf ich Sie begleiten?« Er bot ihr seinen Arm.

Schweigend legten sie ein paar Schritte im Mondlicht zurück. »Wie kamen Sie eigentlich dazu, Seth zu heiraten, Morgan?« ertönte plötzlich Joaquins Stimme.

Morgan blickte ihn bestürzt von der Seite an. Ob er etwas von ihrem »Geschäft« mit Seth wußte?

Bevor sie dem Spanier eine Antwort geben konnte, fuhr er fort: »Ich frage Sie, weil ich daran gewöhnt bin, Menschen zu beobachten, und mir nicht entgangen ist, daß zwischen Ihnen beiden etwas nicht stimmt. Ich weiß, daß Seth jede Nacht getrennt von seiner kleinen Frau schläft.« Sanft berührte er ihre Wange. »Wenn ich eine so liebliche Frau hätte, würde ich sie niemals allein im Lager zurücklassen, und wenn noch so viele Flüsse uns mit einer Überschwemmung bedrohten.«

Sie zuckte bei seiner Berührung zurück. »Sprechen Sie nicht so über Seth! Ich verdanke ihm viel, und er ist gut zu mir.«

»Entschuldigung. Ich wollte Ihnen damit nur sagen, daß ich Ihr Freund bin, der Ihnen jederzeit zur Verfügung steht, wenn Sie sich jemandem anvertrauen wollen.«

Morgan blickte ihn forschend an.

»Es tut mir leid, daß ich so barsch reagiert habe, Joaquin. Ich bedanke mich für Ihr Angebot. Ich werde es nicht vergessen.«

Joaquin wich Morgan an den beiden Tagen, die sie von Seth getrennt war, kaum von der Seite. Er versuchte nicht mehr, mit irgendwelchen Fragen ihre wahre Beziehung zu ihrem Mann zu ergründen, sondern konzentrierte sich darauf, ihr auf angenehme Weise die Zeit zu vertreiben.

Als sie zusammen zum Fluß gingen, um Wasser für das Lager zu besorgen, erinnerte Morgan sich daran, wie sie dort vor zwei Tagen am Ufer gesessen und Seth seinen Kopf in ihren Schoß gebettet hatte.

Joaquin lachte leise. »Sie sehen aus wie eine Flußnymphe, die ihren Liebhaber erwartet. Sagen Sie mir, kleine Morgan – was geht in diesem Augenblick in Ihrem Kopf vor?«

»Ich dachte gerade an das Wasser und wie kalt es sein muß.« Sie lächelte und sah von ihm weg. »Sind Sie schon einmal verliebt gewesen, Joaquin?«

Er studierte aufmerksam ihr Profil. »Ja. Als ich noch sehr jung war.«

»Hat Sie das sehr verändert? Ich meine ... schienen Sie alles und jeden zu vergessen, weil Sie immer nur an die Frau denken mußten, die Sie liebten?«

»Ja. So ähnlich war es wohl.« Seine Augen verloren ihren Glanz, und er blickte zur Seite.

»Aber Jake sagte mir, Sie wären nie verheiratet gewesen!«

»Nein«, erwiderte er leise. »Sie kam ein paar Tage vor unserer Hochzeit bei einem Reitunfall ums Leben.« Seine Stimme war härter geworden, und leise setzte er hinzu: »Ich starb mit ihr.«

Morgan verstummte und wandte sich verlegen ab, aber Joaquin hatte sich schnell wieder unter Kontrolle.

»Morgan, wir sprechen über viel zu ernste Dinge. Der Sonnenuntergang ist herrlich, und ich bin allein mit einer schönen Frau.«

»Ich bin nicht schön, Joaquin. Das können Sie doch sehen!« ging sie auf seinen leichten Ton ein.

»Ich habe viele Frauen gesehen und weiß, daß Sie schön sein könnten. In den letzten paar Tagen habe ich etwas in Ihren Augen entdeckt, das Sie verändert hat.« Er beugte sich hinunter, um sie zu küssen.

Seth war fast zwei Nächte hindurch im Sattel geblieben, damit er schnell wieder zu Morgan zurückkehren konnte. Er sehnte sich nach ihr, wollte sie in seinen Armen halten, sehen, wie sie ihm entgegenlief.

Das letzte Stück des Weges, das ihn noch von ihr trennte, trieb er sein Pferd noch schneller an. Dann galoppierte er ins Lager, sprang vom Pferd und warf Jake die Zügel zu. »Wo ist sie?«

»Unten am Fluß.« Seth rannte den Pfad zum Wasser hinunter, während der kleine Mann ihm nachsah. »Der Junge scheint sich ja endlich verliebt zu haben«, murmelte Jake und grinste. Er hatte noch nie einen so verklärten Ausdruck auf Seths Gesicht gesehen. Im nächsten Moment runzelte er die Stirn.

»Himmel, ich hoffe, daß dieser Montoya nicht irgend etwas Dummes mit der Kleinen anstellt.«

Seth kam genau in dem Augenblick auf die Lichtung, als Joaquin mit seinem Mund Morgans Lippen berührte. Seth brauchte eine Sekunde, um zu begreifen, was sich dort abspielte. Abrupt machte er auf dem Absatz kehrt und lief wieder zum Lager zurück.

Morgan drehte sich um und sah gerade noch Seths breiten Rücken hinter den Bäumen verschwinden. Sie vergaß Joaquin auf der Stelle.

»Seth!« Sie war überrascht, als er nicht reagierte. sie raffte ihre langen Röcke und rannte ihm nach. Doch auch als sie zum zweitenmal seinen Namen rief, reagierte er nicht. Sie holte ihn ein, packte seinen Arm und baute sich vor ihm auf.

Einen Moment lang war er versucht, sie in seine Arme zu nehmen. Dann schüttelte er ihre Hand ab und ließ sie stehen.

Morgan bemerkte nicht, daß Joaquin die Szene mit einem belustigten Lächeln beobachtete.

»Seth! Was hast du denn auf einmal?«

Er drehte sich mit einem gehässigen Blick zu ihr um. Seine Stimme war heiser, als müsse er einen übermächtigen Zorn unterdrücken. »Was ich auf einmal habe? Ich bin Tag und Nacht geritten, damit ich wieder hier bei meiner Frau sein kann, und was sehe ich bei meiner Ankunft?« Er deutete mit dem Kopf zum Fluß hinunter und holte tief Luft. Als er weitersprach, schien er seinen Ärger besser kontrollieren zu können.

»Es tut mir leid. Es ist meine Schuld. Ich hätte nichts anderes erwarten dürfen. Du bist genau wie alle Frauen.« Er trat auf sie zu und legte seine Hand auf ihre Brust. »Das willst du doch, meine Liebe – wenn nicht von mir, dann von deinem hübschen Freund dort hinten? Was für eine Schande, daß ich dir auf die Schliche gekommen bin – wo du doch eine so vollendete Schauspielerin bist. Fast hätte ich an deine Unschuld geglaubt.«

Damit drehte Seth sich um und ging zum Lager zurück. Morgan sah ihm verwirrt nach. Eine Schauspielerin? Was meinte er damit? Und dann fiel ihr Joaquins Kuß ein. War Seth deshalb so außer sich gewesen? Sie mußte zu ihm gehen und ihm erklären, daß der Spanier ihr nichts bedeutete.

Er sattelte gerade sein Pferd ab.

»Seth…« – ihre Stimme war sanft – »laß mich mit dir reden.«

»Wir haben uns nichts mehr zu sagen.«

»Doch, Seth. Ich habe begriffen, warum du wütend bist. Du hast mich mit Joaquin zusammen gesehen, nicht wahr?« Ihre Stimme nahm einen flehenden Ton an. »Das war ohne Bedeutung, Seth. Gar nicht mit deinen Küssen zu vergleichen.«

Er musterte sie mit kaltem Blick. »Wie ich bereits sagte, bist du nicht mein Eigentum. Du kannst küssen, wen du willst. Und was deinen Vergleich meiner Küsse mit denen Joaquins betrifft, so verrät das die Gesinnung einer Hure.« Sein Lachen klang verächtlich. »Halte dich in Zukunft von mir fern. Ich möchte mit deinen Spielchen nichts mehr zu tun haben.«

»Jake, was ist eine Hure?«

Jake hätte um ein Haar die Pfanne mit dem brutzelnden Speck ins Feuer fallen lassen. »Wie war das…?« stammelte er.

»Ich habe das Wort mal gehört und mich gefragt, was es wohl bedeuten mag.« Es war schon zwei Tage her, seit Seth sie so genannt hatte.

»Also… das ist eine Frau, die… äh… ihre Gunst vielen Männern… äh… schenkt«, erwiderte Jake verlegen. »Warum fragen Sie mich das?«

Morgan konnte ihm natürlich unmöglich sagen, daß Seth sie mit einer Hure verglichen hatte. Sie saß am Feuer und flickte einen Riß in seinem Hemd. Sie hatte in den letzten beiden Tagen nur sehr wenig von ihm gesehen. Er verbrachte eine Menge Zeit mit Jake, um Katzenwelse zu angeln, und Morgan hatte damit begonnen, Büffelfladen als Brennmaterial für das Lagerfeuer zu sammeln. Es gab jetzt keine Bäume mehr, nur flaches Grasland. Sie fand die Landschaft häßlich und hoffte nur, daß Neu-Mexiko anders sein würde.

Am nächsten Tag überquerten sie den Turkey Creek. Morgan sah zu, wie Seth sein Hemd auszog und sich mit den

Pferden abmühte, die eine steile, lehmige Böschung erklimmen mußten. Sie war fasziniert von seinem muskulösen Körper und erinnerte sich, wie er die Arme um sie gelegt, sie vom Boden hochgehoben und in der Luft herumgewirbelt hatte. Ihr wurde heiß, als sie daran dachte.

An diesem Nachmittag begann es zu regnen. Es goß so heftig, daß Jake kaum noch seine Pferde sehen und das Fuhrwerk lenken konnte. Morgan saß, bis auf die Haut durchnäßt, neben ihm.

»Kriech unter die Plane, du kleine Närrin!« Sie konnte Seths Worte im rauschenden Regen kaum verstehen. Wasser lief ihm aus der Hutkrempe über den Poncho.

»Nein!«

Da kam er drohend auf sie zu, und rasch schlüpfte sie durch die Öffnung der Zeltplanen in den Wagen hinein. Sie konnte die Wassertropfen sehen, sie sich an der Innenseite des Wagenhimmels bildeten.

Jetzt war sie froh, daß Seth sie in den Wagen gescheucht hatte. Sie zog das schwere, nasse Kleid aus und trocknete sich ab. Es tat gut, die Haut so kräftig zu frottieren, daß sie vor Wärme fast glühte. Morgan sah sich nach einem trockenen Kleidungsstück um und fand ganz unten in einem Koffer einen Morgenmantel von Seth. Sie zog ihn an, streckte sich auf der schmalen Koje im Wagen aus und war nach wenigen Minuten fest eingeschlafen.

Laute Stimmen weckten sie auf. Es war bereits dunkel, und der Wagen fuhr nicht mehr; aber der Regen rauschte in unverminderter Stärke herunter. Sie hörte Seths Stimme dicht neben dem Fuhrwerk. Dann wurde die Plane am hinteren Ende des Wagens angehoben, und er kletterte auf die Ladefläche.

»Steh auf, Weib, und kümmere dich um deine Hausfrauenpflichten.« Seine Stimme hatte etwas Zweideutiges, Lüsternes.

Morgan beeilte sich, seiner Aufforderung nachzukommen, und wäre dabei fast über den Saum des viel zu weiten Morgenmantels gestolpert.

»Was hast du dir denn da angezogen?« wollte Seth wissen.

»Deinen Morgenmantel. Ich hoffe, du hast nichts dagegen. Mir war kalt.«

Er blickte sie an, und im Licht der Laterne waren seine Augen strahlend blau. »Hilf mir aus den nassen Kleidern. Ich bin so müde, daß ich mich kaum noch auf den Beinen halten kann.«

Sie war froh, ihm nahe sein zu können – froh, daß er wieder mit ihr redete. Als sie ihm die Stiefel von den Beinen zog und ihn dann von den nassen Socken befreite, fragte sie sich, wo nur ihr Stolz geblieben sei.

Sie trocknete energisch seine Füße ab und massierte seine Zehen, bis sie wieder ein wenig warm waren. Dann knöpfte sie ihm das Hemd auf.

Seht lehnte sich zurück und ließ sich ihre Behandlung gefallen, als wäre er ein kleiner, hilfloser Junge. Der Morgenmantel teilte sich vorn ein wenig, und er konnte den Ansatz ihrer wohlgerundeten Brüste sehen. Ihre Haare lösten sich aus dem Knoten und fielen ihr über die Schultern. Sie schimmerten golden im matten Licht der Laterne.

Nachdem Morgan ihm das Hemd ausgezogen hatte, begann sie ihn mit dem Handtuch kräftig abzureiben, um seinen Körper zu erwärmen. Sie versuchte nicht an das zu denken, was sie tat, und vermied es, ihn dabei anzusehen. Als sie einen Moment innehielt, löste Seth seine Gürtelschnalle und schickte sich an, aus seiner Hose zu schlüpfen.

»Seth«, sagte Morgan stockend.

Er grinste sie an, da er wußte, was sie ihm jetzt sagen wollte. »Also gut.« Er nahm ihr das Handtuch ab.

Sie setzte sich auf die Koje, während Seth seine Hose auszog und sich abtrocknete. Er drehte ihr dabei den Rücken zu, und sie wollte in eine andere Richtung schauen, doch es gelang ihr nicht, denn sein Körper war so schön wie eine der antiken Statuen griechischer Athleten, die sie einmal im Museum von Louisville gesehen hatte.

Während sie seinen Rücken betrachtete, drehte er sich plötzlich zu ihr um, und sie ertappte sich dabei, wie sie seinen Penis anstarrte. Sie wurde glutrot und blickte hastig zur Seite.

»Meine unschuldige kleine Frau verliert rasch ihre Scham. Da du mir bereits gesagt hast, wessen Küsse dir besser schmecken, dann verrate mir jetzt – wessen Körper gefällt dir besser?«

Sie hatte stets versucht, ihm eine gute Gefährtin zu sein. Vor ein paar Tagen hatte sie sogar gedacht, daß sie vielleicht in ihn verliebt sein oder ihn sogar lieben könnte. Doch wegen dieses kleinen, dummen Zwischenfalls – wegen dieses lächerlichen Kusses, den Joaquin ihr gegeben hatte – glaubte er nun, sich über sie lustig machen zu müssen. Nun schön – sie würde sein Spiel mitspielen.

»Mir gefällt ein Gentleman besser als ein Kerl, der keine Anstandsregeln kennt«, fauchte sie.

»Oh, das kleine Mädchen verliert nicht nur seine Scheu, sondern wird auch aggressiv. Sagen Sie mir, Miss, kann man nun für diese Heirat wirklich fünfundzwanzigtausend Dollar kassieren, oder gehört das auch nur zu Ihren Spielchen? Könnte das vielleicht nur ein Trick sein, damit ich meinen Namen für den Bastard eines anderen hergeben soll?«

»Ich weiß nicht, wovon du redest!«

»Mir scheint, daß Sie mich immer nur an der Nase herumgeführt haben, seit wir uns kennenlernten. Sie beteuern, Sie wären noch Jungfrau, doch Ihre Küsse sind von einer Leidenschaft, die eher das Gegenteil bezeugen. Und deshalb kam mir der Gedanke, daß Sie vielleicht ein Kind unter dem Herzen tragen und Ihre kleinen Tricks dazu dienen sollen, mich am Ende glauben zu lassen, ich sei der Vater dieses Balgs.«

Morgan zuckte unter seinen Worten wie unter einem Schlag zusammen. »Sie haben zu lange Umgang mit solchen Frauen gehabt«, sagte sie tonlos. »Ich wiederhole es jetzt noch einmal, und wenn Sie mir nicht glauben, kann ich Ihnen nicht helfen. Ich habe Sie darum gebeten, mich zu heiraten, damit ich mein Erbe antreten kann. Aus keinem anderen Grund. Ich habe Sie mit solcher Leidenschaft geküßt, weil ich eine Zeitlang glaubte, ich könnte sie lieben. Es tut mir leid, daß ich so töricht gewesen bin. Am Ende dieses Jahres bekommen Sie Ihre fünfundzwanzigtausend Dollar, und danach möchte ich Sie nie mehr wiedersehen. Und bis unser Vertrag abgelaufen ist, schlage ich vor, daß wir jede körperliche Nähe meiden.« Sie drehte Seth den Rücken zu.

»Sie haben recht. Ich glaube Ihnen nicht. Ich vermute, Sie hatten einen anderen Grund, mich in diese Ehe zu locken.« Er machte einen Schritt auf sie zu, das Handtuch um die Hüften geschlungen, packte sie an den Haaren und zog ihren Kopf nach hinten. »Von jetzt an kommen Sie gefälligst Ihren ehelichen Pflichten nach.«

Sie starrte ihn mit haßerfüllten Augen an, in denen auch Furcht flackerte. »Lassen Sie sofort meine Haare los.«

Er lachte und gab sie frei. »Ich würde Sie nicht anfassen, selbst wenn Sie die einzige Frau auf der Welt wären, aber bis unser Vertrag abläuft werden Sie mir gehorchen. Und jetzt legen Sie sich hin.«

Er grinste, als er die Angst in ihren Augen sah. »Haben Sie etwa gedacht, ich würde bei diesem Regen im Freien schlafen?«

Morgan legte sich wieder auf die Koje und rutschte soweit an deren Rand, daß sie fast herausfiel, während Seth das Handtuch von seinen Hüften entfernte und sich nackt neben ihr ausstreckte. Er breitete die Decken über sie beide aus, und bald lullte das monotone Rauschen des Regens sie in den Schlaf.

Seth wachte am nächsten Morgen als erster auf. Als er Morgan neben sich schlafen sah, lächelte er, und dann kam ihm wieder in den Sinn, was er alles am Abend zuvor zu ihr gesagt hatte. Er wollte sie küssen, sie in seine Arme nehmen, sie lieben. Und dann erinnerte er sich an Joaquin und wie sie bei seinem Kuß stillgehalten hatte. Als sich Morgan im Schlaf dichter an ihn herandrängen wollte, verließ er rasch die Koje und kleidete sich an.

Draußen war die Luft feucht und der Boden nach den schweren Regengüssen des Vortags verschlammt. Nach einem kalten Frühstück setzten sie ihre Reise fort. Abends sammelte Morgan wieder Büffeldung für das Lagerfeuer.

Joaquin begegnete ihr im Zwielicht der Abenddämmerung und sprach sie an: »Ach, Morgan – ich habe bemerkt, daß Sie heute noch trauriger aussehen als sonst. Stimmt etwas nicht?«

Seine Worte taten ihr gut. Er war aufmerksam und achtete darauf, in was für einer seelischen Verfassung sie sich befand.

»Kommen Sie – lassen Sie mich das tragen.« Der Spanier nahm ihr den Eimer mit dem Büffeldung ab. »Vergessen Sie nicht, daß ich ihr Freund bin.«

Sie sah ihn an und lächelte. »Vielen Dank. Jeder im Lager ist so freundlich zu mir – Sie und Jake, Frank und ...« Sie hielt inne, als versagte ihr die Stimme.

»Ihr Mann ist ein Mensch mit vielen Konflikten. Ich bin nicht sicher, ob er weiß, was Liebe ist.«

»Montoya!«

Sie drehten sich beide um und sahen Seth ein paar Schritte von ihnen entfernt stehen.

»Wenn Sie sich Ihr attraktives Gesicht erhalten wollen, würde ich Ihnen raten, meine Frau in Ruhe zu lassen!«

In Joaquins Augen spiegelte sich einen Moment lang Haß, doch dann zeigte seine Miene nur noch Belustigung. »Einen schönen Abend noch, Señor, Señora.« Er lächelte Morgan zu und ging davon.

Seth blickte sie mit flammenden Augen an. »Mir scheint, ich kann dich auch nicht eine Minute allein lassen.« Er streckte eine Hand aus und streichelte wie unter Zwang ihren Nacken.

Seine Berührung löste einen wohligen Schauer auf ihrer Haut aus. Morgan schloß die Augen und überließ sich seiner Massage. Mit einem leisen Stöhnen zog er seine Hand wieder zurück. »Wir sollten jetzt etwas essen. Morgen erreichen wir den Arkansas River, und wenn wir den überqueren wollen, müssen wir ausgeruht sein.«

Seth erzählte ihr auch, daß er schon die ersten Spuren von Indianern entdeckt habe und es für sicherer halte, wenn sie im Wagen bliebe. Es würde fortan nötig sein, nachts bei den Gespannen Wache zu halten.

Morgan zog sich rasch aus und schlüpfte in ihr langes Nachtgewand. Genau in diesem Moment stieg Seth auf die Ladefläche und sah sie vor der Laterne stehen. Ihr Körper zeichnete sich deutlich unter dem Stoff ab. Er erhaschte einen kurzen Blick auf schlanke Beine und eine schmale Taille, und dann war sie schon unter die Decke geflüchtet. Er runzelte die Stirn und blickte zur Seite. »Eines Tages werde ich ihr diese verdammten Sachen vom Leib reißen und nachsehen, was darunter ist«, brummelte er.

»Hast du etwas zu mir gesagt?« fragte sie von der Koje her.

»Daß du schlafen sollst«, gab er mürrisch zur Antwort.

10

Der Arkansas River war breit und flach, und an seinen Ufern war kein einziger Baum zu sehen. Aber in der Mitte des Flusses befand sich eine Insel, auf der Cottonwood-Sträucher wuchsen.

Sie schlugen an diesem Abend schon frühzeitig ihr Lager auf, da sie beim ersten Morgenlicht den Fluß überqueren wollten. Morgan spielte mit dem Gedanken, ein Bad im Fluß zu nehmen und ihre Haare zu waschen. Sie sah sich bereits im Wasser und genoß schon jetzt das Gefühl, sich einmal gründlich reinigen zu können.

Seth und Frank waren vorausgeritten, um ein paar Indianerspuren zu verfolgen. Nur Jake und Joaquin waren bei den Wagen zurückgeblieben. Falls sie sich beeilte, konnte sie ihr Bad schon genommen haben, wenn Seth von seinem Erkundungsritt zurückkam.

Rasch nahm sie Seife und ein Handtuch und sagte Jake Bescheid, was sie vorhatte. Dann sattelte sie ein Pferd und verließ das Lager.

Seth und Frank kamen kurze Zeit später zum Camp zurück.

»Es sind keine Indianer mehr in der Nähe«, berichtete

Frank, als Jake ihn danach fragte. »Aber wir sind auf zahlreiche Büffelspuren gestoßen. Also halte deine Pfannen für ein paar Buffalo-Steaks bereit.«

»Wo ist Morgan?« fragte Seth, der unter die Plane seines Wagens geschaut hatte.

Jake blickte von seinem Kaffeebecher hoch. »Sie ist zu dieser Insel dort hinüber, um ein Bad zu nehmen.« Dann setzte er seine Unterhaltung mit Frank fort.

Seth überzeugte sich rasch, daß sich Joaquin noch im Lager befand. Der Spanier saß etwas abseits vom Feuer und putzte die kostbaren Silberbeschläge seines Sattels. Als ihre Blicke sich kreuzten, kniff Joaquin vielsagend ein Auge zu.

Seth schwang sich rasch wieder auf sein Pferd und lenkte es auf die kleine Insel im Strom zu. Er ritt gemächlich durchs Wasser, da er wußte, daß im Augenblick keine Gefahr von den Indianern drohte. Aber daß seine Frau sich so weit vom Lager entfernt hatte, behagte ihm gar nicht.

Er führte sein Pferd quer über die sandige Insel und band es nicht weit von Morgans Pferd am Ufer neben ein paar saftigen Grasbüscheln fest. Er lächelte, als er zu Boden schaute und ihre Kleider ordentlich zusammengelegt im Sand erblickte. Sie selbst stand ein paar Meter entfernt bis zu den Hüften im Wasser und drehte ihm den Rücken zu. Ihre Haare waren voller Seifenschaum. Seth trat zwischen die Büsche und wurde im Licht der untergehenden Sonne zu einem reglosen Schatten.

Die Sonne überzog Morgans helle Haut mit einem sanften Schimmer. Er konnte sie vor sich hinsummen hören, während sie ihre Haare einseifte. Plötzlich drehte sie sich rasch um, streckte die Arme aus und tauchte bis zum Scheitel im Wasser unter. Seth löste sich vom Stamm des Cottonwood-Baumes, an den er sich gelehnt hatte, und hielt den Atem an.

Kein Kleid der Welt konnte die Formen eines solchen Körpers verstecken! Es mußte sich um eine Sinnestäuschung handeln. Die untergehende Sonne spielte ihm einen Streich. Morgan hatte doch selbst gesagt, daß sie den Körper eines Knaben habe. Und zuweilen sah sie wirklich so aus – wie ein Jüngling in Frauenkleidern. Konnte es möglich sein, daß diese herrliche

Frau und seine hausbackene Morgan ein und dieselbe Person waren?

Seths Gedanken rissen jählings ab, als ihm bewußt wurde, daß sie noch nicht wieder aufgetaucht war. Rasch lief er zu der Stelle im Wasser, wo er sie zuletzt gesehen hatte und wo er jetzt nur eine kleine Hand über den Wellen bemerkte. Er tauchte unter und nahm Morgans Körper in seine Arme. Ihr Fuß war zwischen zwei auf dem Grund des Wassers liegenden Baumstämmen eingeklemmt. Er trat mit aller Macht gegen einen der Stämme und befreite ihren Fuß aus der tödlichen Falle.

Er trug sie ans Ufer und legte sie in den Sand. Nachdem sie das Wasser, das sie geschluckt hatte, wieder ausgespuckt hatte, röchelte sie schwer und legte sich mit geschlossenen Augen zurück.

Doch sobald sie wieder zu sich kam und sah, daß sie in Seths Armen lag, lächelte sie zu ihm hinauf und drängte ihren Kopf näher an seine Brust heran. Seth war so verblüfft, daß er ihr Lächeln nicht zu erwidern vermochte.

Etwas an seinem Verhalten schien ihr nun ins Bewußtsein zu rufen, in was für einer Lage sie sich befand. Sie setzte sich auf und versuchte ihre Brüste mit beiden Armen zu bedecken. »Was ist passiert? Seth, geh fort!« Ihre Stimme war voller Panik.

»Du brauchst jetzt nichts mehr vor mir zu verstecken, meine kleine Frau – ich habe bereits alles gesehen.« Er ließ sie los. »Aber du solltest dir rasch etwas anziehen, weil du sonst in großer Gefahr schwebst, noch etwas anderes als dein Leben zu verlieren.«

Joaquin bemerkte als erster die Veränderung im Verhalten von Seth und Morgan. Er hatte ja bereits mehrere Wendepunkte in der Beziehung des jungen Paares miterlebt. Einmal hatten die beiden sich fast wie ein Liebespaar angesehen, doch nun schauten sie sich so gut wie gar nicht mehr an. Von dem Moment an, wo der Spanier Morgan die Hoteltreppe in Kansas City hatte herunterkommen sehen, war ihm bewußt gewesen, daß sie eine Schönheit war. Er hatte sich gewundert, daß diese offensichtliche Tatsache nicht von jedem anerkannt worden war oder gar Zweifel hinsichtlich ihres Aussehens aufkommen konnten. Es erstaunte ihn, daß nicht alle Männer ihre Schönheit erkannten, nur weil sie schlechtsitzende Kleider trug und zumeist ein trauriges, niedergeschlagenes Wesen zeigte. Doch es gab Zeiten, wo sie auch fröhlich sein konnte, den Kopf hob und ausgiebig lachte. Ah! Dann war sie wahrhaftig eine Schönheit. Seth Colter hat eine solche Frau nicht verdient, dachte Joaquin. Und sie würde nicht das einzige sein, was er verlieren sollte, schwor sich der Spanier.

Nachdem die Gruppe den Arkansas überquert hatte, wurde sie von einer Spannung erfaßt, von der man vorher nichts gespürt hatte. Abwechselnd ritten Seth und Frank dem Treck immer ein gutes Stück voraus, um auf Zeichen zu achten, die ihnen die Gegenwart von Indianern verrieten. Jeden Abend wurden die Lagerfeuer kleiner, und geredet wurde kaum noch etwas.

Wenn irgendwo ein Zweig knackte, nahm einer der Männer sein Gewehr oder seinen Revolver und eilte in die Richtung, aus der das Geräusch gekommen war.

Sie hatten inzwischen mehr als die Hälfte ihrer Route zurückgelegt, und Morgan sehnte schon das Ende dieser endlosen Tortur auf dem Kutschbock herbei.

»Morgan, es ist eine Freude, mitzuerleben, wie gut Sie die Strapazen dieser Reise bewältigen«, sagte Frank eines Abends zu ihr.

Sie brachte ein Lächeln zustande. »Mein Vater schien zu glauben, daß man wegen Neu-Mexiko keine noch so große Mühe scheuen sollte.« Sie deutete mit der Hand zum dunklen Horizont im Westen.

»O ja, Seth hat Ihren Vater ja schon einmal erwähnt. Wie war doch sein Name gleich wieder? Vielleicht bin ich ihm sogar begegnet.«

»Charles Wakefield. Er hatte eine Ranch irgendwo in der Nähe von Albuquerque, glaube ich.«

Joaquin hörte ihnen aufmerksam zu. Seth hielt Wache, und Jake war irgendwo auf der anderen Seite der Wagen.

»Charles Wakefield!« Frank schrie den Namen fast heraus und bemühte sich dann, im leiseren Ton fortzufahren: »Ich kannte Ihren Vater – kein Wunder, daß Sie mir auf Anhieb gefallen haben. Ihr Vater war ein bewundernswerter Mann. Ich habe mit großer Trauer die Nachricht von seinem Tod vernommen. Scheint so, als ob die Besten von uns am frühesten sterben müssen.« Er betrachtete Morgan mit einer Mischung aus Verlegenheit und Neugier. »Ich habe mich immer gewundert, warum Charley nicht geheiratet hat.«

Morgan hatte bisher noch nie ein lobendes Wort über ihren Vater gehört und wollte nun mehr über ihn erfahren. »Erzählen Sie mir, was für ein Mensch er war.«

»Er war ein guter Mensch und ein harter Arbeiter. Er war schon ziemlich lange in Neu-Mexiko, als ich ihn kennenlernte, aber nach allem, was man erzählte, muß er seine Ranch praktisch aus dem Nichts aufgebaut haben. Heute braucht ein Mann eine Woche dazu, um die Grenze seines Besitztums abzureiten.« Frank lächelte. »Ich habe vor ein paar Jahren als Cowboy für ihn gearbeitet. Charley war nicht so wie die anderen reichen Grundbesitzer; er ist mit uns geritten und hat genauso angepackt wie seine Cowboys. Und keiner konnte einen Stier besser mit dem Lasso einfangen als er.« Er starrte schweigend ins Feuer und meinte dann leise: »Nur von einer Frau oder einem kleinen Mädchen habe ich ihn nie etwas sagen hören.«

»Meine Mutter brachte mich nach Kentucky zurück, als ich erst zwei Jahre alt war«, erwiderte Morgan steif. Es war schwierig, verwandtschaftliche Gefühle für einen Mann aufzubringen, der sie gezwungen hatte, sich zu verheiraten und ihr Heim aufzugeben.

Frank spürte Morgans Feindseligkeit und wunderte sich darüber. »Sie haben wirklich eine Menge versäumt, weil Sie nicht bei Ihrem Vater geblieben sind. Dieses Land bietet Ihnen an einem Tag mehr Abwechslung und Abenteuer als der Osten in einem Jahr.«

Ein wenig später an diesem Abend stahl sich Morgan aus dem Lager, um sich auf einen Felsblock zu setzen und die Sterne zu bewundern. Joaquins Stimme schreckte sie aus ihren Träumen.

»Im Osten gibt es nicht solche prächtigen Sterne wie hier, nicht wahr?«

»Nein, vermutlich nicht. Aber mir scheint der Preis für ein paar Sterne doch zu hoch zu sein.«

Joaquin lächelte, und seine Zähne schimmerten weiß im Mondlicht.

»Ich bin hier aufgewachsen. Für mich ist der Osten zu unbeweglich. Dort gibt es keine Überraschungen und keine Abenteuer.«

»Das gleiche hat mir Frank bereits erzählt. Sie sind auch Ranchbesitzer wie Seth, nicht wahr?«

Der Spanier lachte leise, und dann sagte er mit einem verächtlichen Ton in der Stimme: »Ja, ich besitze eine Ranch, aber nicht so eine wie Colter. Die Montoya-Ranch ist um ein Vielfaches größer als seine und schon seit Generationen Eigentum meiner Familie.«

»Bewohnen Sie sie allein?«

»Nein«, antwortete er, »ich lebe dort mit meiner Schwester Lena.« Seine Miene wurde düster, als er daran dachte, was zwischen Lena und Colter vorgefallen war. Eines Tages würde er sich dafür an diesem Kerl rächen.

»Sagen Sie, Morgan, hassen Sie denn unseren Westen so sehr?« Seine Stimme hatte einen lauernden Ton, den Morgan jedoch überhörte.

»Ja!« antwortete sie leidenschaftlich. »Ich hasse diesen Staub, die ständigen Gefahren und ... und ...« Ihr Blick ging unwillkürlich nach Westen, wo Seth irgendwo Wache hielt.

»Und Ihren Mann?« ergänzte Joaquin mit leiser Stimme.

Sie senkte den Kopf und schluckte, und der Spanier merkte, daß sie nur mühsam die Tränen zurückhielt.

»Morgan, ich habe Ihnen schon einmal gesagt, daß ich Ihr Freund bin. Wenn Sie mir etwas sagen wollen – eine Schulter brauchen, an der Sie sich ausweinen können, stehe ich Ihnen zur Verfügung.«

Eine Träne rollte über Morgans Wange, dann eine zweite. Sie schluchzte hinter vorgehaltenen Händen, und Joaquin wartete, bis sie hervorstieß: »Ich weiß nicht, warum er mich haßt. Ich wollte, daß wir Freunde sind. Ich wollte, daß es immer so bliebe wie in Kentucky. Da ritten wir gemeinsam aus, redeten miteinander und lachten zusammen. Dann küßte er mich...«

»Meine süße Morgan, ich bin doch Ihr Freund.« Joaquin strich ihr sanft mit der Hand über den Kopf.

»Warum hat er Sie dann gebeten, seine Frau zu werden?«

Wieder wurde ihr Körper von lautem Schluchzen erschüttert: »Das hat er ja gar nicht getan. Vielmehr habe ich ihn gebeten, mich zu heiraten. Aber ich wollte gar keine Ehe eingehen. Mein Vater hat in seinem Testament verfügt, daß sein ganzes Vermögen in den Besitz meines Onkels übergeht, wenn ich nicht heiraten und ein Jahr lang in Neu-Mexiko leben würde. Ich habe Seth Geld angeboten, wenn er mich heiraten würde.« Sie hörte nicht auf, leise vor sich hinzuweinen, während Joaquin sich bemühte ihr Geständnis zu verdauen und seinen Vorteil daraus zu ziehen.

»Nicht alle Männer verstehen die zarteren Gefühle einer Frau. Manche Männer betrachten Frauen nur als Werkzeuge. Ich fürchte, Sie haben einen Mann geheiratet, der offenbar zu dieser Kategorie gehört.« Er ließ einen verführerischen Ton in seine Stimme einfließen. »Ich wünschte, Sie hätten mich gefragt, ob ich Sie heiraten würde. Ich wäre mit Freuden auf Ihren Vorschlag eingegangen – ohne Geld dafür zu nehmen. Es wäre mir ein Vergnügen, einer so schönen Frau Gesellschaft leisten zu dürfen.« Er hob ihre Hand an die Lippen und blickte ihr tief in die tränennassen Augen.

»Ich bin nicht schön, Joaquin«, flüsterte Morgan.

Sein Lächeln war weich und wissend. »Doch, Sie sind schön, und eines Tages werden Sie sich dessen bewußt sein. Es wäre eine große Freude für mich, Ihnen beweisen zu können, wie schön Sie sind. Ich würde Sie zu gern in Atlas und Seide kleiden.«

Sie wurde rot.

»Kleine Morgan, sobald Sie wissen, daß Sie schön sind, werden Sie schön sein.«

Sie schwieg, und nach einer Weile sagte Joaquin: »Lassen Sie uns ins Lager zurückkehren, ehe die anderen sich zu wundern beginnen, wo wir sein könnten.« Er nahm ihren Arm und führte sie zu ihrem Wagen zurück, wo er ihr wieder die Hand küßte. »Gute Nacht, meine schöne Prinzessin, schlafen Sie gut.«

Als er sich umdrehte, begegnete er den feindseligen Blicken von Frank und Jake. Er lächelte, verbeugte sich leicht und begab sich dann zu seinem eigenen Fuhrwerk.

»Jemand sollte diesem kleinen Casanova mal eine Lektion erteilen«, murmelte Jake.

»Ja, und ich weiß auch, wer diese Aufgabe übernehmen sollte«, erwiderte Frank und blickte in die Richtung, wo Seth im Dunklen Posten bezogen haben mußte.

11

Die Überquerung des Cimarron River war für Morgan ein Alptraum. In der Umgebung des Flusses wimmelte es nur so von Klapperschlangen, auf die die Männer ununterbrochen schossen, um sie von den Pferden fernzuhalten. Am Abend waren sie alle erschöpft und gereizt bis aufs Blut.

Die nächsten paar Tage nach der Flußüberquerung waren für sie genauso ermüdend wie die ersten Tage dieser langen Reise. Am Middle Spring machte sie zum erstenmal mit Skorpionen Bekanntschaft. Die Klapperschlangen hatten ihr nicht einen so großen Schrecken eingejagt wie diese riesigen haarigen Geschöpfe. Willow Bar mit seinem Sand und seinen Weiden war für sie dann eine willkommene Erleichterung.

Auch daß es ihr fast nichts mehr ausmachte, wenn sie sich vor Seth auszog, empfand sie als angenehm. Und ihr Umgangston wurde mit der Zeit zunehmend freundlicher. Mehrere Male ertappte sie ihn sogar dabei, wie er sie anlächelte, und sie selbst lächelte freundlich zurück.

Eines Morgens ritt Seth schon in aller Frühe aus dem Lager. »In zwei Tagen erwarte ich euch mit frischem Proviant am

Rock Creek«, sagte er zu Morgan, während er seine Satteltaschen packte.

Beide mußten in diesem Moment daran denken, welche Folgen es gehabt hatte, als Seth sich das erste Mal für zwei Tage vom Treck trennte. Bei der Erinnerung daran kamen Morgan die Tränen, und sie hielt den Kopf gesenkt, damit Seth ihren Kummer nicht sehen konnte.

»Was hast du denn, Kleines?« fragte er in neckendem Ton. »Solltest du diesmal deinen Mann tatsächlich vermissen?«

Sie hielt die Augen auf den Boden gerichtet.

»Mir scheint, daß wir beide in solchen Momenten nie die richtigen Worte füreinander finden, nicht wahr?« fuhr er mit leiser Stimme fort. »Wollen wir nicht versuchen, einen ganz neuen Anlauf zu nehmen, wenn ich wieder zum Treck zurückkomme?« Er lächelte sie an, und als sie aufschaute, mußte auch sie unter Tränen lächeln.

»Könntest du vielleicht einen Kuß für einen einsamen Ritter entbehren?«

Ehe Morgan wußte, was sie tat, lag sie schon in seinen Armen. »Seth...« flüsterte sie. Seine Lippen berührten ihren Mund zuerst ganz sanft, und dann spürten sie beide das Verlangen, das sich in den letzten Wochen in ihnen aufgestaut hatte. Morgan zog ihn fester an sich heran, während sie mit beiden Händen sehnsüchtig seinen Rücken streichelte.

»Nein, mein Süßes, diesmal gehen wir die Sache *langsam* an. Wir brauchen beide Zeit, den anderen kennenzulernen und ihm zu vertrauen. Ich werde dich ja bald wiedersehen, und dann können wir beide ganz von vorne anfangen.«

Seth berührte noch einmal flüchtig ihre Wange, sprang in den Sattel und war im nächsten Moment verschwunden.

An diesem Abend lag Morgan im Wagen, halb schlafend, halb träumend, während Bilder von Seth vor ihrem inneren Auge vorüberzogen.

»Schau mal, was ich da gefunden habe, Ben.« Ein Fremder stieg in ihren Wagen! Sie zog vor Angst die Decke bis zum Kinn hinauf.

»'ne Menge gelber Haare hat die Kleine!«

Ein zweiter Mann erschien hinten an der Ladefläche. »Bring sie zu uns heraus, Joe.« Seine Stimme hatte einen merkwürdigen Klang.

»Ach, überlaß sie mir. Die hat doch keinen Wert für uns. Schenk sie mir, Boß«, wiederholte der erste im bettelndem Ton.

»Du steigst jetzt vom Wagen herunter und läßt mich nachsehen, ob sie was wert ist oder nicht!« Der Mann, der Joe genannt wurde, schwang sich wieder von der Ladefläche herunter, und der andere, Ben, kletterte nun in den Wagen.

»Was suchen Sie hier? Was wollen Sie von mir?« fragte Morgan mit vor Angst bebender Stimme.

»Niemand tut Ihnen was. Sie sollen nur aufstehen, damit ich Sie betrachten kann.« Seine Stimme jagte Morgan einen kalten Schauer über den Rücken. Es war eine rauhe und zugleich verschlagene Stimme – die Stimme eines Menschen, dem man nicht trauen konnte. »Nun kommen Sie schon und stehen Sie auf.«

Sie gehorchte.

»Ich stelle mich jetzt hierhin, während Sie uns eine Laterne besorgen und ein bißchen Licht machen.« Morgan zitterte am ganzen Körper, als sie endlich die Laterne und die Zunderbüchse gefunden hatte.

»He, Cat Man!« Die Stimme kam vom anderen Planwagen her, »was sollen wir mit den beiden hier anstellen?«

Morgan zuckte zusammen – Katzenmann! Der Name paßte haargenau zu der Stimme.

»Ich komme gleich zu euch. Haltet sie inzwischen fest und stört mich jetzt nicht mehr.«

Morgan hörte das leise wiehernde Lachen der Männer draußen vor dem Wagen. Es schienen mindestens noch zwei Banditen zu dem Kerl zu gehören, der jetzt bei ihr unter dem Wagenhimmel stand.

Cat Man setzte sich auf die Koje. »Nun laß dich mal anschauen«, sagte er, als Morgan Licht gemacht hatte. »Komm her – ganz nah.«

Als sie dem Mann zum erstenmal ins Gesicht sah, schluckte sie unwillkürlich. Seine Augen waren lange, schmale Schlitze, und seine Nase war ungewöhlich breit und flach. Sein winziger, dünnlippiger Mund verdiente kaum diesen Namen, war praktisch gar nicht vorhanden. Fast meinte sie über seiner Oberlippe ein paar lange Schurrbarthaare zu entdecken.

Cat Man lächelte sie an – ein wissendes Lächeln, das seine schmalen länglichen Augen noch katzenähnlicher machte. »Komm hierher!« forderte er sie noch einmal auf.

Sie bewegte sich langsam auf ihn zu. Er schien sich an ihrer Angst zu weiden. Als sie ganz nahe vor ihm stand, schoß seine rechte Hand nach vorn und riß ihr das Nachthemd vom Körper.

Morgan versuchte ihre Blöße mit den Armen zu bedecken.

»Nein.« Dieses eine Wort war Drohung und Befehl zugleich, und sie ließ die Arme wieder sinken und starrte in eine Ecke des Wagens.

»Ah, ja, du wirst gefallen. Hübsch. Zieh dir ein paar Kleider an und komm nach draußen.« Cat Man stieg von der Ladefläche herunter.

Morgan zögerte nicht lange und kam seiner Aufforderung nach. Sie hatte nicht das Gefühl, daß sich jemand diesem Kerl so leicht widersetzte.

»Was ist denn aus all den hübschen Haaren geworden, die ich vorhin gesehen habe? Hat sie die abgeschnitten?«

»Nein, die sind noch da. Ihr beiden fesselt jetzt die Burschen, und dann nichts wie weg.«

»Und was wird mit ihr? Nehmen wir die auch mit?« Die Frage kam von dem dritten Banditen.

»Klar. Und jetzt ein bißchen Beeilung!«

Morgan sah zu, wie die beiden Gefolgsleute Cat Mans – beides große, hagere Männer – Jake und Joaquin mit dem Revolver vor sich hertrieben.

»Was habt ihr mit ihr vor?« fragte Jake mit wütender Stimme. »Ihr Mann wird sich auf eure Fersen heften. Laßt sie lieber hier; sie ist doch nur ein kleines Mädchen.« Einer der beiden Banditen schlug Jake mit dem Kolben seines Revolvers über den Kopf.

»Nein!« wimmerte Morgan und wollte zu Jake laufen, der besinnungslos zu Boden gestürzt war, doch Cat Man streckte wieder eine Hand aus, und seine dünnen, stahlharten Finger bohrten sich wie Krallen in ihre Schulter.

»Das ist ein törichter alter Mann. Schau dir deinen anderen Freund dort drüben an. Der ist vernünftiger.« Sie folgte seinem Blick zu Joaquin hinüber, der auch jetzt sein gewohntes Lächeln zeigte. Er nickte Cat Man kurz zu. Die beiden schienen sich zu verstehen.

In dieser einen Sekunde konnte Morgan auf den Grund von Joaquins Seele schauen. Sie begriff, daß er außer sich keinen anderen Freund kannte und sie ihm so gleichgültig war wie der Schlamm unter seinen Stiefeln. Ihr Gesicht mußte ihre Gefühle verraten haben, denn sein Lächeln wurde breiter, und er zog kurz den Hut vor ihr. Sie erschauterte. Sie mußte jede Hoffnung, daß er sie vor diesen Banditen retten würde, fahren lassen.

»Habt ihr auch alle Wagen durchsucht?«

»Ja«, erklärte einer von den Männern. »Aber außer altem Plunder führen sie nichts bei sich. Kein Geld, keine Wertsachen.«

»Nun – so ganz mit leeren Händen reiten wir ja nicht davon.« Ihr Anführer streichelte Morgans Nacken. Als sie bei seiner Berührung zurückzuckte, ließ er einen leisen, kehligen Laut hören.

»Sattle ihr Pferd, Ben, ehe ihr Mann wieder zurückkommt, und dann – marsch – aufgesessen!«

Morgans Rock verfing sich am Steigbügel, als sie sich im Herrensitz in den Sattel setzen wollte, und entblößte ihr Bein bis zum Knie hinauf.

»Holla!« rief der Bandit, der Joe genannt wurde, und stieß Ben den Ellenbogen in die Rippen, »so was mögen wir beide, nicht wahr?« Grinsend blickten sie auf Morgans nacktes Bein.

Dann ging es mit Galopp in die Nacht hinaus.

»Was – was war das?« Jake faßte mit beiden Händen nach seinem Kopf. Als er sich dann mühsam hochstemmte, sah er die vier Reiter im Mondlicht davongaloppieren. »Ich muß ihnen nach!« krächzte er.

»Aber erst bindest du mich los«, kam Joaquins Stimme aus dem Schatten eines Fuhrwerks, und Jake ging schwankend zu der Stelle, wo der Spanier mit den Armen an das Rad des Fuhrwerks gefesselt war. Langsam, immer noch benommen von dem Schlag, den er erhalten hatte, löste Jake die Knoten.

»Vorsicht, Alter«, warnte ihn Joaquin, nachdem er von seinen Stricken befreit war, »du bist viel zu aufgeregt. Blinder Eifer schadet nur.« Er griff Jake unter die Achseln, um ihn zu stützen.

Der kleine Mann schob Joaquins Hand weg und versuchte, sehr gerade zu gehen. »Da muß schon einiges passieren, bevor ich mir von solchen Leuten wie Ihnen helfen lasse!«

Der Spanier blickte Jake amüsiert nach, als dieser torkelnd zu der Stelle ging, wo Frank regungslos im Gras lag.

»Eh – tot bist du noch nicht, aber so schnell geht Unkraut ja auch nicht kaputt«, sagte Jake erleichtert, wobei er sich auf den Boden setzte und Franks Kopf in seinen Schoß bettete. »Sie!« rief er etwas später, und das eine Wort drückte die ganze Verachtung aus, die er für Joaquin empfand, »helfen Sie mir, ihn in den Wagen zu tragen.«

Während er Franks und seine eigene Kopfwunde säuberte, begann der Spanier die Pferde einzufangen, die von den Banditen in die Prärie hinausgejagt worden waren.

»Was ist passiert, Jake?« fragte Frank stöhnend.

»Sie haben das kleine Mädchen mitgenommen.«

Frank schwang die Beine von der Koje herunter. »Dann muß ich ihnen sofort nachreiten. Weißt du, was die mit ihr machen werden, wenn ich sie nicht zurückhole?«

Jake drückte ihn wieder auf die Koje nieder. »Du bringst es ja nicht mal fertig, eine Fliege zu töten. Und meine Augen sind nicht mehr gut genug zum Fährtenlesen. Von diesem Kerl dort draußen kannst du keine Hilfe erwarten. Bleibt also nur noch der Junge.« Für Jake war und blieb Seth der »Junge«, der ihm so nahestand wie ein leiblicher Sohn. »Ich reite sofort los und suche ihn.«

»Jake, das kannst du nicht. Überlaß das Joaquin.«

Der alte Mann spuckte auf den Wagenboden. »Den losschikken? Damit er sich unterwegs die Sterne betrachtet, statt Fährten zu lesen? Nein, das ist ein Job für Männer, und ich schicke einen Mann los, dem ich vertrauen kann – nämlich mich. Wir sehen uns dann wieder, wenn ich Seth gefunden habe.«

Er verließ den Wagen, sattelte ein Pferd und ritt mit unbekanntem Ziel davon.

Jake ritt die ganze Nacht hindurch und auch noch in die nächste hinein, ehe er Seths Lagerfeuer vor sich ausmachen konnte. »Seth, ich bin es – Jake! Bist du da, Seth?« brüllte er, so laut er konnte, während er in das Camp hineinritt. Jake war genauso erschöpft wie sein Pferd, und Seth half ihm aus dem Sattel.

»Was ist los, Jake?« forschte er beunruhigt.

»Es geht um Morgan«, krächzte der kleine Mann. »Sie haben sie mitgenommen.«

»Morgan?! Was ist mit ihr? Wer hat sie mitgenommen!« Seth rüttelte den Alten heftig an der Schulter.

»Drei Männer. Den einen haben sie Cat Man genannt... hatte auch das Aussehen und 'ne Stimme wie 'ne Katze. Sie haben die Wagen ausrauben wollen. Frank hielt gerade Wache. Die müssen sich an ihn herangepirscht und ihn dann niedergeschlagen haben. Er hat 'ne böse Kopfverletzung. Dann sind sie über mich und Joaquin hergefallen. Anschließend nahmen sie das kleine Mädchen und ritten wieder nach Westen davon.«

»Wann? Wann ist das gewesen?«

»Gestern nacht um ungefähr diese Zeit. Seitdem war ich auf der Suche nach dir. Frank war zu schwer verletzt, um den Banditen nachreiten zu können, und mit meinen alten Knochen hätte ich eine Verfolgung vermutlich nicht durchgestanden. Also bin ich schnurstracks auf deiner Fährte zu dir geritten.«

Seth packte bereits seine Satteltaschen.

»Dort drüben am Baum hängt der Braten, den ich für euch geschossen habe. Den nimmst du mit, wenn du zurückreitest.

Und sobald Frank sich einigermaßen erholt hat, nimmst du die Wagen und fährst damit weiter zur Ranch. Ich werde Morgan aus den Händen dieser Halunken befreien, und wir sehen uns dann auf der Ranch wieder«, sagte er grimmig. Er schwang sich in den Sattel, blickte zum Horizont und dann zu Jake zurück. »Ich hole sie zurück, und gnade ihnen Gott, wenn sie ihr etwas angetan haben.« Seine Augen waren kalt wie Eis.

Dann gab Seth seinem Pferd die Sporen und war bald hinter einer Kuppe verschwunden.

»Ich hoffe, sie haben ihr nichts zuleide getan – nicht nur Morgans wegen«, murmelte Jake, ehe er sich wieder dem Feuer zudrehte. Er hatte seit sechsunddreißig Stunden nicht mehr geschlafen. Er taumelte und brach neben dem Feuer zusammen.

Morgan hatte zwei Nächte und zwei Tage hindurch auf dem Pferd gesessen, bevor die Banditen anhielten und ein Lager aufschlugen. Bisher hatten sie immer nur eine kurze Rast eingelegt, damit die Tiere sich ein wenig erholen konnten. Sie hatten von Trockenfleisch gelebt, und Morgan hatte in diesen zwei Tagen gelernt, im Sattel zu schlafen, während Cat Man ihr Pferd am Zügel hinter sich herführte.

Es dauerte, ehe sie begriff, daß der Ritt hier vorläufig enden sollte. Sie blieb auf ihrem Pferd sitzen, während die drei Männer Holz für ein Lagerfeuer sammelten.

»Das wird ein Fest werden heute nacht.« Joe deutete mit dem Kopf zu Morgan hin. »Ein Vergnügen bis zum Morgen.«

Morgan, die immer noch auf ihrem Pferd saß und mit hängendem Kopf vor sich hindöste, spürte, daß jemand in ihrer Nähe war. »Steig ab«, hörte sie Cat Man mit leiser Stimme sagen. Gehorsam hob sie das Bein über die Kruppe des Pferdes und rutschte dann aus dem Sattel zu Boden. Ihre schmerzenden Beine knickten unter ihr ein, während der Mann neben ihr mit einem langen knochigen Finger auf eine Decke deutete, die neben dem aufzüngelnden Feuer ausgebreitet war. Morgan ging taumelnd auf dieses kärgliche Lager zu und fiel dort auf die Knie. Dann legte sie sich auf die Decke, dankte Gott dafür, daß sie sich endlich ausstrecken konnte, und war im nächsten Moment eingeschlafen.

Das Geräusch von Stimmen weckte sie wieder, doch sie drangen nur verschwommen an ihr Ohr, als kämen sie aus weiter Ferne.

»Ich hab' sie zuerst gesehen. Sie gehört mir!«

»Das spielt doch keine Rolle, wer sie zuerst gesehen hat. Sie gehört mir, weil ich nämlich meine Kanone auf dich gerichtet habe.« Morgan hörte ein metallisches Klicken.

»Ach was, du erschießt mich nicht, weil ich dich vorher umlege!«

»Hört auf damit!« Das war die Stimme von Cat Man, die Morgan inzwischen hassen gelernt hatte. »Niemand wird sie bekommen. Und jetzt macht uns was zu essen.« Sein Ton war ruhig und selbstbewußt. Morgan hielt die Augen geschlossen, hatte aber den Eindruck, daß Cat Man nun das Lager verließ, denn sie hörte das Knacken von Zweigen und Steinen, die unter Sohlen knirschten.

Schweigen breitete sich um sie herum aus, und sie wäre fast wieder eingeschlafen, wenn nicht ein plötzliches Flüstern ihre Aufmerksamkeit geweckt hätte.

»Er wird eine Weile im Wald bleiben. Wenn wir uns beeilen, sind wir mit ihr fertig, ehe er zurückkommt, und er wird es nie erfahren.«

»Aber wenn sie es ihm sagt?«

»Das wird sie nicht. Wir werden ihr einschärfen, daß sie das lieber bleibenlassen soll.«

»Einverstanden. Wer darf zuerst?«

»Laß uns eine Münze werfen.«

Sie hörte ein Kichern und dann einen leisen Fluch. »Verdammt!«

»Du hältst sie fest, während ich es ihr gebe.« Die Stimmen waren jetzt sehr nahe.

Sie drehte sich rasch auf den Rücken und blickte in zwei grinsende, lüsterne Gesichter. Morgan konnte nur einen keuchenden Laut ausstoßen, bevor sich eine Hand über ihren Mund legte und sich schwielige Finger um ihre Handgelenke schlossen. Sie begann mit den Beinen zu strampeln, als sie zwei Hände an ihren Fußknöcheln spürte, die sich rasch an ihren Waden bis zu ihren Schenkeln hinaufschoben.

»Quicklebendig, wie?« Beide Männer lachten, heiser vor Verlangen.

Noch während einer der Männer ihr die Röcke über den Kopf schlug, ertönte ein dumpfer Schlag und sie spürte, daß etwas Schweres über ihr rechtes Bein fiel.

»Du hattest kein Recht, Ben deswegen gleich eins über den Schädel zu geben«, beklagte sich Joe. »Wir wollten nur ein bißchen Spaß haben, und das tut niemandem weh.«

»Laß sie los.«

Morgan fühlte sich zutiefst gedemütigt. Warum wurde sie hier auf dem Boden festgehalten und ihr Körper den Blicken von Männern preisgegeben, die sie haßte?

Als ihr Peiniger sie endlich losließ, zog sie rasch die Röcke wieder von ihrem Gesicht und bedeckte damit ihre Beine.

Joe packte jetzt Ben hinten im Genick und schleifte ihn von ihr weg. Als Ben allmählich wieder zu sich kam, trieb Cat Man seine beiden Gefolgsleute vor sich her zum Feuer. Obwohl er der hagerste von den dreien war, schien eine Menge Kraft in dem dürren Kerl zu stecken.

»Und jetzt hört mir mal genau zu, ihr beiden. Diese Frau ist ein Geschenk für den Boß, und der Boß mag keine Essensreste. Ich möchte nicht, daß ihr sie anrührt, und ich will, daß ihr sie mit Respekt behandelt. Wenn ich sie hier lasse, damit ihr sie bewachen sollt, verlange ich genau das und sonst nichts. Ist das klar?«

»Ja, Cat Man.« Die Stimmen der beiden anderen klangen zerknirscht. »Wir haben ja nicht gewußt, daß sie ein Geschenk sein soll. Du hast uns nichts davon gesagt.«

Ihr Anführer entspannte sich, und dieses seltsam boshafte Lächeln trat wieder auf sein Gesicht. »Schön, Jungs, da ihr es jetzt wißt, solltet ihr es auch nicht mehr vergessen. Und nun besorgt mir was zu essen.«

»Ja, Cat Man, jawohl.« Sie stolperten fast übereinander in ihrem Eifer, der Aufforderung nachzukommen.

Cat Man bewegte sich nun auf Morgan zu. »Sie werden dich jetzt nicht mehr belästigen.«

Sie war außer sich vor Wut. »Wer gibt Ihnen das Recht, mich als ›Geschenk‹ einem Mann anzubieten? Ich bin keine Ware oder Sache, die Sie in Besitz nehmen können.«

Er betrachtete sie eine Weile lang verwundert und ließ dann sein eigenartiges, kehliges Lachen hören. »Du bist eine Frau – also etwas, das einem gehört, das man kaufen und gebrauchen kann. Du wirst ein hübsches kleines Schmuckstück für den Boß abgeben.« Er drehte sich um und ging wieder zum Feuer zurück, bevor sie ihm eine Antwort geben konnte. »Gib ihr ein paar Bohnen, Joe.«

Joe brachte ihr einen Teller mit Pferdebohnen, aber Morgan brachte kaum einen Bissen herunter, weil der Zorn ihr die Kehle zuschnürte. Sie schob den Teller von sich, kroch wieder unter die Decke und setzte ihren unterbrochenen Schlaf fort.

Das nächste, was sie spürte, war eine Hand, die sie an der Schulter rüttelte. Sie lächelte, weil sie in diesem Augenblick an Seth dachte, und kuschelte sich noch fester in die Decke. Es war ja noch nicht Morgen, warum versuchte er sie also zu wecken? Als jemand ihre Brust berührte, riß Morgan die Augen auf und starrte in Bens grinsendes, lauerndes Gesicht. Seine Augen glitzerten. Sie erschauerte und rückte von ihm weg.

Während sie sich aufsetzte, merkte sie, daß ihr Kleid an der Schulter zerrissen war, und ihr fiel wieder ein, was gestern abend geschehen war. Joe und Ben beobachteten sie, als sie ihre Decken zusammenrollte, wie sie das von Seth gelernt hatte, und diese dann an ihre Sattelpausche band.

Ich darf jetzt nicht die Nerven verlieren, ermahnte sich Morgan. Ich muß das durchstehen und mich an Trahern House erinnern, an Kentucky und an... Seth. Ja, an Seth. Sie klammerte sich an sein Bild.

12

Der anstrengende Ritt an diesem Tag wurde nur von einer Rast an einer Tränke und einer Erholungspause für die Pferde unterbrochen. Morgan tauchte Gesicht und Hände in das Wasser, das so kühl und angenehm nach den beiden langen, heißen Tagen war. Sie fühlte sich nicht mehr so zerschlagen wie am Tag zuvor, aber die Haut ihrer Schenkel war vom Sattel wundgescheuert.

»Wir müssen weiter.«

»Ah, Cat Man, warum müssen wir uns denn so beeilen? Es verfolgt uns doch keiner!«

»Ja, diese Hetzerei macht einen ganz fertig. Wie wär's denn, wenn ich oder Ben 'n Stück zurückreiten, sich auf die Lauer legen und warten würde, ob sich jemand sehen läßt? Und wenn ja, ihn umlegt?«

Morgan zog erschrocken die Luft ein und griff sich mit der Hand an den Mund.

»Sieht ja ganz danach aus, als rechne die Frau damit, daß uns jemand verfolgt.« Nun drehten sich alle drei Männer um und starrten sie an. »Wer könnte uns denn verfolgen?« sagte Cat Man. »Der alte Mann wohl kaum, und dem jungen schien es egal gewesen zu sein, ob wir sie mitnahmen oder daließen. Und der dritte, der Wache hielt, ist wohl mehr tot als lebendig, was, Ben?«

»Keine Ahnung. Ich hab' ihn mir nich' mehr so genau angesehen, als wir losritten.« Ben grinste.

»Nun, dann bleibt doch nur noch ihr Mann übrig. Er war nicht im Lager, als wir den Treck überfielen, aber ich glaube nicht, daß er noch mehr Männer bei sich hatte – dafür war der Troß zu klein. Wenn mir jemand die Frau geraubt hätte, würde ich vermutlich nicht erst meilenweit in die entgegengesetzte Richtung reiten und versuchen, mir Helfer zu besorgen. Nein, ich schätze, ich würde selbst den Räubern nachjagen und es allein riskieren, ihnen die Beute wieder abzunehmen.«

Ben und Joe blickten ihn mit einem einfältigen Lächeln an.

»Demnach, kleine Lady, kann es also nur *ein* Mann sein, der uns verfolgt, und ich schätze, wir drei werden wohl noch mit ihm fertig werden. Ihr stimmt mir zu, Jungs? Dann wollen wir heute abend früher Rast machen als sonst, und einer von euch beiden kann zurückreiten und zusehen, ob er ihren Mann nicht vor die Flinte bekommt.«

Als Morgan wieder auf ihr Pferd stieg, hatte sie zu ihren eigenen Problemen eine neue Sorge hinzubekommen. Sie betete zu Gott, daß Seth den Banditen nicht in die Arme laufen würde. Denn sie zweifelte nicht einen Moment daran, daß er die Kerle verfolgte.

Am späten Nachmittag ritten sie über einen Hügel und entdeckten ein kleines Adobe-Haus, das am hinteren Hang klebte. Es war das erste Lehmziegel-Haus, das Morgan in ihrem Leben sah, und sie wunderte sich über dessen flaches Dach. In Kentucky würden Regen und Schnee in wenigen Jahren so ein Dach aufgelöst haben. Doch dieses Haus hatte offenbar schon ein paar Generationen überlebt.

Als sie die Pferde zügelten und auf das Haus hinuntersahen, trat eine Frau aus der Seitentür, sammelte einen Arm voll Brennholz ein, das an der Lehmwand aufgeschichtet war, und kehrte damit ins Haus zurück.

»Cat Man – vielleicht könnten wir uns mit der ein bißchen vergnügen, eh?«

Cat Man blickte Joe lächelnd an. »Erst mal sehen, ob sie was zu essen für uns hat.«

Ben grinste: »Ja... und danach die Frau.«

Als sie jetzt die Pferde den steilen Hang hinuntertrieben, drehte sich der Anführer der Banditen zu Morgan um und warf ihr einen bösen Blick aus seinen geschlitzten Augen zu. Sie wußte, daß er eine stumme Warnung sein sollte.

»Guten Tag, Ma'am«, begrüßte Cat Man dann die andere Frau mit freundlicher Stimme, und Morgan bemerkte voller Erstaunen, daß diese offenbar gar keine Angst vor den vier fremden Reitern hatte.

»Guten Tag«, gab sie mit einem schüchternen Lächeln zurück.

»Wer ist denn dort draußen, Meg?« Ein Mann trat unter die

Tür. Sein Gesicht verriet zuerst Besorgnis, bis er Morgan erblickte. Dann lächelte auch er. »Wir bekommen hier oben nicht oft Besuch, deshalb müssen wir auf der Hut sein.« Erst jetzt sah Morgan das Gewehr, das er unter dem Arm hielt. Sie blickte zu Ben hinüber, dessen Hand zum Revolverhalfter ging.

»Wollt ihr nicht hereinkommen und euch ein wenig ausruhen? Meg wird euch was kochen, und ihr erzählt uns, was es Neues gibt. Wir kommen nicht oft aus unserem Haus heraus.«

»Nun, das ist ja ein freundlicher Empfang. So was trifft man selten, und wir wissen das zu schätzen,« erwiderte Cat Man in einem Ton, daß man an seinen ehrlichen Absichten kaum zweifeln konnte. Er stieg vom Pferd und half Morgan aus dem Sattel. Und dabei warf er ihr wieder einen warnenden Blick zu.

Nachdem die vier sich an einer Quelle hinter dem Haus gewaschen hatten, setzten sie sich an einen großen Tisch, der reich gedeckt war mit Speisen, wie Morgan sie bisher noch nie gesehen hatte. Sie fragte sich, wie man in so kurzer Zeit so viele verschiedenartige Gerichte hatte zubereiten können, bis sie erkannte, daß jede Speise aus den gleichen Grundsubstanzen bestand – aus einer roten Soße und Pferdebohnen.

Trotz der bedrückenden Umstände aß sie mit großem Appetit. Besonders gut schmeckte ihr eine Teigrolle aus Maismehl, die eine Füllung aus gewürzten und gemahlenen Bohnen enthielt.

»Das schmeckt ausgezeichnet«, murmelte sie.

Cat Man lachte. »Meine Frau«, sagte er und beobachtete Morgan dabei lauernd, damit sie nicht wagte, ihm zu widersprechen, »ist neu in diesem Land und mit unserer Küche noch nicht vertraut.«

»Sie können wirklich gut kochen, Ma'am.« Ben schob seinen Teller von sich, den er sich dreimal hatte nachfüllen lassen.

Morgan half der fremden Frau beim Abräumen, und als sie zum anderen Ende des Raumes gingen, wo der Waschzuber stand, suchte sie nach einer Möglichkeit, ihre Gastgeberin zu warnen. Aber sie spürte, daß Cat Man sie nicht eine Sekunde aus den Augen ließ, und schwieg.

Nachdem die Teller abgewaschen waren, kehrte sie zum Tisch zurück, an dem die Männer noch immer saßen und selbstgedrehte Zigaretten rauchten. Cat Man zog einen Stuhl ganz dicht an den seinen heran, sah Morgan lächelnd an und klopfte dabei mit der flachen Hand auf die Sitzfläche. Für einen unvoreingenommenen Beobachter mußte das wie eine liebevolle Geste zwischen Mann und Frau aussehen. Morgan drehte den anderen den Rücken zu, und ihr Gesicht spiegelte in diesem Moment den abgrundtiefen Haß, den sie für Cat Man empfand. Doch sein unergründliches, katzenartiges Lächeln veränderte sich nicht.

»Und wohin, sagten Sie vorhin, soll die Reise jetzt gehen?« fragte in diesem Moment ihr Gastgeber.

Bevor Cat Man ihm Auskunft geben konnte, sah Morgan, wie Ben die Augenbrauen hob und seinen Anführer dabei fragend ansah. Dieser nickte kurz, und sie umklammerte die Stuhllehne, bis ihre Knöchel weiß wurden. Wenn etwas passieren sollte, dann würde es jetzt geschehen.

Im nächsten Moment zog Ben die Frau, die sie bewirtet hatte, in seine Arme. Nach einem kurzen Moment der Überraschung begann sich Meg zu wehren.

Ihr Mann reagierte sofort und war mit zwei Schritten bei seinem Gewehr, das in einer Ecke lehnte. Doch als er mit den Fingerspitzen den Gewehrlauf berührte, dröhnte ein Schuß dicht neben Morgan, und sie beobachtete, wie ihr Gastgeber in die Knie brach. Ben und Joe ließen von Meg ab und starrten auf den Mann in der Ecke. Die Frau riß sich von den beiden los und lief zu ihm hin.

»John, John«, wimmerte sie.

»Ist schon gut, Meg.« Sein Blick suchte ihren und richtete sich dann auf das Gewehr.

»Wenn du die Waffe anfaßt, hat er keine Minute mehr zu leben.« Cat Man sprach nicht länger in diesem scheinheilig treuherzigen Ton mit seinen Gastgebern, sondern mit seiner leisen, verschlagenen Stimme, die Morgan nur zu gut kannte.

»Ich wollte ihn nicht töten. Ich dachte, es könnte ihm gefallen, die beiden Jungs hier in Aktion zu erleben.«

John und Meg starrten ihn entsetzt an. »Nein, nein«, flüsterte Morgan.

Cat Man wandte ihr den Kopf zu. »Setz dich!« fauchte er sie an, »wenn du verhindern willst, daß ich die beiden vor deinen Augen töte.«

Zitternd vor Angst, ließ sie sich auf ihren Stuhl fallen und drehte das Gesicht der Wand zu.

»Sie gehört euch, Jungs.« Cat Man grinste höhnisch.

Als Joe und Ben auf Meg losgingen, begann sie zu schreien. John stemmte sich hoch, preßte eine Hand auf seine blutende Schenkelwunde und versuchte wieder an sein Gewehr zu heranzukommen.

Ben beförderte mit einem Fußtritt das Gewehr in eine andere Zimmerecke und trat dann mit dem Stiefel nach John.

»Nein!« mischte sich Cat Man mit lauter Stimme ein. »Feßle ihn und steck ihm einen Knebel in den Mund – er soll zuschauen.«

Bei dem Geräusch von reißendem Stoff drehte Morgan sich um und sah Megs großen Körper entblößt. Ben hielt die Arme der Frau fest, während Joe ihre schweren Brüste betastete und dabei Cat Man grinsend anschaute. John wand sich unter seinen Fesseln, doch sein Blick blieb immer auf seine Frau geheftet. Allmählich gab Meg ihren Widerstand auf. Wie erstarrt ließ sie die Berührung über sich ergehen.

Morgan konnte die Situation nicht länger ertragen. »Nein!« schrie sie, »das könnt ihr nicht machen! Ihr seid ja wie die Tiere! Hört auf damit!«

Cat Man schlug ihr mit der flachen Hand heftig auf den Mund. »Sei still, oder ich werde dich den beiden zum Geschenk machen«, fauchte er.

Er setzte sich auf seinen Stuhl, zog Morgan auf seinen Schoß, legte ihr seine dünne knochige Hand auf die Stirn und hielt ihren Kopf so fest, daß sie Ben und Joe dabei zusehen mußte, wie sie sich an Meg vergriffen. »Schau zu«, sagte er grinsend, »damit du weißt, wovor ich dich bewahre.«

Ben warf Meg nun auf einen aus Flicken gewirkten Teppich. Morgan wollte zur Seite blicken, aber gegen den eisernen Griff, mit dem Cat Man ihren Kopf festhielt, vermochte sie nur wenig auszurichten.

Joe streifte sich die Hose herunter und wälzte sich über die Frau. Morgan schloß die Augen und versuchte, auch ihre Gedanken auszuschalten, aber Cat Mans rauher, schneller Atem an ihrem Ohr machte es ihr unmöglich, der Wirklichkeit auszuweichen.

»Jetzt komm ich!« Bens Stimme überschlug sich fast vor Aufregung.

Als Joe von der Frau abließ und Ben seine Hose auszog, sah Morgan zu Meg hin, die den Kopf von ihrem Mann weggedreht hatte und auf einen Fleck an der Wand neben den Füßen Cat Mans starrte. Ihre Augen waren so glasig wie die einer Toten.

Als Ben sich nun auf die am Boden liegende Frau warf, stahl sich die Hand seines Anführers zu Morgans rechter Brust und begann sie zu betasten und zu kneten. Sie versuchte sich gegen seine Zudringlichkeit zu wehren, aber er hielt sie so fest wie in einem Schraubstock.

»Wie ein Kaninchen! Du bist schneller fertig als ein Kaninchen!« rief Joe, auf Ben deutend, und lachte anzüglich.

Sein Lachen schien Cat Man zu ernüchtern. Er ließ Morgans Brust los, und sein Atem normalisierte sich langsam. Morgan sprang von seinem Schoß herunter. Er wollte sie festhalten, bekam ihren Rock zu fassen und riß ihn an der Taille auf.

»Ben, schau nach, ob sie Geld im Haus haben, und pack ein paar Lebensmittel ein.« Cat Mans Stimme klang ruhig.

»Ich dachte gerade daran, es ihr noch einmal zu geben.« Wieder blickte Ben verlangend auf die nackte Frau hinunter. Sie hatte sich nicht bewegt, seit die Männer sie auf den Teppich geworfen hatten. Ben drehte sich um, als er ein Geräusch aus der Ecke hörte, wo John gefesselt an der Wand lag, und Morgan sah, daß Johns Blicke den Banditen um Erbarmen anflehten.

Sie griff nach einer gesteppten Decke, die über der Rückenlehne eines Stuhles hing, deckte Meg damit zu, schlang dann die

Arme um die Schultern der Frau und versuchte sie aufzurichten. Es war, als hielte sie eine Stoffpuppe in den Armen. Morgans Augen füllten sich mit Tränen. »Es tut mir so leid, es tut mir so leid«, flüsterte sie der apathischen Frau immer wieder ins Ohr.

»Laß sie liegen. Wir müssen weiter. Ben, du suchst nach einem Kleid, das ihr passen könnte...« Cat Man sah Morgan an und grinste. »Ich weiß noch nicht einmal deinen Namen.«

Vor einer Stunde noch hätte sie ihm nicht geantwortet, doch in diesem Moment wollte sie, daß diese mißhandelten Menschen ihre Namen erfuhren – den ihren wie den seinen. Mit kalter Stimme erwiderte sie: »Ich heiße Morgan, Cat Man.« Vielleicht würde das Seth helfen, sie zu finden.

Die Blicke des Banditen wanderten zu dem Mann, den er in den Schenkel geschossen hatte. Er wußte, warum Morgan seinen Namen genannt hatte. Doch das störte ihn nicht. Es gefiel ihm, wenn die Leute wußten, wer er war. Es machte ihm Spaß, wenn die Menschen bei seinem Namen vor Angst zu zittern begannen.

»Seht zu, daß ihr ein paar Kleider für Morgan findet!« befahl er.

»Wie wär's damit?« Ben hielt ein kariertes Hemd und eine Jeans, die einem Jungen gehört haben mußte, in die Höhe. Joe brachte ein paar Stiefel herbei.

»Gut. Das könnte ihr wohl passen. Und jetzt geht hinaus und sattelt die Pferde. Ich komme in einer Minute nach.«

»Können wir nicht zuschauen, wenn das kleine Mädchen sich umzieht?« fragte Ben mit einem schmutzigen Lächeln.

»Nein! Ihr macht, was ich euch angeschafft habe.«

Die Männer beeilten sich, seinem Befehl nachzukommen.

Nachdem sie den Raum verlassen hatten, wandte sich Cat Man wieder zu Morgan. »Und jetzt zieh dich um.«

Er wußte sofort, warum sie zögerte, ihm zu gehorchen, zog seinen Revolver und jagte eine Kugel dicht neben Johns Kopf in die Wand. Er schoß, ohne erst lange sein Ziel anzuvisieren. Meg blickte zu ihrem Mann hin, ohne sich von der Stelle zu rühren.

Da begann Morgan, sich ihrer Kleider zu entledigen. Sie zog ein Stück nach dem anderen aus, ohne ihren Peiniger aus den Augen zu lassen, und selbst als sie nackt war, starrte sie ihm, ohne eine Regung zu zeigen, ins Gesicht.

Cat Man hatte sie schon einmal nackt gesehen, doch jetzt, als er sie bei Tageslicht betrachtet, begann er seinen Entschluß zu bereuen, sie dem Boss als Geschenk zu überlassen. Ihre Haut war makellos, ihre Taille schmal, ihre Brüste waren voll, und er brannte danach, sie zu berühren.

Er warf ihr die Kleider zu. »Zieh das an – rasch.«

Das Hemd und die Jeans waren für einen halbwüchsigen Jungen geschneidert, und Morgan zwängte sich mühsam in die engen Sachen. Sie unterdrückte ein Seufzen. Wie lange würde sie das alles noch ertragen müssen?

Seth folgte nun schon den dritten Tag der Fährte der Banditen. Er wußte, daß sie ein scharfes Tempo vorlegten, denn bisher hatte er auf einer drei Tage langen Wegstrecke nur ein einziges Lagerfeuer gefunden. Eine Weile lang schien er ihre Spur vollkommen verloren zu haben. Jetzt blickte er auf eine Lehmhütte hinunter, die in den Hang eines Hügels hineingebaut war. Er sah ein paar Tiere im Pferch neben dem Haus, doch keinen Hinweis auf menschliche Bewohner. Vorsichtig näherte Seth sich dem Haus.

Plötzlich hörte er den Knall eines Gewehrschusses, und gleichzeitig schwirrte etwas an seinem linken Ohr vorbei. Rasch wendete er sein Pferd und war in wenigen Sekunden wieder hinter der Kuppe des Hügels.

Er hatte die Fährte der Banditen bis zu diesem Haus verfolgt, und er wollte herausfinden, ob seine Bewohner etwas von seiner Frau wußten. Er beschloß, zu warten, bis es dunkel wurde, ehe er sich wieder an die Hütte heranpirschte. In einem Dickicht aus Pinon-Bäumen, das ihm Schutz gewährte, streckte er sich auf den duftenden Nadeln auf dem Boden aus, um etwas von seinem versäumten Schlaf aufzuholen.

Als er wieder erwachte, stand der Mond hoch am Himmel. Leise schlich Seth den Hügel hinunter und band sein Pferd an einer Stelle fest, die ungefähr fünfzig Meter von dem Holzstoß hinter dem Haus entfernt war. Er wußte nicht, wie viele Leute sich in dieser Adobe-Hütte versteckten, und er wollte auf keinen Fall einer Horde von Banditen in die Arme laufen.

Als er sich an den Holzstoß heranpirschte, hörte er ein Geräusch von der Haustür her und entdeckte einen großen, schlanken Mann, der die Tür einen Spalt breit öffnete und auf den Hof hinausspähte. Langsam trat der Mann, ein Gewehr im Arm, ins Freie und humpelte auf den Holzstoß zu, wobei er sich immer wieder umsah.

Nachdem er sich offenbar davon überzeugt hatte, daß ihm keine Gefahr drohte, lehnte er seine Waffe gegen den Holzstoß und sammelte einen Arm voll Scheite ein.

Mit einem Satz sprang Seth über den Holzstoß, und bevor sich der Mann umdrehen konnte, hatte er ihm einen Arm um den Hals gelegt und drückte ihm seinen Revolver gegen die Rippen.

»Tun Sie uns nichts, Mister«, flehte der Mann. »Man hat uns schon genug Leid angetan.«

»Ich habe keinen Grund, Ihnen etwas anzutun. Ich wollte Ihnen nur ein paar Fragen stellen. Sind vor kurzem drei Männer mit einer Frau hier vorbeigekommen?«

Ehe der Mann ihm eine Antwort geben konnte, öffnete sich die Haustür zum zweitenmal.

»John – John, was ist mit dir?« hörten sie die ängstliche Stimme einer Frau.

Als Meg im Mondlicht ihren Mann sah, der von einer noch größeren, kräftigeren Gestalt festgehalten wurde, begann sie hysterisch zu schreien.

»Lassen Sie mich zu ihr gehen. Ich werde Ihnen Rede und Antwort stehen – aber lassen Sie mich erst zu ihr.«

Seth ließ den Mann los, und dieser ging zum Haus, um seine Frau zu beruhigen. Als er sie in seinen Armen hielt, blickte er mit traurigem Gesicht zu Seth hoch.

»Ich will Ihnen nichts Böses tun«, sagte Seth begütigend. »Ich versuche nur meine Frau wiederzufinden.«

John bewegte kurz den Kopf. »Eine zierliche Blondine?«

»Sie haben sie gesehen?« gab Seth mit freudig überraschter Stimme zurück.

»Meg, du brauchst keine Angst mehr zu haben«, sagte John und strich seiner Frau über das Haar. »Er ist nicht hierhergekommen, um uns zu überfallen. Warum gehst du nicht wieder ins Haus zurück? Ich komme dann in einer Minute nach.«

Schluchzend kam Meg seiner Aufforderung nach, und John machte die Tür hinter ihr zu.

»Gestern, kurz vor Sonnenuntergang, kamen drei Reiter hierher. Sie hatten eine Frau bei sich.« John ballte die Hände zu Fäusten.

»Haben sie Ihnen einen Hinweis gegeben, wohin sie reiten wollten?«

»Nein.« Seth spürte den Haß hinter der kurzen Antwort des Mannes und fragte rasch: »Haben sie ihr etwas angetan?«

John sah jetzt wieder die blonde Frau vor sich, wie sie nackt vor diesem katzenäugigen Banditen gestanden hatte. Doch der Kerl hatte sie nicht angefaßt, und John erinnerte sich auch an dessen Worte, mit denen er seinen Spießgesellen verboten hatte, die Frau zu behelligen.

»Nein, sie haben ihr nichts getan, aber dieser Cat Man ist böse.«

»Haben die Halunken Sie verletzt?« Seth deutete auf Johns Bein, wo der Stoff der Hose am Schenkel rot verfärbt war.

»Das ist noch das wenigste, was sie mit uns gemacht haben.« Seth bemerkte Johns Blick zur Haustür hin, und er verstand, was der Mann ihm sagen wollte. »Wenn Sie die Halunken einholen, Mister, hoffe ich, daß Sie die Kerle töten.«

»Genau das hab' ich vor.«

Damit kehrte Seth zu seinem Pferd zurück und stieg wieder in den Sattel.

»Sie haben ihr Knabenkleider angezogen«, berichtete John, der ihm nachgehumpelt war. Er beschrieb ihm rasch das Aussehen der Banditen und deren Pferde.

Bevor Seth den Zügel aufnahm, schüttelten sie sich noch die Hände und tauschten ihre Namen aus. »Ich hoffe, Sie schnappen die Kerle«, rief John inbrünstig.

»Die schnappe ich mir ganz bestimmt«, flüsterte Seth, und seine Worte klangen wie ein Schwur.

13

Ein paar Tage später ritten die Banditen und Morgan über eine Kuppe und blickten hinunter auf eine Ansammlung von fünf oder sechs Häusern, die alle so aussahen, als könnten sie bei einem kräftigen Windstoß zusammenbrechen. Ein Stück von diesen armseligen Behausungen entfernt stand ein großes weißes Haus. Erst als sie halbwegs den Abhang hinuntergeritten waren, konnte Morgan weitere Einzelheiten erkennen.

»Cat Man! Gut, dich wiederzusehen.«

»Joe, mein Schatz, wo hast du denn so lange gesteckt?«

Morgan sah sich um. Die Frau, die Joe mit ihrem Zuruf begrüßt hatte, stand am Türpfosten eines windschiefen Hauses. Ihre rötlichen Haare starrten vor Schmutz. Ihr tief ausgeschnittenes Kleid mußte einmal rot gewesen sein und mit goldenen Fäden durchwirkt, doch nun hatte es überall Löcher und Risse, und Stockflecken hatten dem Stoff arg zugesetzt. Die Frau gab Morgans Blick frech zurück.

»Was hast du denn da mitgebracht, Cat Man? Ein hübsches kleines Ding. Kann ich sie haben, wenn ihr mit ihr fertig seid?«

Morgan spürte eine klebrige Hand an ihrem Bein, und als sie hinuntersah, entdeckt sie einen kleinen fetten Mann mit einer großen Nase und dicken wulstigen Lippen, der zu ihr hinaufstarrte. Rasch hob sie das Bein und trat ihn heftig gegen die Brust.

Der Dicke, der auf diesen kräftigen Stoß nicht vorbereitet war, landete im Straßendreck. Morgan hörte, wie Cat Man, der vor ihr ritt, leise in sich hineinlachte.

»Das geschieht dir recht, Luke. Laß lieber deine Hände von ihr. Sie ist die Frau vom Boss.«

Morgan hörte überall Gelächter aufbranden, als der Dicke

sich jetzt wieder vom Boden aufrappelte. Sie erschauerte, als der Mann ihr mit haßerfüllten Augen nachsah.

Inzwischen waren noch mehr Leute aus den Häusern gekommen, um die kleine Prozession zu beobachten, und jeder schien die drei Männer zu kennen. Doch das besondere Interesse der Leute galt Morgan.

»Du sagst, die wäre für den Boss bestimmt? Ich wette, Nancy wird das aber gar nicht gefallen.«

Die vier ritten nun auf das weiße Haus zu, das Morgan flüchtig von der Hügelkuppe aus betrachtet hatte.

Es besaß zwei Stockwerke und war offenbar in gutem Zustand. Eine Veranda zog sich an den beiden Seitenwänden hin, und an der Ecke des oberen Geschosses entdeckte sie einen runden Turm mit einem kugelförmig zulaufenden Dach. Gesims und Fensterläden waren leuchtend grün gestrichen, und wenn man das Gebäude mit seiner verwahrlosten Umgebung verglich, konnte man es fast als Schmuckstück bezeichnen.

Auf eine Handbewegung Cat Mans hin schwang Morgan ihr Bein über den Pferderücken und rutschte aus dem Sattel. Sie war so müde, daß sie glaubte, sie träumte das alles nur. Sie bewegte sich mechanisch wie eine Puppe, und ihre Empfindungen schienen wie durch Watte gefiltert.

Die Vordertür des Hauses war nicht verschlossen, und Cat Man führte Morgan in eine geräumige Halle und dann eine breite, mit einem Läufer belegte Treppe hinauf. Am Kopfende der Treppe ging rechts eine Tür ab, und Cat Man öffnete sie und gab Morgan den Blick in einen großen hellen Raum frei. An einer Wand stand ein riesiges Vier-Pfosten-Bett mit einer Tagesdecke aus einem weißen seidig glänzenden Material, das mit kleinen hellgrünen Zweigen bestickt war. Die Teppiche, Wände und was es sonst noch an Mobiliar im Zimmer gab, waren wie das Bett in Weiß und Lindgrün gehalten. Morgan gefiel das Zimmer. Es sah erfrischend und einladend aus.

Als Cat Man ihr die Hand auf den Arm legte, verkrampfte sich Morgan. Nur widerstrebend ließ sie sich zu einem Spiegel führen, der über einer mit Chintz bedeckten Kommode angebracht war. Sie musterte betroffen ihr Spiegelbild. Sie war genauso schmutzig und ungepflegt wie die Frau, die sie vorhin in einem Hauseingang gesehen hatte. Ihr Gesicht war voller Rußflecken, und ihre Haare waren strähnig und ungepflegt. Doch was sie am meisten beschämte, war der Anblick ihres Körpers in dem knapp sitzenden Hemd und der eng anliegenden Hose. Ihre Brüste spannten den Stoff zum Zerreißen, und ihre Brustwarzen zeichneten sich ganz deutlich darunter ab. Die Hose modellierte ihre Hüften und Schenkel nach, und Morgan kam sich fast nackt vor.

»Du gefällst dir, wie?« Cat Mans Hand liebkoste ihren Schenkel. »Zu schade, daß ich dich dem Boss versprochen habe«, murmelte er. »Aber er ist im Augenblick nicht besonders zufrieden mit mir, und ich weiß, was ihm gefällt.« Seine Finger legten sich leicht über ihre rechte Brust, und sein Daumen begann, die Brustwarze zu streicheln. »Ich glaube, er wird mir ehrlich dankbar sein für dieses Geschenk.«

Er brachte sein Gesicht ganz dicht an ihres heran, als wollte er sie küssen, und Morgan drehte hastig den Kopf zur Seite.

»Nur nicht übermütig werden, kleine Prinzessin. Du glaubst wohl, du wärst zu gut für mich, aber nach ein paar Monaten mit Boss Martin würdest du froh sein, wenn du mich haben könntest.«

Er ließ sie los und ging zur Tür. »Wir werden zwei Tage hierbleiben. Dann brechen wir wieder auf. Ich möchte, daß du dich jetzt hinlegst und schläfst. Morgen bekommst du ein warmes Bad. Wenn ich dich jetzt dem Boss vorführte, würde er glauben, einen Iltis vor sich zu haben.«

Sie funkelte ihn wütend an und sah sich dann nach etwas um, das sie ihm an den Kopf werfen konnte.

»Laß das lieber bleiben«, hörte sie seine drohende Stimme, und nachdem Morgan ihre letzte Energie in diesem kurzen Wutanfall aufgebraucht hatte, merkte sie erst, wie müde sie war.

»Schlaf jetzt und versuch nicht, irgend etwas Dummes anzustellen.« Sein Blick ging zum offenen Fenster. »Wenn du dort hinauskletterst, läufst du Luke in die Arme, und glaube ja nicht, daß der dich mit Respekt behandeln würde.«

Ein kalter Schauer lief ihr über den Rücken, als sie sich an die klebrige Hand des Dicken erinnerte, die ihr Bein betastet hatte. Cat Man hatte mit seiner Bemerkung erreicht, was er wollte, und als er wieder das Zimmer verließ, war Morgan jeder Gedanke an Flucht vergangen.

Als Morgan von den lärmenden Stimmen vor ihrer Tür erwachte, glaubte sie zunächst, nur wenige Minuten geschlafen zu haben. Die Sonne stand niedrig am Himmel und warf eine goldene Bahn über den dicken grünen Teppich.

»Paß auf, wo du hintrittst! Du rammst mir das Ding ja jedesmal gegen das Schienbein«, dröhnte Ben.

»Ich sehe nicht ein, warum wir das Ding überhaupt hier heraufschleppen müssen. Wer, zum Teufel, will denn schon ein Bad nehmen?« hörte sie Joe sagen.

Morgan war immer noch nicht richtig wach, als die Tür aufging und die beiden Banditen mit einer großen Badewanne aus Kupfer über die Schwelle traten. Morgan drehte sich auf die Seite und zog die mit grünen Zweigen bestickte Decke bis zu ihrem Kinn hinauf.

Die Männer stellten die Wanne in der Mitte des Zimmers ab und drehten sich dann dem Bett zu. Als sie die Konturen von Morgans Körper sahen, die sich unter der dünnen Decke abzeichneten, verklärten sich ihre finsteren Gesichter.

»Am liebsten würde ich jetzt zu diesem kleinen Mädchen ins Bett steigen«, sagte Joe und machte einen Schritt auf das Bett zu, aber Ben packte ihn beim Arm.

»Komm, wir müssen noch das Wasser holen.«

In wenigen Minuten kamen sie mit vier großen Eimern voll heißem Wasser ins Zimmer zurück und kippten es in die Wanne. Nachdem die beiden Männer das Zimmer wieder verlassen hatten, rannte Morgan zu der Wanne und tauchte bis zum Hals in das dampfende Naß ein. Sie lag ein paar Minuten lang ganz still und genoß das köstlich prickelnde Gefühl des warmen Wassers auf ihrer Haut. Dann begann sie ihren Körper zu schrubben und ihre Haare zu waschen. Etwas später entdeckte sie auch die sauberen flauschigen Badetücher, die neben der Wanne lagen, und ihre Hose und ihr Hemd, die frisch gewaschen über dem Fußende des Bettes hingen.

Jetzt erst wurde ihr bewußt, daß sie vierundzwanzig Stunden geschlafen haben mußte – eine Nacht und einen ganzen Tag hindurch! Ihr Kopf war wieder klar und hell. Sie begann an Flucht zu denken.

Irgendwie mußte es ihr doch gelingen, diesen Banditen zu entrinnen. Was würde Seth ihr jetzt raten? Vermutlich, daß sie bleiben sollte, wo sie war, bis er sie aus dem Haus herausholen konnte. Aber sie war sich nicht ganz sicher, ob er sie auch finden würde.

Die Tür ging auf, und Morgan blickte hoch. Eine alte Frau trat ins Zimmer und stellte sich mit gesenktem Kopf an das Fußende der Wanne.

»Was wollen Sie von mir?«

Die Alte ließ den Kopf noch immer hängen. Ihr Haar war speckig, ihr Kleid zerrissen und schmutzig.

»Was wollen Sie von mir?« wiederholte Morgan. Als die Frau abermals jede Antwort verweigerte, zuckte Morgan die Schultern, stieg aus der Wanne und wickelte sich in ein langes weißes Badetuch. Schweigend begann die Alte mit einem Eimer das Badewasser auszuschöpfen. Nachdem sie ein paarmal mit den gefüllten Eimern ins Erdgeschoß hinuntergegangen war, war die Wanne leer.

Morgan setzte sich an die Frisierkommode vor den Spiegel und kämmte sich das feuchte Haar. Dann zog sie sich rasch die saubere Hose und das gewaschene Hemd an. Der weiche Flanellstoff fühlte sich gut auf der Haut an. Was Seth wohl von ihr denken mochte, wenn er sie in so eng anliegenden Kleidern sah, schoß es ihr durch den Kopf.

Ein Geräusch an der Tür erschreckte sie. Ben stand auf der Schwelle. »Ich würde es dir wirklich nett machen, mein Schatz.«

Morgan lief zur Tür und rannte an dem Mann, der sie zu berühren versuchte, vorbei, auf den Korridor hinaus.

»Du siehst heute sehr viel besser aus, kleine Morgan«, empfing Cat Man sie draußen mit einem Lächeln. »Jetzt wird mein

Geschenk erst den richtigen Eindruck machen.« Seine geschlitzten Augen schienen ihren Körper förmlich in sich aufzusaugen, und Morgan wurde feuerrot. Er streichelte ihre Wange, und sie drehte rasch den Kopf zur Seite.

»Warum lassen Sie mich nicht einfach laufen? Ich habe Ihnen doch nichts getan. Lassen Sie mich gehen«, sagte sie leise mit flehender Stimme.

Cat Man nahm ihre Hand und führte Morgan in ein Speisezimmer, wo sie ein reichgedeckter Tisch erwartete. Er zog einen Stuhl für sie hervor und setzte sich dann neben sie.

»Du wirst bald feststellen, Morgan, daß das Leben einer schönen Frau oft mehr von ihrem Gesicht und ihrem Körper gelenkt wird als von ihrem Verstand. Du bist eine Frau, die man besitzt – eine Frau, die man liebt, um die man kämpft, für die man vielleicht sogar stirbt.«

»Sie reden Unsinn, Ich bin nicht schön, und ich werde es auch niemals sein. Mein ganzes Leben lang haben mir die Leute gesagt, wie unscheinbar ich aussähe. Warum reden Sie mir solche Dinge ein?«

Cat Man schüttelte den Kopf. »Es ist schwer vorstellbar, daß jemand so blind sein kann.« Er griff nach einem Brötchen und bestrich es mit Butter. »Das Essen ist ausgezeichnet. Möchtest du nicht ein Glas Wein haben?« fragte er und füllte ihr Glas aus einer Karaffe. Morgen merkte nun, wie hungrig sie war. Ohne ein Wort zu sagen, füllte sie ihren Teller und verzehrte die größte Mahlzeit ihres Lebens.

Seth beobachtete die Ansiedlung vom Kamm des Hügels aus. Er verfolgte Morgans Entführer nun schon seit einer Woche, und jetzt, wo er sich so dicht vor dem Ziel wußte, beschloß er, erst einmal auszuruhen, ehe er sie aus den Händen der Banditen zu befreien versuchte. Er brauchte frische Kräfte dazu. Von den Bewohnern der schäbigen Häuser dort unten konnte er bestimmt keine Hilfe erwarten.

Seth erwachte, als die Sonne schon niedrig im Westen stand, und ritt eilends den Hügel hinunter in den Ort. Wie er erwartet hatte, erregte sein Erscheinen einiges Aufsehen. Gemächlich band er sein Pferd an der Zügelstange vor dem Saloon fest. Er bestellte ein Bier an der Theke, ging dann in den hinteren Teil des schmutzigen Gastraums und nahm an einem noch schmutzigeren Tisch Platz. Er schob seinen Stuhl gegen die Wand, nippte an seinem Bier und beobachtete die Gäste.

Als eine Gruppe von Männern in seiner Nähe ein paarmal den »Boss« erwähnte, spitzte er die Ohren. Und dann wurde von der »Frau des Boss« gesprochen, worauf die Kerle in lautes Gelächter ausbrachen.

»Haben Sie was dagegen, wenn ich mich zu Ihnen setze?«

Seth blickte hoch und sah eine rothaarige Frau neben seinem Tisch stehen, die auf ihn hinunterstarrte. Sie hatte stark geschminkte Lippen und Augenlider, und ihr kräftiges Parfüm sollte wohl den Geruch ihres ungewaschenen Körpers verdrängen. Sie konnte Dreißig sein oder auch Fünfzig. Sie musterte Seth aus ängstlichen, wachsamen Augen, und er fragte sich verwundert, was sie denn wohl so sehr an ihm erschreckte.

»Ich würde mich freuen, wenn Sie sich zu mir setzen und mir Gesellschaft leisten.« Bei dem sanften Ton seiner Stimme wurde der Blick der Frau noch mißtrauischer. »Kann ich ein Bier für Sie bestellen?« Sie nickte nur.

»Hey, Keeper! Ein Bier für die Dame!«

Die anderen Gäste im Saloon drehten sich zu Seth um. Dann lachten sie. »Sie müssen hier wirklich fremd sein, Mister. Janie ist vieles, aber ganz bestimmt keine Dame.«

»Du hast ja keine Ahnung von Ladies, Luke. Und die Dame hat dir ja gestern gezeigt, was 'ne Lady von dir denkt, als du dich bei ihrem Tritt auf den Arsch gesetzt hast«, sagte die Rothaarige neben Seth.

»Was – du willst mich beleidigen?« Der dicke Mann mit den wulstigen Lippen fuhr von seinem Stuhl hoch und kam auf die Rothaarige zu. Diese stand ebenfalls auf und spreizte die Finger zu Krallen.

»Es täte mir leid, wenn ich die Ehre dieser Dame verteidigen müßte.« Seths Augen wurden ganz schmal, und seine Stimme war hart wie Stahl. Der Dicke hielt mitten im Schritt inne und schaute den Fremden abschätzend an.

»Komm wieder an den Tisch zurück, Luke. Sie ist es nicht wert, daß du dich ihretwegen prügelst.«

Luke entspannte sich sichtlich und lächelte. »Ihr habt recht, Jungs. Tut mir leid, wenn ich Sie gestört habe, Mister.« Er hatte keine Lust, sich mit einem so großen und kräftigen Mann anzulegen. Er drehte Seth den Rücken zu und kehrte an seinen Platz zurück. »Ihr habt recht, wegen so einer Hure mache ich doch keinen Finger krumm.«

»Vielen Dank, Mister.« Die Frau blickte Seth jetzt bewundernd an.

»Es gefällt mir eben nicht, wenn man den Namen einer Lady in den Schmutz zieht.« Er betonte das Wort »Lady«.

Der Barkeeper brachte das Bier für Janie, und sie leerte es in einem Zug zur Hälfte. Dann wischte sie sich mit dem Handrücken die Lippen ab und fragte Seth: »Bleiben Sie länger hier in der Stadt?«

»Das hängt davon ab.«

»Wovon?«

»Ich habe gehört, daß hier eine größere Gesellschaft arbeitet, und das könnte mich vielleicht reizen.«

»Sind Sie ein Sternträger?«

Er lachte verächtlich, streckte eine Hand aus und strich mit einem Finger über ihre runde Brust. »Sehe ich aus wie ein Mann des Gesetzes?«

Janie hatte mit zwölf ihren ersten Mann gehabt und vor Jahren schon jedes Gefühl für das verloren, was die Männer mit ihrem Körper anstellten. Aber als sie sechzehn war, hatte sie einen Jungen gekannt – einen großen, starken, sauberen Burschen –, der gut zu ihr gewesen war. Er hatte sie heiraten wollen. Und das hätte er auch getan, wenn seine Mutter nicht herausgefunden hätte, wovon Janie die letzten vier Jahre gelebt hatte. Noch heute dachte sie voller Zärtlichkeit an diesen Jungen zurück, und Seths Güte weckte Gefühle in ihr, die, wie sie wähnte, längst in ihr abgestorben waren. Sie sah mit hungrigen Augen zu ihm hoch. »Nun, Sie sehen mir nicht nach einem Mann des Gesetzes aus.« Sie zögerte und fuhr dann fort: »Ich mag so starke Männer wie Sie.«

Er beugte sich näher an sie heran, sah jetzt deutlicher die Falten unter der dicken Schicht Schminke auf ihrem Gesicht, und raunte ihr zu: »Und ich habe eine Schwäche für Frauen – jeder Sorte.« Sie öffnete den Mund, und Seth roch ihren säuerlichen Atem, ehe sie erwiderte: »Egal, was Sie von mir verlangen, Mister – es gehört Ihnen. Für Sie mache ich es gern.«

Er sah sie mit einem wissenden Lächeln an. »Was ist das für ein Boss, von dem hier so viel geredet wird?«

Janie schaute sich im Gastraum um, um sich zu vergewissern, daß ihr niemand zuhörte. Dann lehnte sie sich zu Seth hinüber. »Boss Martin ist der Anführer. Er kommt selten in die Stadt, aber wenn er das tut, wohnt er in dem großen weißen Haus am Ende der Straße.«

»Nun, Janie«, sagte Seth und legte ihr die Hand auf den Arm. »Wie könnte ich mich denn mit diesem Boss Martin in Verbindung setzen?«

Ihre Stimme wurde zu einem Flüstern. »Gestern ist Cat Man in die Stadt zurückgekommen. Er wohnt im Haus von Boss Martin.«

»Cat Man?«

Janie erschauerte. »Ja, er hat schräge, geschlitzte Augen wie eine Katze. Und er bewegt sich auch wie ein Raubtier. Keines von den Mädchen geht gern mit ihm aufs Zimmer. Ich hatte einmal sogar Angst, daß er mich umbringen würde.« Sie lächelte. »Doch diesmal hat er sich eine eigene Frau mit nach Hause gebracht. Hat sie angezogen, als wäre sie ein Junge, und dann im Haus des Boss untergebracht. Sie ist zwar eine vorwitzige kleine Schlampe, aber keine Frau verdient das, was Cat Man mit ihr anstellt.«

Seths Wangenmuskeln zuckten. »Wie sieht denn die Frau aus, die er als Junge verkleidet hat?«

Janie runzelte die Stirn und starrte ihn wieder mißtrauisch von der Seite an, doch er blickte hinüber zur Theke, als wäre ihm nicht sonderlich an ihrer Antwort gelegen. »Nun ja, helle Haare … und fast so zierlich wie ein Kind. Warum fragen Sie mich nach ihr? Interessieren Sie sich vielleicht für die Kleine?« Ihre Stimme klang feindselig.

Seth drehte ihr das Gesicht zu und lächelte, so daß sie seine ebenmäßigen weißen Zähne und die Grübchen in seinen Wangen sah. »Ich habe mich nur gewundert, daß jemand noch eine Frau in eine Stadt bringt, die offensichtlich mit Frauen reichlich gesegnet ist.«

Janie kicherte und zeigte dabei einen verfaulten Zahn im linken Unterkiefer.

Seth leerte sein Glas. »So, jetzt muß ich leider wieder gehen.«

»Aber nun bleiben Sie doch noch hier, Mister. Ich weiß ja noch nicht einmal Ihren Namen.« Sie folgte ihm bis zur Tür und hängte sich an seinen Arm. »Habe ich Ihnen denn nicht gesagt, daß ich Ihnen alles gebe, was ich habe?« Sie lächelte kokett zu ihm hinauf. »Sagen Sie mir – ist bei Ihnen alles so dick wie Ihre Arme?«

»Aber sicher doch, mein Schatz.« Seth kniff sie ins Ohrläppchen und ließ sie an der Tür stehen.

Als er an dem großen weißen Haus vorbeiritt, ließ er sein Pferd langsam gehen. Zwei Männer standen auf der Veranda, tranken Whisky aus einer Flasche und stritten sich. Auf keinen der beiden paßte die Beschreibung, die Janie von Cat Man gegeben hatte.

Seth band sein Pferd in einer kleinen Senke an, die ein Stück von der Hinterfront des Hauses entfernt war. Als es ganz dunkel geworden war, pirschte er sich an das Gebäude heran.

»Ich weiß nicht, warum Cat Man so verdammt lange braucht. Und warum nicht einer von uns genügt, um die Kleine zu bewachen... Was gibt es denn da zu lachen?«

»Mir ist gerade die Frau in der Lehmhütte eingefallen – die mit den breiten Hüften.«

»Ja, die war gar nicht so übel. Ganz und gar nicht.«

Seth spitzte die Ohren. Offenbar waren nur diese beiden Männer im Haus. Er hörte noch eine Weile ihrem Geschwätz zu und merkte, daß sie immer betrunkener wurden. Leise stieg er durch ein offenes Fenster ins Haus, wobei er überlegte, wo Morgan sich aufhalten konnte. Nun, vermutlich hatte man sie oben im ersten Stock in ein Zimmer eingeschlossen.

Er stieg die Treppe hinauf und stellte fest, daß in diesem Stockwerk nur eine Tür verschlossen war. Leider konnte er nicht riskieren, das Schloß aufzubrechen, weil der Lärm die Männer unten auf der Veranda alarmiert hätte. Deshalb ging er in das angrenzende Schlafzimmer und fand dort, wie er gehofft hatte, eine Verbindungstür. Sie war ebenfalls verschlossen, doch Seth entdeckte den Schlüssel dazu auf einem Nachttisch.

Ohne ein Geräusch zu machen, betrat er nun Morgans Zimmer und sah sie zusammengerollt unter einer Decke auf dem Bett liegen, ihre goldenen Haare wie einen Fächer um ihren Kopf ausgebreitet. Er lächelte erleichtert.

Damit sie nicht mit einem Schrei aus dem Schlaf hochschreckte, legte er ihr die Hand auf den Mund. Sie riß entsetzt die Augen auf. Als er bemerkte, wie sich ihr Blick veränderte, als sie ihn wiedererkannte, zog er seine Hand zurück. Ihre Arme flogen um seinen Hals, und die Decke glitt von ihrem nackten Körper.

Seth drückte sie an sich und barg sein Gesicht in ihren sauberen, weichen Haaren.

»Ich wußte, daß du kommen würdest«, flüsterte sie unter Tränen. »Ich wußte es. Sie sagten, daß niemand uns finden könnte, aber ich wußte, daß sie sich täuschten.« Morgan zog ihn noch enger an sich. »Es tut mir leid, daß ich so viele häßliche Sachen zu dir gesagt habe.« Sie küßte ihn auf den Hals.

»Morgan, mein Süßes, wir müssen weg von hier. Zieh dich an, aber du darfst keinen Lärm dabei machen.«

Ihr Gesicht verriet nun wieder Angst. »Seth, sie sind schrecklich. Du hast keine Ahnung, wie schrecklich diese Männer sind. Sie haben furchtbare Sachen gemacht. Ich möchte mich nicht daran erinnern.«

»Dafür haben wir jetzt auch keine Zeit. Zieh dich an!«

Schnell schlüpfte sie in die enge Jeans und das Flanellhemd.

»Laß uns gehen!« drängte er. »Du bleibst immer hinter mir und darfst kein Geräusch machen.«

Leise, auf Zehenspitzen, schlichen sie sich an den beiden betrunkenen Männern vorbei aus dem Haus. Ein paar Minuten später erreichten sie Seths Pferd. Er stieg auf, hob Morgan vom

Boden und setzte sie vor sich in den Sattel. Er küßte sie auf den Scheitel und sprach rasch ein stille Dankgebet. Dann trieb er das Pferd hügelan.

14

Sie ritten die ganze Nacht hindurch. Morgan schmiegte sich an Seths Brust und schlief einen Teil des Wegs, wobei sie sich sicher und geborgen in seinen Armen fühlte.

In der Morgendämmerung wachte sie auf und musterte erstaunt ihre Umgebung, wo hohe schlanke Bäume mit weißer Rinde wuchsen. Sie wirkten ein wenig gespenstisch, da Morgan in den Maserungen der Rinde Augen zu erkennen glaubte, die sie ansahen. Die Blätter der Bäume waren fast rund, und in der sanften Brise ging ein zitterndes Raunen durch den Wald. Dann war es wieder still und kühl, und sie konnte in der Entfernung einen Bach murmeln hören.

»Wo sind wir denn hier, Seth?«

»In den Bergen von Neu-Mexiko. Vor Jahren bin ich einmal hier durchgekommen und habe die Stelle gefunden, wo ich dich jetzt unterbringen werde. Es gibt nicht viele Weiße, die diese Stätte kennen.«

»Willst du mich verlassen?« Sie drehte sich um und sah zu ihm hoch. Im Gegenlicht wirkten seine Haare wie mit Gold überzogen. Seine Haut war von der Sonne gebräunt, und sie bemerkte winzige Fältchen in seinen Augenwinkeln. »Du wirst mich doch nicht etwa verlassen, oder?«

»Ich muß dich eine Weile allein lassen. Cat Man und seine zwei Spießgesellen reiten sicher schon auf unserer Spur.« Er schnitt eine Grimasse. »Ich glaube nicht, daß sie so einfach auf dich verzichten. Sie werden versuchen, dich wieder in ihre Gewalt zu bringen, und ich muß sie zuerst finden, um das zu verhindern.«

»Nein. Sie könnten dich verwunden oder töten. Bitte, verlaß

mich nicht. Wir reiten einfach weiter, bis sie uns nicht mehr einholen können.«

»Wie lange, glaubst du, können wir beide denn auf einem Pferd reiten, kleine Morgan? Auf diese Weise wird es uns niemals gelingen, sie abzuschütteln.« Als sie ihn bekümmert ansah, küßte er sie auf die Stirn. »Mach dir keine Sorgen. Ich komme bald zurück, und dann nehme ich dich mit auf meine Ranch.«

Sie lächelte zu ihm hinauf. »Ich möchte deine Ranch sehen. Ist die Gegend dort genauso hübsch wie hier?«

»Sie liegt nicht so hoch. Und es wachsen dort auch keine Espen.«

Sie stiegen am Fuß eines dichtbewaldeten Hügels vom Pferd. Seth band das Tier an und führte Morgan dann zwischen die Bäume hinein. Dort konnte sie einen uralten Pfad erkennen, der von Büschen fast überwuchert war und sich in Spiralen den Hügel hinaufwand. Sie kletterten den Abhang hinauf, und Seth nahm ihre Hand und führte sie.

Ein paar Minuten später erreichten sie eine flache Stelle unterhalb einer steilen Felsklippe. Morgan erkannte ein paar Stufen in der Felswand, und als sie in die Höhe blickte, sah sie das Dorf. In eine ungefähr dreißig Meter breite und etwa zwölf Meter hohe Nische in der Felswand waren Häuser aus Lehm hineingebaut. Es schien sich um uralte Behausungen zu handeln, von denen einige wieder zerfallen waren, andere aber, von den überhängenden Felsen besser geschützt, noch bewohnbar zu sein schienen.

»Was ist das?« flüsterte Morgan, von Ehrfurcht ergriffen angesichts dieser Geisterstadt.

»Es ist ein altes Indianerdorf. Ich habe es mit Frank und Jake vor einigen Jahren entdeckt, nachdem ein alter Cowboy uns den Weg hierher beschrieben hatte. Hier bist du in Sicherheit.«

Morgan ließ Seth auf der Plattform zurück und stieg die Treppe hinauf, um durch die Fensterhöhlen eines Hauses zu spähen. Es war winzig und die Decke so niedrig, daß sie im Inneren kaum aufrecht stehen konnte. Sie hatte nicht das Gefühl, daß sie hier mit Seth allein wäre. Es schien ihr, als sei sie noch von den Geistern der längst verstorbenen Bewohner umgeben, die sie beobachteten. Sie lächelte. Sie hatte das Empfinden, daß diese Geister sie beschützen wollten.

»Mir gefällt es hier. Die Bewohner sind gute Leute.«

Er musterte sie mit einem eigenartigen Blick, und dann lächelte er ebenfalls. »Du hast recht. Sie werden dich während meiner Abwesenheit in ihre Obhut nehmen.«

Sie stieg die Treppe wieder hinunter, rannte zu ihm, warf ihre Arme um seine Hüften und barg unter Tränen ihren Kopf an seiner Brust. »Seth, laß uns beide hierbleiben. Sie können uns hier nicht finden. Wir warten hier ein paar Tage – eine Woche – und dann, wenn sie wieder fort sind, reiten wir weiter. –«

Er hob ihr Kinn an »Ich möchte keine Tränen mehr sehen. Ich reite zurück. Und damit basta.«

Morgan lächelte und wischte sich die Tränen ab.

»Hast du noch ein paar Küsse für mich übrig?« wollte Seth wissen.

Sie stellte sich auf die Zehen und schlang die Arme um seinen Nacken. Sein Kuß war erst sanft und behutsam, doch dann gaben sie beide ihrem seit Wochen aufgestauten Verlangen nach. Seth atmete schwer, nachdem er sich von ihr gelöst hatte. »Süße kleine Morgan. Ich hasse es, dich jetzt verlassen zu müssen.«

Noch immer lächelnd faßte sie nach seinen Händen und zog ihn, während sie sich selbst hinuntergleiten ließ, auf den Boden.

Als sie sich gegenseitig in die Augen sahen, verlor sich ihr Lächeln, und ihre Lippen begegneten sich in einem heißen leidenschaftlichen Kuß. Stöhnend begann Seth ihren Körper zu streicheln, und ohne daß Morgan es bemerkt hätte, öffnete er die Knöpfe ihres Hemds und entblößte ihre vollen Brüste.

Sie seufzte leise und begann sich nach der uralten Art der Frauen mit kreisenden Hüften unter ihm zu bewegen. Sehnsüchtig rieb sie mit beiden Händen seinen muskulösen Rücken und preßte sich so fest an ihn, daß sie sein hartes Glied an ihrem Schenkel spürte.

Da brach ein fast tierischer Laut aus Seths Kehle. Er rollte hastig von ihr weg, setzte sich rasch auf und packte ihre beiden Hände. Seine Augen glänzten wie im Fieber, und seine Haare waren feucht und zerzaust. Schweigend knöpfte er wieder ihr Hemd zu. »Nicht jetzt, mein Kleines.« Seine Stimme war tief und heiser. »Wenn ich meine Frau umarme, muß ich viel Zeit dafür haben.«

Er holte tief Luft. »Steh auf und hör mir zu. Ich habe dir noch eine Menge zu sagen, bevor ich dich verlasse.«

Sie hörte ihm zu. Er warnte sie, die Ruinen unter keinen Umständen zu verlassen, nicht einmal, um ein Sonnenbad auf den Simsen vor den Häusern zu nehmen. Er ließ ihr Nahrungsmittel, Wasser und Decken da.

»Wenn ich in drei Tagen noch nicht zurück sein sollte, versuchst du dich nach Osten durchzuschlagen. Ungefähr vier Tagesreisen von hier entfernt befindet sich die Lehmhütte von Meg und John.« Als sie ihn fragend ansah, nickte er. »Ja, ich bin mit ihnen zusammengetroffen. Sie werden dir weiterhelfen.« Sie schlang ihm wieder die Arme um den Hals und hielt ihn verzweifelt fest. »Bitte, bleib doch bei mir, Seth. Ich möchte dich nicht noch einmal verlieren.«

»Du hast viel Zeit zum Nachdenken. Ich möchte, daß du dir ganz sicher bist, was uns beide betrifft.«

Morgan sah ihn groß an. »Und wie steht es mit dir, Seth? Möchtest du mich denn haben?« Ein Schatten flog über ihr Gesicht. »Vielleicht willst du mich ja gar nicht. Vielleicht möchtest du nur dein Jahr als Ehemann genießen, ehe du das versprochene Geld kassierst.«

Die Worte waren ihr schon entschlüpft, bevor sie recht wußte, was sie sagte, und nun hatte sie Angst. Sie war erstaunt über Seths Reaktion. Er warf den Kopf in den Nacken, lachte schallend, hob sie dann mit beiden Armen hoch und wirbelte sie in der Luft herum. »Süße kleine Morgan. Kennst du mich denn wirklich so wenig, daß du glaubst, ich würde für Geld heiraten? Ich denke, ich muß mich schon in dich verliebt haben, als du Cynthia Ferguson zum erstenmal so wütend angefunkelt hast. Du hast so traurig ausgesehen in diesem häßlichen braunen Kleid. Und als du mit hängendem Kopf vor mir standst, tat mir das Herz weh. Doch dann, eine Sekunde lang, leuchteten deine Augen auf, und ich war gefangen.« Lachend küßte er sie auf den Mund.

»Meinst du das auch, was du das gesagt hast, Seth? Liebst du mich wirklich?«

»Immer und ewig.«

Sie runzelte leicht die Stirn. »Warum sagst du mir das erst jetzt?«

Er lachte abermals. »Hätte ich mir vielleicht von dir einen Korb holen sollen? Du hättest mir nicht geglaubt, wenn ich dir damals gesagt hätte, daß ich dich liebe.« Er küßte ihre Augen, ihre Nase, ihre Wangen. »Ich muß jetzt gehen, mein Herz. Du wirst tun, was ich dir gesagt habe, und hier in den Ruinen bleiben?« Auf ihr Nicken hin fuhr er fort: »Ich werde bald wieder zurück sein. Wirst du mich dann immer noch lieben?«

»O ja, Seth, bestimmt. Ich liebe dich doch so sehr.« Morgan hielt inne, und ihre Augen wurden schmal. »Du lachst mich aus!«

Er lächelte und drückt sie noch einmal heftig an sich. »Ich werde jede Sekunde an dich denken, mein Herz.« Seth drehte sich um, grinste und ließ sie allein.

Morgan lauschte gebannt, bis die Hufschläge von Seths Pferd sich in der Ferne verloren. Als wieder Stille einkehrte, drehte sie das Gesicht der Felswand zu. Es schien ihr plötzlich kühler zu sein als zuvor in Seths Gegenwart, und sie fühlte sich sehr klein und sehr einsam.

Tränen liefen ihr über die Wangen. »Nein!« sagte sie laut. »Ich will nicht weinen, weil Seth bald wieder zurück sein wird und ich keinen Grund habe, traurig zu sein.«

Nach einigen Minuten beschloß sie, die Ruinen zu erkunden und so die lange Wartezeit auszufüllen, bis er wieder hier eintraf. Hinter dem Dorf entdeckte sie eine Felsspalte, die offenbar als Abfallgrube verwendet worden war. Dort fand Morgan Knochen und Töpferscherben.

Nach zwei Tagen begann sie sich in dem verlassenen Dorf zu

langweilen. Ihre Kleider waren wieder schmutzig, und sie hatte dummerweise fast das ganze Wasser verbraucht, das Seth ihr dagelassen hatte.

Vorsichtig steig sie die ausgetretenen Felsstufen hinunter und ging dann weiter bis zum Grund der Schlucht, wobei sie sorgfältig darauf achtete, daß sie immer im Schatten der Bäume blieb und von den Sträuchern gegen den Blick von Fremden geschützt wurde, die sich möglicherweise unten in der Schlucht oder oben auf dem Hügel versteckt hielten.

Morgan kam zum Bach und folgte ihm bis zu einem kleinen Teich, der von Felsblöcken und Büschen umstanden war. Sie zog sich aus und stieg in das kalte, klare Wasser. Als sie sich endlich wieder sauber fühlte, wusch sie ihre Sachen und breitete dann das Hemd und die Hose auf den Felsen zum Trocknen aus. Sie legte sich auf einen Felsblock und döste im verblassenden Sonnenlicht. Das Gefühl des warmen Sandsteins auf ihrer Haut war angenehm. Ihre Gedanken wanderten zu Seth.

Patsch! Der scharfe Schlag auf ihr nacktes Gesäß riß sie aus allen Träumen. Sie drehte sich rasch um und sah Seth wutentbrannt über sich stehen.

»Ich habe dir doch gesagt, daß du dich in den Ruinen versteckt halten sollst! Was suchst du denn hier unten, auf einem Felsen, wo dich jeder sehen kann?«

Sie runzelte die Stirn, wurde von seinem Zorn angesteckt und öffnete den Mund.

»Ich will keine Widerrede hören! Du bist durch den Wald getrampelt wie ein Büffel! Jeder auf dem Berg dort oben hätte sehen können, wie du ein Bad nimmst. Und jetzt liegst du hier ausgestreckt in der Sonne und forderst den Ärger geradezu heraus.«

Morgans Wut war schnell wieder verraucht, und sie konnte nur mühsam ein Kichern unterdrücken.

»Was, zum Teufel, gibt es denn da zu lachen? Ich unternehme alles, damit du dich sicher fühlen kannst – riskiere dafür sogar mein Leben –, und du liegst hier und lachst!«

Sie lächelte mit einer engelhaften Unschuldsmiene zu ihm hinauf. »Wenn du mich den Pfad hast herunterkommen hören, warum bist du dann nicht gleich zu mir gekommen? Warum hast du so lange gewartet, bis ich mit dem Baden fertig war?« Sie drehte sich auf die Seite. »Du hast gesagt, ich würde den Ärger geradezu herausfordern. An was für eine Art Ärger hattest du dabei gedacht?«

Sein Körper entkrampfte sich, und er nahm sie in seine Arme. »Verdammt, Morgan, du hättest die Ruinen niemals verlassen dürfen. Hier unten warst du nicht sicher.«

»Aber was könnte mir jetzt passieren, wo du doch bei mir bist?«

Seth lachte. »Ich sollte dir hier und jetzt den Hintern versohlen, aber ich fürchte, das würde dir sogar Spaß machen.« Seine Stimme wurde leise und ernst. »Ich habe mir große Sorgen deinetwegen gemacht. Bitte, setz nicht noch einmal dein Leben so leichtfertig aufs Spiel.«

Nun tat es ihr leid, daß sie ihm Kummer bereitet hatte. »Nein, das werde ich nie wieder tun. Seth, ist alles... erledigt?«

Er streichelte ihre Haare. »Ja, es ist vorbei, und wir wollen nie mehr davon reden.« Ein verschmitztes Funkeln trat in seine Augen. »Ich habe im Saloon eine Frau kennengelernt, die sehr freundlich zu mir war. Ich hatte den Eindruck, wenn ich noch einmal in die Stadt zurückreiten müßte, wäre ich bei ihr willkommen.«

»Was meinst du mit Zurückreiten? Und was ist das für eine Schlampe?«

»Schlampe? Oh, man merkt, daß du in den letzten Monaten öfter in schlechter Gesellschaft warst. Man könnte fast meinen, du seist eifersüchtig.«

»Ich glaube nicht, daß sie noch großes Interesse an dir hätte, wenn sie erfahren würde, daß deine Frau nach vier Monaten Ehe immer noch Jungfrau ist«, erwiderte Morgan kühl. »Wir hatten zu Hause natürlich auch einen Wallach. Vielleicht würde sie es dann verstehen.«

Seth holte geräuschvoll Luft. »Himmel! Man könnte glauben, in meinem Alter hätte ich gelernt, mich nicht von einer Frau herausfordern zu lassen. Komm her, du Giftnatter!« Er küßte sie und streichelte mit beiden Händen ihren nackten Körper. »Heute abend werde ich dir beweisen...«

»Seth...« unterbrach sie ihn.

»Was ist das? Angst? Angst vor jemand, den du gerade einen Wallach genannt hast?« Er lachte und drückte sie an sich. »Keine Bange, mein Kleines«, flüsterte er. »Ich liebe dich viel zu sehr, um dir weh zu tun.«

Er hielt sie einen Moment schweigend in den Armen. »Das Wasser sieht einladend aus. Hilf mir aus meinen Kleidern, Weib!«

Wenige Sekunden später waren sie beide nackt: zwei goldene Körper im Licht der späten Sonne. Morgan streckte vorsichtig die Hand aus und berührte die harten Muskeln auf Seths Brust. »Ich mag dich so«, flüsterte sie.

Er lächelte auf sie hinunter und sprang dann in den Teich, um sein Bad zu nehmen. Diesmal sah sie ihm ohne Scheu dabei zu. Sie setzte sich an den Rand des Teichs und wunderte sich flüchtig über die Veränderung, die in den letzten Monaten in ihr vorgegangen waren. Als Seth aufstand und das Wasser von seinem glitzernden Körper herabfloß, dachte Morgan: Ich liebe ihn jetzt, und die Liebe verändert alles. Sie erhob sich vom Ufer und rannte zu ihm, während er sie mit ausgebreiteten Armen erwartete.

Er legte sie auf eine mit Gras bewachsene Stelle in der Nähe des Teichs, streckte sich neben ihr aus und preßte sich an sie. Sie spürte sein erigiertes Glied an ihrem Schenkel. Ihre suchende Hand fand es und hielt es fest. Seth stöhnte rauh. Die Größe seines Gliedes erschreckte sie, und jetzt hatte sie wieder Angst.

Er spürte ihre Furcht, küßte sacht ihren Mund, ihren Hals, ihre Brüste, und seine Zunge spielte mit ihren Brustwarzen. Dann wanderte sein Mund weiter nach unten, während seine Hände die weiche Haut ihrer Schenkel streichelten. Ihre Beine schienen sich von selbst zu öffnen, als seine Zunge ihre empfindsamste Stelle liebkoste.

Sein Mund fand wieder ihre Lippen, und Morgan spürte, wie er vorsichtig in sie eindrang. Sie schrie leise auf, und er lag still, bis der scharfe Schmerz wieder verebbte und sie ihre Hüften zu bewegen begann. Er paßte sich ihrem Rhythmus an, bewegte sich, ganz sanft, mit ihr zusammen. Dann, als er sich nicht länger zurückhalten konnte, wurden seine Bewegungen rascher. Er zuckte ein paarmal zusammen und blieb dann ruhig auf ihr liegen.

Morgan spürte Seths warmen Atem an ihrem Ohr. Was sie soeben erlebt hatte, war ganz anders gewesen, als sie es sich vorgestellt hatte. Es war ein gutes Gefühl für sie, daß sie Seth Vergnügen bereitete hatte – dem Mann, den sie liebte. Er hatte ihr nicht weh getan, aber sie hatte auch nicht die wachsende Erregung gespürt, die ihn überwältigte.

»Habe ich dir weh getan, *mi querida*?« flüsterte er.

Sie zog ihn fester an sich. »Nein.« Sie wollte ihm nicht sagen, daß sie den Liebesakt nicht so wundervoll fand, wie sie sich das erträumt hatte.

Seth rollte von ihrem Körper herunter. Er lächelte ihr zu. »Keine Bange, mein Herz – es wird schon noch besser.«

Sie war überrascht von seinem Einfühlungsvermögen.

»Was gibt es denn hier bei uns zu essen? Wenn ein Mann sich in einem Tag aus einem Wallach in einen Hengst verwandelt, wird er hungrig.«

Er lachte, als Morgan errötete. Rasch stand sie auf und begann nach ihren Kleidern zu suchen. »Hier!« Seth warf ihr sein Hemd zu. »Ich möchte nicht, daß du das alles gleich wieder zudeckst.«

Als sie nach wenigen Minuten von den Felsenwohnungen mit Seths Satteltasche zurückkehrte, die mit Nahrungsmitteln gefüllt war, hatte er bereits an einer windgeschützten Stelle der Schlucht ein Feuer angefacht. Gemeinsam kochten sie Bohnen, und Morgan machte ein paar Pfannkuchen.

»Wenn mich Jean-Paul jetzt sehen könnte«, sagte sie lachend. »Wie ich Pfannkuchen über einem primitiven Lagerfeuer backe.«

Nach der Mahlzeit breitete Seth die Decken aus. Und als er Morgan an sich drückte, spürte sie, wie sich sein Verlangen wieder rührte. Als er sie küßte und ihren Körper überall liebkoste, stöhnte sie erregt und wünschte nichts mehr, als ihn wieder in sich zu spüren.

Als sie sich nun zum zweitenmal liebten, empfand sie keinen Schmerz mehr. Sie lächelte glücklich, als Seth in ihr Erfüllung fand. Irgendwann werden wir dieses Gefühl gemeinsam teilen, dachte sie, und war bald, nachdem er sich neben sie gelegt hatte, in seinen Armen eingeschlafen.

Sie erwachten beide beim Anbruch der Morgendämmerung. Morgan streckte Seth die Arme entgegen, und er kam rasch zu ihr, da sein Verlangen nach ihr nicht minder groß war. Er hielt sich diesmal so lange zurück, bis sie mit ihren Fingernägeln seinen Rücken bearbeitete und sein Gesäß packte, um ihn noch tiefer in sich hineinzudrücken. Und diesmal kamen sie gemeinsam zum Höhepunkt, und Morgan schrie laut auf.

Ich bin eine Frau, dachte sie glücklich, endlich bin ich Seths Frau.

15

Sie verbrachten vier Tage in der Schlucht unterhalb der Felswand mit den alten Ruinen. Seth führte Morgan in die Wonnen der Liebe ein, und nachdem sie ihre anfängliche Scheu überwunden hatte, erwiderte sie seine Leidenschaft mit einer Hingabe, die sie beide verwunderte.

»Morgen, Süßes, es wird Zeit, daß wir wieder aufbrechen.« Seine Stimme war ein Flüstern in der Morgenstille.

»Wohin aufbrechen?« Sie kuschelte sich enger an ihn, die Lider noch vom Schlaf schwer.

»Heute müssen wir uns wieder auf den Weg machen nach Hause. Wir haben hier lange genug Rast gemacht. Ich möchte meine kleine Frau auf meine Ranch bringen.«

Es dauerte eine Minute, bevor sie reagierte, doch dann setzte sie sich auf und warf die Decken von ihrem Körper. Der

Anblick ihrer goldenen Haut, ihrer herrlichen Brüste und Hüften wirkte stets erregend auf Seth. Er streckte eine Hand aus, um sie zu streicheln und sie wieder an seinen Körper zu ziehen, aber mit einem blitzschnellen Sprung war sie außer Reichweite.

»He«, rief er leise, »warum kommst du nicht noch einen Augenblick zu mir?«

Sie rannte zu ihm und umarmte ihn. »Ich will weiterreiten. Ich will deine Ranch sehen, Lupita kennenlernen und deine Frau sein.«

»Meine Frau? Genau das wünsche ich doch eben.«

Morgan lachte und zog sich wieder von ihm zurück. »O nein, Seth Colter, ich kenne Sie genau. Wir lieben uns, und dann schlafen wir, und dann lieben wir uns wieder, und ehe wir uns versehen, ist schon wieder ein Tag um. Du wirst mich nie zu dir nach Hause bringen, bis ich alt und häßlich bin und du mich nicht mehr begehrst.«

Er lachte. »Du hast vermutlich recht. Warum bleiben wir also nicht noch ein paar Jahre hier?« Seth versuchte sie wieder einzufangen. »Ich verspreche dir, daß ich dich zu mir nach Hause bringe, wenn ich genug von dir habe.« Auf den Blick hin, den sie ihm jetzt zuwarf, sagte er: »Also gut, ich stehe ja schon auf.« Während er sich anzog, hörte Morgan ihn irgend etwas von einem Pantoffel murmeln, unter dem er jetzt schon stehen würde.

Die Reise erst nach Osten und dann wieder nach Norden bis zu Seths Ranch dauerte über drei Wochen. Sie machten häufig Rast, damit sich das Pferd erholen konnte, denn es hatte zwei Reiter zu tragen. Sie hatten unterwegs öfter Gelegenheit, ein Pferd zu kaufen; doch Morgan legte dagegen ihr Veto ein. Das waren ihre Flitterwochen, und sie liebte es, vor Seth im Sattel zu sitzen und ihren Kopf an seine Brust zu lehnen.

Schließlich kündigte Seth ihr an, daß sie in zwei Tagen die Ranch erreichen würden. Morgan drehte sich im Sattel um und knöpfte ihm das Hemd auf, um seine bronzefarbene Haut zu küssen.

»Du kannst doch keine Minute die Hände von mir lassen, wie, mein Schatz?« Sie kicherte und seufzte dann. »Seth, glaubst du, daß ich auf deine Ranch passen werde? Meinst du, deine Leute werden mich mögen?«

Er küßte sie auf den Scheitel, der warm war von der Sonne. »Solange ich dich mag, ist alles andere unwichtig. Außerdem gibt es außer mir nicht viele Leute auf der Ranch. Jake kennst du ja bereits, und Lupita wird dich auf Händen tragen. Jahrelang hat sie versucht, mich mit einer ihrer Verwandten zwischen vierzehn und fünfzig zu verkuppeln. Paul leitet die Ranch, wenn ich abwesend bin.«

»Du hast ihn bisher kein einziges Mal erwähnt.«

»Er ist jetzt ungefähr zwei Jahre bei mir. Paul, Jake und ich schmeißen den Laden. Im Frühjahr heure ich immer ein paar Hilfskräfte an, doch die ziehen dann im Herbst wieder weiter. Ich hoffe, daß du nicht enttäuscht bist, mein Herz, aber du hast keinen reichen Mann geheiratet.«

»Seth.« Sie lehnte sich wieder an ihn. »Was wird denn eines Tages aus der Plantage deines Vaters? War er nicht böse, als du nach Westen gezogen bist, um dort zu leben, statt bei ihm zu bleiben und die Plantage zu leiten? Du bist sein einziger Sohn.«

»Zuerst war er böse, aber dann, denke ich, hat er mich um meine Freiheit beneidet. Er heiratete, und dann kam ich auf die Welt, als er noch sehr jung war. Da hat er seine Familie ernähren müssen und konnte nicht mehr daran denken, in ein neues Territorium zu ziehen und ein Leben anzufangen, das ihm keine Sicherheit bot. Die Plantage werden meine Schwestern und deren Männer erben.«

»Es scheint mir seltsam, daß der Sohn eines reichen Mannes alles aufgibt und ganz von vorne anfängt.«

»Aber die Ranch in Neu-Mexiko gehört mir und wird mir nicht wie ein gemachtes Bett übergeben. Auch mein Sohn wird wählen können, wo er leben möchte.«

»Sohn!« murmelte Morgan und strich sich mit der Hand über den Leib. Sie würde froh sein, in das Haus zu kommen, das fortan in diesem verzauberten Land die Heimstätte für sie, Seth und ihre Kinder sein würde.

Es war später Nachmittag am darauffolgenden Tag, als sie das Haus sah. Schon aus der Entfernung bestaunte Morgan die Größe des Anwesens. »Aber wenn das alles aus Lehm gebaut ist, kann man sich wohl so ein großes Haus leisten«, meinte sie.

Der Besitz bestand aus einstöckigen langgestreckten Gebäuden mit Zäunen und niedrigen Mauern, die großzügige Außenhöfe umgaben. Hinter dem Haupthaus befanden sich noch vier andere Gebäude: Wohnungen für Lupita, Paul und Jake, eine Art Scheune für die Pferde und Lupitas Molkerei. Eine Reihe von Cottonwood-Bäumen umgab als Windschutz die Anlage, und hier und dort sah Morgan ein paar Hühner, die im Lehm scharrten.

Außer dem Federvieh vermochte sie kein Lebenszeichen auf der Ranch zu entdecken. Als sie noch ungefähr hundert Meter von der Ranch entfernt waren, stieg Seth aus dem Sattel, pfiff dreimal auf den Fingern, und alsbald war er von einer Meute Hunde umgeben. Sie waren froh über das Wiedersehen mit ihrem Herrn und sprangen an ihm hinauf.

Seth blickte lächelnd Morgan an, die noch auf dem Pferd saß. »Es sind zwar die schlechtesten Wachhunde, die du dir vorstellen kannst, aber ich konnte sie deswegen doch nicht einfach abschaffen.«

Señor Colter! Ihr seid wieder da!« Eine kleine plumpe Frau rannte zu Seth und warf ihm die Arme um die Taille. Er hob sie hoch, schwenkte sie einmal im Kreis herum, setzte sie dann wieder ab und gab ihr einen schallenden Kuß auf die Wange.

»Mager seid Ihr geworden!« rief sie lachend und wischte sich die Tränen ab. »Habt Ihr denn dort, wo Ihr wart, keine *frijoles* bekommen und keine *tortillas*?« Sie stockte, als sie Morgan erblickte.

»Das ist meine Frau, Lupita«, verkündete Seth stolz, als er Morgan vom Pferd herunterhob und sie wie ein Kind in seinen Armen hielt.

»Stell mich auf den Boden«, hauchte sie ihm mit vor Verlegenheit rotem Gesicht ins Ohr.

Lupita lachte vergnügt. »Jake hat mir schon so viel von Ihnen erzählt. Ich bin so froh, Sie endlich kennenzulernen. Ich habe diesem Büffel schon vor Jahren gesagt, daß es nicht gut sei, wenn ein Mann allein lebt.«

»Es ist die zweitbeste Frau, die ich bekommen konnte«, sagte Seth und spürte, wie Morgan ihn scharf ansah. »Ich wollte eigentlich Lupita heiraten, aber die hat mir ja einen Korb gegeben.«

Er grinste, als Morgan sich strampelnd gegen seinen Griff wehrte, und drückte sie noch fester an sich. »Wenn ich mich recht entsinne, pflegten die alten Römer ihre Bräute über die Schwelle ihrer Häuser zu tragen.«

Lupita strahlte über das ganze Gesicht, als sie bemerkte, wie verliebt die beiden ineinander waren. Das hatte sie nicht erwartet, nachdem ihr Jake erzählt hatte, daß die beiden auf der Reise hierher ständig gestritten hätten. Sie liebte Seth wie einen Sohn, und sie wußte schon jetzt, daß sie dieses kleine Persönchen, das er so mühelos auf den Armen hielt, so gern haben würde wie eine leibliche Tochter. Vielleicht würde sie bald eine Schar Babies betreuen müssen. Sie lachte laut.

»Hörst du das? Lupita gefällt es, wenn ich dich ins Haus trage.« Morgan gab nun das Strampeln auf, während Seth auf das Haus zuging.

»Seth!« Sie drehte den Kopf zur Seite und sah Jake aus dem Haus rennen. »Wo, zum Teufel, hast du denn so lange gesteckt? Frank ist schon zweimal hiergewesen und hat sich nach dir erkundigt.« Er zeigte grinsend seine zahnlosen Kiefer und griff mit beiden Händen nach Seths rechter Hand, die dieser ihm hinstreckte.

»Wie ich sehe, hast du dein kleines Mädchen wiedergefunden.«

Seth drückte Morgan an sich und erklärte: »Ich wäre ja schon früher zurückgekommen, doch diese kleine Wildkatze hat mich eine ganze Woche lang in einer Schlucht festgehalten.«

»Seth!« Sie versteckte ihr schamrotes Gesicht an seiner Schulter und drohte ihm schreckliche Dinge an, wenn er sie weiterhin so blamierte.

Vor der Schwelle hielt er kurz an und suchte ihren Mund. Und nachdem er sie geküßt hatte, trug er sie ins Haus.

Jake und Lupita spürten, daß das junge Paar jetzt allein sein wollte, und gingen um das Haus herum, statt ihnen in die Wohnung zu folgen.

Seth freute sich schon darauf, Morgan das Haus zeigen zu können, und sie verliebte sich auf der Stelle in ihr neues Heim. Es gab zwar nur vier Zimmer im Haus, aber diese waren so groß wie ein Saal. Die Küche bildete den Mittelpunkt der Wohnanlage, von der man auf der einen Seite auf eine offene Veranda gelangte. Der Wohnbereich bildete ein großes L, und Morgan bemerkte, daß Jake bereits alle von Nora erhaltenen Möbel dort aufgestellt hatte.

Dann besichtigte sie das riesige Schlafzimmer mit den großen Doppeltüren, die sich auf einen von Mauern umfriedeten Hof öffneten. Das Bett, roh gezimmert, aber mit feinen Schnitzarbeiten versehen, stand an einer Wand; den Boden bedeckten einige Teppiche mit großen, in leuchtenden Farben gehaltenen Mustern. Mit Ausnahme der Küche waren alle Räume mit einem offenen Kamin ausgestattet, der die Form eines Bienenkorbs hatte.

Morgan setzte sich auf das Bett. »Es gefällt mir hier! Es ist ein schönes Haus – gar nicht so, wie du es mir beschrieben hast.«

»Nun ja – ich wollte ja nicht, daß du enttäuscht bist. Einen Vergleich mit Trahern House wird es wohl nicht aushalten.« Seth sah sie von der Seite an und wartete auf ihre Reaktion.

Sie drehte sich nicht um, sondern erwiderte nur leichthin: »Trahern House? Ich glaube nicht, daß ich schon einmal von einem Haus dieses Namens gehört hätte.« Im nächsten Moment wandte sie ihm das Gesicht zu und lächelte einladend, während sie die Matratze mit beiden Händen prüfte. »Ein hübsches Bett«, murmelte sie.

Seth umarmte sie. »Ich möchte, daß dieses Haus zu deinem Heim wird. Ich will, daß du hier glücklich bist.«

»Ich könnte gar nicht mehr glücklicher werden, als ich schon bin. Ich liebe dich so sehr.«

Er wickelte sich eine ihrer Locken um den Finger und zog Morgan aufs Bett zurück. »Du weißt, daß ich dich bisher noch nie auf einem Bett geliebt habe!« Zärtlich küßte er ihren Mund und ihren Hals, während sie einen Schenkel zwischen seine Beine schob.

Es folgte eine arbeitsreiche Woche. Tagsüber war Seth aus dem Haus, und Morgan war ausgefüllt mit den vielen Pflichten, die sie als Hausfrau wahrnehmen mußte. Mittags ritt sie oft zu Seth hinaus und brachte ihm einen Lunch. Und da passierte es dann noch häufiger, daß sie sich unter den Pinon-Bäumen liebten.

Lupita hatte Morgan ein paar von ihren gestickten Blusen und ihren weiten bunten Röcken geliehen. Sie paßten Morgan natürlich genauso schlecht wie die Kleider, die ihr Onkel Horace in Kentucky gekauft hatte. Lupita hatte ihr geraten, nach Santa Fé zu fahren und sich dort passende Kleider zu besorgen, aber Morgan wollte die Ranch nicht einmal für einen Tag verlassen.

Doch Lena änderte das alles.

Sie tauchte eines Morgens auf einem herrlichen Hengst vor der Ranch auf. Morgan, bekleidet mit einem unscheinbaren, viel zu weiten Gewand, über das sie eine von Lupitas alten Schürzen gebunden hatte, war gerade draußen und fütterte die Hühner mit Maiskörnern.

Sie war tief beeindruckt von Lenas Erscheinung, denn sie hatte noch nie eine so schöne Frau gesehen. Lena trug ein schwarzes Reitkleid, das nur von einer weißen Spitze am Kragen aufgehellt war. Ihr Beine wurden von hohen Schaftstiefeln aus glänzendem schwarzem Leder umschlossen. Ihre blauschwarzen Haare waren kunstvoll zu Locken aufgedreht, die von ihrem Scheitel über den Rücken bis zu ihrer Taille hinunterflossen. Ein kleines Hütchen mit einer dünnen roten Feder thronte keck auf der glänzenden Pracht.

»Señorita Montoya!« Es war Lupitas vergnügte Stimme, die hinter Morgan erklang, während sie selbst zur Salzsäule erstarrt zwischen den Hühnern stand. Lena küßte die ältere Frau auf die faltige Wange, und Morgan sah nun, daß die Spanierin genauso zierlich war wie sie selbst.

»Nun, ich habe bereits von dieser kleinen Schönheit gehört,

die Seth geheiratet haben soll. Aber wo steckt sie denn?« Lena blickte sich im Hof um und sah Morgan ein paar Schritte von ihr entfernt stehen. Sie starrte sie einen Moment an und ging dann selbstbewußt um Morgan herum.

»Oh, ja... ich erkenne, was Joaquin damit meinte. In der Tat – Sie verstehen es vorzüglich, Ihre Schönheit zu verstekken.« Damit drehte sie sich rasch wieder zu Lupita um. »Was denkt ihr euch eigentlich dabei, die Hausherrin arbeiten zu lassen wie einen *peon*?«

Lupita warf beide Hände in die Höhe. »Sie macht, was sie will, und ihr Mann läßt sie gewähren. Sie kocht, schrubbt sogar die Fußböden, und so oft ich es ihr verbiete, sie macht es trotzdem. Vielleicht könnt Ihr es ihr ausreden.«

»Ja, ich glaube, das muß ich tun.« Lena drehte sich wieder zu Morgan um und legte ihr besitzergreifend den Arm um die Schultern. »Nun lassen Sie das schon fallen«, sagte sie mit einem verächtlichen Blick auf die Maiskörner, »und kommen Sie mit mir ins Haus. Ach, damit ich es nicht vergesse – ich bin Lena.«

Lena war schon als Kind verwöhnt worden und in dem Glauben aufgewachsen, daß sie der Mittelpunkt der Welt sei. Sie hatte nie einen Grund gehabt, an ihrer Überzeugung zu zweifeln.

Morgan fühlte sich von der Gegenwart dieser so schönen und selbstbewußten Frau eingeschüchtert. Lena erkundigte sich, wie es ihr auf der Reise hierher ergangen sei, und Morgan erzählte ihr kurz die Geschichte von Cat Man.

»Ich glaube, Sie haben sehr klug daran getan, sich ruhig zu verhalten und auf Seth zu warten. Ich – ich würde diesen Mann mit meinen eigenen Händen umgebracht haben.«

Morgan erschauerte, als sie sich wieder an die Augen des Banditen erinnerte.

Lena, die Morgans Widerstreben, ihr ausführlicher von diesem Abenteuer zu erzählen, spürte, wechselte das Thema. »Nun, Morgan, wir haben jetzt eine Menge zu tun, um uns vorzubereiten.«

»Vorzubereiten?«

»Ja. Habe ich Ihnen denn noch nicht gesagt, daß ich hierhergekommen bin, um Seth und Sie zu einer Party einzuladen, die in drei Tagen auf der Montoya-Ranch stattfinden soll? Vermutlich nicht. Und Joaquin sagte zu mir, daß es eine Verwechslung mit Ihren Koffern gegeben hätte, Sie deshalb keine eigenen Kleider besäßen und sich von Seths Schwestern einige Sachen ausleihen mußten.«

»Ja, es war eine ...«

Die Spanierin sah sie prüfend an. »Nun ja. Deswegen werden Sie mit mir nach Santa Fé reiten, und Mrs. Sanchez kann Ihnen dort in zwei Tagen ein paar Kleider nähen.«

»Nach Santa Fé? Aber Lena, ich kann die Ranch jetzt unmöglich verlassen. Ich habe hier so viel zu tun. Die Kühe müssen heute abend gemolken werden, und der Brotteig, der gerade geht, muß geknetet ...« Sie konnte den Gedanken nicht ertragen, so lange von Seth getrennt zu sein.

»*Que tonteria!* Brot und Kühe!«

»Seth. Ich möchte Seth nicht verlassen«, sagte Morgan mit leiser Stimme.

Lenas Lachen perlte durch den Raum. »Ah! Das kann ich allerdings verstehen. So ein schöner Mann! Ich würde ihn auch nicht allein lassen, wenn er mir gehörte.«

Morgan preßte die Zähne zusammen und warf Lena einen funkelnden Blick zu.

»Morgan, lassen Sie uns Freundinnen immer und ehrlich zueinander sein. Ich bin jahrelang ein bißchen in Ihren gutaussehenden Mann verliebt gewesen, aber er hat mir einen Korb gegeben.« Lena erwähnte nicht, daß er ihren Vorschlag, aus ihrem Verhältnis eine dauerhafte Bindung zu machen, zurückgewiesen hatte, aber nicht ihr Angebot, seine Geliebte zu werden.

»Machen Sie sich nur keine Sorgen«, fuhr sie fort. »Wir beide werden gewiß gute Freundinnen. Aber sagen Sie mir ehrlich: Wollen Sie in diesem Kleid auf meiner Party erscheinen?«

Morgan schüttelte den Kopf.

»Dachte ich mir doch, daß Sie das nicht wollen. Also werde ich jetzt zu Seth Colter reiten und ihm das sagen. Es wird ihm guttun, wenn er seine kleine Frau ein paar Tage lang nicht sieht.« Sie betrachtete Morgan mit kritischen Blicken. »Wenn ich Sie neu eingekleidet habe, wird er noch mehr in Sie verliebt sein, als er das schon heute ist.«

Damit war sie schon verschwunden, und Morgan hörte Lupita laut hinter sich lachen. »Das ist mir eine! So voller Feuer. Keine Angst, Señora Colter, sie setzt ihren Willen durch. Wenn Lena sich etwas vorgenommen hat, kann niemand und nichts sie davon abbringen.«

»Und was sagt Seth dazu? Sie ist so schön, Lupita. Was wird Seth sagen, wenn er uns beide zusammen sieht?«

»Er wird gar nicht merken, daß sich neben seiner Frau noch eine zweite im Zimmer befindet. Und Sie sollten jetzt lieber ein paar Sachen zusammenpacken, denn so wie ich Señorita Montoya kenne, werden Sie spätestens in einer halben Stunde nach Santa Fé aufbrechen.

Morgan wußte, daß Lupita recht hatte, und ging ins Schlafzimmer, um sich für den Ritt nach Santa Fé vorzubereiten. Aus irgendeinem Grund fürchtete sie sich vor dem Gedanken, die Ranch zu verlassen. Sie sah sich im Zimmer um und betrachtete den Kamin, die Teppiche und das Bett, das sie erst so wenige Nächte mit Seth geteilt hatte.

»Das ist doch töricht«, sagte sie laut. »Ich werde spätestens in drei Tagen wieder zurück sein, und dann wird Seth froh sein, mich wiederzusehen und...« Einem Impuls folgend, zog sie einen Koffer aus der Ecke des Zimmers und holte das rote Kleid daraus hervor. Sie hielt es ins Licht und bestaunte wieder den feinen Stoff und die wunderschöne handgeklöppelte Spitze am Mieder. Sie hatte Seth das Kleid nie gezeigt, weil sie es für eine ganz besondere Gelegenheit aufsparen wollte. Wenn sie von dem Ritt nach Santa Fé zurückgekommen sein würde, wollte sie dieses Kleid anziehen.

»Morgan!« Ein freudiger Schauer lief über ihren Rücken, als sie Seths Stimme hörte. Sie rannte zu ihm hin und klammerte sich an ihn. Er hatte sie erst vor drei Stunden verlassen, und schon kam ihr diese Zeit wie eine Ewigkeit vor.

»Ich habe dich ebenfalls vermißt, mein Kleines.« Er küßte sie auf die Stirn, streichelte ihren Rücken und drückte sie an sich. »Was habe ich da gehört? Du willst mich verlassen?«

»Ich will nicht fort, Seth. Ich brauche keine neuen Kleider.« Warum hatte sie nur solche Angst, sich von ihm zu trennen?

Er hielt sie auf Armeslänge von sich weg und betrachtete sie. »Lena hat mich überzeugt. Sie hat regelrecht geschimpft, weil ich ein solcher Egoist wäre und dich nur für mich allein behalten würde.« Er lächelte sie an, und Morgan wurde es ganz warm ums Herz. »Schau mich doch nicht so an. Es sind ja nur drei Tage bis zu dieser Party, und dann hole ich dich wieder heim. Denn länger kann ich es ohne dich nicht aushalten.«

Er räusperte sich. »Ist dein Reisegepäck schon fertig?«

Morgan nickte.

»Und du wirst mich nicht vergessen, wenn du so lange fort bist?«

Sie sah mit einem rührenden Blick zu ihm hinauf. »Ich liebe dich doch, Seth. Ich liebe dich mehr als mein Leben.«

Er drückte sie wieder an sich. »Ich liebe dich auch. Mehr, als ich das für möglich gehalten habe.« Er küßte sie, und sie gab seinen Kuß leidenschaftlich zurück.

»Wenn du jetzt nicht gehst, muß Lena zwei Stunden länger auf dich warten.«

Rasch schob er sie durch die Tür hinaus in den Hof, und Jake führte ihr Pferd herbei und stellte es neben Lenas wunderschönen Hengst.

Immer wieder drehte Morgan sich im Sattel um, ob sie das Haus noch sehen konnte.

»Santa Fé läßt sich gewiß nicht mit den Orten vergleichen, an die Sie in Kentucky gewöhnt waren, aber es ist eine hübsche kleine Stadt, und Mrs. Sanchez ist eine Zauberin mit der Nähnadel. Ich brauche ihr nur ein Bild zu zeigen, und sie kann mir danach ein Kleid nähen, das dem Modell genau entspricht.« Lena schien Morgans Schweigen gar nicht zu bemerken. »Aber jetzt, nachdem sie in Kalifornien Gold entdeckt haben, wird sich hier natürlich alles verändern. Wie ich hörte, wollen sie sogar eine Kutschlinie zwischen St. Louis und San Francisco eröffnen. Und es treffen auch täglich mehr Frachtwagen in Santa Fé ein, da die Händler auf ihrem Weg zur Westküste hier Station machen.«

Lena hörte den ganzen Ritt über nicht auf zu reden.

Die Sonne stand schon tief am westlichen Horizont, als sie Santa Fé erreichten. Die Häuser dort waren wie Seths Ranch aus Lehmziegeln erbaut, mit langen Stangen, die unter den Dächern hervorragten. Es gab nur wenige Läden, aber die Stadt machte trotzdem einen sehr geschäftigen Eindruck.

Lena führte Morgan zu einem Hotel, wo sie zwei große und bequeme Zimmer nahmen. Die Spanierin bestellte für Morgan ein Bad, während sie selbst inzwischen Mrs. Sanchez aufsuchte, um sie ins Hotel zu bitten.

Als sich Morgan wohlig im heißen Wasser ausstreckte, kehrte Lena mit der Schneiderin zurück. Mrs. Sanchez war eine ganz in Schwarz gekleidete kompakte Dame, die Lena mit den Worten vorstellte: »Hier ist sie. Sie wird bei Ihnen Maß nehmen und sofort mit dem Nähen beginnen. Hier – trocknen Sie sich schon mal mit diesem Badetuch ab, damit wir mit der Arbeit beginnen können.«

Morgan nahm lächelnd das Badetuch entgegen. Sie gewöhnte sich allmählich an Lenas Art, alles und jeden herumzukommandieren.

Die Spanierin holte geräuschvoll Luft, als Morgan sich aus dem Badewasser erhob. »Mein Bruder sagte mir, daß sich unter Ihren häßlichen Kleidern eine Schönheit verstecken würde, aber er konnte wirklich nicht wissen, daß er fast noch untertrieben hätte.« Mrs. Sanchez beeilte sich Morgans Maße zu nehmen, und dann besprach sie mit Lena den Schnitt und die Stoffe für die Kleider. Nachdem die Schneiderin wieder gegangen war, brachte ihnen ein Kellner das Dinner. Lena zog sich in ihr Zimmer zurück, und Morgan sank müde ins Bett. Es war das erstemal seit Wochen, daß sie nicht Seths starke Arme um sich fühlte, und sie mußte sich sehr beherrschen, um nicht in Tränen auszubrechen.

Schon am Vormittag des nächsten Tages kam Mrs. Sanchez mit einem wunderschönen Kleid ins Hotel. Morgan betrachtete die entzündeten Augen der Frau und wurde sich bewußt, daß diese die ganze Nacht hindurch genäht hatte.

Als Morgan das Kleid anzog und sich dann in dem bodenlangen Spiegel betrachtete, fühlte sie sich gleich wieder besser. Das Kleid – von einem strahlenden Blau – betonte die Farbe ihrer Augen, und es saß wie angegossen.

Lena betrachtete sie im Spiegel. »Es ist schon seltsam, was so ein prachtvolles Kleid aus einer Frau machen kann.«

»Lena, es ist herrlich. Ich habe noch nie ein so schönes Kleid besessen. Glauben Sie, daß es Seth gefallen wird?«

»Eine verliebte Frau! So etwas kann einem schon auf die Nerven gehen. Natürlich wird es ihm gefallen, und die Frauen werden Sie deswegen hassen.«

Morgan lächelte ihrem Spiegelbild zu.

»Nun werden wir noch Ihre Haare richten, und dann ist es so weit, daß wir Santa Fé seine jüngste Bürgerin vorstellen können.«

Eine Stunde später stand Morgan abermals vor dem Spiegel und erkannte sich selbst kaum wieder. Der Spiegel verriet ihr, daß sie schön war, und sie lachte vergnügt.

»Worüber amüsieren Sie sich denn so?«

»Ich habe an eine Freundin von Seth denken müssen, die Cynthia heißt. Sie glaubte ganz fest daran, daß Seth sie heiraten würde. Ich wünschte, sie stünde mir jetzt gegenüber.«

Lena stimmte in ihr Lachen ein. »Ich wußte ja, daß Sie mehr zu zeigen hatten als eine Schürze voller Hühnerfutter. Sie würden sich gern vor den Bewunderinnen Ihres Mannes präsentieren, nicht wahr?« In ihren Augen tanzte ein spöttischer Funke. »Ich denke, wir könnten noch vor dem Dinner einen gewissen Laden in Santa Fé besuchen. Möglich, daß Sie dort etwas finden, was Sie interessiert.«

Auf dem Weg vom Hotel zu diesem besagten Laden erlebte Morgan immer wieder, daß die Leute stehenblieben und ihnen nachschauten. Lena trug ein rotbraunes Kleid mit rubinrotem Besatz, und Morgan fand nach einer Weile sogar Gefallen daran, daß die Leute sie mit bewundernden Blicken musterten.

Als sie den Laden erreichten, hatte sie das Gefühl, daß sie sich in Santa Fé wohl fühlen könnte.

»Guten Abend, Marilyn. Wir sind gekommen, um uns ein paar Stoffe anzusehen. Meine Freundin möchte gern einige Hemden für ihren Mann nähen lassen.«

Als Lena den Namen der Inhaberin nannte, wußte Morgan sofort, um was für eine Frau es sich handelte. Marilyn war hübsch und hatte eine gute, wenn auch ein wenig üppige Figur; wahrscheinlich würde sie in ein paar Jahren fett sein.

»Ja«, sagte Morgan, »ich würde gern ein paar sehr feine Baumwoll- und Seidenstoffe kaufen, wenn Sie so etwas auf Lager haben.« Sie blickte Lena an und tat so, als könnte sie nur mühsam ein Lachen unterdrücken. »Ich brauche ein paar Meter für jedes Hemd. Ich bin eine Anfängerin im Nähen, wissen Sie, und mein Mann ist... nun, er hat eine sehr große, stattliche Figur.« Sie tat jetzt ein wenig verlegen. »Sie wissen ja, wie das ist, Mrs....?«

»Miss Wilson.«

»Nun ja, Sie würden es in ein paar Tagen ja doch erfahren haben.« Morgan tätschelte Marilyns Hand. »Wenn ich mich Ihnen vorstellen darf: Ich bin Mrs. Seth Colter. Mein Mann und ich sind soeben den weiten Weg aus Kentucky hierhergekommen, und ich habe hier in seinem Haus eine beklagenswert vernachlässigte Garderobe vorgefunden.« Dabei ging sie auf einen Tisch mit Stoffen zu und benahm sich so, als bemerkte sie die erstaunten Blicke der Ladeninhaberin nicht.

Marilyn explodierte förmlich: »Seth!«

Morgan drehte sich um und blickte die Frau mit großen unschuldigen Augen an. »Sie kennen meinen Mann? Aber natürlich kennen Sie ihn. Mein teurer Seth ist ja so ein Schwerenöter, finden Sie nicht auch? Selbst zu Hause in Kentucky hatte ich zuweilen meine Mühe mit anderen Frauen. Natürlich ist Seth schon mit mir verlobt gewesen, als wir beide fast noch Kinder waren.«

»Verlobt! Wollen Sie damit sagen, daß er bereits mit Ihnen verlobt war, als er nach Neu-Mexiko kam?«

»Aber natürlich. Hat er Ihnen gegenüber denn nie meinen

Namen erwähnt?« Morgan sah Marilyn nun voller Mitgefühl an. »Das tut mir ja so leid, meine Liebe. Seth hatte schon immer seinen Spaß daran, andere Leute an der Nase herumzuführen. Ich hoffe doch, daß er Ihnen keinen Kummer gemacht hat – oder? Lena, ich denke, wir sollten ein andermal wiederkommen und unsere Einkäufe machen.« Sie hielt inne, um Marilyn ein zweites Mal die Hand zu tätscheln. »Sie besuchen uns doch hin und wieder auf der Ranch, nicht wahr? Wir würden uns freuen, Sie bei uns zu haben.«

Als sie und Lena wieder draußen waren, gingen sie eine Weile schweigend nebeneinander her. Dann kicherte die Spanierin plötzlich.

»Morgan, ich bin froh, daß wir beide befreundet sind, weil ich als Ihre Feindin wahrscheinlich nichts zu lachen hätte.«

Morgan lächelte. Sie hatte lediglich ihr Eigentum verteidigt.

16

Die Montoya-Ranch war riesig. Allein im Wohnhaus hätte man eine kleine Armee unterbringen können. Tatsächlich hatte man beim Anblick der Ranch das Gefühl, daß sie als Wehranlage gebaut war.

Überall waren Bedienstete zu sehen. Immer arbeiteten ein paar Männer im Garten, und in jedem Zimmer des Hauses waren eine oder zwei Frauen damit beschäftigt, zu putzen und zu polieren. Lena hatte Morgan zwei junge Mädchen vorgestellt, die nur die Aufgabe hatten, sich um sie zu kümmern. Morgan stellte bald fest, daß sie sich gern verwöhnen ließ.

Die Party sollte bald beginnen. Lena war bereits nach unten gegangen, um an der Seite ihes Bruders die eintreffenden Gäste zu begrüßen. Morgan hatte Joaquin bisher noch nicht zu Gesicht bekommen und auch kaum einen Gedanken an ihn verschwendet.

Seth war noch nicht auf der Ranch eingetroffen.

»Señora Colter, er wird nicht mehr lange auf sich warten lassen. Sie sind so schön, daß er jede Minute, die er sich verspätet, zutiefst bereuen wird.«

»Vielen Dank, Margarita.«

Morgans Kleid bestand aus schimmernder roter Seide. Es war vorne tief ausgeschnitten und zeigte ihre runden Schultern. Sie war nicht daran gewöhnt, ein Schnürkorsett zu tragen, aber ihr gefiel die Art, wie es ihre Brüste hob und zur Geltung brachte. Ihre goldenen Haare wurden mit einer reichverzierten Spange am Hinterkopf zusammengehalten und ergossen sich dann in einer Flut von Locken über ihren Rücken.

Es klopfte, und Morgan eilte zur Tür, als Margarita diese öffnete, weil sie meinte, Seth stünde davor. Sie machte ein enttäuschtes Gesicht, als sie Joaquin vor sich sah.

»Meine schöne kleine Morgan, ist Ihr alter Freund nach allem, was wir miteinander geteilt haben, für Sie ein so unwillkommener Anblick?«

Sie blickte ihn lächelnd an und nahm seine ausgestreckten Hände in die ihren. »Nein, Joaquin. Ich freue mich, Sie wiederzusehen. Nur hatte ich in diesem Moment Seth erwartet.«

»Er hat immer soviel Glück bei schönen Frauen.« Morgan entgingen der gereizte Ton in Joaquins Stimme und der haßerfüllte Ausdruck in seinen Augen, als er von ihrem Mann sprach.

»Aber lassen Sie sich erst einmal betrachten.« Immer noch ihre Hände festhaltend, musterte er jede Kurve ihres Körpers, bis sie rot wurde. »Ich wußte zwar, daß Sie schön sind, aber nun muß ich gestehen, daß ich Ihre Schönheit sogar noch unterschätzt habe.« Er ließ ihre Hände los und griff in die Innentasche seines Jacketts. »Lena hat mir erzählt, was für ein Kleid Sie heute abend tragen würden, und sie dachte, ich sollte Ihnen einige der Montoya-Juwelen leihen.« Joaquin öffnete ein schmales Lederetui, in dem sich eine kostbare Kette mit Saphiren befand, die von winzigen Diamanten eingefaßt waren. Daneben lagen die dazu passenden Ohrringe.

»Joaquin, das ist herrlich! Aber ich kann es unmöglich tragen.«

»Weshalb denn nicht? Der Schmuck ist doch kein Geschenk, sondern nur eine Leihgabe für eine Nacht. Sie werden doch nicht die Leihgabe von Freunden zurückweisen wollen? Vielleicht fällt es Ihnen leichter, die Sachen anzulegen, wenn ich Ihnen sage, daß sie von meiner Schwester kommen und ich nur der Botenjunge bin.«

Morgan lachte. »Joaquin, ich glaube, mit Ihrem Charme könnten Sie sogar Sahne dazu überreden, sich in Butter zu verwandeln.«

Er lächelte, während er sie mit seinen Blicken verschlang. »Ich wünschte, Sie hätten recht, denn es gibt ein paar Dinge, die ich gerne haben möchte. Seth ist ein Glückspilz.«

Morgan schwieg verlegen und bat dann hastig eines der beiden Mädchen, ihr beim Anlegen der Juwelen zu helfen. Doch Joaquin legte ihr die Kette selbst um den Hals, und während er das tat, hatte Morgan das Gefühl, daß er sie küssen wollte. Irgendwie waren die Momente, die sie mit ihm verbrachte, immer ein wenig peinlich für sie. Sie wünschte, Seth würde sich beeilen und endlich hier eintreffen.

»Da! Sie sind fast so schön wie Sie selbst.«

»Oh, Señora! Sie stehen Ihnen wirklich prächtig! Ihr Mann wird wissen, daß er die schönste Frau in ganz *Nuevo Mexico* an seiner Seite hat.«

»Glaubst du das wirklich, Margarita? Ich hoffe, er mag mich.«

»Sie mögen?« wiederholte Joaquin und lächelte. Er wußte von seiner Schwester, wie es mittlerweile um Seth und Morgan stand. »Morgan, mein Kleines, alle Männer werden Ihnen heute abend zu Füßen liegen. Und wenn *Ihr* Mann sich weigern sollte, das zu tun, werde ich ihn eigenhändig erschießen.« Als er seine Bemerkung mit einem schallenden Lachen quittierte, blickte Morgan ihn neugierig an.

»Da Ihr Mann aber bisher noch nicht aufgetaucht ist, möchte ich Sie um die Ehre bitten, Sie nach unten geleiten zu dürfen.«

Eigentlich hätte sie lieber hier oben auf Seth gewartet, aber da Joaquin so großzügig gewesen war, ihr den Schmuck zu leihen, nahm sie seinen Arm und ging mit dem gutaussehenden Mann nach unten in den Ballsaal.

»Morgan! Es sind so viele Leute hier, die dich kennenlernen wollen.« Lena senkte ihre Stimme. »Es sind auch eine Menge Frauen hier versammelt, die dich hassen werden.« Sie lachte über Morgans betroffenes Gesicht. »Seth ist seit vielen Jahren der begehrteste Junggeselle in unserer Gegend gewesen. Er und Joaquin wurden von jeder Frau mit einer heiratsfähigen Tochter verfolgt, die im Umkreis von zweihundert Meilen um Santa Fé herum wohnt.« Sie berührte Morgans Seidenkleid leicht mit der Hand. »Ist Seide nicht angenehmer als eine Schürze voll Hühnerfutter?« fragte sie, und dann lachten sie beide.

Lena hatte die Wahrheit gesagt, als sie Morgan prophezeite, sie würde den Haß einiger Frauen zu spüren bekommen. Morgan hatte das Empfinden, daß ein paar Leute nur gekommen waren, um sie zu sehen und sich ein Urteil über Seth Colters frischgebackene Frau zu bilden. Während sie einer schier endlosen Reihe von Besuchern die Hände schüttelte, drangen von allen Seiten Bemerkungen über sie an ihr Ohr.

»Kein Wunder, daß Colter so lang gewartet hat. Er wollte nur das Beste haben.«

»Wenn ich meiner Katherine erlaubt hätte, sich so anzuziehen, hätte sie auch einen Mann an jedem Finger haben können, aber ich ziehe Bescheidenheit und eine gewisse Zurückhaltung vor.«

Morgan drehte sich bei diesen Worten um, die sie offenbar auch hören sollte, und sah einer übergewichtigen Matrone ins Gesicht, die sie böse anfunkelte. Dicht hinter der Frau stand ein großes, hageres Mädchen mit vorstehenden Zähnen und einer langen Nase. Morgan lächelte dem Mädchen zu, während sie sich wieder an ihren ersten Ball vor noch nicht einem Jahr erinnerte, wo sie ebenso schüchtern abseits gestanden hatte. Es war der glücklichste Abend ihres Lebens gewesen, denn damals hatte sie ja Seth kennengelernt. Sie blickte zum tausendsten Male hinüber zur Saaltür.

»Sie sehen aber nicht so aus, als würden Sie den Abend genießen.«

Sie lächelte Joaquin zu. »Ich wünsche mir nur, daß Seth hier wäre. Hoffentlich ist auf der Ranch nichts passiert.«

»Sie sind die Sensation dieses Abends. Es gibt nicht eine Frau in diesem Haus, die nicht ihe Seele dafür hergeben würde, wenn sie so schön sein könnte wie Sie. Doch Sie stehen hier und machen sich Gedanken wegen irgendwelcher Probleme auf Ihrer Ranch. Lächeln Sie, süße Morgan. Lächeln Sie und genießen Sie den Abend. Kommen Sie mit mir auf die Tanzfläche, damit die Leute noch mehr zu reden haben.«

»Sie haben recht, Joaquin. Ich werde aufhören, mir Gedanken zu machen.«

Er führte sie auf die Tanzfläche, und Morgan bedankte sich im stillen wieder bei Tante Lacey, daß sie ihr hatte Tanzunterricht geben lassen.

»Wer hätte gedacht, daß Sie so schön sein könnten?«

»Sehen Sie mal, die Frau, die gerade auf uns zukommt. Sie sieht ziemlich haßerfüllt aus!« Morgan drehte sich um und entdeckte Marilyn Wilson. Sie wurde von einem hageren Mann mit einem dünnen Oberlippenbärtchen begleitet, der fast so jung zu sein schien wie Morgan.

»Ah, Mrs. Colter! Was für eine angenehme Überraschung.«

»Hallo, Miss Wilson. Gefällt es Ihnen auf Lenas und Joaquins Party?«

»Oh, ja.« Marilyn blickte auf ihren Partner und dann auf Joaquin. »Aber ich hätte gedacht, daß eine jungverheiratete Frau mit ihrem Mann tanzen würde.« Sie lächelte. »Wenigstens in den ersten Wochen.«

Morgan gab ihr Lächeln zurück. »Mein Mann wurde heute abend aufgehalten, aber es ist wirklich angenehm, jungverheiratet zu sein, nicht wahr, Miss Wilson? Oh – ich bitte um Vergebung, Sie können das natürlich nicht wissen. Joaquin, würden Sie mir bitte ein Glas Champagner besorgen? Ich bin plötzlich sehr durstig.«

Vor dem langen Büfett, das an der Seitenwand des Saales aufgebaut war, reichte der Gastgeber Morgan ein Glas eisgekühlten Champagner. »Sie sind gnadenlos gegenüber Ihren Feinden, nicht wahr?«

»Oh? Ja, da könnten Sie recht haben«, antwortete Morgan zerstreut, während sie wieder zur Saaltür blickte.

»Kommen Sie, meine kleine Freundin, ich bin nicht daran gewöhnt, daß Frauen mich langweilig finden.«

»Oh, Joaquin, ich frage mich doch nur, wo Seth so lange bleibt.«

»Kommen Sie. Wir gehen ein Stück im Garten spazieren. Der Springbrunnen sieht wunderschön aus im Mondlicht.«

Sie sah lächelnd zu ihm hoch, nahm seinen Arm und ließ sich von ihm durch die Terrassentür hinaus in den mondbeschienenen Garten führen.

Seth betrat im gleichen Moment den Saal und sah, wie seine Frau Joaquin zulächelte und mit ihm das Haus verließ.

Sein erster Gedanke war, ihr nachzurennen und den arroganten Spanier mit einem Faustschlag zu Boden zu strecken. Doch eine weibliche Stimme hielt ihn davon ab. »Seth! Es ist angenehm, dich wiederzusehen.« Marilyn folgte seinem Blick zur offenen Terrassentür. »Sag mal – willst du eine alte Freundin nicht zum Tanzen auffordern?«

»Marilyn.« Er merkte erst jetzt, daß sie zu den Gästen gehörte.

»Seth, Liebling, möchtest du nicht etwas trinken? Du siehst aus, als hättest du soeben einen furchtbaren Schock erlebt.«

Er ließ sich von ihr zum Büfett führen. Nach drei Gläsern von Joaquins zwölf Jahre altem Bourbon-Whisky fühlte er sich schon viel wohler.

»Geht es dir jetzt besser?«

»Ja.« Er blickte Marilyn an. Ihre großen Brüste quollen fast aus dem Mieder. In den letzten Monaten hatte er außer Morgan keine Frau mehr angesehen. Nach einem weiteren Glas Whisky gefiel ihm Marilyn fast so gut wie früher.

»Möchten Sie mit mir tanzen, Miss Wilson?« fragte er mit einer einladenden Handbewegung.

Für Marilyn war es ein herrliches Gefühl, wieder in Seths Armen zu liegen. Kein anderer Mann hatte solche Leidenschaft in ihr entfacht wie er. Die meisten Männer waren sowieso nur

Egoisten, aber wenn sie mit Seth ins Bett gegangen war, hatte er dafür gesorgt, daß sie auch auf ihre Kosten kam.

»Ich habe vorgestern deine Frau kennengelernt.« Jetzt war er ganz Ohr. »Es kam mir merkwürdig vor, daß sie als Frischvermählte mit dieser Lena durch die Stadt bummelt. Du weißt doch, wie diese Montoya ist. Jedenfalls habe ich mich gewundert, und heute ist sie hier und flirtet wie eine... wie eine... Nun, ich habe Verständnis für deinen Kummer.« Sie blickte ihn prüfend von der Seite an, um sich zu vergewissern, daß er ihr noch zuhörte. »Und ausgerechnet mit diesem Joaquin!« Marilyn lächelte, als sie spürte, wie sich Seths Armmuskeln plötzlich anspannten. »Ja, jeder hier im Saal redete über die beiden, als sie in den dunkelsten Ecken beisammenstanden, Champagner tranken und lachten. Also ich würde meinem Ehemann so etwas bestimmt nicht antun, wenn ich verh...«

Seth ließ sie abrupt los und verließ rasch den Saal, wobei er die gleiche Tür benützte, durch die vor kurzer Zeit Joaquin mit Morgan ins Freie gegangen war.

Ein paar Leute drehten sich um und starrten ihm nach, und Marilyn hätte um ein Haar laut gejubelt vor Freude. Warte nur, du kleine Schlampe, dachte sie gehässig, jetzt bekommst du die Quittung für deine Hochnäsigkeit.

Das erste, was Seth draußen im Garten hörte, war Morgans lautes Lachen.

»Meine kleine Frau scheint sich ja köstlich zu amüsieren...«

»Seth!« Sie rannte auf ihn zu und warf die Arme um ihn. »Ich habe mir solche Sorgen gemacht. Warum kommst du so spät?«

Er löste ihre Arme von seinen Hüften und hielt sie von sich weg. »Ja, ich kann sehen, wie besorgt du um mich warst.«

»Seth, um Himmels willen, du wirst doch hoffentlich nicht auf Joaquin eifersüchtig sein? Er ist mit mir ein paar Minuten lang ins Freie gegangen. Das ist alles. Du wirst doch nicht unser ganzes Leben hindurch jedesmal wütend werden, wenn ich mit einem anderen Mann spreche, oder?«

Seth blickte den Spanier an. »Nein«, sagte er mit erzwungener Ruhe, »ich glaube nicht, daß ich mich mein ganzes Leben lang ärgern werde, weil es mit unserer Ehe vermutlich schon zu

Ende ist. Und wenn du mich jetzt bitte entschuldigen möchtest – es gibt noch angenehmere Beschäftigungen für mich als der Versuch, meine Frau ständig von ihrem Liebhaber fernzuhalten. Oder sind es etwa schon mehrere Liebhaber? Guten Abend.«

Morgan schnappte nach Luft, doch bevor sie Gelegenheit fand, sich gegen seine Beschuldigungen zu wehren, war er bereits gegangen. Sie wollte ihm nachlaufen, doch Joaquin hielt sie am Arm fest. »Morgan, Sie können doch nicht daran denken, ihm nachzurennen, nachdem er sie so grob beleidigt hat. Nein, Sie müssen warten, bis er wieder zu sich kommt, sich bei Ihnen entschuldigt und um Vergebung bittet.«

Sie starrte ihn an. »Ich kann nicht begreifen, warum er so eifersüchtig ist. Er ist der einzige Mann, der mir jemals etwas bedeutet hat. Wie kann er mir Dinge vorwerfen, die *er* sich geleistet hat?«

Der Spanier legte ihr einen Arm um die Schultern. »Er hatte unrecht«, sagte er, »und er wird das bald wissen. Dann wird er zu Ihnen zurückkommen, und alles ist wieder in Ordnung. Nun beruhigen Sie sich doch. Ein Streit zwischen Liebenden bedeutet doch keinen Weltuntergang. Wir werden wieder hineingehen, miteinander tanzen und den Leuten zeigen, daß wir uns nicht die gute Laune verderben lassen.«

Morgan riß sich von seinem Arm los und bemekte nicht, wie sich sein Gesicht dabei verfinsterte. »Aber ich kann mich nicht beruhigen. Er bedeutet mir mehr, als Sie das jemals ermessen können. Ich liebe ihn mehr als mein eigenes Leben, und das muß er wissen. Ich muß ihn suchen.«

Joaquin zuckte mit den Achseln. »Nun gut, wir nehmen uns zwei Pferde, und dann werde ich Ihnen dabei helfen, Ihren törichten Ehemann zu finden. Und meinetwegen können Sie ihm dann die ganze Nacht hindurch erklären, wie sehr Sie an ihm hängen.«

»Aber, Joaquin, Ihre Gäste!«

»Pah! Lena ist diejenige, die solche Parties liebt. Sie wird meine Abwesenheit nicht einmal bemerken. Und sie wird froh sein, daß sie nicht länger gegen Ihre Schönheit konkurrieren muß.«

Sie schienen schon eine Ewigkeit unterwegs zu sein, als der Spanier sein Pferd vor einem kleinen Haus zügelte, das Morgan noch nie gesehen hatte.

»Joaquin, warum steigen Sie hier aus dem Sattel? Seth ist nicht in diesem Haus.«

»Wir müssen den Pferden eine Verschnaufpause gönnen. Außerdem bin ich sehr durstig.«

Es war inzwischen dunkel geworden, trotzdem konnte Morgan den entschlossenen Ausdruck auf seinem attraktiven Gesicht erkennen.

Im Haus erwartete sie eine Überraschung. Überall waren Spiegel angebracht, und die Wände waren mit roter Seide bespannt. Ein winziges Wohnzimmer ging nach vorne hinaus; ein riesiges Schlafzimmer schloß sich ihm an. Die Möbel waren weiß und hatten vergoldetes Schnitzwerk, während die Bettbezüge aus roter Seide wie die Wandverkleidung bestanden.

»Was ist das für ein Haus, Joaquin?«

»Können Sie das nicht erraten?« Morgan drehte sich rasch um bei dem merkwürdigen Ton in seiner Stimme. Seine Augen waren hart. Er starrte nun ungeniert ihren Körper an. Unwillkürlich ging ihre Hand nach oben, um ihre Brüste zu bedecken.

»Joaquin, warum schauen Sie mich so an?«

Er kam näher, nahm ihre Hand und küßte sie. »Ich habe dich vom ersten Moment an, als ich dich sah, mit allen Sinnen begehrt. Dein Ehemann hat nicht einmal deine Schönheit erkannt. Ich war froh, als ich sah, daß ihr beiden euch ständig gestritten habt – froh, daß er nicht die Nacht bei dir im Wagen verbrachte.«

Sie wich vor ihm zurück und hatte plötzlich große Angst. »Aber, Joaquin, ich liebe Seth.«

»Seth, Seth, Seth! Das höre ich nun schon von zu vielen Frauen – von meiner eigenen Schwester und dieser Kuh Marilyn Wilson. Glaubst du, daß man so ein Hüne sein muß wie

Colter, um ein richtiger Mann zu sein? Ich versichere dir, daß es nicht so ist. Komm, kleine Morgan, und ich zeige dir, was Zärtlichkeit ist. Ich werde dich die hohe Kunst der Liebe lehren, die diese primitiven Amerikaner nie beherrschen werden.«

»Joaquin, ich möchte jetzt lieber wieder gehen.« Morgan ging entschlossen auf die Tür zu.

»Oh, nein.« Er packte ihren Arm, zog sie an sich und drückte ihren Körper gegen den seinen. »Ich habe lange auf diesen Augenblick gewartet.« Seine Lippen auf ihrem Mund jagten ihr einen kalten Schauer über den Rücken. Sie waren zu weich, zu feucht. Sie erregten in ihr ganz andere Gefühle als Seths Küsse. Gefühle des Ekels.

Sie wand sich in seinen Armen, wich seinem Mund aus. »Nein, Joaquin.« Seine Lippen bewegten sich ihren Hals hinunter.

»Nein!« Sie schrie das Wort förmlich heraus und stieß ihn mit aller Macht von sich. Er war auf diesen Stoß nicht vorbereitet und stürzte fast zu Boden. Als sie den Haß in seinen Augen aufflackern sah, wußte sie, in welcher Gefahr sie schwebte.

»So! Du verschmähst mich also? Du hast auf dem Treck hierher mit mir geflirtet, aber das hatte für dich keine Bedeutung? Du kannst einen Montoya nicht herausfordern, ohne auch dafür zu bezahlen. Jetzt werde ich dich dafür bestrafen.«

Morgan schrie, als Joaquin wieder auf sie zukam und ihr ein Tuch um den Mund band. Sie wehrte sich heftig gegen ihn, aber trotz seiner nur geringen Körpergröße war er überraschend stark und hielt sie mühelos fest.

»Denk daran, Kleines – du hast dein Schicksal selbst gewählt. Wir hätten ein großartiges Liebespaar sein können, aber jetzt...« Er fesselte ihre Hand- und Fußgelenke und warf sie dann aufs Bett. »Jetzt wird dein Mann sterben müssen, weil du mich herausgefordert und zurückgewiesen hast.«

Er lachte, als er sah, wie sich Morgans Augen vor Entsetzen weiteten, und ging zur Tür. »Ich werde in ein paar Stunden zurück sein, und dann habe ich ein paar Pläne für deine Zukunft.«

Dann warf er noch einen letzten prüfenden Blick auf ihre Fesseln und verließ das Haus.

17

Nachdem Seth die Montoya-Ranch verlassen hatte, ritt er eine Stunde lang wie ein Besessener in der Gegend herum, bis er einsah, daß er sein Pferd umbrachte, wenn er nicht zur Vernunft kam. Er hielt an und legte eine Rast ein. Sein Zorn war verflogen, und die kühle Nachtluft machte ihn wieder nüchtern.

Er sah wieder Morgans Gesicht vor sich, wie es aufleuchtete, als er in den Garten gekommen war. Und wie sie zu ihm gerannt war und die Arme um ihn geworfen hatte! Zum Henker mit diesem Montoya! Seth hatte ihm direkt in die Hände gespielt, und Joaquin hatte jede Sekunde dieser Szene genossen.

Morgan, süße kleine Morgan. Sie war so unschuldig, daß sie wahrscheinlich gar nicht ahnte, was für ein Mensch dieser Montoya war. Er war ein Narr gewesen, daß er sie allein auf dem Ball zurückgelassen hatte. Seth stieg eilig wieder auf sein Pferd und lenkte es zur Montoya-Ranch zurück. Er war so sehr in Gedanken, daß er den sich nähernden Reiter gar nicht bemerkte. Erst als ein Schuß krachte und er einen stechenden Schmerz in der Schulter verspürte, sah er auf und griff zu seiner Waffe.

Doch der andere schlug ihm den Revolver aus der Hand, packte die Zügel von Seths Pferd und führte es hinter sich her zur Montoya-Ranch. Blut floß aus der Wunde an Seths Schulter, und bei jedem Schritt seines Pferdes wurde der Schmerz größer.

Als Joaquin ein paar Stunden später zu Morgan zurückkam und den Knebel aus ihrem Mund entfernte, bemühte sie sich, ihn zur Vernunft zu bringen. Aber er lächelte nur, und sie wunderte sich nun, warum ihr die Kälte dieses Lächelns nie zuvor aufgefallen war.

»Es würde dir jetzt nichts mehr nützen, zu versuchen, dich oder deinen Mann zu retten.«

»Was haben Sie mit Seth gemacht? Wo ist er?«

»Ah, kleine süße Morgan – möchtest du gern deinem Mann das Leben retten? Was würdest du denn für mich tun, damit ich ihn verschone?«

Sie blickte ihm fest in die Augen. »Alles«, flüsterte sie.

»Ja, das glaube ich dir sogar. Zu schade, daß Colter so eine Frau wie dich hat und ihren Wert nicht erkennt. Aber du kannst sein Leben retten, und zwar auf eine viel einfachere Weise, als du glaubst. Du mußt nur einen Brief schreiben.«

»Einen Brief?« Ihr Magen krampfte sich vor Angst zusammen.

»Ja. Du mußt wissen, daß ich schon seit langem versuche, Colter dazu zu bewegen, mir seine Ranch zu verkaufen. Ich dachte schon, ich sei am Ziel, aber dann kam er mit einer Frau nach Neu-Mexiko zurück. Eine Frau macht einen Mann seßhaft.«

»Warum wollen Sie denn Seths kleine Ranch haben? Ihre sollte Ihnen doch genügen.«

»Eine gute Frage, meine hübsche Kleine, aber die Ranch deines Mannes hat die Wasserquellen, die meine Ranch versorgen. Er kann mir jeder Zeit das Wasser abgraben, so daß meine Rinder verdursten müßten.«

»Aber Seth würde so etwas niemals tun.«

»Wer weiß? Ich vertraue nicht gern mein Glück anderen Menschen an.«

Sie glauben also, Seth würde Ihnen seine Ranch verkaufen, wenn ich nicht mehr bei ihm bin?«

»Ja, davon bin ich überzeugt. Aber zunächst will ich ihm seine Ranch gründlich verleiden, so daß er sie nie mehr wiedersehen möchte. Das ist wichtig, und dafür brauche ich deinen Brief.«

Morgan unterdrückte nur mühsam die Tränen.

»Ich möchte, daß du ihm jetzt in kurzen, knappen Sätzen mitteilst, daß wir beide zusammen fortgehen und wir das bereits geplant hatten, als wir noch auf dem Treck hierher waren.«

Ihre Augen weiteten sich vor Entsetzen. »Nein«, flüsterte sie. Das konnte sie nicht schreiben. Seth würde sie hassen, wenn er sie jemals wiederfand. Selbst wenn sie aus diesem Haus entrinnen konnte, würde er sie nicht mehr bei sich aufnehmen. Er würde ihren Worten in dem Brief glauben. Joaquin wußte das genau.

»Nein? Vorhin noch hast du zu mir gesagt, du würdest alles tun, um sein Leben zu retten. Ich werde deshalb meinen Männern sagen, daß sie ihn erschießen sollen.« Er wandte sich der Tür zu.

»Nein! Ich werde tun, was Sie von mir verlangen. Aber lassen Sie ihn in Ruhe. Bitte.«

»Das ist schon viel besser. Jetzt brauchen wir nur noch eine Feder und ein Stück Papier.«

Mit bebenden Händen schrieb Morgan den verlangten Brief. Sie wußte, daß sie damit das Ende ihrer Ehe besiegelte. Seth würde sie nie mehr wiedersehen wollen.

Rasch nahm Joaquin ihr das Schreiben aus der Hand, fesselte sie wieder und stopfte den Knebel in ihren Mund zurück. Während er ihr dann die Kette und die Ohrringe mit den Saphiren abnahm, küßte er sie auf den Nacken. Sie erschauerte, und er hob die Hand, um sie zu schlagen.

»Nein« – er ließ die Hand wieder sinken –, »ich möchte deine zarte Haut nicht mit blauen Flecken schmücken. Ich habe nämlich etwas ganz Bestimmtes mit dir vor. Ich bin sicher, es gibt viele Männer, die deinen lieblichen Körper zu schätzen wissen.«

Blicklos starrte sie auf den Brief, den er in der Hand hielt.

Als Joaquin das Haus verließ, hatte Morgan das Gefühl, er trage ihr Leben mit sich fort.

Joaquins Männer führten Seth nach Westen, weg von der Montoya-Ranch. Der Schmerz in seiner Schulter war kaum noch zu ertragen, und der Blutverlust hatte ihn sehr geschwächt. Schließlich kamen sie zu einer verfallenen Adobe-Hütte. Hier stiegen seine beiden Bewacher aus dem Sattel, und Seth folgte mit einiger Mühe ihrem Beispiel. Im Westen kündigte ein fahler grauer Himmel die Morgendämmerung an. Seth drückte ein Taschentuch gegen die Schußwunde, um die Blutung zum Stillstand zu bringen.

Seine Wächter beobachteten ihn schweigend und hielten ständig ihre Revolver auf ihn gerichtet.

Als Seth im ersten Licht des Morgens Joaquin auf sich zureiten sah, nahm er seine letzte Kraft zusammen und lief ihm entgegen.

»Wo ist sie? Was haben Sie mit ihr gemacht?«

Die zwei Männer packten Seth bei den Schultern und stießen ihn zu Boden. Einer der beiden trat ihm mit dem Stiefel in die Rippen. Als er ein zweites Mal zutreten wollte, hinderte Joaquin ihn mit einer Handbewegung daran.

Seth setzte sich mühsam auf und starrte dem Spanier ins Gesicht.

»Soviel Sorge um Ihre kleine Frau. Zu schade, daß sie Ihre Gefühle nicht erwidert. Sie müssen wissen, daß sie und ich dieses ... äh ... Stelldichein schon seit langem geplant haben.«

»Ich glaube Ihnen kein Wort«, sagte Seth mit heiserer Stimme. Es fiel ihm schwer zu atmen. Eine seiner Rippen mußte gebrochen sein.

»Ich wußte doch, daß Sie mir nicht glauben würden. Deshalb habe ich ein kleines Briefchen von Ihrer geliebten Frau mitgebracht. Da – lesen Sie!«

Seth zuckte zusammen und las die Zeilen zweimal hintereinander. Hier stand klar und deutlich, daß Morgan Joaquin schon immer geliebt habe und ihn, Seth, um seinetwegen verlassen würde.

Wie ein Bild stand ihm plötzlich vor Augen, wie er Joaquin und Morgan am Flußufer ertappt hatte, als die beiden sich küßten. Aber er erinnerte sich auch an die vier Tage, die er mit ihr zusammen in der Schlucht verbracht hatte, und an die darauffolgenden Wochen. Konnte sich eine Frau so gut verstellen? Er hatte fest an ihre Liebe geglaubt. Heftig zerknüllte er das Papier.

»Wie ich sehe, hat der Brief Sie überzeugt«, stellte Joaquin mit höhnischer Stimme fest. Was für Narren diese *Gringos* doch sind, dachte er. Dieser Colter war so verbohrt, daß ihm nicht einmal aufgefallen war, wie sehr ihn seine Frau verehrte. Er war so blind, daß er nicht merkte, daß seine Frau bereit war, ihr Leben für ihn zu opfern.

»Ich werde nun Ihr Pferd mitnehmen und Sie hier zurücklassen.«

Seth preßte die Hand gegen die blutende Schulter. Dabei bemerkte Joaquin, daß er einen Ring an seinem kleinen Finger trug. Es mußte sich um den Ring einer Frau handeln.

Die drei Männer bestiegen ihre Pferde. Als sie ein paar Meter weit geritten waren, drehte sich Joaquin im Sattel um, hob seinen Revolver und zielte damit auf Seths Kopf. Als er abdrückte, sackte Seth in sich zusammen. Sein Kopf sank auf seine Brust.

Joaquin drehte sich einem seiner Männer zu. »Er trägt einen Ring am kleinen Finger seiner linken Hand. Bring ihn mir.«

Nachdem der Mann ihm den Ring gebracht hatte, ritten sie weiter nach Osten. Etwas später gab der Spanier seinen beiden Begleitern genaue Anweisungen und bog dann in Richtung des kleinen Hauses ab, in dem sich Morgan befand.

Sie hatte stundenlang versucht, sich von ihren Fesseln zu befreien, und sich dabei die Haut so aufgescheuert, daß sie an beiden Armen blutete. Bei dem Geräusch der sich öffnenden Tür schlug ihr Herz rascher.

»Ah, meine Kleine, wie ich sehe, bist du noch da.« Joaquin nahm ihr den Knebel aus dem Mund. »Zu schade, daß ich so einen lieblichen Mund verstecken muß.« Er beugte sich hinunter, um sie zu küssen, und runzelte die Stirn, als Morgan abrupt den Kopf zur Seite drehte.

Der Spanier warf sich in einen Sessel und ignorierte die Fesseln, die ihr tief in die Haut schnitten. »Es ist vorbei«, sagte er und seufzte.

Sie wagte nicht zu fragen, was er damit meinte, sondern sah ihn nur mit großen ängstlichen Augen an.

»Oh, ja, ich habe dir etwas mitgebracht.« Er stand auf und band ihre Hände los. Während sie mühsam die Finger bewegte, hielt er ihr den Ring hin. Morgan hielt sekundenlang den Atem an.

»Wie ich sehe, erkennst du den Ring wieder. Ich erinnere mich, ihn an deiner lieblichen kleinen Hand gesehen zu haben, als wir zusammen nach Neu-Mexiko reisten.« Er warf ihr den Ring in den Schoß und kehrte zu seinem Sessel zurück.

Sie nahm das Schmuckstück hoch und hielt es ins Licht. Es war der Ring, den ihre Mutter ihr kurz vor ihrem Tod geschenkt hatte. Auf der Ranch hatte sie ihn Jake gegeben, der ihn nach Santa Fé mitgenommen hatte, damit ein Juwelier ihn für Seths viel größeren Finger passend machen sollte. Seth hatte den Ring nie mehr abgenommen, nachdem sie ihn auf seinen kleinen Finger geschoben hatte. Wenn Joaquin ihr den Ring zurückbrachte, konnte das nur bedeuten, daß Seth ihrem Brief Glauben schenkte.

»Er hat es geglaubt«, flüsterte sie mehr zu sich selbst als zu Joaquin.

»Mehr als das, süße Morgan. Mir scheint, daß dein Gatte einem unglückseligen Unfall zum Opfer fiel und kein Problem mehr für uns darstellt.«

»Unfall?« fragte sie fassungslos. »Was wollen Sie damit sagen? Sie haben mir doch versprochen, daß ihm kein Leid geschehen würde, wenn ich diesen Brief schreibe!«

»Morgan, du mußt noch lernen, nicht alles zu glauben, was man dir verspricht«, sagte er voller Sarkasmus. »Ich konnte ihn doch nicht gut am Leben lassen, nachdem er wußte, daß ich ihm seine kleine Frau weggenommen habe, nicht wahr? Und da der Besitzer der Colter-Ranch das Zeitliche gesegnet hat und seine kleine Frau unauffindbar ist, wird es mir nicht schwerfallen, mir seine Ranch anzueignen. Aber selbst wenn ich seine Ranch gar nicht haben wollte, würde ich Seth Colter getötet haben.« Joaquins Augen sprühten vor Haß. »Ich würde gern alle Seth Colters ins Jenseits befördern.«

Morgan stieß einen Schrei aus und warf sich auf ihn, die Finger zu Krallen gespreizt. Doch die Fesseln an ihren Füßen brachten sie zu Fall, und sie weinte vor Verzweiflung und verfluchte Joaquin.

»Pfui – was für schlimme Ausdrücke aus so zartem Munde.« Er packte ihre Hände und zog sie nach hinten. Sie drehte rasch den Kopf zur Seite und biß ihn in den Arm. Der Spanier stöhnte und gab ihr eine so heftige Ohrfeige, daß ihr der Kopf schwindelte. Er fesselte ihre Hände wieder, stopfte den Knebel in ihren Mund zurück und warf sie aufs Bett.

Haßerfüllt starrte er sie an und ging zur Tür. »Meine Männer bereiten gerade vor, was ich dir zugedacht habe. In ein paar Stunden werde ich dich hier zum letztenmal besuchen.«

»Ist sie das?« fragte eine tiefe Stimme mit einem schweren Akzent.

Morgan hatte viele Stunden apathisch auf dem Bett gelegen und Tränen waren über ihr Gesicht geflossen, und sie war taub gewesen gegen den Schmerz, den ihr die Fesseln bereitet hatten.

Als Joaquin ins Haus trat, blickte sie ihn und seine Begleiter nur gleichgültig an. Der Spanier war betroffen über ihr Aussehen. Sie schien erstarrt in ihrem Kummer zu sein.

Auch nachdem er ihre Fesseln gelöst hatte, blieb sie regungslos liegen. »Als du vor Wut tobtest, hast du mir besser gefallen, mein Schatz«, sagte er. Morgan reagierte nicht auf seine Worte.

»*Trop petite.*« Der Mann mit dem schweren Akzent runzelte die Stirn. Er war klein, aber kräftig gebaut, und seine Kleidung starrte vor Schmutz. In einem Ohrläppchen trug er einen goldenen Ring.

»So was Kleines nehme ich nicht gern. Diese Püppchen überstehen selten die Reise bis zur Küste. Und mit solchen blonden Haaren mag ich sie auch nicht – kostet zu viel Mühe, ihnen die Indianer vom Leib zu halten. Die mögen helle Haare.«

Er packte in Morgans Locken und zog ihren Kopf in die Höhe. »Und dieser hat man noch dazu den Lebensmut genommen. Es wird schwer sein, sie daran zu hindern, sich selbst umzubringen.«

»Schön, Jacques – was wollen Sie? Noch mehr Geld?«

»Sie wird eine große Last für uns sein.«

»Hier!« Joaquin schob dem Franzosen ein Bündel Scheine in die schwielige Hand.

Jacques zerrte Morgan unsanft von ihrem Lager hoch. »Sie muß sich was anderes anziehen.« Mit einer schnellen Handbewegung riß er ihr Kleid über der Brust auseinander.

Joaquin hörte, wie der Franzose geräuschvoll Luft holte. Der Mann machte einen Schritt auf Morgan zu, beherrschte sich dann aber und blieb wieder stehen.

»Wenn diese Kleine die Reise über die Berge überlebt, wird sie einen guten Preis bei Madame Nicole erzielen.« In einer gutturalen Sprache gab er einem großen, sehnigen Mann, der im Türrahmen wartete, Anweisungen. Dieser Mann war der erste Indianer, dem Morgan begegnete. Er trug ein langes, einer Tunika ähnliches Gewand, das einmal weiß gewesen sein mußte, über ledernen Gamaschen und Mokassins.

Sie starrte ihn mit ausdruckslosem Gesicht an und sah zu, wie er aus dem Haus ging und mit einem Bündel wiederkam, das er neben sie auf das Bett warf.

»Zieh das an«, befahl der Franzose. Als Morgan nicht reagierte, schlug er sie ins Gesicht. Schweigend ließ sie ihr Kleid zu Boden fallen und rührte sich auch nicht, als Jacques sein Messer nahm und ihr das Korsett und das Hemd aufschlitzte.

Morgan hatte ein Gefühl, als sei alles in ihr gestorben. Sie achtete nicht darauf, daß Joaquin ihren nackten Körper mit gierigen Blicken verschlang. Langsam und bedächtig zog sie das Lederhemd und die Hose an, die der Indianer gebracht hatte, und schlüpfte in die Mokassins. Die Männer befahlen ihr, nach draußen zu gehen, und einer der Indianer setzte sie auf ein zottiges Pony. Der Franzose ergriff die Zügel ihres Reittiers und ritt voran. Morgan fragte nicht, wohin die Reise gehen sollte.

Stundenlang ritten sie unter der heißen Sonne Neu-Mexikos dahin. Die Haut schälte sich von Morgans verbranntem Gesicht, und ihr Rücken begann zu schmerzen. Nur ein einzigesmal gab ihr der Franzose die Feldflasche mit Wasser zum

Trinken. Die Sonne hing schon tief am Himmel, als sie ein großes Lager erreichten. Morgan wurde sich vage bewußt, daß sie von Menschen und bellenden Hunden umgeben war. Man zog sie von ihrem Pony herunter, und sie taumelte auf eine primitive Behausung zu, die aus Stangen und getrockneten Gräsern errichtet war – eine ›Wickiup‹, wie sie später erfahren sollte – eine Indianerhütte.

Sie fiel gegen die hintere Wand der Hütte und war so müde, daß sie gar nicht merkte, wie sich die scharfen Enden der Stöcke in ihre Haut bohrten. Als sich ihre Augen an das Halbdunkel in der Hütte gewöhnt hatte, sah sie drei Frauen auf dem Boden hocken. Zwei davon betrachteten sie, während die dritte mit abgewandtem Gesicht an einer Wand kauerte. Die älteste der Frauen verließ die Hütte und kam mit einer Holzkelle voll Wasser wieder. Ruhig hielt sie die Kelle an Morgans Lippen und warnte sie davor, das Wasser zu rasch zu trinken. Anschließend rollte sie eine schwere Decke auf dem Boden aus, führte Morgan dorthin, drückte sie sanft auf die Decke nieder und breitete eine zweite Decke über sie aus.

»Du brauchst jetzt nichts nötiger als ein paar Stunden Schlaf, Kleines. Denn morgen ziehen wir weiter, und wenn du dir keine Ruhe gönnst, stehst du das niemals durch.« Die Frau streichelte Morgan behutsam die Stirn, bis sie eingeschlafen war.

Am nächsten Morgen war Morgan so steif, daß sie sich kaum rühren konnte, doch die Frau, die am Abend zuvor das Lager für sie bereitet hatte, drang in sie, doch aufzustehen, weil Jacques sie sonst alle für ihr Versäumnis bestrafen würde.

Wortlos rollte sich Morgan aus der Decke und befolgte die Anweisungen der Frau, wie sie die Hütte abbauen und die Stangen auf die Schleppschlitten verladen mußte, die dann an dem Geschirr der Pferde befestigt wurden. Ein Indianer gab ihr anschließend mit einer Handbewegung zu verstehen, daß sie auf eines der struppigen Ponies steigen sollte.

Sie bildeten eine lange Reihe und ritten zwei Tage hindurch, wobei sie nachts nur ein paar Stunden ruhen durften. Die ältere

Frau blieb immer an Morgans Seite, redete ihr gut zu, damit sie das Dörrfleisch verzehrte, das sie unterwegs als Verpflegung bekamen, und danach ein paar Schlucke Wasser aus ihrer Feldflasche trank.

Am Ende des zweiten Tages schlugen sie wieder ein Lager auf und errichteten hastig ihre Hütten aus Stangen und dürren Gräsern. Als Morgan die letzten Büschel Gras auf dem Dach der Hütte befestigte, blieb Jacques neben ihr stehen.

»Meine Späher sind soeben zurückgekommen und haben mir berichtet, daß uns niemand folgt. Der kleine Spanier sagte zu dir, daß er deinen Mann getötet habe, aber ich würde so einem Mann wie Montoya niemals trauen. Stimmt's, *ma petite?*«

Morgan starrte den stämmigen Franzosen an, als sähe sie ihn zum erstenmal in ihrem Leben. Er hatte eine Narbe über einer Augenbraue, und sein Bauch hing wie ein Sack über seinem Gürtel. Er sah sehr alt aus, so als habe jedes Ereignis seines Lebens eine Falte in sein Gesicht geätzt. Er streckte eine schmutzige Hand aus und streichelte ihre Brust. Unwillkürlich machte sie einen Schritt zur Seite.

»Na, so etwas – *la petite* erwacht wieder zum Leben. Das wundert mich nicht. In der Regel kommen sie alle nach ein paar Tagen wieder zu sich. Und du hast Glück, denn auf früheren Reisen habe ich meinen rothäutigen Begleitern erlaubt, sich mit den weißen Frauen zu vergnügen. Aber Apachen sind nicht sehr zartbesaitet, und eine von den Frauen starb. Ich verliere Geld, wenn eine von den Frauen stirbt. Andere Frauen wieder brachten bei Madame Nicole Indianerbastarde auf die Welt. Das gefiel meiner alten Freundin gar nicht. Sie sagt, die weißen Männer wären so töricht, daß sie sich weigerten, sich mit Frauen einzulassen, die vorher schon mit Rothäuten Verkehr gehabt hätten.« Er hob Morgans Kinn an und studierte sie. »Ja, du wirst Madame Nicole gefallen.« Sie versuchte, ihren Kopf aus dem eisernen Griff des Franzosen zu befreien.

Jacques lachte. »So viel Temperament in einer so kleinen Person! Sei auf der Hut, Goldhaar, weil ich mich sonst für dich erwärmen könnte!« Er drehte sich um und verschwand zwischen den Hütten.

Morgan stand einen Moment regungslos da und starrte ihm mit haßerfüllten Augen nach. Dann kroch sie in die Hütte und fiel etwas später erschöpft in Schlaf. Zum erstenmal seit jener Nacht, als Joaquin sie von der Montoya-Ranch entführte, träumte sie von Seth, und sie rannte im Traum mit ausgebreiteten Armen auf ihn zu. Doch als sie nahe genug heran war, daß sie ihm in die Augen sehen konnte, drehte er ihr den Rücken zu und ging von ihr weg. Sie begann seinen Namen zu rufen, erst mit flehender Stimme und dann immer lauter und verzweifelter.

Sie erwachte, in Schweiß gebadet, als sich eine Hand fest auf ihren Mund legte. »Es ist gut. Du bist in Sicherheit. Ich werde auf dich aufpassen. Sei still, oder die Wachen werden dich hören.«

Morgan spürte, wie sie in die Arme genommen und gewiegt wurde. Es war ein gutes Gefühl, sich von der älteren Frau trösten zu lassen. Drei Tage schon dauerte ihre Gefangenschaft, doch sie hatte kaum auf ihre Umgebung geachtet oder Anteil an dem Los ihrer Leidensgefährtinnen genommen. Nun merkte sie, wie sehr sie auf den Beistand dieser Frau angewiesen war.

Die Frau redete mit Morgan, während sie diese auf ihrem Schoß wiegte. »Mein Mann, mein kleiner Junge und ich hatten ein kleines Anwesen in den Bergen, knapp drei Tagesreisen östlich von der Stelle, wo sie dich eingefangen haben. Es war kein einfaches Leben. Die Winter waren hart, und Bobby war ständig mit den Schafen unterwegs.« Ihre Stimme war tonlos.

»Wir drei hatten uns gerade zum Essen an den Tisch gesetzt, als die Tür aufflog und der Franzose mit zwei Indianern hereinstürmte. Ohne ein Wort zu sagen, brachten sie Bobby und den kleinen Jimmy um. Mein Junge war erst drei Jahre alt. Ich wurde von ihnen wie ein Stück Vieh begutachtet. Ich versuchte an Bobbys Revolver heranzukommen, nicht um sie zu töten, sondern um mich selbst umzubringen. Ich wollte nicht mehr leben, nachdem sie meinen kleinen Jimmy ermordet hatten, doch sie schlugen mir die Waffe aus der Hand. Und jetzt bin ich hier.«

»Warum?« fragte Morgan unter Tränen. »Wer ist diese

Madame Nicole? Was hat sie mit uns vor? Warum bringt er uns nicht einfach um? Wenn er mich töten würde, könnte ich wieder bei Seth sein.«

»Seth ist dein Mann?«

Morgan nickte.

»Ich bin mir nicht ganz sicher, aber ich glaube, der Franzose ist ein Sklavenhändler, der mit weißen Frauen handelt. Er behält nicht alle Frauen.« Sie erschauerte. »Nur diejenigen, die seiner Prüfung standhalten.«

»Ein Sklavenhändler?« wiederholte Morgan ungläubig. »Das verstehe ich nicht. Man kann doch keine Weißen verkaufen.«

»Nun, offenbar doch, und er wird es auch mit uns tun. Ich hörte, wie er San Francisco erwähnte.«

»Sei nur froh, daß du schlank und schön bist.« Morgan drehte sich um, und obwohl es dunkel war in der Hütte, konnte sie erkennen, daß die Frau, die gerade gesprochen hatte, jung war mit hellroten Haaren – hübsch auf eine besondere Art.

»Ihre Mutter hatte nicht so viel Glück.« Die Frau deutete mit dem Kopf auf das Mädchen in der Ecke, das leise vor sich hinweinte. »Sie vergewaltigten ihre Mutter und brachten sie dann um. Das Mädchen mußte zusehen.« Morgan schätzte die Kleine auf höchstens sechzehn Jahre.

»Mein Name ist Jessica«, fuhr die rothaarige Frau fort. »Aber jeder hier nennt mich nur Jessy.«

»Und ich bin Mary«, sagte die Frau, die Morgan noch immer auf ihrem Schoß wiegte. Es schien eine stille Abmachung unter ihnen zu bestehen, daß keine ihren Nachnamen nannte.

Morgan murmelte ihren eigenen Namen.

»Morgan? Ein seltsamer Name für ein Mädchen«, stellte Jessy fest. Als Morgan schwieg, fuhr die rothaarige Frau fort: »Das Mädchen dort drüben ist Alice.« Sie wartete einen Moment und fragte dann: »Wie haben Sie dich geschnappt? Was ist passiert?«

Mary fiel Jessy ins Wort: »Laß sie jetzt in Ruhe, Jessy, sie muß sich erst von ihrem Schock erholen. Sie kann darüber noch nicht sprechen.«

»Ich kann mir vorstellen, wie es dir zumute sein muß«,

murmelte Jessy. »Aber ich darf für mich sagen, daß es fast eine Erlösung war, als sie meinen Alten umbrachten. Ich spüre kein Bedauern über seinen Tod. Tatsächlich bin ich fast froh, daß ich nach San Francisco komme. Mich hat es schon immer gereizt, dorthin zu ziehen, seit man in Kalifornien Gold gefunden hat.«

»Laßt uns jetzt schlafen«, unterbrach Mary den Redefluß der rothaarigen Frau. »Morgen soll es schon in aller Frühe wieder weitergehen. Aber vergeßt nicht, daß wir alle im gleichen Boot sitzen.«

18

Als sie am nächsten Abend ihr Lager aufschlugen, stellte Morgan fest, daß sie schon eine gewisse Geschicklichkeit im Aufbauen und Abbrechen einer Indianerhütte erlangt hatte. Die drei Frauen hatten inzwischen Vertrauen zueinander gefaßt und arbeiteten gut zusammen. Nur Alice sprach noch immer kein Wort und war wie eine Schlafwandlerin bei der Arbeit. Morgan besserte mit den anderen Frauen die Fehler des Mädchens aus und half Alice, damit sie nicht wegen ihrer Langsamkeit bestraft wurde.

Gerade setzte Morgan das letzte Bündel neben der Grashütte auf dem Boden ab. Als sie sich wieder aufrichtete, spürte sie eine Hand an ihrem Haar. Sie wußte, daß es einer von den Indianern sein mußte. Sie hatte bemerkt, daß diese sie jedesmal anstarrten, wenn sie morgens hastig ihre Haare zu Zöpfen flocht. Obwohl sie sich zusammennehmen wollte, fühlte sie, daß sie gleich schreien würde. Als sie den Mund öffnete, legte sich eine Hand darüber, die nach Rauch und Pferden roch.

Morgan begann vor Angst zu zittern. Sie fürchtete sich vor den Indianern, die nie irgendwelche Gefühle zeigten.

Behutsam wickelte der Apache ihre Zöpfe auf und hielt ihre Haare vor sich hin wie einen Vorhang, in dem sich die Sonne verfing. Er stieß ein paar gutturale Laute aus und strich mit der Hand über ihre schimmernden Locken.

Ein Schuß krachte, und eine Kugel fuhr dicht neben ihren Füßen in die Erde. Der Indianer ließ Morgans Haare los und griff nach seinem Messer. Sie drehte sich um und sah Jacques mit einem rauchenden Gewehr, das auf den Apachen hinter ihr gerichtet war, ein paar Schritte entfernt stehen. Die beiden Männer tauschten ein paar Worte aus, und dann drehte sich der Apache wütend um und ging davon.

Jacques trat zu Morgan, die immer noch am ganzen Leib zitterte. Der Franzose griff in ihre Haare und wickelte sich eine Locke um den Finger.

Sie starrte ihn hilflos an. »Wo bringen Sie uns hin? Warum haben Sie mich entführt?«

Er lachte. »Ich mag Frauen mit mehr Fett am Körper, aber mit deinen Augen und deinen Haaren könntest du einen Mann schon in Versuchung bringen.« Er beugte sich vor, und sie zuckte unwillkürlich vor ihm zurück. »Du stellst Fragen. Ich werde sie beantworten, *ma petite*. Ich habe eine Weile lang mit Pelzen gehandelt, aber das ist harte Arbeit. Irgendwann lernte ich Madame Nicole kennen, und wir wurden Geschäftspartner. Ich bringe ihr hübsche junge Frauen, und sie bezahlt mich dafür.« Er lächelte, als er Morgans Bestürzung sah.

»Sie können doch keine Menschen verkaufen!«

»Oh, natürlich kann ich das, meine Kleine. Madame Nicole hat festgestellt, daß unwillige Frauen ihren Kunden oft besser gefallen als willige Damen, die ihnen jeden Wunsch erfüllen. Pah! Es gibt keine echten Männer mehr in diesem neuen Land! Ich muß nicht erst mit einer Frau kämpfen, um mir zu beweisen, daß ich ein Mann bin.

Und noch etwas, mein Kleines... fordere nicht meinen Zorn heraus. Madame Nicole wird mich gut bezahlen für ein Püppchen von deiner Sorte. Ich möchte nicht gern auf das Geld verzichten.« Er ließ ihre Haare abrupt los und ging davon.

»Dachte ich es mir doch«, sagte Jessy, die nicht weit von Morgan gestanden und alles mitbekommen hatte. »Ich habe schon von einigen dieser Häuser in San Francisco gehört. Ein Mädchen kann dort in Luxus leben.«

Morgan drehte sich um und starrte die rothaarige Frau an. Plötzlich waren die Ereignisse der letzten beiden Tage zuviel für sie. Wie von Sinnen begann sie loszurennen. Sie stolperte über die Hunde, die nach ihr schnappten, doch es kümmerte sie kaum. Sie hatte nur noch einen Gedanken im Kopf, einen, alles andere verdrängenden Wunsch – ihren Peinigern zu entrinnen.

Erst als Mary sie einholte und ihren Arm packte, blieb sie stehen. »Morgan! Gib es auf! Schau dich um. Du kannst nicht entrinnen – sie bringen dich vorher um.« Marys Finger gruben sich in das Fleisch von Morgans Arm. »Schau mich an und hör mir zu. Das ist nicht der richtige Moment zur Flucht. Wie lange, glaubst du, könntest du in diesem Land überleben?«

»Das ist mir egal. Ich will nur weg von hier. Selbst wenn das meinen Tod bedeutet. Ich kann ohne Seth nicht mehr leben. Ich kann nicht ertragen, was sie mit uns vorhaben. Ich kann es einfach nicht!«

Marys Gesicht wurde hart. »Natürlich kannst du es ertragen. Egal, was sie tun, wir leben wenigstens noch. Und solange wir am Leben sind, können wir hoffen.«

Morgans Augen hatten einen leeren, entrückten Blick, während ihr die Tränen über die Wangen rollten. »Weißt du, was sie mit uns vorhaben? Sie wollen uns als Huren verkaufen. Als Huren! Hast du gewußt, daß ich vor ein paar Monaten noch keine Ahnung hatte, was dieses Wort bedeutet? Jetzt soll ich selbst eine von diesen Frauen werden. Ist das nicht komisch?«

Ihre Stimme wurde lauter: »Vor fünf Wochen war ich noch Jungfrau. Und jetzt...« Sie begann hysterisch zu lachen.

Mary sah hoch und bemerkte, daß die Indianer einen Kreis um sie gebildet hatten und auf Morgan deuteten. Hinter ihnen sah sie Jacques, der sich ihnen mit wütendem Gesicht näherte. Sie begann, Morgan heftig zu schütteln. »Hör auf, hör auf! Du machst es nur noch schlimmer, wenn du solches Aufsehen erregst. Komm rasch mit mir in die Grashütte zurück.«

Erschöpft folgte Morgan der älteren Frau, und Mary atmete

erleichtert auf, als sie feststellte, daß der Franzose sich wieder entfernte.

In der Hütte drehte sie sich wieder Morgan zu. »Warum versuchst du nicht *ihr* zu helfen?« Sie deutete auf Alice. »Jessy und ich scheinen nicht zu ihr durchdringen zu können. Wenn du dich bemühst, anderen ein wenig zu helfen, wirst du dich vielleicht nicht mehr so sehr in dein eigenes Leid vergraben.«

Schweigend setzte sich Morgan zu dem Mädchen, das, ohne etwas wahrzunehmen, vor sich hinstarrte. Mary hatte recht. Sie war nicht die einzige, die ein schweres Schicksal zu tragen hatte. Sie griff nach Alices schlaffer Hand.

»Ich denke manchmal, wenn ich genug weinen oder es mir ganz fest wünschen würde, könnte ich die Augen aufmachen – und das alles hier wäre verschwunden. Und ich würde wieder zu Hause sein bei... Seth.« Der Name löste eine neue Flut von Tränen bei ihr aus.

»Weißt du, wie ich hierhergeraten bin?« fuhr Morgan fort. »Ein Nachbar, ein vermeintlicher Freund, wollte, daß ich seine Geliebte werden sollte. Ich sagte nein. Also tötete er meinen Mann und bezahlte Jacques dafür, daß er mich mitnahm. Ihr ganzes Leben lang hat meine Mutter mir gesagt, daß Männer schreckliche, heimtückische Wesen seien, die kein Gefühl für Frauen hätten. Dann lernte ich Seth kennen. Ich habe mich lange gegen die Empfindungen gesträubt, die mich für ihn einnahmen, doch dann erkannte ich, wie sehr ich ihn liebte. Seth ist... war... der bestaussehende Mann, den man sich vorstellen kann. Und er war so sanft und so gut. Jeder auf der Ranch liebte ihn. Er hatte sogar ein paar alte Hunde, die zu faul waren, zu bellen, bis ein Fremder praktisch schon ins Haus eingedrungen war. Seth war so gutherzig, daß er diese Hunde trotzdem behielt.«

Sie hörte auf zu reden. Alice starrte sie an, und Tränen blinkten in ihren sanften braunen Augen. Morgan legte den Arm um die Schultern des Mädchens und zog dessen Kopf an Ihre Brust.

Sie war nur zwei Jahre älter als Alice, fühlte sich aber so

alt, als könnte sie deren Mutter sein. Sie saßen eine Weile stumm nebeneinander, und dann begann Alice mit leiser Stimme zu sprechen.

»Mein Vater ging von uns fort auf die Goldfelder und versprach, er würde uns nachholen, wenn er einen reichen Fund gemacht habe. Doch nachdem er von uns weggegangen war, sagte meine Mutter, sie könne nicht ohne ihn leben, und so packten wir unseren ganzen Hausrat ein und fuhren nach Westen. Wir wollten uns einem Wagenzug in Santa Fé anschließen, aber dort kamen wir nie an. Unser Treck bestand aus vier Gespannen. Sie... töteten alle – alle Männer und nahmen nur meine Mutter und mich mit.

Als wir in Jacques' Lager kamen, riß er uns die Kleider vom Leib. Er befahl einem Indianer, mich festzuhalten, während sie... während sie...« Sie konnte den Satz nicht beenden und begrub ihren Kopf wieder an Morgans Schulter. Nach ein paar Minuten fuhr sie mit lebloser Stimme fort: »Sie zwangen mich zuzusehen. Sie sagte mir, daß sie mich liebe, kurz bevor sie starb.«

Morgan streichelte das braune Haar des Mädchens. »Wir müssen überleben.«

»Warum? Damit sie mit uns dasselbe machen können wie mit meiner Mutter?«

»Ich weiß nicht, Alice. Ich dachte, daß ich auch lieber tot sein möchte, aber mein Leben muß doch für irgend etwas gut sein. Ich weiß, daß Seth sich nicht wünschen würde, daß ich sterbe. Ich weiß, wenn er hier wäre, würde er zu mir sagen, ich soll leben... egal, was kommt.«

Die Tage wurden zu Wochen. Sie waren jeden Tag unterwegs. Die Reise von Kentucky nach Santa Fé war ein Luxus gewesen im Vergleich zu diesem Treck mit den Indianern. Morgan lernte viel über die Apachen, die dem Franzosen bei seinem »Gewerbe« halfen. Es war eine rauhe Bande, und die Frauen verrichteten alle Arbeiten, die bei diesem Treck anfielen, bauten jeden Abend die primitiven Grashütten auf und kümmerten sich um das Essen. Eine der Indianerfrauen, die »Kleine

Blume« genannt wurde, trug ihr Neugeborenes in einer Art von Holzkrippe, die sie sich auf den Rücken band.

Nach Morgans Erlebnis mit dem Indianer und Jacques' Eingreifen ließen die Apachen die vier weißen gefangenen Frauen in Ruhe. Sie bekamen Dörrfleisch als Verpflegung und Wurzeln, die die Indianerfrauen auf dem langen grausamen Treck sammelten.

Morgan besorgte das Kochen für ihre drei Leidensgenossinnen. »Kleine Blume«, die genauso alt sein mußte wie sie, zeigte ihr, wie man die Maiskörner mahlte und das Mehl mit dem Wild, das die Indianer erlegten, zu einer Art Haschee verarbeitete. Mit der Zeit konnten die beiden sich mit Hilfe von Handzeichen und Wörtern, die die eine von der anderen aufgeschnappt hatte, ganz gut verständigen.

Wenn sie abends ihr Lager aufgeschlagen hatten, holte »Kleine Blume« ihren kleinen Sohn aus der Trage heraus und ließ ihn auf einer Decke spielen, während sie kochte. Morgan deutete auf »Kleine Blume« und dann auf das Kind, um damit anzudeuten, daß sie das Baby gern auf den Arm nehmen wollte.

»Was machst du denn da mit diesem Heidenkind?«

Morgan drehte sich um und sah, daß Mary hinter ihr stand und sie böse anfunkelte. »Ist dir nicht der Gedanke gekommen, daß der Vater dieses Balgs vielleicht deinen kostbaren Seth getötet haben könnte?«

Morgan blieb gelassen und blickte auf das Kind hinunter, das mit seinen Patschhänden nach ihren blonden Zöpfen griff. Sie lächelte das Baby an, das vergnügt krähte. »Weiße Männer haben meinen Mann umgebracht, aber wenn es nicht so wäre, würde das für mich auch keinen Unterschied machen. Babies sind unschuldig, egal, wer ihre Eltern sind!«

»Aber doch nicht, wenn es Indianerkinder sind!« Wütend machte Mary auf dem Absatz kehrt und ging davon.

»Das darfst du ihr nicht übelnehmen«, sagte nun Jessy hinter ihr. »Seit man ihr eigenes Kind umgebracht hat, kann sie den Anblick eines anderen Babys nicht mehr ertragen. Was mich betrifft, so hoffe ich, daß ich nie so etwas bekomme.« Sie betrachtete verächtlich das Kind auf Morgans Arm, das versuchte, sich deren Zopfende in den Mund zu stecken. »Entweder plärren sie, oder man muß sie am anderen Ende versorgen.« Jessy legte den Kopf auf die Seite und sah Morgan forschend an. »Aber du hättest wohl gern ein Kind, schätze ich. Vielleicht bist du sogar schwanger, wie?«

Morgans Kopf ruckte in die Höhe. Der Gedanke, daß sie ein Baby von Seth unter ihrem Herzen tragen könnte, jagte ihr einen wohligen Schauer über den Rücken. Ihre Augen leuchteten auf. »Ja«, sagte sie leise, »ich hätte gern ein Baby... Seths Baby.«

Jessy ging zur Grashütte zurück, und Morgan drückte das Kind von »Kleine Blume« an sich. Sie hatte plötzlich wieder Hoffnung und betete nun jeden Tag inbrünstig, daß sie tatsächlich ein Kind erwarten möge, und wenn das so war, daß es diesen mörderischen Treck überlebte.

19

Jake war drei Tage hindurch geritten, als er auf einmal die Geier bemerkte, die ihre Kreise am Himmel zogen. Er nahm seinen Hut ab, wischte sich den Schweiß von der Stirn und trieb sein Pferd zu einem noch schnelleren Galopp an. Auf dem Grund einer kleinen Schlucht entdeckte er dann die verfallene Lehmhütte und daneben eine große dunkle Masse. Er schoß auf die Raubvögel und trieb sie so auseinander. Irgendwie wußte er, daß diese dunkle Gestalt dort unten Seth war, der regungslos unter der sengenden Sonne von Neu-Mexiko lag. Jake spürte nicht, daß ihm Tränen über die Wangen strömten. Seth lag auf dem Bauch und hatte viel Blut verloren. Vorsichtig drehte Jake den schweren Mann auf den Rücken und bettete dessen Kopf in seinen Schoß. Er schluchzte jetzt laut und wischte sich mit dem Ärmel über die Nase.

»Seth, Junge. Hörst du mich? Ich bin es – Jake! Ich bin gekommen, um dich nach Hause zu holen.«

Es schien eine Ewigkeit zu dauern, bevor der alte Mann sich so weit beruhigt hatte, daß er an Seths Brust horchen konnte, ob dessen Herzschlag noch zu hören war. Als er einen leichten Puls spürte, richtete er seinen Blick unter Tränen zum Himmel und sprach ein stilles Dankgebet.

Er schob seine Jacke unter Seths Kopf und ging zu seinem Pferd, um die zwei Feldflaschen zu holen, die er mit sich führte. Dann ließ er tropfenweise Wasser auf Seths trockene, aufgesprungene Lippen rinnen. Seth bewegte den Kopf und stöhnte.

»Halt still, mein Junge. Du kommst schon wieder auf die Beine. Aber jetzt mußt du erst mal ganz langsam trinken.«

»Morgan.« Seths Stimme war ein rauhes Flüstern, und sein Atem ging mühsam und flach.

»Nicht reden jetzt. Überlaß dich jetzt ganz dem alten Jake, der dich versorgen wird. Wie er das schon getan hat, als du noch ein kleiner Junge warst.«

Jake befeuchtete sein Taschentuch und begann Seth das Gesicht abzuwischen. Am Anfang war es nicht einfach, das Ausmaß von Seths Verwundung zu ermessen, da sein ganzer Oberkörper mit gestocktem Blut bedeckt war. Jake brauchte fast den ganzen Wasservorrat auf, bis er die böse Wunde an Seths Kopf gereinigt hatte.

»Nun müssen wir dich nach Hause bringen, wo wir dich richtig versorgen können.« Der kleine Mann sah lächelnd auf Seths mächtigen Körper hinunter. »Du hast dir mit deiner Größe schon immer selbst im Weg gestanden. Ich wette, jetzt wärst du froh, wenn du 'ne Figur hättest wie ein normaler Mensch. 'ne Portion, die der alte Jake auch tragen könnte.«

Er rieb sich mit dem Jackenärmel wieder über die Augen. »Bringst mich zum Heulen, als wäre ich noch ein Baby. Hab' ja schon immer 'ne Schwäche für dich gehabt.« Jake blickte zu den verkümmerten Bäumen hinauf, die am Rand der kleinen Schlucht wuchsen, und schätzte ihre Größe ab. Er strich Seth über die Stirn. Seths Gesicht war gerötet, ein Anzeichen des beginnenden Fiebers. »Wir bringen dich hier auf Indianerart heraus.«

Die Gewißheit, daß Seth noch lebte, weckte in Jake neue Energien. Langsam und sorgfältig fertigte er aus Ästen und Streifen seiner Decke einen Schleppschlitten an. Er brauchte ein paar Stunden dazu, denn der Travois mußte stabil genug sein, Seths schweren Körper über eine weite Strecke zu tragen.

Jakes Pferd war müde und wieherte laut, als der Alte die Stangen des Travois am Sattel befestigte. Die Sonne ging unter und tauchte den Himmel in glühendes Orangerot. Jake wußte, daß sein Pferd ruhen sollte, aber wenn er bis zum Morgen wartete, bedeutete das eine Reise in sengender Hitze.

Er mußte seine ganze Kraft aufbieten, um den Körper von Seth auf den Schleppschlitten zu befördern. Seth gab dabei keinen Laut von sich, öffnete kaum die Augen, doch Jake sah den Schmerz auf dem Gesicht des jüngeren Mannes, als er sich zu bewegen versuchte. Seine Schulterwunde war wieder aufgebrochen und blutete. Die Wunde an seinem Kopf war aufgeschwollen und sah verdächtig nach einer Infektion aus.

»Jetzt wird alles gut, mein Junge. Der schlimmste Teil ist vorbei. Nun werden wir ganz langsam reiten und dich nach Hause bringen.«

Die Reise dauerte die ganze Nacht hindurch. Die meiste Zeit führte Jake sein Pferd am Zügel, anstatt es noch mit seinem Gewicht zu belasten. So konnte er auch viel besser den Boden beobachten und das Tier um Mesquitebüsche und Erdlöcher herumführen. Ab und zu machte er Rast, um Seths Gesicht mit Wasser zu kühlen. Seth schien jetzt zu begreifen, daß ihn jemand versorgte. Seine verkrampfte Haltung lockerte sich, und er murmelte immer wieder Morgans Namen.

»Wir werden dein kleines Mädchen schon wiederfinden. Sobald wir dich auf die Ranch zurückgebracht haben, reite ich mit den anderen los, um sie zu suchen. Vielleicht ist sie sogar schon zu Hause und deinetwegen ganz krank vor Kummer.«

Als die Sonne wieder aufging, sah sich Jake nach einem Ort um, wo er die heißesten Stunden des Tages verbringen konnte. Er wagte nicht, Seth der mörderischen Hitze auszusetzen.

Nach einer Weile entdeckte er eine Mulde, deren Boden mit Schlamm bedeckt war, und nachdem er ungefähr einen Dreiviertelmeter tief gegraben hatte, sammelte sich in der Grube genügend Wasser, so daß er Seths Wunden reinigen konnte. Im Schatten eines alten Pinon-Baumes schnitt er das Hemd des Verwundeten auf und begann, die Schulterverletzung zu untersuchen. Die Kugel war durch das Fleisch hindurchgegangen und hatte ein großes, aber sauberes Loch hinterlassen.

Zum erstenmal, seit er Seth gefunden hatte, verwandelte sich Jakes Freude, daß er ihn noch lebend angetroffen, in Wut. »Wer hatte einen Grund, meinen Jungen so übel zuzurichten?« murmelte er vor sich hin. »Ich werde den Kerl, der das getan hat, umbringen! Schießt einem Mann zwei Kugeln in den Leib und läßt ihn dann in seinem eigenen Blut verrecken. Hat sich nicht mal davon überzeugt, daß er tot ist, sondern ließ ihn einfach in der Sonne verrotten. Selbst mit einem bissigen Köter würde man nicht so verfahren.«

Als er Seth auf die Seite drehte, um den Rest des Hemdes zu entfernen, wurde der verletzte Mann ganz blaß im Gesicht, und Jake wurde bewußt, daß er schreckliche Schmerzen haben mußte. Vorsichtig tastete er Seths Brustkorb ab und stellte fest, daß ein paar Rippen gebrochen waren. Der Alte zog sein eigenes Hemd aus und wickelte es Seth fest um den Oberkörper, um zu verhindern, daß die Rippen innere Organe verletzten.

Dann deckte er den Fiebernden mit seiner Jacke zu, und Seth schlief ein. Jake legte sich neben den Schleppschlitten, und bald waren dem völlig erschöpften Mann die Augen zugefallen.

Es war schon später Nachmittag, als Jake wieder erwachte. Seths Atem ging flach und schnell, und als der alte Mann die Hand auf die Stirn des Verletzten legte, fühlte sie sich kalt an. Seth versuchte sich zu bewegen.

»Ruhig, Junge. Ganz ruhig bleiben.«

»Morgan...«

»Wir sind ja auf dem Weg zu ihr. Wir finden sie. Nur ruhig bleiben, und sie ist bald wieder bei dir.«

Dann ging es wieder stundenlang über Stock und Stein, und je länger diese beschwerliche Reise dauerte, um so besorgter wurde Jake über Seths Zustand. Während er neben dem müden

Pferd marschierte, ließ er sich die Ereignisse der letzten Zeit noch einmal durch den Kopf gehen. Und je länger er darüber nachdachte, um so größer wurde seine Gewißheit, daß Joaquin Montoya an diesem Unglück schuld war.

Lupita hatte kaum geschlafen seit dem Tag, als Morgan mit Lena nach Santa Fé geritten war. Irgendwie hatte sie gewußt, daß dieses Unternehmen ein schlimmes Ende nehmen würde. Als weder Seth noch Morgan nach der Party wieder auf die Ranch zurückkamen, war sie überzeugt davon, daß sich ihre schlimmen Vorahnungen erfüllt hatten. Paul hatte sie zwar ausgelacht, aber Jake hatte ihre Sorge um Seth geteilt. Sie hatten noch den folgenden Tag und die Nacht abgewartet, doch dann war Jake schon im Morgengrauen aufgebrochen, um Seth zu suchen.

»Wie peinlich für dich, wenn du sie irgendwo in der Nähe in einer Hütte beim Turteln störst«, hatte Paul den alten Mann geneckt, als der sein Pferd sattelte. »So verliebt, wie die beiden ineinander sind, kann es noch Wochen dauern, bis sie zur Ranch zurückfinden.«

Jake hatte mißbilligend den Kopf geschüttelt und war mit der Bemerkung, daß der Junge ihn bräuchte, losgeritten. Und dann hatte Lupita fast nur noch im Fenster gelegen. Als sie jetzt den ersten schwachen Hufschlag in der Ferne hörte, stürzte sie aufgeregt aus dem Haus. Sie erkannte die Umrisse von Jake im Mondlicht, der müde neben seinem Pferd ging, und als sie dann den Schleppschlitten hinter dem Tier sah, blieb sie erschrocken stehen und lief dann los, um Paul zu wecken.

In wenigen Sekunden war der junge Vormann angezogen und rannte vor Lupita her auf Jake zu.

Der Alte machte nur eine Handbewegung zu Seth hin, und Paul bemühte sich sofort um den Verwundeten. Jetzt, nachdem Jake den Jungen endlich nach Hause gebracht hatte, war seine Kraft zu Ende.

Schweigend trugen sie Seth ins Wohnhaus und legten ihn in das große Bett, das er noch vor kurzem mit Morgan geteilt hatte. Lupita schnitt ihm geschickt den Notverband ab, den

Jake ihm angelegt hatte, zog Seth dann den Rest seiner Kleider aus und begann ihn zu waschen. Er stöhnte, als sein fieberheißer Körper mit dem kalten Tuch in Berührung kam. Irgendwann wurde sich Lupita bewußt, daß im Nebenzimmer eine lautstarke Auseinandersetzung stattfand.

»Du kannst jetzt nirgendwohin reiten, Alter. In diesem Zustand schaffst du es nicht einmal bis zum Korral.«

»Wofür hältst du dich eigentlich, daß du mich einen alten Mann nennst? Schließlich war ich es ja, der ihn nach Hause gebracht hat«, brauste Jake auf und hob die zu Fäusten geballten Hände.

»Was ist denn in euch gefahren?« mischte sich Lupita mit zorniger Stimme ein. »Haben wir nicht schon genug Sorgen? Und warum steht ihr hier noch herum? Einer von euch sollte sofort losreiten ...«

Jake senkte die Fäuste und überprüfte seinen Revolver. »Das will ich ja gerade tun – zu den Montoyas reiten und diesen Joaquin töten.«

»Jake, diesen Job mußt du schon dem Sheriff überlassen. Du kannst nicht einfach auf eine fremde Ranch reiten und den Besitzer dort umbringen.«

»Sheriff! Umbringen!« rief nun Lupita mit fast hysterischer Stimme. »Da schwebt ein Mann zwischen Leben und Tod, und ihr denkt nur daran, wie ihr noch einen umbringen könnt! Ehe ihr jemanden tötet, möchte ich einen Arzt hier haben!«

Die beiden Männer starrten sie verdutzt an.

»Jake«, fuhr sie fort, »ich brauche deine Hilfe hier.« Sie wußte, wie erschöpft der alte Mann sein mußte. »Paul, du reitest in die Stadt und holst den Arzt, und anschließend kannst du ja den Sheriff benachrichtigen – aber am dringendsten brauchen wir ärztliche Hilfe.« Lupita drehte sich um, machte ein paar Schritte auf das Schlafzimmer zu und rief dann über ihre Schulter: »Muß ein Mann hier erst *sterben*, bevor einer von euch beiden sich bewegt?«

Da folgte Jake ihr rasch ins Schlafzimmer, während Paul aus dem Haus eilte.

In den nächsten Stunden begann Seth im Fieber zu reden und

immer wieder Morgans Namen zu rufen. Als Lupita ihre unterbrochene Tätigkeit fortsetzte und seinen Arm wusch, bemerkte sie, daß Seth die linke Hand fest geschlossen hielt.

»Jake, was kann er da nur in der Hand haben?« Sie mußten beide ihre ganze Kraft aufbieten, um die Faust des Fiebernden zu öffnen. Jake überflog hastig Morgans Brief und las ihn dann laut für Lupita.

Er ließ sich schwer auf einen Stuhl fallen. »Wie hat sie ihm das nur antun können? Wie kam sie dazu, Seth für einen Halunken wie diesen Montoya zu verlassen?« Er blickte Seth an, während sich seine Augen mit Tränen füllten. »Sie hätte dich ebensogut gleich erschießen können.«

»Nein.« Lupitas Stimme war ein rauhes Flüstern. »Ich glaube das nicht. Nein.« Sie sah zu Jake hoch. »Das ist irgendein schmutziger Trick. Sie liebte ihn. So gut hätte sie sich niemals verstellen können.«

»Wir haben den Beweis, daß sie weglaufen wollte – mit Montoya.«

Lupitas Blick ließ Jakes Augen nicht los. »Du magst ja einem Stück Papier glauben, aber ich verlasse mich lieber auf meine Augen und mein Gefühl. Und die sagen mir, daß Señora Colter in Seth sehr verliebt war und ihn niemals freiwillig verlassen hätte.«

Er drehte ihr den Rücken zu und murmelte: »Wir wollen abwarten, was der Sheriff dazu sagt.«

Es wurde schon wieder hell, als Paul mit dem Sheriff auf die Ranch zurückkehrte. Jake war im Lehnstuhl neben Seth eingenickt, aber er sprang sofort auf, als er die beiden Männer ins Haus kommen hörte, und zeigte dem Sheriff den Brief.

»Moment, Jake! Ich weiß, wie dir zumute ist, aber ich kann den Mann doch nicht einfach erschießen. Wir sind zuerst zur Montoya-Ranch geritten, und Señor Montoya hat Zeugen, die behaupten, er sei die ganze Nacht über im Haus gewesen. Dieser Brief spricht zwar von Joaquin, aber wir wissen ja gar nicht, wann er verfaßt wurde.«

»Mir ist es egal, wie viele Zeugen dieser kleine Halunke aufbieten kann! Er hätte meinen Jungen fast umgebracht!«

»Also schön, wir reiten noch einmal zu ihm und zeigen ihm diesen Brief. Der Arzt muß jede Minute hier eintreffen. Er war gerade bei einem Patienten in Pecos, als wir ihn holen wollten. Also konnte er nicht mit uns reiten. Paul, bist du bereit?«

Hilflos sah Jake den beiden nach. Eine Stunde darauf traf der Arzt auf der Ranch ein.

Er lobte Jake für dessen umsichtiges Verhalten bei dem Transport des Verletzten zur Ranch, und nachdem er Seth gründlich untersucht und versorgt hatte, sagte er, daß man nur abwarten könne, ob er das Fieber überstehe.

Tagelang lösten sich Lupita und Jake am Krankenbett ab, tupften immer wieder mit einem Schwamm den Schweiß vom Körper des Kranken und flößten ihm Fleischbrühe ein. Im Fieber redete Seth ununterbrochen davon, wie sehr er Morgan liebte und wie dringend er sie bräuchte. Er rief nach ihr, fragte, wo sie denn bliebe, und spürte selbst in seinem Fieberwahn, daß sie nicht an seinem Bett saß. Je öfter Seth Morgans Namen rief, um so glühender wurde Jakes Haß auf sie.

Es dauerte fast eine Woche, bevor Paul mit dem Sheriff wieder zur Ranch zurückkehrte. Sie hatten die ganze Zeit über nach Joaquin und Lena Montoya gesucht. Als sie nämlich zum zweitenmal auf die Montoya-Ranch gekommen waren, hatten die Dienstboten gerade das Haus verschließen wollen. Joaquin und Lena hatten kurz nach dem ersten Besuch des Sheriffs die Ranch verlassen.

»Sie haben wohl fest damit gerechnet, daß Seth nicht mehr am Leben ist«, rief Jake in ohnmächtigem Zorn.

»Jemand sollte versuchen, Señora Colter wiederzufinden.« Die drei Männer drehten sich um und starrten Lupita an.

»Aber sie ist doch an dem ganzen Unglück schuld. Sie hat gemeinsam mit diesem Montoya ihre Flucht geplant. Vermutlich ist die Frau, die mit diesem Montoya weggeritten ist, gar nicht seine Schwester Lena gewesen.«

»Jake hat recht«, sagte Paul mit müder Stimme. »Ich glaube, wir sollten das Seth überlassen. Wenn er sich einigermaßen erholt hat, wird er entscheiden, ob er dem Brief seiner Frau glauben will oder nicht.« Pauls Gesichtsausdruck ließ keinen Zweifel daran, was er von Morgans Schreiben hielt.

Mit einem Seufzer kehrte Lupita an das Bett des Kranken zurück.

Es dauerte zwei Wochen, bis das Fieber sank.

»Lupita?«

Lupita drehte sich vom Fenster weg, aus dem sie einen Blick geworfen hatte, und eilte zu dem großen Bett. »Señor Colter! Ihr seid wieder gesund!« rief sie mit jubelnder Stimme.

Seth grinste sie schwach an. »Ich weiß nicht, ob ich das wirklich schon bin. Mir tut alles weh. Wie lange liege ich hier schon?«

»Drei Wochen.«

»Drei Wochen! Wo stecken sie denn alle? Wo sind Morgan und Jake und Paul und... wo ist etwas zu essen? Ich habe in meinem Leben noch nie so einen Hunger gehabt wie jetzt. Sag Morgan, daß ich eine Schüssel von ihrem Schmalzgebäck haben möchte und einen von diesen Käsedingern mit Kruste.« Er grinste, als Lupita aus dem Zimmer eilte. »Und sage ihr Bescheid, daß ich sie *sofort* brauche«, rief er ihr durch die Tür nach.

Seth stemmte sich langsam in die Höhe und stopfte sich ein Kissen in den Rücken. Er fuhr mit der Hand über die Narbe an seinem Kopf und tastete über die Furche, die sich unter seinen Haaren verlor. Seine Rippen und seine Schultern schmerzten, und seine Beine schienen taub zu sein vom langen Liegen. »Drei Wochen!« murmelte er. »Ich wette, Morgan hatte in dieser Zeit alle Hände voll zu tun, aber ich werde sie dafür entschädigen.«

Er grinste in sich hinein. Der Duft aus der Küche drang zu ihm, und er fragte sich, warum, zum Teufel, seine kleine Frau ihn so lange warten ließ.

Er streckte vorsichtig die Hände aus und bewegte die Finger. »Drei Wochen im Bett«, sagte er und lachte. »Ich wette, ich werde noch einmal so viele Wochen im Bett verbringen, doch diesmal aus einem anderen Grund. Und nicht allein! Wo bleibt sie denn?«

In diesem Augenblick entdeckte Seth den weißen Streifen an seinem kleinen Finger. Morgans Ring! Wo war er geblieben? Und dann kam es wie ein Blitz über ihn, und er erinnerte sich wieder an alles – an jede häßliche Einzelheit.

Er schloß gequält die Augen und versuchte, das Bild aus seinem Bewußtsein zu tilgen... Joaquin und Morgan im Garten... Joaquin, der ihm den Brief übergab... Joaquin, der den Revolver auf ihn richtete und abdrückte. »Nein«, flüsterte er, »bitte, nein!«

»Hier habt Ihr was zu essen – so viel, daß Ihr wieder zu Kräften kommt. Jake und Paul werden jede Sekunde hier sein. Sie werden sich freuen, Euch wieder so wohlauf zu erleben. Sie waren ganz außer sich vor Sorge.« Lupita kam mit einem großen Tablett ins Zimmer, aber das Lächeln verging ihr, als sie Seths Gesicht sah.

»Es stimmt alles... an das ich mich erinnere, nicht wahr?«

Sie würde ihre Seele dafür verkauft haben, wenn sie ihm jetzt hätte sagen können, daß er alles nur geträumt habe und seine kleine Frau jeden Moment aus der Küche zu ihm käme. »Ich glaube nicht, daß es stimmt. Die *Señora* würde so etwas niemals tun. Ich denke, jemand sollte losreiten und sie suchen.«

»Also ich würde das nicht tun.« Seth und Lupita sahen zur Tür, in deren Rahmen Jake auftauchte. »Wir haben den Brief gefunden, den sie dir geschrieben hat. Ich sage, laß sie ziehen. Wenn sie von hier weg wollte, soll man sie gehen lassen.«

Der Schmerz in Seths Augen war mehr, als Lupita ertragen konnte. »Sie liebt Euch. Sie liebt Euch sehr. Das hat doch jeder gesehen. An dem Tag, als Lena auf die Ranch kam, um sie mitzunehmen nach Santa Fé, wollte die Señora nicht mit ihr reiten. Sie wollte hier in ihrem Heim bleiben. Sie war so glücklich auf dieser Ranch.«

»Hör auf!« Seth fiel in die Kissen zurück. »Für mich... ist sie gestorben. Ich will nie mehr ihren Namen hören. Wir werden nie mehr von ihr sprechen.« Seine Miene war kalt, aber Jake und Lupita konnten die Qual sehen, die in seinen Augen brannte. »Ich glaube, ich möchte jetzt lieber schlafen.«

»Aber Euer Essen! Ihr müßt doch wieder zu Kräften kommen!«

»Nein, Lupita, ich habe keinen Hunger mehr.«

Jake brachte Lupita, die protestieren wollte, mit einem scharfen Blick zum Verstummen. »Du hast recht, Junge, du schläfst dich nun wieder gesund. Das Essen steht für dich bereit, wenn du wieder aufwachst.«.

Seths Genesung machte jetzt sehr langsame Fortschritte. Er schien kein Interesse daran zu haben, das Bett zu verlassen, und nahm an nichts teil, was um ihn herum geschah. Jake versuchte ihn um Rat zu fragen, die Arbeit auf der Ranch betreffend, doch Seth hörte ihm gar nicht zu. Irgendwann verließ er für kurze Zeit das Bett und ging ein paar Schritte weit zu einem Sessel. Er setzte sich und starrte die Wände an. Lupita wollte ihn dazu überreden, auf der Veranda vor dem Schlafzimmer Platz zu nehmen, aber es schien ihm gleichgültig zu sein, wo er sich aufhielt.

Je mehr seine körperlichen Schmerzen nachließen, um so schlimmer wurden seine seelischen Qualen. Alles, was Seth betrachtete, erinnerte ihn an Morgan.

Sie schien allgegenwärtig. Er begann, auf der Couch im Wohnzimmer zu schlafen, weil er das Bett, das sie geteilt hatten, nicht mehr ertragen konnte. Eines Tages ritt er mit Jake auf die Weiden hinaus, und Morgan schien neben ihnen zu reiten. Eine Gruppe von Bäumen erinnerte ihn daran, wie sie irgendwann einmal mit dem Lunch zu ihm gekommen war und dann lachend unter diese Bäume lief, wobei sie ihr Kleid aufknöpfte. Selbst die Sonne erinnerte ihn an ihre Haut und ihre Haare.

Dann setzte der Winter ein, und die ersten Schneeflocken ließen ihn daran denken, wie er sich vorgenommen hatte, die langen verschneiten Abende mit Morgan im Bett zu verbringen. Am Weihnachtstag verzierte Lupita das Haus mit Chilischoten und Popcorn. Seth schaute apathisch zu, wie sie mit Jakes und Pauls Hilfe einen kleinen Pinon-Baum schmückte.

Am Weihnachtsabend fiel ihm die Spieluhr ein, die er in

Kentucky auf den Planwagen gelegt hatte. Sie sollte ein Weihnachtsgeschenk für Morgan sein. Seit Wochen war er nicht mehr in seinem Schlafzimmer gewesen, doch nun ging er hinein und suchte die Spieluhr. Er zog sie auf und lauschte der Melodie. Wie sehr sie sich über die wunderschöne Schnitzarbeit gefreut hätte!

»Warum, Morgan, warum? Er kann dir doch unmöglich mehr Liebe geschenkt haben als ich!« Tränen verschleierten seinen Blick, als er die Faust hob und die Spieluhr mit einem Schlag zertrümmerte. »Wenn ich dich jemals wiederfinden sollte, Morgan, werde ich dich umbringen!« Mit einer heftigen Handbewegung fegte Seth die Reste der Spieluhr von der Kommode.

Nach außen hin ruhig, verließ er das Schlafzimmer wieder und teilte den anderen mit, daß er im Frühjahr der Ranch den Rücken kehren und sich zu den Goldfeldern nach Kalifornien begeben würde.

Im März 1850 – der Schnee war noch nicht ganz geschmolzen – brach Seth nach Kalifornien und den Goldfeldern auf. Da im vergangenen Jahr schon viele den gleichen Weg genommen hatten, war der Trail dorthin deutlich markiert. Er war erst ein paar Meilen über Santa Fé hinausgekommen, als er auf den Planwagen der Chandlers stieß.

20

Die kleine Truppe – die Indianer, der Franzose und die vier gefangenen Frauen – benötigte fünf Wochen, bis sie das Gebirge erreichte. Nach tagelangen unsäglichen Strapazen waren die Nerven der Frauen zum Zerreißen gespannt. Die Nächte wurden kälter, und der Wind trug ihnen die Gerüche des Herbstes zu. Morgan rechnete sich aus, daß der Monat Oktober des Jahres 1849 begonnen haben mußte, und inzwischen wußte sie auch, daß sie kein Kind von Seth unter dem Herzen trug.

»Ich weiß nicht, warum ich immer die schlimmsten Arbeiten verrichten muß.« Je dichter sie an San Francisco herankamen, um so schlimmer wurde Marys Laune. Sie ließ ihre Angst und ihren Haß an jedermann aus.

»Da Morgan jeden Tag das Kochen übernimmt, sehe ich nicht ein, wie du dich über die viele Arbeit beschweren kannst.« Jessy waren die gespannte Erwartung und die freudige Erregung deutlich anzumerken.

»Müßt ihr beiden euch denn ewig streiten?« klagte Alice, und dabei stiegen ihr Tränen in die Augen.

»Es sind nur diese verdammten Indianer. Man kann nicht einen Moment allein sein. Selbst wenn man sich in den Büschen verkriecht, spähen sie einem nach. Ich könnte jeden Moment schreien, wenn ich diese Kerle auch nur ansehe.«

Jessy blickte sich im Lager um, und einer der Apachen erwiderte ihren Blick. »Die Indianer sind doch gar nicht so übel. Und der Bursche, der ›Gelbe Hand‹ genannt wird, sieht sogar recht passabel aus.«

»Du schmutzige kleine Schlampe! Ich sollte dir die Haare einzeln ausreißen!«

»Du und wer noch?«

Mary hob eine Hand und fuhr Jessy damit ins Gesicht. Morgan trat rasch zwischen die beiden Frauen.

»Hört auf, ihr beiden. Sonst kann es noch passieren, daß Jacques und seine Apachen auf den Gedanken kommen, wir lohnten nicht die Mühe, und uns umbringen.«

»Der Tod könnte mir vielleicht lieber sein als das Leben, das sie uns zugedacht haben.« Mary schaute Morgan und Jessy mit einem bitteren Blick an.

Ein Wimmern unterbrach ihre Auseinandersetzung, und Jessy sah zum Lagerfeuer hin.

»»Oh Himmel! Fängt sie schon wieder an? Dieses Mädchen hat ja Angst vor seinem eigenen Schatten!« Sie verdrehte die Augen.

Alice schluchzte noch lauter, und Morgan ging zu ihr, um sie zu trösten. »Wenn du nur einen Funken Gefühl hättest«, sagte sie zu Jessy, »würdest du erkennen, daß sie noch ein Kind ist!«

»Ein Kind? Himmel, vielleicht interessiert es dich, daß dieses ›Kind‹ genauso alt ist wie ich!«

Mary und Morgan blickten Jessy erstaunt an. »Ihr könnt mir glauben«, sagte diese und lachte. »Ich bin erst irgendwann im letzten Juni sechzehn geworden. Mein Vater konnte sich nie an mein genaues Geburtsdatum erinnern.« Damit drehte sie sich um und ließ die drei anderen Frauen stehen, die ihr nachstarrten.

»Ich bin älter als sie«, flüsterte Alice.

Der Trail entlang des Gila River war so schmal, daß die Pferde ängstlich und nervös wurden. Und das wirkte sich nicht gerade beruhigend auf die Nerven der vier gefangenen Frauen aus.

Nach der Überquerung des Flusses gelangten sie in ein bewaldetes Gebiet. Jacques empfahl ihnen dringend, hier noch einmal Trinkwasser in ihre Flaschen zu füllen, denn in wenigen Tagen würde der lange Treck durch die Wüste beginnen, und dort gäbe es nur Sand und Sonne.

»Dürfen wir noch ein Bad nehmen, ehe wir aufbrechen?«

Der Franzose tätschelte Morgans Wange mit seiner großen, schwieligen Hand. »Du bist eine Versuchung, *ma petite*.« Sie hielt seinem Blick tapfer stand. »Natürlich darfst du baden. Meinetwegen könnt ihr alle die ganze Nacht hindurch plantschen und im Wasser spielen.« Er sah sie lächelnd an, und dann wanderte sein Blick an ihrem Körper hinunter. Seine Hand glitt von ihrer Wange auf ihre Schulter hinab und über ihren Arm, während sein Daumen über ihre Brust strich. Morgan sah ihm fest in die Augen und würgte den Ekel hinunter, den sie vor diesem Mann empfand.

Jacques wandte sich von den Frauen ab, und sie konnten sein tiefes, kehliges Lachen hören, als er sich wieder entfernte.

»Ich würde ihm die Kehle durchschneiden, wenn ich ein Messer hätte«, zischte Mary.

»Vergiß ihn. Hol lieber Jessy und Alice herbei. Wir werden alle ein Bad nehmen!« Morgan eilte zur Grashütte. »Ein richtiges Bad. Damit Haut und Haare wieder sauber werden. Ich glaube nicht, daß ich mich in meinem Leben schon einmal so sehr auf etwas gefreut habe.« Sie kniete in dem kühlen, dunklen und verlassenen Wickiup nieder. »Außer auf dich, Seth«, flüsterte sie. »Du bist das einzige gewesen, was mich in meinem Leben wirklich glücklich gemacht hat. Und jetzt freue ich mich schon auf so kleine, nebensächliche Dinge. Oh, Seth. Warum mußte das alles passieren? Warum verlangst du von mir, daß ich weiterleben soll? Warum kann ich nicht sterben und wieder bei dir sein?« Sie warf sich auf den Lehmboden und weinte.

»Morgan, ist es wahr, daß wir...« Jessy hielt inne, als sie Morgan auf dem Boden liegen sah. Sie kniete neben ihr nieder und nahm sie in die Arme. »Ach, Morgan, du bist doch die Starke von uns. Du darfst nicht aufgeben. Sonst haben wir anderen keinen Halt mehr.«

»Seth ist immer gegenwärtig. Er geht mir nicht aus dem Sinn. Wo ich auch hinschaue, sehe ich Dinge, die mich an ihn erinnern. Er war so stark, der stärkste Mann, der mir je begegnet ist. Seine Arme umspannten meine Taille und hoben mich hoch, als wäre ich eine Feder. Und er war ein so schöner Mann.« Morgan lächelte unter Tränen. »Ich mußte mich ständig der Frauen erwehren, die ihn begehrten.«

»Wo bleibt ihr beiden denn?« hörten sie draußen Marys vorwurfsvolle Stimme.

Morgan wischte sich die Augen. »Es geht mir schon wieder besser. Laß uns gehen und ein Bad nehmen.« Sie drückte Jessy rasch die Hand. »Danke, daß du mir zugehört hast.«

»Morgan, ich bin zu der Überlegung gekommen, daß dieser Seth nie existiert hat«, sagte Jessy mit ernstem Gesicht. »Kein Mann kann warmherzig und zugleich schön sein.«

Jetzt mußte Morgan lachen. »Seth ist eben etwas Besonderes.« Noch immer lachend lief sie zum Wasser, während Jessy sich darüber wunderte, daß Morgan in ihrem letzten Satz so von ihrem Mann gesprochen hatte, als sei er noch am Leben.

Die rothaarige Frau kam als letzte zum Wasser und mußte dort überrascht feststellen, daß sich alle Indianer, Jacques und auch ein paar von den Indianerfrauen an der Badestelle versammelt hatten.

Jacques' tiefes Lachen dröhnte ihr in den Ohren. »Meine Indianer baden nie, und deshalb sind sie natürlich neugierig auf Leute, die das tun. Sie wollen nur zusehen.«

»Ich ziehe mich vor keinem Indianer aus«, sagte Mary und drehte sich vom Wasser weg.

Jessy lachte. »Und wie steht es mit dir, Morgan? Ich fürchte, bei mir nisten die Käfer schon unter der Haut, weil ich so lange kein Bad mehr genommen habe. Ich lasse mir nicht von ein paar neugierigen Indianern meinen Badespaß verderben.« Sie zerrte an ihren Mokassins. Sekunden später war sie nackt und rannte mit einem vergnügten Lachen ins Wasser hinein.

Die anderen drei Frauen hatten ihr sprachlos zugesehen. Die Indianer und Jacques begannen zu lachen, als Jessy laut quietschend untertauchte und ihre runden Pobacken über der Wasseroberfläche erschienen.

»Es ist herrlich!« rief sie begeistert, als sie wieder auftauchte.

»Sie ist nicht nur eine Schlampe, sie hat auch Stroh im Kopf«, murmelte Mary neben Morgan. »Sie fordert diese Tiere heraus. Es würde mich nicht wundern, wenn sie alle über sie herfallen.«

Alice klammerte sich mit ängstlichem Gesicht an Morgan.

»Willst du wirklich nicht mit mir baden, Morgan?« rief Jessy. »Ich merke, wie sich die Schmutzschicht von zwei Monaten allmählich auflöst und alle Käfer wegschwimmen.« Sie bespritzte die anderen Frauen mit Wasser.

»Komm doch, Morgan... wenn sie wollten, könnten sie uns jederzeit die Kleider vom Leib reißen. Was macht ein Bad da noch für einen Unterschied?«

»Du hast recht, Jessy.« Morgan zog sich schnell aus und watete ins Wasser hinein.

»Himmel, Morgan! Ich glaube, es gibt Streit deinetwegen.« Jessy deutete zu Jacques hin, vor dem ein Indianer stand, der gestikulierte und eine obszöne Geste machte, die selbst Morgan verstand. Sie drehte den beiden Männern den Rücken zu.

Jacques grinste und rief: »Hast du das gehört, Goldhaar? ›Rennender Bär‹ bietet mir sechs Pferde und vier Decken, wenn ich dich ihm als dritte Frau überlasse. Würde dir das Spaß machen? Es ist ein guter Preis, und der Bursche ist ein tapferer Krieger.«

Morgan betrachtete den Indianer und erschauerte. Dann riß sie sich zusammen und begegnete Jacques' Blick. »Glauben Sie, daß Madame Nicole für mich nur sechs Pferde und vier Decken bieten würde? Oder sind Sie nicht davon überzeugt, daß ich mehr wert bin?«

Der Franzose betrachtete ihre runden Brüste, die sich aus dem Wasser hoben, ihr kleines festes Kinn, ihre blitzenden Augen und die Fülle goldener Locken, die ihr Gesicht rahmten. Er warf den Kopf in den Nacken und lachte schallend. »Madame Nicole wird mir erheblich mehr für dich bezahlen müssen. Dafür werde ich schon sorgen.«

»Morgan, du hast mehr Mut als wir drei anderen zusammen«, flüsterte Jessy neben ihr.

»Das stimmt nicht, Jessy. Es ist mir nur nicht so wichtig, was mit meinem Körper geschieht. Aber wenn ich tatsächlich bis San Francisco kommen sollte, finde ich vielleicht eine Gelegenheit zur Flucht. Dann könnte ich zu Seths Ranch zurückkehren...«

»Egal, was kommt, Morgan – du bist ein Glückskind, weil du so eine Liebe erlebt hast, auch wenn sie nur von kurzer Dauer war. Ich wünschte mir, ich könnte mich auch einmal so in einen Mann verlieben und der Mann in mich. Ich meine, wirklich verlieben – nicht so wie diese Kerle, die meinem Pa Geld gaben.«

»Deinem Vater Geld gaben?«

»Sag es bitte nicht Alice und Mary, aber mein Vater hat mich schon mit dreizehn Jahren an Männer verkauft. Vielleicht verstehst du jetzt, warum ich kein Bedauern empfand, als sie den Bastard umbrachten.« Morgan konnte sie nur anstarren, so erschrocken war sie über Jessys Enthüllung.

»Ich hätte es dir doch nicht sagen sollen«, sagte diese leise und schwamm von ihr weg.

»Nein« – Morgan hielt sie zurück – »ich mußte nur gerade daran denken, daß ich meinen Vater immer gehaßt habe, und dabei kannte ich ihn ja kaum. Ich glaube, wir wissen gar nicht, wie dankbar wir für vieles sein sollten. Wenn mein Vater nicht gewesen wäre, hätte ich Seth nicht kennengelernt.« Sie hielt inne und starrte wieder erschrocken vor sich hin. »Wenn ich Seth nicht kennengelernt hätte, wäre er jetzt noch am Leben.«

Jessys Finger gruben sich in Morgans Fleisch. »Morgan, du mußt aufhören, dir ständig Vorwürfe zu machen. Du kannst dich noch fünfzig Jahre lang grämen und änderst doch nichts an der Vergangenheit. Behalte deinen Seth in lieber Erinnerung, aber wüte nicht gegen dich selbst, weil du ihn verloren hast.«

Morgan runzelte die Stirn. »Bist du sicher, daß du erst sechzehn bist? Du sprichst, als wärst du schon neunzig.«

Jessy lachte. »Laß uns hier verschwinden, bevor diese Indianer vergessen, daß sie uns in Ruhe lassen sollen.«

Sie wuschen sich rasch die Haare und zogen sich dann wieder an, während die Sonne in einem Meer leuchtender Farben am Horizont unterging. Als Morgan etwas später am Lagerfeuer saß und versuchte, ihre Haare mit den Fingern zu kämmen, kam »Kleine Blume« zu ihr und stellte sich neben sie. Morgan, die mit ihren Gedanken weit weg war, blickte zu der jungen Indianerin auf und lächelte unwillkürlich. Da streckte »Kleine Blume« den Arm aus und mit einem wunderschönen, aus Schildplatt gefertigten Kamm, den sie in der Hand hielt, auf Morgans Kopf. Diese nickte, und »Kleine Blume« kniete sich hinter der blonden Frau nieder und begann deren lange Haare zu kämmen, während Morgan das Baby der Indianerin auf den Armen hielt.

»Wie kommst du dazu, dich von so einem Tier anfassen zu lassen?«

Morgan ließ sich von den zornigen Worten Marys nicht beirren. Sie zog es vor, sie nicht zu beachten, bis die ältere Frau sich mit einem ärgerlichen Brummen wieder entfernte.

Als »Kleine Blume« mit dem Kämmen fertig war, gab Morgan der Indianerin mit Gesten zu verstehen, daß sie sich ihr Messer ausleihen wolle. Nach kurzem Zögern fand diese sich dazu bereit. Morgan schnitt sich eine große Locke ab und band sie mit einem langen Grashalm zusammen. Dann befestigte sie die Locke oben am Tragegestell des Babys, das die Indianerin am Boden abgesetzt hatte.

Sogleich nahm »Kleine Blume« das Gestell auf und rannte damit davon, um es den anderen Indianerfrauen und ihrem Mann zu zeigen.

»Was ist denn los? Was hat dieser Lärm zu bedeuten?« fragte Jessy.

Morgan lachte und blickte auf das Baby hinunter, das an den Lederschnüren ihrer Mokassins zog. Sie erzählte Jessy von der Locke.

»Nun, das muß eine besondere Bedeutung haben, denn nun erscheint der Boss persönlich auf der Bildfläche.«

Jacques erklärte Morgan, daß die Locke von den Indianern als großes Geschenk betrachtet würde und sie nun selbst eine Gegengabe auswählen müsse.

»Ich hätte gern meine Freiheit wieder.«

»Diese kann ›Kleine Blume‹ dir nicht schenken. Such dir etwas anderes aus.«

»Ich möchte kein Geschenk, nur ihre Freundschaft.«

»Du würdest sie beleidigen, wenn du kein Geschenk von ihr annimmst.« Als Morgan ihn darauf etwas ratlos ansah, drehte er sich um und sagte ein paar leise Worte zu der hübschen Indianerin. Deren Gesicht hellte sich auf, und sie rannte zu ihrer Grashütte.

Rasch kam sie wieder und drückte Morgan ein Armband in die Hand, das aus Silber und Türkisen gefertigt war. Die Türkise waren meisterhaft verarbeitet: Hunderte von kleinen ovalen Steinen waren wie die Blütenblätter eines Gänseblümchens um einen zentralen Kreis angeordnet.

»Ihr Mann hat es einem Zuni-Krieger abgenommen. Die machen solche hübschen Sachen.«

»Sagen Sie ›Kleine Blume‹, das wäre ein wunderbares Geschenk. Ich möchte mich vielmals bei ihr bedanken.«

Nachdem Jacques ihre Worte übersetzt hatte, beugte sich Morgan vor und küßte die Indianerin auf die Wange. »Kleine Blume« sagte etwas zu Jacques.

»Sie sagt, du wärst jetzt ihre Schwester«, übersetzte der Franzose.

»Schwester! Pah! Schwester von diesem schmutzigen Pack! Da wäre ich lieber tot!«

Jacques drehte sich um und blickte in Marys übellauniges Gesicht. »Das ließe sich rasch arrangieren.«

Die Reise durch die Wüste sollte für Morgan immer ein Alptraum bleiben. Sie hatte sich gar nicht vorstellen können, daß so ein schrecklicher Ort auf der Erde überhaupt existierte. Sie brachen schon am Morgen vor Sonnenaufgang das Lager ab und krochen noch vor der heißesten Stunde des Tages wieder in ihre Grashütten. Ein Lagerfeuer gab es nicht mehr. Sie aßen Dörrfleisch und trockenes Maismehl. Das Wasser war streng rationiert, und das Essen blieb ihnen fast im Hals stecken.

Morgan preßte die Hände gegen die Ohren, damit sie das Wimmern des Babys von »Kleine Blume« nicht mehr hören mußte. Die Indianerin hatte nicht genügend Wasser, um die Milch, die sie zum Stillen brauchte, ersetzen zu können, und deshalb war das Baby immer hungrig. Morgan teilte ihr Wasser mit »Kleine Blume«, bis Jacques dahinterkam.

»Glaubst du, ich gebe mir soviel Mühe, dich über die Berge zu schaffen, damit du mir dann auf der Strecke bleibst? Wenn du noch mehr von deinem Wasservorrat verschenkst, werde ich die Squaw töten, und dann hat das Baby überhaupt keine Milch mehr.«

Morgan schwieg und dachte daran, daß die Reise durch die Wüste auch etwas Gutes hatte. Jessy und Mary hörten eine Weile lang auf, miteinander zu streiten, weil sie beide keine Kraft mehr dazu hatten. An den heißen Nachmittagen lagen die Frauen im spärlichen Schatten ihrer Hütten, und die Luft, die sie atmeten, war so heiß, daß sie fast ihre Lungen verbrannte. Endlich entdeckten sie wieder eine grüne Pflanze auf ihrem Weg, zu der sich mit der Zeit immer mehr gesellten, und da wußten sie, daß San Francisco nicht mehr weit weg sein konnte. Und dann sattelten Jacques und zwei Indianer eines Morgens in aller Frühe vier Pferde für die gefangenen Frauen. Die übrigen Indianer blieben im Lager zurück, während für die weißen Frauen die letzte Etappe ihrer Reise nach San Francisco begann.

21

Nach einem harten, drei Tage dauernden Ritt erreichten sie mitten in der Nacht San Francisco. Jacques führte sie durch kleine versteckte Gassen bis an die Seitenfront eines dreistöckigen Fachwerkhauses. Ein zierliches hübsches Mulattenmädchen öffnete ihnen die Tür.

»Hol sofort Madame Nicole hierher. Sag ihr, daß Jacques eingetroffen sei.«

Das Mädchen huschte davon, und alsbald erschien eine dicke Frau, deren Gesicht von einer Fülle pechschwarzer Locken umrahmt wurde, auf der Türschwelle. Sie hatte eine glatte reine Haut und mochte, als sie noch schlank war, eine Schönheit gewesen sein.

Trotz ihres schweren Körpers war sie überraschend leichtfüßig, so als wäre sie noch ein junges Mädchen. Ihr Gang war anmutig, ihre Bewegungen graziös.

»Jacques! Was für eine Freude, dich wiederzusehen!« Ihre Stimme war wohlklingend und jugendlich, und der leichte französische Akzent, mit dem sie sprach, wirkte charmant. Jacques warf die Arme um Madame Nicole und stemmte ihren gewaltigen Körper in die Höhe. Die Frau errötete wie ein Schulmädchen. »Jacques – du kleiner Teufel! Wie sehr ich dich vermißt habe!« Sie küßte ihn herzhaft auf den Mund. »Nun laß mich wieder herunter!«

»Es gibt nur noch wenige echte Frauen auf der Welt«, erklärte er und stellte sie auf den Boden zurück. »Also habe ich dir ein paar von diesen mageren kleinen Dingern mitgebracht, die ja bei den halben Portionen, die sich heutzutage Männer schimpfen, so beliebt sind. Aber ich glaube, eine davon wird selbst dir gefallen.«

Sie sah ihn fragend an. »Ich hoffe doch nicht, daß ich dich verliere, Jacques!«

Er lächelte und musterte sie mit Kennerblick. »Niemand könnte dich ersetzen. Das weißt du doch.«

Sie lächelte nun ebenfalls – ein Lächeln ungetrübter Freude. »Später werden wir feststellen, ob du auch meinst, was du eben gesagt hast. Aber zuerst das Geschäftliche.« Ihre Miene wurde ernst und sie betrachtete mit kritischen Augen die vier müden Frauen.

»Die Blonde, *oui?*«

Jacques kniff als Antwort ein Auge zusammen. »Konnte meine Apachen nur mit Mühe davon abhalten, über sie herzufallen. Etwas zurechtgemacht, ist sie eine Traumfrau.«

»Gut. Sie kommen ja pünktlich zum Weihnachtsfest. Wir werden in diesem Jahr vier Männer sehr glücklich machen können mit unserer Bescherung.«

Madame Nicole klatschte zweimal in die Hände, wobei zahllose Armreife an ihr klingelten und blitzten. Sogleich erschienen vier Mädchen auf der Bildfläche, die auf Befehl Madame Nicoles die Frauen ins Haus begleiteten.

Morgan wurde von einer der Angestellten über eine schmale Treppe ins Schlafzimmer gebracht. Der Anblick des Bettes – das erste, das sie seit vielen Monaten sah – verzauberte sie. Sie ging darauf zu, als würde sie magnetisch davon angezogen.

»Nein, nein!« Das Mädchen hielt ihren Arm fest. »Madame würde niemandem in einem so schmutzigen Aufzug erlauben, in ihren sauberen Betten zu schlafen. Carrie wird Wasser bringen. Sie müssen zuerst baden.« Das Mädchen führte Morgan zu einem Sessel und schob einen Wandschirm beiseite, so daß sich ihrem Blick eine Badewanne aus rotem Porzellan darbot, die auf goldenen Klauenfüßen stand. Ein zweites Mädchen trat ein, und in wenigen Minuten war die Wanne mit dampfend heißen Wasser gefüllt. Morgan ließ sich von den beiden ausziehen und stieg dann in die Badewanne.

Das Wasser schien durch ihr Fleisch bis in das Mark ihrer Knochen hinein vorzudringen, und sie genoß sogar die ziemlich grobe Behandlung, die die beiden Mädchen mit einer Wurzelbürste ihrer Haut und ihrem Kopf angedeihen ließen. Anschließend stieg Morgan aus der Wanne und wollte sich gerade in ein vorgewärmtes Badetuch einwickeln, als Madame Nicole ins Zimmer trat.

Die stattliche Dame betrachtete sie abschätzend, als wäre sie ein Möbelstück. »Oh, lala! Du bist bei weitem die beste von den vieren. Tatsächlich könntest du sogar das Beste sein, was ich meiner Kundschaft bisher präsentiert habe. Du wirst einen sehr hohen Preis erzielen.«

Morgan starrte sie verächtlich an. »Woher nehmen Sie das Recht, jemanden zu verkaufen? Ich bin ein Mensch und keine Handelsware.«

Madame Nicole warf ihren Kopf zurück und lachte. »Aha – eine Lady! Ich hatte ja gar nicht gewußt, daß es so etwas noch gibt. Meistenteils haben die Frauen, die Jacques mir bringt, ihr Leben in Armut verbracht. Sie finden das alles hier« – sie umfaßte mit einer Handbewegung die Zimmereinrichtung – »traumhaft schön. Sie wissen den Luxus und die Sauberkeit zu schätzen. Sie...«

Morgan unterbrach die Frau. »Ihre Leute haben Menschen umgebracht! Auch mein Mann wurde getötet!«

»Oh, ja, das geht leider nicht anders«, tat Madame Nicole dieses Thema mit einem Satz ab. »Wir können nicht zulassen, daß erboste Verwandte hinter unseren Frauen herjagen. Da würde ich ja meine ganze Kundschaft verlieren. Zudem sind Männer ja leicht zu ersetzen.«

»Nicht alle Männer!«

»Also hast du noch nicht lange mit deinem Mann zusammengelebt, sonst hätte sich schon der erste Reif auf deine Blütenträume gelegt. Wenn deine Haut erst einmal von Seifenlauge zerfressen und dein Körper vom vielen Gebären unförmig geworden ist, würdest du mit Freuden dein Ehedaseins gegen so sein Leben in Luxus eintauschen.«

»Sie können mir erzählen, was Sie wollen – das hier ist ein Hurenhaus! Ich lasse mich nicht von Ihnen mißbrauchen!«

»Die Frauen, die Jacques mir bringt, setze ich nicht in diesem Haus ein. Sie werden an sehr reiche Männer verkauft. Oft heiraten sie dann später, oder wenn ihre Liebhaber ihrer überdrüssig werden, setzen sie ihnen so große Summen aus, daß sie bis zu ihrem Lebensende sehr gut versorgt sind.« Sie hielt inne und starrte Morgan an. »Ja, du wirst für Aufregung sorgen. Du bist sogar noch hübscher, wenn die Wut dich packt.«

Die dicke Frau trat zu einem Spiegel und beobachtete darin,

wie ihre Bediensteten Morgan abtrockneten und ihr ein pinkfarbenes Nachthemd anzogen. »Ich möchte meine Mädchen kennenlernen, verstehst du? Und ich bemühe mich, Männer für sie auszusuchen, die zu ihrem Typ passen. Dieser Jessy zum Beispiel gefällt es hier schon sehr gut. Es wird leicht sein, einen Mann für sie zu finden. Und Alice ... wir werden einen älteren Mann für sie auswählen, der sie beschützt und verwöhnt, und sie wird sehr glücklich sein. Mary wiederum braucht einen Mann, der sie hin und wieder schlägt.«

Madame Nicole blickte vom Spiegel weg. »Und was bist du für ein Typ, Morgan?«

Morgan funkelte sie an. »Ich bin nicht irgendein Typ. Sie können mich nicht in irgendein Schema pressen.«

»Ah – aber du hast dich doch eben selbst beschrieben. Du brauchst einen Mann, der dir seine Probleme erzählt. Einer, der dir zuhört und dem du zuhören kannst. Und als Liebhaber brauchst du einen Mann, der dir manchmal die Zügel überläßt und sich deiner Führung anvertraut – ohne sich jedoch von dir beherrschen zu lassen.«

Morgan starrte die Frau erstaunt an. Sie war der Wahrheit zu nahe gekommen. Mit verlegenem Gesicht drehte sie sich zur Seite. Madame Nicole sah zu viel.

Diese lachte. »Wie ich bemerke, habe ich ins Schwarze getroffen. Jede Frau und jeder Mann passen in kleine Nischen. Die Welt ist zu alt, um noch etwas Neues hervorzubringen. Und jetzt gehst du ins Bett. Wir brauchen dich morgen ausgeruht und frisch. Denn für unsere spezielle Weihnachtsauktion müssen wir noch eine Menge vorbereiten.«

Trotz ihrer Wut fiel Morgan todmüde ins Bett und war sofort eingeschlafen.

Drei Tage lang gaben sich die Schneiderinnen gegenseitig die Klinke von Morgans Zimmertür in die Hand. Und nach einer Weile hatte sie sich daran gewöhnt, nackt vor einer Gruppe von Frauen zu posieren und zuweilen auch vor einem Mann, während ihr Stoffe über die Schulter gelegt oder um den Körper gewickelt und mit Nadeln abgesteckt wurden. Es war Morgan nicht gestattet, das Zimmer zu verlassen oder mit den drei anderen gefangenen Frauen zu sprechen. Sie vermißte Jessy und wünschte sich, daß sie mit ihr reden könnte.

Nach den ersten drei Tagen ließ man sie ohne Aufsicht im Zimmer, obwohl ihr immer noch verboten war, den Raum zu verlassen. Da ihre Zimmertür nicht abgeschlossen war, trat sie hinaus in den Korridor und sah sich dort einem riesigen Neger gegenüber, der eine zusammengerollte Peitsche in der Hand hielt. Madame Nicole setzte Morgan später davon in Kenntnis, daß Samson immer vor ihrer Tür Wache halten würde. Er schien keinen Schlaf zu benötigen.

Man gab ihr einen von Mrs. Westons neuesten Romanen zu lesen, doch sie schleuderte nach ein paar Kapiteln das Buch wütend in eine Zimmerecke. Sie konnte sich nicht an Blumengebinden und glühenden Liebesschwüren ergötzen, wenn ihr eigenes Leben so bitter war.

Als Morgans erstes Kleid fertiggestellt war, teilte Madame Nicole ihr mit, daß man ihr und den drei anderen Frauen zu Ehren einen Tee geben würde, bei dem sie ein paar in Frage kommende junge Gentlemen aus San Francisco kennenlernen sollten.

Morgan konnte nur noch staunen über diese Frau. Sie schien keinen Kontakt zur Wirklichkeit zu haben. Ein Außenstehender mußte den Eindruck gewinnen, die vier Frauen wären Nicoles heißgeliebte Töchter und nicht deren Gefangene.

Morgan wurde in einen prachtvoll ausgestatteten Raum geführt. Die Sessel und Kanapees waren mit weißem Samt bezogen, und auf dem Boden lag ein weißer Teppich. Das Mobiliar, das aus Holz bestand – einschließlich der Spiegelrahmen – war mit reichem Schnitzwerk verziert und vergoldet.

»Morgan!«

Jessy und Morgan rannten mit ausgestreckten Armen aufeinander zu. »Du bist schön!«

»Ja, nicht wahr?« Jessys rote Haare hatten einen weichen Schimmer, und ihre schlanke, fast hagere Figur wurde von dem zarten Violett ihres Kleides herrlich zur Geltung gebracht.

»Doch diese Verwandlung habe ich größtenteils ihr zu verdanken«, flüsterte sie Morgan, mit einem Blick auf Madame Nicole, ins Ohr.

Am meisten staunte Morgan jedoch über die verschüchterte kleine Alice, die sie kaum wiedererkannte. »Seit sie ins Zimmer gekommen ist, steht sie nur vor dem Spiegel«, erklärte ihr Jessy. »Und Mary bekommt gleich einen Weinkrampf, weil das Mädchen sie nicht mehr anschauen will, obwohl sie doch so viel für die Kleine getan hat auf dem Treck hierher.«

Alice begrüßte Morgan mit einem kaum wahrnehmbaren Nicken. Und dann verrenkte sie sich fast wieder den Hals, um sich im Spiegel von allen Seiten betrachten zu können, während Mary, den Tränen nahe, sie bat, doch endlich an ihrer Seite Platz zu nehmen.

Jessy und Morgan wechselten einen Blick und hielten sich rasch die Hand vor den Mund, um ein Kichern zu unterdrücken.

»Haben sie dich in der Zwischenzeit auch gut behandelt, Morgan? Das ist das eleganteste Haus, in dem ich jemals gewesen bin. Und in diesem Kleid sehe ich tatsächlich wie eine Lady aus. Madame behauptet, alle Männer, die hierherkämen, wären Gentlemen. Ich würde mir zu gern einen echten Gentleman angeln.«

»Ich mir am liebsten gar keinen Mann.«

Jessy blickte ihre Freundin betrübt an. »Ich habe noch nie eine Frau getroffen, die einem Mann so lange nachgetrauert hat wie du.«

Die Tür ging auf, und Madame Nicole, begleitet von zwei sehr gutaussehenden jungen Männern, trat ins Zimmer. »Ladies, darf ich Ihnen Mr. Leon Thomas und Mr. Joel Westerbrooke vorstellen?«

Morgan wußte nicht, ob sie lachen oder schreien sollte. War dies tatsächlich ein ganz gewöhnlicher Nachmittagstee?

In diesem Moment hörte sie Mary sagen: »Wir werden hier gegen unseren Willen als Gefangene festgehalten. Würden Sie uns bitte helfen? Holen Sie den Sheriff.«

Die beiden jungen Männer drehten sich mit hochroten

Gesichtern von ihr weg. Im nächsten Moment tauchte Samson auf und führte Mary aus dem Zimmer.

Morgan konnte sich später kaum noch an das Gespräch beim Tee erinnern. Alice und Jessy jedenfalls unterhielten sich sehr angeregt mit den jungen Männern. Sie selbst sah ihnen dabei ziemlich teilnahmslos zu und war froh, als der Empfang vorbei war.

Madame Nicole besuchte Morgan, als sie in ihrem Zimmer ihr Abendessen verzehrte. »Du hast dich sehr klug heute nachmittag bei den Gesprächen zurückgehalten. Männer träumen von einer schweigsamen, schönen Frau. Du weißt, wie das Spiel geht.«

Morgan hatte wieder Mühe, ihren Zorn zu unterdrücken. »Es war kein Spiel von mir.«

Die dicke Frau tätschelte ihr mütterlich die Schulter. »Schon weiß ganz San Francisco von der kleinen Feier, die bei Madame Nicole veranstaltet wird, und man munkelt, daß eine sensationelle Schönheit bei diesem Anlaß versteigert würde. Ich dachte, ich sollte dich beruhigen. Zu dieser Auktion sind nur geladene Gäste zugelassen – alles Männer von untadeligem Ruf und großem Vermögen.« Sie blickte Morgan lächelnd an.

»Ich möchte bezweifeln, daß Sie lächeln würden, wenn *Sie* wie ein Tier versteigert werden sollten.«

Madame Nicole lachte – ein lautes, tiefes Lachen. »Wie, glaubst du wohl, bin ich zu diesem Geschäft gekommen? Tatsächlich ist diese Auktion sehr aufregend, *chérie*. Ich würde viel dafür geben, wenn ich noch einmal so jung und schön sein könnte wie du. Wenn sich viele gutaussehende junge Männer um eine Frau reißen, sich gegenseitig überbieten – ja, das ist sehr aufregend. Das passiert nur einmal. Du solltest das genießen.«

Sie blickte Morgan in das vor Zorn gerötete Gesicht. »Die Jugend! Sie ist so voller Grundsätze. Diese junge Dame möchte zum Beispiel auf die Gelegenheit verzichten, ihren schönen Körper Männern zu zeigen, die Schönheit zu schätzen wissen. Lieber teilt sie ihn mit einem einzigen Mann, der sich bald an ihn gewöhnen und darüber langweilen wird. Du bist ein vom

Glück gesegnetes Kind und begreifst das nicht einmal, Morgan. Die Jugend vergeht so rasch. Nütze sie! Genieße sie!«

Sie merkte, daß sie bei Morgan auf Unverständnis stieß. »Pah! Die Jugend ist eine Verschwendung bei Menschen, die sie nicht zu schätzen wissen. Gute Nacht.« Madame Nicole ließ sie allein.

22

Am Tag vor Weihnachten träumte Morgan von Seth. Den ganzen Vormittag über waren ihre Gedanken an ihn besonders stark gewesen. Am späten Nachmittag hörte sie plötzlich die zarten Töne einer Spieluhr und drehte sich zur Kommode hin, von wo die Musik erklang. Im Spiegel sah sie nicht ihr eigenes Bild, sondern Seth, der sie mit verzerrtem Gesicht und haßerfüllten Augen anblickte. Sie erstarrte vor Entsetzen. Auf einmal hörte sie ein leises Scheppern. Die Melodie der Spieluhr war verstummt, und Seths Gesicht zerrann im Spiegel.

Morgan stand immer noch wie versteinert davor, als Madame Nicole mit zwei Dienstmädchen hereinkam. Die Frau erkannte sofort, daß irgend etwas nicht stimmte.

»Morgan? Was hast du denn? Du zitterst ja am ganzen Körper.« Sie hielt Morgan an den Schultern fest, doch diese fuhr fort, in den Spiegel zu starren. Madame Nicole blickte in die gleiche Richtung, entdeckte aber nichts Ungewöhnliches. Sie schob sich zwischen Morgan und den Spiegel.

»Sag mir, was passiert ist.«

»Ich sah ... ich sah ...« brachte Morgan mit heiserer Flüsterstimme hervor.

»Was hast du in dem Spiegel gesehen? Mädchen! Macht ihr diesmal ein besonders heißes Bad!« Die drei Frauen entkleideten Morgan und setzten sie in die Wanne.

Allmählich nahmen ihre Augen wieder einen normalen Ausdruck an, und Nicole seufzte erleichtert. »Was hast du im Spiegel gesehen?« fragte sie wieder mit ruhiger Stimme.

«Meinen Mann«, antwortete Morgan fast unhörbar.

»Aber Jacques erzählte mir doch, daß er tot ist. Du hast dir also nur eingebildet, ihn gesehen zu haben.« Ihr Blick suchte Morgans Augen und hielt sie fest. Etwas darin sagte ihr die Wahrheit: Diese Vision war nicht eine durch Wunschdenken hervorgerufene Sinnestäuschung gewesen. *»Mon Dieu«*, rief sie und bekreuzigte sich. Dann verließ sie ohne ein weiteres Wort das Zimmer.

Heute abend, wenn Madame Nicole die versiegelten Angebote öffnete, würde sie wissen, wem Morgan zufiele. Wenn *er* überhaupt ein Angebot abgegeben hatte! Heute abend würde sie ihren Rosenkranz doppelt so oft herunterbeten wie sonst, bevor sie das Licht löschte.

Die beiden jungen Mädchen waren stiller als gewöhnlich, während sie Morgan für die Auktion ankleideten. Ihre Wäsche war diesmal besonders fein, das Unterhemd mit zartester Spitze besetzt. Das Korsett war aus Satin und mit winzigen Rosenknospen bestickt. Auch das Kleid war aus Satin und leuchtete in sattem Smaragdgrün. Es war einfach geschnitten, hatte aber ein großzügiges Dekolleté, das ihre schönen Schultern unbedeckt ließ.

Während die Mädchen Morgans Haare zu einem kunstvollen Gebilde aufsteckten, wurden sie gesprächiger. »Madame Nicole ist überaus zufrieden mit Ihnen. Sie meint, Sie wären vermutlich die schönste Frau, die sie jemals verkaufen wird. Die Männer werden sehr glücklich über Sie sein.«

»Wir werden Sie genau richtig präsentieren. Carrie und ich haben das schon unzählige Male gemacht, aber niemals bei einer so hübschen Frau, wie Sie es sind. Oft müssen wir die Haut mit Schminke zur Geltung bringen, aber bei Ihnen wäre Make-up nur Verschwendung.«

Als Morgan auf das Geplapper der beiden mit Schweigen reagierte, redeten sie nur noch das Nötigste.

»Und jetzt bleiben Sie ganz ruhig hier sitzen und bringen nichts mehr durcheinander, während wir uns für die Auktion fertigmachen.«

Es schien nur wenige Minuten zu dauern, bis die beiden

Mädchen wieder im Zimmer erschienen. Morgan glaubte, ihr bliebe der Atem stehen, als sie die Aufmachung der zwei betrachtete. Ihre Kleider waren schwarz mit eng anliegenden langen Ärmeln und vorne tief ausgeschnitten. Die Mieder schmiegten sich eng an die Taillen, und die Röcke darunter waren kräftig gebauscht, endeten aber schon weit oberhalb der Knie! Die Beine der Mädchen waren nur mit schwarzen Seidenstrümpfen bekleidet. Und an den Füßen trugen sie hochhackige Pumps.

Morgan hatte noch nie eine Frau gesehen, die ihre Beine auf eine so freizügige Art zeigte. Schon ein Kleid, das nur die Fußknöchel freiließ, galt bereits als unschicklich.

»Das sind unsere Kostüme für die Auktionen. Sind sie nicht hübsch?«

»Aber eure Beine sind nahezu unbedeckt! Wie könnt ihr euch nur trauen, so nackt vor Männern zu erscheinen?«

»So nackt? Aber Sie werden sich heute in einem noch viel gewagteren Kleid vor den Männern zeigen müssen.«

Morgan blickte die Mädchen starr an. »Was meint ihr damit?«

»Carrie meinte gar nichts damit. Und jetzt folgen Sie uns!« Das zweite Mädchen warf Carrie, als Morgan nicht hinsah, einen strengen Blick zu.

Morgan traf die anderen drei Frauen unten in der Halle. Jede war von zwei Mädchen begleitet, die das gleiche Kostüm trugen wie die beiden Bediensteten, die man ihr zugeteilt hatte. Die vier Frauen begrüßten sich nur mit einem knappen Kopfnicken, da sie mit ihren Gedanken alle schon ängstlich bei dem kommenden Ereignis weilten.

Man führte sie hinter eine kleine Bühne. Von dort konnten sie das Räuspern und die gedämpften Stimmen von Männern – vielen Männern – auf der anderen Seite des Vorhangs hören.

Madame Nicole eilte auf sie zu. »Kinder... paßt auf und zerdrückt mir nicht die Kleider. Zuerst kommt Mary an die Reihe, dann Jessy, Alice und als letzte« – ihr Blick verklärte sich – »unsere Morgan.« Damit war sie schon wieder verschwunden, und kurz darauf hörten die Frauen einen höflichen

Applaus und anschließend Madame Nicoles Stimme. »Meine verehrten Herrschaften – die erste Lady ist Mary. Mary braucht etwas Zähmung, um einige unangenehme Aspekte ihrer Persönlichkeit überwinden zu können. Doch wie schon Mr. Shakespeare richtig erkannte, gibt es Möglichkeiten, die Widerspenstigen zu zähmen.« Höfliches Lachen erklang. »Ich entschuldige mich, daß wir Samson auf der Bühne brauchen, aber ich hoffe, Sie werden mir zustimmen, daß Mary diesen besonderen Aufwand durchaus verdient.«

Sie hörten die leisen Klänge eines Orchesters.

»Was, glaubst du, geht da draußen vor sich?« fragte Jessy leise, während sie sich zu Morgan beugte.

Sie hörten Marys Stimme von der Bühne: »Nein!«, dann das Knallen von Samsons Peitsche.

Alice blickte die beiden anderen Frauen ängstlich an. Sie hörten Marys Schluchzen. Nach einigen Takten hörte das Orchester wieder auf zu spielen, und irgend jemand zerriß Papier.

»Mr. Thomas Millsant hat soeben den Zuschlag auf sein Angebot erhalten«, erklärte Madame Nicole mit munterer Stimme.

Dann raschelte der Vorhang am anderen Ende der Bühne, und die drei Frauen sahen Mary, die das Gesicht mit beiden Händen bedeckte, während ihr Körper im Flutlicht matt schimmerte.

»Oh, mein Gott! Sie ist nackt!« Alice schien einer Ohnmacht nahe.

Bevor Jessy etwas sagen konnte, drängten die Mädchen, die sie begleitet hatten, sie schon auf die andere Seite des Vorhangs. Morgan erhaschte nur noch einen Blick auf Jessys ängstliches Gesicht, ehe die Stoffbahnen ihr die Sicht versperrten.

Wieder hörte Morgan, wie Madame Nicole die Persönlichkeit einer »ihrer« Frauen skizzierte. Sie lobte Jessys Anmut und Bereitwilligkeit. Wieder setzte das Orchester ein, doch diesmal gab es keine Protestschreie. Als die Musik verklang, vernahm man einen höflichen, sogar angeregten Applaus.

Morgan blickte nicht zum anderen Ende der Bühne hin, als

Jessy wieder durch den Vorhang kam. Sie versuchte, an nichts zu denken, sich durch Willenskraft in eine andere Welt zu versetzen. Sie wußte nun, was mit ihr auf der Bühne geschehen würde. Alice ging jetzt an ihr vorbei, und wie durch dichten Nebel hörte Morgan, wie Madame Nicole die Vorzüge und die Unschuld des Mädchens anpries.

Sekunden schienen erst vergangen zu sein, als sie den Applaus hörte, diesmal viel lauter als zuvor, und Madame Nicole den Gewinner verkündete.

Die zwei ihr zugeteilten Bediensteten halfen ihr, sich von ihrem Stuhl zu erheben. Sie glätteten ihr Kleid und ordneten noch einmal ihr Haar. Morgan hörte Madame Nicoles Stimme.

»Und nun, meine Herren, kommt die eine, auf die Sie alle gewartet haben – das einmalige Geschöpf, über das man in ganz San Francisco schon seit Tagen spricht. Ich muß Sie allerdings warnen, meine Herren – wenn die Angebote nicht hoch genug sind, werde ich sie alle ablehnen. Und nun zeigen wir Ihnen unser Juwel.«

Das Orchester begann zu spielen, und Morgan wurde auf die Bühne gebracht. Sie war froh über das starke Licht, das sie blendete, so daß sie die Männer vor sich nicht sehen konnte.

Die Mädchen führten sie auf der Bühne auf und ab und begannen dann, wie erwartet, sie zu entkleiden. Nach jedem Stück, das sie entfernten, drehten sie Morgan herum, um den Zuschauern deren Körper vor allen Seiten zu zeigen. Morgan nahm ein leises Raunen unter sich wahr.

Ihre Haut schimmerte in dem weichen Licht, das zahllose Kerzen spendeten. Die Mädchen brauchten fast eine halbe Stunde dazu, sie bis auf die Unterwäsche zu entkleiden. Schließlich stand Morgan nur noch in hochhackigen Pumps, schwarzen Seidenstrümpfen und dem Strumpfhalter auf der Bühne. Die Mädchen drehten sie wieder herum und entfernten die Nadeln aus ihren Haaren, so daß ihr die Lockenflut über den Rücken bis zur Taille fiel.

Genau in diesem Moment brach unten der Beifall los. Er hallte wie Donner durch den Raum, so als wären Hunderte von Männern vor ihr versammelt. Morgan hörte, wie Stühle über den Boden scharrten. Sie wollte davonlaufen, sich verstecken, doch die Mädchen hielten sie an beiden Armen fest, und Samson blockierte den Ausgang.

Sie entließen sie erst nach Stunden, wie es Morgan vorkam, wieder hinter den Vorhang. Zwar war sie noch einmal auf der Bühne auf und ab geführt worden, diesmal mit gelösten Haaren.

Die Mächen legten ihr einen Morgenmantel über die Schultern, und Morgan brach unter Tränen auf dem Bett in ihrem Zimmer zusammen. Madame Nicole trat unmittelbar danach in den Raum. »Du warst sensationell! Diese Auktion wird in die Geschichte eingehen!«

»Sie haben bekommen, was Sie wollten. Für Sie ist es zu Ende, aber für mich fängt es erst an. Ich bin an einen – weiß Gott, welchen – Mann verkauft, der mich nach Gutdünken verwenden und mißbrauchen kann.«

Auf ihre Art liebte Nicole ihre Mädchen, und es tat ihr weh, Morgan in so bitterem Ton sprechen zu hören. Sie nahm Morgan in die Arme, die nun an ihrem fülligen Busen laut schluchzte. »Nein, *chérie*, ich bin nicht ohne Gefühle. Jahrelang habe ich diese Auktionen in New Orleans abgehalten. Dies ist erst meine zweite Versteigerung in San Francisco, und durch dich bereits ein großer Erfolg in dieser Stadt. Du hast mir einen neuen Namen verschafft, und dafür bin ich dir dankbar.«

Sie hielt Morgans bebende Schultern, blickte in ihre tränennassen Augen und erklärte: »Auch ich war einmal jung. Ich weiß sehr wohl, was es bedeutet, jemanden wirklich zu lieben. Ich habe dir eine neue Chance im Leben gegeben. Ich habe nicht das höchste Angebot angenommen, und ich kann nur beten, daß das niemand erfährt. Dein Wohltäter wird dir dabei helfen, daß dein gebrochenes Herz wieder heilen kann. Und wenn du wieder wohlauf bist, wenn deine Seele wieder so gesund wie dein Körper schön ist, wirst du für einen Neubeginn bereit sein, für eine neue Liebe.«

Morgan wischte sich die Augen. »Ich verstehe nicht, was Sie sagen – was Sie meinen.«

Nicole stand auf. »Du wirst es verstehen, und ich hoffe, daß du mich eines Tages nicht mehr hassen wirst. Es ist nicht leicht, auf einen guten Profit zu verzichten. Mädchen! Holt das Reisekleid für Morgan. Die Kutsche von Mr. Shaw wartet schon.« Sie nickte Morgan zum Abschied noch einmal zu und ging aus dem Zimmer.

»Mr. Shaw! So ein schöner Mann«, sagte Carrie und verdrehte die Augen.

»Madame Nicole wird dich züchtigen, wenn sie erfährt, was du eben gesagt hast.« Beide Mädchen kicherten.

»Was sollen diese seltsamen Bemerkungen? Und vorher diese Andeutungen von Madame Nicole? Was ist verkehrt an diesem Mann, diesem Monster, an das sie mich verschachert hat?«

Die Mädchen sahen sich an und brachen dann beide in ein lautes Kichern aus. Ihre Hände zitterten so sehr, daß sie kaum Morgans schokoladenbraunes Cape zuknöpfen konnten.

»Verschwindet – habt ihr gehört? – ihr sollt verschwinden!« sagte Morgan mit panikerfüllter Stimme.

Rasch verließen die Mädchen das Zimmer und ließen die Tür mit lautem Klicken einrasten. Doch sie wurde sofort wieder geöffnete. »Ich sagte doch, daß ihr verschwinden sollt. Ich habe genug von eurem ...« Morgan unterbrach sich, sah hoch und blickte in die blauen Augen eines außergewöhnlich schönen Mannes. Er war vermutlich bereits in den Vierzigern, aber seine Haut war klar und glatt. Seine welligen Haare waren blond und aus der Stirn gekämmt. Er hatte breite Schultern, eine breite Brust, eine schmale Taille und lange Beine.

Morgan starrte ihn sprachlos an. Dieser Mann war zu perfekt, um wahr zu sein. Er gab ihr mit einer Handbewegung zu verstehen, daß sie in den Spiegel blicken sollte. Sie kam seiner Aufforderung nach und wußte sofort, warum er sie dazu veranlaßt hatte. Sie waren sich beide überraschend ähnlich. Ihre Haare und Augen zeigten eine Übereinstimmung, als wären sie Zwillinge.

»Es ist, als wären wir Bruder und Schwester, nicht wahr?« sprach er laut aus, was sie dachte. »Ich war selbst von dieser Ähnlichkeit überrascht, als ich Sie auf der Bühne sah. Drehen Sie sich um, damit ich Sie genauer betrachten kann.« Er nahm ihr Kinn in seine Hand. »Hm, ja. Ich fürchtete schon, Nicole hätte Puder verwendet, um Schwachstellen zu verdecken. Aber ich kann keinen Makel erkennen.

Morgan drehte mit einer heftigen Bewegung ihren Kopf weg. »Ich nehme an, Sie sind Mr. Shaw.«

»Sie müssen das nicht so sagen, als wäre ich ein ekliges Insekt. Ja, ich bin Theron Shaw. Sie können mich Theron nennen.«

»Nun, Mr. Shaw«, sagte sie mit Betonung, »was haben Sie jetzt mit Ihrer Sklavin vor?«

»Meine Sklavin? Nun, ich vermute, Sie hegen gewisse feindselige Gefühle nach dieser ziemlich vulgären Vorstellung von Nicole. Aber ich habe in der Tat Pläne mit Ihnen. Es ist schon ziemlich spät, und ich bin müde. Morgen ist Weihnachten, und wir können den ganzen Tag damit verbringen, über Ihre Zukunft zu reden. Sollen wir jetzt gehen?«

»Ihr Wunsch ist mir Befehl.«

»Ich kann es kaum erwarten, daß Sie diesen häßlichen Sarkasmus ablegen. Sie geben ihn doch auf, nicht wahr? Ich meine, es gehört nicht zu ihrer wahren Natur, zynisch zu sein, oder?«

Morgan antwortete nicht, aber Theron Shaw fing an, ihr einige Rätsel aufzugeben.

»Lassen Sie mich nur noch Lebewohl zu meiner Freundin sagen.« Sie hörte Jessys Stimme hinter sich und drehte sich mit ausgestreckten Armen um. Die beiden Frauen küßten sich, und dann folgte Jessy einem jungen Mann, der ihr ausnehmend gut zu gefallen schien.

Theron half Morgan in eine elegante Kutsche, die sich gleich darauf in Bewegung setzte. Sie sprachen kein Wort, bis sie vor einem schlichten weißen zweistöckigen Haus hielten. Als sie das äußerlich schmucklose Gebäude betraten, blickte Morgan sich erstaunt um. So etwas hatte sie bisher noch nicht gesehen. Theron beobachtete gespannt ihre Reaktion, und als sie einen kleinen entzückten Laut von sich gab, lächelte er.

»Also gefällt es Ihnen?«

»Es ist schön. Ich kenne nichts, was sich damit vergleichen ließe.«

»Nun – das ist mein Geschäft, müssen sie wissen. Ich bin Importeur und Sammler. Die meisten Leute schmücken ihre Häuser mit Dingen, die gerade in Mode sind, aber ich wähle mir das, was mir gefällt, aus allen Perioden der Geschichte aus und stelle es zusammen. Deshalb sehen Sie auch chinesisches Porzellan auf Teppichen aus Marokko. Dieser blaue Sessel ist italienisch, spätes siebzehntes Jahrhundert. Wie man mir erzählte, ist er eigens für einen König angefertigt worden, nur wußte der Händler nicht, für welchen König.«

Er führte sie zu einer wunderschönene Treppe, deren geschwungener Handlauf von geschnitzten Ranken und Blumen getragen wurde.

»Die Treppe stammt aus Ihrem Süden. Das Haus brannte ab, und diese Treppe gehörte zu den wenigen Dingen, die unbeschädigt geblieben sind. Sind Sie mit der Malerei vertraut? Kennen Sie Brueghel, Rembrandt und diesen neuen Künstler – Ingres? Mir gefällt der Schwung der Rückenlinie dieser Frau.« Morgan hatte Mühe, alle die neuen Eindrücke aufzunehmen.

»Morgan, Sie sind müde. Bitte, verzeihen Sie mir. Hier ist Ihr Zimmer. Ich fürchte, Sie müssen sich heute abend schon selbst versorgen. Ich hatte nicht geplant, noch in dieser Nacht einen Gast mit nach Hause zu bringen. Jeannette wird sich morgen früh um Sie kümmern. Gibt es noch etwas, das ich Ihnen bringen kann? Vielleicht etwas zu essen?«

Sie schüttelte den Kopf, und nachdem Theron ihr eine gute Nacht gewünscht hatte, ließ er sie allein. Die Schönheit und der Geschmack, mit denen dieses Haus eingerichtet war, hatten sie schon fasziniert, aber dieses Schlafzimmer war einfach atemberaubend. Die Wände waren mit lichtblauer, leicht gemusterter Seide überzogen. Die Decke war weiß, und der Boden bestand aus glänzendem Parkett, auf dem weiße Brücken verteilt waren. Das Bett war riesig, mit Bezügen die aus dem gleichen Material bestanden wie die Tapeten. Morgan bemerkte einen niedrigen Schminktisch, eine Kommode mit Aufsatz, eine Vitrine mit einer gläsernen Front – alles aus dem gleichen honigfarbenen Holz gefertigt wie der Fußboden. In der Vitrine standen mehrere kunstvoll geschnitzte Jadefiguren. Es gab keinen Gegenstand im Raum, der nicht eigens für dieses Zimmer angefertigt zu sein schien.

Es dauerte einige Sekunden, bis sie wieder zur Besinnung kam und daran dachte, daß Theron bald wieder zurückkommen und auf seinen Rechten als ihr Eigentümer bestehen würde. Rasch zog sie sich aus und schlüpfte in das rosafarbene Nachthemd, das Madame Nicole ihr mitgegeben hatte. Es sah ordinär aus in diesem wunderschönen Zimmer.

Morgan bürstete sich das Haar mit der Bürste, die sie auf dem Schminktisch fand und die zu einer aus vierzehn Teilen bestehenden Kollektion von Toilettengegenständen gehörte, die aus grünem Marmor gefertigt waren. Sie kletterte in das Bett, blies die Lampe aus und überlegte, was sie Theron sagen würde, um ihn zu überzeugen, daß er ihr die Freiheit wiedergeben mußte. Irgendwann schlief sie mitten in ihren Überlegungen ein.

Als sie erwachte, war es schon heller Morgen, und die Sonne strömte durch die beiden Balkontüren ins Zimmer. Eine junge Frau in schwarz-weißer Dienstmädchenkleidung lächelte sie an und zeigte dabei makellos weiße Zähne.

»Guten Morgen, Madame. Mr. Shaw sagte, ich dürfte Sie nicht wecken, aber da Sie bereits wach sind, würden Sie sicherlich gern mit ihm das Frühstück einnehmen.«

»Ich bin sicher, daß ich in dieser Angelegenheit gar keine andere Wahl habe«, murmelte Morgan.

Das Mächen sah sie ein wenig verwundert an. »Ich bin Jeannette. Mr. Shaw sagte mir, daß Sie seine neue Assistentin seien.«

Nun war es an Morgan, das Mädchen erstaunt anzublicken. »Assistentin?«

»Entschuldigen Sie mich einen Moment, Madame. Ich werde Ihnen einen Morgenmantel bringen.« In wenigen Sekunden kam Jeannette mit einem Mantel aus schimmerndem blauem Satin zurück, der am Hals und am Saum mit Marabufedern besetzt war. »Schön, nicht wahr? Mr. Shaw hat einen exzellenten Geschmack.«

Theron saß, in einer Zeitung lesend, am Frühstückstisch. Als er Morgan erblickte, stand er auf, nahm ihre Hand und geleitete sie zu dem Stuhl neben dem seinen. »Ich hoffe, Sie haben gut geschlafen.«

Morgan schwieg. Nachdem der Butler aus dem Zimmer gegangen war, drehte sich Theron ihr zu. »Wirklich, Morgan – Sie müssen kein Gesicht machen wie ein ängstliches Häschen, das von den Jägern davonrennt. Sonst reden bald alle Dienstboten im Block davon, daß ich sie schlagen würde.«

Bevor sie zu einer Antwort ansetzen konnte, kehrte der Butler mit einer Platte zurück, die er vor sie auf den Tisch stellte. *»Œufs demi-devil!«* rief Morgan. »Es ist schon ein Jahr her, daß ich so zubereitete Eier gegessen habe.« Sie bediente sich, kostete und blickte dann in Therons erstauntes Gesicht. »Köstlich. Sie müssen Ihrem Küchenchef ein Lob aussprechen.«

»Sie kennen sich mit der französischen Küche aus?«

»Ja. Ich habe eine Weile bei einem französischen Meisterkoch gelernt.«

Er lächelte, und seine blauen Augen strahlten. »Wir werden blendend miteinander auskommen.«

Das Gespräch bis zum Ende des Frühstücks drehte sich jetzt nur noch um französische Küche und Rezepte. Zwischendurch hatte Morgan Gelegenheit, das makellos weiße Tischtuch, das blau-weiße Limoges-Porzellan, das silberne Tafelbesteck und die blau-weißen Nelken zu bewundern, die in einer Silberschale schwammen.

Nach dem Frühstück bot Theron ihr seinen Arm und führte sie durch einen Bogengang am Ende des Wohnzimmers. Der Raum dahinter, ein Wintergarten, beherbergte üppig grüne Pflanzen und Orchideen in allen Farben. In seiner Mitte stand eine weiße Marmorstatue, die einen Jüngling aus der klassischen griechischen Periode darstellte. Der Körper war makellos geformt. Morgan drehte sich mit einem fragenden Blick zu Theron um.

»Ich habe sie in Griechenland gefunden«, erklärte er und strich liebkosend über die Statue.

Morgan nickte, und nachdem sie einen Moment geschwiegen hatte, sagte sie zögernd:

»Sie wollten heute mit mir über meine Zukunft sprechen?«

»Ja.« Er rückte einen Stuhl für sie zurecht. »Ich sagte Ihnen ja bereits, daß ich Importeur feiner Kunstgegenstände bin. Ich habe die meiste Zeit meines Lebens in New York gewohnt, aber als ich hörte, daß man hier Gold entdeckt hatte, wußte ich, daß hier ein Bedarf für meine Waren entstehen würde. Wenn Männer Geld machen, brauchen ihre Frauen Möglichkeiten, es auszugeben. Die prachtvollen Häuser, die ihre Männer für sie bauen müssen, richten die Damen ein, und das ist der Moment, wo ich ins Spiel komme. Ich schaffe die Sachen heran, die sie dafür brauchen – herrliche, schöne, teure Dinge. Ich mache ihnen auch Vorschläge, was sie kaufen sollen. Unglücklicherweise wird Geld nicht immer von gutem Geschmack begleitet.«

Morgan lauschte aufmerksam. »Und wo komme ich nun ins Spiel?«

»In Europa oder New York hätte ich mit meinem Geschäft keine Probleme. Dort verstehen mich die Leute. Aber hier! Dieses neue Gold macht aus einem Arbeiter oder Farmer über Nacht einen Millionär. Obwohl er nun ein vermögender Mann ist, bleibt er trotzdem ein Ignorant. Er kleidet sein dickes schwitzendes Weib in scharlachrote Seide und meint, nun sei sie eine Lady – glaubt, jeder Mann begehre sie nun.« Theron hielt inne. »Entschuldigen Sie, wenn ich mich zu einer zu persönlichen Wertung hinreißen lasse.

Jedenfalls habe ich hier gelernt, daß ich einen Partner brauche, eine Frau, die mir assistiert, wenn ich mit diesen Ignoranten rede. Allein scheine ich die Leute einzuschüchtern. Auch sind die Ehemänner eher geneigt, die extravaganten Wünsche ihrer Gattinnen zu erfüllen, wenn eine schöne junge Frau zugegen ist.«

»Und dafür brauchen Sie mich? Als Assistentin in Ihrem Geschäft?«

»Ja«, sagte er schlicht.

»Aber das verstehe ich nicht. Warum mußten Sie da in ein ... solches Haus gehen und mich ... kaufen? Sie bräuchten doch nur eine geeignete Person anzustellen.«

»Sie reden so, als wenn das ganz einfach wäre, aber das

Gegenteil ist der Fall. Sie sind nicht vom Goldfieber ergriffen worden. Sie haben nicht erlebt, was dieses Fieber aus den Leuten macht. Die Frauen, die hierherziehen, kommen mit ihren Ehemännern oder Vätern, und sie wollen keine Jobs – sie wollen ihre Tage in der Sonne verbringen und Siebe schütteln, die mit kleinen Kieselsteinen gefüllt sind. Es ist sehr schwer heutzutage, jemanden für eine Dauerstellung zu finden. Zudem kann ich, wie Sie sehen, Häßlichkeit nicht ertragen. Diese Frauen entsprechen zumeist nicht meinen Vorstellungen.

Übrigens hatte ich bereits eine Assistentin, doch sie hat mich eines betrunkenen Lümmels wegen verlassen, der Gold im Wert von ein paar hundert Dollar in seinen schmutzigen Taschen mit sich herumtrug.« Therons Stimme drückte seine ganze Verachtung für diesen Menschen aus.

»Ich pflege in der Regel nicht solche Auktionen zu besuchen, wie sie Madame Nicole in ihrem Haus veranstaltet. Aber ein Freund von mir, Mr. Leon Thomas, wies mich auf die Ähnlichkeit zwischen Ihnen und mir hin, und das machte mich neugierig. Madame Nicole schickte mir auf meinen Wunsch hin eine Einladung. Ich kaufe Dinge zu meinem Broterwerb ... schöne Dinge. Und als ich Sie sah, machte ich Madame Nicole ein Angebot.«

»Aber Sie können doch unmöglich Menschen kaufen!«

»Bitte!« Er hob abwehrend die Hände. »Wir wollen darüber nicht mehr diskutieren. Madame Nicole sagte mir, Ihr Gatte sei tot und Sie wären allein. Ich brauche eine Assistentin und Sie ein Heim. Könnten wir das Ganze nicht als eine Geschäftsvereinbarung bezeichnen?«

»Eine Geschäftsvereinbarung?« flüsterte Morgan. Tränen traten in ihre Augen, als sie sich an die gleichen Worte erinnerte, die sie vor kaum einem Jahr Seth gegenüber gebraucht hatte.

»Entschuldigen Sie. Ich scheine wieder einmal etwas Falsches gesagt zu haben.«

»Nein, das betrifft nicht Sie. Es sind alte Erinnerungen, die mir aber noch sehr nahegehen. Ich bin über den Tod meines

Mannes noch nicht hinweggekommen. Manchmal fürchte ich, daß mir das nie gelingen wird.«

Theron schwieg einen Moment verlegen und fuhr dann fort: »Wie ich schon sagte, könnten Sie für mich arbeiten, mein Gewerbe erlernen und bei mir bleiben, bis Sie Ihren Kaufpreis verdient haben. Und Sie können jeden Luxus genießen, den Sie sich nur wünschen.«

Morgan dachte einen Moment über seine Worte nach. Sie konnte nach Neu-Mexiko auf die Ranch ihres Vaters zurückkehren. Sie wußte, daß sie unter den bestehenden Umständen berechtigt war, seinen Besitz zu erben. Aber was würde sie allein auf einer Ranch anfangen? Vielleicht war es besser, wenn sie für ihren Lebensunterhalt arbeitete.

»Was gehört außer meiner Aufgabe, zu repräsentieren, noch zu dieser geschäftlichen Vereinbarung?«

Er blickte sie lächelnd an »Wenn Sie damit meinen, ob ich vorhabe, Ihr Liebhaber zu werden, ist die Antwort nein. Obwohl Sie eine Schönheit sind, habe ich in dieser Richtung keinerlei Interessen.«

In diesem Moment erinnerte sie sich daran, wie er die Statue des Jünglings gestreichelt hatte. Sie verstand jetzt seine Worte und erwiderte sein Lächeln. Madame Nicole hatte ihr in der Tat einen Gefallen getan. »Ja, ich nehme Ihr Angebot an.«

»Gut! Dann können wir gleich mit der Arbeit beginnen. Jeannette erzählte mir, daß die Kleider, die Sie mitgebracht haben, reichlich vulgär sind. Ich kann mir Madame Nicoles Geschmack sehr gut vorstellen.« Theron erschauerte. »Da wir uns so sehr ähneln, weiß ich, welche Farbtöne Ihnen am besten stehen – reine, kräftige, satte Farben.«

»Dasselbe sagte mir auch meine Schwiegermutter. Keine pinkfarbenen oder beigen Töne für Morgan – sondern Rot, Blau und Schwarz.«

Er nahm ihren Arm und tätschelte ihre Hand. »Wir werden ein Team sein, wir beide. Und man wird überall über uns reden. Sehen Sie?« Er blieb vor einem mannshohen Spiegel stehen, und sie war wieder überrascht über ihre Ähnlichkeit. Blonde, dichte Haare... schimmernd blaue Augen... die gleichen vollen Lippen. »Natürlich bin ich wahrscheinlich alt genug, um Ihr Vater sein zu können, habe jedoch gewisse Zweifel, daß ich das wirklich bin.« Theron zwinkerte ihr im Spiegel zu, und sie lachte.

»Ich glaube, das wird eine sehr erfreuliche Partnerschaft werden.«

Die darauffolgenden Wochen kamen Morgan wie ein Märchen vor. Theron war ein angenehmer Gesellschafter und ein großartiger Menschenkenner. Sie lachten beide über das Gehabe der Neureichen. Therons untadeliger Geschmack brachte Morgans Schönheit nur noch mehr zur Geltung. Sie wurde bald zu einer gefeierten Berühmtheit in San Francisco. Alle Köpfe drehten sich nach ihr um, wenn sie irgendwo in der Öffentlichkeit erschien. Es schneite Einladungen ins Haus.

Männer ermunterten ihre Frauen, sich Therons Hilfe bei der Ausgabe ihres Geldes zu bedienen, und oft mußte Theron Morgan aus den Händen ihrer zu begeisterten Verehrer unter den Ehemännern befreien.

Jessy schickte Morgan eine Einladung zum Lunch in einem der neuen hocheleganten Tee-Salons. Es war eine der seltenen Gelegenheiten, wo sich Morgan ohne Begleitung von Theron zu einer Adresse in San Francisco begab.

Die beiden Frauen umarmten sich. Sie waren froh, wieder einmal zusammen sein zu können. Morgan bemerkte, daß Jessys billiges Taftkleid voller Flecken und fadenscheiniger Stellen war, doch das Glück in ihren Augen verdrängte offensichtlich alle Geldprobleme.

»Er hatte in letzter Zeit eine Pechsträhne in den Goldfeldern. Hat zu viel in faule Eier investiert.«

»Aber du bist glücklich, Jessy? Nur das ist wichtig.«

»Oh, klar. Tom und ich kommen immer noch blendend miteinander aus. Ich habe nebenbei noch einen anderen. Nun schau mich nicht so schockiert an, Morgan. Ich bin nicht wie du. Ich habe noch nie nur einen Mann lieben können. Aber jetzt erzähl mir mal was von dir. Ich war sehr beunruhigt, als diese beiden Mädchen mir erzählten, an was für einen Mann

Madame Nicole dich verkauft hat. Vielleicht hast du inzwischen auch einen Liebhaber, wie?«

Morgan lachte. »Jessy, ich bräuchte dich immer in meiner Nähe. Manchmal verirrt sich mein Geist tagelang zwischen Louis-Quatorze-Möbel und französische Emaillearbeiten. Du scheinst stets zu wissen, was du willst.«

»Ich weiß nur, daß Möbel, so schön sie auch sein mögen, kein Ersatz für einen Mann sind. Um wieder auf meine Frage zurückzukommen – hast du schon einen Liebhaber?«

Morgan schüttelte den Kopf. »Es hat nur einen Mann in meinem Leben gegeben, und das ist alles, was ich mir in dieser Beziehung wünsche. Keiner wird jemals Seth ersetzen können. Jessy, schau mich nicht so an, als wäre ich nicht ganz richtig im Kopf. Ich bin glücklich – so glücklich, wie ich ohne Seth nur sein kann. Theron und ich sind Freunde. Er ist gut zu mir, und mir macht das Einrichten von Häusern Spaß.«

»Du hast recht. Ich glaube wirklich, daß du nicht ganz richtig im Kopf bist. Aber solange du glücklich bist, ist das ja auch nicht von Belang. Ich muß jetzt wieder gehen, bevor Tommy glaubt, ich hätte ihn verlassen, und meine Sachen auf die Straße wirft. Ich konnte ihm nämlich unmöglich sagen, daß ich mich mit dir treffe. Wenn er nämlich herausfindet, daß ich eine gute Bekannte der schönsten Frau von San Franzisco bin, würde er mir Tag und Nacht in den Ohren liegen, daß ich dich mit ihm zusammenbringen soll.« Lachend trennten sie sich.

Im Mai, als Morgan schon fast fünf Monate die Assistentin von Theron war, trafen neue Trecks aus dem Osten in der Stadt ein, alle mit Menschen beladen die auf den Goldfeldern ihr Glück versuchen wollten. Zu ihnen gehörte auch der Chandler-Wagen.

23

Die Chandlers hatten schon einen langen, harten Treck von Vermont in den Westen hinter sich. Sie kamen mit zwei Fuhrwerken, wovon das eine mit Ackergeräten und der Grundausstattung für die Goldsuche, das andere mit Hausrat beladen war. Ed Chandler war froh, als er Seth Colter kennenlernte. Er war mit der Betreuung seiner Frau und seiner beiden ziemlich aktiven Töchter total überfordert gewesen. Seine Töchter waren hübsch, und alle jungen Männer in dem aus sechsundzwanzig Gespannen bestehenden Wagenzug schienen ihnen den Hof zu machen.

Mr. Colter hatte wenig über sich selbst erzählt, nur, daß er zur Westküste wollte. Ed hatte ihm sofort einen Job angeboten. Wenn er ihm bei den Pferden, dem Vieh und auf den Fuhrwerken helfen würde, sollten Mrs. Chandler und die Mädchen für ihn kochen, und irgend jemand würde sich auch um seine Wäsche kümmern.

Ed lachte in sich hinein, als sie mit Handschlag dieses Abkommen besiegelten, und Seth sah ihn fragend an.

»Ich bin mir nicht so sicher, daß ich Ihnen damit einen so großen Gefallen tue, Mr. Colter.«

»Wie das, Mr. Chandler?«

»Ich habe zwei Töchter, beide Expertinnen im Brechen von Herzen. Ich fürchte, daß sie Ihnen einige Probleme aufgeben werden.«

Seths Miene wurde ausdruckslos. »Ich glaube nicht, daß ich mir eines gebrochenen Herzens wegen Sorgen machen müßte.«

Ed Chandler blickte ihm mit gerunzelter Stirn nach. Dieser junge Mann war tatsächlich viel zu ernst für sein Alter.

Schon zeitig am folgenden Morgen ritt Seth zum Treck hinaus und stellte sich dort den Chandler-Frauen vor. Ivy Chandlers Blicke huschten unermüdlich hin und her, damit sie ihre Töchter nicht einen Moment aus den Augen verlor. Die Mädchen, Gladys und Sudey, waren beide hübsch. Sie waren groß, kräftig und hatten schöne rotbraune Haare. Gladys war siebzehn, und Sudey achtzehn. Als ihr Vater ihnen Seth präsentierte, starrten sie ihn an und nickten. Seth tippte mit dem Finger an die Hutkrempe und ging davon.

Es dauerte eine Minute, bis sich die Mädchen erholt hatten. Gladys faßte sich als erste. »Papa, warum hast du uns denn nichts von Mr. Colter erzählt?«

»Habe ich doch. Gestern.« Er lächelte. Er wußte genau, was sie meinten.

»Wo kommt er her?«

»Ist er verheiratet?«

»Mädchen! Bitte. Ich weiß so gut wie gar nichts über Mr. Colter. Ich habe ihn erst gestern kennengelernt und ihm einen Job angeboten.«

»Glaubst du, daß das klug ist, Ed? Ich meine, wir wissen doch wirklich nichts von ihm und werden drei Monate lang mit ihm gewissermaßen unter einem Dach leben.«

»Drei Monate!« Gladys seufzte.

»Ein Fremder. Ein großer, gutaussehender Fremder!« murmelte Sudey.

»Mädchen! Ich will so etwas nicht mehr von euch hören. Mr. Colter ist ein Angestellter eures Vaters. Obwohl wir uns in der Wildnis befinden, gibt es für undamenhaftes Betragen keine Entschuldigung.«

Beide Mädchen mimten nun Scham und Zerknirschung. Doch sobald ihnen ihre Mutter den Rücken zudrehte, sahen sie einander an und grinsten. Ihr Vater, der sie heimlich beobachtete, konnte sich kaum das Lachen verbeißen.

»Ermutige sie bitte nicht, Ed«, flüsterte Ivy ihrem Mann zu.

Am Tage ritt Seth oft dem Wagenzug voraus, um nach Wild Ausschau zu halten, das ihnen Frischfleisch liefern konnte. Nachts schoben die neuen Siedler ihre Fuhrwerke zu einer Wagenburg zusammen, um sich gegen Überfälle zu schützen.

»Möchten Sie noch etwas von dem Haschee haben, Mr. Colter? Ich habe es selbst zubereitet.«

Seth lächelte zu dem Mädchen hinauf und sah es zum erstenmal mit vollem Bewußtsein an. »Ja, ich würde gern noch etwas davon essen, wenn Sie es selbst gekocht haben.«

Gladys wurde ganz rot bei diesem Kompliment und lächelte, als sie Sudeys unwilligen Blick auffing. »Kaffee, Mr. Colter,« fragte Sudey.

Ivy Chandler beobachtete mißtrauisch ihre Töchter. Als sie dann nachts allein mit ihrem Mann im Wagen lag, zeigte sie sich besorgt. »Ed, du mußt mit deinen Töchtern reden. Sie vergessen sich. Seit Mr. Colter zu uns gekommen ist, reden sie nicht mal mehr mit den anderen Jungs im Wagenzug. Sie belästigen den armen Mann so sehr, daß er kaum noch zum Arbeiten kommt.«

»Ivy, sie tun nichts Böses. Ich erinnere mich noch daran, als wir uns kennenlernten. Du schienst immer dort aufzutauchen, wo ich gerade hingehen wollte.«

»Edward Chandler – willst du damit sagen, ich wäre dir nachgelaufen?«

Ed lachte. »Nein, Liebes. Ich bin sicher, das war alles nur ein purer Zufall. Aber Mr. Colter scheint traurig zu sein. Selbst in einer Gruppe von Leuten macht er einen verlorenen, einsamen Eindruck.«

»Das ist mir auch schon aufgefallen.«

»Ich denke, wenn sich zwei hübsche Mädchen um ihn streiten, könnte das für ihn genau das Richtige sein.«

Sowohl Gladys wie Sudey hatten sich inzwischen große Mühe gegeben, Seths Aufmerksamkeit auf sich zu lenken, waren jedoch beide erfolglos geblieben.

Gerade bemerkte Gladys voller Vergnügen, daß Seth sich ohne Begleitung vom Lager entfernte. Sie ließ ihm etwa zehn Meter Vorsprung und rannte ihm dann, seinen Namen rufend, nach. Als er sich umdrehte, knickte sie mit dem Knöchel um und fiel hin.

Rasch kniete Seth neben ihr nieder und nahm ihren Fuß in seine großen Hände. Während er den Fuß und den Knöchel massierte, beobachtete er ihr Gesicht, ob sich darin irgendwelche Schmerzen spiegelten. Das war nicht der Fall, doch Seth kümmerte das nicht. Er hatte nur eine Frau gekannt, die keine Spielchen inszeniert hatte, um ihn zu ködern, und erwartete nicht, noch so eine Frau kennenzulernen.

»Tut das weh?«

»Oh, ja«, wimmerte sie und versuchte, eine Träne hervorzuquetschen.

»Dann werde ich Ihnen helfen, aufzustehen.« Er legte einen Arm um ihre Schultern, und sie lehnte sich gegen ihn. Gladys machte einen Schritt und sank wieder zu Boden.

»Es tut mir ja so leid, Mr. Colter. Ich kann offenbar nicht mehr mit diesem Fuß auftreten. Vielleicht könnten Sie meinen Vater holen, damit er mich zum Wagen zurückträgt.« Unter halbgesenkten Wimpern sah sie züchtig zu ihm auf.

Leise in sich hineinlachend bückte sich Seth zu ihr hinunter und hob sie mühelos auf seine Arme.

»Mr. Colter! Sie müssen mich doch nicht tragen! Ich bin doch viel zu schwer!«

»Sie wiegen doch kaum soviel wie ein Vögelchen, Miss Chandler«, log er.

Ed Chandler war zuerst besorgt, als er von der Verletzung seiner Tochter hörte, aber als er das Lächeln auf Seths Gesicht bemerkte, wurde ihm klar, daß die ganze Sache nur ein Trick von ihr war.

Sudey war wütend über ihre Schwester und packte deren Fuß, als sie nachts allein im Wagen lagen. »Du hast dir den Fuß gar nicht verstaucht! Du hattest kein Recht dazu, dich so aufzuführen!«

»Und wer behauptet, daß ich kein Recht dazu hätte?«

»Er gehört mir! Ich habe ihn schon von dem Moment an haben wollen, als ich ihn kennenlernte.«

»Ich auch.« Gladys drehte sich mit einem selbstzufriedenen Lächeln zu ihrer Schwester um. »Du kannst dir nicht vorstellen, wie es ist, in seinen Armen zu liegen. Er ist ja *so* stark!«

Sudey fuhr auf und riß ihre Schwester heftig an den Haaren.

Ihre Schreie brachten ihre Mutter in den Wagen.

Ivy Chandler hielt ihren beiden Töchtern einen längeren Vortrag, wie sie sich Mr. Colter gegenüber zu benehmen hätten. Sie erinnerte die Mädchen daran, daß sie sehr wenig über diesen Mann wüßten und daß er möglicherweise irgendwo eine Frau und ein paar Kinder hätte.

Die Mädchen hielten sich danach eine Woche lang von Seth fern, bis Sudey eines Abends aus ihrem Wagen blickte und Seth allein am erlöschenden Feuer sitzen sah. Leise stahl sie sich aus dem Fuhrwerk und gesellte sich zu ihm.

»Ich konnte nicht schlafen«, erklärte sie.

»Kaffee?« Er schenkte ihr einen Becher voll ein.

Sie rieb sich die Oberarme. »Die Nächte in den Bergen sind unangenehm kalt, nicht wahr?«

Seth ging zu seinem Pferd und nahm eine Decke aus seiner Bettrolle. Sudey stand auf, als er ihr die Decke um die Schultern legte, und hob ihr Gesicht empor, damit er sie küssen sollte.

Instinktiv küßte er sie, wobei sie ihren Körper gegen den seinen drängte. Ihre Lippen waren sehr weich und willig, aber Seth empfand nichts.

Wütend schob er sie von sich. »Ich glaube, Sie sollten jetzt lieber wieder in Ihren Wagen steigen.«

Sudey lächelte glücklich und selbstvergessen zu ihm hinauf.

Seth sah ihr nach, die Hände zu Fäusten geballt. Verdammt, Morgan! Zur Hölle mit dir! Er breitete sein Bettzeug auf dem Boden aus und wickelte sich in seine Decken. Er versuchte sich an Sudeys Kuß zu erinnern, aber er sah nur Morgan vor sich. Er verglich jedes Mädchen mit Morgan. Sudey hätte sich ihm hingegeben, aber dabei hätte er nur an Morgans Körper gedacht. Es dauerte lange an diesem Abend, bis er einschlief.

Nach dem Kuß ließ Sudey den Angestellten ihres Vaters nicht mehr aus den Augen. Sie sorgte dafür, daß seine Hemden und Strümpfe gestopft wurden und sein Teller immer gefüllt war. Doch je länger sie mit dem Treck unterwegs waren, um so mehr schien Seth sich in sich selbst zurückzuziehen.

Als Ivy Chandler ihre Tochter fragte, warum sie sich denn so besitzergreifend gegenüber Seth benehme, erzählte ihr Sudey von dem Kuß, den sie von ihm bekommen habe.

Sie näherten sich gerade dem Rand der Wüste, als Ivy Seth mit dem Geständnis ihrer Tochter konfrontierte.

»Ich möchte nur wissen, was Sie für Absichten haben, Mr. Colter. Meine Tochter ist sehr jung und auch sehr dreist in ihrem Verhalten. Das ist mir bekannt... Aber ich möchte wissen, wo ihr beiden steht.«

»Es tut mir leid, Mrs. Chandler. Ich wollte mir nichts bei Ihrer Tochter herausnehmen. Ich bedaure, daß so etwas passiert ist. Und was die Frage betrifft, ob ich irgendwelche Absichten habe – ich habe keine.«

»Sind Sie verheiratet, Seth? Haben Sie irgendwo eine Frau?« Ihre Stimme klang gütig. Sie sah den Schmerz in seinen Augen, als sie fragte.

»Ja, ich habe irgendwo eine Frau. Obwohl ich im Augenblick nicht weiß, wo.«

Sie legte ihm die Hand auf die Schulter. »Sie schleppen eine große Last mit sich herum. Ich hoffe, Sie werden eines Tages Ihren Frieden finden.«

Ivy erzählte ihren Töchtern von Seths Frau. Sie waren beide zutiefst verstört, beschlossen dann aber, ihn in Ruhe zu lassen.

Die Durchquerung der Wüste war eine größere Strapaze, als sie alle gedacht hatten. Jeder im Wagenzug träumte nur noch von Wasser. Es war ein erschöpfter und ziemlich mitgenommener Haufen, der schließlich im Mai 1850 in San Francisco anlangte.

»Und vergessen Sie nicht – wenn Sie mal irgend etwas brauchen sollten, kommen Sie nur zu uns«, rief Mr. Chandler Seth noch nach.

Die Mädchen sahen zu, wie er sich, sein Pferd am Zügel führend, entfernte. »Wer auch seine Frau sein mag – sie ist ein Glückspilz.«

»Ich möchte nur einen Mann wie ihn heiraten – so groß und stark und schweigsam. Und der so geht wie er.« Gladys und Sudey sahen sich an und kicherten.

»Wenn Mama dich hört, weißt du ja, was dir blüht.«

»Ich weiß, aber es ist schwer für Mama, das zu begreifen – sie hatte es nie mit einem Mann wie Seth Colter zu tun. Jede Frau, die ihn ignorierte, kann nicht ganz richtig im Kopf sein.«

Seth band sein Pferd an und ging in den Saloon hinein. Drei wohlgenährte Männer, die in dunklen Geschäftsanzügen in der Nähe an einem Tisch saßen, brachen gerade in schallendes Gelächter aus.

»Der alte Charlie hat dreitausend Dollar für irgendeine chinesische Tapete bezahlt, nur weil diese Kleine sagte, daß sie persönlich die Männer beaufsichtigen würde, die die Tapeten klebten. Dreitausend Dollar für drei Tage in ihrer Nähe. Verdammt teurer Spaß, meint ihr nicht auch?«

Der Mann mit dem roten Gesicht lachte. »Die Tapete muß er jetzt natürlich behalten.«

»Mehr hat er für sein Geld ja auch nicht bekommen. Ganz bestimmt nicht.«

Wieder dieses explosive Gelächter.

»War ja auch der beste Einfall seines Lebens, Madame Nicole diese kleine Lady abzukaufen. Meine Frau liebt ja diesen Schönling, aber ich habe ihn noch nie ausstehen können. Er ist so hübsch. Ich finde, er gehört eigentlich eher auf einen Kaminsims statt auf die Straße. Doch mit dieser süßen Morgan an seiner Seite darf er meinetwegen so lange in meinem Haus bleiben, wie er möchte. Kostet mich natürlich eine Stange Geld, daß ich sie mir aus der Nähe betrachten darf.«

Seth starrte den Mann so auffällig an, daß dieser sich im zudreht. »He, Mister, haben wir was gesagt, das Sie interessiert?« Seth lächelte leichthin. »Ich habe Ihnen nur zugehört, weil der Name Morgan fiel. Ich habe mal ein Mädchen gekannt, das Morgan hieß.«

»Kommen Sie her, setzten Sie sich zu uns und erzählen Sie von Ihrer Morgan. Ich kann nicht glauben, daß es noch so eine Frau gibt wie San Franciscos Morgan Colter.«

Seth sprang auf. Also sprachen sie tatsächlich von *ihr*! Und dieses kleine Luder besaß die Dreistigkeit, noch immer seinen Namen zu benützen. »Ich heiße Seth... Blake.« Die drei Männer am Tisch stellten sich ebenfalls vor: Charley Farrell, Joe Beal und Arthur Johnston.

Der rotgesichtige Mann war Joe. »Unsere Morgan ist eine wahrhaftige Schönheit. Ein zierliches blondes Ding, große blaue Augen und einen Körper – wauu!« Er grinste und sah die beiden anderen Männer, Zustimmung heischend, an.

»Kann wohl nicht die Morgan sein, die ich kannte. Die ich meine, war wahrscheinlich nicht ganz so schön wie Ihr Schätzchen.« Seth grinste und nahm einen Schluck aus seinem Bierglas. »Diese Morgan, von der Sie vorhin sprachen, muß ja eine Augenweide sein. Ließe sich da nicht eine, sagen wir, private Schau inszenieren?«

Die drei Männer begannen nun alle auf einmal zu reden, bis Charley die beiden anderen mit einer Handbewegung zum Verstummen brachte. Er lehnte sich in seinem Stuhl zurück. »Also, Mister Blake, diese Kleine sitzt auf einem ganz hohen Roß. Ich meine, an die kommen Sie nicht so leicht heran.« Er warf den anderen wütende Blicke zu, als sie zu protestieren versuchten. »Die hat vorher nämlich in Madame Nicoles Bordell gearbeitet, müssen Sie wissen, und das ist beileibe kein Hurenhaus, sondern ein erstklassiges Etablissement. Sie müssen gewissermaßen Ihre Zähne nebst einer Kutsche voller Gold vorzeigen, um nur Zutritt zu einer von Madame Nicoles Bühnenshows zu erhalten. Also, diese kleine Morgan war der Star in Madame Nicoles Haus – kam, begleitet von zwei Mädchen, auf die Bühne und ließ sich dort von denen ausziehen, damit alle sie bewundern konnten. Natürlich war das eine Spezialvorstellung vor geladenen Gästen.« Wieder warf er den beiden anderen, die ihn mit offenem Mund anstarrten und sich über seine phantastische Geschichte wunderten, warnende Blicke zu.

»Nun hat sie Madame Nicoles Haus verlassen und arbeitet für diesen blonden Schönling. Er ist auffallend hübsch und hat große Ähnlichkeit mit dieser Morgan. Das ist ein Paar, sage ich Ihnen, nach dem sich alle umdrehen, wenn sie zusammen in die Oper gehen. Also, wie ich bereits sagte, ist diese kleine Lady verdammt teuer. Sie und dieser Schönling verkaufen Ihnen Einrichtungsgegenstände für Ihr Haus. Wenn Sie genug Geld haben und ihnen genügend Sachen für Ihr Haus abkaufen, fällt vielleicht noch etwas nebenbei für Sie ab. Sie wissen, was ich damit meine?«

Seth brachte mühsam ein Lächeln zustande. »Ich schätze, daß ich weiß, was Sie meinen.«

»Arthur hier hat gerade ein ganzes Haus von ihr einrichten lassen«, fuhr Charley fort, »und es war ihm ein echtes Vergnügen, nicht wahr?«

Arthur nickte stumm.

»Sehen Sie – Joe und ich arbeiten noch an unseren Häusern. Bis jetzt habe ich nur dreitausend Dollar ausgegeben, und das ist noch lange nicht genug, daß ich zu meinen Extraspaß komme.«

Arthur räusperte sich nervös. »Sind Sie hierhergekommen, um Ihr Glück in den Goldfeldern zu versuchen, Mr. Blake?«

Seth leerte sein Glas. »Ja, das werde ich vermutlich tun.« Er blickte wieder Charley an. »Wo wohnt denn diese Morgan in San Francisco?«

Charley konnte nur mit Mühe ein Lachen unterdrücken. »Junge, in diesen Kleidern haben Sie nicht die geringste Chance. Selbst bei Madame Nicole würden Sie als Goldgräber nicht landen. Da müssen Sie sich erst 'nen vernünftigen Anzug anziehen.« Dann beschrieb er Seth den Weg zu Therons Haus, und Seth verließ den Saloon.

Charley wartete, bis der stattliche Mann aus dem Lokal gegangen war, ehe er lachend erklärte: »Dieser Bursche wird alles versuchen, um sie zu bekommen. Er wird sie in dem Glauben besuchen, sie sei käuflich...« Erst jetzt merkte er, daß die beiden anderen das Ganze nicht so lustig fanden.

»Also, Leute, versteht ihr denn keinen Spaß mehr? Stellt euch doch mal Therons Gesicht vor, wenn dieser große dumme Cowboy ihm ein Angebot für sein kleines Juwel macht!«

»Charley, Miss Colter ist eine Lady, und du weißt genau, daß Madame Nicole sie nur verkauft, aber nicht in ihrem Haus verwendet hat. Der Cowboy ist mir schnuppe, aber wenn Morgan und Theron etwas von deinem sogenannten Scherz erfahren, könnten wir Schwierigkeiten bekommen... Außerdem mag ich die Kleine. Sie ist eine nette Lady, und ihr Betragen ist tadellos. Und bisher hat noch keiner ihr Schlafzimmer gesehen, und wenn er sich noch so heftig um sie bemüht hat.«

»Oh, zum Teufel, darf man sich denn hier nicht mal einen Spaß erlauben? Ich habe den Kerl doch nur auf den Arm nehmen wollen.« Charley trank sein Bier aus. »Ich muß nach Hause. Charlotte hat Morgan und ihren hübschen Jungen zum Tee eingeladen, und sie will, daß ich auch dabei bin.« Er sah die anderen beiden vorwurfsvoll an. »Schließlich darf man als Mann doch noch seine Träume haben – oder etwa nicht?«

24

Seth schwindelte der Kopf. Sie war hier! Sie war in San Francisco. Hatte sie Montoya wieder verlassen, oder war er ihrer überdrüssig geworden?

Ohne lange zu überlegen, folgte er Charleys Angaben und gelangte zu Therons Haus. Er stand lange davor und starrte das Gebäude an, bis er bemerkte, das die Eingangstür offenstand.

»Theron, sollten wir nicht ein paar Proben von diesen Polsterbezügen mitnehmen? Vielleicht bringen wir Charlotte noch dazu, auf diesen schrecklichen Brokat zu verzichten.«

»Morgan, wann wirst du begreifen, daß Frauen wie Charlotte uneinsichtig sind? Solche Leute kannst du nur mit Gewalt bekehren. Vielleicht sollten wir einen Revolver mitnehmen und sagen: ›Entweder nehmen Sie, was wir für Sie ausgesucht haben, oder Sie sterben, gnädige Frau!‹ Sehr verkaufsfördernd, nicht wahr?« schloß Theron in spöttischem Ton.

»Oh, Theron, manchmal wünsche ich mir, wir könnten ihnen etwas guten Geschmack einbleuen. Weißt du noch, wie du dich über die Männer ereifert hast, die ihre Frauen purpurrot anziehen?« Sie drehte sich lächelnd um und blickte auf die Straße hinaus – eine Sekunde, bevor Seth sich hinter dem Gebäude verstecken konnte.

Morgans Knie gaben nach, und sie hielt sich an Therons Arm fest.

»Morgan, was hast du? Jarvis, gehen Sie zu den Farrells und

teilen Sie ihnen mit, daß wir den Termin nicht wahrnehmen können, weil Morgan krank ist.« Theron hob Morgan auf seine Arme und trug sie hinauf in ihr Zimmer.

Seth beobachtete die Szene durch das Fenster, und sein Zorn wuchs ins Unermeßliche. Er drehte sich um und ging mit schnellen Schritten davon.

»*Seth*. Es war Seth, Theron. Ich habe Seth gesehen.«

»Aber, Morgan, Seth ist doch tot. Es muß jemand gewesen sein, der ihm ähnlich sieht.«

»Theron!« Ihre Augen sprühten Feuer. »Es *war* Seth. Er lebt. Ich muß ihn finden.« Sie wollte sich vom Bett erheben.

»Aber nicht jetzt. Mir gefällt deine Farbe nicht. Jeannette, bring Morgan einen Tee.« Er blickte Jeannette vielsagend an, und diese nickte.

»Theron, du mußt mich verstehen. Es gibt einen triftigen Grund, warum ich ihn jetzt suchen muß. Sofort. Er haßt mich vielleicht. Er glaubt womöglich, daß ich ihn eines anderen Mannes wegen verlassen habe. Man hat ihm gesagt, daß es so sei.«

»Wie konnte er das glauben? Morgan, du merkst gar nicht, wie oft du von diesem Mann redest. Ich würde ihn wirklich gern kennenlernen, weil ich überzeugt bin, daß er einen Heiligenschein trägt und auf kleinen weißen Wolken geht. Wenn etwas gut ist... egal, was – Gemälde, Speisen, Tapeten, Stoffproben –, du vergleichst es mit Seth. Ist es schlecht, ist es nicht so wie Seth.«

»Theron, bitte!« Sie blickte ihn fast verzweifelt an.

»Hier ist dein Tee.« Wieder wechselte er mit Jeannette einen Blick. »Trink das, und dann reden wir darüber, wie wir Seth finden können.«

Morgan nippte an der Tasse, und auf Therons Drängen hin leerte sie diese auf einen Zug.

»Und jetzt laß uns gehen.« Sie schwang ihre Beine vom Bett herunter, preßte dann aber die Hand gegen die Stirn.

»Theron! Du hast etwas in den Tee getan. Wie kann ich jetzt noch Seth finden? Wie kann ich... er haßt mich...«

Er wartete eine Weile und stellte dann nach einem Blick auf Morgan. »Sie schläft. Gut.«

»Mr. Shaw, was fehlt ihr denn? Ich habe sie noch nie so aufgeregt erlebt. Glauben Sie, daß Sie tatsächlich Ihren Mann gesehen hat?«

»Ich weiß es nicht, möchte aber der Sache nachgehen, während sie schläft. Ein Mann mit Heiligenschein sollte doch leicht zu finden sein, meinst du nicht auch?«

»Heiligenschein«, Jeannette blickte ihn verständnislos an und lächelte dann. »Mr. Shaw! Sie sollten nicht solche Sachen sagen.«

»Wenn Sie aufwacht, versuchst du, sie zu beruhigen. Ich bin bald wieder zurück.«

Theron verbrachte den Nachmittag und einen Teil des Abends damit, nach Seth zu suchen. Er wußte sehr wenig von ihm – nur daß er groß und stattlich war. Der Schankkellner in einem Saloon schien sich an einen solchen Mann erinnern zu können, war sich aber nicht sicher. Zwei Wagenzüge waren an diesem Tag in San Francisco eingetroffen, und er hatte viele große Männer bedienen müssen. Es war schon später Abend, als Theron in sein Haus zurückkehrte.

Morgan erwartete ihn an der Haustür. Sie brauchte nur sein Gesicht zu sehen, um zu wissen, daß er keinen Erfolg gehabt hatte. Sie sank auf die Knie und brach in Tränen aus. »Seth, Seth.« Ihre Klage war herzzerreißend.

Theron hielt sie in seinen Armen und wiegte sie sanft. In den fünf Monaten ihres Zusammenseins waren sie sich sehr nahegekommen. Für Theron war Morgan so etwas wie seine kleine Schwester. Es machte ihm Spaß, sie zu necken und sie, wenn nötig, zu beschützen.

»Morgan, Liebes, hör auf zu weinen. Wir werden ihn finden. Und wenn ich die ganze Stadt auf den Kopf stellen muß, werden wir ihn finden. Ich werde Männer in die Goldminen schicken, die sich nach ihm erkundigen. Was es auch kostet – wir werden ihn finden. Aber, bitte, beruhige dich jetzt. Ich kann es nicht ertragen, dich weinen zu sehen.«

Als Morgans Tränen nicht versiegen wollten, trug er sie zurück ins Bett.

»Morgan, bitte. Ich werde zu alt für dieses ständige Treppensteigen«, meinte er scherzend. Als sie nicht reagierte, setzte er ernüchtert hinzu: »Wenn du dich jetzt ausruhst, werde ich nochmals in die Stadt gehen und nach ihm suchen. Sofort.«

Theron war sehr besorgt über den verzweifelten Ausdruck in ihren Augen, als er sie allein in ihrem Zimmer zurückließ.

Seth brauchte nur ein paar Sekunden dazu, mit Hilfe von ein paar Goldstücken einem Schneider das Versprechen abzunehmen, daß er in wenigen Stunden einen Anzug für ihn geändert haben würde. Es war bereits dunkel, als er die Schneiderei wieder verließ. Er ähnelte nun keineswegs mehr den müden und verstaubten Goldsuchern, die soeben mit einem Treck aus dem Osten gekommen waren. Sein anthrazitfarbener Anzug und das weiße Hemd brachten seine von der Sonne gebräunte Haut und seine Haare hervorragend zur Geltung.

Seine schnellen Schritte brachten ihn bald zu dem ruhigen, eher unauffälligen Haus in der First Street. Vor dem Gebäude hielt gerade eine Kutsche, und zwei Männer stiegen heraus und begaben sich zum Hauseingang. Ein hochgewachsener Butler öffnete ihnen, lächelte und ließ die beiden Gentlemen mit einer knappen Verbeugung passieren.

Seth trat an die Haustür. Der Butler musterte ihn von Kopf bis Fuß. »Ja?«

»Ich bin neu in San Francisco, heute erst hier angekommen, und man sagte mir, ich könne in Madame Nicoles Haus angenehme Zerstreuung finden.«

»Einen Moment, Sir, ich werde sehen, ob sich das einrichten läßt.« Der Butler schloß die Tür wieder. Nach ein paar Sekunden wurde sie abermals geöffnet, und Seth sah sich einer dicken Frau mit schönen schwarzen Haaren gegenüber.

»Madame Nicole, nehme ich an.« Er deutete eine Verbeugung an. »Seth Blake zu Ihren Diensten, Madame.«

»Also, Mr. Blake, wie ich von Edwards hörte, wollen Sie mein bescheidenes Etablissement besuchen?«

Er lächelte und zeigte ihr seine Grübchen.

»Mr. Blake, ich merke schon, daß Sie meine Mädchen bezaubern könnten.« Ihr Blick glitt über seinen muskulösen Körper. »Ich bin sogar versucht, Sie für mich selbst in Beschlag zu nehmen.« Sie griff besitzergreifend nach seinem Arm und führte Seth in den großen Salon.

»Werden Sie lange in der Stadt bleiben, Mr. Blake?«

»Das weiß ich noch nicht. Ich besitze eine Ranch in Neu-Mexiko und dachte, ich sollte auch mal mein Glück auf den Goldfeldern versuchen.« Madame Nicole brachte ihn zu einem Tisch, auf dem zahlreiche Schüsseln mit erlesenen Köstlichkeiten und Kübel mit Weinflaschen bereitstanden. Als Seth eine Erfrischung ablehnte, wollte sie wissen, ob er einen besonderen Wunsch hätte.

»Sagen Sie mir, Mr. Blake, was würde Sie heute abend interessieren? Nicole hat ein breites Angebot an schönen jungen Frauen.«

»Nun, ich habe heute eine gesehen, die mich reizen könnte. Ich glaube, sie hat einmal für Sie gearbeitet – eine zierliche Blondine mit blauen Augen. Inzwischen soll sie in den Diensten eines Importeurs sein, hörte ich.«

»Ah, Morgan.« Madame Nicole lächelte. »Sie ist eine Zeitlang hier gewesen, richtig. Aber sie wurde sofort verkauft.«

»Verkauft?«

»Ja, zweimal im Jahr führe ich eine Versteigerung von schönen jungen Frauen durch. Wer am meisten bietet, erhält den Zuschlag. Morgan war die schönste junge Frau, die jemals in San Francisco versteigert wurde.«

Sie bemerkte nicht, wie krampfhaft sich Seth bemühte, die Ruhe zu bewahren. »Also hat sie hier gearbeitet?«

Madame Nicole wollte diesem gutaussehenden und vermutlich reichen jungen Mann nicht sagen, daß ein so schönes Mädchen wie Morgan noch nie in ihrem Haus gearbeitet hatte. Ihr Ruf hätte sonst Schaden nehmen können.

»Ja, ich habe viele schöne Damen, die für mich arbeiten. Sie erlauben, daß ich Ihnen einige davon zeige.« Sie klatschte in ihre plumpen Hände, und drei Frauen in dünnen, fast durchsichtigen Gewändern kamen in den Salon.

Madame Nicole hatte schon seit so vielen Jahren Umgang mit Männern, daß sie ein Gespür für deren Bedürfnisse besaß. Dieser junge Mann schleppte etwas mit sich herum, das an seiner Seele fraß und tiefer reichte als das simple körperliche Verlangen nach einer Frau. Er sah die drei kaum an. Nicole hob die Hand und schickte sie wieder aus dem Salon.

»Seth, ich kenne Sie zwar nicht, aber ich glaube, ich kenne Ihr Problem. Sie sind verliebt.«

Seth zog eine Braue spöttisch in die Höhe.

»Gehen Sie zu ihr. Sagen Sie ihr, daß Sie sie lieben. Nehmen Sie sie mit Gewalt, wenn es sein muß, aber beichten Sie ihr Ihre wahren Gefühle.«

Morgan beichten, was er für sie empfand? Ja, er würde ihr das sagen. Er würde ihr offenbaren, wie sehr er sie haßte. Er lächelte. »Ja, ich denke, Sie haben recht. Gute Nacht, Madame Nicole.«

Sie lachte, als er gegangen war. Wie gerne wäre sie die junge Frau gewesen, die er jetzt besuchte. Es mußte wunderbar sein, diesen Mann in den Armen zu halten.

Jeannette blies die Lampe in Morgans Zimmer aus, froh, daß es ihr endlich gelungen war, die junge Frau zum Schlafen zu bringen. Leise machte sie die Tür hinter sich zu und ging hinunter, um sich selbst ein wenig Ruhe zu gönnen.

Seth öffnete in diesem Augenblick geräuschlos die beiden Balkontüren und trat in Morgans Schlafzimmer. Selbst im Mondlicht war die Schönheit des Raumes deutlich zu erkennen. Er ging zum Schminktisch und berührte ihre Bürste und ihren Kamm. Dann trat er langsam an ihr Bett.

Ihre Haare waren wie ein Fächer über das Kissen gebreitet, und Seth gab seinem Verlangen nach, eine der goldenen Locken zu berühren. Sie war so weich. Er hatte ganz vergessen, wie weich ihre Haare waren. Morgan bewegte sich, und die Zudecke glitt bis zu ihren Hüften hinunter. Sie trug ein Nachthemd aus aprikosenfarbenem Satin, und ihre Brüste zeichneten sich unter dem dünnen Stoff ab. Zu viele Erinnerungen stürmten plötzlich auf Seth ein: Morgan, die sich auf dem Felsen in der Schlucht sonnte; Morgan, die ihm sein Frühstück zubereitete und dann auf seinem Schoß saß...

Und dann dieser Brief. Diese wenigen Worte, die ihm mitteilten, daß sie Joaquin liebte.

Sein Blick wurde hart. Er streckte seine Hände aus, um sie um ihren Hals zu legen, doch im letzten Moment zuckte er davor zurück. Er hatte sie geliebt, von der ersten Sekunde an hatte er sie geliebt. Er war so lang auf Distanz geblieben, bis sie sich zu der Entscheidung durchgerungen hatte, ob sie seine Frau sein wollte oder nicht. Er hatte *so* lange gewartet und sich in Geduld gefaßt, hatte ihretwegen sogar drei Männer getötet. Cat Man und seine zwei Spießgesellen hatten friedlich am Lagerfeuer gesessen. Er hatte ihnen nicht mal die Chance gegeben, zu ihren Revolvern zu greifen. Er hatte sie getötet und war weitergeritten. Alles für Morgan!

Seth begann sein Jackett auszuziehen. Als er sich völlig entkleidet hatte, hob er die leichte Zudecke an und legte sich zu seiner Frau.

Sanft begann er ihre weiche Brust zu streicheln. Er legte vorsichtig seine Lippen auf ihren Mund und knabberte behutsam an ihrer Unterlippe. Im Schlaf spürte Morgan die Wärme seines Körpers. Sie kuschelte sich an ihn und öffnete den Mund, während Seth mit der Zungenspitze die Konturen ihrer Lippen entlangfuhr.

Sein Mund bewegte sich an ihrer Wange entlang zum Ohrläppchen, und er begann, es vorsichtig zwischen seine Zähne zu nehmen. »Morgan«, flüsterte er. Sie drängte sich noch näher an ihn heran. *»Mi querida.«* Ihre Augen öffneten sich langsam, schlaftrunken, und ihre Arme legten sich um seine breiten Schultern.

Auf einmal riß sie die Augen weit auf, und ein Schrei drängte sich auf ihre Lippen. Seth verschloß ihren Mund rasch mit einem Kuß. Ihre Augen funkelten, und sie begann heftig zu strampeln.

Er hob den Kopf und legte ihr schnell die Hand auf den Mund. »Erkennst du deinen Mann nicht wieder?«

Morgan blickte ihn einen langen Moment erstaunt an, und dann schossen ihr die Tränen in die Augen. »*Seth*. Ich wußte doch, daß du es warst. Ich *wußte* es. Oh, Seth! Was haben sie mit dir gemacht?« Sie zog ihn an sich. »Seth, ich liebe dich. Ich liebe dich so sehr.« Sie konnte nicht sehen, wie er die Kiefer zusammenpreßte und seine Augen kalt wurden. »Seth – hat Joaquin denn endlich gestanden, daß er...«

Er unterbrach sie hastig. »Später, Süßes. Später kannst du mir alles erzählen.« Er streichelte sie auf eine Weise, daß sie fast verging vor Sehnsucht nach ihm. »Hast du mich vermißt? Hast du an mich gedacht?«

»Ja, o ja«, flüsterte sie an seinem Ohr.

»Du willst mich haben, nicht wahr Morgan?«

Sie stutzte. Seine Stimme klang so merkwürdig. Was stimmte nicht mit ihm?

Seth zog ihr das Nachthemd aus. Ihr Körper schrie danach, daß er sie nehmen sollte. Seine Liebkosungen waren eine so süße, unerträgliche Qual, daß sie fast die Beherrschung verlor. Es war, als wären sie nur ein Körper, ein brennendes Begehren.

Seine Lippen wanderten über ihren Hals, während er sie mit seinem Gewicht auf das Bett drückte. Sie zog ihn noch näher zu sich heran. »Seth, Seth«, bettelte sie immer wieder. »Bitte, Seth, jetzt, jetzt.«

Er sah sie an, mit einem glühenden Blick, der sich tief in ihre Seele brannte. Dann stöhnte er plötzlich auf und drang in sie ein.

Morgan klammerte sich an ihn, als wollte sie ihn nie wieder loslassen, und zusammen erreichten sie den Höhepunkt.

Die Zeit schien stehengeblieben zu sein. Seth rollte von Morgan herunter, und sie schmiegte sich in seine Arme. Sie mußte eingeschlafen sein, denn irgendwann weckte sie seine Stimme. »Hast du das auch mit den Männern in Madame Nicoles Haus gemacht?«

»Hmmmm?« Sie kuschelte sich noch enger an ihn. Seth war hier. Er lebte, lag in ihren Armen. Sie küßte seine Brust.

»War Joaquin ein guter Liebhaber? Hat er deinen Körper vor Erregung glühen, dich vor Lust schreien lassen?«
Sie riß die Augen auf. »Seth, muß ich dir erzählen...«

Er schob sie grob von sich. »Nein, ich muß dir erzählen, daß ich schon alles weiß. Von Madame Nicole und ihrem Hurenhaus.«

Ihre Hand flog an ihren Mund, ihre Augen waren riesengroß. »Nein.«

Er schwang sich aus ihrem Bett und griff nach seinen Kleidern. »Sag mir, hast du bei den anderen Männern auch so reagiert wie bei mir? Kein Wunder, daß du eine so teure Hure bist. Sag mir – wieviel von deinem Lohn gibst du deinem ›Partner‹ ab? Vermittelt er für dich die Freier, oder besorgst du dir diese selbst?«

»Nein«, flüsterte sie und begann hilflos zu weinen. »Nein, Seth, das ist alles falsch.«

»Nun, Madame, Sie sehen wirklich rührend aus. Ich kann mir nicht vorstellen, daß irgendein Mann Sie zurückweisen würde. Verletzt es Ihre Eitelkeit, wenn Sie nun erleben, daß Sie verlassen werden? Bisher sind Sie es doch gewesen, die den Männern den Laufpaß gegeben hat.«

Morgan erstickte fast an ihren Tränen; ihr Körper wurde von Schluchzen geschüttelt. Seth spürte, wie er schwankend wurde, und griff rasch nach seinem Hut. Er ging zur Balkontür. »Ich erinnere mich an eine Zeit, wo Sie ein Licht in das Fenster stellten, damit ich in Ihr Schlafzimmer klettern sollte. Was für eine Ironie, nicht wahr?« Er griff in seine Jackentasche, holte ein paar Goldstücke hervor und warf sie vor dem Bett auf den Boden. »Das kannst du dir mit deinem Freund teilen. Adieu.« Im nächsten Moment hatte er sich über das Balkongeländer geschwungen.

Als Theron eine Stunde später seine Patientin aufsuchte, saß sie ruhig in ihrem Bett, den Rücken gegen die Wand gelehnt. Diesmal gefiel sie ihm überhaupt nicht. Es wäre ihm lieber gewesen, sie hätte hysterisch geschluchzt, anstatt mit diesem erloschenen Blick vor sich hin zu starren. Er setzte sich neben sie und nahm ihre kalte kleine Hand in seine beiden Hände.

»Was ist passiert?«

Morgan drehte ihm das Gesicht zu und lächelte. Es war ein Lächeln, das Theron bei ihr noch nie gesehen hatte. Ein Schauer lief ihm den Rücken hinunter. »Ich hatte soeben einen Besuch von meinem Ehemann – von dem Mann, den ich so lange geliebt und von dem ich Tag und Nacht geträumt habe.« Ihre Stimme war so leblos wie ihre Hand.

»Nachdem er meinen Körper benützt und mich dazu gebracht hatte, darauf zu reagieren, verhöhnte er mich und behauptete, ich hätte es mit vielen Männern getrieben.«

»Morgan, das ist mir unbegreiflich. Warum wollte er dich denn so verletzen? Versteht er denn nicht, in welcher Beziehung wir zueinander stehen?«

Sie lachte. »Ich glaube nicht, daß mein Mann überhaupt etwas versteht. Er wollte mir nicht erlauben, ihm etwas zu erklären. Er sah alles nur von der falschen Seite.« Sie erzählte Theron nun, wie es zu ihrer Ehe mit Seth gekommen war; wie sie ihn gebeten hatte, sie zu heiraten, und dann gegen ihre Gefühle für ihn ankämpfte. Sie erzählte ihm auch von Seths Eifersucht und Joaquins heimtückischer Tat.

»Er hat dich nicht einmal gefragt, ob dieser Brief echt war? Ist ihm denn nicht der Gedanke gekommen, daß man dich entführt und gezwungen haben könnte, diese Zeilen zu schreiben?«

»Was für eine Ironie, nicht wahr? Er hat mich angeklagt, verurteilt und gehängt – und ich bin unschuldig. Ich glaube nicht, daß ich jetzt noch darüber reden möchte, Theron.«

»Vielleicht sollten wir ihn nochmals suchen. Du kannst ihm dann die Wahrheit erzählen – daß dich keine Schuld trifft und du ein reines Gewissen hast.«

Morgan schüttelte heftig den Kopf. »Ich soll zu ihm gehen und ihm sagen, daß ich unschuldig bin? Ihn anbetteln, ihn bitten, mir etwas zu vergeben, was ich gar nicht getan habe? Ich liebte ihn, und er hätte das erkennen müssen. Ich habe es ihm erst heute abend wieder gesagt, aber er geruhte, meine Worte zu ignorieren. Er glaubt, ich sei eine von Nicoles Huren gewesen. Wenn das nun stimmen würde, wenn seine reine kleine Morgan tatsächlich von anderen Männern befleckt worden wäre – was dann? Sollte ich mich in diesem Fall erschießen? Er hat so wenig für mich übrig, daß er mich nicht einmal anhören wollte – nicht wissen wollte, wie es mir seit unserer Trennung ergangen ist.«

Sie holte Luft und lehnte sich gegen die Kissen zurück. »Er war nicht der Mann, für den ich ihn gehalten habe. Ich will seinen Namen nie mehr hören.«

»Morgan, bitte...«

»Ich möchte jetzt gern schlafen. Ich glaube, Mrs. Farrell will morgen mit uns die Einrichtung ihres Wohnzimmers besprechen, und ich muß frische Kräfte sammeln, damit ich ihren schlechten Geschmack ertragen kann. Gute Nacht.«

Theron küßte sie auf die Stirn, blies die Lampe aus und verließ das Zimmer.

25

Morgan stürzte sich nun geradezu in ihre Arbeit mit Theron. In den nächsten Monaten versuchte sie hartnäckig jeden Gedanken an Seth von sich fernzuhalten und aus ihrem Bewußtsein zu verdrängen, daß er noch lebte. Mit der Zeit merkten Therons Kunden, wie sehr sie sich verändert hatte. Vorher hatte sie die Annäherungsversuche der Männer mit einem Lächeln und einem Scherz zurückgewiesen. Nun neigte sie dazu, sie höhnisch abblitzen zu lassen. An den Abenden, die sie mit Theron verbrachte, sprach sie oft kein einziges Wort, und es geschah nicht selten, daß sie sich in ihr Zimmer zurückzog und ihn allein ließ.

»Nehmen Sie das wieder weg, Jeannette. Mir wird schon schlecht, wenn ich das Essen nur sehe.«

Jeannette nahm das Tablett und stellte es auf den Schminktisch. Dann legte sie Morgan die Hand auf die Stirn.

»Ich bitte Sie – mir fehlt doch nichts! Ich habe nur keinen Appetit.«

Jeannette blieb gelassen. Theron hatte ihr von Seths nächtlichem Besuch erzählt. »Nein, Ma'am, Ihnen fehlt tatsächlich nichts. Ich würde sagen, daß Sie in ein paar Monaten wieder völlig in Ordnung sind.«

»In ein paar Monaten? Aber das ist doch absurd! Ich fühle mich zwar nicht wohl, aber nach ein paar Tagen Ruhe ist das alles vorbei.«

»Ich würde sagen, in ungefähr sechs Monaten werden Sie sich wieder so fühlen wie früher.«

»Sechs Monate! Jeannette, würden Sie bitte diese blödsinnigen Voraussagen unterlassen und mir dieses Tablett aus den Augen schaffen? Mir dreht sich der Magen um, wenn ich das Zeug nur rieche und...« Plötzlich wurde Morgan blaß und starrte Jeannette an.

Lächelnd nahm das Dienstmädchen das Tablett vom Schminktisch und ging zur Tür. »Ich bin überzeugt, daß Mr. Shaw einen Arzt ins Haus bestellen wird, um Sie untersuchen und den Zeitpunkt bestimmen zu lassen. Aber nach meiner Schätzung wird es in sechs Monaten so weit sein.«

Als Morgan wieder allein war, lehnte sie sich im Bett zurück. »Nein. Das kann nicht sein«, flüsterte sie und legte die Hand auf ihren Bauch. »Ein Baby... was will ich mit einem Baby anfangen? Mit einem Baby, dessen Vater die Mutter haßt?« Sie erinnerte sich an ihre eigene vaterlose Kindheit. Sollte es ihrem Kind genauso ergehen?

Der Besuch des Arztes bestätigte, was Jeannettte bereits seit einiger Zeit wußte und Morgan nicht einmal geahnt hatte.

Theron war entzückt über diese Neuigkeit. »Ein Baby im Haus! Herrlich! Wunderbar! Wir werden das Gästezimmer in ein Kinderzimmer verwandeln. Chinesisches Dekor, meinst du nicht auch? Ich gebe zu, daß ich eine Schwäche für alles Chinesische habe. Oder würdest du etwas Italienisches bevorzugen – wenige klare, aber sehr flüssige Linien? Und Farbe. Wir könnten uns auf Orange und Sienabraun in allen Schattierungen einigen. Oder auf kühlere Farben?«

»Theron, bitte. Ich habe es doch eben erst erfahren. Ich weiß noch gar nicht, was ich tun werde.«

»Was du tun wirst? Nun, du wirst natürlich in diesem Haus bleiben. Jeannette und ich – wir werden uns um dich kümmern. Kommen Sie, Jeannette, wir müssen Morgan jetzt ruhen lassen. Wir sehen dich dann morgen früh wieder. Ich bin auch ziemlich müde. Das ist heute ein aufregender Tag für mich gewesen.«

Als Morgan wieder allein war, wirbelten ihr die Gedanken nur so im Kopf herum. Ein Baby, ein Kind! Sie lächelte. Ja, sie wollte dieses Kind sehr gern haben. Sie brauchte jemanden, den sie hegen und umsorgen konnte.

Aber wie sollte sie es aufziehen?

Ihr Leben mit Theron war angenehm, doch ein Baby brauchte mehr als eine Mutter, die anderen Leuten die Wohnungen einrichtete – eine Mutter, die alle Männer in der Stadt nur zu gern ins Hinterteil kneifen würden. Und wenn ihr Kind nun erfuhr, daß ihre Mutter in einem Bordell öffentlich versteigert worden war? Und was wurde aus ihrer Erbschaft? Sie hatte schon lange nicht mehr an ihr Erbe gedacht, aber wenn sie ein Kind hatte, wollte sie, daß es in gesicherten Verhältnissen aufwuchs. Sie würde nach Albuquerque reisen und sich dort mit den Anwälten ihres Vaters treffen. Dann würde sie ihr Kind nehmen und mit ihm nach Trahern House in Kentucky zurückkehren.

Der Gedanke an Trahern House trieb Morgan die Tränen in die Augen. Wie oft, wenn sie mit Seth glücklich gewesen war, hatte sie über die Idee, wieder nach Trahern House zu ziehen, gelacht, weil das Leben dort öde und einsam sein würde ohne ihn. Aber nun würde sie ja nicht allein dort leben, sondern mit ihrem Kind.

Morgan brauchte eine Woche, bis sie Theron davon überzeugt hatte, daß ihr Plan vernünftig war. Sie würde nach Neu-Mexiko zurückkehren und anschließend nach Kentucky.

»Morgan, wie kannst du mich nur verlassen? Du bist für mich wie eine kleine Schwester. Was wird das Leben für mich ohne dich sein? Bitte, bleib doch hier.«

Ihr fiel der Entschluß, Theron zu verlassen und den Luxus aufzugeben, den er ihr bot, nicht leicht. Wenn sie sich von ihm trennte, war sie ganz auf sich allein gestellt und mußte zugleich die Verantwortung für ein anderes menschliches Wesen übernehmen.

Man hatte vor kurzem eine Kutschlinie eingerichtet, die den Santa-Fé-Trail mit den neuen Goldfeldern in Kalifornien verband. Bei dieser Linie ließ Theron für Morgan einen Platz reservieren.

Der Abschied war tränenreich. »Wenn du jemals etwas brauchen solltest, weißt du ja, wo du einen Freund hast«, sagte er zu ihr, als sie die hohen Stufen zum Fahrgastraum hinaufkletterte.

Die Rückreise nach Santa Fé war schrecklich. Die Kutsche schwankte und rumpelte bei jedem Stein, der mit ihren Rädern in Berührung kam, und es gab Tausende von Steinen auf der Strecke.

Sie hielten nur so lange, wie es nötig war, um die Pferde zu wechseln, und die Fahrgäste waren gezwungen, sich mit dem zu versorgen, was sie unterwegs ergattern konnten, und es in der Kutsche zu verzehren. Zuerst machten sie Konversation, doch nach den ersten paar Tagen waren sie alle zu erschöpft für ein Gespräch.

Als sie schließlich Santa Fé erreichten, war Morgan zu müde, zu hungrig und zu schmutzig, um sich überhaupt noch daran erinnern zu können, warum sie hierhergefahren war. Ihre Beine schmerzten, und sie konnte kaum stehen.

»Moment, lassen Sie mich das tragen.« Ein Mann nahm ihr das Gepäck ab, und sie drehte sich um und blickte in ein bekanntes Gesicht.

»Frank!« rief sie, und sie war so erschöpft, daß seine Gestalt vor ihren Augen verschwamm.

»Morgan!« Frank hob sie vom Boden hoch und schwenkte sie herum. »Als ich Sie das letztemal sah, ritten die Banditen gerade mit Ihnen davon.«

Sie unterdrückte ein Schluchzen. »Vieles ist seither geschehen.« Morgan drehte den Kopf zur Seite. Wenn er genauso über sie dachte wie Seth, mußte er sie ebenfalls hassen.

»He, Mädchen!« Er drückte sie noch einmal fest, bevor er sie wieder absetzte. »Machen Sie nur nicht so ein Gesicht! Ich habe alles, was vorgefallen ist, von Jake erfahren. Ich kenne zwar nicht Ihre Version der Geschichte, aber ich bin überzeugt davon, daß Sie Seth bestimmt nicht wegen Joaquin verlassen haben.«

»Sie glauben das nicht?«

»Himmel, nein! Jeder konnte doch sehen, wie einer dem anderen nachgeschlichen ist. Ich habe noch nie zwei Menschen erlebt, die so stur waren wie ihr zwei. Jeder bis über beide Ohren verliebt in den anderen, doch keiner wollte es zugeben.«

»Oh, Frank! Vielen Dank.«

»Dann wollen wir Sie erst mal in einem Hotel unterbringen, denn ich wette, Sie möchten sich jetzt gern waschen. Und morgen, wenn Sie sich ausgeruht haben, können wir zur Ranch weiterreisen.«

»Nein, ich kann nicht auf die Colter-Ranch zurückkehren.«

»Keine Widerrede jetzt! Ich werde mich um Sie kümmern. Mit Sturheit kommen Sie jetzt nicht weit. Morgen begleiten Sie mich zur Ranch, wo Sie hingehören – mit dem Kleinen, das Sie unter dem Herzen tragen.«

Sie blickte ihn groß an.

Frank lachte. »Ich hatte schon immer ein gutes Auge für Ladies. Im Unterschied zu früher haben Sie jetzt ein kleines Bäuchlein. Und da ich selbst sechs Gören zu Hause habe, weiß ich genau, was das zu bedeuten hat.«

Morgan war Frank dafür dankbar, daß er sich ihrer annahm. Sie fügte sich gern in die Rolle eines Zuschauers, während er für sie ein Bad und ein Abendessen aufs Zimmer bestellte. Sobald sie wieder allein war, wusch sie sich gründlich in der Badewanne und nahm dann heißhungrig ihre Mahlzeit ein. Es war erst sechs Uhr abends, als sie ins Bett fiel und sofort einschlief.

Spät am nächsten Morgen kam Frank mit einem Fuhrwerk zum Hotel, um sie dort abzuholen. Sie war jetzt ausgeruht und stark genug, gegen sein Vorhaben Protest einzulegen, aber Frank weigerte sich, ihr zuzuhören.

»Die Colter-Ranch ist Ihr Heim. Natürlich fahren Sie dorthin.«

»Aber, Frank, ich muß nach Albuquerque und mit den Anwälten meines Vaters sprechen.«

»Schön – die können Sie später immer noch besuchen. Aber zuerst geht es jetzt nach Hause. Lupita wird Sie dort mit heißen Tortillas und offenen Armen empfangen. Etwas Besseres kann Ihnen gar nicht passieren.«

»Und was ist mit Jake?« fragte Morgan. »Und Paul? Werden die mich auch mit offenen Armen empfangen? Die Frau, die angeblich mit einem anderen Mann durchgebrannt ist? Sie können ja gar nicht mal sicher sein, daß das Baby, das ich unter dem Herzen trage, von Seth ist.«

Frank grinste. »Sie sind ja noch sturer, als ich Sie in Erinnerung hatte. Ich weiß, daß das Kleine, das Sie erwarten, Ihnen gehört. Das genügt mir. Wenn Seth Colter und Sie in den letzten paar Monaten in der gleichen Stadt gelebt haben und er nicht der Vater Ihres Kindes ist, dann ist das sein Fehler, nicht Ihrer. Und wenn Sie jetzt mit Ihrem Lunch fertig sind, sollten wir lieber aufbrechen.«

Als sie sich dann auf den langen Weg zur Colter-Ranch machten, versuchte Morgan nicht daran zu denken, was sie dort erwartete. Sie redete mit Frank über seine Familie, die sie gar nicht kannte, und über die Lebensbedingungen in Neu-Mexiko. Morgan erzählte ihm von den Wagenzügen, die jede Woche Hunderte von Leuten nach San Francisco karrten. Sie berichtete ihm von Theron und der Arbeit, die sie gemeinsam geleistet hatten, und sie brachte ihn mit ihren Geschichten von neureichen Leuten zum Lachen.

Lupita hörte das Fuhrwerk schon lange, bevor sie es den Trail heraufkommen sah. Sie ging ihm langsam entgegen. Seit Seth und Morgan nicht mehr auf der Ranch weilten, hatte sich hier viel verändert. Jake und sie nahmen ihre Mahlzeiten in der großen Küche ein, während Paul es vorzog, draußen im Freien zu essen. Er konnte die düstere Atmosphäre des Hauses nicht ertragen.

Sie hatte Frank natürlich sofort erkannt und dachte, er

brächte seine älteste Tochter mit. Aber als sie dann diese viel zierlichere Frau neben ihm auf dem Bock sitzen sah, schnappte sie aufgeregt nach Luft. »Das ist unmöglich«, flüsterte sie. Und dann begann sie auf den Wagen zuzulaufen.

»Señora Colter! Ihr seid heimgekommen!« Die ältere Frau hob Morgan förmlich vom Bock herunter. Sie schlang ihre Arme um sie, drückte sie fest an sich, und Morgan erwiderte ihre herzliche Begrüßung.

»Lupita, du darfst eine zukünftige Mutter nicht so heftig drücken.«

Lupita starrte Frank an, hielt Morgan auf Armeslänge von sich und zog sie dann lachend wieder an sich, um sie noch viel inniger zu drücken.

26

»Frank, du mußt dableiben, um mit uns die Heimkehr von Señora Colter zu feiern.«

»Bitte, Frank, ich brauche Ihre Hilfe. Ich brauche jemanden im Haus, der an mich glaubt.«

Beide Frauen blickten Frank mit flehenden Augen an.

»Nein, Morgan, Sie brauchen mich nicht. Nicht, wenn Sie Lupitas Unterstützung haben. Ich muß wieder nach Hause. Meine Frau hat sich sicherlich schon schlimme Gedanken gemacht, weil ich über Nacht in Santa Fé geblieben bin. Vielleicht brauche ich *Sie*, damit Sie mich gegen die Vorwürfe meiner Frau verteidigen. Jake ist eine harmlose Hummel im Vergleich zu meiner Louisa.«

Lupita und Morgan schauten Frank nach, als er mit seinem Wagen wieder davonfuhr. Als er nicht mehr zu sehen war, drehten sich die Frauen einander zu.

»Lupita … ich …«

»Mir braucht Ihr nichts zu erklären. Ich habe nie ein Wort von der Geschichte geglaubt. Aber jetzt wollen wir erst mal aus der Sonne gehen. Wenn wir ein Baby erwarten, haben wir eine Menge dafür vorzubereiten.«

»Aber, Lupita, ich kann doch nicht einfach zurückkommen und hier wohnen, nach allem, was inzwischen geschehen ist. Frank mußte mich fast gewaltsam hierherbringen.«

»Recht hatte er! Das ist Euer Zuhause. Das ist der Platz, wo Seths Baby auf die Welt kommen sollte.«

Morgan schluckte. »Seths ... woher weißt du denn das? Was macht dich so sicher, daß es sein Baby ist? Ich bin doch lange von hier fort gewesen.«

»Señora Colter«, gab Lupita lachend zurück, »mir müßt Ihr nichts erklären. Jake und Paul sind diejenigen, die eine Erklärung brauchen, aber nicht ich. Nun kommen Sie endlich mit mir ins Haus, damit das Baby nicht von der Sonne Fieber bekommt.«

Morgan blickte erschrocken auf die Wölbung ihres Leibes.

»Ja«, sagte sie und sah lächelnd zu Lupita hoch. »Wir werden auf sie aufpassen müssen.«

»Auf sie? Ihr wißt bereits, daß es ein Mädchen sein wird?«

Arm in Arm gingen die beiden Frauen ins Haus zurück. Es war kühl hinter den dicken Lehmziegelwänden. Die ihr vertrauten Räume weckten nun in Morgan endlich das Gefühl, daß hier tatsächlich ihr Heim war. Alles, was sie hier erlebt hatte, war gut gewesen. Die glücklichen Erinnerungen, die sich an diesen Ort knüpften, stürmten alle auf einmal auf sie ein.

Sie drehte sich Lupita zu. »Du hast recht. Dies ist mein Zuhause. Dies ist der Platz, wo Seths Tochter das Licht der Welt erblicken sollte.« Sie sah, wie sich Lupitas Lippen zu einem breiten Grinsen verzogen. »Ja, es ist Seths Kind.«

Wieder drückte die Haushälterin sie heftig an sich. »Ich wußte doch, daß ihr beiden euch wiederfindet. Ich wußte es. Wann wird der Señor wieder zu uns kommen? Warum hat er Euch allein hierherfahren lassen? Ich werde ihm dafür tüchtig den Kopf waschen müssen.«

»Nein, Lupita. Seth weiß nichts von dem Baby. Er wird nicht nach Hause kommen.« Morgan holte tief Luft. »Vielleicht läßt du mich jetzt erklären, wie es um uns steht.«

»Nein! Das ist nicht wichtig. Das müßt ihr zwei unter euch selbst ausmachen. Kommt ihr beiden Mädchen lieber mit in die Küche, damit ich euch füttern kann.«

»Ihr beiden Mädchen?« Morgan lachte, als sie den Sinn von Lupitas Worten verstand. »Lupita, glaubst du, daß wir heute nachmittag ein paar *empanaditas* backen könnten?«

Der Rest des Tages war eine wahre Erholung. Was für eine Erleichterung, daß sie das Fischbein-Korsett ausziehen konnte, das sie in San Francisco getragen hatte. Lupitas Baumwollbluse und Rock fühlten sich wunderbar luftig und kühl auf der Haut an. Morgan bürstete sich die Haare und war froh, daß kein Dienstmädchen mit der heißen Brennschere hinter ihr stand.

»Seht nur – jetzt erkennen Euch auch die Hühner wieder. Vorher sind sie vor Euch weggelaufen und haben sich versteckt.«

»Ja«, gab Morgan lachend zurück, »jetzt bin ich wohl wieder ich selbst. Lupita – egal, was passiert, ich habe doch ein Recht darauf, hier zu leben, nicht wahr? Ein Recht darauf, daß mein Baby in diesem Haus geboren wird?« Mit Tränen in den Augen fuhr sie fort: »Hier habe ich die glücklichste Zeit meines Lebens verbracht – mit Seth.«

»Ja, Señora, niemand wird Euch zwingen, dieses Haus wieder zu verlassen. Seths Kind wird hier aufwachsen.«

»Schau mich an. Manchmal denke ich, ich habe das letzte Jahr nur mit Weinen verbracht. Wir sollten lieber mit dem Kochen beginnen. Ißt Paul immer noch so viel wie früher? Natürlich ist es immer Seth gewesen, der mehr essen konnte als alle übrigen zusammen.« Morgan lachte und wischte sich dann die Augen mit dem Handrücken. »Es wird nicht einfach sein, nicht wahr, Lupita? Ich weiß, daß Jake Joaquins Geschichte glaubt.«

Lupita sah sie mitleidig an. »Nein, es wird nicht einfach sein, aber später, wenn Ihr das alles überstanden habt, werdet Ihr erkennen, daß es die Mühe gelohnt hat.«

Morgan schüttete Mehl in die zerlassene Butter und begann, den Teig anzurühren. »Ich möchte, daß du mich Morgan nennst, Lupita.«

Als Jake an diesem Abend ins Haus kam und Morgan erblickte trat ein haßerfüllter Ausdruck in seine Augen. Am liebsten wäre er auf der Stelle umgekehrt und hätte das Haus verlassen, damit er sie nie mehr anschauen mußte. Doch er blieb wie angewurzelt auf der Schwelle stehen und starrte die junge Frau an, die so viel Elend über sie alle gebracht hatte.

Lupita sah an ihm vorbei. »Paul, komm du auch ins Haus und begrüße Morgan, die zu uns zurückgekehrt ist.«

»Sie begrüßen? Ihretwegen hat Seth doch die Ranch verlassen! Es ist eine schlimme Sache, wenn ein Mann sein Heim verlassen muß. Wir sollten den Sheriff holen, damit er dieses Unrecht ahndet. Hatten sie genug von Ihren Liebhabern, Madame?«

Völlig entmutigt, wollte Morgan aus dem Haus gehen. »Es hat keinen Zweck, Lupita. Ich kann nicht hierbleiben.« Plötzlich sah sie den Revolver in Lupitas Händen, mit dem sie auf die beiden Männer zielte. »Lupita! Nein! Es lohnt nicht. Ich gehe lieber, als noch mehr Elend über diese Ranch zu bringen. Bitte.«

»Sie haben recht. Verschwinden Sie! Wir wollen Sie hier nicht haben.« Jake machte nun einen Schritt auf sie zu, obwohl Lupita ihn mit der Waffe bedrohte. »Er wäre fast gestorben wegen Ihnen. Als er sich endlich von seinen Wunden erholt hatte, war seine Seele immer noch krank. Krank, weil Sie ihn verraten haben.«

Lupita trat zwischen Jake und Morgan. »Jake, wir kennen uns nun schon viele Jahre, und ich mache nur ungern von diesem Revolver Gebrauch, aber wenn du ihr noch einen Schritt näher kommst, schieße ich dich ins Bein.« Lupitas Blick war hart. »Sie hat einen Anspruch darauf, gehört zu werden – das Recht, ihre Version der Geschichte vorzutragen.«

»Sie hat keine Rechte! Sie hat ihn fast getötet!«

»Ich meine, was ich gesagt habe, Jake. Keinen Schritt weiter. Ihr beide setzt euch jetzt hin und hört sie an.« Sie deutete mit der Waffe auf die Couch.

»Lupita, das hat doch keinen Zweck. Du siehst ja, daß sie

mich hassen. Egal, was ich ihnen erzähle, sie werden mir niemals glauben.«

»Der Brief! Wir haben doch den Brief gelesen, den Sie Seth geschrieben haben. Wie konnten Sie mit diesem Montoya durchbrennen, wenn Sie Seth hatten?«

Morgan war schon unterwegs zum Schlafzimmer, um ihre Sachen zu packen. Sie wollte nur noch weg von diesen Leuten – diesen zwei Männern, die sie haßten, obwohl sie keinen Grund dazu hatten, und von dieser Frau, die entschlossen war, ihretwegen auf die beiden zu schießen. Jakes Anklage holte sie in die Wirklichkeit zurück. Es war die gleiche Beschuldigung, die Seth gegen sie erhoben hatte, als er in ihr Zimmer eingedrungen war. Sie hatte ihn gebeten, daß er sie anhören sollte, aber er war zu verbohrt gewesen, um auf ihre Bitte einzugehen. Diese Nacht kam ihr nun wieder zu Bewußtsein – alles, was damals geschehen war. Sie drehte sich zu den beiden Männern um.

»Ich habe von den Colter-Männern – genug bis zu meinem Lebensende! Ihr werft *mir* Verrat vor? Ist euch vielleicht einmal der Gedanke gekommen, daß euer kostbarer Seth nicht so unschuldig ist, wie er behauptet? Ja, ich schrieb einen Brief an Seth – einen Brief, mit dem ich sein Leben zu retten hoffte. Ja, schaut mich nur weiter so ungläubig an!

Ich weiß nicht, warum ich mich überhaupt noch mit euch abgebe. Ich bin es leid, mir Dinge vorwerfen zu lassen, die ich gar nicht getan habe.

An dem Abend, als die Party auf der Montoya-Ranch stattfand, habe ich stundenlang vergeblich auf Seth gewartet. Ich habe kaum mit den Gästen geredet, ich wollte nur, daß er endlich zu mir kommen sollte.« Morgan lachte bitter.

»Als er dann endlich im Ballsaal eintraf, wurde er schrecklich wütend, weil ich es gewagt hatte, mit unserem Gastgeber, Joaquin, in den Garten hinauszugehen. Du hattest recht, Jake, als du sagtest, es wäre töricht, Joaquin Seth vorzuziehen. Ich habe niemals daran gedacht, mit Joaquin etwas anzufangen. Niemals. Ich liebte Seth und niemanden sonst. Nachdem Seth wieder aus dem Haus gestürmt war, folgte ich ihm. Joaquin begleitete mich, um mir angeblich beim Suchen zu helfen – das behauptete er jedenfalls. Nachdem wir ein paar Stunden geritten waren, nahm mich Joaquin in einem fremden Haus gefangen – fesselte und knebelte mich.«

Morgans Empörung hatte sich wieder gelegt, und nun fühlte sie sich schwach und ausgelaugt. Sie setzte sich und fuhr mit ruhigerer Stimme fort: »Joaquin sagte, er würde Seth töten, wenn ich nicht diesen Brief schriebe. Er sagte, wenn Seth glauben würde, daß ich mit ihm – Joaquin – durchgebrannt sei, würde ihm die Colter-Ranch so verleidet sein, daß er sie ihm verkaufte.«

»Warum? Warum wollte Montoya denn diese kleine Ranch in seinen Besitz bringen?«

»Das hatte mit irgendwelchen Wasserrechten zu tun«, erklärte sie. »Er sagte, Seth könnte ihm jederzeit das Wasser abschneiden, wenn er das wollte, so daß seine – Joaquins – Rinder verdursten müßten.« Sie merkte nicht, wie Jake und Paul einen Blick austauschten, der ihre Angaben bestätigte.

»Doch nachdem ich diesen Brief geschrieben hatte, kam er wieder ins Haus zurück, um mir mitzuteilen, daß er Seth getötet habe. Ich wußte in diesem Moment, daß Seth voller Haß auf mich gestorben sein mußte.« Morgan verstummte.

»Und was passierte dann?« fragte Jake jetzt mit sanfter Stimme.

Sie sah zu ihm hoch und lächelte ironisch. »Oh, nicht viel. Joaquin bezahlte einen Franzosen dafür, daß er mich fortschaffen sollte. Der Franzose verschleppte mich mit drei anderen Frauen nach San Francisco und verkaufte uns dort an eine Bordellbesitzerin. Diese veranstaltete eine Versteigerung und verkaufte uns an den Meistbietenden, nachdem sie uns erst auf einer Bühne vor den Käufern ›entschleiert‹ hatte.«

Wieder lachte Morgan, und ihre Stimme wurde schrill. »Ich hatte Glück. Ich wurde von einem Mann gekauft, der mich gut behandelte. Er hat mich kein einziges Mal angefaßt. Ich erholte mich allmählich von den grauenvollen Monaten, die ich durchgemacht hatte.

Dann kam Seth. Er stieg in mein Zimmer und ... und ... Ich war glücklich, glücklicher als je zuvor in meinem Leben. Ich sagte ihm, wie sehr ich ihn liebte, doch er begann mich anzuklagen. Er glaubte Joaquin, nicht mir. Er ließ mich gar nicht zu Wort kommen, wollte mich nicht anhören. Er wollte nur wissen, warum Joaquin mich verlassen habe. Er hatte erfahren, daß ich in einem Bordell gewesen war und meinte, ich hätte dort als ... als Hure gearbeitet. Er ... er ...«

Lupita zog Morgan an sich und drückte sie an ihren großen Busen. »Geht hinaus und laßt sie in Frieden. Sie hat genug durchgemacht. Und ich hoffe, daß ihr beide euch jetzt wieder wie Menschen benehmt!«

Die zwei Männer erhoben sich verlegen von ihren Plätzen und gingen leise zur Tür. Dort zögerte Jake, kehrte wieder um und trat zu Morgan. Er schob Lupita sacht zur Seite und nahm jetzt Morgan in die Arme. »Wir haben Ihnen alle unrecht getan, Morgan«, sagte er mit rauher Stimme. »Ich kenne Seth, und ich kenne seinen Vater. Hinter ihrer ruhigen Fassade brennt die Eifersucht, und oft brüllen sie erst los und stellen hinterher Fragen. Es tut mir furchtbar leid, daß wir den gleichen Fehler begangen haben.« Der kleine Mann schluckte. »Können Sie uns vergeben? Werden Sie hier bei uns bleiben?«

Sie blickte ihn lächelnd an. »Ich weiß nicht, Jake. Ich hatte nicht vorgehabt, auf die Ranch zurückzukehren. Frank bestand darauf, daß ich ...«

»Natürlich wird sie hierbleiben. Wir bekommen nämlich ein Baby. Einen kleinen Jungen, der so sein wird wie Seth.« Lupita lächelte breit.

»Es ist ein Mädchen«, widersprach Morgan. »Ein nettes, süßes, kleines Mädchen.«

»Ein Baby!« rief Paul überrascht.

Jake, der sich von seiner Überraschung rascher erholte, klatschte in die Hände. »Ja, wir bekommen Nachwuchs, du Dummkopf! Morgan geht mit einem Jungen schwanger, und wir werden ihm das Reiten beibringen und ...«

Morgan lachte. »Es wird ein Mädchen, und ich möchte es erst bekommen – bevor ihr ihm das Reiten beibringt.«

»Auch das Lassowerfen, damit er die Rinder so gut einfangen kann wie sein Pa.«

»*Sie* wird lernen, Pasteten zu backen wie ihre Mutter. Lupita, ich habe einen Mordshunger.«

Sie brachen in Lachen aus. »Babies brauchen viel Nahrung, damit sie wachsen und gedeihen. Nun wollen wir mal das Baby füttern!« entschied Lupita.

»Aber, Jake, ich kann unmöglich hierbleiben. Was ist, wenn Seth zurückkommt? Ich möchte ihn nicht sehen. Ich möchte ihn nie mehr wiedersehen. Nicht nach dem, was er mir angetan hat. Ich habe ihn angefleht, Jake – darum gebettelt, daß er mich anhören sollte.«

»Also, Morgan, nun ereifere dich doch nicht gleich so sehr!« Der alte Mann, den sie während des Essens gebeten hatte, auf das förmliche Sie zu verzichten, versuchte sie zu beruhigen. »Die Hürden werden wir nehmen, wenn wir zu ihnen kommen. Zunächst brauchst du jemanden, der dir bei dem Baby hilft. Hast du da jemanden außer uns?«

Nein, da war sonst keiner. Sie konnte nicht zu Onkel Horace und Tante Lacey zurück. Seths Eltern würden sie zwar bei sich aufnehmen, aber dort war sie auch nicht besser aufgehoben als hier auf der Colter-Ranch.

»Wie ich sehe, hast du begriffen, daß dir gar keine andere Möglichkeit bleibt. Also hör auf, dir Sorgen zu machen, und iß etwas für den Jungen, den du unter dem Herzen trägst.«

»Das Mädchen«, korrigierte ihn Morgan geistesabwesend.

Nach ein paar Tagen begann sie sich wieder auf der Ranch einzuleben. Das Haus war ihr vertraut, und die Menschen, die hier wohnten, waren ihr zugetan. Sie fing an, jetzt mehr an ihr Kind zu denken, denn ihr Körper schien von Tag zu Tag fülliger zu werden.

»Cecilia. Was hältst du von diesem Namen, Lupita? Es soll ein betont weiblicher Name sein. Mich hat es immer gestört, daß die Leute mich fragen, wie ich zu meinem seltsamen Namen gekommen sei.«

»Cecilia ist ein guter Name. Noch eine Tortilla? Sie kommen frisch aus der Pfanne.«

»Ich weiß gar nicht, warum ich immer so hungrig bin. Egal,

wieviel ich esse – mein Appetit scheint davon nur noch größer zu werden.«

Lupita lächelte, als Morgan die Tortilla dick mit Butter bestrich. Sie füllte ein Glas mit Milch und stellte es neben Morgans Teller. »Du ißt jetzt für zwei.«

»Mindestens«, antwortete Morgan mit vollem Mund. »Ich sollte mir eigentlich Sorgen machen, daß ich zu fett werde, aber irgendwie ist mir das egal. Ich komme mir vor wie... wie ein dickes Kissen, das zufrieden ist, wenn es nichts zu tun hat. Selbst der Gedanke, daß Seth heimkommen könnte, bringt mich nicht aus der Ruhe. Ich möchte nur meine Cecilia haben.«

Morgan blickte hoch, als Jake von draußen hereinkam. »Sitzt du immer noch beim Frühstück, obwohl es schon Zeit wird für das Mittagessen?« Er blickte Lupita an. »Wenn sie so weitermacht, platzt sie noch aus allen Nähten. Wie kannst du sie nur so viel essen lassen?«

Morgan nickte ihm lächelnd zu. »Ich bin froh, daß es schon Zeit wird für das Mittagessen; denn ich habe Hunger.«

Der kleine Mann sah mit wachsender Sorge zu, wie Morgan sich ein paarmal ihren Teller nachfüllen ließ. Nach dem Essen verkündete sie, daß sie nun einen Verdauungsspaziergang machen wollte. Jake war erleichtert, daß sie sich endlich von Lupita und deren nahrhaften Sachen trennte.

Später, als er in der Scheune arbeitete, sah er Morgan langsam am offenen Scheunentor vorbeigehen. »Morgan«, hörte er Lupita rufen und beobachtete ungläubig, wie die Haushälterin der werdenden Mutter einen Korb in die Hand drückte. »Falls du unterwegs Hunger bekommst!«

Jake wollte protestieren, ließ es dann aber bleiben, da er gegen die beiden Frauen sowieso nicht ankam. Außerdem war er zufrieden, daß Morgan sich wohl fühlte, und so schwieg er auch, wenn sie beim Essen inzwischen mehr zu sich nahm als die drei anderen, die mit ihr am Tisch saßen. Und mit dem Umfang ihres Leibes wuchs auch ihre Trägheit. So friedlich wie jetzt war sie noch nie gewesen, seit sie Trahern House verlassen hatte. Nichts brachte sie aus der Ruhe. Was früher ihre Gefühle in Aufruhr versetzt hätte, ließ sie jetzt kalt. Sie dachte nur noch ans Essen und daran, wie sie ihr Baby taufen sollte. Den Vormittag verbrachte sie zumeist mit Lupita. Wenn sie vergaß, was sie gerade tun wollte, und gedankenverloren ins Leere starrte, erledigte Lupita schweigend die Arbeit für sie. Nach dem Mittagessen ging Morgan spazieren. Sie wanderte stundenlang, langsam und schwerfällig. Sie überlegte nie, wohin sie ging, und schien sich oft nicht mehr erinnern zu können, wo sie gewesen war. Als das Wetter kühler wurde, versuchte Jake sie von ihren stundenlangen Wanderungen abzubringen; aber sie schien ihm nicht zuzuhören. Für ihn war dieser geistesabwesende Zustand, in dem sie sich befand, unbegreiflich, und er machte sich große Sorgen um ihr Aussehen.

Eines Tages, als Jake und Paul ihr nachsahen, wie sie dem Wald zustrebte, um dort einen Spaziergang zu machen, meinte Paul: »Eine Ente. Sie watschelt wie eine Ente.« Sie lachten beide über den treffenden Vergleich. Morgan hörte ihr Lachen und winkte.

»Nichts kann sie erschüttern«, murmelte Jake. »Selbst wenn du ihr ins Gesicht sagen würdest, daß sie aussieht wie eine Ente, nähme sie das nicht krumm. Oft hört sie dir gar nicht zu, wenn du mit ihr redest.«

»Frauen! Ich habe sie nie verstanden, zumal, wenn sie so verwandlungsfähig sind wie Morgan. Als sie noch mit Seth hier wohnte, war sie die Liebenswürdigkeit in Person. Dann, als sie aus Kalifornien zurückkam, spuckte sie Gift und Galle, und jetzt ist sie wie eine von den Hennen, die nur auf ihren Eiern sitzen.«

Jake grinste. »Genau das ist sie – eine Henne auf ihrem Nest.«

Der Januar 1851 war sehr kalt, und es gab Tage, an denen Lupita Morgan nicht erlauben wollte, das Haus zu verlassen, um einen Spaziergang zu machen. Doch Morgan war das egal. Sie saß ebenso gern am Kamin, wenn sie nur ihre *bizcochitos* und ihre *empanaditas* knabbern konnte.

Das Baby wurde immer aktiver in ihrem Körper. Morgan streichelte ihren Bauch und war froh über jede Bewegung, die es machte. Sie dachte nie an die bevorstehende Geburt, sondern immer nur an die Zeit, wo sie ihre Tochter auf dem Arm tragen würde.

Im neunten Monat der Schwangerschaft wurde Jake jeden Tag nervöser. »Wann soll das Baby denn nun auf die Welt kommen?« wollte er wissen.

Weder Morgan noch Lupita gingen auf seine Frage ein.

»Ihr beiden scheint nicht zu begreifen, daß dieses Kind ja beinahe so etwas wie ein Enkel von mir ist. Ich mache mir Sorgen. Ich habe schon viele schwangere Frauen gesehen, aber keine, die so viel zugenommen hat wie Morgan.«

Morgan sah ihn lächelnd an. »Lupita, weißt du, wonach mich jetzt gelüstet? Nach Erdbeeren. In Kentucky hatten wir die süßesten und saftigsten Erdbeeren, die du dir vorstellen kannst. Und Pfirsiche! Da lief dir der Saft den Arm hinunter, wenn du in einen hineingebissen hast. Ich glaube, ich könnte jetzt eine ganze Kiste voller Pfirsiche verzehren. Und ...«

»Seht ihr? Das meinte ich doch eben! Es ist einfach nicht gesund, wenn eine Frau so viel ißt. Sogar ein Mann dürfte nicht so viel essen. Sie ist jetzt so dick, daß ihr bald jemand aus dem Sessel heraushelfen muß. Himmel! Wenn dieses Baby nicht bald auf die Welt kommt, werde ich verrückt!« Er nahm seine Jacke vom Stuhl und rannte hinaus in die kalte Luft.

Während Paul, der gerade seine Pfeife stopfte, ihm nachsah, hörte er Morgan sagen: »Und Brombeeren. Ich ließe mir gern die Haut zerschrammen, wenn ich jetzt Brombeeren pflücken könnte.«

27

Lupita hatte nun begonnen, im großen Haus zu schlafen. Als sie eines späten Abends hörte, wie Morgan sich im großen Schlafzimmer bewegte, ging sie rasch zu ihr hinüber. Morgan versuchte, ihr Laken zu wechseln.

Als sie Lupita im Türrahmen auftauchen sah, lächelte sie

erleichtert. »Ich glaube, Jake hat recht – ich esse zu viel. Mein Bauch tut weh, und als ich endlich einschlief, wachte ich gleich wieder auf und merkte, daß die Matratze ganz naß war.«

Die Haushälterin ging zu ihr und führte sie zu einem Sessel. »Jetzt setzt du dich hin, während ich das Bettzeug wechsle. Tut dir der Bauch noch immer weh?«

»Ja, er... oh... Lupita. Das Baby! Lupita, es ist das Baby, nicht wahr?«

»Ja. Du wirst das Baby jetzt sehr bald bekommen.«

»Ich bin so froh. Victoria. Wie gefällt dir Victoria?«

»Was, zum Henker, ist denn hier los? Ist sie aufgestanden, weil sie schon wieder Hunger hatte?« ertönte Jakes Stimme.

»Hinaus! Wir bekommen ein Baby.«

»Oh.« Sein Gesicht wurde ernst. »Ich werde den Arzt holen«, sagte er und machte hastig kehrt.

»Ich brauche keinen Arzt, der mir ins Handwerk pfuscht. Ich habe ihren Leib abgetastet. Das Baby liegt genau richtig. Ich habe schon viele Kinder auf die Welt befördert, daß ich keinen Mann brauche, der mir sagt, was ich tun muß. Und jetzt verschwindet – beide«, schloß Lupita, als sie auch Paul an der Türe autauchen sah. »Ich werde euch rufen, wenn wir einen neuen kleinen Colter haben.«

Die Geburt war leicht. Es schien nur Minuten zu dauern, bis Lupita sagte: »Das ist der Kopf. Drücken. Ja, gut so. Langsam jetzt... ah.«

Morgan fiel mit schweißnassen Haaren in die Kissen zurück. »Victoria. Laß mich meine kleine Victoria sehen.«

»Morgan, meine Süße, dein Mädchen ist ein Junge. Ein sehr großer und gesunder Junge.«

Rasch hatte Lupita das Baby gewaschen und wickelte es nun in eine saubere Baumwolldecke. Morgan streckte die Arme nach dem Kleinen aus. Lupita wusch nun auch die Mutter und achtete darauf, daß es keine Komplikationen mit der Nachgeburt gab.

Sie konnte Paul und Jake im Nebenzimmer hören. »Die beiden wollen dich jetzt sehen. Bist du damit einverstanden?«

»Ja. Er ist wunderschön, findest du nicht auch, Lupita? Er hat so viele Haare. Und schau nur mal seine Hände an.«

Leise traten Jake und Paul ins Zimmer und blickten auf Morgan und ihren Sohn hinunter. »Der wird mal so groß wie sein Pa.«

»Wie heißt der Kleine? Cecilia?« Paul lachte.

Morgan sah lächelnd zu ihm hoch. »Adam. Mein kleiner süßer Adam.« Als sie den Namen aussprach, verzog das Baby das Gesicht, öffnete den Mund und brüllte laut.

»Der Kleine hat Hunger. Ihr müßt jetzt aus dem Zimmer, bis er sich wieder beruhigt hat.«

»Hunger!« sagte Jake entrüstet. »Er hat sich neun Monate gemästet wie ein Schwein, und jetzt ist er erst zehn Minuten alt und hat schon wieder Hunger!«

Sie lachten alle, während die Haushälterin die Männer aus dem Zimmer scheuchte. Am Morgen war Jake dann beruhigt, als er sah, daß Morgan ein ganz normales Frühstück verzehrte. Lupita lachte ihn aus. »Du hast wohl befürchtet, daß dein kleines Mädchen so aussehen würde wie ich? Nein. Es war nur das Baby, das nach diesen Unmengen Nahrung verlangte. Sie wird bald wieder so schlank sein wie früher. Du wirst sehen. Adam sorgt bereits dafür, daß sie viel Bewegung hat. Er ist ein gesundes Baby.«

Von dem Moment seiner Geburt an konnte Adam sich nicht über mangelnde Zuwendung beklagen. Zuweilen kam es Morgan so vor, als müßte sie darum kämpfen, daß sie ihren Sohn auch mal auf den Arm nehmen durfte. Die ersten drei Monate nach seiner Geburt war sie zufrieden, wenn sie im Haus für die Bedürfnisse des Kleinen sorgen durfte. Doch nach einer Weile setzte ihre alte Ruhelosigkeit wieder ein. Vorbei war es mit der genügsamen Trägheit ihrer Schwangerschaft. Sie fing an, jeden Tag ein Stück weiter zu reiten, und das Gewicht, das sie sich angegessen hatte, schien von ihr abzufallen wie Butter, die unter der Sonne schmilzt. Bald war ihre Figur wieder so rank und schlank wie früher.

Als Morgan dann eines Abends ihren Körper betrachtete, fand sie daran wenig verändert. Ihre Brüste waren voller, weil sie Adam stillte, aber ihr Bauch war flach, und ihre Beine waren so schlank wie früher. Wenn sie an ihre Schwangerschaft zurückdachte, erschien sie ihr wie ein langer Traum, und sie erschauerte, als sie sich an die vielen Pfunde erinnerte, die sie während dieser Zeit mit sich herumgeschleppt hatte. »Na ja«, murmelte sie, »wenigstens werde ich jetzt ja nicht mehr schwanger werden.« Dieser Gedanke beschwor die Erinnerung an Seth herauf, und zum erstenmal seit vielen Monaten empfand sie wieder Wut auf ihn. Er hatte sie auf eine Art behandelt, die unverzeihlich war.

Lupitas Baumwollkleider schlotterten ihr jetzt um den Körper. Deshalb besorgte Paul auf einem seiner Ausflüge nach Santa Fé mehrere Rollen Stoff und brachte Mrs. Sanchey mit zur Ranch. Die Schneiderin blieb drei Wochen auf der Colter-Ranch, und die drei Frauen nähten unablässig an Morgans neuer Gaderobe. So entstanden zwei Reit-, mehrere Tageskleider und auch ein paar festliche Gewänder für Besuche oder andere offizielle Ereignisse. Abendkleider hatte Morgan in ausreichender Menge aus San Francisco mitgebracht.

Morgan schrieb häufig an Theron, und dieser war entzückt über die Neuigkeit, daß sie einen Sohn bekommen hatte. Theron und Jeannette ging es gut. Er hatte sich keine neue Assistentin mehr ins Haus geholt. Seine Kunden fragten immer noch nach Morgan. Wie in jedem Brief bat er sie auch diesmal, zu ihm zurückzukommen.

Seine Briefe stimmten Morgan immer ein wenig traurig. Obwohl sie von Menschen umgeben war, die sie liebte und von denen sie wiedergeliebt wurde, fühlte sie sich doch zuweilen einsam.

Im August 1851 wurde Adam ein halbes Jahr alt. Er war ein freundliches Kind und hatte ein sonniges Gemüt. Als Frank auf Besuch kam, schloß er diesen sofort in sein Herz. Frank nahm ihn vor sich auf sein Pferd, und Adam lachte vergnügt. Im September wurde Morgan dann einundzwanzig. Lupita bereitete ein Fest für dieses Ereignis vor. Morgan probierte ein dunkelblaues Satinkleid an, das Theron ihr gekauft hatte. Zu ihrer Überraschung stellte sie fest, daß es ihr zu weit war.

»Du hast zu viel Gewicht verloren. Du ißt nicht genug. Ich habe dich beobachtet – du leidest an irgendeinem Kummer.«

Morgan schüttelte den Kopf, als Lupita das Kleid an ihr absteckte, um es enger zu machen. »Das ist dummes Zeug, Lupita. Ich bin vollkommen glücklich. Ich habe hier alles, was ich brauche.«

»Nur keinen Mann. –«

»Ich habe Adam.«

»Ja, *Señora.*«

»Lupita, nun hör schon auf. Ich bin glücklich, und das ist keine leere Redensart von mir. Also laß es sein, jetzt wieder die Dienerin einer Lady spielen zu wollen.«

»Der Wunsch der *Señora* ist mir Befehl.«

»Lupita!« Doch die ältere Frau war schon aus dem Zimmer gegangen. Morgan lächelte in sich hinein. Sie täuscht sich, dachte sie. Ich habe nur so viele Pfunde verloren, weil ich Adam ständig davon abhalten muß, in den Kamin hineinzukriechen. Jeder würde abnehmen, wenn er Adam dauernd nachlaufen müßte. Sie küßte ihren schlafenden Sohn, dessen blonde Haare ihm in die Stirn fielen. Er machte ein paar saugende Geräusche mit den Lippen, und ein tiefes Grübchen erschien flüchtig auf seiner Wange. Genauso wie bei Seth, schoß es Morgan durch den Kopf. Sie versuchte den Gedanken an ihn schnell aus ihrem Bewußtsein zu verdrängen und ging dann hinaus, um ihre Gäste zu begrüßen.

Viele von den Leuten, die sich an diesem Abend auf der Ranch versammelten, waren Fremde für sie, und Morgan war froh, als die Party wieder vorbei war. Als sie ihr Satinkleid ausgezogen und in ihr schlichtes Baumwollnachthemd geschlüpft war, starrte sie auf das Bett und begann zu weinen.

»Was fehlt mir nur?« fragte sie sich laut. »Ich habe doch alles.« Ihre Stimme weckte Adam, und sie war froh, daß sie zu ihm gehen konnte, um ihn in die Arme zu nehmen. Es war schon früher Morgen, als sie endlich einschlief.

In diesem Jahr fiel schon zeitig Schnee, und der Winter wollte und wollte keine Ende nehmen. Adam schien jeden Tag ein Stück zu wachsen, und Morgan und Lupita waren ständig damit beschäftigt, ihm neue Kleider zu nähen. Jake und Paul schnitzten ihm Pferde und Kühe, und mit der Zeit schufen sie eine komplette Holzranch mit Wohnhaus, Scheune, Zäunen und Fuhrwerken. Lupita füllte das kleine Wohnhaus mit Möbeln und Nahrungsvorräten. Sie setzte sogar eine kleine Puppe hinein, die Adam ähnlich sah, und Adam belohnte sie alle mit lautem Jubel und klebrigen Küssen.

Morgans Erinnerungen an Seth wurden von Tag zu Tag lebendiger, und ihre Ruhelosigkeit nahm immer mehr zu. Am liebsten hätte sie die Ranch für eine Weile verlassen, um Seth, der ja irgendwann zurückkehren würde, aus dem Weg zu gehen.

Im Februar war Adam ein Jahr alt. Lupita und Morgan backten ihm einen riesigen Kuchen, und Frank und seine Frau brachten ihre sechs Kinder mit, um mit dem Kleinen zu feiern. Adam stand ein paar Minuten lang schüchtern herum, fand aber dann rasch sein Selbstbewußtsein wieder, als Frank ihn hochhob und herumschwenkte. »Wirst einmal so groß sein wie dein Pa, nicht wahr?«

Jake grinste. »Wird ihm jeden Tag ähnlicher. Scheint aber nicht den Sturkopf seines Vaters geerbt zu haben. Jedenfalls zeigt er ihn jetzt noch nicht.«

Lupita beobachtete, wie Morgans Gesicht weiß wurde, als die beiden Männer von Seth sprachen. Die ältere Frau wußte, daß die Erinnerung an ihn ihre Herrin quälte, und sie litt mit ihr. Bald nach Adams Geburtstag schrieb Morgan an die Anwälte ihres Vaters in Albuquerque. Sie erklärte ihnen in kurzen Worten, daß sie die Bedingungen des Testaments erfüllt habe und gern Näheres über ihr Erbe erfahren würde. Ein paar Wochen wartete sie gespannt auf Antwort, die jedoch nicht kommen wollte. Sie dachte schon daran, einen zweiten Brief zu schreiben, aber Lupita meinte, sie solle sich noch ein wenig in Geduld fassen, da die Post in Neu-Mexiko nicht die schnellste sei.

Wenn Morgan jetzt morgens ausritt, wurde sie immer von Adam begleitet. Oft nahmen sie einen Korb mit Eßwaren mit, um ein Picknick zu veranstalten. Dabei bemerkten sie beide nicht das Augenpaar, das sie jeden Tag beobachtete. Und wenn die Sonne unterging und Jake, Paul und der kleine Adam um das Haus herumspazierten, spürten sie nicht die Nähe des stummen Wächters. Als einmal das Pferd, in dessen Nähe Adam spielte, von einer Wespe gestochen wurde und auskeilte, sah nur das Kind den muskulösen braunen Arm, der es vor den eisenbeschlagenen Hufen des Pferdes rettete.

28

Fast zwei Monate waren vergangen, seit Morgan den Brief nach Albuquerque gechrieben hatte. Sie saß von der Ranch etwas entfernt unter einem Baum – an einem Platz, wo sie Adam oft hinbrachte, damit er hier spielen konnte. Der Bach, der die Weiden der Ranch bewässerte, floß hier vorbei, und das Gras war grün und der Schatten angenehm. Als das Wiehern ihres in der Nähe weidenden Pferdes ertönte, achtete Morgan, die ihren Gedanken nachhing, nicht darauf. Sie beschloß gerade, den Anwälten einen zweiten Brief zu schicken. Warum nur hatten sie ihr keine Antwort gegeben?

»Da da.« Adam lächelte, als seine Mutter ihn anblickte.

»Nein, nicht da da. Ich bin deine Mama, Adam – das weißt du doch!«

»Ma ma ma.«

»Ja, so ist es richtig. Schau mal, Adam, ein Schmetterling.« Sie deutete zum Bach hin, aber das Kind fuhr fort, seine Mutter anzustarren. Es versuchte, mit den Lippen Worte zu formen, doch das gelang ihm nicht. Adam blickte auf eine Stelle hinter Morgans Kopf, und was er dort sah, brachte ihn zum Lachen.

Sie lachte mit ihm. Seinen Grübchen konnte sie nicht widerstehen. Und immer noch lächelnd, drehte sie sich um, damit sie sehen konnte, was ihn so fröhlich stimmte. Im selben Moment zuckte sie vor Schreck zusammen, und ihre Hand flog zum Mund. Rasch stand Morgan auf und stellte sich vor Adam, der neugierig versuchte an ihr vorbeizuschauen.

Ein Indianer saß majestätisch auf einem schwarz-weiß gescheckten Pony. Er war schlank, sein Oberkörper nackt. Um den Hals trug er an einer Rohlederschnur einen kleinen Lederbeutel, der mit schwarzen und roten Perlen bestickt war.

Seine Beine steckten in einer Wildlederhose mit langen Fransen an den Nähten. Er sah genauso aus wie die Apachen, die Morgan nach San Francisco verschleppt hatten. Sie räusperte sich und sagte mit zitternder Stimme: »Was wollen Sie von uns?«

Der Indianer glitt mit einer fließenden Bewegung vom Pferd. Er starrte Adam und Morgan an und kam einen Schritt näher. Morgan drehte sich um und nahm Adam auf den Arm. Doch ihr Sohn wehrte sich. Er wollte gehen, nicht getragen werden. Morgan drückte ihn nur noch fester an sich.

»Gehen Sie. Lassen Sie uns in Frieden.« Das Kind blickte seine Mutter stirnrunzelnd an. Es fühlte, daß sie Angst hatte.

»Es tut mir wirklich leid, daß ich Sie so erschreckt habe. Gestatten Sie, daß ich mich vorstelle. Mein Name ist Gordon Matthews.«

Morgans Augen weiteten sich. Die Stimme des Indianers war tief und wohlklingend. Er sprach wie ein gebildeter Mann. Er artikulierte seine Worte genau und betonte die Endungen, wie die Leute in Kentucky das nie getan hatten.

Er betrachtete sie eingehend, als wartete er auf etwas. Als Morgan ihren Sohn nur noch fester an sich drückte, zuckte Gordon mit den Achseln und setzte sich am Ufer des Baches ins Gras.

»Ja«, sagte er. »Sie sehen genauso aus wie auf den Bildern.« Er sah lächelnd zu ihr hoch, wobei er seine weißen, ebenmäßigen Zähne zeigte. »Ich weiß, daß ich so etwas nicht machen sollte. Ich spiele mal wieder den Indianer, wie Onkel Charley zu sagen pflegte. Es ist ziemlich eindrucksvoll, nicht wahr?«

»Eindrucks ...« Morgan war verwirrt.

»Mir macht dieses Spiel großen Spaß, obwohl ich in letzter Zeit selten dazu komme. Auf der Ranch vergessen die Leute zu leicht, daß ich ein Halbblut bin. Also verkleide ich mich, sooft ich kann, in einen Vollblutindianer. Nur mit dem Haar habe ich so meine Mühe. Wie Sie sehen, neigt es dazu, sich zu wellen, und ich muß eine Menge Talg auftragen, bevor es so glatt ist, wie es sich für einen echten Indianer gehört. Ich bin sicher, meine roten Vorfahren würden mich enterben, weil ich kein Büffelfett für diesen Zweck verwende, aber wir leben ja inzwischen in einem modernen Zeitalter, nicht wahr?« Er sah sie einen Moment schweigend an.

»Bitte, Morgan, setzen Sie sich doch zu mir. Ich bekomme sonst noch einen Krampf im Nacken, wenn ich noch länger zu Ihnen hinaufstarren muß.«

Morgan entfernte sich noch einen Schritt von ihm. »Wer sind Sie? Woher kennen sie meinen Namen?«

Gordon seufzte und stand wieder auf. »Ich glaube, man muß besser in Form sein, wenn man den Indianer spielen will.« Er rieb sich den Nacken. »Der Name Gordon Matthews sagt Ihnen nichts?«

»Nein.«

»Ihr Vater hat mich nie in seinen Briefen erwähnt?«

»Mein Vater? Briefe?«

»Morgan, bitte, hören Sie auf, mich so furchtsam anzustarren. Ich werde Ihnen nichts tun. Kommen Sie – ich nehme Ihnen Adam ab, dann können wir plaudern.«

Morgan brachte Adam noch weiter aus der Reichweite des Mannes.

»Wenn Sie ihn unbedingt auf dem Arm behalten wollen ... Adam – schau!« Er hielt dem Kleinen den mit Perlen bestickten Lederbeutel hin, und der Junge strampelte so heftig, daß Morgan ihn nicht länger halten konnte. Sie setzte ihn ab, und er lief auf den Mann zu. »Noch ein paar Jahre, und er wird einen Kopf größer als Sie sein, Morgan. Aber jetzt wollen wir uns endlich setzen.«

Gordon ließ sich abermals im Gras nieder, streifte das Lederband, an dem der Beutel hing, über den Kopf und überließ ihn

Adam, der mit einem vergnügten Krähen damit über die Wiese lief.

»Er ist ein sehr hübscher junger Mann. Ich vermute, daß er seinem Vater nachschlägt. Seth ist sehr groß und kräftig, nicht wahr?« Er wandte sich nun wieder Morgan zu. »Und Sie sehen Ihrem Vater sehr ähnlich, wenn Sie, wie eben, Ihre Stirn runzeln. Schön. Da sie offenbar vollkommen ahnungslos sind, werde ich Ihnen alles erklären. Onkel Charley pflegte immer zu sagen, ich bräuchte Stunden, ehe ich zur Sache käme. Und mein Vater meinte, meine Erziehung habe mein Denkvermögen getrübt. Sie hatten wahrscheinlich beide recht.« Er lachte reumütig in sich hinein.

»Aber es ist kein Spaß, wenn ich Ihnen jetzt sage, daß ich Ihnen gar nichts erkläre, falls Sie sich nicht endlich hinsetzen. Mein Hals ist schon ganz verrenkt.«

Morgan schwindelte der Kopf. Das war eine unmögliche Situation. Der Mann sah wie ein Indianer aus – wie einer der Männer, die mit Jacques gereist waren. Doch er redete wie ein gebildeter Yankee. Sie setzte sich, anderthalb Meter von ihm entfernt, am Bachufer nieder.

»Ich leite die ›Drei Kronen‹.«

»Die ›Drei Kronen‹?«

»Sie haben tatsächlich keine Ahnung, wie? Ihr Vater und mein Vater waren Partner auf der Ranch im Süden von Albuquerque – auf der Ranch, die ›Drei Kronen‹ genannt wurde. Mein Vater kam vor drei Jahren bei einem Unfall ums Leben.«

Der Schmerz ließ ihn verstummen, bis Adam zurückkam und an dem silbernen Reifen zerrte, den Gordon am Oberarm trug. Gordon lächelte den Jungen an, entfernte den Reifen von seinem Arm und gab ihn dem Kind, das damit davoneilte. »Er ist wahrhaftig ein lebhafter Junge. Ich möchte wetten, er läßt Sie nicht eine Sekunde lang zur Ruhe kommen.«

»Fahren sie mit Ihrer Geschichte fort, Mr. Matthews.«

»Gordon. Ich begreife nicht, daß Sie nichts von Ihrem Vater wissen, denn er wußte alles über Sie. Im Haus hängen überall Bilder von Ihnen – Gemälde. Bilder aus jeder Phase Ihres Lebens. Manche davon zeigen Sie hoch zu Pferd, und auf einigen sieht man Sie aus dem Fenster einer Kutsche schauen.«

»Niemand hat mich jemals gemalt oder gezeichnet. Wie sollte es da Bilder von mir geben? Ich habe meinen Vater nicht mehr gesehen, seit wir Neu-Mexiko verlassen haben. Und meine Mutter hat sich immer geweigert, meine Fragen nach meinem Vater zu beantworten.«

»Hmm. Das ist mir ein Rätsel. Vermutlich sind Ihre Erinnerungen an Neu-Mexiko sehr vage. Sie waren ja kaum älter als Adam, als Sie mit Ihrer Mutter nach Kentucky zurückkehrten.«

»Ich erinnere mich, daß ich in einem Wagen saß und sehr durstig war.«

»Das muß auf der Rückreise gewesen sein. Ihre Mutter war eine sehr sture Frau. Als sie sich dazu entschlossen hatte, dieses Land zu verlassen, mußte sie sofort aufbrechen. Sie weigerte sich, auf den Pfadfinder zu warten, den Ihr Vater für sie angestellt hatte.

Natürlich war die Ranch damals noch ein Nichts, eine armselige Lehmziegelhütte, und Ihre Mutter mußte für zwei Männer und mich kochen und waschen. Damals war sie mit Ihnen schwanger, und sie war so ungeschickt, daß ihr dauernd etwas aus der Hand fiel. Sie haßte den Schmutz und die Trockenheit. Pa und ich hörten, wie sie nachts stundenlang mit Onkel Charley – das war Ihr Vater – haderte und sich darüber beschwerte, wie rauh ihre Haut sei, wie müde sie wäre und wie sehr ihr hier alles verhaßt sei.«

Gordon beugte sich zur Seite und nahm Morgans Hand. »Glatt, obwohl Sie auf der Ranch tüchtig zupacken.«

Sie entzog ihm hastig ihre Hand. »Woher wissen Sie, was ich hier auf der Ranch tue?«

»Ich habe Sie beobachtet.« Er lachte, als er ihre erstaunte Miene sah. »Ich sagte doch schon, daß ich nur noch selten das Vergnügen habe, Indianer zu spielen. Wenn sich mir die Gelegenheit dazu bietet, nütze ich sie gründlich aus. Die Dinger stehen mir gut, finden Sie nicht auch?« Er deutete auf die Lederhosen, die seine schlanken, muskulösen Beine bedeckten.

In diesem Moment kam Adam zu seiner Mutter und Gordon zurück. Er hatte Mühe, seine beiden Schätze festzuhalten, und so hängte Gordon ihm den Lederbeutel um den Hals und befestigte den silbernen Reifen an dem Band aus Rohleder. Adam bückte sich nach einer Blume, aber es gelang ihm nur, einen Teil der Pflanze abzureißen. Als er ihn in den Schoß seiner Mutter fallen ließ, setzte er sich heftig auf den Hosenboden. Er rappelte sich rasch wieder hoch und rannte, alle paar Schritte stolpernd, über die Wiese.

»Sie waren Adam so ähnlich, als Sie so klein waren wie er, natürlich waren Sie viel zierlicher. Sie haben fast immer nur gelächelt und jeden, wie Adam, als Ihren Freund betrachtet. Ich glaube, ich habe Sie von dem Moment an, als ich Sie zum erstenmal sah, adoptiert, und da waren Sie noch keine zwanzig Minuten alt. An dem Tag, als ich heimkam und Sie mit Ihrer Mutter fortgefahren waren, habe ich mir die Augen aus dem Kopf geweint. Es dauerte eine Woche, ehe ich wieder etwas essen konnte.«

»Gordon... ich... das ist alles neu für mich. Der Eindruck, den ich von meinem Aufenthalt in Neu-Mexiko habe, ist ein ganz anderer. Meine Mutter sprach selten von diesem Land, und dann nur von dem Elend, das sie hier erdulden mußte.«

»Ich weiß auch eine Menge von Ihrer Mutter. Nein« – er hielt Morgan am Arm fest –, »Adam muß so oft hinfallen, bevor er das Laufen lernt. Lassen Sie ihn... Wir hatten stets angenommen, daß Sie die Briefe schrieben, die regelmäßig bei uns eintrafen. Aber nach Onkel Charleys Tod erreichten uns Zeilen, die von einem Mann verfaßt waren, von einer Agentur. Vermutlich stammten alle Briefe von ihm.«

»Was für Briefe?«

»Ungefähr ein Jahr, nachdem Sie uns verlassen hatten, begannen diese Briefe regelmäßig bei uns einzutreffen. Einer im Monat. Ich habe keinen von ihnen gelesen, aber Onkel Charley erzählte uns ausführlich, was darin stand. Es ist schon komisch, wenn ich mir vorstelle, daß ich so viel von Ihnen weiß und Sie so gar nichts von uns wissen. Auf der Ranch wurde fast täglich von der kleinen Morgan gesprochen, als ich dort aufwuchs. Erinnern Sie sich noch daran, wie Sie im Alter von acht Jahren vom Pferd stürzten und sich dabei eine böse Schnittwunde zuzogen? Als der Arzt sie nähte, haben Sie so laut geschrien, daß der Stallbursche Mühe hatte, die Pferde zu beruhigen.«

»Ja, ich erinnere mich«, sagte Morgan leise. Es fiel ihr immer noch schwer zu glauben, daß dieser Mann so viel über sie wissen konnte.

»Pa, Onkel Charley und ich warteten schon immer gespannt auf die Briefe und die Skizzen, die ihnen beigelegt waren. Am besten gefiel mir das Bild, wo Sie zum erstenmal mit Ihrem Pferd über ein Hindernis springen. Damals waren Sie sieben. Ihr kleiner Hut ist Ihnen fast bis zum Kinn hinuntergerutscht.«

»Das ist zuviel! Meine Mutter hat mir nie etwas von meinem Vater erzählt – jedenfalls nichts Gutes. Ich habe als Kind so gut wie gar nicht an ihn gedacht. Trahern House und meine Mutter waren meine ganze Welt. Und dann kam dieses Testament! Damals haßte ich meinen Vater!«

»Ja.« Gordon sah verlegen zur Seite. »Ich versuchte, ihm das auszureden, aber Onkel Charley sagte: ›Diese verdammte Frau hat ihr einen Haß auf alle Männer eingeflößt. Wenn ich nichts dagegen unternehme, wird sie in diesem großen alten Haus versauern und vertrocknen wie ihre Mutter.‹ Ich schlug vor, die Bedingung, daß Sie hierherkommen müßten, stehenzulassen, aber den Nachsatz, der Ihre Eheschließung forderte, zu streichen. Aber er sagte, daß eine große Schar junger Männer Sie umschwärmen würde, sobald die Verfügungen seines Testaments bekannt würden, und genau das wollte er ja mit dieser Klausel erreichen. Er wußte, daß Ihre Mutter Sie als menschenscheue – vor allem männerscheue – Einsiedlerin erzogen hatte. Er wollte dafür sorgen, daß die Männer zu Ihnen kommen würden, damit Sie in aller Ruhe Ihre Wahl treffen konnten.«

Morgan blickte gedankenverloren zum anderen Ufer des Bachs hinüber. Sie hatte immer geglaubt, ihr Vater habe sie aus irgendeinem Grund bestrafen wollen. Und dabei hatte er ihr nur zu helfen versucht. Sie hatte tatsächlich Angst gehabt vor

Menschen – vor allem, was außerhalb ihrer kleinen Welt geschah, und er hatte das alles gewußt. Er hatte verhindert, daß sie sich vom Leben abkapselte. Er hatte immer an sie gedacht und sie offenbar sehr gern gehabt.

Gordon sprang auf und fing Adam gerade noch rechtzeitig auf, bevor der Kleine in das eiskalte Wasser stürzte. Adam krähte vergnügt und watschelte auf die Wiese zurück, um noch mehr Blumen zu pflücken.

»Ich war ehrlich erstaunt, als Sie Seth Colter baten, Sie zu heiraten.«

Morgans Kopf ruckte hoch. »Woher wissen Sie denn das?«

»Da ich überdurchschnittlich intelligent bin, habe ich diesen Schluß aus meinen Informationen gezogen. Nach Onkel Charleys Tod kamen noch eine Weile lang Briefe von dieser Agentur. Ich war wütend, als ich las, was Ihr Onkel Horace mit Ihnen vorhatte. Ich hatte schon meine Koffer gepackt, um nach Kentucky zu reisen, als der letzte Brief bei uns eintraf mit der Meldung, daß Sie Colter geheiratet hätten. Ich schrieb einen Brief an einen von Onkel Charleys alten Freunden in Kentucky und erfuhr den ganzen Tratsch, was für eine hervorragende Partie dieser Colter wäre und daß er mit Ihnen durchgebrannt sei, obwohl Sie ihn erst seit zwölf Stunden kannten. Ich wußte, daß Sie nicht dazu erzogen worden waren, sich binnen zwölf Stunden einen hochbegehrten Junggesellen zu angeln. Zudem hatte der Agent mir schon vorher mitgeteilt, wie Ihr Onkel Horace Sie anzuziehen pflegte. Also zählte ich zwei und zwei zusammen. Und ich hatte recht.«

»Ja, Sie hatten recht. Eine Weile lang ging es auch gut... Adam!« Morgan sprang auf, aber Gordon eilte leichtfüßig zum Bach und bewahrte den Jungen zum zweitenmal vor einem Sturz ins eiskalte Wasser. Er warf das Kind in die Luft, und Adam lachte laut. »Ich bin Gordon. Kannst du Gordon sagen?«

»...or...«

»Gut genug. ›Or‹ lasse ich gelten.«

»Happ...« quäkte Adam.

»Du willst etwas essen? Eine gute Idee.«

»Gordon, das ist alles so neu und überraschend für mich, daß ich es erst einmal verdauen muß. Sie haben das Bild, das ich mir von meinem Vater machte, gründlich zerstört – sogar das Bild meiner Mutter ...«

Gordon lächelte. »Nun, dann wollen wir Adams Rat befolgen und essen. Ich hätte gern eine Kostprobe von den feinen Sachen, in deren Zubereitung Sie Jean-Paul unterrichtet hat. Er hat Onkel Charley ein Vermögen gekostet.«

»Mein Vater hat Jean-Paul bezahlt?«

»Natürlich. Sie glauben doch nicht etwa, daß Ihre Mutter einen ledigen Mann in ihrem Haus geduldet hätte, wenn man Sie nicht mit großem Nachdruck dazu überredet hätte, oder?«

Morgan packte den Picknickkorb aus. »Das ist etwas, was ich nie verstanden habe. Warum hat der Vater meiner Mutter Trahern House seinem Schwiegersohn vermacht anstatt seiner Tochter?«

Gordon brach ein kleines Stück von einer Käsepastete ab, gab es Adam und lachte. »Der alte Morgan Trahern war ein gerissener Bursche. Er wußte, wie verzogen Ihre Mutter war. Er vermachte sein ganzes Vermögen seinem Schwiegersohn, da er den impulsiven, gefühlsbetonten Charakter seiner Tochter kannte und sie nicht für geeignet hielt, ein so großes Vermögen zusammenzuhalten. Auch hoffte er damit zu verhindern, daß sie Ihren Vater verließ. Aber Onkel Charley war viel zu gutherzig. Er hätte Ihre Mutter zwingen können, bei ihm in Neu-Mexiko zu bleiben. Er versuchte, sie zu überreden, daß sie ihre Tochter bei ihm ließ, aber« – Gordon kostete von einer anderen Pastete und zuckte mit den Achseln – »Onkel Charley war nicht der Mann, der anderen seinen Willen aufzwang.«

Morgan sah ihn mit funkelnden Augen an. »Nur bei mir machte er eine Ausnahme. Sein Testament sollte mich dazu zwingen, seine Wünsche zu erfüllen.«

»Immer noch wütend auf ihn? Aber wie mir scheint, ist Ihnen das ganz gut bekommen.« Er lächelte und nahm noch ein Stück von der Pastete. »Ausgezeichnet, Morgan. Jean-Paul war sein Geld wert.«

»Merci beaucoup, Monsieur.«

»Und jetzt wollen wir ins Haus zurückkehren.«

»Gordon, warten Sie!«

»Nein, ich weiß, was Sie sagen wollen. ›Ich bezahle keinen Nickel für ein Dutzend mit Gold behängte Indianer.‹ Habe ich Jake richtig zitiert?«

Sie mußte lachen, denn er hatte selbst Jakes Tonfall richtig getroffen.

»Passen Sie auf.« Mit drei Schritten war Gordon bei seinen Satteltaschen und entnahm ihnen ein großes Stück Seife. In wenigen Minuten hatte er seine Haare im Bach gewaschen und ging dann zu seinem Pferd zurück, um sich ein Bündel mit Kleidern zu holen. Er trat hinter eine Gruppe von Bäumen und tauchte kurz darauf in einem blauen Baumwollhemd und einer blauen Baumwollhose wieder auf der Wiese auf. Er sah einem Indianer nun überhaupt nicht mehr ähnlich.

Er lächelte, als er Morgans Erstaunen bemerkte. »›Himmelsauge‹, der Comanchen-Krieger, hat sich in Gordon Matthews, einen gewöhnlichen, aber nicht schlecht aussehenden weißen Mann verwandelt.«

»›Himmelsauge‹?«

Gordon blickte sie wild an und verdrehte dann die Augen. »Saphirblaue Augen, die den jungen Frauen in vier Staaten schlaflose Nächte bescherten, und Sie haben das nicht einmal bemerkt.«

Sie lachte – das erste wirklich ausgelassene Lachen seit Monaten.

»Das ist schon besser. Nun sehen Sie schon eher dem kleinen Mädchen ähnlich, das mit mir auf meinem Pony ritt.«

»Or. Or.« Adam zupfte Gordon am Hosenbein, weil er hochgehoben werden wollte.

Einträchtig ritten sie anschließend zum Haus zurück, wo Jake sie mit mißtrauischer Miene und einem Gewehr in der Hand erwartete. Morgan spürte, daß es ihm gar nicht recht war, daß Adam vor Gordon im Sattel saß.

»Das ist Gordon Matthews. Er und ich sind die Eigentümer der ›Drei Kronen‹. Das ist die...«

»Die ›Drei Kronen‹! Erfreut, Sie kennenzulernen, Mr. Matthews. Die ›Drei Kronen‹ sind mir ein Begriff, seit ich hier in Neu-Mexiko lebe.«

Jake schüttelte Gordon kräftig die Hand. Als sie später alle zusammen beim Abendessen saßen, wollte Adam einen Stuhl neben Gordons Platz haben. »Gor«, konnte er inzwischen schon sagen.

Morgan betrachtete die anderen schweigend, während sich diese unterhielten.

»Wie viele Rinder können Sie auf einer so großen Ranch züchten?« fragte Jake. »Und wie steht es mit den Indianern? Machen die Ihnen keine Schwierigkeiten?«

Gordon schmunzelte und bat Morgan, nachdem sie die Teller von sich geschoben hatten, noch ein paar Schritte mit ihm spazierenzugehen. Adam trottete hinter ihnen her.

»Kommen Sie zu mir auf die Ranch, Morgan.«

Sie sagte nichts, starrte nur vor sich hin.

»Ich weiß, daß hier etwas nicht stimmt. Niemand erwähnt Seths Namen, doch ich spüre, daß er noch am Leben ist.«

»Ja, das ist er«, flüsterte sie.

»Was auch immer passiert ist – es geht mich nichts an. Aber ich weiß, es war der Wunsch Ihres Vaters, daß Sie auf unserer Ranch leben sollten. Ich selbst wünsche mir das. Ich bin Junggeselle. Die Verwandten meines Vaters leben an der Ostküste. Die Angehörigen meiner Mutter sind Comanchen, und trotz meiner Indianerspiele weiß ich herzlich wenig von ihnen... Hier werden Sie von zu vielen Erinnerungen geplagt, Morgan. Kommen Sie mit mir zurück auf die Ranch. Ich biete Ihnen ein Heim, in dem Sie mit Adam glücklich sein können.« Er drehte sich um und strich dem Jungen über die Haare.

»Ich weiß nicht, Gordon. Ich weiß es wirklich nicht, wie ich mich entscheiden soll. Sie haben recht. Hier bedrängen mich zu viele Erinnerungen. Ich werde über Ihren Vorschlag nachdenken und Ihnen bald eine Antwort darauf geben. Aber jetzt muß ich meinen Sohn ins Bett bringen.«

Sie ging voraus, und Gordon hob Adam auf und folgte ihr mit dem Kind auf dem Arm. »Weißt du, daß ich deine Mutter schon liebte, als sie erst zwanzig Minuten alt war? Mir ist es gleichgültig, wer dein Vater ist, weil ich Himmel und Erde in Bewegung setzen werde, um dein neuer Daddy zu werden. Würde dir das gefallen, mein Sohn?« Er küßte das Grübchen auf Adams Wange. »Wir werden zu unserer Ranch reiten. Und in spätestens einem Jahr bin ich dein Pa.«

Gordon brauchte zwei Tage dazu, Morgan zu überreden, mit ihm zu den ›Drei Kronen‹ zu reiten. Jake widersetzte sich diesem Plan am heftigsten, er wollte sich nicht von Adam trennen.

»Ich muß, Jake. Was ist, wenn Seth auf die Ranch zurückkehrt? Ich kann dann nicht mehr hier wohnen. Ich möchte ihn nicht wiedersehen.«

Gordon konnte nur mit Mühe einen Jubelruf unterdrücken, als er ein Fuhrwerk mit Morgans und Adams Sachen belud. »Ich werde einen Mann hierherschicken, der den Wagen zurückbringt, und er wird euch mitteilen, ob wir wohlbehalten auf der Ranch eingetroffen sind.«

Der Abschied war tränenreich. »Schreib uns regelmäßig. Wir wollen wissen, wie es dir und dem Jungen geht. Ohne euch wird es wieder ein trauriges Haus sein«, klagte Lupita. Paul schenkte Adam noch zwei Holzpferdchen für seine Spielzeugranch. Jake war so erschüttert, daß er sich fast geweigert hätte, ihnen Lebewohl zu sagen.

Adam winkte noch lange, als sie abfuhren. Für ihn war die Fahrt auf einem Wagen ein neues, aufregendes Erlebnis. Doch als sie Santa Fé erreichten, nörgelte er, und Morgan war froh, daß sie dort eine Rast einlegen konnten. Sie wollte Stoff kaufen, damit sie ihm einen neuen leichten Anzug nähen konnte. Gordon hatte ihr gesagt, daß es in der Umgebung von Albuquerque viel wärmer sei als hier.

Gordon hatte Adam auf den Arm genommen und versprochen, sie in einer Stunde wieder am Wagen zu treffen. Morgan blieb vor einem Laden stehen, den sie noch nie zuvor gesehen hatte und der importierte Seiden- und Samtstoffe, handgefertigte Spitzen und auch robuste Baumwollgewebe führte. Plötzlich hörte sie Schritte hinter sich und drehte sich um.

»Ach, Mrs. Colter, was für eine Überraschung, Sie wiederzusehen!«

»Miss Wilson.« Marilyn Wilson war der letzte Mensch auf der Welt, den Morgan sehen wollte. »Wie ist es Ihnen ergangen? Ist das Ihr Laden?«

»Mir ist es recht gut ergangen, vielen Dank. Ja, das ist mein Geschäft. Mein Vater hat es vor einem halben Jahr für mich gekauft. Wie ich hörte, sind Sie allein aus San Francisco zurückgekommen?«

Morgan ballte die Hände unwillkürlich zu Fäusten.

»Sagen Sie – wie geht es eigentlich Joaquin Montoya? War es nicht sonderbar, daß er und seine Schwester nur wenige Tage nach ihrer Party ihre Sachen zusammenpackten und nach Spanien reisten?«

Bevor Morgan eine Antwort darauf geben konnte, fuhr Marilyn fort: »Alle Leute in Santa Fé haben sich gewundert, daß Sie mitten in der Nacht die Party mit Joaquin verließen und mit ihm fortritten. Natürlich haben Sie ja schon den ganzen Abend hindurch mit ihm zusammengesteckt, wie ich zu Seth sagte ...«

»Sie ...!« »Dann wußten auch alle Leute in Santa Fé, daß Seth den Winter ganz allein auf der Colter-Ranch verbracht hat.«

»Hallo.« Die Stimme eines Mannes ertönte, und die beiden Frauen drehten sich um und sahen Gordon mit Adam auf sich zukommen. Der Junge ließ Gordons Hand los und rannte zu seiner Mutter, um ihr die kleinen geschnitzten Bäume zu zeigen, die Gordon ihm gekauft hatte.

Morgan nahm ihren Sohn auf den Arm. »Hübsch, nicht wahr? Sie passen gut zu deiner Ranch. Oh – Miss Wilson« – sie tat so, als wäre ihr erst jetzt wieder eingefallen, daß noch jemand zugegen war – »darf ich Ihnen meinen Sohn vorstellen? Adam, das ist Miss Wilson.« Adam lachte und zeigte dabei seine Grübchen.

Gordon nahm Morgan den Jungen wieder ab. »Ich glaube, es wird Zeit, daß wir Santa Fé verlassen.« Er spürte die Mißstimmung nicht, die zwischen den beiden Frauen herrschte.

Morgan nickte Marilyn zu. »Ich vermute, daß nicht alle Leute in Santa Fé wissen, daß ich inzwischen einen Sohn bekommen habe. Ich denke, Sie werden mir recht geben, wenn ich sage, es kann keinen Zweifel geben, wer sein Vater ist. Leben sie wohl, Miss Wilson.«

Als sie wieder auf dem Wagen saßen, starrte sie eine Zeitlang schweigend vor sich hin. Erst ein paar Meilen hinter Santa Fé begannen ihre Tränen zu fließen. Gordon lenkte das Gespann in den Schatten einiger Cottonwood-Bäume. Ohne ein Wort zu sagen, stellte er Adam auf den Boden und hob dann Morgan vom Sitz herunter. Er setzte sich mit ihr unter einen Baum und wiegte sie sacht auf seinem Schoß. Als Adam merkte, daß seine Mutter weinte, heulte er ebenfalls los. Gordon versuchte sie beide zu trösten, aber je lauter Adam heulte, um so reichlicher flossen Morgans Tränen.

Erst nach ein paar Minuten merkte er, daß Morgan inzwischen lachte. »Was ist denn jetzt so verdammt komisch?«

»Sie. Das Gesicht, das Sie machen. Zwei Menschen weinen in Ihren Armen, und Sie versuchen sie beide zu trösten. Ich habe noch nie einen so frustrierten Mann gesehen.

Er grinste. »Jetzt weiß ich, wie ich Sie das nächste Mal wieder zum Lachen bringen kann. Jedenfalls hat sich der Versuch gelohnt, weil ich Sie in meinen Armen halten durfte.«

Da merkte sie erst, in welcher Lage sie sich befand, und erhob sich rasch von Gordons Schoß. Adam quietschte vergnügt, als er seine Mutter wieder lächeln sah.

»Wollen Sie mir nicht erzählen, was Ihnen so viel Kummer bereitet hat?«

Morgan schüttelte den Kopf.

»Aber wer war denn diese Frau? Sie schienen sich ja recht gut zu kennen!«

»Wir und uns kennen! Ich habe diese... diese Natter nur dreimal in meinem Leben gesehen. Und jedesmal hat sie mir das Leben sauer gemacht. Mit ihrer bösen Zunge hat sie mitgeholfen, meine Ehe zu zerstören.«

»Nein, es war Seths Eifersucht, die den Bruch zwischen Ihnen beiden herbeiführte.«

Sie blickte Gordon erstaunt an.

»Jake hat mir die ganze Geschichte erzählt.«

»Jake hat Ihnen...! Er hatte kein Recht dazu. Erzählt er sie *jedem*, den er trifft, oder...«

»Beruhigen Sie sich doch, Morgan. Er meinte, daß ich die Wahrheit wissen sollte, und damit hatte er recht. Er sagte, Seth sei an dem Zerwürfnis schuld, und er könnte es Ihnen nicht verdenken, daß Sie zornig auf ihn sind.«

»Zornig? Ich glaube, meine Gefühle sind von etwas stärkerer Natur! Ich will ihn nicht mehr wiedersehen. Dafür hat er mir zuviel angetan. Sobald wir auf der Ranch sind, werde ich die Anwälte meines Vaters bitten, die Scheidung einzuleiten.«

Gordon war versucht, seinen besten Comanchen-Siegesschrei auszustoßen, als er diese Worte hörte. »Morgan.« Er sah ihr lächelnd in die Augen, doch sie reagierte nicht. »Oh, nein.«

»Was ist?«

»Das war mein charmantestes Lächeln, mit dem ich bisher das Herz jedes Mädchens zum Schmelzen brachte. Es scheint seine Wirkung verloren zu haben.«

»Ach, Gordon.« Jetzt lächelte auch sie. »Was würde ich ohne Sie nur anfangen?«

»Ich hoffe, Sie werden das nie erfahren.« Seine Augen verrieten, wie ernst er das meinte, und sie blickte verlegen zur Seite.

Sie schlugen im Freien ihr Nachtlager auf. Es war das erste Mal, daß Morgan wieder unter freiem Himmel schlief, seit sie von Jacques nach San Francisco verschleppt worden war.

»Ist es Ihnen auch warm genug, Morgan?«

»Ja, vielen Dank, Gordon. Ich bin froh, daß Sie mich und Adam zur Ranch mitnehmen. Ich brauchte einen Tapetenwechsel, und Sie sind im richtigen Moment gekommen.«

Er wickelte sich in seine Decken. »Purer Egoismus, Morgan«, sagte er leise.

29

»He, Mister, passen Sie doch auf, wo Sie hintreten!« Der Mann blickte mit nervös zuckenden Lidern zu Seth hoch. »Sind Sie krank oder was?«

Seth starrte den Mann an, ohne ihn wirklich zu sehen. »Was haben Sie gesagt?«

»Ob sie wissen, wo Sie hingehen! Haben Sie noch nicht von dem Goldfund am Zypressenpaß gehört? Es soll der größte Fund sein, den man bisher gemacht hat. Gehen Sie auch zum Zypressenpaß?« Er starrte wieder zu Seth hinauf. »Sind Sie sicher, daß Ihnen auch nichts fehlt?«

»Nein, ich bin vollkommen gesund. Wo ist denn dieser Zypressenpaß?«

»Da brauchen Sie nicht lange zu fragen. Sie müssen nur all diesen Leuten folgen.« Der Mann streckte eine rußige Hand aus und deutete auf das Menschengewimmel in seiner Nähe.

Seth schien die vielen Leute, die sich in der Straße versammelt hatten, zum ersten Mal richtig wahrzunehmen. Arbeit! Das war es, was er jetzt brauchte – Arbeit.

»Die wollen alle zum Zypressenpaß, um dort nach Gold zu graben?«

»Junge, Mister, wo kommen Sie denn gerade her? Vom Mond? Klar wollen die alle zum Zypressenpaß und nach Gold graben. Das ganze Land weiß bereits von diesem Fund, und Sie stehen hier und fragen... He, Kumpel, warum gehen Sie nicht dort drüben in den Laden und besorgen sich eine Ausrüstung? Der Ladeninhaber weiß schon, was Sie alles brauchen.« Der Mann sah Seth nach, als dieser dem Laden zustrebte. »Und andere Klamotten brauchst du auch«, murmelte er. »In diesem feinen Anzug kommst du nicht mal bis zum Paß. Aber ich habe hier schon Typen in noch verrückteren Kleidern aufkreuzen sehen.«

Während Seth auf die Ladentür zuging, sah er plötzlich Morgans in Tränen gebadetes Gesicht vor sich. Er hörte sie wieder sagen: »Seth, ich liebe dich.« Immer und immer wieder. Aber nach allem, was er ihr angetan hatte, würde sie nicht mehr mit ihm zusammen sein wollen. Und was war mit diesem Montoya? Und mit diesem Shaw, in dessen Haus sie wohnte?

Nein, es war vorbei. Sie waren miteinander fertig. Morgan hatte sich für ein anderes Leben entschieden, in dem kein Platz für ihn war. Er hatte seine Rache bekommen und konnte nun seine eigenen Wege gehen. Und dennoch...

Er stürmte in den Laden hinein, und der Ladeninhaber blickte von seinem Kontobuch auf. »Kann ich Ihnen helfen, Mister?«

»Ich brauche eine Ausrüstung für die Goldsuche.«

Der Ladeninhaber seufzte. Sie waren doch alle gleich – ob jung oder alt. Er griff unter den Ladentisch, bekam den Hals eines Jutesacks zu fassen und warf ihn auf die Ladentheke. Es klirrte und klapperte. »Fünfzig Dollar – bar auf den Tisch.«

Seth zählte ihm das Geld hin. »Wo kann man denn lernen, wie man mit diesen Sachen umzugehen hat?«

»Fragen Sie einfach jemand, der auf dem Goldfeld arbeitet. Jeder, der mindestens drei Jahre alt ist, kann Ihnen den Umgang mit den Werkzeugen erklären.«

»Danke.«

Der Ladenbesitzer blickte dem stattlichen Mann in dem eleganten Anzug kopfschüttelnd nach. Für ihn waren alle Goldsucher Schwachköpfe. Er hatte hier in seinem Laden eine Goldmine, die ihn reich machte, ohne daß er den Rücken krümmen oder monatelang in sengender Hitze schuften mußte.

Seth ging zum Mietstall, um sein Pferd zu holen. Er zog seinen eleganten Anzug aus und legte seine Arbeitskluft an. Verächtlich warf er den Anzug in eine Ecke der Box. Zu viele schlimme Erinnerungen knüpften sich an dieses Kleidungsstück. Er wollte es nicht mehr haben.

Der Mond war inzwischen aufgegangen, und der Weg zu dem neuen Goldfeld war leicht zu finden. Die Sonne schob sich gerade im Osten über den Horizont herauf, als er am Zypressenpaß anlagte. Es dauerte nicht lange, bis Seth einen Platz im Fluß gefunden und den Umgang mit dem Schüttelsieb gelernt hatte.

Nachdem er einige Stunden gebückt im Wasser gestanden

hatte, war sein Nacken steif. Aber er begrüßte den Schmerz. Vielleicht würde er die Erinnerung an Morgan verdrängen. Mit neuerwachter Energie tauchte er das Sieb in den Fluß und schüttelte den Sand durch das Sieb.

Er bemerkte gar nicht, wie die Sonne unterging. Es fiel ihm erst auf, als er sein Sieb nicht mehr sehen konnte. Seth blickte um sich und beobachtete einen Mann, der mit einer Laterne in einem Zelt verschwinden wollte. Er sprach ihn an. »Ich biete Ihnen zwanzig Dollar für Ihre Laterne.«

Der Mann schaute überrascht auf und grinste dann. Einer seiner Schneidezähne war abgebrochen. »Gemacht«, sagte er.

Seth ging mit der Laterne zum Wasser zurück. Die Goldstückchen glitzerten im Licht. Als die Sonne wieder aufging, war er immer noch bei der Arbeit. Die anderen Goldsucher beachteten die Neulinge auf dem Goldfeld kaum. Sie wußten genau, wie schlimm das Goldfieber die Anfänger packte.

Gegen Mittag zeigte Seth die ersten Ermüdungserscheinungen. Das Wasser verschwamm wie ein Nebel vor seinen Augen, und er hatte Mühe, das Sieb geradezuhalten. Nur vage spürte er, wie sich eine Hand auf seinen Arm legte und ihm dann das Sieb wegnahm. In seinem Hinterkopf flüsterte eine Stimme: »Morgan«, aber er wußte, daß sie es nicht sein konnte.

»Hier, essen Sie das.«

Er ließ sich schwerfällig am Ufer des Flusses nieder. Als er den Duft des Eintopfgerichtes einsog, wurde ihm bewußt, daß er seit Tagen nichts mehr gegessen hatte. Er nahm den Teller entgegen und schlang das Essen heißhungrig in sich hinein. Zweimal wurde ihm der Teller nachgefüllt, und noch immer hatte er das Gefühl, nicht satt zu sein.

Es gab keinen einzigen Baum mehr in dem häßlichen kleinen Goldgräberlager, und so legte er sich im Schatten eines Zelts zum Schlafen nieder. Er war im Nu eingenickt. Die junge Frau die ihn versorgt hatte, blickte auf die große Gestalt des Schlafenden hinunter und lächelte. Obwohl er fast zweimal so groß war wie sie, kam er ihr wie ein kleiner Junge vor, den sie beschützen mußte. Sie kniete sich neben ihn und strich ihm die schweißnassen Haare aus der Stirn. Dann erschrak sie und sah sich rasch um, ob sie jemand dabei beobachtet hatte. Niemand blickte in ihre Richtung. Sie kehrte in das Zelt ihrer Eltern zurück.

Die Sonne ging gerade unter, als Seth wieder erwachte. Seine ersten Gedanken galten Morgan. Verschlafen streckte er den Arm aus, als glaubte er, sie neben sich zu finden. Erst dann setzte die Erinnerung ein.

»Ich habe Ihnen wieder etwas zu essen gebracht.«

Er blickte hoch und sah die junge Frau vor sich stehen. Ihre Haare waren dunkler, ihr Gesicht nicht annähernd so hübsch, und... Verdammt, Colter, höre endlich auf, jede Frau mit Morgan zu vergleichen!

Seth bedankte sich mit einem Nicken und begann zu essen, diesmal langsam und bedächtig. »Haben Sie mir nicht schon einmal etwas zu essen gebracht?

Sie nickte scheu und schaute dabei zu Boden.

»Vielen Dank. Ich fürchte, ich habe jedes Zeitgefühl verloren, seit ich hier nach Gold suche. Noch ein paar Stunden ohne Essen, und man hätte mich hier gleich begraben können.«

Sie hob den Kopf, und ihre Miene verriet, wie sehr sie das bedauert hätte. »Wir haben da drüben unser Zelt«, sagte sie, in eine Richtung deutend. »Dort wohnen meine Ma, mein Pa, Ben und ich. Ben ist mein großer Bruder. Ma und ich kochen hier für ein paar Männer. Für die Ledigen, die keine Frau bei sich haben.« Sie blickte Seth dabei fragend an.

»Nun«, sagte er und lächelte. »Ich schätze, Sie können auch für mich kochen.« Die Vorstellung, von einer Frau umsorgt zu werden, löste fast einen körperlichen Schmerz bei ihm aus.

Sie erwiderte sein Lächeln. »Ich heiße Lee Ann Coleman.«

»Seth... Seth Blake.«

Lee Ann verlor nun langsam ihre Scheu. »Haben Sie denn kein Zelt, Mr. Blake?«

»Seth. Nein, ich habe keins.«

Sie schwieg still und schien nachzudenken. »Ich habe Sie beim Arbeiten beobachtet. Entweder haben Sie es furchtbar eilig, reich zu werden, oder Sie versuchen, sich umzubringen.«

Seth runzelte die Stirn. »Vielleicht trifft beides ein bißchen zu.«

»Ich muß jetzt wieder zu meinem Zelt zurück, Mr.... Seth. Morgen früh bringe ich Ihnen das Frühstück. Sie sollten sich jetzt niederlegen und weiterschlafen.«

Er blickte dem Mädchen nach. Das Kleid, das sie trug, war vom vielen Waschen ausgebleicht und an einigen Stellen geflickt, aber sauber. Es war zu eng und zeigte, wie kräftig sie gebaut war. Er dachte an Morgans zierliche Figur und daran, wie sie in seinem Schlafzimmer auf der Ranch ausgesehen hatte. Verdammt, dachte er, geht sie mir denn nie mehr aus dem Sinn?

Lee Ann war schon zeitig am nächsten Morgen auf den Beinen und häufte gebratene Eier und frisches Brot auf Seths Teller. Als sie den frischgebrühten Kaffee in einen Becher schenkte, sagte ihre Mutter: »Warum kann er nicht zu unserem Zelt kommen wie die anderen Männer auch? Was ist denn so Besonderes an ihm?«

»Oh, Ma, er ist...«

Corinne blickte ihrer Tochter in die Augen und lächelte. So stand es also um sie. Sie war im gleichen Alter wie Lee Ann gewesen, als sie ihren Mann Larry kennengelernt hatte. »Dann geh zu ihm und bring ihm sein Frühstück. Aber beeil dich, denn ich brauche dich hier im Zelt.«

Sie blickte ihrer Tochter nach, die dem Goldgräber das Frühstück brachte. Lee Ann würde nie eine Schönheit sein – ihre Züge waren unscheinbar, aber sie hatte ein gutes Herz. Wenn sie einen mit ihren großen braunen Augen ansah, konnte einem das Herz vor Rührung zerschmelzen. Corinne zweifelte keine Sekunde daran, daß der Mann, dem Lee Ann den Kaffee brachte, an irgendeinem Kummer litt. Vielleicht an Liebeskummer, denn ihre Tochter hatte schon immer eine Schwäche für Menschen mit Problemen gehabt. Corinne seufzte. Und wenn Lee Ann ihnen dann geholfen hatte, gingen sie ihres Weges und ließen das Mädchen mit einem verwundeten Herzen zurück. Lieber Gott, betete sie im stillen, gib, daß dieser Mann anders ist als die anderen!

Seth arbeitete bereits mit seinem Sieb, als Lee Ann mit dem Frühstück zu ihm kam. Er stellte das Gerät ab, als er sie sah. »Ich bin froh, daß Sie gekommen sind. Ich bin so hungrig, daß ich diese kleinen Goldstückchen essen könnte.«

Sie setzte sich neben den kräftigen Mann ans Flußufer und sah ihm beim Frühstücken zu. »Ich mag es, wenn Männer einen großen Appetit haben. Ich kann diese schmächtigen Gestalten nicht leiden, die drei Eier zum Frühstück essen und glauben, das wäre schon eine Mahlzeit.«

Sie wartete, bis er seinen Teller geleert hatte und fragte dann.

»Stammen Sie aus dieser Gegend?«

»Aus Neu-Mexiko.«

»Da sind wir mal durchgekommen. Ist mir zu trocken. Hier gefällt es mir besser.«

Seth sah sich in dem öden, schmutzigen Lager um, in dem viele Zelte und ein paar roh zusammengeschusterte Hütten standen. Die Bäume waren schon vor Monaten gefällt und verheizt worden. Selbst der Fluß hatte von dem Spülwasser, der Seifenlauge und den Speiseresten, die man hineingeworfen hatte, eine trübe Färbung angenommen. Er dachte an die sauberen und klaren Farben der Hügel und Arroyos auf seiner Ranch.

Er bedankte sich für sein Frühstück und setzte seine Arbeit fort. Je härter er arbeitete, je müder er wurde, um so blasser wurden seine Erinnerungen. Doch nachts lag er oft wach unter dem Sternenhimmel, und dann kehrten jedes Wort, jede Liebkosung, die er mit Morgan geteilt hatte, überdeutlich in sein Gedächtnis zurück.

Ein Monat verging. Die Tage flossen ineinander. Die Leute im Lager hatten versucht, sich mit Seth anzufreunden, aber sein finsteres Gesicht, seine brütende Schweigsamkeit schreckten sie ab. Nur Lee Ann leistete ihm Gesellschaft und brachte ihm dreimal täglich eine Mahlzeit.

Sie war es auch, die ein Zelt für ihn besorgte. Einer der

Goldgräber gab auf, verkaufte seine Ausrüstung und kehrte in den Osten zurück. Sie kaufte ihm alles ab, ohne Seth erst um Erlaubnis zu fragen. Später bat er sie, sich von dem stetig wachsenden Haufen von Goldnuggets zu bedienen. Lee Ann staunte, daß er ihr so rückhaltlos vertraute, und schalt ihn, weil er sein Gold nicht versteckte, wie ihr Pa das tat.

Wenn Seth abends todmüde in sein Zelt fiel, merkte er kaum den Unterschied zwischen dem Lager und dem Boden, auf dem er so lange geschlafen hatte. Er hatte sich auch an Lee Anns Gegenwart gewöhnt und hielt es für selbstverständlich, daß sie ihm das Essen warmhielt, bis er mit seiner Arbeit fertig war, seine Kleider wusch und seine Hemden und Socken in Ordnung brachte.

Eines Morgens, als Seth zwei Monate hindurch am Zypressenpaß Gold gewaschen hatte, sah Lee Ann ihn seine Sachen zusammenpacken und sein Zelt abbrechen.

»Wo wollen Sie denn hin?«

Er hörte nicht den erschrockenen Ton, der in ihrer Stimme mitschwang. »Hier wird es mir zu voll. Ich habe von einem neuen Goldfund weiter flußaufwärts gehört und dachte, ich sollte dort mal mein Glück versuchen. Hier sind die Goldbestände schon so gut wie erschöpft.«

Sie drehte sich abrupt um und rannte zum Zelt ihrer Eltern zurück.

Seth blickte ihr nach. Er hatte eigentlich vorgehabt, zum Zelt ihrer Eltern zu gehen und sich von ihr zu verabschieden, aber als er sie davonlaufen sah, zuckte er nur die Schultern. Ihm war es im Grunde egal, ob er in diesem Lager Gold suchte oder in einem anderen. Es gab inzwischen kaum etwas, das ihn nicht gleichgültig ließ.

Lee Ann rannte zu ihrer Mutter und verkündete atemlos: »Er zieht weiter, Ma, und ich gehe mit ihm.«

Sie brauchte Corinne nicht zu sagen, wer mit »er« gemeint war. Diese wußte, daß ihre Tochter in den letzten beiden Monaten an kaum etwas anderes als an Seth Blake gedacht hatte. Corinne öffnete den Mund, um zu protestieren, doch ein Blick in Lee Anns Augen genügte, und sie schloß ihn wieder.

Ihr war es mit Larry nicht anders ergangen. Es hatte keinen Zweck, dem Mädchen klarmachen zu wollen, daß es warten müsse, bis der Mann den ersten Schritt tat. Corinne und Larry hatten erst geheiratet, als Ben schon auf der Welt gewesen war.

»Ich muß, Ma«, flüsterte Lee Ann.

Tränen blinkten in Corinnes Augen. »Ich weiß.« Sie umarmte ihre Tochter. »Dann wollen wir uns beeilen und deine Sachen zusammensuchen. Du wirst das Muli nehmen müssen.«

»Oh, Ma, das kann ich nicht. Pa braucht das Maultier selbst.«

»Das ist richtig. Er braucht auch seine Tochter. Wenn er das eine entbehren kann, dann auch das andere. Hier hast du deine Sachen.« Corinne hatte hastig die beiden anderen Kleider von Lee Ann in eine alte Segeltuchtasche gestopft.

»Du sagst den anderen noch ein Lebewohl von mir?«

»Das werde ich. Und du paßt auf dich auf, ja Lee Ann?« rief Corinne ihrer Tochter nach, die schon auf den Rücken des Maultiers kletterte. »Wenn dir etwas passiert, kommst du sofort zu uns zurück, hörst du?«

Lee Ann nickte und lenkte ihr Maultier vom Lager weg.

Sie ist so jung, dachte ihre Mutter, und so glücklich. Hoffentlich nimmt es bei ihr ein genauso gutes Ende wie bei mir.

Lee Ann holte Seth ungefähr eine Meile hinter dem Lager ein.

Er sah sie lächelnd an. »Willst du auch in die Stadt?«

»Nein, ich gehe mit dir.«

Er zügelte sein Pferd. »Du willst – was? Du kannst nicht mit mir reiten!«

Sie sah lächelnd zu ihm hoch. »Gewiß kann ich das. Du brauchst mich – jemand, der für dich sorgt.«

»Und was sagen deine Eltern dazu? Ich brauche niemand, der mich versorgt!«

Sie ließ sich nicht beirren. »Ma versteht mich. Sie ist damals genauso mit Pa durchgebrannt wie ich jetzt mit dir.«

Seths Augen wurden schmal und seine Stimme streng: »*Du* verstehst das nicht. Ich sagte doch, daß ich keine Menschen brauche, und bei uns wird es nicht so werden wie bei deiner Ma und deinem Pa.«

Lee Anns Zuversicht war unerschütterlich.

»Du mußt wieder umkehren. Begreifst du das denn nicht? Ich habe bereits eine Frau.«

Nur eine Sekunde lang verdüsterte sich ihre Miene. »Wenn du schon eine Frau hast – warum ist sie dann nicht hier? Du brauchst jetzt eine, die für dich sorgt, und das bin ich.«

»Meine Frau...«, begann Seth; doch dann sah er ein, daß Reden hier zwecklos war. Er erkannte einen eisernen Willen hinter diesen sanften braunen Augen. »Erwarte dir nichts von mir, Lee Ann, weil ich nichts mehr zu verschenken habe«, sagte er achselzuckend und trieb dann sein Pferd wieder an.

Monatelang zogen die beiden von einem Goldfeld zum anderen. Nach einigen Wochen begann Lee Ann ihre natürliche Fröhlichkeit zu verlieren. Seth mißachtete alle ihre Versuche, eine Beziehung zu ihm herzustellen. Ein paarmal hatte sie versucht, sich nachts zu ihm zu legen, doch er drehte ihr einfach den Rücken zu.

Sie hatte geglaubt, er würde gesprächiger werden, wenn sie mit ihm zusammenlebte, aber statt dessen wurde er noch wortkarger. Und so lächelte sie immer seltsamer und ging ihren Pflichten wie eine aufgezogene Puppe nach.

Seth bemerkte, wie sie sich veränderte, und es tat ihm leid, daß sie unglücklich war. Er hatte sich mehrmals bemüht, sie zur Rückkehr zu ihren Eltern zu bewegen, doch jedesmal, wenn er Lee Ann das vorschlug, begann sie zu weinen. Und fortan mied er dieses Thema ganz.

Auf einem Ritt in die Stadt, wo sie sich mit Proviant versorgten, lernten sie Johnny Daniels kennen.

»Bleiben Sie länger hier, Mr. Daniels?« Das Mädchen das gefragt hatte, hatte fast weißblonde Haare und schien weder Augenbrauen noch Wimpern zu besitzen.

»Das hängt davon ab, Miss Emory, ob man Sie hier öfter trifft.« Er lächelte und zeigte seine ebenmäßigen weißen Zähne.

Lee Ann sah geistesabwesend von der Ware auf, die sie gerade in der Hand hielt, und stellte fest, daß der junge Mann, der gesprochen hatte, kaum dem Jünglingsalter entwachsen war. Nicht wie mein Seth, dachte sie. Sie sah zu der Stelle hin, wo Seth gerade ein Pferdegeschirr prüfte. *Dein Seth!* Er merkte die Hälfte der Zeit nicht einmal, daß sie existierte! Sie blickte wieder zu dem jungen Mann hin. Er sah sehr gut aus, und die drei Mädchen, von denen er umringt war, waren wohl genau ihrer Meinung.

»Das Lager, in dem mein Pa wohnt, ist nicht weit von hier entfernt. Vielleicht kommen Sie mal zum Abendessen zu uns.«

»Das werde ich gern tun, Miss Cookson, aber ich fürchte, wenn ein so schönes Mädchen wie Sie in meiner Nähe sitzt, vergesse ich zu essen.«

Lee Ann betrachtete die mit Miss Cookson Angeredete. Sie hatte eine krumme Nase! Lee Ann wandte sich unwillig ab.

»Kommt!« rief eine ältere Frau in strengem Ton. Die drei jungen Damen nahmen mit Winken und schmachtenden Blikken Abschied von Mr. Daniels und verließen den Laden. Lee Ann fuhr fort, die Waren zu prüfen.

»Was hätten Sie denn gern, junger Mann?« fragte der Verkäufer jetzt Mr. Daniels.

»Ich weiß nicht. Ich habe noch nie gekocht bisher. Was brauche ich denn dazu?«

»Zuerst einmal Bohnen.« Der Verkäufer legte ein Säckchen getrockneter Bohnen auf den Ladentisch.

»Sind die nicht ein bißchen zu hart zum Essen?«

Lee Ann brach in lautes Lachen aus. Sie lachte noch immer, als sie eine Hand auf ihrem Arm spürte.

»Gestatten Sie, daß ich mich vorstelle – Johnny Daniels, Miss ...«

»Lee Ann.« Sie konnte schlecht Seths Nachnamen verwenden, und ihre Eltern schienen so weit weg zu sein wie ein entferntes Planetensystem.

»Nun, Miss Lee Ann ...«

»Nein, nur Lee Ann.«

»Also gut, nur Lee Ann – vielleicht können Sie mir erklären, wie ich das da ...« – er hielt das Säckchen mit den getrockneten Bohnen hoch – »in etwas Eßbares verwandeln kann?« In Johnnys Augen blitzte der Schalk auf, und Lee Ann lachte wieder.

Seth drehte sich um und beobachtete die zwei. Er hatte Lee Ann seit Monaten nicht mehr so heiter erlebt. Er ging zu ihr, und sie stellte ihm den jungen Mann vor. Als Seth bewußt wurde, wie Lee Anns Gesicht bei seinem Anblick aufleuchtete, dachte er daran, wieviel er diesem Mädchen, das sich so lange um ihn gekümmert hatte, eigentlich schuldete.

»Warum lädst du Mr. Daniels nicht zum Abendbrot ein, Lee Ann?«

Lee Ann und Johnny schienen sich über seine Anregung zu freuen. Als sie zusammen den Laden verließen, hörte Seth, wie der junge Mann das Mädchen flüsternd fragte: »Ist das Ihr Vater?«

Seth blickte an sich hinunter. Er fühlte sich alt. Ihm gefiel nicht, was aus ihm geworden war. Er erinnerte sich wieder daran, wie glücklich die wenigen Wochen gewesen waren, die er mit Morgan verbringen durfte.

Abends, als sie in seinem schäbigen Zelt zusammen aßen, entdeckten Lee Ann und Johnny viele gemeinsame Interessen. Sie redeten und lachten, und irgendwann stand Seth leise auf und trat in die kühle Nachtluft hinaus.

»Haben wir ihm etwas getan?« fragte Johnny.

»Nein, er ist immer so. Bedrückt und still. Erzählen Sie mir etwas von Ihrer Familie.«

Johnny sah sie einen Moment stirnrunzelnd an. Er hätte Lee Ann gerne gefragt, ich welcher Beziehung sie eigentlich zu Seth stünde. Aber er kannte sie noch nicht gut genug, um ihr eine solche Frage stellen zu dürfen.

Seth machte einen langen Spaziergang, und wie immer gingen seine Gedanken zu Morgan! Er seufzte unglücklich. Wohin ich auch blicke, sehe ich dein Bild. Nun sind wir schon fast ein Jahr lang getrennt, und dennoch will es mir nicht gelingen, dich auch nur eine Stunde lang zu vergessen.

Ich will dich haben! Er verharrte mitten im Schritt und starrte den Mond an. Es war wie eine Offenbarung. Egal, was du getan hast, Morgan – ich will dich immer noch haben.

Aber wie? Er konnte doch nicht einfach in dieses prächtige Haus, in dem sie in San Francisco wohnte, hineingehen und verlangen, daß er sie sehen wollte. Was konnte er ihr bieten, das sie nicht schon hatte? Warum sollte sie den Reichtum und den Luxus, in dem sie in Kalifornien lebte, aufgeben, um mit ihm auf eine armselige Ranch in Neu-Mexiko zurückzukehren? Das durfte er nicht von ihr erwarten. Sie konnte jeden Mann haben, den sie haben wollte. Ganz San Francisco rühmte bereits ihre Schönheit.

Geld! Das war die Antwort. Er würde zu ihr gehen, wenn er ihr einen Sack voll Diamanten vor die Füße legen konnte. Oder Saphire, wie sie sie damals bei der Party auf der Montoya-Ranch getragen hatte. Was sie auch verlangte – er würde es ihr geben. Er liebte sie. Es war höchste Zeit, daß er sich das eingestand. Plötzlich schien ihm ein zentnergroßer Stein vom Herzen zu fallen.

Mit energischen Schritten ging er zurück zum Zelt. Er mußte mit Lee Ann sprechen. Er verdankte ihr viel.

»Lee Ann«, sagte Seth, als er ins Zelt hineinplatzte. Das Mädchen und Johnny fuhren auseinander. Sie hatten sich zum ersten Mal geküßt, und Seth war froh darüber. »Johnny, wie wäre es, wenn Sie bei uns im Zelt wohnen würden? Lee Ann würde Sie gern bei sich haben, und vielleicht könnten wir beide ein bißchen Geld machen.«

»Jawohl, Sir.«

Lee Ann starrte Seth an. Sie hatte ihn noch nie so aufgekratzt erlebt. Offensichtlich war er nicht böse darüber, daß sie und Johnny sich nähergekommen waren. Hatte sie Seth schon immer für einen harten Arbeiter gehalten, so war er im Vergleich zu der Schufterei, die er nun an den Tag legte, ein wahrer Faulpelz gewesen. Sie arbeiteten nun zu dritt auf den Goldfeldern. Lee Anns Tage waren nicht länger mit Kochen und Hausfrauenpflichten für Seth ausgefüllt. Zuweilen ritten sie auch alle drei nach San Francisco. Dort sah Lee Ann mit Johnny die neuen Läden und Häuser an, die über Nacht in der sich rasch ausdehnenden Stadt aus dem Boden zu schießen schienen. Doch Seth schloß sich ihrem Stadtbummel niemals an.

Er erkannte, daß San Francisco zu einer Großstadt heranwachsen würde. Täglich trafen Hunderte von Menschen in der Stadt ein. Das Goldfieber war zu einer Epidemie geworden. Viele von diesen Goldsuchern würden sich hier für immer niederlassen. Deshalb legte Seth das Gold, das er ausgewaschen hatte, in Ländereien an. Er verpachtete das Land, das er kaufte, an Goldgräber und an Geschäftsleute, die Grundstücke für einen Laden oder ein Lagerhaus brauchten. Aber er verkaufte nichts von dem Land, das ihm gehörte. Was er erworben hatte, hielt er fest. Johnny und Lee Ann waren damit zufrieden, daß Seth auch den Anteil des Goldes, der ihnen gehörte, für sie anlegte. Doch nach acht Monaten hatten sie das Leben im Zelt satt. Sie wollten heiraten und ein eigenes Heim gründen. Seth versuchte sie dazu zu überreden, an ihrem Landbesitz festzuhalten, aber sie wollten nicht auf ihn hören. Also kaufte er ihnen das Land ab, das er für sie erworben hatte.

30

Die Hochzeit fand in aller Stille statt. Seth beneidete die beiden jungen Menschen um ihre glücklichen Gesichter. Wie sehr wünschte er sich, daß Morgan und er sich unter normalen Umständen kennengelernt hätten. Wenn er um sie hätte werben können, wie sich das gehörte, wären sie bestimmt nicht auseinandergegangen.

»Aber bald sind wir wieder zusammen, Morgan«, sagte er leise, und seine Worte klangen wie ein Schwur.

Er vermißte Lee Ann und Johnny. Ohne Lee Ann, die immer darauf geachtet hatte, daß er regelmäßig aß, magerte er ab und arbeitete noch länger als bisher. Sein Leben beschränkte sich darauf, Gold zu sieben, Pachtzinsen zu kassieren und noch mehr Land zu kaufen. Was sonst noch um ihn herum geschah, beachtete er nicht.

»Hallo.«

Seth schaute auf und erblickte eine Frau mit roten Haaren, die ihn anlächelte. Ihr Kleid war schmutzig, mußte aber einmal teuer gewesen sein.

»Hallo«, sagte er, ihr Lächeln erwidernd.

»Wundervoll! Werden mich nicht alle Frauen des Lagers darum beneiden, daß unser gutaussehender Märchenprinz ein Wort mit mir geredet hat?«

Seth sah sie nun ein wenig ratlos an.

Die Frau lachte laut. »Sollte Ihnen etwa entgangen sein, daß Ihnen die Herzen aller Frauen in diesem Lager zufliegen? Sie sind nicht nur der schönste Mann am Platz, sondern im Vergleich zu Ihnen sind die anderen Männer im Lager auch Faultiere.«

Ihm gefiel ihre unbekümmerte, offene Art. »Diesen Ruf könnte man rasch korrigieren, indem wir aus der Sonne gehen und ein bißchen rasten. Was meinen Sie dazu?«

»Herrlich! Ich würde nur zu gern ein wenig mit Ihnen ausruhen, Mr....«

»Blake. Seth Blake.«

»Seth?«

»Stört Sie etwas an diesem Namen?«

»Oh – nein; ich mußte nur an jemanden denken, als Sie Seth sagten. Ich heiße Jessy.«

»Nun, Jessy, ich bin sehr erfreut, Ihre Bekanntschaft zu machen.«

Er brachte ihr einen Becher Wasser, das mit einem tüchtigen Schuß Whisky versetzt war.

»Schmeckt herrlich. Ihr Wasser«, sagte sie lächelnd. »Ist Ihre Frau in der Nähe?«

»Ich habe keine. Jedenfalls nicht hier in der Nähe.«

Jessy stützte sich auf einen Ellenbogen und betrachtete Seth. Er hatte sich auf eine Holzkiste gesetzt und sich gegen die Zeltstange gelehnt. Seine muskulösen Beine waren leicht gespreizt. Sie stellte sich ihn nackt vor, und ihre Vision gefiel ihr über alle Maßen.

»Wie wäre es denn, wenn jemand das Zelt mit Ihnen teilte?«

Seth betrachtete Jessys ungewaschene Haare und ihr schmutziges Kleid. Er grinste und zeigte ihr dabei seine Grübchen. »Das ist das beste Angebot, das ich heute bekommen habe, aber ich fürchte, ich werde es nicht annehmen.«

»Hmmm – zu schade. Vielleicht könnte ich ein bißchen für Sie kochen?«

»Da sage ich nicht nein.«

»Nun, dann... vielen Dank für den Drink, und wir sehen uns zum Mittagessen wieder. Vielleicht kommen wir beide doch noch irgendwie zusammen, Seth. Ein Mann wie Sie ist eine zu große Versuchung. Da läßt man sich nicht so leicht entmutigen.«

Seth kehrte an seine Arbeit zurück. Jessys Besuch hatte ihn aufgemuntert. Wie sie es versprochen hatte, kam sie mittags mit einem Teller zu ihm, der bis zum Rand mit einem nicht sehr appetitlich aussehenden Eintopfgericht gefüllt war. Lee Anns Kochkünste waren im Vergleich dazu geradezu königlich gewesen.

»Kann ich noch etwas für Sie tun?« fragte Jessy, als Seth mit dem Essen fertig war. »Ihnen vielleicht über Nacht das Bett wärmen?«

Er lachte und dankte ihr für das Essen und das Angebot, das er wieder ablehnte.

Nachdem Jessy fast zwei Monate lang Seth mit Essen versorgt hatte, erwähnte sie zum ersten Mal Morgans Namen.

»Ich glaube, ich habe schon immer eine Schwäche für Männer gehabt, die Seth heißen, mußt du wissen. Denn ich kannte mal ein Mädchen – eine echte Schönheit –, die mit einem Mann namens Seth verheiratet gewesen war. Ich habe noch nie eine Frau erlebt, die so an ihrem Mann gehangen hat wie dieses Mädchen. Die hat ihn nicht nur gemocht, sondern wirklich geliebt, verstehst du? Und als dieser Mann, ihr Seth, dann ums Leben kam, war das für sie so etwas wie der Weltuntergang. Ein Nachbar – stell dir vor, ein Nachbar! – erschoß ihren Mann, weil sie mit ihm – dem Nachbarn nicht ins Bett gehen wollte, und verkaufte sie dann an einen Franzosen und die ihn begleitende Horde von Apachen. Als sie uns beide zur Westküste verschleppten, habe ich sie kennengelernt. Wir sind monatelang marschiert, und sie hat in dieser Zeit nur um ihren Seth geweint. In den ersten Wochen hatte sie ja noch gehofft, daß sie vielleicht ein Kind von ihm bekäme, aber als sie merkte, daß sie nicht schwanger war, hätte sie fast den Verstand verloren. Aber ich langweile dich wohl nur mit dieser Geschichte.«

»Nein!«

Jessy starrte Seth erschrocken an. Seine Augen waren wie zwei lodernde Fackeln, und sie bekam fast Angst vor ihm. Er packte ihren Arm so fest, daß es weh tat.

»Erzähl mir den Rest der Geschichte!«

Sie war betroffen über seinen barschen Ton. Vielleicht war er selbst bei der Auktion dabeigewesen und kannte das Mädchen, von dem ihre Geschichte handelte. Jessy richtete sich unwillkürlich auf und fuhr sich mit der Hand durch das strähnige Haar. Vielleicht erinnerte er sich sogar daran, daß sie ebenfalls dort auf der Bühne gestanden hatte.

»Oh, Himmel, was wir damals alles erleben mußten! Dieser Franzose verkaufte uns an ein Hurenhaus, das einer gewissen Madame Nicole gehörte. Es ist ein erstklassiges Etablissement. Vielleicht hast du es selbst schon einmal besucht.«

Er nickte nur.

»Aber wir haben dort nicht gearbeitet. Wir wurden auf eine Bühne geführt und an Männer versteigert. Morgan erzielte den höchsten Preis.«

Jessy entging, daß Seth kreidebleich wurde. »Was ist dann mit dieser Morgan passiert?«

»Nun – diese Madame Nicole verkaufte sie an so einen Schönling. An einen Typ, der keine Frauen... nun, du weißt schon. Ich hielt das für einen gemeinen Trick, aber Morgan schien das nicht zu stören. Sie redete ja immer nur von ihrem Seth. Wenn du mich fragst, ist mir ein lebendiger Mann lieber als ein toter, und wenn der noch so großartig gewesen ist.«

Sie stutzte. »He, du siehst ja plötzlich bleich aus! Kommt das von meiner Geschichte, oder sind meine Kochkünste daran schuld?«

»Ich glaube, es ist die Hitze. Ich habe zu lange in der Sonne gearbeitet.«

»Wahrhaftig! Du gefällst mir gar nicht. Vielleicht hast du einen Sonnenstich bekommen und solltest lieber hier im Schatten bleiben, bis es dunkel wird. Ich muß jetzt gehen. Wenn du was brauchst, mußt du nur rufen.« Sie legte Seth die Hand auf die Stirn. »Zu viel Hitze. Ich komme später wieder und schau nach dir.«

»Oh, Gott, Morgan! Was habe ich dir nur angetan!« Seth saß auf seinem kleinen Klappstuhl und hatte das Gesicht in den Händen vergraben. »Was habe ich nur an dir verbrochen!«

Wie immer, wenn er sich aufregte, durchlebte er in Gedanken alles noch einmal. Erinnerungen stürmten auf ihn ein, lebendiger als je zuvor.

Ob Morgan ihm jemals verzeihen würde? Konnte er seine Schuld wohl irgendwie wieder gutmachen?

Er stand auf und starrte in die Sonne. »Ich werde dich für das alles entschädigen, Morgan. Ich schwöre hier und jetzt, daß ich dich finden und alles, was ich dir angetan habe, wieder gutmachen werde. Ich werde nie mehr an dir zweifeln, egal, wo du bist oder was inzwischen aus dir geworden ist! Und wenn es bis zum Ende meines Lebens dauern sollte – ich werde dich davon überzeugen, daß ich dich liebe.«

Seth ging den Berg hinunter, langsam erst und dann immer schneller. Du hast dich lange genug selbst bedauert, Colter. Ein Jahr – nein, mehr als zwei Jahre waren seit jener Nacht vergangen, als er sich in Morgans Schlafzimmer eingeschlichen hatte. Er preßte die Kiefer aufeinander. Zwei Jahre deines Lebens hast du damit verschwendet, dich selbst zu bemitleiden.

Doch das war jetzt vorbei. Er würde zu Morgan gehen und um sie kämpfen. Wenn sie ihn haßte, würde es länger dauern. Aber er würde sie dazu bringen, daß sie ihn wieder liebte.

»Seth, wo hast du nur so lange gesteckt? Ich habe dich überall gesucht! Ich hatte solche Angst, daß ich dich mit meinen Kochkünsten umgebracht haben könnte!«

Jessy blickte zu Seth hoch. Er schien auf einmal zehn Jahre jünger geworden zu sein. »Nanu? Was ist denn mit dir passiert? Du siehst aus, als wäre jemand gestorben, der dir seine Goldmine hinterlassen hat!«

Er legte ihr seine großen Hände auf die Schultern und gab ihr zu ihrem Erstaunen einen schallenden Kuß auf den Mund. Es war zwar nicht die leidenschaftliche Umarmung, die sie sich erhofft hatte, doch für den Anfang nicht schlecht. Jessy schenkte ihm ein Lächeln. Seine Augen strahlten. Sie hatte gar nicht gewußt, daß sie eine so leuchtend blaue Farbe hatten.

»Ich habe zwar keine Ahnung, was über dich gekommen ist, aber es gefällt mir. He! Was machst du denn da!«

Seth warf seinem Pferd den Sattel über. »Jessy, ich stehe bis zu meinem Lebensende in deiner Schuld! Egal, was ich tue – ich werde sie bis zu meinem Tod nicht abtragen können. Hier!« Er nahm ein prall gefülltes Ledersäckchen vom Sattel und drückte es ihr in die Hand.

Jessy befühlte das Säckchen und merkte sofort, daß es mit Nuggets und Goldstaub gefüllt war. »Wofür? Ich wüßte nicht, womit ich mir das verdient hätte – obwohl ich weiß, wie ich es mir gern verdienen würde!« rief sie lachend, denn Seths gute Laune wirkte ansteckend.

Er schwang sich auf sein Pferd. »Jessy, ich freue mich sehr, dich kennengelernt zu haben!«

»Warte!« Sie rannte hinter ihm her, bis er sein Pferd wieder zügelte. »Was habe ich denn getan? Du mußt es mir sagen!«

»Mein Name ist nicht Blake, sondern Colter – Seth Colter.«

»Colter! Du bist – *du bist* Morgans Seth?! Aber – solltest du denn nicht tot sein?«

»Morgan glaubte, daß ich tot wäre, aber es gehört schon eine Menge dazu, mich umzubringen.« Er lachte. »Morgans Seth – ich bete zu Gott, daß du recht hast. Lebe wohl, Jessy, und wenn du einmal Hilfe brauchen solltest, dann komm zur Colter-Ranch.«

Damit trieb er sein Pferd wieder an und ritt den Trail nach San Francisco hinunter.

»Was soll mit deinen Werkzeugen geschehen – mit deinem Zelt?« rief Jessy ihm noch nach.

»Gehört alles dir!«

Sie blickte ihm nach, bis sie seinen breiten Rücken nicht mehr sehen konnte. »Was soll man dazu sagen – Morgans Seth! Wer konnte ahnen, daß er noch am Leben ist?« Sie erinnerte sich wieder an den Blick, mit dem er sie angeschaut hatte. »Kein Wunder, daß sie so lange um ihn getrauert hat. Himmel, was würde ich dafür geben, in ihrer Haut zu stecken und so einen Mann zu haben, der hinter mir hergaloppiert!«

Als Seth San Francisco erreichte, war sein erster Gedanke, Therons Haustür einzutreten. Er lachte, als ihm einfiel, daß er bei Morgan schon einmal die Taktik eines Wilden angewendet hatte. Diesmal wollte er behutsamer zu Werke gehen. Er wollte sie nicht überfahren, sondern um sie werben, ihr den Hof machen.

Und so war seine erste Station in San Francisco die Schneiderwerkstatt, wo er sich vor zwei Jahren einen Anzug hatte machen lassen.

Seth begrüßte den Schneider mit einem breiten Grinsen.

»Heute gefallen Sie mir schon besser als damals«, sagte der Mann. »Bei Ihrem ersten Besuch hatte ich Angst, ein Wort zu sagen, aus Sorge, Sie würden mir den Kopf von den Schultern reißen.«

»Und Ihre Angst war nicht ganz unbegründet. Sagen Sie – könnten Sie mir wieder einen Anzug machen?«

»Lassen Sie mich raten – Sie brauchen ihn in ungefähr drei Stunden, nicht wahr?«

»Ich glaube, wir beide kommen diesmal blendend miteinander zurecht. Könnte das vielleicht Ihre Nadel noch mehr beflügeln?« Seth schüttete ein paar Goldstücke auf den Zuschneidetisch.

Der Schneider sah ihn lächelnd an. »Mr....«

»Colter.«

»Mr. Colter, es ist ein Vergnügen, mit Ihnen Geschäfte zu machen. Dann wollen wir mal gleich Maß nehmen.«

Als Seth etwas später wieder seine grobe Arbeitskluft aus Baumwolle anlegte, sagte der Schneider: »Mr. Colter, gestatten Sie mir eine Frage. Als Sie zum ersten Mal hier waren – vor anderthalb Jahren, oder sind es schon zwei? –, verlangten Sie auch einen Anzug, den ich in größter Eile anfertigen sollte. Ich bin überzeugt, daß eine Frau dahinterstecken muß. Aber was ich nun gern von Ihnen wissen wollte: Ist es diesmal eine andere oder immer noch die gleiche?«

Seths Gelächter erfüllte die Werkstatt. »Es ist die gleiche.« Er nahm seinen Hut vom Tisch und war fast schon wieder aus der Tür, als er sich noch einmal umdrehte: »Und noch dazu ist es die Frau, mit der ich verheiratet bin.«

Der Schneider lachte. Daß ein Mann wegen seiner eigenen Frau so viele Umstände machte, geschah nicht oft.

Seth ging in ein Hotel, bestellte dort ein heißes Bad und schrubbte sich dann ungeduldig den Schmutz mehrerer Wochen von der Haut. Er staunte über sich selbst. Zum ersten Mal seit zwei Jahren fühlte er sich lebendig. Er hatte sich zwar schon vor langer Zeit eingestanden, daß er Morgan liebte, aber nichts hatte seine Lebensgeister so beflügelt wie die Erkenntnis, daß auch Morgan ihn treu und ehrlich geliebt hatte.

Anschließend verbrachte er noch eine Stunde beim Barbier und holte sich dann seinen Anzug beim Schneider ab. »Viel Glück«, rief der Mann ihm nach.

Als Seth endlich vor Therons Haustür stand, zitterte er am ganzen Körper. Zum Henker, dachte er, ich benehme mich wie ein Bräutigam vor seiner Hochzeitsnacht! Würde ihm Morgan die Haustür ins Gesicht schleudern? Ein Butler öffnete ihm.

»Ich möchte gern Mr. Shaw sprechen«, sagte Seth.

Der Butler betrachtete ihn abschätzend, und Seth schien die Prüfung zu bestehen. »Wenn Sie so lange in der Halle warten würden, Sir? Ich werde nachsehen, ob Mr. Shaw Sie empfangen kann.«

Seth wartete in der geräumigen Halle. Hier hatte Morgan also in den letzten anderthalb Jahren gelebt. Das war ein gewaltiger Unterschied zu der Lehmziegelbehausung auf seiner Ranch. Er war froh, daß er nun soviel besaß, daß auch er ihr diesen Luxus bieten konnte.

»Wenn Sie mir bitte folgen möchten, Sir!«

Der Butler führte ihn in einen Raum, der ganz in Gold und Rostbraun gehalten war. Seth starrte den Mann an, der nun auf ihn zukam. Er hatte Theron schon einmal gesehen, ihn damals aber kaum beachtet.

»Mr. Colter, nehme ich an.«

Er war überrascht, daß Theron seinen Namen kannte.

»Oh, ja, Mr. Colter – ich weiß, wer Sie sind. Tatsächlich habe ich alle Ihre Abenteuer auf den Goldfeldern genau verfolgt. Ich muß Ihnen zu Ihrer klugen Voraussicht gratulieren, daß Sie Ihr Gold hier in Grundstücken angelegt haben. Ich glaube, Sie sind im Begriff, ein außerordentlich reicher Mann zu werden.«

»Da haben Sie mir einiges voraus, Mr. Shaw. Ich weiß so gut wie gar nichts über Sie.«

»Wollen Sie nicht Platz nehmen? Jeder, der einige Zeit mit Morgan zusammen gewesen ist, hat von dem großartigen und wunderbaren Seth Colter gehört.« Therons Stimme hatte einen leicht sarkastischen Unterton.

Er ging zu einer alten Vitrine aus Eichenholz und öffnete sie. »Kann ich Ihnen etwas zu trinken anbieten, Mr. Colter? Einen Cognak vielleicht?«

Seth nickte, und Theron reichte ihm einen großen Kristallschwenker, den er drei Finger breit mit Cognac gefüllt hatte. Beide Männer genossen schweigend ihren ersten Schluck.

»Und was kann ich an diesem schönen Nachmittag für Sie tun?« Therons Augen waren kalt. Sein Besucher war der Mann, um den Morgan geweint hatte – für den sie sogar ihr Leben geopfert hätte. Seth hatte ihr diese Treue und Anhänglichkeit schlecht gedankt.

»Ich hätte gern mit meiner Frau gesprochen.«

Theron stellte sein Glas ab und ging, die Hände auf dem Rücken verschränkt, ans Fenster. Er mußte versuchen, sich zu beherrschen. Dieser... Kerl aus Kentucky schneite in sein

Haus herein und verlangte seine Frau zu sprechen. Wo, zum Henker, war er denn gewesen, als sie ihn brauchte? Er war nicht einmal zu ihr gegangen, als sie sein Kind auf die Welt brachte. Der kleine Adam. Er wußte vermutlich nicht einmal, daß er einen Sohn hatte! Ganz gewiß verdiente er Adam nicht. Theron holte tief Luft und drehte sich wieder zu Seth um.

»Mr. Colter, meiner Meinung nach haben Sie jedes Recht auf Ihre Frau verloren.«

Seth spielte mit dem Cognacschwenker. Er blickte lächelnd in Therons kalte Augen. »Wie Sie eben sagten, ist das Ihre Meinung. Was zwischen Mann und Frau geschieht, geht nur diese beiden etwas an.«

Der Bursche ist kaltblütig, dachte Theron. »Morgan und ich stehen uns sehr nahe, und ihre Sorgen sind auch meine Sorgen. Ich glaube nicht, daß Sie noch den wichtigsten Platz in ihrem Leben einnehmen.«

Seth blickte stirnrunzelnd in sein Glas. »Sie haben recht, Mr. Shaw. Ich habe an ihr gesündigt. Ich habe mich ihr gegenüber unmöglich verhalten. Ich möchte wieder von vorn anfangen. Ich will ihr Dinge sagen, die ich ihr schon vor langer Zeit hätte sagen sollen. Ein großer Teil unserer Probleme beruht auf schlichten Mißverständnissen.«

»Oh, der lange verlorengegangene Mann ist endlich zur Vernunft gekommen und eilt nun an die Seite seiner kleinen Frau. Nun, Colter, Sie kommen zu spät! Fast zwei Jahre zu spät. Morgan ist nicht mehr bei mir.«

Seth war von seinem Sessel aufgesprungen. »Sie ist nicht mehr hier? Wo ist sie?«

»Haben Sie etwa geglaubt, Morgan würde hier geduldig zwei Jahre lang darauf warten, daß Sie sich schlüssig werden, ob Sie sie haben möchten oder nicht?«

Seth ließ sich schwer in den Sessel zurückfallen und stellte den Kristallschwenker auf den Tisch neben sich. Seine Stimme war leise. »Alles ist meine Schuld. Ich war schon immer schrecklich aufbrausend. Ich bin nun fünfunddreißig und habe noch immer nicht gelernt, mein Temperament zu zügeln. Ich habe noch nie zuvor eine Frau geliebt – jedenfalls nicht so, wie ich Morgan liebte. Ich konnte es nicht ertragen, daß sie meine Liebe nicht erwiderte. Ich bildete mir ein, daß es so wäre. Aber anstatt nachzudenken, ereiferte ich mich – ließ meinem Zorn freien Lauf.«

Er holte tief Luft. »Sie haben meine Investitionen erwähnt. Ich habe das Geld nur für Morgan angelegt. Ich kam schon vor einiger Zeit zur Einsicht, daß ich sie liebte – egal, was sie getan hatte. Selbst wenn sie in... in einem Hurenhaus gearbeitet hätte. Selbst wenn sie Ihre Mätresse gewesen wäre. Ich wußte, daß mich das nicht störte – und ich sie mir sogar kaufen würde, wenn sie zu kaufen wäre. Ich ging daran, mir das dafür nötige Geld zu erwerben.

Vor kurzem entdeckte ich dann, was für ein Narr ich gewesen bin und was ich Morgan angetan habe. Sie sollte mich dafür hassen. Ich weiß, daß sie mich hassen muß, und ich habe es verdient. Aber ich liebe sie immer noch.«

Er sah hoch zu Theron, der am Fenster stand. »Ich möchte mein Unrecht wieder gutmachen. Gleichgültig, wie lange es dauert – ich will ihr beweisen, daß ich sie liebe.« Seth endete abrupt, und Schweigen breitete sich im Raum aus.

Theron nahm ihm gegenüber Platz. »Morgan hat dieses Haus nicht lange nach ihrem – äh – letzten Besuch verlassen.«

Seth bewegte sich unbehaglich in seinem Sessel und vermied es, Theron anzusehen.

»Morgan sagt, daß sie Sie haßt, und sie hat jeden Grund dazu, aber ich glaube trotz allem, daß sie Sie braucht. Sie lebt jetzt auf der Ranch ihres Vaters, den ›Drei Kronen‹.«

Seth sah zu ihm hoch. »Ja. Ich kenne diesen Ort.«

»Sie lebt dort mit dem Sohn des Partners ihres Vaters, einem sehr angenehmen jungen Mann, dem sich Morgan, wie ich vermute, immer mehr zuwendet.«

Seth blickte Theron gespannt an.

»Wenn Sie sie haben wollen, würde ich Ihnen raten, sich zu beeilen.«

Beide Männer erhoben sich, und Seth streckte dem anderen die Hand zu.

»Ich weiß, daß ich Ihr Wohlwollen nicht verdient habe, aber

ich danke Ihnen dafür. Und ich danke Ihnen, daß Sie sich so selbstlos um Morgan gekümmert haben. Jessy schien den Eindruck zu haben, daß sie sich beide sehr mochten.«

»Jessy? Ach, ja, Morgans Freundin. Jessy hat Ihnen also Morgans Geschichte erzählt?«

»Ja.«

»Ich habe lange nach Ihnen gesucht, als Sie damals so haßerfüllt fortgelaufen sind, obwohl Morgan mir sogar verbot, Ihren Namen noch einmal zu erwähnen. Als ich Sie dann endlich gefunden hatte, war sie bereits in New-Mexiko.«

»Ich habe noch eine Menge zu erledigen, bevor ich San Francisco verlassen kann. Ich muß meine Vermögensverhältnisse regeln. Sobald ich kann, werde ich nach Neu-Mexiko weiterreisen – zu Morgan.« Seths Stimme war ernst. »Sie werden Ihr Vertrauen zu mir nicht zu bereuen haben. Ich weiß, wie sehr Ihnen Morgans Wohl am Herzen liegt.«

Damit ging er aus dem Zimmer, und Theron starrte ihm nach und fragte sich, ob er wohl das Richtige getan hatte. Morgan war glücklich auf der Ranch mit Gordon und Adam. Er wußte nicht, ob er das Recht hatte, diesen Frieden zu stören. Aber er wußte, wie groß Morgans Liebe zu Seth schon immer gewesen war. Und er durfte dabei Adam nicht vergessen. Egal, was inzwischen geschehen war – Adam war und blieb Seths Sohn. Und das Recht, seinen Sohn zu sehen, hatte jeder Mann verdient.

Seth brauchte eine Woche dazu, seine geschäftlichen Angelegenheiten in San Francisco zu regeln. Er fand einen jungen Anwalt, Tim Bradbury, der von seinem Goldfieber gründlich kuriert war. Seth war sein erster Klient. Und mit dem Auftrag, dessen Vermögen zu verwalten, hatte Bradbury genug zu tun, um eine eigene Kanzlei aufmachen zu können. Dafür war er Seth dankbar. Und damit seine Dankbarkeit erhalten blieb, beteiligte Seth ihn an den Mieteinnahmen und den Profiten seiner Grundstücksverkäufe. Alle Einkünfte aus Seths Vermögen sollten auf eine Bank in Santa Fé überwiesen werden.

Als Seth sich den Kopf freigemacht hatte von geschäftlichen

Dingen, reiste er nach Santa Fé weiter. Nun konnte er alle seine Gedanken auf seine Frau konzentrieren.

31

Für Morgan war das Wohnhaus der ›Drei Kronen‹ eine angenehme Überraschung. Es war wie die Montoya-Ranch in traditionellem spanischem Stil erbaut. Und es war riesig.

»Was halten Sie davon?« fragte Gordon, als sie auf dem Hang das Gespann anhielten und auf das Anwesen hinunterblickten.

Das Haus hatte die gleiche Farbe wie die Hügel ringsum und schien schon immer hier gestanden zu haben. Es war von Pinon-Bäumen und hohen schlanken Cottonwoods umgeben.

»Zum Haus gehört auch der Fluß dort drüben.« Morgans Blick ging in die Richtung, in die er deutete. »Sind Sie überrascht?«

»Sehr. Es ist eher eine Residenz. Wie viele Zimmer hat das Haus?«

»Ich habe sie nie gezählt, aber Sie haben ja ein Leben lang Zeit, das festzustellen.« Gordon blickte auf Adam zurück, der auf die Ladefläche des Fuhrwerks geklettert und dort eingenickt war. »Wir sollten zuerst einmal den Kleinen zu Bett bringen.«

Morgan fand das Innere des Hauses noch schöner als die Fassade. Die Räume im Erdgeschoß waren groß und luftig. Sie führten auf einen geräumigen Innenhof hinaus, in dessen Mitte sich ein gekacheltes Wasserbecken befand. Steinerne Bänke und Statuen waren zwischen blühenden Buschgruppen und unter Bäumen verteilt.

»Er schläft.« Gordon kam aus dem oberen Stock zurück, wo er Adam zu Bett gebracht hatte. »Und jetz will ich Ihnen die Dienstboten vorstellen, ehe wir zu Abend essen.«

»Dienstboten?« Morgan lachte. »Ich fürchte, ich habe mich daran gewöhnt, die meisten Hausarbeiten selbst zu erledigen.«

»Das ist Ihr Zuhause, und hier können Sie den ganzen Tag lang im Sessel sitzen und Schokolade essen.«

»Schokolade! Ich hätte Sie gebraucht, als ich schwanger war.«

Gordon blickte sie verdutzt an und lächelte dann. »Oh, natürlich! Jake hat mir Ihren ungewöhnlichen Appetit während der Schwangerschaft nicht verschwiegen!«

Die Dienstboten waren am Fuß der Treppe im Foyer angetreten.

»Roselle, unsere Köchin, Martin ist unser Butler und Faktotum. Das ist Carol – sie kümmert sich um die oberen Räume. Donaciano, unser Stallbursche. Carols Schwester, Magda, hilft tagsüber in den unteren Räumen aus.«

Morgan schüttelte jedem die Hand. Roselle und Martin waren miteinander verheiratet und hatten schon im Haus gearbeitet, als es noch gar nicht ganz fertiggestellt war. Carol war ein junges Mädchen von höchstens siebzehn Jahren – hausbakken und schüchtern. Donaciano war noch ein Junge, der zwölf oder dreizehn Jahre zählen mochte. Morgan erfuhr später, daß Gordon ihn adoptiert hatte, als seine Eltern zwei Jahre zuvor ertrunken waren.

Gordon führte sie anschließend in das Eßzimmer neben dem Foyer. Der gewaltige Tisch aus Pinienholz, der von einem guten Dutzend Stühlen aus dem gleichen Material umgeben war, war mit feinstem Limoges-Porzellan und Kristallkelchen gedeckt. Prächtiges Tafelsilber ruhte auf schneeweißem Damast.

»Gordon!« Das ist wunderschön!«

Gordon lächelte, als er ihr Lob hörte. »Roselle ist eine ausgezeichnete Köchin. Ich glaube, Sie werden mit ihr zufrieden sein.«

Das Essen war so köstlich, wie er es versprochen hatte, und Martin servierte es meisterhaft. Gordon hob das Glas mit dem eisgekühlten Champagner: »Auf Ihr neues Heim. Und auf die Hoffnung, daß Sie hier Frieden und Glück finden mögen. Und daß Sie – immer bei uns bleiben.«

Morgan lächelte. »Da ich das gleiche hoffe, möchte ich, daß

wir von jetzt an ›du‹ zueinander sagen. Du hast mich ja schon als Baby gekannt.«

Als sie sich schließlich von der Tafel erhoben, spürte Morgan die Müdigkeit wie Blei in den Gliedern. Gordon legte den Arm um sie und führte sie hinauf in ihr Zimmer, wo ihr Nachthemd schon auf dem Bett bereitlag. Er ließ sie allein, und sie zog sich rasch aus und war nach wenigen Minuten eingeschlafen.

Gordon verharrte noch vor ihrer Tür. »Ich liebe dich, Morgan«, flüsterte er.

Morgan erwachte von der lauten Stimme ihres Sohnes. Hastig warf sie sich einen Morgenmantel über, um nachzusehen, was Adam nun schon wieder anstellte. Sie lachte, als sie sah, daß er auf Martins Schultern ritt und dabei vergnügt vor sich hinkrähte: »Mam – Mam!«

Gordon folgte den beiden auf dem Fuße. Er blieb stehen, als er sie entdeckte. »Morgan, wir haben dich geweckt? Das tut mir leid, doch Adam war ziemlich verstört, als er sich beim Aufwachen in einer völlig fremden Umgebung wiederfand.«

Sie schaute liebevoll zu ihrem unternehmungslustigen Sohn hinauf. »Vielen Dank, daß Sie sich um ihn gekümmert haben, Martin!« Sie streckte die Arme aus, in die sich Adam so heftig hineinstürzte, daß er sie fast umgerissen hätte. Martin stieg schmunzelnd die Treppe ins Erdgeschoß hinunter.

»Wo befindet sich denn das Zimmer dieses Ungeheuers?« Sie drückte einen Kuß auf Adams Wange. »Ich habe fast das Gefühl, daß er hier noch mehr verwöhnt wird als auf der Colter-Ranch, weißt du?«

Gordon lächelte nur, während er sie in Adams Zimmer führte. Als sie den Jungen anzukleiden begann, sah sie sich im Zimmer um. Es war mit Spielzeug und mit Bildern von Kindern angefüllt. Nachdem Adam fertig angezogen war, half Gordon ihm auf den Rücken eines Schaukelpferdes hinauf.

Morgan betrachtete sich die Bilder nun genauer. Sie zeigten alle das gleiche kleine Mädchen, und sie blickte fragend zu Gordon hinüber.

»Erkennst du sie nicht?«

»Das ist – bin alles ich?«

»Alles nur du, und das hier war dein Spielzeug. Als mein Vater und Onkel Charley dieses Haus bauten, haben sie deine Bilder in diesem Zimmer aufgehängt. Es war eigentlich eher ein Heiligtum. Dein Vater hat hier viele Stunden verbracht. Zuweilen, wenn einer von diesen Briefen kam, schloß er sich sogar einen ganzen Tag lang in diesem Zimmer ein. Ich bin froh, daß es jetzt mit etwas mehr Leben erfüllt wird.«

Morgan lachte. »Bei Adam brauchst du keine Angst zu haben, daß es in einem Haus zu langweilig – oder gar ruhig sein könnte. Adam!« Sie versuchte, sein lautes Jubeln zu übertönen. »Komm – wir gehen frühstücken!« Sofort hörte Adam zu schaukeln auf und kletterte stumm von seinem Pferd herunter. Als Morgan Gordons verwunderten Blick auffing, erklärte sie: »Essen. Das ist das Zauberwort, das bei Adam wirkt.«

Gordon brachte den Kleinen hinunter ins Erdgeschoß, während sich Morgan ein maßgeschneidertes Kleid aus festem Baumwollstoff anzog, das ihre perfekte Figur unterstrich. Dann ging sie hinunter und ließ sich mit Adam das Frühstück gut schmecken, das Roselle ihnen vorsetzte.

Nach dem Frühstück bat Roselle darum, Adam bei sich in der Küche behalten zu dürfen. Morgan gab ihr die Erlaubnis dazu, und während sich Gordon um die Geschäfte der Ranch kümmerte, erkundete sie das Haus und die Gärten.

Beim Lunch behielt Gordon stets den kleinen Adam im Auge und schien ihm jeden Wunsch vom Gesicht ablesen zu können. Morgan seufzte, da sie wußte, daß zu viel Aufmerksamkeit ihrem aufgeweckten Sohn nicht gut bekommen würde. Als sich Adam die Augen rieb, brachte sie ihn hinauf in sein Zimmer, damit er dort seinen Mittagsschlaf hielt.

Später bat Gordon sie, mit ihm auszureiten, damit er ihr etwas von der Ranch zeigen konnte. Sie ritten an dem kleinen Fluß entlang, und Morgan entdeckte einen idealen Picknick-Platz unter einer Gruppe von Cottonwood-Bäumen. Als sie von der Stute steigen wollte, die Gordon für sie hatte satteln lassen, glitt sie aus dem Steigbügel und faßte schnell nach der Pausche, um sich dort festzuhalten.

Gordon fing sie in seinen Armen auf und drückte sie an sich. »Ich bin sicher, das ist der Höhepunkt dieses Tages für mich.«

»Also Gordon«, meinte sie lachend, während sie einen Schritt von ihm wegtrat, »du kannst es doch ebensowenig lassen, mich zu necken, wie...« Sie ließ den Satz unbeendet.

Gordons Blick wurde ernst. »Glaub mir, Morgan, das sollte kein Scherz sein.« Sie wandte das Gesicht ab, damit er nicht sehen sollte, daß sie rot wurde. Sie war noch nicht bereit, auf solche Anspielungen einzugehen. Seth war noch zu wirklich für sie. Vielleicht wenn die Erinnerung an ihn verblaßte...

Schon zeitig am nächsten Morgen hörte sie Adam draußen auf dem Flur. Morgan öffnete die Tür, und ihr kleiner Sohn schlüpfte ins Schlafzimmer. Morgan kroch ins Bett zurück und sah zu, wie er im Raum umherwanderte, die Brücken auf dem Boden betrachtete, die Cremetöpfe auf der Friesierkommode untersuchte und an die Verbindungstür des angrenzenden Zimmers klopfte.

»Da wohnt niemand, Adam.« Morgan drehte sich im Bett um und fand sich plötzlich Gordon gegenüber, der sie amüsiert betrachtete. Er stand im offenen Durchgang. »Das war einmal das Schlafzimmer deines Großvaters, aber jetzt steht es leer.«

Morgan rutschte unter die Zudecke, bis ihre Schultern bedeckt waren.

»Hast du etwas dagegen, wenn ich Adam heute mitnehme? Ich möchte ihm gern die Ranch zeigen und ihn den Männern vorstellen.«

Morgan setzte sich auf, und diesmal war es ihr gleichgültig, daß er sie im Nachthemd sah. Gordon war für sie wie ein großer Bruder, und es fiel ihr schwer, sich ihm in einer anderen Rolle vorzustellen. »Gordon, du solltest Adam besser nicht mitnehmen. Du kennst ihn noch nicht. Es gibt Zeiten, wo selbst ich nicht mit ihm fertig werde. Du wirst keine Minute zu deiner Arbeit kommen.«

»Überlaß ihn mir. Wenn du damit einverstanden bist, nehme ich ihn mit.«

Er ging aus dem Zimmer und kam mit einem kleinen Sombrero wieder, der mit einem perlengeschmückten Band versehen war. »Ich habe diesen Hut in Santa Fé gekauft. Ich hoffe, er paßt.« Adam gefiel der Hut so gut, daß er vor dem Spiegel seiner Mutter auf- und abhüpfte, wobei sein langes Nachthemd sich nicht recht mit dem Sombrero vertragen wollte.

»Bist du sicher, daß du ihn einen Tag lang bändigen kannst?« fragte Morgan lachend.

Als Antwort auf ihre Frage breitete Gordon die Arme aus und fing den jauchzenden Jungen darin auf. »Ist mir ein Vergnügen. Und jetzt wollen wir uns noch etwas anderes anziehen, Cowboy.«

Morgan hörte Adams Freudenausbrüche, bis sich die Tür seines Zimmers hinter ihm schloß. Sie lehnte sich in die Kissen zurück. Ja, dachte sie, so ist es herrlich. Und Gordon ist wunderbar. Es wäre durchaus angenehm, sich in ihn zu verlieben. Ja, bestimmt.

Nachdem er den Kleinen mitgenommen hatte, fand Morgan, daß sie zu wenig zu tun habe. Wie jeden Morgen ging sie hinunter in die Küche, und Roselle sah sie auch heute verwundert an, als sie sich die Ärmel aufrollte und anfing, Brotteig zu kneten. Sie vergaßen bald, daß sie eigentlich Herrin und Hausangestellte waren und wurden einfach zu zwei Frauen, die zusammen kochten und redeten.

»Gordon ist schon immer ein einsamer Junge gewesen, selbst als kleines Kind. Er hat mir oft schrecklich leid getan.«

»Einsam? Aber Gordon hat noch nie einen bedrückten Eindruck auf mich gemacht.«

»Er versteckt seine Traurigkeit hinter Scherzen. Doch sein Lachen täuscht. Es ist nicht einfach, ohne Mutter aufzuwachsen.«

»Hat seine Mutter nicht bei ihm gelebt?«

»Nein. Sie verließ das Haus kurz nach seiner Geburt und kehrte zu ihrem Volk zurück. Obwohl er sich oft über seine roten Verwandten lustig macht, nimmt er sein Comanchenerbe ernst. Er hat jedoch wenig Kontakt zu ihnen. Einmal, als Gordon noch sehr jung war, kam ein Bruder seiner Mutter ins Haus, um seinen Neffen zu besuchen, und Gordon begleitete ihn zwei Wochen lang auf dessen Streifzügen. Sein Onkel brachte ihm bei, wie man sich als Comanche kleidet, und lehrte ihn, stolz zu sein auf sein indianisches Blut. Gordon war schrecklich aufgeregt, als er eines Morgens entdecken mußte, daß sein Onkel verschwunden war. Nun empört er sich darüber, was die Weißen mit den Indianern machen.« Roselle blickte Morgan mit schräg gelegten Kopf an. »Die Männer auf der Ranch versuchen zu vergessen, daß er ein Halbblut ist. Der Gedanke, einen Indianer zum Boß zu haben, gefällt ihnen nicht.«

Morgan nickte verständnisvoll.

Nach dem Mittagessen ging sie hinauf in ihr Zimmer, um einen Mittagsschlaf zu halten. Als Gordon dann später mit einem müden, von der Sonne verbrannten Adam ins Haus zurückkam, war sie froh, daß sie etwas zu tun bekam, wusch das Kind und zog ihm ein sauberes Nachthemd an. Der Kleine schlief schon, während sie den letzten Knopf an seinem Hemd schloß. Als sie ihren Sohn auf die Wange küßte, wurde sie wieder daran erinnert, wie sehr er seinem Vater ähnlich sah. Sie schalt sich im stillen, weil sie immer nur an Seth dachte.

Beim Abendessen hatte Gordon dann besonders gute Laune. »Du hättest sie sehen sollen! Ich hätte nie geglaubt, daß erwachsene Männer sich so närrisch benehmen können. Den ganzen Tag redeten sie mit ihm in der Babysprache. Besonders Calhoun! ›Möchtest du Hoppa-hoppa-Reiter machen? Auf meinem Hü-hott?‹ Adam hat sie nur angestarrt. Er wollte keinen Schritt von meiner Seite weichen.« Gordons Augen leuchteten vor Stolz.

Er faßte nach Morgans Hand. »Ich kann dir gar nicht sagen, wie froh ich bin, daß du hier bist. Ich habe jahrelang ganz allein in dieser Burg gehaust. Zuweilen habe ich lieber bei den Weidereitern in der Wohnbaracke übernachtet, anstatt hier allein zu schlafen. Die wahren Bewohner dieses Hauses sind Roselle und Martin gewesen.«

Als sie sich eine gute Nacht wünschten, küßte Gordon sie auf die Wange. Er sah gut aus, lachte gern, und Adam vergötterte ihn. Was konnte sie mehr verlangen? Doch sein Kuß hatte kein

Prickeln auf ihrer Haut hinterlassen, wie das bei Seths Küssen der Fall gewesen war. Vergleich die beiden nicht miteinander, ermahnte sich Morgan, während sie ins Bett stieg. Auf jeden Fall wäre es für alle von Vorteil, wenn sie sich in Gordon verlieben würde.

Die Tage wurden nun zur Routine, und sie war zufrieden, wenn nicht sogar ausgesprochen glücklich. Gordon nahm Adam oft tagsüber mit auf die Weiden, und abends unterhielt er Morgan dann damit, wie seine Männer versucht hatten, ihm den Jungen abspenstig zu machen. Offenbar gelang ihnen das nie.

Wenn Adam nicht im Haus war, verbrachte Morgan den Vormittag in der Küche und den Nachmittag mit Reiten, um die Stute, die Gordon ihr geschenkt hatte, immer besser an sich zu gewöhnen. War der Kleine da, suchte sie häufig mit ihm den Platz unter den Bäumen auf, den sie sich zum Picknicken ausgesucht hatte, und dann blieben sie bis zum Abend beim Fluß.

Sie wohnten drei Monate auf der Drei-Kronen-Ranch, als Gordon zum ersten Mal von Scheidung sprach. Daß er Morgan zwar jeden Tag sah, doch ihr nicht näher kommen durfte, war eine Qual für ihn. Er wollte wissen, wie es um ihre Gefühle für Seth stand. Er wollte den Weg frei haben für sich selbst, und niemand sollte sich zwischen sie stellen. Doch er liebte sie stark genug, um auf sie warten zu können.

Sie saßen am Abendbrottisch. »Morgan, hast du dich schon entschieden, was Seth betrifft?«

Sie sah erschrocken hoch. Man brauchte nur seinen Namen zu erwähnen, und ihr Magen krampfte sich zusammen, und ihre Kopfhaut begann zu kribbeln. »Ich möchte nicht über ihn reden.« Plötzlich hatte sie keinen Appetit mehr auf Rosalles *coq au vin*.

Gordon betrachtete sie aufmerksam. Ihm schien, daß der Ausdruck ihrer Augen nicht zu ihren Worten passen wollte. »Würdest du denn eine Scheidung nicht in Betracht ziehen?«

Eine Scheidung, eine endgültige Trennung von Seth, von

Adams Vater. Sie mußte vernünftig sein. »Ja, ich glaube, das gehört sich wohl so. Aber ich weiß nicht, wo Seth ist. Ich bin überzeugt, man muß ihn erst finden, ehe es zu einer... Scheidung kommen kann.« Sie haßte dieses Wort, haßte schon den Gedanken daran. »Ich will ihn nicht wiedersehen.«

»Dann werde ich mich mit John Bradley in Verbindung setzen und zusehen, was man in dieser Angelegenheit machen kann.«

Sie aßen schweigend zu Ende. Dann nahmen sie draußen im Innenhof den Kaffee ein. Morgan war ganz mit ihren Gedanken beschäftigt und sah erst auf, als Gordons Stimme ertönte.

»Noch mehr Kaffee, Morgan?«

Er wußte nun, daß es einen harten Kampf geben würde. Morgan behauptete ihren Mann zu hassen, doch er konnte in ihren Augen erkennen, daß diese Aussage eine Lüge war. Irgend etwas mußte geschehen.

Als Morgan und Adam ein halbes Jahr auf der Drei-Kronen-Ranch wohnten, beschloß Gordon, eine Begrüßungsparty für sie zu geben. Morgan hatte kaum einen von ihren Nachbarn kennengelernt, die weit verstreut in der Gegend wohnten. Sie war froh, daß sie diese Party vorbereiten und das Haus schmücken konnte, und Gordon war glücklich, jeden Abend zu ihr und Adam nach Hause kommen zu können. Zum ersten Mal in seinem Leben fühlte er sich nicht einsam. Sein Glück wäre vollkommen gewesen, wenn er nicht zuweilen einen gedankenverlorenen, sehnsüchtigen Blick in Morgans Augen wahrgenommen hätte.

32

Es war der Tag, an dem das Fest stattfinden sollte, als Gordon den großen Mann auf dem Pferd auf sich zureiten sah. Gordon blickte dem Fremden mit Interesse entgegen. Das war keiner von den Reitern, die ziellos durch die Lande streiften. Der Mann schien ein Ziel zu haben.

»Man sagte mir, daß Sie hier der Boß wären.« Die Stimme des Fremden war tief, voll und sehr wohlklingend.

»Ich schätze, das bin ich. Mein Name ist Gordon Matthews.« Gordon streckte die Hand aus, die sich in der viel breiteren des Fremden fast verlor. Diese war hart und schwielig von der Arbeit.

»Dave Blake.« Der Fremde lächelte, und Gordon hatte plötzlich das Gefühl, als würde er ihn irgendwoher kennen. Was war ihm an diesem Mann nur so vertraut?

»Ich möchte gern einen Job haben.«

»Was haben Sie für Erfahrungen?« Gordon wußte, daß er diesen Mann anstellen würde, noch bevor dieser seine Frage beantwortet haben würde.

»Ich habe die Plantage meines Vaters im Osten geleitet, und seit ungefähr sechs Jahren arbeite ich nun hier im Westen.«

Gordon erwiderte das Lächeln des Fremden. »Einen guten Mann kann ich immer gebrauchen. Sie sind angestellt. Der Reiter dort ist Boyd, mein Vormann. Er wird Ihnen Ihre Arbeit zuteilen.« Er sah zu, wie Dave Blake sein Pferd wendete und davonritt. Die Art, wie er seine Hände bewegte, kam ihm auf eine fast unheimliche Weise bekannt vor. Doch er konnte sich nicht erinnern, den Mann schon einmal gesehen zu haben.

Den Rest des Tages über beobachtete er Dave bei der Arbeit. Er war anders als die meisten Neulinge. Er wartete nicht erst darauf, daß man ihm sagte, was er tun sollte. Er benahm sich so, als habe er schon jahrelang auf dieser Ranch gearbeitet. Die anderen Männer schlossen rasch Freundschaft mit ihm. Ihnen gefiel seine ruhige, unauffällige Art, mit der er sich in ihre Gemeinschaft einfügte. Und so hielten sie sich ebenfalls zurück und bombardierten den Neuen nicht mit neugierigen Fragen.

Gordon beobachtete erstaunt, wie einer von den jüngeren Weidereitern Dave fragte, was er jetzt tun sollte, nachdem er die ihm von Boyd aufgetragene Arbeit erledigt hatte. Gordon schaute zu seinem Vormann hinüber, ob dieser feindselig auf die Handlungsweise des Jungen reagierte. Doch Boyd, der sich noch nie besonders ehrgeizig gezeigt hatte, nickte nur und überließ es Dave, den Leuten Anweisungen zu geben, wann immer er das für richtig hielt. Auf dem Ritt zurück in die Wohnbaracke nahm Gordon den Neuen beiseite.

»Dave, ich habe Sie heute bei der Arbeit beobachtet und möchte Sie noch einmal auf den ›Drei Kronen‹ willkommen heißen.«

Dave lächelte ihn an, und wieder versuchte Gordon sich klar darüber zu werden, warum ihm dieser Mann so bekannt vorkam.

»Wir feiern heute abend eine kleine Party im Haus. Jeder ist dazu eingeladen. Es gibt reichlich zu essen, eine Menge Bier und auch harte Sachen.«

Dave lachte sein tiefes, volles Lachen. »Ich fürchte, das Essen könnte vielleicht knapp werden, wenn Sie mich einladen. Nach einem solchen Tag wie heute könnte ich mein Pferd zum Abendbrot verspeisen – samt seiner Hufeisen. Was wird denn eigentlich gefeiert?«

»Morgan und Adam leben nun seit einem halben Jahr auf der Ranch – sechs glückliche Monate.«

»Eine Party, weil zwei Männer zu Ihnen ins Haus gezogen sind?«

Gordon sah ihn einen Moment verdutzt an und grinste dann breit. »Kommen Sie heute abend und lernen Sie meine Gäste kennen. Ich glaube, Sie werden eine angenehme Überraschung erleben.« Dann ließ er Dave stehen und ritt weiter zum Wohnhaus.

Adam, von seiner Mutter gefolgt, lief gerade die Treppe hinunter, als er Gordon erblickte. Mit einem Freudenschrei stürzte er sich dem Mann in die Arme, und Morgan lachte vergnügt. »Eines Tages wird er jemanden anspringen und das Ziel verfehlen«, sagte sie. »Wie war dein Tag heute, Gordon?«

»Jetzt, wo ich zu Hause bin, ist er wunderschön.« Er küßte sie auf die Wange, stellte Adam auf dem Boden ab, und zusammen gingen sie in den Hof, um die Vorbereitungen für das Fest zu beobachten.

»Ich habe heute einen neuen Mann eingestellt.«

»Oh?«

»Sehr merkwürdig«, sagte Gordon mit vollem Mund, und Morgan sah ihn gespielt strafend an.

»Gordon, bitte laß die Finger von diesen Appetithäppchen. Ich habe sie in einem Muster angeordnet, das du mir sonst verdirbst. Was war denn so merkwürdig?«

»Dieser Neue, den ich heute eingestellt habe. Ich weiß, daß ich ihn noch nie zuvor gesehen habe, und dennoch ist mir so, als würde ich ihn kennen. Die Art, wie er geht und die Hände bewegt. Mir scheint, als hätte ich das schon hundertmal beobachtet.«

»Vielleicht bildest du dir das nur ein.«

»Da könntest du recht haben. Ich werde mich jetzt umziehen. Was wirst du heute abend tragen?«

Sie setzte eine geheimnisvolle Miene auf. »Ich habe ein Kleid, das du noch nie gesehen hast. Die Seide stammt aus Italien, und es ist einfach fabelhaft.«

»Wenn du darin steckst, muß es das sein.«

Morgan blickte ihm lächelnd nach. Gordon war ein sehr charmanter Mann. Sie wunderte sich über sich selbst, daß sie noch nicht in ihn verliebt war.

Der Mann, der sich Dave nannte, betrat die Wohnbaracke und lauschte dem Gespräch der Männer.

»Einfach hinreißend, sage ich euch!«

»Mir wird jedes Mal heiß und kalt, wenn ich sie auf diesem Pferd vorbeikommen sehe.«

»Vielleicht spendiert mir eine gute Fee drei Wünsche, und ich würde sie alle dafür hergeben, wenn ich ihr Sattel sein dürfte.«

»Ich würde lieber das Pferd sein. Sie könnte mich ohne Sattel reiten.«

Als das Gelächter wieder losbrach, bemerkte keiner, wie der Neue die Baracke wieder verließ. Und keinem fiel auf, daß er nicht unter ihnen war, als sie zur Party aufbrachen.

Dave kehrte in die leere Wohnbaracke zurück, um sich dort in aller Ruhe zu baden und anzuziehen. Sein Anzug saß wie angegossen und betonte seine muskulöse Figur. Das Seidenhemd hob die braune Haut seines Gesichts hervor. Er nahm sich viel Zeit, und als er zum Herrenhaus hinüberging, war die Party schon ein paar Stunden alt.

Als Morgan die Treppe herunterkam, verschlug es Gordon die Sprache. So etwas Aufregendes hatte er noch nie gesehen! Das Smaragdgrün ihres Kleides spiegelte sich in ihren Augen, und ihre Haare, die zu einem kunstvollen Lockengebilde hochgesteckt waren, schimmerten wie Gold. An ihren kleinen Ohren trug sie winzige Ohrringe aus Diamanten und Smaragden, die im Licht funkelten, wenn sie sich bewegte. Das Kleid ließ ihre Schultern frei und war vorn tief ausgeschnitten.

»Morgan, du bist noch schöner, als ich es für möglich hielt. Ich weiß nicht, was ich sagen soll.«

»Gefallen dir meine Haare?« Sie drehte sich um, und er berührte die seidenweiche Pracht.

»Es ist wundervoll. Ich habe in meinem Leben noch nie so schöne Haare gesehen.« Er sah sie fragend an. »Sind die alle echt?«

Morgan kicherte. »Sir, es gehört sich nicht, eine Lady danach zu fragen, was an ihrer Person echt ist und was nicht.«

Gordon betrachtete ihre atemberaubende Figur, die sich unter dem Kleid abzeichnete. »Wenigstens weiß ich, daß einige Dinge echt sind.«

Morgan lachte über sein Kompliment. »Wollen wir hinausgehen?«

Gordon nahm ihren Arm und beugte sich zu ihr. »Und du duftest auch so gut.« Seine Lippen berührten ihre Wange und wanderten dann langsam weiter zu ihrem vollen Mund. Sein

Kuß war zart, weich und sehr angenehm. Morgan lächelte zu ihm hinauf. Ihr gefielen seine Küsse, und vielleicht würde sie sich eines Tages sogar nach ihnen sehnen.

Alle Köpfe wandten sich den beiden zu, als sie jetzt auf den Hof hinaustraten. Zum tausendsten Male wünschte sich Gordon, daß Morgans Vater in seinem Testament verfügt hätte, daß seine Tochter ihn – Gordon – heiraten müsse. Er hatte Onkel Charley es dringend empfohlen, doch der hatte gelacht und gesagt, das Testament, das er verfasse, sei schon schlimm genug. Er hatte sicherstellen wollen, daß Morgan unter mehreren Männern wählen konnte.

Morgan erinnerte diese Party sehr an das Fest auf der Montoya-Ranch. Die einzelnen Gäste, die ihr alle fremd waren, murmelten höflich einen Glückwunsch, als Gordon ihnen Morgan vorstellte. Er war so stolz auf sie, daß er über den Hof schritt wie ein Hahn. Und sie fühlte sich wohl an seinem Arm.

Sie kannte auch kaum jemanden von den Weidereitern, da sie diese immer nur aus der Entfernung gesehen hatte. Nachdem sie ein paar Worte mit ihnen gewechselt hatte, bemerkten weder sie noch Gordon die vielsagenden Blicke, die die Männer sich gegenseitig zuwarfen.

Morgan hatte stundenlang im Hof gestanden und wohl tausendmal »ich danke Ihnen« gesagt. Die Gesichter der Leute verliefen für sie ineinander, und sie hatte es schon lange aufgegeben, sich deren Namen zu merken. Sie überlegte gerade, ob sie wieder nach oben gehen und nach Adam sehen sollte, aber diese Ausrede hatte sie schon zweimal verwendet, um dem Trubel zu entrinnen.

Sie lächelte höflich einer stattlichen Dame in einem purpurfarbenen Satinkleid zu. Himmel, wie ich diese Farbe hasse, ging es ihr durch den Kopf. Vielleicht konnte sie Gordon, der gerade auf sie zukam, dazu überreden, sie nach oben zu bringen und sie dann bei den Gästen wegen irgendeiner Unpäßlichkeit zu entschuldigen. Zu dumm! Morgan runzelte die Stirn. Warum schwenkte er jetzt ab und ging auf jemanden zu, der sich außerhalb ihres Blickfeldes befand?

»Dave! Ich dachte schon, Sie würden gar nicht mehr kommen. Ich wollte Sie dem ›Mann‹ vorstellen, dem zu Ehren ich heute diese Party gebe. Sie erinnern sich, daß ich Ihnen eine Überraschung versprochen habe?«

Von dem anderen Mann gefolgt, trat Gordon vor sie hin. »Morgan, ich möchte dich gern mit dem neuen Weidereiter bekanntmachen, den ich heute eingestellt habe – Dave Blake.«

Er beobachtete Daves Gesicht, wie er diese »Überraschung« wohl aufnehmen würde. »Dave, das ist Morgan Colter.« Morgans Gesicht war so weiß geworden wie ein Laken. Sie starrte Dave an.

»Morgan, was hast du?« Gordon blickte zwischen Morgan und Dave hin und her. »Kennst du ihn etwa?«, setzte er mit erschrockener Stimme hinzu.

»Nein, ich glaube nicht, daß wir schon das Vergnügen hatten. Vielleicht erinnere ich Mrs.... Colter an jemanden, dem sie schon einmal begegnet ist.«

»Stimmt das, Morgan? Erinnert dich Dave an jemanden, den du kennst?«

Sie stand nur sprachlos da und starrte Dave an.

»Ich glaube, ich sollte Morgan jetzt auf ihr Zimmer begleiten. Etwas an Ihnen hat sie vollkommen verstört.«

»Bitte, tun Sie das. Ich bitte um Verzeihung, daß ich Sie so verwirrt habe, Mrs. Colter. Vielleicht werden Sie mir vergeben, wenn Sie feststellen, daß ich nicht der Mann bin, für den Sie mich zu halten scheinen. Gute Nacht.« Er sah den beiden nach, als sie ins Haus gingen, Morgan sich schwer auf Gordons Arm stützend.

Morgan hatte immer noch nichts gesagt, als sie ihr Schlafzimmer erreichten. Gordon hob sie hoch und legte sie aufs Bett. »Morgan, was hast du? Kennst du diesen Mann? Erinnert er dich an jemanden?«

»Ja«, flüsterte sie heiser.

»An wen?«

»Seth.« Ihre Stimme war wie ein Hauch. Seth! Gütiger Himmel! Er hatte ja befürchtet, daß sie ihren Ehemann noch immer liebte, aber wenn sie so heftig auf einen Mann reagierte, der nur eine Ähnlichkeit mit Seth hatte! Er strich ihr über die Wange. »Ich werde Carol heraufschicken, damit sie dir beim Auskleiden hilft. Es besteht kein Grund, daß du wieder nach unten mußt. Wenn die Gäste gegangen sind, komme ich noch einmal zu dir.«

Carol war gekommen und gegangen, und Morgan lag nun in ihrem Nachthemd im Bett. Es hatte lange gedauert, bis ihr Denkvermögen wieder einsetzte. Jetzt ebbte der erste betäubende Schock langsam ab.

Seth war hier! Sie hatte ihn seit der Nacht, als er sich in Therons Haus eingeschlichen hatte, nicht mehr gesehen. Diese furchtbare Nacht, in der er sie beschuldigt hatte, eine... Sie verdrängte den Gedanken daran. Sie wollte nicht an seine Worte erinnert werden. Was suchte er hier auf der Ranch?

Der Schock des Wiedersehens war schmerzhafter gewesen, als sie das für möglich gehalten hatte. Sie hatte gehofft, daß das Zusammenleben mit Gordon die Erinnerung an Seth allmählich verdrängen würde. Offenbar hatte sie noch nicht genügend Zeit dafür gehabt! Sie brauchte viel Zeit, um Gordon besser kennenzulernen und Seth zu vergessen.

Er kann mir das nicht antun! Tränen sammelten sich in ihren Augen und rannen über ihre Wangen. Adam und ich sind glücklich hier! Wir haben jetzt ein Heim. Warum kann er uns nicht in Ruhe lassen?

Morgan wischte sich die Tränen ab und holte tief Luft. Sie durfte sich von ihm nicht aus dem Gleichgewicht bringen lassen! Nein, sie liebte ihn nicht mehr. Sie kannte jetzt ja sein wahres Wesen. Diesmal würde es ihm nicht mehr gelingen, sie zu verzaubern, weil sie wußte, was sich hinter diesem Lächeln und den Grübchen versteckte. Sie wußte, wie sie damit fertig wurde. Sie würde ihn einfach vollkommen ignorieren!

Sie setzte sich kerzengerade im Bett auf und lächelte. Mrs. Colter, hatte er sie genannt. Nun, Mr. Blake, Sie werden auch nur ein angeheuerter Weidereiter sein wie Boyd und all die anderen. Keine Sonderbehandlung und keine Rücksichtnahme. Wenn er im Zorn hierhergekommen war, um sie für die schlimmen Dinge zu bestrafen, die sie angeblich begangen hatte, würde er eine Überraschung erleben. Sie würde ihm nicht erlauben, sie aufzuregen. Er besaß nicht länger Macht über sie.

Sie bat Gordon herein, als er an die Tür klopfte, und seine Sorge verflüchtete sich rasch, als er Morgan lächeln sah.

»Fühlst du dich jetzt besser?«

»Ja, viel besser.«

»Morgan, ich wollte dir nur sagen, daß du dir bewußt sein mußt, daß Dave Blake eine ganz andere Person ist als Seth. Nur weil eine körperliche Ähnlichkeit zwischen den beiden besteht, bedeutet das doch nicht, daß sie sich auch im Wesen gleichen!«

»Du hast vollkommen recht. Mr. Blake ist ein ganz anderer Mann. Seine Erscheinung war nur so ein Schock für mich – das ist alles. Ich weiß gar nicht, wie ich das jemals wieder gutmachen kann! Der arme Mann. Er muß gedacht haben, ich sei verrückt!«

Gordon streichelte ihr die Hand. Er war immer noch erschüttert von der Stärke ihrer Gefühle für Seth. »Das bezweifle ich. Du bist viel zu schön, als daß irgendein Mann an dem, was du tust, Anstoß nehmen könnte.«

Morgan lachte. »Weißt du eigentlich, daß es eine Zeit gab, wo man mich für ein unansehnliches, ja häßliches Mädchen hielt?«

Er ging auf ihre Frage nicht ein. Diese Vorstellung war so absurd, daß er keinen Gedanken daran verschwendete. Er küßte sie auf die Stirn, blies die Kerze aus und verließ das Zimmer.

Kurz bevor Morgan einschlief, sah sie Seths lächelndes Gesicht vor sich. Er war immer noch ein sehr schöner Mann.

Seth saß lange unter dem funkelnden Sternenhimmel, als das Fest vorüber war. Die Kutschen waren abgefahren. In der Wohnbaracke war es dunkel und still.

Um ein Haar hätte er die Party wieder verlassen, als er auf den Hof kam und Morgan erblickte. Doch dann hatte er sie aus einer versteckten Ecke eine Stunde lang beobachtet und sofort erkannt, daß sie sich langweilte. Morgan hatte noch nie viele

Menschen um sich herum ertragen können. Sie hatte sich am wohlsten gefühlt, wenn sie allein gewesen waren – nur sie beide. Er hatte auch registriert, wie Gordon in der Rolle ihres Beschützers immer in ihrer Nähe blieb, sie nie aus den Augen verlor. Es war offensichtlich, daß der Mann in sie verliebt war. Aber als er – Seth – Morgans Gesicht studierte, erkannte er, daß sie Gordons Liebe nicht erwiderte. Er wußte nicht, ob er sich darüber freuen oder das bedauern sollte. Denn ein Teil in ihm wollte, daß sie glücklich war – und wenn es sein eigenes Unglück bedeutete –, doch der andere, egoistische Teil verlangte natürlich, daß sie nur ihm gehören sollte.

Wo war dieser Adam, den Gordon ihm gegenüber erwähnt hatte? Gordon hatte gesagt, das Fest fände für Morgan und Adam statt. Vielleicht liebte sie Adam. Adam! Was war das für ein Mann?

Seth blickte zu den Sternen auf. Er hatte das Gefühl, als habe er ein Gefecht in der Schlacht um Morgan gewonnen, aber es hatte ihn viel Kraft gekostet. Er fürchtete sich vor dem Ausgang des nächsten Treffens. Dies war ein Kampf um sein Leben.

33

Es war noch früh am nächsten Tag, als Morgan ihren Sohn gegen ihre Schlafzimmertür trommeln hörte. »Mama, essen. Mama, essen. Pferd!«

Schlaftrunken stieg Morgan aus dem Bett und öffnete ihm die Tür.

Immer noch mehr schlafend als wach, taumelte sie zu ihrem Bett zurück. Adam lief vor ihr her, erreichte es vor ihr und hüpfte nun auf die Matratze. »Pferd, Pferd!« rief er. »Gor, Pferd!«

Morgan lächelte über dieses Energiebündel, das sie auf die Welt gebracht hatte. »Nun, mein redseliger kleiner Sohn, wenn ich dein Geplapper richtig deute, möchtest du mit Gordon ausreiten?«

Adam blickte sie mit einem strahlenden Lächeln an. »Du kleiner Treibauf! Wenn auch alle anderen auf dieser Ranch an deinen Lippen hängen und bei jeder Silbe, die du stammelst, sofort springen, um dir deinen Wunsch zu erfüllen – ich tue das nicht!« Sie griff nach ihm und erwischte den Zipfel seines Nachthemds. Adam fiel auf das Bett hinunter und lachte hilflos.

Gordon, der den Lärm in Morgans Zimmer hörte, kam an die offene Tür, um nachzusehen, was dieses Getümmel zu bedeuten hatte. Als er Morgan und Adam auf dem Bett spielerisch miteinander kämpfen sah, mußte er lachen. Doch in der nächsten Sekunde wurde er ernst, und in seine Augen trat ein Ausdruck des Verlangens. Morgan trug ein dünnes Musselin-Nachthemd, das sich eng um ihren Körper spannte und ihre schlanken, glatten, goldfarbenen Beine freiließ. Als sie Adam an sich zog, zeichneten sich ihre festen, runden, überaus reizvollen Brüste unter dem Stoff ab. Gordon spürte, wie sich Schweißperlen auf seiner Oberlippe bildeten.

Als Morgan merkte, daß noch jemand im Zimmer war, drehte sie sich um. Sie sah Gordon und folgte seinem Blick zu ihren nackten Beinen. Hastig zog sie die Zudecke über ihren Körper.

»Guten Morgen«, murmelte sie, während Adam vom Bett kletterte und zu Gordon lief. Dieser grinste und blickte auf den Kleinen hinunter. »Guten Morgen. Du bist ein beneidenswert glücklicher Mann, Adam. Ich möchte auch mal morgens zu deiner Mama ins Bett kriechen.«

Morgan blickte ihn erschrocken an. Er hatte bisher noch nie so etwas gesagt.

Als er, mit Adam auf dem Arm, sich anschickte, das Zimmer zu verlassen, sah er noch einmal lächelnd zu ihr zurück. »Du solltest den Mund lieber wieder zumachen, so schön er auch ist, Morgan.«

Bis sie so weit war, daß sie zum Frühstück hinuntergehen konnte, hatte Gordon Adam bereits angezogen, Brot und Käse eingepackt und mit dem Kind das Haus verlassen. Sie setzte sich allein an den Frühstückstisch und versuchte sich nicht daran zu erinnern, daß Seth sich irgendwo auf der Ranch befand.

»He! Gordon bringt heute Adam mit auf die Weide!« riefen sich die Männer in der Wohnbaracke gegenseitig zu. Während sie alle durch die Vordertür ins Freie drängten, wählte Seth die Hintertür. Er wollte das Zusammentreffen mit Morgans Liebhaber so lange wie möglich hinausschieben. Sein Pferd scheute, als er ihm wütend den Sattel überwarf. Natürlich hatte sie jedes Recht dazu, sich einen Liebhaber zu nehmen, nachdem er sie so niederträchtig behandelt hatte.

Aber sie war seine Frau!

Wer dieser Adam auch sein mochte – er würde mit Seth um Morgans Liebe kämpfen müssen! Und Seth war jedes Mittel recht, mit dem er den Kampf gewinnen konnte.

»Dave, sind Sie im Stall?«

Seth wollte jetzt nicht mit Gordon reden. Vermutlich verlangt er von mir, daß ich diesem Bastard die Hand geben soll. Wenn es so ein schöner geschniegelter Bursche ist, könnte es passieren, daß ich ihm die Faust so heftig auf die Nase knalle, daß ihm der Kopf wegfliegt. Und sollte er doppelt so groß und breit sein wie ich, bekommt er eben zweimal die Faust ins Gesicht!

»Dave – da sind Sie ja! Da ist jemand, dem ich Sie vorstellen möchte. Das ist der *wahre* Boß der ›Drei Kronen‹. Das Wort dieses Mannes ist hier Gesetz.«

Jetzt weiß ich bestimmt, daß ich ihm die Faust ins Gesicht knalle, dachte Seth. Langsam, mit zuckenden Wangenmuskeln, drehte er sich um und erblickte *nur* Gordon.

»Adam.« Gordon sah nach unten und dann hinter sich. Er lachte, schwenkte herum und hob den Jungen vom Boden auf. »Das ist Adam Colter. Wie ich bereits sagte, ist er der wahre Boß der Ranch. Adam, das ist Dave Blake.«

Gordon sah von einem zum anderen. Sie sagten beide kein Wort. Der Mann und das Kind blickten sich mit einer unglaublichen Intensität an.

So ernst hatte Gordon den Jungen noch nie erlebt. Erst jetzt erkannte er, wie ähnlich sich die beiden sahen. Kein Wunder, daß Morgan im ersten Moment gedacht hatte, der Vater ihres Sohnes stünde vor ihr! Das Kind und der Mann hatten beide die gleichen tiefblauen Augen, das gleiche wellige Haar, wenngleich Adams Haare honigfarben waren und Daves Haare dunkler. Doch Adam würde eines Tages genauso groß und breitschultrig sein wie Dave Blake.

»Morgan hat recht.«

Ohne den Blick von Adam zu lösen, fragte Seth: »In welcher Hinsicht?«

»Nun, Morgan sagte, Sie sähen dem Vater des Jungen ähnlich. Sie könnten leicht für Vater und Sohn gelten.«

Seth schaute Gordon an und grinste, wobei er Grübchen zeigte wie Adam. »Tatsächlich? Also, mir gefällt der Junge über alle Maßen. Sie erlauben doch?« Er streckte Adam beide Arme entgegen.

»Sie werden damit nur kein Glück haben, Dave. In der Regel weicht der Junge mir nicht von der Seite. Wir beide sind nämlich fast unzertrennliche Kumpel.«

Adam stürzte sich, ohne einen Moment zu zögern, in Seths Arme. Dieser drückte ihn an sich und streichelte ihm die Wange.

»Jawohl, Sir, dieser Junge gefällt mir.«

Gordon straffte die Schultern. »Nun, wir müssen jetzt an die Arbeit gehen.« Seine Stimme klang kalt, obwohl er sich klarzumachen versuchte, daß der Junge sich wohl zu dem Mann hingezogen fühlte, weil sich beide so ähnlich waren. Er versuchte, die Ruhe zu bewahren, drehte sich um und sattelte sein Pferd. Und zum zweitenmal an diesem Morgen bekam ein Tier aus diesem Stall den Ärger seines Reiters zu spüren.

Seth trug den Jungen in die Morgensonne hinaus. »Nun, mein Sohn, du bist wahrhaftig eine Überraschung für mich. Und außerdem habe ich jetzt noch einen Grund, warum ich deine Mutter wiederhaben muß. Das wird keine leichte Aufgabe sein.«

Adam lächelte zu seinem Vater hinauf und streckte eine kleine Hand aus. »Pferd!«

Seth gab das Lächeln seines Sohnes zurück und küßte die kleine Hand, die der seinen so ähnlich war. »Nein, mein Sohn, ich bin kein Pferd. Obwohl dir das so gut wie gar nichts sagt – ich bin das, was man einen Daddy nennt. Kannst du das sagen – ›Daddy‹?«

»Da da.« Adam jauchzte vergnügt. Er war immer glücklich, wenn er ein neues Wort sagen konnte.

»Das ist gut genug.«

Gordon kam aus dem Stall und gesellte sich zu ihnen. »Adam, bist du so weit, daß ich dich aufs Pferd heben kann?«

Adam blickte ihn lächelnd an, blieb aber bei Seth stehen. »Da da«, sagte er.

Gordon sah ihn ein wenig ratlos an und lachte dann. »Sein erster Versuch, Ihren Namen auszusprechen, Dave. Morgan beklagt sich immer, daß keiner sich bemüht, ihm neue Wörter beizubringen. Sie wird sich freuen, wenn sie hört, daß er heute eines gelernt hat.«

»Hoffentlich haben Sie recht.«

Gordon nahm Adam, hob ihn in den Sattel und schwang sich dann hinter den Kleinen. Als Seth ebenfalls auf sein Pferd gestiegen war, lachte das Kind verschmitzt, suchte seinen Blick und warf sich ihm dann entgegen. Seth fing es auf und setzte es vor sich in den Sattel.

Gordon seufzte. »Es ist nicht einfach für mich, nicht eifersüchtig zu sein, wissen Sie? Seit einem halben Jahr ist Adam für mich fast so etwas wie ein leiblicher Sohn gewesen. Zuweilen wollte er lieber bei mir als bei seiner Mutter bleiben.«

Seth versuchte, seiner Stimme einen unbefangenen Ton zu geben, und Gordon merkte nicht, wie sich dabei seine Hand um die Zügel krampfte. »Seine Mutter! Also, das ist eine Schönheit. Was für ein Gefühl muß es sein, sie seit sechs Monaten als Frau an seiner Seite zu haben.«

Wieder seufzte Gordon. »Nun, so wie Sie sich das vorstellen, ist es nicht. Morgan ist da sehr eigenwillig. Sie hat... Probleme... den Vater des Jungen betreffend. Doch eines Tages... vielleicht. Ich muß sehr behutsam bei ihr vorgehen. Wenn ich sie für mich gewinnen möchte.«

»Ich meine, mit so einer schönen Witwe unter einem Dach zu wohnen, wäre der Wunschtraum eines jeden Mannes.«

»Ein Wunschtraum. So ist es. Aber mehr nicht. Oh – und Morgan ist gar keine Witwe. Sie ist nach dem Gesetz noch immer eine verheiratete Frau.« Gordon schickte sich an, sein Pferd zu wenden, sah dann aber noch einmal zu Seth zurück. »Ich muß genauso töricht sein wie Adam. In der Regel spreche ich nie mit meinen Weidereitern über meine Privatangelegenheiten.«

»Ich danke Ihnen für Ihr Vertrauen.«

»Also, hier trennen sich nun unsere Wege. Sie arbeiten heute mit Boyd, und ich führe einen anderen Trupp. Adam, bist du jetzt bereit, mit mir zu reiten?«

Adam drückte seinen Rücken noch fester gegen Seth. »Da da.« Gordon zuckte mit den Achseln.

»Sieht so aus, als müßten Sie ihn heute behalten.«

»Mit Vergnügen.« Seths Hand ruhte auf dem Knie des Jungen. »Ich wüßte nicht, mit wem ich den Tag lieber verbringen würde als mit ihm.«

»Ich bin mir nicht sicher, ob sie sich im Klaren sind, was Sie sich da aufgehalst haben. Wenn er müde wird, kann er eine richtige Plage sein. Im Augenblick fühlt er sich wohl, aber...«

Seth strich dem Kleinen über die Haare. »Sie brauchen keine Angst zu haben. Ich werde auf ihn aufpassen, als wäre er mein eigener Sohn.« Er trieb sein Pferd auf Boyd und dessen Trupp zu. Der kleine Körper seines Sohnes schmiegte sich an ihn, als würden sie sich schon seit Jahren kennen.

Die anderen Männer zeigten offen ihre Verwunderung, als sie den Neuen mit Adam vor sich im Sattel näher kommen sahen. Gordon ließ den Jungen doch sonst nie aus den Augen! Aber dann zuckten sie die Achseln. Dieser Dave Blake hatte so etwas Vertrauenerweckendes an sich, das offenbar auch der neunzehn Monate alte Adam spürte.

Seth blieb den ganzen Tag mit seinem Sohn zusammen. Es war richtig, daß ihm die Arbeit leichter von der Hand gegangen wäre, wenn er nicht auf Adam hätte aufpassen müssen, aber er war zu lange allein gewesen, um sich jetzt über ein bißchen mehr Arbeit zu beklagen. Ein Gefühl des Friedens erfüllte ihn, wie er es seit Jahren nicht mehr gekannt hatte. Es gab ihm die Kraft, sich Zeit zu lassen mit Morgan – geduldig darauf zu warten, daß sie ihm wieder vertraute. Er hatte jetzt Adam.

Morgan war den ganzen Tag über nervös. Kaum war sie in der Küche, schnitt sie sich schon in den Finger. Sie starrte auf die Wunde, ohne sie wirklich zu sehen, und ließ sie geistabwesend von Roselle verbinden. Später, als sie ein heißes Blech mit frischgebackenen Brötchen aus dem Ofen nehmen wollte, vergaß sie, einen Topflappen zu benutzen. Roselle strich ihr die verbrannte Haut mit kalter Butter ein und riet ihr dann, die Küche zu verlassen. Morgan starrte sie verständnislos an.

»Mrs. Colter, heute stimmt etwas nicht mit Ihnen. Gehen Sie ins Freie, reiten Sie oder lesen Sie, nur machen Sie eines nicht – hier in der Küche zu bleiben.«

Morgan band ihre Schürze ab und begab sich ins Wohnzimmer. Roselle hatte recht, mit ihr stimmte heute etwas nicht. Seth Colter war wieder in ihr Leben getreten. Sie wußte, daß er inzwischen Adam gesehen haben mußte. Was dachte er von seinem Sohn? Vielleicht merkte er nicht einmal, daß Adam sein Sohn war. Es wäre doch typisch für ihn, zu glauben, Adam wäre Joaquins Sohn. Oder Therons Sohn.

Den Lunch nahm Morgan allein ein, und das machte sie noch nervöser. Sie bat Donaciano, ihr Pferd zu satteln, und ritt dann zu ihrem Lieblingsplatz am Flußufer. Dort breitete sie eine Decke aus und wünschte sich, daß Adam jetzt bei ihr wäre, um sie abzulenken. Der Gedanke an ihn beschwor Visionen von dem Kind und Seth herauf, die sich gegenüberstanden. Was Seth wohl dabei empfand, wenn der Kleine Gordon ihm vorzog? Es war heiß, und es wimmelte nur so von lästigen Insekten am Ufer des Flusses. Morgan zog ihre Reitstiefel und ihre Strümpfe aus. Es dauerte nicht lange, und sie war eingeschlafen.

Sie erwachte und sah sich benommen um, da sie zuerst nicht wußte, wo sie sich befand. Ihr Körper war steif vom Liegen auf dem harten Boden. Die Sonne stand niedrig am Horizont, und es war höchste Zeit, ins Haus zurückzukehren. Hastig versuchte sie, ihre Haare hochzustecken, gab dann aber ihre Bemühungen auf. Sie zog die Spangen wieder heraus und steckte sie in ihre Tasche.

Morgan ritt im Galopp zum Haus zurück. Dort warf sie Donaciano die Zügel ihrer Stute zu und sagte atemlos: »Würdest du sie bitte für mich abreiben und versorgen? Ich habe mich verspätet – Gordon muß jede Minute mit Adam zurückkommen.«

Donaciano war bereit, alles für seine junge Herrin zu tun, wenn sie ihn so anlächelte wie jetzt.

Sie war schon auf dem Weg zum Haus, als eine Hand sich auf ihren Arm legte und sie zurückhielt. Morgan blickte hoch – direkt in Seths schimmernd blaue Augen. Seine Finger schienen auf ihrer Haut zu brennen und schickten kleine Schauer über ihren Rücken. Sie sahen sich an, und plötzlich war alles um sie herum vergessen. Nur noch sie beide existierten auf der Welt. Seths Hand glitt zu ihrem Nacken und liebkoste sie. Morgans Lider wurden schwer. Es war schon so lange her, seit... Sie riß die Augen abrupt wieder auf. Er starrte sie mit einem trägen Lächeln an. Einem selbstgefälligen Lächeln, wie sie fand. Sie machte einen Schritt von ihm weg, doch er hielt sie mühelos fest.

»Da sind Sie ja, Dave. Ich habe mich schon gewundert, wo Sie geblieben sind.« Gordon blickte von Seth zu Morgan, und Seth ließ sie los. Sofort spürte Gordon die Spannung, die zwischen den beiden herrschte.

»Mrs. Colter ist mit uns zusammengestoßen, als sie aus dem Stall lief.«

Erst in diesem Augenblick entdeckte Morgan ihren Sohn, der in den Armen seines Vaters schlief. Der Junge hatte den Kopf an Seths Schulter gebettet und lächelte im Schlaf. Sie blickte Gordon erschrocken an.

»Ich weiß. Es ist unglaublich, wie rasch sich Adam an Dave gewöhnt hat. Er klebt an ihm wie eine Klette und hat den ganzen Tag mit ihm verbracht, obwohl ich immer wieder versucht habe, ihn Dave abzunehmen. Aber er wollte sich einfach nicht von ihm trennen. Und wie die beiden sich angesehen haben – als würden sie sich schon ein Leben lang kennen.«

»Ich fürchte, der Junge ist erschöpft. Wenn Sie mir sein Zimmer zeigen, bringe ich ihn ins Bett.« Seths Lächeln machte sie wütend. Er war so unglaublich von sich überzeugt, nur weil Adam ihn mochte! Aber Adam war eben noch ein dummer kleiner Junge. Er hatte keine Ahnung, wieviel Falschheit und Tücke es auf der Welt gab. Morgan gab sein Lächeln mit eisigem Blick zurück. »Mr. Blake, nicht wahr? Ich bin durchaus in der Lage, meinen Sohn selbst ins Bett zu bringen. Adam.« Der Kleine öffnete nur kurz die Augen, und als er seine Mutter erkannte, kam er freiwilig zu ihr, und sie trug ihn ins Haus.

Gordon blickte ihr verwundert nach. So unhöflich hatte er sie noch nie erlebt.

»Dave, ich muß mich für Morgan entschuldigen. So schroff hat sie noch keinen behandelt. Das ist eigentlich nicht ihre Art. Im Gegenteil – sie ist eine besonders warmherzige Frau.«

»Sie müssen sich doch nicht entschuldigen, Sir. Sie scheint mich eben nicht sonderlich zu mögen. Vielleicht sollte ich lieber auf Ihre Einladung zum Abendessen verzichten.«

»Nein, bitte nicht. Ich bin Ihnen das schuldig, weil Sie den ganzen Tag so gut auf Adam aufgepaßt haben. Ich weiß, daß es nicht einfach ist, sein volles Arbeitspensum zu erfüllen und zugleich noch ein so aufgewecktes Kind zu beaufsichtigen. Nebenbei bemerkt – der Vormann hat mir erzählt, Sie hätten für zwei geschuftet und wüßten auch ganz genau, was Sie täten.«

»Es scheint, daß ich mit Tieren und Kindern viel besser zurechtkomme als mit Frauen.« Die beiden Männer lachten.

»Nun, ich verlasse mich da ganz auf Adam. Wenn er jemanden mag, ist der Betreffende mir ebenfalls willkommen. Und nun wollen wir uns erst mal waschen.«

34

Morgan begann ihren Sohn auszuziehen. Er war schmutzig und brauchte ein Bad, aber sie wollte ihn nicht in die Wanne stecken, da er schon fast wieder schlief. Sie wusch ihm das Gesicht und die Hände und streifte ihm das Nachthemd über. Er runzelte kurz die Stirn und zuckte mit den Lidern, als sie seine Arme zu heftig bewegte.

»Tut mir leid, mein Schatz.« Sie küßte ihn auf die Wange. Zum Henker mit Seth! Warum mußte er zurückkommen? Jetzt, wo er Adam gesehen hat, wird er niemals in eine Scheidung einwilligen. Ich werde nie mein eigenes Leben führen können.

Vielleicht wollte er das Geld haben – das Geld, das sie ihm angeboten hatte, wenn er sie heiratete. Aber irgendwie hatte sie das Gefühl, daß das nicht der Grund für sein Auftauchen war.

Morgan legte Adam ins Bett, steckte die Decke um ihn fest, strich ihm die Haare aus der Stirn und küßte ihn. Sie blieb eine Minute neben seinem Bett sitzen und beobachtete ihren schlafenden Sohn. Er war ein solcher Wirbelwind, daß man die Augenblicke, wo man ihn in Ruhe betrachten konnte, ausnützen mußte.

Dann ging sie in ihr Zimmer, um sich für das Dinner umzuziehen. Sie wählte ein meergrünes Kleid, ein Geschenk von Theron. Er hatte es ausgesucht, weil es so gut zu den Jade-Kunstschätzen in ihrem Zimmer gepaßt hatte. Sie ließ ihre Haare offen über die Schultern fallen und hielt sie mit einem Band aus der Stirn zurück, das die gleiche Farbe hatte wie ihr Kleid. So, wie es Gordon gern hat, dachte sie, während sie sich im Spiegel betrachtete. Und Seth – Nein! So etwas durfte sie nicht denken.

Dieser Abend war Gordons Abend. Sie würde heute besonders nett zu ihm sein. Sie würde Seth vergessen, seine lachenden Augen, seine Berührung. Ja, dieser Abend sollte der Anfang einer neuen Beziehung zu Gordon sein, und Seth Colter würde für immer aus ihrem Leben verschwinden.

Morgan begann, die Treppe hinunterzusteigen. Wenigstens

heute abend würde sie nicht von Seth belästigt werden. Sie konnte sich entspannen, den Abend allein mit Gordon genießen.

»Tut mir leid, daß ich mich verspätet habe, Gordon. Ich mußte erst Adam ins Bett bringen. Er war so müde, nachdem er den ganzen Tag mit diesem schrecklichen Mr. Blake verbracht hatte.«

»Morgan!« sagte Gordon in scharfem Ton. »Wir haben einen Gast.« Seine Blicke warnten sie davor, weiterzusprechen.

Nun wurde Seths große Gestalt im Durchgang zum Eßzimmer sichtbar. Seine Augen sahen sie belustigt an. Bei seinem Lächeln zeigten sich die Grübchen in seinen Wangen. Er amüsierte sich offenbar, weil sie rot geworden war vor Verlegenheit!

»Es tut mir leid, Mrs. Colter, wenn ich Ihrem Sohn durch meine Gegenwart so viel Ungemach bereite.«

»Ich bin sicher, Morgan hat das nicht so gemeint, Dave.« Gordon blickte sie hilfesuchend an. »Es ist nur...«

»Hättest du etwas dagegen, wenn wir jetzt gleich essen würden? Ich sterbe sonst vor Hunger.« Morgans Stimme war honigsüß, und sie erwiderte seinen Blick voller Zuneigung.

Er runzelte die Stirn. Das war doch gar nicht Morgans Art! Was war nur mit ihr los?

Sie betrat an seinem Arm das Eßzimmer und bemühte sich dabei, Seth den Rücken zuzudrehen.

»Es tut uns leid, daß wir noch unsere Arbeitskleidung tragen, aber wir kamen so spät zurück, daß wir keine Zeit mehr zum Umkleiden hatten.«

»Neben Mrs. Colter würden wir immer schäbig aussehen – selbst in unseren schönsten Kleidern.« Seth lächelte, als Morgan ihm einen wütenden Blick zuwarf.

»Ja, das ist wahr. Ich glaube nicht, daß ich dieses Kleid schon einmal gesehen habe. Ist es neu?«

»Nein. Mein früherer Arbeitgeber, Theron Shaw, hat es mir geschenkt.«

Seth setzte eine unbeteiligte Miene auf und nippte an seinem Weinglas.

So standen die Dinge also – es war ihm egal. Nun, er war ihr ebenso gleichgültig.

Sie warteten schweigend, bis Martin serviert hatte.

»Erzählen Sie uns doch etwas von sich, Dave. Sie sagten, Sie wären schon seit einigen Jahren im Westen?«

»Ja, Mr. Blake, erzählen Sie uns etwas aus Ihrem Leben. Sie müssen eine Menge *sehr* interessante Dinge gemacht haben.« Morgans Stimme troff vor Sarkasmus.

Gordon räusperte sich verlegen. Sie ging entschieden zu weit, auch wenn sie diesen Mann nicht mochte. Er mußte sie deswegen nach dem Essen zur Rede stellen. Es gefiel ihm nicht, wenn ein Gast schlecht behandelt wurde.

Sie übersah die warnenden Blicke, die er ihr zuwarf.

»Da gibt es eigentlich nicht viel zu erzählen. In den letzten zweieinhalb Jahren habe ich auf den Goldfeldern in Kalifornien gearbeitet.«

»Den Goldfeldern! Ich habe schon mehrere Männer durch das Goldfieber verloren. Einmal dachte ich sogar selbst daran, dort mein Glück zu versuchen«, meinte Gordon.

»Es ist kein angenehmes Leben. Schmutzig. Und zuweilen ist die Arbeit kaum noch zu ertragen.«

»Ihnen scheint dieses Leben aber gefallen zu haben. Sie sind ja über zwei Jahre dabei geblieben. Das ist eine lange Zeit. In zwei Jahren kann eine Menge passieren«, stellte Morgan fest.

»Ja, ein ganz neues Leben kann in dieser Zeit erschaffen werden.«

Sie wußte, daß er damit Adam meinte. Er hatte das, was sie ihm mit ihren Worten sagen wollte, nicht begriffen. »Die Menschen können ein neues Leben beginnen, wenn sie das alte hinter sich zurücklassen.«

Seth lächelte nur.

»Also, dieses Gespräch wird zu tiefsinnig für meinen schlichten Indianerverstand.«

»Indianer?«

»Also jetzt habe ich doch tatsächlich unser Familiengeheimnis ausgeplaudert. Meine Mutter ist eine Comanchin. Aber ich weiß wenig über die Lebensweise meiner Vorfahren. Meine

Mutter verließ mich, als ich noch ein Baby war, und kehrte zu ihrem Volk zurück.«

Morgan sah mit einem zärtlichen Blick zu Gordon hoch. »Aber es gibt Zeiten, wo du einen sehr überzeugenden Indianer abgibst, Himmelsauge.« Ihre Stimme war wie eine Liebkosung.

Er gab ihren Blick verwirrt zurück. Man hätte glauben können, hier tausche ein Liebespaar zärtliche Erinnerungen aus. Er lachte, aber es klang etwas gezwungen.

»Was ist das für eine Nachspeise?« wechselte Seth das Thema. *»Babas au rhum«*, murmelte sie.

»Ah, ja, jetzt erinnere ich mich.«

»Sind Sie mit der französischen Küche vertraut, Dave?«

»Ja, ein wenig. Ich hatte vor Jahren Gelegenheit, sie einige Wochen lang zu genießen. Ich fand großen Gefallen daran.«

»Morgan plant jedes Menü, das bei uns auf den Tisch kommt, und oft bereitet sie die Speisen dafür sogar selbst zu. Sie sollten mal ihr Frühstück probieren – köstlich, sage ich Ihnen.«

»Ich würde zu gern ein Frühstück mit Mrs. Colter teilen.« Seths Blicke glitten von ihrem Gesicht zu ihren Brüsten.

Morgan lief ein Schauer über den Rücken. Er hatte kein Recht dazu, sie so anzusehen! Sie hatte plötzlich das Gefühl, als säße sie ganz nackt hier am Tisch. Sie sah zu Gordon hin, um festzustellen, ob er etwas gemerkt hatte, aber er kostete gerade die Nachspeise und schaute auf seinen Teller.

Endlich hatten sie die Mahlzeit hinter sich gebracht, und Morgan spürte, wie ihr Körper fast schmerzte vor Anspannung. Sie wollte jetzt allein sein, sich erholen.

»Hätten Sie Lust auf einen Brandy und eine Zigarre, Dave?«

»Ja, gerne.«

»Morgan, möchtest du uns dabei Gesellschaft leisten?«

»Nein. Ich denke, ich werde im Hof noch eine Tasse Tee trinken. Es ist kühler dort draußen. Wenn Sie mir den Tee dort servieren würden, Martin?«

»Morgan hat recht. Es ist ein wunderschöner Abend.«

»Dann wird Mrs. Colter vielleicht erlauben, daß wir uns ihr anschließen.«

»Ja, Morgan – du gestattest doch!«

Es wollte ihr kein akzeptabler Vorwand einfallen, um den Männern ihre Bitte abzuschlagen. Also gingen sie zu dritt in den Hof hinaus. »Der Himmel ist hier so klar, die Sterne so hell. Wenn mir sonst nichts an Neu-Mexiko gefiele – seinen Nachthimmel liebe ich über alles«, sagte Gordon begeistert.

»Sie scheinen aus Erfahrung zu sprechen.«

Morgan fuhr zusammen. Seths Stimme war so nah – zu nahe. Sie konnte fast seinen Atem an ihrem Hals spüren.

»Haben Sie denn auch im Osten gelebt?«

»Ein paar Jahre sogar – unglücklicherweise. Mein Vater hat mich nach Harvard geschickt.«

»Wirklich? Dann waren Sie vermutlich der erste Indianer, der akademische Würden in Harvard erlangte!«

»Ich bin überzeugt, daß ich der einzige bin, aber da sie dort nie etwas von meiner Mutter erfahren haben, konnte ich diese Tatsache wohl schwerlich an die große Glocke hängen.«

Seth lachte leise und tief – ein Lachen, an das Morgan sich nur zu gut erinnerte.

»Ich bin überzeugt, daß man an der Ostküste genauso über die Indianer denkt wie hier!«

»Ja. Jeder kleine Mann braucht jemanden, den er hassen kann. Dave, würden Sie Morgan bitte ein paar Minuten Gesellschaft leisten? Ich möchte gern nach oben gehen, um nach Adam zu sehen.«

»Ich werde das machen, Gordon. Ich sehe nicht ein, daß du...«, beharrte Morgan.

»Ich will aber nach ihm schauen. Schließlich habe ich den ganzen Tag über keine Gelegenheit dazu gehabt, weil Dave den Jungen völlig für sich beanspruchte.«

Sie sah Gordon nach, als er ins Haus ging. In der Dunkelheit konnte sie nur seine Umrisse erkennen. Sie suchte verzweifelt nach Worten. »Als wir Gordon das erste Mal sahen, war er wie ein Indianer gekleidet. Ich war zu Tode erschrocken, als er plötzlich vor uns stand, aber Adam fürchtete sich überhaupt nicht vor ihm. Er mochte ihn sofort. Manchmal begleitet er lieber Gordon, als bei mir zu bleiben.« Ihre Stimme war schrill, die Worte überschlugen sich. Sie zwang sich dazu, einen Schluck von ihrem Tee zu nehmen. Warum sagt *er* denn nichts? Er ist hierher gekommen, um mich zu bestrafen. Warum bringt er das nicht endlich hinter sich?

»Es ist ein feiner Junge, Mrs. Colter.«

Mrs. Colter! Warum ließ er denn die Maske nicht fallen, wenn sie allein waren?

»Ich glaube, daß Gordon in wenigen Minuten zurückkommen wird, und ich muß morgen früh sehr zeitig aufstehen. Wir wollen ein paar Mustangs einfangen. Wenn Sie mich also entschuldigen wollen... Das Dinner war köstlich und Ihre Gesellschaft überaus angenehm. Gute Nacht, Mrs. Colter.«

Morgan hatte es die Sprache verschlagen. Sie sah Seth nach, als er durch den Hof ging. Was für ein kühles Verhalten. Gute Nacht, Mrs. Colter! Also wirklich!

Was suchte er hier? Warum war er zurückgekommen? Weshalb war er so feige, daß er nicht einmal wagte, ihr zu sagen, was er hier wollte? Sie stellte die Teetasse beiseite, verließ den Hof und begab sich auf ihr Zimmer, wo sie sich auszuziehen begann. Sie würde mit aller Macht gegen Seth kämpfen, schwor sie sich, als sie unter die Zudecke schlüpfte.

Ein Klopfen an der Tür schreckte Morgan auf, und ihr Herz begann heftig zu pochen. »Herein.« Ihre Stimme bebte leicht. Als sie Gordon sah, beruhigte sie sich wieder.

»Fehlt dir etwas, Morgan? Als ich wieder in den Hof hinunterkam, wart ihr beide gegangen.«

»Mit mir ist alles in Ordnung, Gordon.«

»Du hast dich über ihn geärgert, nicht wahr?« Seine Stimme klang gereizt. »Hat er sich schlecht benommen, als ich oben bei Adam war?«

»Nein. Er war der perfekte Gentleman.«

Er schaute ihr einen Moment lang forschend in die Augen und schien dann erleichtert aufzuatmen. »Gut. Ich mag Dave. Er ist ein erfahrener Weidereiter, und die Männer haben ihn gern. Weißt du, heute kam es zwischen ein paar von den Leuten zu einer Schlägerei. Tim hat uns das gemeldet, doch ehe Boyd und ich eingreifen konnten, hatte Dave nicht nur den Streit geschlichtet, sondern die Kampfhähne sogar zum Lachen gebracht. Boyd haben die Männer noch nie so respektiert wie Dave. Und Adam himmelt ihn an.«

»Bitte, Gordon, ich habe es satt, mir anhören zu müssen, was für ein Ausbund von Tugend dieser Mann ist.« Gordon starrte sie entgeistert an. Wenn sie nicht vorsichtiger war, würde er bald mehr erraten haben, als ihr recht sein konnte. »Tut mir leid. Ich bin froh, daß du und Adam ihn mögt. Ich brauche eben ein bißchen mehr Zeit, bevor ich jemandem wirklich traue.«

Er lächelte. »Du kannst dir dazu so viel Zeit nehmen, wie du willst.« Gordon küßte sie auf die Stirn. »Eigentlich sollte ich ja froh sein, daß du ihn nicht magst. Ich hatte nämlich schon immer Angst, daß du Seth Colter, wenn er jetzt durch diese Tür käme, sofort in die Arme fallen würdest. Es tut mir gut, zu erleben, daß du einen Mann verabscheust, nur weil er Seth ähnlich sieht. Gute Nacht.«

Seth fand in dieser Nacht kaum Schlaf. Die wenigen Minuten, die er mit Morgan allein in dem dunklen Innenhof verbracht hatte, waren die Hölle gewesen. Er hatte gehen müssen. Er hätte keine Minute länger bleiben dürfen, weil er sie sonst in die Arme genommen hätte.

Sie war die gleiche kleine Morgan, die er vor ein paar Jahren kennengelernt hatte, doch ihr Verhalten hatte sich inzwischen geändert. Sie sah den Leuten in die Augen. Sie hatte keine Angst mehr vor ihrem eigenen Körper. Sie versteckte ihn nicht mehr unter immensen Stoffmengen. Sie war jetzt eine wirkliche Frau, und, wenn das überhaupt möglich war, noch aufregender als früher.

Dennoch war es nicht Morgans liebliches Gesicht, das Seth vor Augen schwebte, als er endlich einschlief. Das Gesicht war viel kleiner, rund, und die Grübchen auf den Wagen konnte er gar nicht übersehen.

Morgan fühlte sich elend, als sie das Klopfen hörte. Sie schien die Augen kaum aufmachen zu können, und sie wollte das auch gar nicht. Sie hörte Adams Stimme auf dem Flur, und dann ging ihre Schlafzimmertür auf.

»Pferd!« Die Forderungen ihres Sohnes waren unmißverständlich. Sie drehte sich auf die andere Seite, und allmählich wurde das Bild von Gordon und Adam vor ihren Augen scharf.

»Eine Minute noch – und dann setze ich dich auf ein Pferd.«

Morgan runzelte die Stirn. »Er wird nie richtig sprechen lernen, wenn ihm keiner beibringt, daß er nichts verlangen kann, wenn er nicht darum bittet.«

»Du bist heute morgen nicht gerade gut gelaunt.«

»Das stimmt. Ich habe sehr schlecht geschlafen.« Sie schickte sich an, ihr Bett zu verlassen.

»Du bleibst liegen. Ich werde mich um Adam kümmern und Carol mit einem Frühstückstablett zu dir schicken.«

»Adam braucht ein Bad und...«

»Er macht sich nur wieder schmutzig bei den Pferden. Morgan! Du gehst ins Bett zurück, oder ich lege Adam zu dir unter die Decke.«

Sie lächelte. »Du hast gewonnen. Solche Torturen muß sich niemand gefallen lassen.«

»Gut. Du schläfst jetzt weiter, und Carol wird dir in ein paar Stunden ein Tablett heraufbringen.«

Sie versuchte wieder einzuschlafen, wußte aber schon nach wenigen Minuten, daß sie sich vergeblich bemühte. Also stand sie auf und zog sich hastig ihr Reitkleid an. Gordon und Adam wollten gerade aufbrechen, als sie herunterkam.

»Du willst ausreiten, Morgan?«

»Warum würde ich sonst wohl dieses Kleid angezogen haben?« Sie ging weiter auf die Eßzimmertür zu und blieb dann plötzlich stehen. »Tut mir leid. Ich wollte nicht so grob zu dir sein. Ja, ich habe daran gedacht, mir einen Lunch und ein Buch einzupacken und zum Fluß hinunterzureiten.«

»Das scheint mir eine gute Idee zu sein. Vielleicht fühlst du dich besser, wenn du eine Weile im Freien gewesen bist.«

»Ich fühle mich ganz ausgezeichnet! Ich bin nur...« Sie schloß rasch wieder den Mund. Es kam nichts Vernünftiges mehr heraus, wenn sie ihn öffnete.

»Ich möchte Adam heute noch einmal mit auf die Weiden nehmen. Das heißt, wenn er bei mir bleiben will und nicht wieder mit Dave reitet.«

Am liebsten hätte sie jetzt laut geschrien. Ihr Leben war mit den Taten von Seth Colter ausgefüllt. Er fing bereits an, Adam zu beherrschen, und Gordon hatte einen Narren an Seth gefressen. Sie preßte die Lippen zusammen. Egal, was sie sagte – es würde etwas Falsches sein. Morgan drehte sich zu Martin um. »Würden Sie bitte Roselle ausrichten, daß sie mir einen Lunch einpacken soll?«

Sie gab Adam einen Kuß zum Abschied, versprach ihm, daß sie ihn abends gründlich schrubben würde, und begleitete ihn und Gordon zur Haustür. Dann aß sie rasch ihr Frühstück, holte sich ein Buch, eine gesteppte Decke und den Korb für ihr Picknick. Wie gewöhnlich, hatte Roselle ihr Vorräte für mehrere Personen eingepackt.

Die frische Luft tat Morgan gut, und sie fühlte sich gleich viel besser. Am Fluß angekommen, breitete sie unter den Cottonwood-Bäumen ihre Decke aus und machte es sich mit ihrem Buch darauf bequem. Es war friedlich und still, nur das Zirpen der Vögel und Zikaden und das Murmeln des Wassers waren zu hören. Irgendwann wurden ihre Lider schwer, das Buch glitt ihr aus der Hand, und Morgan schlief ein.

Gordon drehte sich um und sah Dave auf seinem Pferd auf sich zukommen. Adam war an die Brust des großen Reiters geschmiegt. Gordon seufzte und fragte sich, ob er sich jemals an die Vorliebe des Jungen für Dave gewöhnen würde.

»Gordon, ich glaube, es wäre besser, wenn Sie Adam zu seiner Mutter zurückbrächten. Es sieht so aus, als ob zwei Tage hintereinander im Sattel zu viel für ihn wären.«

»Hm, ich kann jetzt nicht sofort zum Haus zurückreiten, ich muß hier noch was Wichtiges erledigen. Ich glaube auch nicht, daß Morgan im Haus ist, aber Carol kann Ihnen den Jungen abnehmen und sich um ihn kümmern. Moment! Morgan sollte unten am Fluß sein. Warum bringen Sie Adam nicht dorthin und lassen ihn bei seiner Mutter? Der Weg dorthin ist kürzer als zum Haus.«

Gordon beschrieb Seth den Weg zu Morgans Picknickplatz. Vielleicht würde Morgan den neuen Weidereiter schätzenlernen, wenn sie ihn erst besser kannte.

35

Seth zügelte sein Pferd auf der Anhöhe und blickte auf seine Frau hinunter. Sie schlief und ihre Züge waren ruhig und friedlich. Wie konnte sie nur einen Sohn geboren haben? Sie sah selbst noch aus wie ein Kind. Vorsichtig stieg er aus dem Sattel und nahm den schlafenden Adam auf den Arm. Er band sein Pferd an und ging leise den Hang hinunter. Er bettete den Kleinen neben seiner Mutter auf die Decke und ließ sich dann auf der anderen Seite neben ihr nieder.

Seth berührte vorsichtig eine Locke ihres schimmernden Haars und zog dann die Hand wieder zurück, als er merkte, daß Morgan die Augen geöffnet hatte und ihn anstarrte. Er las Mißtrauen darin, ja sogar Feindseligkeit. Ihm tat das Herz weh. Wie konnte er nur solche Gefühle in ihr geweckt haben?

»Ich habe Adam gebracht.« Er deutete mit dem Kopf auf das schlafende Kind, das rechts neben ihr lag. »Er war noch so müde von gestern, daß er heute den Tag nicht durchstehen konnte. Gordon hat mir gesagt, wo ich dich finden kann. Ich hoffe, du bist mir nicht böse, daß ich deinen Frieden gestört habe.«

Adam bewegte sich. Er rieb sich die Augen und kroch dann zu seiner Mutter. Sie hatte sich aufgesetzt und starrte Seth an. Ihr Sohn setzte sich zielstrebig auf ihren Schoß, blickte zu Seth hoch und lächelte. »Da da.«

Morgan erschrak.

»Er versucht vermutlich, ›Dave‹ zu sagen.«

Er spürte, daß sie ihm nicht glaubte, sondern wußte, er hatte Adam beibringen wollen, ›Daddy‹ zu ihm zu sagen.

»Danke, daß du ihn zu mir gebracht hast.« Sie sah zum Fluß hin. Ihr Herz klopfte.

»Essen!« Adam hatte den Picknick-Korb erspäht. »Hühn!«

Morgan lachte. »Ich glaube, das sollte Hühnchen bedeuten. Er lernt jeden Tag ein paar neue Wörter, aber zuweilen ist es nicht einfach, sie zu verstehen.« Sie schaute zu, wie Adam in dem Korb wühlte. Er quietschte vor Vergnügen, als er gefunden hatte, was er suchte. Stolz zeigte er seine Trophäe – eine gebratene Hühnerkeule.

Morgan wich Seths Blick aus. »Die meisten Kinder lernen zuerst ›Mama‹ oder ›nein‹ zu sagen, doch sein erstes Wort war ›essen‹. Ich fürchte, daß er das Wort ›nein‹ überhaupt nicht kennt.«

Scheu sah sie wieder zu ihm hoch. Seine Augen waren sanft. Sie spürte, wie ihre Kehle trocken wurde. Seth drehte sich Adam zu.

»Ich kann mir gar kein besseres Wort vorstellen als ›essen‹.«

Adam strahlte seinen Vater an. Gespräche, in denen sein Lieblingswort vorkam, gefielen ihm. Er drückte Seth seine Hühnerkeule in die Hand. »Essen!«

»Mir scheint, du hast den Test bestanden, wenn Adam bereit ist, mit dir sein Essen zu teilen.«

»Ich bin froh, daß ich *seinen* Test bestanden habe.« Sie blickte zur Seite. Es tat immer noch weh, wenn Seth ihr so nahe war. Hoffentlich würde sie ihn eines Tages wie jeden anderen anschauen können – ohne sich an die zärtlichen Stunden zu erinnern, die sie miteinander verbracht hatten. »Ich sehe schon, daß du zum Lunch bei uns bleiben mußt. Adam möchte dich nicht gehen lassen. Und er ist daran gewöhnt, seinen Willen zu bekommen. Er wird unausstehlich, wenn man versucht, ihm etwas abzuschlagen.«

Seth seufzte. Adam benützte den gleichen Trick wie er, wenn er etwas von seiner Mutter haben wollte. Morgan schmolz dahin, wenn ihr Sohn sie so anlächelte.

»Ich bin froh, daß Adam mich haben will.«

Sie mußte sich beherrschen, um ihn nicht anzuschreien: »Was treibst du für ein Spiel mit mir? Warum diese Höflichkeiten? Warum sagst du mir nicht klipp und klar, was du von mir verlangst, und läßt mich dann in Frieden?«

Seth packte den Picknick-Korb aus, und Adam griff nach der Zinnflasche, die sein Vater in der Hand hielt.

»Sag mir erst, was du haben möchtest, Adam.«

»Milch«, sagte Adam mit leuchtenden Augen.

Da mußte Morgan lachen. »Das habe ich mir doch gedacht. Sein Wortschatz ist bestimmt so gut wie meiner. Er ist nur zu faul, ihn zu verwenden. Ich bin froh, wenn ihn jemand dazu zwingt, sich richtig auszudrücken.« Morgan aß schweigend ihren Lunch und hörte zu, wie Seth ihrem Sohn neue Wörter beibrachte.

Plötzlich sprang Seth unvermittelt auf und sagte: »Ich muß zurück an meinen Arbeitsplatz. Vielen Dank für das Essen.« Er ging ein paar Schritte den Hügel hinauf, wo er sein Pferd angebunden hatte, und sah dann auf Adam zurück, der ihn gespannt beobachtete. Seth ließ sich auf die Knie fallen und streckte die Arme aus. »Gibst du Dada einen Kuß?« Adam rannte zu ihm, und Seth küßte ihn auf die Wange. »Du paßt auf deine Mama auf. Wir sehen uns später wieder.«

Er tippte kurz mit dem Finger an seine Hutkrempe, und als er Morgan ansah, hatte sie das Gefühl, als wäre sie nackt. Hastig drehte sie ihm den Rücken zu.

Beim Abendessen redete Gordon die ganze Zeit von Dave. Es schien, als würde sie nur noch mit Lobsprüchen auf Seth bombardiert. Morgan mußte an sich halten, damit sie ihm nicht die Wahrheit über Seth Colter ins Gesicht schrie.

Sie war froh, daß Seth heute nicht an ihrem Dinner teilnahm, sah aber ständig über den Tisch zu dem Platz hin, wo er gestern gesessen hatte. Als sie Roselles *bœuf bourguignon* kostete, fragte sie sich, ob Seth auch ordentliche Mahlzeiten bekam. Der Koch, der für die Mannschaft angeheuert war, erinnerte sie an Jake. Er kochte mit Vorliebe Pferdebohnen, zu denen er Maisbrot servierte. Aber was kümmerte sie das? Von ihr aus konnte Seth verhungern. Geschähe ihm nur recht!

Morgan ging früh zu Bett und schlief rasch ein. Sie nahm das

Bild von Seth mit hinüber in den Schlaf, als er sich auf dem Abhang hinkniete und die Arme nach seinem Sohn ausstreckte.

Dann sah sie Seth drei Tage lang nicht. Und Morgan redete sich ein, daß sie nicht ausgeschlafen habe und das der Grund sei, warum sie jedesmal zusammenzuckte, wenn die Tür aufging. Sie versuchte, sich jeden Gedanken an Seth zu verbieten. Aber es gab Zeiten, wo sie sich dabei ertappte, wie sie ins Leere starrte und sich daran erinnerte, wie er zu Pferde saß. Dann verfluchte sie ihn und wünschte sich, daß er nie mehr aufgetaucht wäre, weil er nur Unruhe in ihrem Leben stiftete.

Nachts schlief sie jetzt schlecht und las oft bis in den frühen Morgen hinein. Und sie konnte ihre nervöse Anspannung immer weniger vor den anderen verbergen.

Eines Morgens stand sie schon früh am Ofen, um *madeleines* für Adam und Gordon zu backen. Sie hatte in dieser Nacht kaum geschlafen, und ihre Augen waren von dunklen Schatten umgeben. Es war heiß in der Küche, da beide Herde brannten, und Morgan wurde schwindlig. »Warum gehen Sie nicht eine Weile nach draußen? Nehmen Sie Ihr Pferd und reiten Sie zum Fluß.«

»Das kann ich mir nicht erlauben, Roselle. Ich habe zuviel zu tun und muß nebenbei noch auf Adam aufpassen.«

»Adam ist kein Problem. Ich habe fünf Kinder großgezogen. Da werde ich doch wohl noch mit einem so kleinen Jungen fertig! Sie gehen jetzt an die frische Luft. Sie sehen gar nicht gut aus.«

»Ja, ein Ritt könnte mir gut tun. Ich werde hinaufgehen und mich umziehen.«

Roselle lachte, legte Morgan die Hände auf die Schultern und schob sie zur Hintertür. »Sie brauchen sich nicht erst fein zu machen fürs Reiten. Sie befinden sich nicht in Kentucky, sondern in Neu-Mexiko, wo die meisten Frauen nicht mal zwei Kleider zum Anziehen haben. Steigen Sie so, wie Sie sind, auf Ihr Pferd und reiten Sie los.«

Morgan lächelte dankbar. »Sie haben recht, Roselle. Warum erst viele Umstände machen.«

Donaciano schlief noch in einer Box, als sie in den Stall kam. Leise, um ihn nicht zu wecken, führte sie ihre Stute ins Freie und legte ihr dort das Halfter an. Dann stellte sie sich auf ein Faß, um auf das Pferd zu steigen. Sie blickte sich rasch um, ob ihr niemand zusah, und schlug dann den Saum ihres Rocks nach oben, um ihn unter den Gürtel zu schieben. Nun konnte sie sich viel besser bewegen, weil der lange Rock sie nicht mehr behinderte. Schnell zog sie auch noch ihre Spangen aus dem Haar und ließ es locker über die Schultern fallen.

Morgan lenkte ihr Pferd zu dem Picknick-Platz am Fluß. Das letzte Mal war sie vor vier Tagen hier gewesen, als Seth ihr Adam gebracht hatte. Sie wollte diesen Platz nicht länger meiden. Seth sollte ihr nicht die Stellen verleiden können, die sie am liebsten hatte.

Sie glitt vom Rücken des Pferdes herunter und zog rasch ihre Schuhe und Strümpfe aus. Sie kühlte ihre Beine in dem eiskalten Wasser und knöpfte ihre Bluse bis zum Ansatz ihrer Brüste auf. Roselle hatte recht gehabt, sie aus dem Haus zu schicken. Hier, unter freiem Himmel, fühlte sie sich wohler. Sie lächelte hinauf zu den Zweigen der Cottonwood-Bäume, die das Licht der Sonne dämpften.

»Du solltest dein Pferd lieber festbinden.«

Morgan sprang auf die Füße. Ein paar Schritte von ihr entfernt befestigte Seth den Zügel der Stute an einem Ast.

»Wenn jemand die Stute erschreckt und sie dir durchgeht, hast du einen langen Fußmarsch in der Sonne vor dir, bis du wieder nach Hause kommst.«

»Was suchst du denn hier?«

»Ich komme morgens oft hierher. Mir gefällt der Platz.« Sein Blick fiel auf ihre offene Bluse. »Und die Aussicht, die man hier genießen kann.«

Sie spürte, wie ihr das Blut ins Gesicht schoß. »Was suchst du hier auf dieser Ranch? Was willst du von mir?« fuhr sie ihn heftig an.

»Ich will nichts von dir, was du mir nicht zu geben bereit bist«, gab Seth mit ruhiger Stimme zurück.

»Geben? Ich habe dir alles gegeben, was ich hatte, und du...«

Er sah sie traurig an. »Es tut mir leid. Ich werde wieder gehen. Ich wollte dich nicht stören.« Mit ein paar raschen Schritten war er aus ihrem Blickfeld verschwunden.

Morgan war den Tränen nahe. Sie hatte ein Gefühl, als habe sie eine Niederlage erlitten. Warum konnte er nicht zornig werden oder sie einfach in die Arme nehmen? Irgend etwas – nur nicht diese ständigen Höflichkeiten, diese dauernde Selbstverleugnung. Sie schluckte. Was war nur mit ihr los? Sie hatte doch beschlossen, ihn zu ignorieren, doch nun war sie es, die ignoriert wurde. Sie stieg wieder auf ihr Pferd und ritt eine Stunde lang ziellos umher, ehe sie ins Haus zurückkehrte.

Dort hörte sie Gordon in seinem Arbeitszimmer. Er schien verärgert. Morgan hatte ihn noch nie richtig ärgerlich erlebt. »Zum Kuckuck – was soll das heißen, ›daß Sie das schon immer tun wollten?‹ Warum haben Sie mir das nicht gleich gesagt, als Sie bei mir anheuerten?«

Ihre Hand flog zum Mund. »Seth«, flüsterte Morgan. Mühsam versuchte sie, ihre Fassung wiederzufinden. Gut, dachte sie. Er verläßt uns. Ich bin froh. Nun können Adam und ich ungestört unser Leben führen. Sie schickte sich an, die Treppe hinaufzusteigen, drehte sich aber rasch um, als die Tür des Arbeitszimmers aufging.

Gordon sah Boyd mit mürrischem Gesicht an, als dieser sich eine Rolle Geldscheine in die Hemdentasche stopfte. »Und ich möchte Sie hier nicht wiedersehen«, rief Gordon dem Vormann nach, als dieser zur Vordertür ging.

»Gordon, was ist passiert?«

»Goldfieber! Mein Vormann und drei meiner besten Männer haben heute morgen gekündigt. Sie wollten den Lohn für diesen Monat abholen.« Er machte eine resignierte Geste. »Ich frage mich zuweilen, ob es das überhaupt wert ist. Man bekommt einfach nicht genügend Helfer.«

Morgan legte ihm die Hand auf den Arm. »Das ist doch kein Weltuntergang. Du findest bestimmt ein paar neue Leute.«

»Sicher. Aber kaum sind sie eingearbeitet, bekommen sie

ebenfalls das Goldfieber und kündigen wieder. Du wirst es erleben. Moment!«

»Was ist denn?«

»Ich habe eine Idee! Ich bin zum Abendessen wieder hier.«

Er rannte aus dem Haus.

Morgan wollte Adam gerade ins Bett bringen, als Gordon ins Zimmer stürmte. »Ich habe soeben Dave als Vormann eingestellt.«

»Dave?«

»Du wirst doch wohl in drei Tagen Dave nicht schon wieder vergessen haben, oder?«

»Nein, natürlich nicht. Ich frage mich nur, ob es klug ist, jemanden als Vormann anzustellen, den du kaum kennst. Schließlich arbeitet er ja noch nicht mal eine Woche für dich.«

»Also – ich habe ihn genau beobachtet. Er arbeitet für zwei. Und Adam mag ihn – nicht wahr, mein Junge?« Das Kind streckte ihm seine Arme entgegen, und Gordon trug es zu seinem Bett und deckte es zu. Dann blies er das Licht aus und verließ mit Morgan das Zimmer.

»Ich habe Dave zum Abendessen eingeladen. Wir haben eine Menge zu besprechen. Das heißt – wenn es dir recht ist.«

»Warum sollte ich mir darüber Gedanken machen, was Mr. Blake tut oder nicht tut? Das ist nicht meine Sorge.«

Gordon blieb am Kopfende der Treppe stehen und blickte Morgan an. Im Zwielicht, das in der Halle herrschte, war sie besonders schön. Er küßte sie auf die Wange, und dann legte er die Arme um sie. Sacht berührte er mit dem Mund ihre Lippen.

Morgan wartete darauf, daß ihr Herz schneller zu schlagen anfing, daß ihr abwechselnd heiß und kalt wurde – so wie damals, wenn sie mit Seth einen Kuß tauschte. Aber sie spürte nichts bei Gordons Kuß. Er löste sich abrupt von ihr.

»Dave, ich habe Sie gar nicht hereinkommen hören.«

Morgan drehte sich um und sah Seth mit gerunzelter Stirn am Fuß der Treppe stehen. »Guten Abend, Mrs. Colter. Ich hoffe, es geht Ihnen gut.«

»Ausgezeichnet, Mr. Blake.« Sie sah Gordon dabei verliebt an. »Es könnte mir gar nicht besser gehen.«

Gordon führte sie die Treppe hinunter. Dann begannen er und Seth über die Ranch zu reden. Martin hielt einen Stuhl für Morgan bereit, und nachdem sie Platz genommen hatte, versuchte sie dem Gespräch der beiden Männer zu folgen, aber sie hatte wenig Ahnung von dem Arbeitsablauf auf der Ranch, und außerdem lenkte Seths Gegenwart sie von allem anderen ab. Krampfhaft vermied sie es, ihn anzusehen.

Sie merkte nicht, daß Seths Blicke immer wieder zu ihr gingen, und auch Gordon, dem das aufgefallen war, das Gespräch unterbrach und ebenfalls zu ihr hinüberschaute. Morgan saß stumm am Tisch und schob ihr Törtchen mit der Gabel hin und her. Sie hatte kaum etwas gegessen.

»Morgan?«

Sie erschrak, als sie Gordons Stimme hörte. Sie sah hoch – direkt in Seths lächelnde Augen. »Ich fürchte, wir benehmen uns nicht gerade höflich. Warum nehmen wir den Kaffee nicht im Hof ein?«

»Und was wird aus deiner geschäftlichen Besprechung?«

»Die kann warten. Dafür bleibt uns auch später noch Zeit. Ich möchte diese Stunde lieber in der Gesellschaft einer schönen Frau verbringen. Sie sind doch damit einverstanden, Dave?«

»Mehr, als Sie ahnen, fürchte ich.«

»Martin«, sagte Gordon, sich dem Butler zuwendend, »wir möchten den Kaffee gern im Hof serviert haben.«

»Gestatten Sie, Mrs. Colter?« Morgan blickte Seth mißtrauisch an, als er ihr seinen Arm bot. Sei nicht kindisch, schalt sie sich im stillen. »Aber gern.« Sein Arm war noch stärker und härter, als sie ihn in Erinnerung hatte. Sie spürte die Wärme seines Körpers und mußte daran denken, wie oft sie sich an ihn geschmiegt hatte, wenn sie nachts gefroren hatte, als sie unter freiem Himmel schliefen. Sie versuchte, tief und langsam zu atmen, damit sich ihr wild pochendes Herz wieder beruhigte.

»Geht ihr beiden schon mal voraus. Ich will ein paar Zigarren aus dem Arbeitszimmer holen.«

Im Hof war es ruhig und windstill; man hörte nur das Zirpen der Grillen. Sie zog ihre Hand unter Seths Arm hervor.

»Bist du hier glücklich, Morgan?« fragte er mit sanfter, behutsamer Stimme. Es war das erste Mal, daß er sie wieder mit ihrem Vornamen ansprach.

»Ja, das bin ich.« Sie zögerte. Da war jetzt kein Zorn in ihr. »Warum bist du hierhergekommen, Seth? Warum konntest du mich nicht in Ruhe lassen?«

Das Mondlicht schien seine Haare in Silber zu verwandeln. Sie blickten sich in die Augen. Keiner von ihnen hörte, wie Gordon näherkam und sich hastig wieder entfernte. »Ich will dich. So einfach ist das. Ich habe erkannt, daß ich ohne dich nicht leben kann – selbst wenn du mir etwas angetan hättest ...«

»Ich habe *nichts* Unrechtes getan!«

»Ich weiß das – jetzt. Ich habe deine Freundin Jessy auf den Goldfeldern getroffen, und sie hat mir alles erzählt. Ich habe die ganze Geschichte falsch verstanden.«

Morgan versuchte den Zorn, der jetzt in ihr aufbrandete, zu unterdrücken. »Moment – damit ich das nicht ebenfalls falsch verstehe. Sobald du entdeckt hast, daß ich nicht ... nicht das war, wofür du mich gehalten hast, bist du zu dem Entschluß gekommen, mich zurückzunehmen?«

»Nein, Morgan, das habe ich nicht gesagt. Ich hatte das bereits beschlossen, lange *bevor* ich Jessy kennenlernte. Ich wollte dich und brauchte dich und hätte dich sogar gekauft, wenn ...«

»Mich gekauft! Da hört sich doch ...« Sie schluckte den Rest des Satzes hinunter, als Gordon in den Hof trat.

»Es hat länger gedauert, als ich dachte«, entschuldigte er sich, bevor er Morgans wutentbranntes Gesicht und die bestürzte Miene von Seth bemerkte.

»Ich werde mich zurückziehen«, sagte sie schroff. »Ich bin müde. Gute Nacht, Gordon. Gute Nacht.« Sie sah Seth nicht an, bewegte nur kurz den Kopf in seine Richtung.

Die beiden Männer blickten ihr nach. »Dann schlage ich vor, daß wir in mein Arbeitszimmer gehen und unsere geschäftliche Besprechung fortsetzen, Dave«, sagte Gordon.

Morgan zog sich aus und sank nackt auf ihr Bett. »Dieser unausstehliche, abscheuliche Mensch bildet sich ein, ich... ich...« Sie rang nach Worten. »Er will mich wiederhaben! Nach allem, was ich durchgemacht habe! Nach dem ganzen Kummer, den er mir zugefügt hat, beschließt er, hierherzukommen und alles zu vergessen, was ich ihm ›angetan‹ habe! Wie großzügig von ihm...

Und warum das alles? Nur, weil ich versucht habe, sein Leben zu retten! Ich hätte Joaquin auslachen und zu ihm sagen sollen, er könnte meinetwegen mit Seth machen, was er will! Wie konnte ich mich nur in so einen Mann verlieben!«

Sie nahm eine Vase vom Nachttisch und schleuderte sie gegen die Schlafzimmertür. Das laute Geräusch, als die Vase zersprang, besänftigte sie ein wenig. »Zum Henker mit allen Männern bis auf meinen Sohn!«

Unten im Arbeitszimmer blickten Seth und Gordon zur Decke, als sie hörten, wie Porzellan zu Bruch ging, doch sie verloren darüber beide kein Wort.

Es war schon nach Mitternacht, als sie ihr Gespräch beendeten. Hinter der Tür von Morgans Schlafzimmer brannte kein Licht mehr, als Gordon in das obere Stockwerk kam. Alles war ruhig, und er begab sich in sein Zimmer und zog dort seine Jacke, seine Weste und seine Krawatte aus. Dann öffnete er den Hemdkragen und zündete sich eine Zigarre an.

Er mußte nachdenken. Er wußte nun, daß Seth Colter und Dave Blake ein und dieselbe Person waren. Es überraschte ihn nicht so sehr, wie er vermutet hatte. Denn alles hatte von Anfang an darauf hingedeutet: Morgans heftige Reaktion, als sie »Dave« am Abend der Party zum ersten Mal sah, ihre Nervosität und Gereiztheit und schließlich ihr Flirt mit ihm – Gordon –, aber immer nur in Seths Gegenwart.

Im Augenblick kämpfte sie noch gegen Seth, aber Gordon wußte, daß es nur eine Frage der Zeit war, bis ihre Leidenschaft für ihren Mann den Sieg über ihren Zorn davontrug.

Und wie stand es um seine eigene Liebe zu Morgan? Es gab immer noch Augenblicke, wo das Blut in seinen Schläfen pochte, wenn er sie nur ansah. Aber inzwischen tat das nicht mehr so weh wie früher. Tatsächlich hatte er sich, als er das letzte Mal in Albuquerque gewesen war, für eine von den jungen Damen interessiert, die er dort getroffen hatte. War es möglich, daß er sich in eine andere Frau verlieben konnte? Vermochte er über seine Liebe für Morgan hinwegzukommen? Ja, er war sich fast sicher.

Zunächst mußte er aber etwas unternehmen, um ihr zu helfen. Seth hatte ihr etwas Schreckliches angetan, als er ihr nicht glauben wollte. Aber das war keine unverzeihliche Sünde.

Was die beiden nun brauchten, war die Nähe des anderen, das ständige Beisammensein. Und er konnte das Werkzeug sein, das sie wieder zusammenbrachte. Schon morgen würde er die Sache in Angriff nehmen. Er würde Seth in dieses Haus holen. Es gab eine Verbindungstür zwischen Morgans Zimmer und dem Nachbarraum. Und dann war alles nur noch eine Frage der Zeit...

Seth hatte eine Stunde damit verbracht, sich für seine Ungeschicklichkeit zu verfluchen. Alles, was er zu ihr gesagt hatte, war das Falsche gewesen. Von jetzt an, beschloß er, lasse ich mich von ihr nicht mehr herausfordern. Ich werde nicht mehr versuchen, ihr die Gründe für mein Zurückkommen zu erklären. Ich werde nur noch über die Gegenwart reden.

Er würde ihr sagen, daß er sie liebte, sie begehrte, sie brauchte – immer und immer wieder. Aber Erklärungen würde es nicht mehr geben. Mit diesem Entschluß schlief er ein.

36

Gordon saß schon beim Frühstück, als Morgan ins Eßzimmer kam.

»Ich würde Adam heute gern mitnehmen, wenn du nichts dagegen hast«, sagte er. »Der Junge hat ja eine so große Zuneigung zu Dave gefaßt, und es ist unglaublich, wie ähnlich sich die beiden sehen. Als der Kleine Dave zum ersten Mal sah, ist er gleich zu ihm gegangen. Man sollte meinen, daß ein Kind so nur auf seinen Vater reagiert. Und du solltest mal sehen, wie Dave ihn in Schutz nimmt. Ich glaube manchmal, er würde sogar sein Leben für Adam opfern.«

»Ja, ja! Ich habe jetzt genug von dem großartigen Dave Blake gehört. Könnten wir vielleicht zur Abwechslung von etwas anderem reden?«

»Natürlich können wir das.« Morgan bemerkte nicht, wie Gordon mühsam ein Lächeln unterdrückte. »Erinnerst du dich an die Anwälte deines Vaters in Albuquerque, denen du einen Brief geschrieben hast?«

»Ja.«

»Nun, einer von ihnen, Mr. Bradley, und ich haben in letzter Zeit miteinander korrespondiert. Ich bat ihn, zu prüfen, ob du dich scheiden lassen kannst.«

Ihr Kopf ging ruckartig in die Höhe. »Scheiden?«

»Ja. Du erinnerst dich doch, daß wir darüber gesprochen haben. Mr. Bradley schreibt, du müßtest erst deinen Ehemann wiederfinden, ehe er vor Gericht entsprechende Schritte einleiten kann.«

Morgan sprang von ihrem Stuhl hoch. »Aber er hat mich doch verlassen! Er wußte nicht einmal, daß Adam unterwegs war. Ich sollte meinen, das wäre ein ausreichender Grund für eine Scheidung.«

»Ah, ja... Adam ist ein anderes Problem. Vor seiner Geburt würde eine Scheidung erheblich leichter gewesen sein. Nun besteht durchaus die Möglichkeit, daß das Gericht Adam dem Vater zusprechen könnte.«

Morgan wurde es schwarz vor Augen. Sie setzte sich wieder hin. »Was meinst du damit?« fragte sie heiser.

»Nun, ich habe Mr. Bradley kurz die Umstände geschildert, unter denen du nach San Francisco gekommen bist. Ich versicherte ihm, daß du vollkommen unschuldig dort in dieses unglückliche Milieu geraten bist, aber er meinte, egal, wie sich die Sache nun wirklich zugetragen habe – die Tatsache, daß du dich im Haus dieser Madame Nicole aufgehalten hast, würde bei Gericht einen sehr schlechten Eindruck machen. Und anschließend hast du mit einem unverheirateten Mann zusammengelebt – diesem Theron. Das alles sieht nicht gut aus für dich.«

»Aber mich trifft dafür doch keine Schuld!«

»Dennoch könnte das Seths Anwalt gegen dich verwenden, um Zweifel an deinem Charakter aufkommen zu lassen.«

Morgan saß fassungslos da, die Hände im Schoß verschränkt. Allein die Vorstellung, sie könne Adam verlieren, war für sie die Hölle.

»Es gibt einen Weg.«

»Welchen?«

»Wenn wir Seth fänden und ihn dazu brächten, auf alle seine Rechte, die seinen Sohn betreffen, zu verzichten.«

Sie fühlte sich hilflos, besiegt. »Das würde er niemals tun«, flüsterte sie.

»Wie kannst du das wissen? Wir müßten ihn erst finden und fragen.«

Sie stand auf. »Bitte, entschuldige mich, Gordon. Ich habe keinen Appetit heute morgen.« Gordon lächelte. So dick hätte er wirklich nicht auftragen sollen, wenn er sie auch nicht direkt belogen hatte – nur die Wahrheit ein bißchen verdreht. Mr. Bradley hatte ihm tatsächlich das alles vorgetragen, was er soeben berichtet hatte, jedoch hinzugefügt, daß es Möglichkeiten gebe, diese heikle Sachlage zu umgehen. Gordon hatte es lediglich unterlassen, Morgan diese Möglichkeiten vorzutragen. Das geschah jedoch nur zu ihrem Besten. Jemand mußte sie ja daran hindern, ihr Leben zu ruinieren.

»Nun, Adam, wollen wir uns jetzt ein Pferd suchen und reiten?«

Adam grinste. »Reiten Pferd!«

»Sehr gut! Noch ein paar Tage, und du kannst dich schon mit deiner Mutter streiten.«

Morgan verbrachte den Vormittag damit, Roselle in der Küche zu helfen. Nach dem Mittagessen ging sie in Gordons

Arbeitszimmer, um die Ausgaben in das Haushaltsbuch einzutragen. Es fiel ihr schwer, sich zu konzentrieren.

»Mama.«

Sie hob den Kopf und sah Adam mit ausgestreckten Armen auf sich zulaufen. Morgan war froh, daß sie nun einen Vorwand hatte, das Haushaltsbuch beiseite zu schieben. »Was ist denn mit meinem rosigen Engel von heute morgen passiert? Du scheinst ja in einem Erdloch bei den Schakalen aufgewachsen zu sein. Hast du auch einen Kuß für Mama?«

Morgan zuckte zusammen, als die breite Gestalt von Seth vor ihr aufragte. Er lächelte auf sie hinunter. »Ich habe ihn zurückgebracht. Er braucht seinen Mittagsschlaf. Er kann nicht den ganzen Tag lang in der Sonne reiten. Das ermüdet ihn zu sehr.«

Sie wollte ihn darauf hinweisen, daß sie durchaus in der Lage war, für ihren Sohn selbst zu sorgen, würgte aber ihren Zorn hinunter. »Das ist sehr aufmerksam von dir.« Sie blickte hinunter auf Adams Scheitel. Das Kind war auf ihren Schoß gekrochen und hatte sich an sie geschmiegt. Es war ganz still – ein sicheres Zeichen, daß es müde war.

Mit einem Schritt hatte Seth die Distanz überwunden, die sie trennte, und hob Adam auf seine Arme, wobei seine Hand ihre Brust streifte. Es war, als wäre sie mit einer Flamme in Berührung gekommen. Er blickte ihr in die Augen, aber sie drehte rasch den Kopf zur Seite, damit Seth nicht sah, wie heftig sie errötete.

»Wenn du mir sein Zimmer zeigst, bring ich ihn für dich ins Bett.«

»Ich werde...« Sie las in seinen Augen, daß sie ihn davon nicht abbringen konnte. »Komm mit.«

»Mit Vergnügen.« Sie spürte seine Blicke in ihrem Rücken, als sie nach oben gingen, und merkte, wie ihr das Blut wieder in die Wangen schoß.

»Leg ihn einfach auf die Wickelkommode. Ich muß ihn erst ausziehen, ehe ich ihn ins Bett lege.«

Seth legte Adam vorsichtig auf die gepolsterte Wickelkommode und begann dann, das Hemd des Jungen aufzuknöpfen.

Er schob Morgans Hand zur Seite, als sie die Arbeit übernehmen wollte. »Laß mich das machen. Ich sehe ihn nicht so oft, wie ich möchte. Deshalb will ich jede Gelegenheit nützen, die sich mir bietet.«

Sie trat beiseite und beobachtete, wie er sich mit Adams Hemd abmühte. Es war schon komisch, zuzusehen, wie er das robuste Kerlchen wie ein rohes Ei behandelte. Adam hatte sich aus irgendwelchen Gründen dazu entschlossen, seine Arme ganz steif zu machen. Seth bemühte sich mehrere Minuten lang vergeblich, ihm das Hemd auszuziehen. Adam hielt die Augen halb geschlossen, aber Morgan wußte genau, daß er hellwach war und die zunehmende Frustration seines Vaters genoß.

Sie kicherte und hielt sich dann rasch den Mund zu.

Seth wirbelte herum. »Was ist daran so komisch?«

»Du. Du behandelst ihn, als wäre er eine Christbaumkugel aus Glas. Aber ich kann dich beruhigen – er ist keineswegs zerbrechlich. Ich kann dir sogar ein paar blaue Flecken zeigen, die er mir beigebracht...« Sie hielt inne, weil Seth sie augenzwinkernd ansah.

»Das würde mir gefallen.«

»Was würde dir gefallen?«

»Die Stellen zu besichtigen, wo er dir blaue Flecken beigebracht hat.«

Sie blickte wieder zur Seite und trat dann neben Seth an die Wickelkommode, um ihren Sohn auszuziehen. Adam öffnete seine Augen ganz weit. »Ja, du kleiner Kobold, du weißt genau, daß ich mir diesen Unsinn von dir nicht gefallen lasse!«

Sie entkleidete ihn rasch und war sich dabei nur zu deutlich bewußt, daß Seth, der hinter sie getreten war, sich nicht von der Stelle rührte. Sie konnte seinen Atem im Nacken spüren, als er sich vorbeugte, um ihr zuzusehen.

»So wird das also gemacht?« Seine Stimme war leise und sehr nahe.

Morgan drehte sich um, um ihm eine Antwort zu geben. Sein Gesicht war nur wenige Zentimeter von ihrem entfernt. Seine Lider waren halb gesenkt, sein Mund leicht geöffnet. Ihr Atem ging schneller, und ihr Herz schlug einen Trommelwirbel. Sie kannte diesen Blick nur zu gut. Sie war ihm oft in die Arme gesunken, wenn er sie so angesehen hatte.

»Ich erinnere mich noch an die Zeit, wo du einen größeren Mann ausgezogen hast.«

Sie bot ihre ganze Willenskraft auf und drehte sich wieder zu ihrem Sohn um. Sie reagierte nicht darauf, als Seth jetzt seinen Körper gegen den ihren preßte. Sie machte einen Schritt zur Seite und streckte die Arme aus, um ihren Sohn aufzunehmen. Seth kam ihr mit einer raschen Bewegung zuvor, legte seinen Sohn ins Bett, deckte ihn zu und küßte ihn auf die Stirn. Dann starrte er eine Minute lang auf ihn hinunter.

»Er ist ein gutaussehendes Kerlchen, nicht wahr?«

Sie sah ihn wütend an. Ihre Stimme war schneidend. »Ja. Alle Traherns sehen gut aus.«

In seinen Augen tanzten kleine Lichter. »Ich kenne da eine kleine Trahern, die sogar eine Schönheit ist.«

Sie drehte den Kopf zur Seite.

Seth sah sich nun im Zimmer um und betrachtete die Zeichnungen an der Wand. Er blickte Morgan überrascht an. »Das bist du, nicht wahr?«

»Ja.«

»Aber wie sind diese Bilder hierhergekommen? Ich dachte, du seist noch ein Baby gewesen, als dich deine Mutter von hier wegbrachte!«

Sie erzählte ihm in knappen Sätzen, warum ihr Vater einen Agenten angeheuert und dieses unmögliche Testament verfaßt hatte.

Seth warf den Kopf in den Nacken und lachte laut. Morgan öffnete die Tür, und sie traten beide auf den Korridor hinaus.

»Würdest du mir verraten, warum du meine Geschichte so amüsant findest?« fragte sie in feindseligem Ton.

»Weil ich zuerst dachte, das Testament deines Vaters sei das hinterhältigste Dokument, von dem ich je gehört habe. Aber er war schlau. Er wußte sehr genau, wie verrückt deine Mutter war und wie falsch sie dich erziehen würde.«

»Meine Mutter war nicht verrückt!«

»Ich hätte es nicht so kraß ausdrücken dürfen. Entschuldigung.«

»Ich habe festgestellt, daß eine Menge Dinge, die meine Mutter mir beibrachte, absolut richtig sind.«

»Zum Beispiel?«

»Männer! Daß man Männern nicht trauen darf. Sie benützen die Frauen wie Gegenstände. Frauen sind ohne Männer besser dran!«

Sie sah nicht, wie Seth sich von der Stelle bewegte, doch plötzlich lag sie in seinen Armen. Bevor Morgan einen Gedanken fassen konnte, fanden seine Lippen ihren Mund, vorsichtig zuerst, dann heiß und fordernd. Ihre Arme legten sich um seinen starken, harten Körper und zogen ihn näher an ihren heran. Ihre lang unterdrückte Leidenschaft drängte an die Oberfläche, und sie merkte, wie sie schwach und willenlos wurde.

Seth stöhnte leise und hob den Kopf. »Ich liebe dich, Morgan, ich habe dich schon immer geliebt.«

Die Worte drangen in ihr Bewußtsein und riefen ihr eine Zeit ins Gedächtnis, wo sie ihm das gleiche Geständnis gemacht hatte. Sie erinnerte sich an seine höhnische Erwiderung. Sie durfte das nicht zum zweiten Mal geschehen lassen. Sie würde sich nicht noch einmal in ihn verlieben, damit er ihr wieder weh tun konnte. »Nein«, wimmerte sie, »nein!«

Seth hörte ihren verzweifelten Protest. Er liebte sie. Er konnte ihr nicht weh tun, nicht ein zweites Mal. Sie war noch nicht für ihn bereit. Er war zu schnell vorgegangen. Er mußte sich jetzt von ihr trennen, von ihr weggehen, weil er sich sonst nicht länger zurückhalten konnte.

Er würde warten. Denn die Zeit würde kommen, wo sie ihn willkommen hieß – ganz bestimmt. Er hielt Morgan auf Armeslänge von sich. Ihre Augen waren voller Leidenschaft und Zorn. Er lächelte auf sie hinunter und küßte sie zärtlich auf die Stirn. Dann drehte er sich um und lief leichtfüßig die Treppe hinunter. Den Hut in der Hand, drehte er sich unter der Haustür um und sah zu Morgan hinauf. »Ich bin froh, daß du dich noch an mich erinnerst.«

Sie blieb lange oben an der Treppe stehen und starrte auf die geschlossene Haustür. Sich an ihn erinnern! Sie wollte ihm nachlaufen und ihm sagen, was für ein selbstsüchtiger Kerl er war! Und wie eingebildet! Zu glauben, daß sein Kuß ihr irgend etwas bedeutete!

Auf zitternden Beinen ging sie hinunter ins Arbeitszimmer, um ihre Buchführung zu Ende zu bringen. Sie setzte sich an den großen Schreibtisch aus Pinienholz und begann, Zahlen zu addieren. Doch schon nach ein paar Minuten starrte sie aus dem Fenster, ohne etwas zu sehen. Morgan verharrte lange in dieser Haltung.

Sie blickte auf die Uhr und stellte fest, daß der Nachmittag fast vorbei war und es Zeit wurde, sich für das Dinner vorzubereiten. Als Morgan die Stimme ihres Sohnes aus der Küche hörte, ging sie dorthin, um nach ihm zu sehen.

Adam saß auf einem hohen Hocker am Arbeitstisch in der Mitte der Küche und formte aus Lebkuchenteig Figuren.

»Das sind ja die häßlichsten Gesichter, die ich jemals gesehen habe. Warum haben einige davon denn vier Augen?«

»Ich glaube, daß einige von diesen Augen eigentlich Ohren darstellen sollen, Mrs. Colter.«

Morgan zwickte Adam sacht ins Ohr. »Ohren wachsen doch nicht aus deiner Nase!«

Er lachte und stieß ihre Hand weg. »Ohren.« Vergnügt steckte er sich ein Stück Teig in den Mund.

Morgan verließ die Küche und ging nach oben, um sich umzuziehen. Da Adam heute sehr spät seinen Mittagsschlaf gehalten hatte, durfte er heute mit ihr und Gordon zu Abend essen, überlegte sie.

Als sie dann einige Zeit darauf ins Eßzimmer trat, erblickte sie dort als erstes Seths breiten Rücken. Sie spürte, wie der Zorn wieder in ihr aufwallte. Sie mußte Gordon sagen, daß er ihn nicht so oft ins Haus zum Essen einladen sollte.

»Oh, Morgan, ich hoffe, du hast nichts dagegen, daß ich

Dave heute abend zum Dinner eingeladen habe. Ich habe festgestellt, daß ich noch eine Menge von ihm lernen kann, was die Verwaltung der Ranch betrifft.«

Morgan wollte gerade zu einer Antwort ansetzen, als Martin mit Adam an der Hand hereinkam. Der Junge rannte sofort mit ausgestreckten Armen auf Seth zu.

»Wie geht es dir, Adam? Ich habe dich schon ein paar Stunden nicht mehr gesehen. Hast du einen guten Mittagsschlaf gehabt?«

Adam lächelte seinen Vater an und deutete dann auf den Tisch. »Essen!«

»Dieser Junge weiß wahrhaftig, was er will.« Seth setzte den Kleinen auf einen hohen Hocker neben den Stuhl, auf dem er dann selbst Platz nahm. Die beiden saßen Morgan direkt gegenüber.

»Darf ich mir die Bemerkung erlauben, daß Sie heute abend besonders reizend aussehen, Mrs. Colter? Rot steht Ihnen ausgezeichnet.«

»Vielen Dank«, sagte sie tonlos und vermied es, ihn dabei anzusehen. Sie hatte eine flüchtige Vision von dem wunderschönen roten Kleid, das sie – für Seth – auf Joaquins Party getragen hatte. Es war zusammen mit ihren Träumen an jenem grauenhaften Abend verschwunden.

Morgan starrte auf ihren Teller hinunter, während Seth und Gordon über die Ranch sprachen. Es schien, als habe selbst Adam sie im Stich gelassen. Es war empörend, daß Seth ihren Sohn versorgte, als hätte er die letzten zwei Jahre nichts anderes getan. Adams Teller war nie leer. Und daß der Junge das alles so hinnahm, als wäre es selbstverständlich, ärgerte sie ebenfalls. Sie wurde von dem Menschen verraten, den sie am meisten auf der Welt liebte.

Morgan schrak zusammen, als Seth seinen Stuhl zurückschob. »Wenn Sie mich bitte entschuldigen wollen? Ich glaube, ich muß meinen... Partner zu Bett bringen.« Er sah sie mit einem unschuldigen Lächeln an, aber sie wußte genau, was er hatte sagen wollen.

Nachdem er mit Adam aus dem Zimmer gegangen war,

wandte Gordon sich ihr zu. »Ich bin froh, daß er fort ist, weil ich etwas mit dir besprechen wollte.«

Am liebsten hätte sie ihm versichert, daß sie froh wäre, wenn der unerwünschte Besucher fortbliebe, verbiß sich dann aber eine solche Bemerkung.

»Ich weiß zwar, daß es da keine Probleme geben wird, wollte es aber dennoch erst mit dir erörtern. Zum Nutzen und Vorteil der Ranch würde ich Dave gern hier im Haus unterbringen.«

»Was?«

»Du weißt, daß ich bald meine schon lange geplante Reise nach New York antreten werde, und ich möchte dich und Adam in guten Händen wissen. Ich will einen Mann im Haus haben, der euch beschützt.«

»Mich beschützt! Ist dir schon einmal der Gedanke gekommen, daß ich vielleicht eher *vor* Mr. Blake beschützt werden müßte.«

Gordon zeigte sich sofort besorgt. »Ist er dir etwa zu nahegetreten?«

»Nein, das nicht...«

»Gut. Ich wußte doch, daß Dave so etwas nicht macht. Dafür kenne ich ihn schon zu gut. Und Adam vergöttert ihn. Mir ist es noch immer unbegreiflich, daß ein Kind sich so rasch an einen Menschen gewöhnen kann, der nicht...«

»Ja, das hast du mir schon einmal gesagt! Warum hältst du es für nötig, daß Mr. Blake hier einzieht?«

»Morgan, ich möchte die ganze Last der Verantwortung für diese Ranch nicht mehr allein tragen, sonst hätte ich Angst, zu verreisen und wenn auch nur bis Albuquerque. Kaum glaube ich, ich könnte es ruhiger angehen und ein paar Tage wegfahren, passiert etwas Unerwartetes – wie das mit Boyd und den anderen Männern, die plötzlich die Arbeit hinwerfen, um in Kalifornien Gold zu suchen.«

»Welche Garantie hast du, daß Mr. Blake es nicht macht wie Boyd und einfach davonläuft?«

»Erstens ist er älter und gefestigter als die anderen Männer. Und wenn ich ihm einen besseren Lohn und ein Zimmer im Haus anbiete, sollte das für ihn ein Anreiz sein, auf seinem

Posten zu bleiben. Dave ist kein gewöhnlicher Weidereiter. Man sollte ihn auch entsprechend behandeln.«

»Und deshalb hast du beschlossen, ihn in diesem Haus einzuquartieren?«

»Er verdient es. Bedenke doch nur, wie sehr er sich um Adam kümmert. Ich würde Adam keinem der anderen Männer anvertrauen. Sie würden ihn wahrscheinlich irgendwo absetzen und vergessen. So etwas käme Dave nie in den Sinn!«

»Muß ich mir nun tagein, tagaus Loblieder auf diesen ach so wundervollen Mann anhören? Ich bin überzeugt, es gibt auch Dinge in seinem Leben, auf die er nicht stolz sein kann ...«

»Sicher gibt es die. Kein Mensch ist ohne Fehl und Tadel. Aber kannst du mir triftige Gründe nennen, die es mir verbieten, Dave ins Haus zu nehmen? Ich meine doch, seine guten Eigenschaften überwiegen bei weitem seine Schwächen.«

In diesem Moment kam Seth ins Zimmer zürück.

»Dave, ich habe eben mit Morgan darüber gesprochen, daß ich Sie im Haus einquartieren möchte, und sie freut sich, Sie in ihrer Nähe zu haben.« Gordon lächelte.

Die beiden hatten das also schon unter sich ausgemacht! Ihre Meinung dazu war gar nicht gefragt! Er übersah den entrüsteten Blick, den sie ihm zuwarf.

»Ich danke Ihnen vielmals für Ihre Einladung, Mrs. Colter. Ich hoffe, daß ich Ihnen und Ihrem Sohn eine Stütze sein kann.«

Gordon kam ihren möglichen Einwänden zuvor, indem er rasch sagte: »Ich habe mir erlaubt, für Sie ein Zimmer von Carol vorbereiten zu lassen.« Wieder ignorierte Gordon den Blick, den Morgan ihm zuwarf. »Würden Sie mich wohl nach oben begleiten, damit ich es Ihnen zeigen kann? Es wurde früher von Morgans Vater bewohnt.«

Morgan kam nicht mit ins obere Stockwerk. Sie war wütend auf Gordon, weil er das alles ohne ihre Zustimmung arrangiert hatte. Es würde nicht einfach sein, Seth zu meiden, wenn sie ihn jeden Morgen beim Frühstück sah.

Das Zimmer ihres *Vaters*? Hatte Gordon das nicht eben gesagt? Sie hätte beinahe den Eßzimmertisch umgeworfen, so eilig hatte sie es auf einmal, den beiden Männern nachzulaufen. Das Zimmer ihres Vaters lag neben dem ihren, und beide Räume waren durch eine Tür miteinander verbunden!

Die zwei standen schon in dem besagten Zimmer, und Morgan starrte auf die Verbindungstür. Dann versuchte sie vergeblich, Gordons Blick zu erhaschen.

»Wenn Sie mich jetzt entschuldigen wollen, Mrs. Colter? Ich will nur meine Sachen aus der Wohnbaracke holen.«

Sie hielt sich zurück, bis sie unten die Haustür ins Schloß fallen hörte. »Er kann dieses Zimmer nicht haben! Es liegt direkt neben meinem!«

»Morgan, hast du dir mal die anderen Schlafzimmer angesehen? Die Haushälterin, die dein und mein Vater einstellten, als der Rohbau fertig war, hat alle Räume im oberen Stockwerk für Frauen einrichten lassen – bis auf drei, und das sind Adams Zimmer, mein Zimmer und dieses. Ich kann mir Dave schwerlich mit einer Frisierkommode, Chintzvorhängen und einer pinkfarbenen Steppdecke vorstellen.«

»Wir werden es neu einrichten lassen. Wir werden ...«

»Sei doch nicht albern, Morgan. Die Tür kann von beiden Seiten abgeschlossen werden.« Gordon ging zur Verbindungstür und bewies Morgan, daß diese versperrt war. »Es ist so, als existierte diese Tür gar nicht.«

»Das ist nicht dasselbe«, murmelte sie.

»Morgan, ich weiß, es war ein Schock für dich, als du Dave zum erstenmal gesehen hast. Aber seine Ähnlichkeit mit einem Mann, den du verabscheust, ist doch nicht seine Schuld. Die Art, wie du ihn behandelst, ist nicht fair. Dave ist ein sehr warmherziger Mensch. Du mußt ihn nur besser kennenlernen ...« Er gähnte herzhaft. »Ich glaube, ich sollte jetzt lieber zu Bett gehen. Der Tag heute war sehr anstrengend. Dave wird sein Zimmer auch allein finden, denke ich.«

»Davon bin ich überzeugt.«

Gordon konnte den Sarkasmus in ihrer Stimme nicht überhören.

Nachdem sie sich etwas später in ihrem Zimmer eingesperrt hatte, zog sie ihr Kleid aus und hängte es in den Schrank. Als sie Seth ins Nachbarzimmer kommen hörte, blieb sie einen Moment unbeweglich stehen und lauschte. Nebenan wurden Schubladen geöffnet und wieder geschlossen. Die Schranktür quietschte kurz. Stiefel polterten auf den Boden.

Das hört sich so an, als wäre er im gleichen Zimmer, dachte Morgan und schaute zur Verbindungstür hin. Dahinter wurde es langsam still, und kurz darauf erlosch das Licht. Leise ging sie zu ihrem Bett, blies die Lampe aus und machte es sich unter der Zudecke bequem. Sie spürte diese friedliche Gelöstheit, die dem Einschlafen vorausgeht, als die Worte durch die Verbindungstür an ihr Ohr drangen: »Gute Nacht, *mi querida.*« Seths Stimme war wie eine Liebkosung. Ein Lächeln stahl sich auf Morgans Gesicht, und im nächsten Moment war sie eingeschlafen.

37

Adam wachte am nächsten Morgen besonders früh auf. Er stieg aus seinem Bett, öffnete die Tür und machte sich, wie immer, auf den Weg zum Schlafzimmer seiner Mutter. Seth hörte Adams tapsige Schritte draußen im Korridor und zog sich hastig seine Hose an, um den Jungen abzufangen, bevor er mit den Fäusten gegen Morgans Tür trommeln konnte.

Adam riß seine Augen weit auf, als Seth ihn unvermutet mit beiden Armen umfing und dann den Zeigefinger auf die Lippen legte. Der Kleine verstand, was sein Vater ihm damit sagen wollte, lehnte sich gegen dessen starke Brust und machte die Augen wieder zu. Als Seth seinen Sohn in das große Bett legte, drehte Adam sich sofort auf den Bauch und war im nächsten Moment wieder eingeschlafen.

Morgan erwachte und hatte das Gefühl, daß irgend etwas nicht stimmte. Stirnrunzelnd öffnete sie die Augen, sah zum Fenster hin und bemerkte, daß die Sonne bereits aufgegangen war und ihre Strahlen durch den Spalt im Vorhang ins Zimmer schickte. Es war später als sonst. Sie hatte sich inzwischen so sehr daran gewöhnt, daß ihr Sohn sie weckte, dann zu ihr ins Bett kroch und dort wieder einschlief, daß sie diese Störung nur als eine kleine Unterbrechung ihrer Nachtruhe empfand. Sie drehte sich um. Er war nicht da!

Ohne sich erst einen Morgenmantel anzuziehen, rannte sie aus dem Zimmer. Die Tür von Adams Zimmer stand offen, aber er war nicht dort. Gordons Zimmertür war geschlossen. Morgan war vor Schreck wie versteinert. Ihr kleiner Adam konnte doch nicht einfach verschwinden! Tränen schossen ihr in die Augen. Sie blickte die Treppe hinunter. Vielleicht war er in seinem langen Nachthemd gestolpert und die Treppe hinuntergestürzt. Sie durfte nicht in Panik geraten. Vielleicht hatten Martin oder Roselle ihn zu sich in die Küche geholt. Sie lauschte, aber unten war alles still. Ihre Hand flog zum Mund. Plötzlich fiel ihr auf, daß die Tür ihres Nachbarzimmers ein wenig offenstand.

Sie drückte die Tür ganz auf und wischte sich erleichtert die Tränen ab, als sie den Lockenschopf ihres Sohnes gerade noch unter der Zudecke vorschauen sah. Morgan sprach ein stilles Dankgebet. Wie konnte sie nur so töricht sein. Sie hätte doch wissen müssen, daß Seths Gegenwart das Leben aller Hausbewohner durcheinanderbringen würde. Sie schloß erschöpft die Augen.

Im gleichen Moment bemerkte Seth, der aus seinem Halbschlaf erwachte, daß Morgan ganz nahe bei ihm stand. Er hätte nur die Hand ausstrecken müssen, um ihre Hüfte zu berühren, aber er blieb ganz still liegen. Morgan hatte die Augen geschlossen und atmete tief, und ihre Brüste drückten gegen den dünnen Stoff ihres Nachthemds. Es schmiegte sich wie eine zweite Haut ihrem Oberkörper an und fiel dann weit und glockig bis zum Boden hinunter. Ihre Haare schimmerten im Sonnenlicht, das ins Zimmer schien. Wie ein goldener Wasserfall fielen sie auf ihren Rücken. Noch nie hatte Seth sie so begehrenswert empfunden wie jetzt. Er faßte nach ihrer Hand, und ihre Augen öffneten sich.

»Ich...«, begann sie.

»Du brauchst dich nicht dafür zu entschuldigen, daß du hier

bist.« Sie versuchte, ihm ihre Hand zu entziehen, aber er hielt sie fest.

»Ich kam hierher, weil ich meinen Sohn suchte. Er kommt sonst jeden Morgen in mein Zimmer. Als er das heute nicht tat, machte ich mir Sorgen.«

Seths Augen waren sanft. Er zog ihre Hand an seine Lippen, küßte ihre Fingerspitzen und knabberte zärtlich daran.

Morgans Herz begann schneller zu schlagen. »Laß das!« Doch er gab ihre Hand nicht frei.

»Ich beschränke mich ja nur auf deine Fingerspitzen. Mir gefällt dieses blaue Ding, das du anhast – besonders der... Ausschnitt.«

Ihre Hand fuhr wie schützend hoch, um ihre Blöße zu bedecken. Doch Morgan faßte sich schnell wieder. »Theron hat mir dieses Nachtgewand gekauft«, sagte sie in herausforderndem Ton. »Er hat mir viele schöne Sachen geschenkt.«

»Theron«, murmelte Seth. »Ein netter Mann. Wenn auch nicht dein Typ. Ein herrliches Haus.« Er konzentrierte sich wieder auf ihre Hand, umspielte mit der Zunge ihre Fingerspitzen.

»Laß das endlich sein, Seth!«

»Ich will aber nicht. Vielleicht bleibe ich den ganzen Tag hier im Bett und liebkose deine Hand. Das hat dir früher immer so gut gefallen.«

»Wann hast du Theron denn kennengelernt?« Sie mußte sich ablenken, mußte vermeiden, daß sie am ganzen Körper zu zittern anfing.

»Als ich ihn fragte, wo du bist. Du hast die süßesten kleinen Äderchen an deinem Handgelenk«, stellte er fest und zeichnete sie mit den Lippen nach.

»Seth! Theron hat dir meinen Aufenthaltsort verraten? Aber wie kam er nur dazu!« Morgan nahm ihre ganze Kraft zusammen, und es gelang ihr nun endlich, ihm ihre Hand zu entreißen. Sie atmete tief, um sich zu beruhigen.

Seth setzte sich mit einem enttäuschten Seufzer auf, wobei die Decke von seinen Schultern glitt. Von der Erschütterung im Bett wurde auch Adam wach und richtete sich auf.

»Morgan, nimm doch bitte Platz, und dann erzähle ich dir auch, wie Theron dazu gekommen ist, mir deine neue Adresse zu verraten.« Seth nickte Adam zu, dessen Blicke von einem zum anderen wanderten.

Morgan ließ sich vorsichtig auf den Bettrand nieder.

»Ich bin also zu Theron gegangen und habe ihm gestanden, ein großer Esel gewesen zu sein. Er hat mir nicht widersprochen. Ich habe ihm aber auch gesagt, wie sehr ich dich liebe und daß ich eine Chance haben wollte, dich zurückzugewinnen.«

»Oh, ja, es fiel dir plötzlich wieder ein, daß du mich liebst, *nachdem* du von meiner Unschuld überzeugt worden bist!«

Adam blickte seine Mutter an und runzelte die Stirn. Ihm gefiel der Ton nicht, in dem sie sprach.

»Das stimmt so nicht ganz, mein Schatz«, gab Seth ruhig zurück. »Ich hatte mir schon lange, bevor ich Jessy traf, eingestanden, daß ich dich liebe. Und ich wäre schon viel früher zu dir gekommen und hätte dich gebeten, doch wieder mit mir zusammenzuleben. Aber ich dachte, du würdest mich nicht haben wollen – so arm, wie ich damals war –, weil du dich inzwischen an das luxuriöse Leben in Therons Haus gewöhnt hättest. Habe ich eigentlich schon erwähnt, daß ich jetzt ein reicher Mann bin?«

Sie maß ihn mit einem kalten Blick. »Ja, mit fünfundzwanzigtausend Dollar kannst du ganz gut leben.«

Seth sah sie verdutzt an. »Fünfundzwanzig...? Oh, du meinst das Geld, das du mir angeboten hast, wenn ich dich heiraten würde? Ich habe dir doch gesagt, daß ich dieses Geld niemals haben wollte.«

»Wie soll ich denn wissen, was ich glauben soll? Jetzt erzählst du mir, daß du mich schon immer geliebt hast, aber ich erinnere mich noch gut an den Abend, wo du mir vorgeworfen hast, ich würde mich für Geld verkaufen. Da hast du mich offenbar nicht geliebt. Deshalb hätte ich gern von dir gewußt: Wann darf ich dir glauben und wann nicht?«

Seth behielt sein leises, ein wenig träges Lächeln bei. »Ich habe es verdient, daß du mir Vorhaltungen machst. Du hast mit allem recht, was du mir vorwirfst. Ich war ein Narr. Ich war verletzt und eifersüchtig und habe blind zurückgeschlagen.«

Er räusperte sich. »Doch ich möchte das alles wieder gutmachen, Morgan. Ich liebe dich und habe vor, in deiner Nähe zu bleiben, bis auch du dich wieder in mich verliebst – und wenn es Jahre dauern sollte.«

»Du scheinst ja sehr zuversichtlich zu sein, daß alles so kommt, wie du es geplant hast. Was ist, wenn ich dir nun sage, daß ich einen anderen liebe und mich deshalb nicht mehr in dich verlieben könnte?« Sie sah zur Schlafzimmertür hin.

Seths Lächeln wurde breiter. »Ich war Zeuge, als Gordon dir einen Kuß gab. Und ich habe dich gestern ebenfalls geküßt. Wenn du ihn liebst und mich haßt, würde ich deinen Haß vorziehen. Er hat mehr Feuer.«

»Du...!« Sie schlug mit der Faust gegen seine Brust, aber ebensogut hätte sie gegen eine Lehmziegelmauer schlagen können – so wenig beeindruckte ihn das.

Er schloß seine Finger um ihre Handgelenke und zog sie an sich. Sein Blick hielt den ihren fest, während er seinen Mund auf ihre Lippen legte und sie zuerst verhalten, dann mit wachsender Leidenschaft küßte.

Adam hatte noch nie mit angesehen, wie seine Mutter geküßt wurde, und er wußte nicht, ob ihr leises Stöhnen nicht bedeutete, daß Seth ihr weh tat. Kräftig trommelte er mit beiden Fäusten gegen Seths Schultern. »Mama. Mama.«

Morgan hörte die Stimme ihres Sohnes, kehrte allmählich wieder in die Wirklichkeit zurück und löste sich von Seth.

Dieser streckte seinem Sohn die Arme entgegen. »Ich weiß nicht, ob er versucht, dich zu beschützen oder mich.«

»Dich?«

»So eine kleine, feurige Göttin wie seine Mutter könnte einen armen Sterblichen wie mich leicht zu Asche verbrennen.«

Sie preßte die Lippen aufeinander und nahm mit wütendem Gesicht ihren Sohn auf den Arm. An der Tür drehte sie sich noch einmal um. »Du wirst lange warten müssen, wenn du dir einbildest, ich würde mich noch einmal in dich verlieben. Ich habe meine Fehler schon alle gemacht.«

Morgan hörte Seths lautes Lachen, als sie mit Adam aus dem Zimmer stürmte.

Beim Frühstück schenkte Seth ihr keine Beachtung. Obwohl sie sich vorgenommen hatte, ihn ebenfalls zu ignorieren, fand Morgan es empörend, daß er sich so benahm, als säße sie gar nicht am Tisch.

Nachdem Seth und Gordon das Haus verlassen hatten, spielte Adam im Innenhof mit seinen Holzfiguren. Morgan mußte ihre Buchführung abschließen und nahm sich fest vor, kein einziges Mal an Seth zu denken. Doch sie blickte jedesmal sofort zur Tür, wenn draußen im Korridor Schritte laut wurden.

Beim Lunch zeigte ihr Adam stolz seine Lebkuchen-Ungeheuer und erklärte ihr in einem unverständlichen Kauderwelsch deren Bedeutung. Dann ging er noch einmal nach draußen, um noch ein wenig zu spielen, bevor er seinen Mittagsschlaf halten mußte.

Morgan stieg die Treppe nach oben hinauf, um nachzusehen, ob die Zimmer richtig saubergemacht worden waren. Sie zögerte vor Seths Zimmertür, trat dann aber doch ein. Sie öffnete eine Schublade. Er hatte zu wenige Hemden, und einige davon mußten ausgebessert werden. Wütend schob sie die Schublade wieder zu. Was machte sie denn da? Sie war doch nicht mehr für seine Sachen verantwortlich. Sollte er doch zusehen, daß ihm jemand seine Hemden flickte!

Auf dem Flur stieß sie dann mit Carol zusammen, die vor Schreck fast den Stapel frischer Wäsche fallen ließ, den sie auf den Armen trug. »Fehlt Ihnen etwas, Mrs. Colter?«

»Nein!« gab Morgan in schroffem Ton zurück.

»Nun bringt er mich schon dazu, daß ich das Personal anschreie«, murmelte sie, lief in ihr Schlafzimmer, vertauschte hastig ihr Hauskleid mit ihrem Reitkleid und ging anschließend in die Küche, um Roselle zu bitten, ihren Sohn ins Bett zu bringen. Dann begab sie sich in den Stall und gab Anweisung, ihr Pferd zu satteln.

Sie war schon unterwegs zu ihrem Lieblingsplatz am Fluß, als sie sich daran erinnerte, daß auch Seth diesen Ort oft aufsuchte, und mit ihm wollte sie um keinen Preis zusammentreffen. Im richtigen Moment fiel ihr ein Teich ein, den Gordon ihr gezeigt hatte, als sie mit ihm zum erstenmal die Ranch besichtigte. Er war von hohen Cottonwood-Bäumen umsäumt, ein Seitenarm des Flusses, an dessen Ufer sich später im Jahr ein dichter Schilfgürtel hinzog, wie Gordon ihr erzählt hatte. Morgan stieg aus dem Sattel und führte ihr Pferd in den Schatten der Bäume hinein. Es würde ihr guttun, wenn sie ihr Gesicht mit dem kühlen Wasser erfrischte.

Doch dann erschrak sie, als sie das Getrappel von Pferden hörte, die sich offenbar dem Teich näherten. In der noch ungezähmten Wildnis von Neu-Mexiko mußte man, wie sie aus leidvoller Erfahrung wußte, stets auf der Hut sein. Sie band die Stute unter den Bäumen an und ging dann vorsichtig weiter zum Rand des Wäldchens, um die Lage zu erkunden. Als sie um einen großen Baum bog, erblickte sie Seth, der ein paar Mustangs zur Tränke führte. Nachdem die staubbedeckten Tiere sich am Rand des Teiches versammelt und die Mäuler ins Wasser gesteckt hatten, stieg auch er aus dem Sattel und ließ sein Pferd trinken.

Konnte sie denn nirgendwo mehr hingehen, ohne mit ihm zusammenzustoßen? Sie stand ganz still, weil sie wußte, daß er sich beim leisesten Geräusch umdrehen und sie sehen würde.

Seth nahm seinen Hut ab und wischte sich den Schweiß von der Stirn. Anschließend blickte er sich nach allen Seiten um. Morgan hielt die Luft an. Sie war froh, daß sie ihr dunkelgrünes Reitkleid angezogen hatte.

Seth sah nur flüchtig zu der Stelle hin, wo Morgan halb versteckt im dichten Unterholz stand. Dann zog er sich rasch aus und watete in den Teich hinein. Er schöpfte das Wasser mit beiden Händen und genoß das kühlende Naß. Morgan betrachtete fasziniert seinen muskulösen Körper, den sie einmal so gut gekannt hatte, seine kräftigen Arme und Schultern, die starken Muskeln, die sich an seinen Schenkeln wölbten.

Seth war an die Gefahren in Neu-Mexiko gewöhnt, wo eine Sekunde der Unachtsamkeit den Tod bedeuten konnte. Mit den Jahren hatte er einen sechsten Sinn dafür entwickelt und wußte so auch jetzt, daß ihn jemand beobachtete. Er drehte sich blitzschnell um und sah zu Morgan hin, die erschrocken zusammenzuckte. Ihre Blicke kreuzten sich, und er ließ sie nicht mehr aus den Augen.

»Hast du nicht Lust, ein Bad mit mir zu nehmen?«

Sie gab ihm keine Antwort, sondern machte auf dem Absatz kehrt und lief zu der Stelle zurück, wo sie ihr Pferd angebunden hatte. Sie ritt zu ihrem Picknickplatz und ließ das Tier dort aus dem Fluß trinken, bevor sie zum Haus zurückkehrte. Unterwegs versuchte sie, nicht an Seth zu denken.

Als Morgan ihn dann beim Abendessen wiedersah, schoß ihr das Blut ins Gesicht. Sie weigerte sich, auch nur einmal in seine Richtung zu schauen. Doch sie konnte es nicht vermeiden, daß Seth, während sie später auf den Hof hinausgingen, ihr zuflüsterte: »Hast du dein Bad ebenso genossen wie ich?«

38

Seth arbeitete nun schon gute zwei Wochen auf der Drei-Kronen-Ranch. Doch seit Morgan ihn beim Baden im Teich beobachtet hatte, ging sie ihm beharrlich aus dem Weg. Sie sah ihn allerdings auch seltener als in den Tagen, wo er noch bei den Weidereitern in der Wohnbaracke geschlafen hatte. Er nahm seine Pflichten als Vormann der Ranch sehr ernst und versäumte oft das Abendessen, weil er sich um irgendwelche Probleme kümmern mußte, die irgendwo in einem entfernten Winkel der Ranch aufgetreten waren. Selbst morgens, wenn sie zum Frühstück herunterkam, mußte sie oft feststellen, daß er schon vor Anbruch der Dämmerung das Haus verlassen hatte.

Und wenn er einmal ein paar freie Stunden hatte, widmete er diese ausschließlich seinem Sohn. Morgan hatte zuweilen das Gefühl, daß er selbst Roselle mehr Aufmerksamkeit schenkte als ihr. Sie war selbstverständlich froh darüber, redete sie sich ein.

Es war an einem dieser seltenen Tage, an dem sie alle drei gemeinsam frühstückten, als Gordon seine Ankündigung machte: »Mein Brief ist endlich eingetroffen. Ich werde meine Reise nach New York antreten.«

»Wie bitte?« Morgan ließ ihren Löffel fallen.

»Morgan, seit Monaten erzähle ich dir nun schon von dieser Reise, also schau mich nicht so entgeistert an.«

»Adam und ich werden dich begleiten.«

»Setz dich wieder hin. Du kommst nicht mit. Es wird eine sehr strapaziöse Reise werden, und Adam ist noch zu jung, um tagelang in einer Kutsche zu sitzen und anschließend in einem Zug. Ich möchte nichts davon hören. Es ist zu gefährlich.«

Seth warf Gordon einen Blick zu. »Sind es geschäftliche Angelegenheiten, die Sie nach New York rufen?«

»Morgans Vater hat einmal von einer Rinderrasse im schottischen Hochland gehört, von der er glaubte, daß sie sich auch den in Neu-Mexiko herrschenden klimatischen Bedingungen anpassen könnte. Also leitete er Maßnahmen ein, um eine Herde von Zuchttieren verschiffen und nach Amerika bringen zu lassen. Nachdem ein paar Jahre vergangen sind, werden sie nun endlich in diesem Land eintreffen. Und ich fürchte, wenn ich nicht am Kai bin, um meine Zuchttiere persönlich in Empfang zu nehmen, werden die meine Herde an jemand anderen verkaufen.«

»Wann wirst du abreisen?« fragte Morgan leise.

»Gleich nach dem Frühstück.«

»Heute! Du wirst *heute* noch verreisen?«

Gordon starrte sie einen Moment an. »Ja. Der Brief hat lange gebraucht, bis er mich erreichte, und nun werde ich es wohl gerade noch schaffen, rechtzeitig im Hafen zu sein, wenn das Schiff einläuft. Martin packt bereits meine Koffer.«

Nach dem Frühstück versuchte sie ihn noch einmal zu überreden, sie und Adam nach New York mitzunehmen.

»Mach dir keine Sorgen. Ich bin bald wieder zurück, und

Dave ist ja im Haus und wird sich um Adam und dich kümmern.«

»Um Adam ja...«

»Also wenn ich nicht das größte Vertrauen zu Dave hätte«, sagte Gordon mit leicht erhobener Stimme, »würde ich ihn nicht mit dir allein im Haus lassen. Und wenn du deine Vorurteile erst einmal überwunden hast, wirst du ihm ebenfalls vertrauen. Ich muß jetzt aufbrechen, weil ich sonst noch meine Kutsche versäume. Gib mir einen Kuß zum Abschied.«

»Aber gern.« Sie ließ sich lächelnd von ihm in die Arme nehmen und bot ihm ihre Lippen. Ach, wenn sie sich doch in ihn hätte verlieben können!

Nur mit Mühe gelang es ihm, dieser Versuchung zu widerstehen und ihr einen brüderlichen Kuß auf die Stirn zu drükken. »Und jetzt hol bitte Adam, damit ich ihm auf Wiedersehen sagen kann.«

Morgan nahm ihren Sohn auf den Arm und winkte mit ihm gemeinsam Gordon zum Abschied nach. Als sie ins Haus zurückging, kam es ihr irgendwie leer vor. Adam strampelte, weil er nicht mehr auf ihrem Arm bleiben wollte. Er rannte in die Küche, und sie folgte ihm dorthin. Heute abend würde sie mit Seth allein im Haus sein. Sie begann das Dinner für diesen Abend zusammenzustellen, und ohne sich bewußt zu werden, was sie tat, schrieb sie Seths Lieblingsgerichte auf den Speisezettel.

Morgan war den ganzen Tag in der Küche beschäftigt und froh, daß sie vor lauter Arbeit nicht zum Nachdenken kam. Mittags brachte Roselle Adam zu Bett. Morgan ruhte sich eine Weile aus, als es still wurde im Haus. Dann arbeitete sie weiter in der Küche, bis es Zeit wurde, sich zum Dinner umzuziehen.

Sie blieb eine Weile nachdenklich vor dem geöffneten Schrank stehen und nahm dann ein Kleid heraus, das sie bisher selten getragen hatte. Es war einfach im Schnitt, von goldgelber Farbe und mit winzigen sienabraunen Röschen am Ausschnitt bestickt. Es ließ ihre Schultern frei und zeigte von ihren runden Brüsten mehr, als ihr lieb war. Aus diesem Grund hatte Morgan es bisher auch so selten angezogen, und sie fragte sich jetzt flüchtig, warum sie dieses Kleid ausgerechnet dann anzog, wenn sie mit Seth allein im Haus war. Für Gordon hatte sie es nie getragen. Während sie ihr Dekolleté mit Parfüm betupfte, kam Carol herein, um das Zimmer aufzuräumen. »Sie sehen heute besonders reizend aus, Mrs. Colter«, bemerkte das Mädchen schüchtern. »Mr. Blake wird sich sehr darüber freuen.«

»Mr. Blake...!« brauste Morgan auf, hielt sich dann aber mit weiteren Bemerkungen zurück.

»Kann ich heute abend noch etwas für Sie tun, Ma'am?«

»Nein, Carol. Sie können jetzt nach Hause gehen. Grüßen Sie Ihre Eltern von mir, und nehmen Sie sich etwas von dem Ingwerbrot mit.«

»Vielen Dank, Ma'am.« Carol wollte aus dem Zimmer gehen, sah aber jetzt Seth im Türrahmen stehen. Seth legte rasch den Finger auf den Mund und sah sie dabei mit der Miene eines Verschwörers an. Das Mädchen mochte Mr. Blake sehr gern. Er war immer nett und so freundlich. Es ging an ihm vorbei und schloß die Tür hinter sich.

Morgan, die an der Frisierkommode saß, hörte Schritte hinter sich. »Ich brauche Sie nicht mehr...« Sie hielt mitten im Satz inne, als sie einen Kuß auf ihrem Nacken spürte, der kleine Schauer über ihren Rücken jagte. Sie schwang auf ihrem Hocker herum. »Was suchst du denn hier?«

Seth lächelte sie träge an und streckte sich auf ihrem Bett aus, das unter seinem riesigen Körper klein und zerbrechlich wirkte. »Darf ich dich daran erinnern, daß ich ebenfalls in diesem Haus wohne?«

»Ich hoffe nur, du hast nicht vergessen, daß das *mein* Zimmer ist. Und vielleicht erinnerst du dich auch daran, daß das meine Ranch ist und nicht deine.«

»*Mi querida*, wir wollen doch jetzt nicht streiten, sondern uns auf das Dinner freuen. Roselle hat mir erzählt, du hättest den ganzen Tag in der Küche gestanden und etwas besonders Gutes vorbereitet.« Er lächelte spitzbübisch.

»Das stimmt nicht! Ich hatte nur mal wieder Lust, zu kochen.« Sie drehte sich wieder zum Spiegel um. »Und jetzt sei so freundlich, dich von meinem Bett zu erheben und mein Zimmer zu verlassen.«

Seth drückte mit der Hand prüfend auf die Matratze. »Schläfst du gut darin? Findest du nicht, daß das Bett ein wenig zu groß ist für dich?«

»Seth Colter! Verlassen Sie sofort mein Zimmer!« Morgan erhob sich von ihrem Hocker und ging auf ihn zu. Er breitete die Arme aus, und sie machte hastig einen Schritt zurück.

Er schwang die Beine vom Bett herunter und setzte sich auf. »Ist dieses Kleid auch eines von Therons Geschenken?«

Morgan sah die Unmutsfalte auf seiner Stirn und lächelte triumphierend. »Ja. Gefällt es dir?« Sie beugte sich ein wenig nach vorn, so daß sich ihre Brüste noch weiter über den Rand des Ausschnitts hinausschoben. »Merkwürdig, daß dir mein Kleid erst jetzt auffällt. Die meisten Männer hätten es sofort bemerkt.«

Seth sah sie lächelnd an. Sein Blick wanderte über ihren Körper, und es schien ihm kein Detail zu entgehen. »Wenn ich dich betrachte, meine kleine Frau, sehe ich dich immer nur so, wie ich dich in Erinnerung habe – splitternackt bis auf ein Band im Haar. Also dauert es etwas länger, bis ich dich in einem Kleid wiedererkenne.«

»Du...!«

»Die Vasen sind nicht zum Werfen da. Ich muß sie dir wegnehmen, wenn du sie zerschlagen willst!« Er bot ihr seinen Arm. »Komm, laß uns zum Dinner hinuntergehen.«

Sie saßen sich am Tisch gegenüber. Martin hatte bereits den zweiten Gang serviert, und bis jetzt hatte Morgan immer noch kein Wort mit Seth geredet. »Wenn du so weitermachst«, sagte er leise, als der Butler den Raum verlassen hatte, »muß Martin glauben, wir wären ein Liebespaar, das sich eben gestritten hat.« Er hob die Stimme. »Erzählen Sie mir doch etwas von Ihren Reisen nach San Francisco, Mrs. Colter!«

Sie sah ihn lächelnd an. »Ich habe dort sehr interessante Leute kennengelernt – Männer von tadellosem Benehmen. Gentlemen«, setzte sie mit Nachdruck hinzu.

»Vielleicht auch einen gewissen Charley Farrell?«

»Wie kommen Sie ausgerechnet auf ihn? Mr. Farrell ist kein Mann, an den man sich zu oft erinnern sollte. Theron und ich haben für seine Frau gearbeitet. Eine sehr angenehme Person, leider hatte sie überhaupt keinen Geschmack.«

»Und wie gut haben Sie ihren Mann gekannt?«

»Besser, als mir lieb sein konnte, fürchte ich. Theron mußte mich ein paarmal vor seinen Nachstellungen retten. Schließlich sagte er zu Mr. Farrell, wenn er noch einmal versuchte, mich anzufassen, würden wir nicht mehr in sein Haus kommen. Und dann drohte er ihm damit, seine Frau von diesem dreisten Benehmen zu unterrichten. Charley hatte eine unglaubliche Angst vor seiner Frau.« Morgan nippte an ihrem Weinglas. »Wo haben Sie ihn kennengelernt?«

Seth blickte auf seinen Teller hinunter und murmelte: »Bei einem Glas Bier. Ich habe ihn eigentlich gar nicht richtig gekannt.«

Sie verstand nicht, warum er auf einmal so ernst wurde. Wenn es jemanden gab, den man nicht ernst nehmen konnte, dann Charley Farrell.

Schweigend kostete sie das Dessert, das Martin mittlerweile gebracht hatte. »Das war ein Fest«, sagte Seth und legte seufzend den Löffel nieder. »Ich hatte das Gefühl, ich könnte nicht genug bekommen von jedem Gericht.«

»Wenn jemand genug bekommen hat, dann sicherlich Sie... Ich habe noch keinen getroffen, der so ungeheure Mengen verdrücken konnte wie Sie!«

Er grinste sie an. »Das kommt davon, weil ich immer noch wachse. Das kostet Kraft.«

»Martin, würden Sie uns den Kaffee bitte draußen im Hof servieren – wenn Sie nichts dagegen haben, Mr. Blake?«

Sie gingen ins Freie und lauschten den Geräuschen der Nacht. Kojoten heulten irgendwo in der Nähe. Seth trat zu dem gekachelten Wasserbassin. »Es ist schön, allein mit dir im Haus zu sein, Morgan. Wenn ich es nicht besser wüßte, würde ich fast glauben, daß Gordon das absichtlich so eingerichtet hat.«

Sie wich seinem Blick aus. Dieser Gedanke war ihr auch schon gekommen.

»Erinnerst du dich noch an die Tage, die wir in der Schlucht unter den Ruinen des Indianerdorfs verbracht haben?«

»Nein.«

Er lachte leise. »Warum kommst du nicht zu mir herüber und läßt dich von mir küssen?«

»Hör auf damit, Seth, oder ich gehe sofort ins Eßzimmer zurück. Das ist alles vorbei. Wir sind jetzt nur noch... gute Bekannte.«

»Wie schön! Denn wenn wir gute Bekannte sind, können wir ja Freunde werden. Und danach ein Liebespaar.«

»Seth, du bist unmöglich!«

»Ich hoffe, du wolltest damit sagen, es sei unmöglich, daß wir nicht ein Liebespaar werden. Hast du dich schon jemals gefragt, warum du *mich* und keinen anderen Mann auf dem Ferguson-Ball gebeten hast, dich zu heiraten?«

»Weil ich hörte, daß du eine Ranch in Neu-Mexiko besitzt.« Sie konnte ihm ja schwerlich sagen, weil sie so sehr von seinen muskulösen Schenkeln beeindruckt gewesen war! Morgan lachte.

»Nun, mein Kleines« – Seth ging auf sie zu –, »ich glaube, ich werde jetzt zu Bett gehen.« Er legte ihr die Hände auf die Schultern und küßte sie leicht auf die Wange. »Gute Nacht, meine kleine Frau.« Er ließ sie los und war im nächsten Moment im Haus verschwunden.

Sie stand da und starrte auf die Stelle, wo er eben noch gestanden hatte. Er hatte keine Manieren! Er hätte ihr den Arm bieten und sie zu ihrem eigenen Schlafzimmer bringen müssen, anstatt sie hier im dunklen Hof einfach stehenzulassen. Wütend ging sie ins Haus und die Treppe hinauf. Die Tür von Seths Zimmer war geschlossen, und sie hörte nicht einen Laut in dem weitläufigen Gebäude. Morgan zog die Spangen aus ihrem Haar, schlüpfte aus ihrem Kleid und warf es achtlos über eine Sessellehne. Sie holte ein Nachthemd aus der Kommode – aus dünnem, fast durchsichtigem Musselin. Ein paar Minuten später drehte sie sich in ihrem Bett ruhelos von einer Seite auf die andere und konnte nicht begreifen, warum sie keinen Schlaf fand.

Seth lächelte, als er die Geräusche im Nachbarzimmer hörte. Oh, ja, mein Schatz... du erinnerst dich sehr wohl noch an die Zeit damals in der Schlucht unter den Ruinen!

Kaum war Morgan endlich eingeschlafen, als sie schon zu träumen begann. Sie war wieder die Gefangene von Jacques, der sie mit einer Hand an den Haaren festhielt, während er ihr ein Messer an die Kehle setzte. Die Indianer standen dabei und schauten neugierig zu. Plötzlich sah sie ihren Mann und hörte seine ruhige, geduldige Stimme: »Ich bin doch bei dir, mein Herz. Du brauchst keine Angst zu haben, *mi querida*.«

Sie kam langsam zu sich, wehrte sich gegen das Entsetzen, das der Traum in ihr ausgelöst hatte. Als sie die Augen aufschlug, erblickte sie wirklich Seth. Er saß auf der Bettkante und zog Morgan nun behutsam auf den Schoß. Sie schlang ihm die Arme um den Hals und hielt ihn ganz fest. Er redete sacht auf sie ein, gebrauchte zärtliche Worte, während er ihren Nacken streichelte. Sie weinte leise.

»Möchtest du dir nicht von der Seele reden, was dich so bedrückt?« sagte er.

Die Geschichte brach aus ihr heraus wie ein Sturzbach. Sie erzählte ihm von Jacques und von ihrem Traumgesicht, berichtete ihm von Joaquins Verrat, als er ihr angeblich bei der Suche helfen wollte, und wie er sie gezwungen hatte, diesen Brief zu schreiben. Sie redete von Madame Nicole und davon, wie sie – Morgan – an dem Abend, als sie ›versteigert‹ werden sollte, Seth im Spiegel gesehen und die Klänge einer Spieluhr gehört hatte. Dabei bemerkte sie nicht, wie er erbleichte, als ihm wieder einfiel, daß er am Abend vor Weihnachten mit der Faust die Spieluhr zertrümmert hatte.

Morgan sprach schluchzend davon, wie sie am Abend der Auktion gedemütigt worden war. Sie erzählte ihm von ihrer Zuneigung zu Theron und gestand ihm, wie froh sie in jener Nacht gewesen war, als sie ihn – Seth – wiedersah, und wie oft sie gebetet hatte, daß er noch am Leben sein möge, obgleich sie wußte, daß kaum noch Hoffnung bestand. Tränen blinkten in Seths Augen. »Es tut mir leid, mein Herz. Ich bin ja nun bei dir und werde dich nie mehr verlassen.«

Sie war wie ein Kind. Er hielt sie in seinen Armen und wiegte sie auf seinem Schoß. Sie brauchte jetzt seine Zärtlichkeit. Und die Erleichterung, die sie sich mit ihren Tränen verschaffte. Allmählich wurde ihr Atem ruhiger, und er wußte, daß sie eingeschlafen war. Sanft legte er sie aufs Bett zurück und deckte sie zu. Sie machte ein kleines saugendes Geräusch wie Adam. Er küßte sie auf die Wange und dann leicht auf den Mund.

Seth trennte sich nur widerwillig von Morgan und ging zur Verbindungstür. Sie war verschlossen. Stirnrunzelnd begab er sich durch die Tür zum Korridor in sein Zimmer zurück. Dort versuchte er neugierig noch einmal die Verbindungstür. Sie ließ sich öffnen.

Gordon, dachte er. Gordon mußte irgendwie seine richtige Identität entdeckt und es so eingerichtet haben, daß er allein mit Morgan im Haus sein konnte. Natürlich war es nicht schwierig gewesen, die Wahrheit zu entdecken, da Morgan sich ja bei jeder Gelegenheit mit lauter Stimme beschwert hatte: »Seth Colter – untersteh dich!« Ihm hatte das wie Musik in den Ohren geklungen. Wenn er richtig vermutete, würde Gordon so lange fortbleiben, bis er die Nachricht erhielt, daß Morgan und ihr Mann wieder zusammen waren.

Adam hatte gerade die Faust erhoben, um an die Schlafzimmertür seiner Mutter zu trommeln, als eine große Hand an dem ihm unerreichbaren Türknopf drehte. Er schaute hoch und erblickte seinen Vater, der einen Finger an die Lippen hielt. Adam folgte ihm leise ins Zimmer und trat ans Bett seiner schlafenden Mutter.

Seth drückte vorsichtig einen Kuß auf Morgans Ohr. Sie lächelte im Schlaf. Adam sah grinsend zu seinem Vater hinauf und beschloß, es ihm nachzumachen. Triumphierend pflanzte er einen laut schmatzenden Kuß auf ihr Ohr und lachte dann vergnügt, als Morgan die Augen öffnete und sich das Ohr zuhalten wollte.

»Was sucht ihr beiden denn hier! Kann man nicht mal in Ruhe ausschlafen?« fragte sie erbost und mußte dann ebenfalls lachen. Seth und der Kleine sahen sich doch zu ähnlich. »Jedenfalls kann man von dir verlangen, daß du Rücksicht auf mich nimmst! Dein Sohn ist noch ein Kind und weiß es nicht besser.«

Seths Grinsen wurde noch breiter, und Morgan hätte schwören können, daß seine Brust um gute fünf Zentimeter anschwoll.

»Warum grinst du wie ein Honigkuchenpferd?«

»Weil du zum erstenmal zugibst, daß er mein Sohn ist.«

Sie blickte ihn stirnrunzelnd an. »Natürlich ist er dein Sohn. Du brauchst ihn doch nur anzuschauen. Ich kann mir kaum vorstellen, daß zwei Menschen sich noch ähnlicher sehen könnten als ihr beide.«

»Ich weiß, aber ich höre es trotzdem gern von dir.«

»Du bist schlimmer als Lupitas Hähne. Er *muß* doch dein Sohn sein. Du bist der einzige Mann, mit dem ich jemals ...« Sie hatte ihm das nicht sagen wollen. Er hatte kein Recht darauf, es zu erfahren.

Seth ließ sich schwer auf ihren Bettrand fallen. »Ich bin der einzige Mann, mit dem du jemals geschlafen hast?«

Sie sah zur Seite und beobachtete Adam, der versuchte, die Spitzen von Ihrem Kopfkissenbezug zu reißen. »Ja«, flüsterte sie.

Seth faßte sie bei den Schultern, zog sie an sich und gab ihr einen lauten, herzhaften Kuß auf den Mund. »Ich weiß, daß es keine Rolle spielen sollte und es so oder so nichts ändern würde an meiner Liebe, aber das macht mich sehr glücklich.« Er wandte sich an seinen Sohn. »Bevor du die schöne teure Bettwäsche deiner Mutter zerstörst – wie gefiele dir ein Huckepack-Ritt hinunter ins Erdgeschoß?« Adam kletterte auf den Rücken seines Vaters. Seth blieb noch einmal im Türrahmen stehen. »Warum bleibst du nicht im Bett? Ich werde Adam Roselle übergeben und komme dann gleich wieder zu dir zurück.«

Morgan rieb sich den Mund und dann das Ohr. »Ich habe

bereits zwei blaue Flecken vom Küssen bekommen. Damit ist mein Bedarf für heute morgen gedeckt.«

»Vielleicht überlege ich es mir noch anders und stelle Adam einfach vor die Tür! Dort kann er so viel schreien, wie er will – wir hören ihn bestimmt nicht.« Er machte rasch die Tür zu, und das von Morgan geschleuderte Kissen schlug dumpf gegen die Füllung. Adam hieb seinem Vater die Fersen in die Rippen und jauchzte vor Vergnügen. Er mochte diesen Mann, weil in seiner Nähe immer aufregende Dinge geschahen – wie jetzt eben, als seine Mutter ihnen ein Kissen nachwarf.

»Pferd, Pferd!« jubelte er.

Beim Frühstück schlug Seth einer nachdenklichen Morgan vor, daß sie mittags mit Adam und einem Picknick-Korb zum Fluß reiten sollte. Er würde versuchen, dorthin zu kommen und mit ihnen zu essen.

»Ich weiß nicht, ob ich das ermöglichen kann. Ich habe eine Menge zu tun.«

»Was ist denn so dringend?«

Er redete so, als würde sie ihre Tage hier nur im Bett verbringen! Ihr Ton wurde feindselig. »Es ist September. Da muß ich eine Menge Obst einmachen und noch andere Vorräte für den Winter anlegen. Und die Bücher soll ich auch noch führen. Und ...«

Seth blickte zerknirscht vor sich hin. »Ich dachte ja nur, es wäre schön, wenn Adam mal wieder an die frische Luft käme.«

Morgan wandte sich ab und sagte: »Nun gut – ich werde sehen, ob ich mir freinehmen kann.«

»Großartig!« Sie wußte jetzt, daß seine Zerknirschung nur Theater gewesen war. »Dann wünsche ich dir noch einen angenehmen Tag, Schatz.«

»Laß das! Es könnte dich jemand hören.«

»Was ich nur hoffen kann, Schatz!«

»Schatz!« äffte Adam seinen Vater nach.

»Oh, nein! Was wird Gordon dazu sagen, wenn er zurückkommt und solche Wörter von dir hört!«

»Gord?« wiederholte Adam stirnrunzelnd.

Sie lachten beide über ihren Sohn.

Adam spielte den ganzen Vormittag hindurch auf dem Hof mit seiner Ranch. Die Weidereiter hatten ein paar freie Abende geopfert und ihm neue Figuren geschnitzt. Inzwischen war seine Ranch so umfangreich geworden, daß es zu mühsam wurde, die einzelnen Teile abends ins Haus zu tragen. Deshalb hatte Seth aus Segeltuch ein Dach darüber gespannt, damit sie vor dem Regen geschützt waren.

Morgan überwachte das Saubermachen in Seths Zimmer und verbrachte dann zwei Stunden mit Roselle in der Küche, um einen besonders schmackhaften Lunch für das Picknick vorzubereiten.

Als alles fertig war, ritt sie mit Adam zu ihrem bevorzugten Picknick-Platz am Fluß, Seth war nicht da. Morgan breitete die Steppdecke auf dem Boden aus, sang ihrem Sohn Kinderlieder vor und zeichnete ihm auf einer Tafel, die sie regelmäßig einpackte, wenn sie mit ihm ins Freie ging, die Tiere auf, die in den Liedern vorkamen.

»Wie geht es denn meinem Weib und meinem Sohn?« Seth blickte mit unschuldigem Gesicht auf sie hinunter, als sie stirnrunzelnd zu ihm hochsah. Er nahm sich wirklich zu viele Freiheiten heraus! Schweigend begann sie ihren Korb auszupacken.

»*Brioches!* Morgan, du ahnst ja gar nicht, wie oft ich mich nach diesen herrlichen Dingen gesehnt habe. In Kalifornien bekam ich den schlimmsten Fraß meines Lebens. Jessy hat dort eine Weile für mich gekocht. Ich weiß nicht, wie ich ihre Kost überlebt habe. Jessy schlug jedesmal mit den Eiern auch die Hälfte der Schalen in die Pfanne.« Er zeigte ihr mit den Händen, wie sie das gemacht hatte. »Und wenn die einen noch halb flüssig waren und die anderen schon so hart, daß du sie nicht mehr von der Pfanne unterscheiden konntest, hat sie dir das Ganze als Rührei serviert. Nun frag mich bloß nicht, welchen Trick Jessy anwendete, damit einige Eier flüssig blieben, während die anderen schon verbrannt waren. Ich habe mich dummerweise nie danach erkundigt.«

Morgan lachte, bis sie nach Luft schnappen mußte.

»Warte, ich habe dir noch nicht von ihren Pfannkuchen

erzählt. Die konnte man auseinanderziehen, bis sie so lang waren wie mein Arm. Nun sage mir, wie so etwas möglich ist. Niemand traute sich, sie nach dem Geheimnis ihres Pfannkuchenteigs zu fragen. Sie waren ein solches Wunder, daß man sie sogar als Fliegenfänger verwenden konnte.«

Morgan lachte wieder, bis ihr die Tränen kamen. Sie konnte sich Jessys Pfannkuchen nur zu gut vorstellen. Sie hatte selbst zweimal eine Kostprobe von deren Kochkünsten bekommen. Nur zu gern hätte sie das Rezept von diesen Pfannkuchen Jean-Paul nach Frankreich geschickt.

Während seine Mutter noch immer lachte, hielt Adam seinem Vater die Tafel hin und sagte: »Pferd!«

Seth kritzelte ein paar Worte auf die Tafel und reichte sie dann Morgan *»Seth liebt Morgan von ganzem Herzen«*, las sie leise. Sie blickte ihm in die Augen und erkannte, wie ernst es ihm war mit seiner Absicht, sie zurückzugewinnen. Sie wischte sich die Lachtränen aus den Augen, löschte den Satz und zeichnete ein Pferd, wie Adam es verlangt hatte.

»Ich muß jetzt wieder an die Arbeit gehen. Gibst du mir einen Kuß zum Abschied? Auf die Wange?«

Sie lachte, weil Seth denselben Trick anwandte wie ihr Sohn, wenn er etwas von ihr haben wollte. »Gut. Einen Kuß auf die Wange.« Morgan stand auf, beugte sich zu ihm, und dann lagen sie sich – wie sie das schon vorher gewußt hatten – in den Armen. Diesmal leistete sie keinen Widerstand, als ihre Lippen sich berührten.

»Du wirst mich auch nicht vergessen?« Er lächelte auf sie hinunter und drehte sich dann zu seinem Sohn um. »Hast du auch einen Schmatz für deinen Daddy, mein Sohn?« Adam rannte in Seths ausgebreitete Arme, und Seth warf den Jungen in die Luft und rieb dann sein stacheliges Kinn an Adams Hals. Das Kind jauchzte laut vor Entzücken.

Nachdem Morgan mit ihrem Sohn ins Haus zurückgekehrt war, machte Adam seinen Mittagsschlaf, und sie legte sich für ein paar Minuten auf ihr Bett. Wann war ihr bewußt geworden, daß sie Seth immer noch liebte? Vielleicht in dem Augenblick, als sie den Satz auf der Tafel las und merkte, daß sie ihm tatsächlich Vertrauen schenken konnte? Ja, dieses Mal durfte sie ihm glauben und vertrauen.

Und sollte nun alles vergessen sein, was er ihr in jener entsetzlichen Nacht in San Francisco angetan hatte? Irgendwie verblaßte die Erinnerung daran, und es schoben sich immer mehr die Bilder in den Vordergrund, wie Seth mit Adam spielte und sich um sie bemühte.

Morgan beschloß, der Zukunft zu überlassen, wie es mit ihnen weitergehen sollte. Sie hatte Seth in ihrer Nähe, und dort sollte er auch bleiben. Und wenn er sie haben wollte, gehörte sie ihm.

39

Das Dinner verlief in einer angenehmen und entspannten Atmosphäre. Morgan genoß die Unbefangenheit, die sie sich mit dem Eingeständnis, daß sie Seth liebte, zurückerobert hatte.

Den Kaffee nahmen sie später im Innenhof zu sich. Seth hatte sich auf eine Steinbank gesetzt und die Arme auf die Rückenlehne gelegt. Morgan betrachtete ihn gespannt. Ob er sie wohl einladen würde, sich zu ihm zu setzen. Endlich klopfte er mit der flachen Hand auf den freien Platz neben sich und sah sie fragend an. Sie versuchte, langsam zu gehen, gelassen und ruhig auszusehen, anstatt sich in seine Arme zu stürzen.

Eine Zeitlang saßen sie ohne zu sprechen nebeneinander. Morgan dachte darüber nach, daß sie sich an seiner Seite beschützt und zu Hause fühlte. So etwas hatte sie in San Francisco oder sogar auf der Colter-Ranch nie empfunden. Und dann fiel ihr plötzlich Jake ein, wie er mit ihr wegen ihrer unersättlichen Freßlust geschimpft hatte. Sie lachte.

»Darf ich es auch wissen?«

»Was?«

»Woran du gedacht hast, als du lachen mußtest?«

»An Jake und warum er immer so wütend auf mich war.«

»Warum sollte Jake wohl jemals wütend auf dich gewesen sein? Ich habe ihm und den anderen, bevor ich hierherkam, einen Brief geschrieben und sie über alles aufgeklärt. Sie wissen also, daß ich noch am Leben bin. Nur in der Zeit, die ich in Kalifornien verbrachte, habe ich kein Lebenszeichen von mir gegeben, fürchte ich. Aber nun verrat mir mal, warum Jake auf dich wütend war. Vielleicht, weil du noch ein Wort mit mir geredet hast, nachdem ich mich nach dem Fest bei den Montoyas so unglaublich dir gegenüber benommen habe? Ich schätze, er wußte, daß wir danach noch ... äh ... miteinander gesprochen haben.« Er sah sie augenzwinkernd an.

»Das auch. Aber vor allem wegen meines Appetits, verstehst du?«

»Ich verstehe gar nichts. Wie konnte Jake sich darüber aufregen?«

»Wenn ich Appetit sage, dann heißt das, daß ich sechs Monate lang *ununterbrochen* gegessen habe.«

Seth lachte leise. »Das mache ich doch schon seit vielen Jahren.«

»Das ist es ja, was ich meine. Ich aß genauso viel wie du. Und ich wurde ebenso ... stattlich wie du.«

Er lächelte ungläubig.

»Erinnerst du dich noch, daß ich in Lupitas Baumwollkleidern fast ertrank? Kurz vor Adams Geburt sprengte ich sogar die Säume.«

Aber Lupita ist doch mindestens zweimal so dick wie du! Schade, daß ich das nicht miterlebt habe. Ich wette, du hast ausgesehen wie eine kleine Tonne! Inzwischen scheinst du diese Pfunde aber wieder verloren zu haben.«

Morgans Herz klopfte schneller, als sie ihm in die Augen sah. Er würde sie jetzt küssen, und sie verlangte danach.

»Ich glaube, es ist Zeit zum Schlafengehen.«

Sie nahm seinen Arm und spürte die Muskeln unter dem Ärmelstoff. Ihr Herz klopfte laut, und ihre Haut schien zu prickeln. Seth blieb mit ihr vor ihrer Schlafzimmertür stehen und beugte sich vor. Morgan schloß die Augen, als sie seine

Lippen dicht vor ihrem Mund spürte, öffnete sie aber sofort wieder, als sie seinen Kuß auf ihrer Wange fühlte. Sie runzelte die Stirn.

»Gute Nacht, *mi querida.*« Und dann war er schon in seinem Schlafzimmer, und die Tür schloß sich hinter ihm.

Morgan zog sich wütend aus und wanderte noch eine Weile ruhelos im Zimmer umher, bevor sie sich endlich zur Ruhe legte.

Seth hatte ihr Stirnrunzeln falsch gedeutet. Er beschloß, die Sache noch behutsamer anzugehen. Seine kleine Frau brauchte vermutlich immer noch Zeit, bis sie ihm wieder ihr volles Vertrauen zu schenken bereit war.

Als Morgan erwachte, war es noch still im Haus. Sie streckte die Arme zur Seite, blickte erschrocken auf den leeren Platz neben sich und legte dann den Kopf beruhigt auf das Kissen zurück. Adam war wieder drüben bei seinem Vater. Sie drehte sich auf den Rücken, gähnte und streckte wohlig ihre Glieder. Es war ein gutes Gefühl, sich einzugestehen, daß sie Seth liebte. Zum erstenmal seit langer Zeit kehrte wieder Frieden in ihr Herz ein. Aber wer wußte schon, was nun wieder passieren konnte?

Sie warf die Zudecke beiseite, sprang aus dem Bett und betrachtete sich kritisch im Spiegel. Rasch fuhr sie sich ein paarmal mit der Bürste durch die Haare, nickte ihrem Spiegelbild zufrieden zu und kicherte dann. »Du wirst doch wohl nicht eitel werden, Morgan Colter?«

Als sie in den Korridor hinaustrat, bemerkte sie, daß nicht nur die Tür von Adams Zimmer, sondern auch von Seths Zimmer geschlossen war. Morgan holte tief Luft, um ihre aufsteigende Unruhe niederzukämpfen. Was war, wenn er sie nun nicht mehr haben wollte? Er konnte zu dem Schluß gekommen sein, daß sie die viele Mühe nicht lohnte! Als sie ihre zitternde Hand hob, um leise an seine Tür zu klopfen, erinnerte sie sich wieder daran, wie oft Seth sie früher ihres mangelnden Selbstvertrauens wegen gehänselt hatte. Sie konnte zwar auf einem wilden Pferd reiten und fabelhaft kochen, erschrak aber immer, wenn Männer sie nur ansahen.

Es blieb still hinter der Tür, und Morgan öffnete sie leise und ging auf Zehenspitzen zu Seths Bett. Sie berührte sanft die Haare an seiner Schläfe. Seine Lider hoben sich, und sie sah ihm in die Augen und verlor sich in der Tiefe der Gefühle, die sie darin finden konnte. Ohne ein Wort zu sagen, hob er die Arme, und Morgan ließ sich hineinfallen.

Einen Moment lang hielten sie sich nur fest, und sie hatte dabei das Gefühl, daß sie nun endlich nach Hause gekommen war. In Seths Armen war sie sicher. Hier hatte sie Frieden gefunden. Doch dieser Frieden währte nicht lange, als er begann, ihre Haare und Augen zu küssen und an ihren Ohrläppchen zu knabbern.

»Ich liebe dich so sehr.« Seine Liebkosungen schickten heiße Schauer über ihre Beine und ihren Rücken. »Ich habe versucht, geduldig zu sein, aber das ist gar nicht einfach. Ich begehre dich doch so. Ich brauche dich. Kannst du mir sagen, ob du noch etwas für mich empfindest? Ich weiß, daß ich dir etwas sehr Schlimmes angetan habe, aber kannst du in deinem Herzen Verzeihung für mich finden?«

Das waren zu viele Fragen auf einmal. Ihr Verstand überließ ihrem Körper die Kontrolle. Seths Lippen berührten sie, setzten ihre Haut in Flammen. »Ja«, murmelte sie.

»Was ja?« Er küßte ihren Hals – verbrannte ihn mit seinen Küssen.

»Ja, ich verzeihe dir. Ich werde das vielleicht wieder bereuen, aber ich vergebe dir all diese schrecklichen Dinge, die du mir angetan hast.«

»Schrecklich! Ich werde dir zeigen, wer von uns beiden schrecklich ist.« Er zog sie noch näher an sich heran und begann sie zu kitzeln, rieb sein Stoppelkinn an ihrem Hals und ihrer Wange. Sie lachte laut, genoß das vertraute Vorspiel der Liebe. Aber etwas störte sie. Ein sechster Sinn sagte ihr, daß sie Grund hatte zur Unruhe, und dieses Gefühl wurde immer stärker, übertönte ihr Lachen, ihre Freude, daß sie Seth wieder in den Armen halten konnte. *Adam!* Wo war Adam?

»Seth!« Sie löste sich von ihm. Der Schreck blockierte alle leidenschaftlichen Gefühle. »Seth! Wo ist Adam?«

»Er wird vermutlich noch schlafen«, flüsterte er ihr ins Ohr.

»Nein. Adam schläft nie so lange, jedenfalls nicht in seinem eigenen Zimmer. Da stimmt etwas nicht.«

Seth wurde ernst und starrte ihr ins Gesicht. Er las darin Ihre Sorge, ihre Angst. Er wollte ihr sagen, daß sie sich unnötig aufregte, aber er sprach es nicht aus. Sie würden ein Leben lang Zeit haben, über Adam zu reden. Doch in diesem Augenblick brauchte sie eine Bestätigung, daß ihre Sorge unbegründet war. »Dann geh und schau nach ihm. Und dann komm schnell wieder hierher. Nein, besser, ich begleite dich, damit ich auch die Gewähr habe, daß du wieder zu mir ins Zimmer kommst.»

Er legte den Arm um ihre Schultern und ging mit ihr hinüber in Adams Zimmer.

»Ich habe mir vorgenommen, dich in den nächsten zwei Wochen nicht mehr aus meinem Zimmer zu lassen. Adam kann meinetwegen stundenlang mit der Faust an die Tür trommeln, aber ich brauche dich dringender als er dich. Siehst du?« Sie blieben im Türrahmen des Kinderzimmers stehen. »Er sieht wie ein kleiner pausbäckiger Engel aus.«

Morgan runzelte die Stirn. Adam lag zu friedlich in seinem Bettchen. Da stimmte etwas nicht. Rasch durchquerte sie das Zimmer und strich ihm die Haare aus der Stirn. Sein Gesicht war heiß – sehr heiß.

Sie wurde blaß, und drehte sich zu Seth um. Mit zwei Schritten stand er am Bett seines Sohnes und hob mit seinen großen Händen den Kopf des Kleinen ein wenig an. Der Hals des Kindes war geschwollen, und Adam wimmerte in den Händen seines Vaters. Seths Gesicht wurde so aschfahl wie das seiner Frau. »Ich werde den Arzt holen«, sagte er mit bebender Stimme, die eine solche Angst verriet, wie er sie noch nie empfunden hatte.

Minuten später hörte Morgan ihn die Treppe hinunterlaufen, und kurz darauf dröhnten rasche Hufschläge über den Vorplatz.

Sie war wie betäubt. Sie fiel auf die Knie und nahm die kleine Hand ihres Sohnes in ihre Hände. Sie waren so trocken und so furchtbar heiß. Adam war noch nie krank gewesen. Er konnte doch gar nicht krank werden! Er war noch zu klein, um

Schmerzen ertragen zu können. »Adam, mein Herz«, flüsterte sie, als sie die schlaffe kleine Hand an ihre Wange drückte.

Adams Lider zuckten. »Mama.« Seine Stimme war heiser und kaum zu verstehen. Er schluckte schwer und preßte die Lider zusammen, als der Schmerz zu groß für ihn wurde.

»Ich bin hier, mein Kleiner. Mama ist bei dir, und Daddy holt gerade den Doktor. Der kommt hierher und macht dich ganz schnell wieder gesund. Dann hast du keine Schmerzen mehr.«

»Mrs. Colter!« Roselle kam ins Zimmer. »Ich hörte eben Mr. Blake die Treppe hinunterlaufen. Ist etwas nicht in Ordnung?« Sie griff sich an den Mund, als sie Morgans Gesicht sah und blickte zu Adam hin.

»Adam!« Sie berührte seine glühend heiße Stirn, und ihr Blick wurde düster.

Sie hatte das schon einmal erlebt. Und nun sah sie es wieder vor sich – ihr kleines Mädchen, das genauso lebhaft gewesen war wie Adam. Es war auch ungefähr in seinem Alter gewesen, ihre süße kleine Sarah. Eines Morgens hatte sie genauso still und heiß in ihrem Bettchen gelegen, und nach einer Woche war sie dann gestorben. Sie hatte den Verlust ihrer Sarah nie ganz verwunden und würde nie vergessen, wie sie den kleinen Körper zum letztenmal angezogen hatte, ehe man ihn ins Grab legte. Bitte, lieber Gott, laß das nicht zum zweitenmal geschehen!

»Was kann ich nur tun?« fragte Morgan und sah die ältere Frau dabei flehend an.

Roselle versuchte, ihre beginnende Hysterie zu unterdrükken. »Ist Mr. Blake fortgeritten, um den Arzt zu holen?«

»Seth! Er ist kein Mr. Blake – er ist Seth Colter, Adams Vater.« Morgan streichelte Adams Arm und seine Hände.

»Dachte ich es mir doch.« Roselle mußte sich und Morgan gleichzeitig beruhigen. Sie verließ das Zimmer und kam mit einem Kleid und Unterwäsche zurück. Sie half Morgan beim Ankleiden und redete dabei ununterbrochen mit ruhiger Stimme auf sie ein.

»Es ist vermutlich nur eine von diesen Kinderkrankheiten,

die sie ja alle durchmachen müssen. Ich bin überzeugt, er ist nach ein paar Tagen wieder wohlauf.«

»Adam ist nie krank. Nicht einmal einen Schnupfen hat er bisher gehabt.«

»Nun, dann wird es Zeit, daß er einen bekommt.« Roselle bemühte sich, ihre Angst nicht in ihrer Stimme durchklingen zu lassen.«

»Er ist so still. Warum sagt er denn nicht ›essen, essen‹, wie er das sonst immer tut? Adam.« Morgan fiel wieder vor dem Bett auf die Knie. »Mama bringt dir eine gebratene Hühnerkeule. Willst du eine Hühnerkeule haben? Oder Plätzchen? Möchte Mamas Liebling ein paar Plätzchen haben?«

Adam mußte sich anstrengen, damit er die Augen öffnen konnte. Seine Mutter stöhnte leise, als sie den Schmerz sah, der sich darin spiegelte.

Roselle legte den Arm um Morgans Schultern und hob sie fast gewaltsam vom Boden auf. »Bitte, Mrs. Colter, setzen Sie sich hierher.« Die ältere Frau zog einen Stuhl näher ans Bett heran. »Adam möchte jetzt nichts essen. Warten sie doch ab, bis der Doktor kommt. Er wird schon wissen, was in diesem Fall zu tun ist.« Sie ging zur Tür. »Ich werde Carol mit einem Tablett heraufschicken, damit Sie wenigstens etwas frühstücken.«

Als Morgan mit Adam allein war, spürte sie, wie die Angst ihr die Kehle zuschnürte. Aus irgendeinem Grund war Roselles Bemerkung, daß Adam nichts würde essen wollen, schlimmer als die ungewöhnliche Ruhe des fiebernden kleinen Jungen. Adam hatte immer gegessen. Er war schon hungrig geboren worden, und sein noch so junges Leben war vom Gedanken an Essen beherrscht worden. Sein erstes Wort war »Essen« gewesen. Es war kein leiser Versuch gewesen, dieses Wort zu formen, sondern es war ihm fordernd und laut über die Lippen gekommen. Sie erinnerte sich noch, wie sie und Jake, Lupita und Paul wie auf Kommando gelacht hatten. Adam hatte sie ignoriert. Er hatte nach seinem Essen verlangt und erwartet, daß man es ihm servierte.

Adam möchte jetzt nicht essen. Diesen Satz wiederholte sie

immer und immer wieder in Gedanken. Sein Gesicht war stark gerötet. Das Fieber malte glühende Flecken auf seine Wangen. Das konnte doch unmöglich ihr Adam sein. Adam war ein Wirbelwind, ein Auftrieb. Er treibt nur sein Spiel mit mir, damit ich ihm Plätzchen backen soll, dachte sie verzweifelt. Ja, das ist es, was er möchte! Ich werde ihm Tausende von Plätzchen backen, aber ich kann jetzt nicht in die Küche hinuntergehen, weil ich hier sein muß, wenn er die Augen aufschlägt.

Sie streichelte seine Stirn. Sie war so trocken. Sonst war sie immer feucht. Er schwitzte die ganze Zeit – weil er unablässig in Bewegung war. »Wenn du deine Erkältung überstanden hast, wird dir deine Mami Plätzchen backen und kleine Kuchen mit ganz viel Zuckerguß. Wir werden ›Adam‹ darauf schreiben, und ›Pferd‹ und ›Essen‹... und wir werden zusammen Bilder malen.«

Adam öffnete die Augen und sah seine Mutter verwirrt an. Er verstand nicht, was mit ihm vorging. In seinem Leben hatte er bisher nur Schmerzen gehabt, wenn er sich das Knie oder den Ellenbogen aufschlug. Und wenn das passierte, war er zu seiner Mutter gegangen, und von ihren Küssen waren die Schmerzen rasch wieder vergangen. Nun war seine Mutter bei ihm, und die Schmerzen wollten dennoch nicht vergehen. Er konnte das überhaupt nicht verstehen.

Morgan wußte nicht, wie lange sie dort auf dem Stuhl neben dem Bett gesessen hatte. Sie war sich nur undeutlich bewußt, daß Roselle und Carol ins Zimmer kamen und wieder gingen. Ein paarmal hörte sie, wie jemand zu ihr sagte, sie sollte doch eine Kleinigkeit essen. Doch ihre Kehle war noch immer wie zugeschnürt, und sie wußte, daß sie keinen Bissen hinunterbringen konnte. Verstanden sie denn nicht, daß sie keinen Appetit hatte, solange ihr Kleiner auch nicht aß?

Sie hörte Männerstimmen vor der Tür und wußte, daß Seth zurückgekommen war. Bestimmt hatte er den Arzt mitgebracht! Morgan spürte die Erleichterung wie eine warme Woge, die über ihren Körper wanderte. »Der Doktor ist da, mein Baby. Er macht dich wieder gesund. Er sorgt dafür, daß deine Schmerzen aufhören.«

Sie lief zu Seth hinaus. »Wo ist der Arzt?«

»Er wird gleich hier sein. Geht es ihm schon besser?!«

»Nein, Seth. Er ist so heiß, so furchtbar heiß... und er ist noch so klein.«

Er hielt die kalte Hand seiner Frau fest, und sie traten zusammen an Adams Bett. Seths Angst wuchs. In den wenigen Stunden, die er von hier fortgewesen war, schien sein Kind geschrumpft zu sein. Adams Gesicht war feuerrot und mit gespenstischen weißen Flecken übersät.

Ein Mann trat ein, und Seth drehte sich um. »Das ist Dr. Larson, Morgan. Und das ist Mrs. Colter, meine Frau.«

»Unser Sohn, Doktor! Er ist so klein und hat solche Schmerzen. Er ist noch nie krank gewesen!«

Seth legte den Arm um sie und versuchte sie zu beruhigen. Er hatte sehr wohl bemerkt, daß sie »unser Sohn« gesagt hatte, und war froh, daß sie sich zu ihrer wahren Beziehung bekannte, denn in der Eile hatte er dem Arzt seinen richtigen Namen genannt.

»Ich werde alles tun, was in meiner Macht steht, Mrs. Colter.«

Der Arzt – ein schon älterer, korpulenter Mann – schlug die Zudecke zurück und begann Adam zu untersuchen. Als er das Nachthemd des Jungen anhob, wimmerte Morgan leise. Er war am ganzen Körper so rot wie im Gesicht. Seths Griff um ihre Schultern wurde fester.

»Ich glaube, hier haben wir die Ursache gefunden.« Dr. Larson drehte Adams linkes Bein zur Seite und deutete auf eine große, entzündete Beule an der Wade. »Es scheint sich um eine Art von Insektenstich zu handeln.«

»Eine Art? *Was* für eine Art? Was für eine Art von Insektenstich?«

»Das kann ich Ihnen nicht sagen, Mrs. Colter. Ich habe schon ein paar solche Fälle gehabt, aber nicht viele. Viele Leute meinen, es wäre eine Zecke, aber keiner weiß es genau.«

Morgan seufzte. Die Ursache der Krankheit war nicht so

wichtig wie deren Heilung. »Was machen wir jetzt? Wie können wir das Fieber behandeln?«

»Ich wüßte nicht, daß man dagegen viel tun könnte. Wenn der Junge kräftig genug ist, wird er das Fieber überstehen. Wenn nicht, müssen Sie sich auf das Schlimmste vorbereiten.«

Sie lächelte ihn an, und Seth wußte, daß sie die Worte des Arztes nicht wahrgenommen hatte. Wie aus weiter Ferne hörte sie ihn fragen: »Gibt es denn wirklich nichts, was wir tun könnten?«

»Versuchen Sie, ihm immer wieder Flüssigkeit einzuflößen. Und beten Sie. Das ist alles, was man in so einem Fall tun kann. Er wird bald einen starken Durchfall bekommen, und er muß den starken Wasserverlust wieder ersetzen.«

Der Nebel vor Morgans Augen begann sich wieder zu lichten. Was hatte er damit gemeint, daß sie sich auf das ›Schlimmste vorbereiten‹ sollten? Der Arzt wollte gerade wieder das Zimmer verlassen, als sie sich von Seth losriß. »Sie können jetzt nicht gehen! Mein Kind ist krank. Er braucht Sie! Sie müssen ihm helfen.«

Doktor Larson blickte sie traurig an. Er sah zu Seth hoch, und auf dessen Nicken hin verließ er das Zimmer. Himmel, dachte er, es gibt Momente, wo ich meinen Beruf hasse.

Morgans Stimme war hoch und schrill. »Er kann nichts tun? Mein Baby ist krank, und er kann nichts tun? Er sagt, ich soll mich auf das Schlimmste vorbereiten?«

Seths Finger gruben sich in ihre Schultern. »Hör mir jetzt zu. Adam ist krank – sehr krank. Er braucht dich. Du kannst dir jetzt keine Panik leisten. Hörst du mich? Adam braucht dich.«

»Ja.« Sie hob das Kinn. »Adam braucht mich.«

»Der Doktor sagte, wir sollen versuchen, ihm Flüssigkeit einzuflößen, und genau das werden wir tun. Adam kennt dich am besten von uns allen und er vertraut dir. Du wirst ihn füttern.«

»Ihn füttern, ja.«

»Ich gehe jetzt in die Küche hinunter und sage Roselle Bescheid. Und wenn ich wiederkomme, möchte ich dich ganz ruhig auf dem Stuhl dort sitzen sehen. Adam braucht jetzt seine

Mutter, nicht irgendeine hysterische Frau, die sich die Haare rauft. Hast du mich verstanden?«

»Ja. Adam braucht seine Mutter.«

Morgan setzte sich gehorsam auf den Stuhl neben Adams Bett. Carol kam ins Zimmer. »Ich bin überzeugt, er wird bald wieder gesund sein, Mrs. Colter. Mein kleiner Bruder hat ständig Fieber und erholt sich doch immer wieder.«

Morgan versuchte, dem Mädchen zuzulächeln.

Seth kam mit einer Schüssel voll dampfender Fleischbrühe zurück. »Ich werde ihn halten, während du ihn fütterst.«

Adams Lider flatterten kaum, als Seth ihn hochhob. Seth erschrak, als er die unglaubliche Hitze spürte, die der Körper des Kleinen ausströmte. Er fühlte sich so zerbrechlich an in seinen Armen. Adam öffnete die Augen, als der warme Löffel seine Lippen berührte. Er schluckte, und dann preßte er die Lider vor Schmerzen wieder fest zusammen, als ihm die Flüssigkeit durch die Kehle rann. Er stöhnte laut. Er drehte den Kopf zur Seite, als seine Mutter ihm abermals einen Löffel voll Brühe einzuflößen versuchte, und blickte sie fragend an. Warum wollte sie ihm auf einmal weh tun?

»Er hat Schmerzen beim Schlucken, Seth. Er kann nichts essen.«

»Probier es noch einmal.« Adam hielt den Mund fest geschlossen und weigerte sich, noch mehr Brühe zu sich zu nehmen. Seth legte ihn ins Bett zurück. »Wir werden es später noch einmal versuchen.«

Wieder trat Carol ins Zimmer, brachte frische Handtücher, eine Schüssel mit warmen Wasser und Windeln. Seth starrte die Windeln an. Adam hatte sie schon seit Monaten nicht mehr getragen.

Zusammen mit Morgan badete er das fiebernde Kind und wechselte sein Nachthemd. Dann setzten sie sich ans Bett und warteten.

Im Haus war es still. Niemand machte ein lautes Geräusch. Immer wieder kühlte Morgan das Gesicht ihres Sohnes. Roselle brachte ein Tablett mit Essen herein, doch keiner der beiden rührte es an.

»Ich fühle mich so hilflos, Seth. Ich weiß einfach nicht, was ich tun soll. Adam ist immer so ein süßes Kind gewesen. Jeder hatte ihn gern. Nur seine Mahlzeiten wollte er nicht gern mit anderen teilen. Und jetzt –« Morgan wischte sich eine Träne aus dem Auge – »jetzt kann er nicht einmal essen.«

»Morgan!« sagte Seth mit einem unglücklichen Ton in der Stimme, »ich weiß auch nicht, was wir tun können. Wenn es nur etwas gäbe ... jemanden ...«

Er vergrub den Kopf in den Händen, die Ellenbogen auf die Knie gestützt. »Ich weiß einfach nicht, was ich tun soll. Ich wäre damals fast gestorben, als Montoya auf mich schoß. Lupita sagte, ich hätte zwei Wochen lang fiebernd im Bett gelegen. Sie meinte ...« Er stockte und blickte zu Morgan hoch. »Lupita«, flüsterte er und stand auf.

»Lupita!« Er schrie ihren Namen hinaus. »Ich werde zu ihr reiten. Lupita wird meinen Jungen retten. Ich weiß, daß sie das wird. Ich werde sie holen.«

Morgan geriet in Bewegung. Endlich gab es eine Hoffnung. »Kannst du das tun, Seth? Kannst du sie rasch genug hierherbringen? Wir brauchten zwei Tage für die Reise von deiner Ranch bis zu den ›Drei Kronen‹.«

»Ich werde es schaffen. Auch die Hölle könnte mich nicht aufhalten. Lupita wird ihn retten. Ich weiß, daß sie das kann.« Er starrte auf seine Frau hinunter und küßte sie rasch und hart auf den Mund. »Paß auf ihn auf. Ruf Roselle, damit sie ihn hält, während du ihn fütterst. Ich bin so rasch wie möglich wieder zurück – mit Lupita.« Er zog sie an sich und hielt sie ein paar Sekunden fest. »Gott wird seine Hand schützend über Adam halten. Er wird nicht zulassen, daß unserem kleinen Jungen etwas passiert.« Seth ließ sie los und war schon aus dem Zimmer.

»Mrs. Colter, sie sollten nun wirklich etwas essen«, ertönte etwas später Roselles Stimme. »Sie brauchen jetzt viel Kraft für Ihren Sohn.«

»Könnten Sie mir etwas Milch für Adam bringen? Vielleicht kann er sie besser schlucken als die Brühe.«

Adam nahm nur zwei Löffel Milch zu sich und begann zu

wimmern, als seine Mutter versuchte, ihn zum Trinken zu bewegen. Sie gab seiner winselnden Klage nach und stellte das Glas beiseite. Vorsichtig feuchtete sie ihm die Lippen mit ein paar Tropfen Wasser an.

Die ganze Nacht hindurch saß sie an seinem Bett und wartete auf ein Zeichen, daß sich sein Zustand besserte. Doch sie wartete vergeblich darauf. Gegen Morgen begann er zu stöhnen und sich im Bett herumzuwerfen. Er schwitzte stark, und dann setzte der schreckliche Durchfall ein.

»Roselle, Sie werden mir helfen müssen. Wenn wir ihm keine Flüssigkeit einflößen, trocknet sein Körper aus.«

Gemeinsam versuchten sie das Kind zum Trinken zu bewegen, aber sie hatten wenig Erfolg damit. Der größte Teil der Flüssigkeit lief ihm über das Kinn und tropfte auf sein Hemd.

Roselle beobachtete ihre Herrin, als diese Adams Nachthemd wechselte. Morgans Haare waren verfilzt und strähnig, ihr Kleid mit Flecken von der Flüssigkeit bedeckt, die sie Adam einzuflößen versuchte. Sie hatte blaue Ränder um die Augen.

Plötzlich hörten sie den Hufschlag eines Pferdes, und Morgan rannte zum Fenster, um nachzusehen, wer der Reiter war. Ihre Schultern sackten nach vorn, als sie Martin erblickte. Doch in so kurzer Zeit konnte Seth ja unmöglich schon wieder zurück sein.

»Martin ist zur Baracke der Weidereiter geritten, um den Männern zu sagen, was mit Adam passiert ist, und daß Seth erst in ein paar Tagen wieder auf der Ranch sein wird.«

»Baracke? Oh, ja, da war ja noch die Ranch... doch im Augenblick war sie ihr vollkommen gleichgültig.

»Mama. Mama.« Adams Kopf bewegte sich auf dem Kissen. Er schlief und schien zu träumen.

»Ich bin hier, Baby. Mama ist hier.« Seine kleine Hand war ganz naß, als hätte sie ihn gerade gewaschen.

Stunden später brachte Roselle einen Tee für Morgan aus der Küche herauf. Adams Körper war wieder glühend heiß, und er versuchte, die Steppdecke mit den Beinen wegzuschieben, war jedoch zu schwach dazu. Immer wieder versuchte seine Mutter, ihm Flüssigkeit einzuflößen.

Roselle reichte Morgan den Unterteller mit der Tasse, und diese nahm beides mechanisch entgegen. Nur mühsam gelang es ihr, die Tasse zum Mund zu führen. Sie nippte an dem Tee, hatte Schwierigkeiten beim Trinken. Ihr ganzer Körper schien zu beben.

»Sie müssen sich jetzt unbedingt ein paar Stunden ausruhen. Legen Sie sich gleich hier auf die Couch. Ich werde bei Adam wachen, während Sie schlafen.«

»Ja.« Morgan war schrecklich müde, doch als sie sich auf die Couch legte, blieb ihr Körper verkrampft und angespannt.

»Mama.« Sie war sofort an Adams Bett. Er fühlte sich jetzt kalt an, und seine Zähne schlugen aufeinander. Roselle rannte aus dem Zimmer, um noch mehr Decken zu besorgen, und Morgan hielt ihren Sohn mit beiden Armen fest. Sein Körper schien mit jeder Sekunde hinfälliger zu werden. Sie versuchte ihn zum Trinken von heißer Milch zu bewegen, aber seine Kehle war so wund, daß er die Flüssigkeit nicht hinunterschlucken konnte.

Am späten Nachmittag gelang es Roselle, Morgan dazu zu überreden, eine Kleinigkeit zu sich zu nehmen. Doch sie weigerte sich beharrlich, sich auf die Couch zu legen, sondern setzte sich nur darauf und lehnte den Rücken gegen die Polster.

Morgan wußte nicht, wann sie eingeschlafen war, aber als sie aufwachte, war eine Steppdecke über sie gebreitet, und Roselle, die auf dem Stuhl neben Adams Bett saß, sah lächelnd zu ihr herüber. Morgan war der Frau dankbar und gab es ihr auch zu verstehen. Der Schlaf hatte ihr neue Energien gegeben. Sie nahm ihre Krankenwache an Adams Bett wieder auf und versuchte diesmal, ihrem fiebernden Sohn Apfelsaft einzuflößen.

40

Seth ritt in scharfem Tempo bis nach Albuquerque, wo er im Mietstall schwitzend und keuchend den Grund für seine Eile erklärte und wo ihm im Nu ein frisches Pferd gesattelt wurde. Dann galoppierte er mitten in der Nacht in den Hof eines Siedlers zwischen Albuquerque und Santa Fé. Der Besitzer des kleinen Lehmziegelhauses hatte Verständnis dafür, daß Seth ihn aus dem Bett trommelte, lieh ihm ein Pferd und weigerte sich, dafür Geld anzunehmen.

»Ihr Pferd wird hier für Sie bereitstehen, wenn Sie mit der Frau zurückkommen, die Ihrem kleinen Jungen helfen will. Ich werde auch für sie einen Gaul satteln. Nein, behalten Sie Ihr Geld. Vielleicht kann auch Juan Ramon eines Tages einen Freund gut gebrauchen. Dann können Sie mir ja meine Gefälligkeit zurückzahlen.«

Seth trieb das Pferd bis an den Rand des Zusammenbruchs. Am späten Nachmittag erreichte er dann sein Ziel.

Lupita stand inmitten ihrer Hühner, als sie den einsamen Reiter auf die Ranch zukommen sah. Ihr erster Gedanke galt dem Pferd. Niemand hatte das Recht, ein Tier so zu behandeln! Sie konnte das Gesicht des Reiters nicht erkennen, ahnte aber, daß es Seth war. Also mußte schon etwas sehr Schlimmes passiert sein, wenn er ein Pferd fast zuschanden ritt.

Sie stellte rasch ihren Korb mit dem Hühnerfutter ab, raffte ihre Röcke und begann zu laufen. Jake ließ im Stall einen Ballen Heu fallen, als er die dicke Frau an der Stalltür vorbeirennen sah. Er rief nach Paul und rannte dann hinter Lupita her.

Seth zügelte sein schaumbedecktes Pferd und sprang neben Lupita auf die Erde. Er sah schrecklich aus – schmutzig, hohlwangig und verzweifelt. »Adam. Ein Fieber. Irgendein Mückenstich«, stammelte er.

Sie brauchte keine weiteren Erklärungen. »Ich hole meine Medizin.« Sie begann zu ihrer Hütte zu laufen, die sich hinter dem Haupthaus befand. Dabei kam Lupita an Jake vorbei und wollte ihm ein paar hastige Befehle erteilen, schloß den Mund aber wieder ohne etwas zu sagen. Der alte Mann war zu nichts zu gebrauchen, solange er nicht Seth begrüßt hatte.

Dann rannten sie alle drei zu Lupitas Hütte. »Wie schlimm steht's denn um den Patienten?« wollte Jake wissen, der nur mitbekommen hatte, daß irgend jemand erkrankt war.

»Der Kleine hat hohes Fieber und eine große rote Beule an einem Bein. Der Doktor sagt, das wäre ein Insektenbiß – wahrscheinlich eine Zecke.«

»*Der Kleine!* Du sprichst von Adam? Ich wußte doch, daß Morgan ihn nicht von hier hätte fortbringen dürfen. Nun ist er krank.« Der alte Mann sah Seth forschend ins Gesicht. Er hatte Seth schon als kleinen Jungen gekannt, aber so schrecklich verstört hatte er ihn noch nie erlebt. Adam mußte wirklich sehr krank sein.

»Seth! Wie schön, dich wiederzusehen!«

Seth schüttelte Paul geistesabwesend die Hand. Er wartete ungeduldig darauf, daß Lupita wieder aus ihrer Hütte herauskam.

»Adam ist krank«, flüsterte Jake Paul zu. »Seth ist gekommen, um Lupita zu holen.«

Paul begriff sofort, was nun gebraucht wurde. »Jake, du packst den Reiseproviant für die beiden ein.« Als Jake ihn verständnislos ansah, setzte er hinzu: »Schütte ein paar Bohnen auf Lupitas Tortillas und rolle sie zusammen. Ich werde inzwischen zwei Pferde satteln.«

»Komm mit mir in die Küche«, sagte Jake, Seth mit der Hand zu sich winkend. »Du und deine kleine Frau – ihr habt euch wieder versöhnt?«

»Ja. Vermutlich. Ich weiß es nicht genau. Ich bin ganz wirr im Kopf. Wo nur Lupita so lange bleibt?« Seth schien sich nun wieder an Jake zu erinnern und legte ihm die Hand auf die Schulter. »Es ist nur die Sorge um den Jungen, verstehst du? Ich komme wieder, wenn... wenn Adam gesund ist. Dann besuche ich dich. Ich habe dich sehr vermißt.«

»Ich verstehe. Hier sind deine *burritos*. Sie sind nicht so gut wie Lupitas, aber man wird wenigstens satt davon.« Er wickelte sie in ein Tuch ein, und Seth schob sie geistesabwesend in seine Westentasche.

Lupita verließ in diesem Moment ihr Häuschen. Sie trug eine große Stofftasche. »Ich bin reisefertig.«

Paul hielt die Pferde bereit, und Seth half Lupita in den Sattel. Es war schon viele Jahre her, daß sie auf einem Pferd gesessen war, und schon jetzt wußte sie, daß ihr nach diesem Ritt alles weh tun würde.

»Du paßt auf unseren Jungen auf, hörst du, Lupita? Und dann bringst du sie *alle* mit dir wieder hierher zurück!« rief Jake ihnen nach. Er drehte sich zu Paul um. »Schrecklich, daß wir so lange warten müssen, ohne zu wissen, was los ist.«

Lupita bot ihre ganze Kraft auf, um sich im Sattel zu halten, aber sie kamen dennoch nicht besonders schnell voran. Zwischendurch entschuldigte sich Seth bei ihr, daß er sie so sehr zur Eile antrieb, doch sie tat seine Worte mit der Bemerkung ab: »Für Adam lohnt sich jede Mühe.« Sie versuchte, ihm etwas von der Bürde der Angst zu nehmen, die sich in seinem verzerrten Gesicht spiegelte. »Ich kenne diese Zecke, von der du gesprochen hast – sie ist nicht so schlimm, wie du glaubst. Ich habe eine ganze Reihe von Mitteln in meiner Tasche, mit der ich das Fieber, das sie verursacht, bekämpfen kann.« Sie schluckte schwer, als sie merkte, welch großes Vertrauen Seth in sie setzte, und betete zu Gott, daß sie ihn nicht enttäuschen müsse.

Bei dem Siedler wechselten sie hastig die Pferde. Seth versprach, ihm das zweite Pferd zurückschicken, und leistete ihn Gedanken einen Eid, daß der arme Farmer von ihm ein paar Zuchtrinder geschenkt bekommen würde, sobald er auf seine eigene Ranch zurückgekehrt wäre.

Der Mond stand hoch am Himmel, als sie in der zweiten Nacht die Drei-Kronen-Ranch erreichten. Seth hob Lupita vom Pferd herunter und warf Donanciano die Zügel zu. Die müde Frau folgte ihm stolpernd in das große Wohnhaus.

»Sie sind da!« rief Morgan ungläubig. Sie rannte ihnen entgegen und warf sich mit solchen Ungestüm in Lupitas Arme, daß sich diese fast auf die Dielen gesetzt hätte. »Ich wußte doch, daß du kommen würdest! Bitte, rette mein Baby, bitte, Lupita. Er ist so klein...«

Lupita schob Morgan energisch aus dem Weg und trat an Adams Bett. Das Kind war heiß und hatte eine ganz trockene Haut. Seine früher so runden Wangen waren eingesunken, und seine Augen lagen tief in den Höhlen.

»Wie lange ist er schon so?«

»Ich weiß nicht. Fast vier Tage, glaube ich. Nächte oder Tage – das kann ich kaum noch auseinanderhalten. Was machen wir zuerst?«

Lupita sah Morgan forschend ins Gesicht. »Mach mir etwas Wasser heiß. Ich werde einen Tee aufbrühen.«

»Tee! Wir brauchen doch keinen Tee, wenn mein Sohn so krank ist!« rief Morgan mit schriller Stimme.

»Seth!« Lupita drehte sich zu dem müden Mann um, der zusammengesunken am Bett seines Sohnes saß. »Ich kann sie nicht beide gleichzeitig behandeln – Adam und deine Frau!« Sie deutete mit dem Kopf auf Morgan, die sie mit unnatürlich glänzenden Augen anstarrte. »Gibt es denn sonst niemand im Haus, der mir helfen könnte?«

»Ich. Ich werde dir helfen.« Morgan trat auf sie zu. »Ich werde alles tun, was du von mir verlangst, Lupita.«

»Du? Du solltest mal in einen Spiegel schauen. Spätestens in zehn Minuten kippst du mir um.«

»Kann ich Ihnen vielleicht helfen?« Roselle stand im Morgenmantel auf der Schwelle.

Lupita sah sie abschätzend an. »Ja. Ich kann es nicht allein machen.«

»Ich kann doch mein Baby nicht verlassen. Es braucht mich.«

»Es weiß nicht einmal, daß du hier im Zimmer bist. Seth, bring deine Frau in die Küche und füttere sie gut... Und daß du ja auch etwas ißt. Dann hilfst du ihr beim Waschen, steckst sie in ein sauberes Nachthemd und bringst sie zu Bett. Und du legst dich ebenfalls hin.«

»Nein, ich kann nicht...«

Lupitas Augen waren hart wie Diamanten. »Du machst alles, was ich dir sage, oder ich verlasse auf der Stelle dieses Haus.«

Widerstrebend ließ sich Morgan von Seth aus dem Zimmer führen.

Roselle sah den beiden nach. »Sie würden das doch nicht wirklich tun, nicht wahr? Gleich wieder abreisen?«

»Natürlich nicht«, gab Lupita gereizt zurück.

»Ich habe versucht, sie zu überreden, daß sie etwas ißt und ein paar Stunden schläft, aber sie wollte nicht.«

»Ich habe seit meinem zwölften Lebensjahr Kranke gepflegt und Babies auf die Welt gebracht und dabei gelernt, daß man müde Mütter nicht bittet, sondern ihnen Befehle gibt. Und wenn sie nicht gehorchen, liefert man ihnen einen Grund, warum sie gehorchen müssen. Nun lassen sie uns an die Arbeit gehen. Ich brauche heißes Wasser, damit ich Tee aufbrühen kann.«

»Er wird keinen Schluck davon trinken.«

Lupita zog die Augenbrauen in die Höhe, und Roselle verließ hastig das Zimmer, um heißes Wasser zu holen.

Seth führte Morgan zum großen Arbeitstisch in der Mitte der Küche. Er stellte Brot und Käse, kalten Hühnerbraten und ein Glas Milch vor sie hin.

»Ich kann nichts essen, Seth – wirklich nicht.«

»Lupita hat recht. Wir können jetzt beide nichts für Adam tun. Wir stünden ihr nur im Weg.«

Als Roselle in die Küche kam, um heißes Wasser zu holen, stand Morgan auf, um ihr zu folgen. Seth drückte sie mit sanfter Gewalt wieder auf den Stuhl nieder. »Du ißt jetzt!«

Sie begann zu essen, lustlos erst, dann mit wachsendem Appetit. Sie hatte gar nicht gewußt, wie hungrig sie war. »Ich glaube, es schmeckt mir doch«, sagte sie zwischen zwei Bissen. »Er wird doch wieder gesund werden, nicht wahr?«

Seth drückte ihre Hand. »Jetzt, wo Lupita da ist, bin ich davon überzeugt. Bist du satt?«

»Ja.« Ihr Körper fühlte sich so schwer an – schwerer als damals vor Adams Geburt. Sie mußte aufstehen, weil Adam sie brauchte. Sie war schon viel zu lange weggeblieben. Morgan wankte müde zur Küchentür, während sich alles vor ihren Augen zu drehen begann.

Seth hielt sie am Rock fest.

»Adam ruft vielleicht schon nach mir.« Ihr Ziel war es, die Küchentür zu erreichen – eigentlich eine ganz leichte Aufgabe, doch offenbar unlösbar für sie.

Seth hob sie auf seine Arme.

»Ich bin zu schwer. Du...«

»Du und schwer! Du wirst kaum ein paar Gramm mehr wiegen als Adam. Und da ich nun wieder hier bin und unser Sohn versorgt ist, werde ich mich um dich kümmern. Zuerst einmal bringe ich dich ins Bett.«

Morgan lehnte sich gegen Seths Schulter. Es war ein gutes Gefühl, sich zur Abwechslung auch mal auf andere verlassen zu können, und es gab keinen, dem sie sich lieber anvertraute als ihrem Mann. Er setzte sie in ihrem Schlafzimmer ab. »Zieh dir das Kleid aus und sag mir, wo du deine Nachthemden aufbewahrst.«

»In der dritten Schublade.« Ihre Hände zitterten, während sie sich mit den Knöpfen abmühte. Seth schob ihre Hände fort und begann die lange Reihe kleiner Knöpfe zu öffnen. Morgan betrachtete sein Gesicht und stellte fest, daß er ebenfalls todmüde war. Sie strich ihm zärtlich das Haar aus dem Gesicht.

»So, nun 'raus aus dem Ding.« Er half ihr aus dem Kleid und fing dann an, ihr Korsett aufzubinden. Sie seufzte erleichtert, als es zu Boden fiel, schlüpfte schnell noch aus ihrem Hemd und stand dann nackt vor Seth. »Warum trägst du so etwas überhaupt? Du hast überall rote Flecke am Körper, wo es dich gedrückt hat.« Seine großen Hände rieben energisch über ihre Taille und Hüften.

Morgan seufzte wohlig. »Mein Nachthemd.«

»Erst wird gewaschen.« Er zog sie zu der Schüssel, die auf dem Tisch stand, und begann ihre Hände und ihr Gesicht zu waschen. Sie stand ganz still und genoß es, wie er ihre Haut mit dem Lappen abrieb. Er rieb sie mit einem weichen Handtuch trocken, streifte ihr dann das saubere Nachthemd über den

Kopf. »Ich sollte dafür gehängt werden, daß ich das alles wieder zudecke.« Seine Hand strich leicht über ihre Brust. »Aber falls ich versuchte, diese Situation auszunützen, und mit dir schlafen würde, wäre das so, als hielte ich eine Stoffpuppe im Arm.« Er lächelte, als Morgan den Blick senkte. »Ich glaube, da warte ich lieber noch. Und nun wird geruht, Kleines.«

Wieder hob er sie auf seine Arme und trug sie zu ihrem Bett. Sie war schon so gut wie eingeschlafen, als er die Decke um sie herum feststeckte. Doch als Seth zur Tür ging, schlug Morgan noch einmal die Augen auf.

»Wo willst du hin?« murmelte sie.

»In mein Zimmer. Lupita schien zu glauben, ich hätte ebenfalls ein paar Stunden Schlaf nötig.«

»Bleib bei mir. Ich brauche dich.«

Eine unglaubliche Freude durchströmte ihn. »Ja, *mi querida*, ich bleibe bei dir ... solange du willst.«

Sie drehte sich auf den Bauch und war in der nächsten Sekunde eingeschlafen. Seth nahm sich Zeit, sich gründlich zu waschen, zog sich dann aus und stieg zu seiner Frau ins Bett. »Verdammtes Nachthemd!« murmelte er und zog sie dicht an sich heran. Ihre Körper schmiegten sich, einer alten Gewohnheit folgend, dicht aneinander. Seths Atem wurde langsam und gleichmäßig. Nun war auch er eingeschlafen.

41

Adam wußte nicht, wer ihn hielt oder wer ihm den übelschmeckenden Tee einflößte, doch er verstand einen Befehl. Das Schlucken tat schrecklich weh, aber so sehr er sich auch beklagte, die Tasse kam immer wieder. Sein Körper schmerzte furchtbar, trotzdem hob ihn immer wieder jemand hoch, drehte ihn herum und legte ihm heiße Tücher auf. Ihm gefiel das alles nicht. Er wollte draußen sein. »Pferd.«

Gegen Morgen begann das Fieber nachzulassen, und Lupita fiel erschöpft auf die kleine Couch im Zimmer. Sie hatte seit zwei Tagen kein Auge mehr zugemacht, und nun wußte sie, daß sie nichts anderes mehr tun konnte als warten. Sie schlief sofort ein. Roselle ging auf Zehenspitzen aus dem Zimmer. Egal, wie das alles nun enden würde – ein Essen wurde auf jeden Fall gebraucht.

»Essen.« Das Wort kam nicht so laut heraus, wie er das gewollt hatte. Adam versuchte es noch einmal, aber seine Lippen versagten ihm noch immer den Dienst. Er blickte auf die dicke Frau, die neben seinem Bett schlief. Wer war sie? Er war am ganzen Körper naß, durstig und hungrig. Wo blieb nur seine Mutter? Er sollte in ihr Zimmer gehen. Sie würde ihm etwas zu essen verschaffen.

Er wollte sich bewegen, doch sein Körper gehorchte ihm nicht. Es tat weh, und sein Kopf schmerzte genauso. »Mama«, flüsterte er, und die Tränen begannen zu fließen. Er fühlte sich furchtbar schlecht, und da war niemand außer dieser Frau, die er gar nicht kannte.

Lupita schlug die Augen auf und sah, wie Adam das Gesicht verzog und ihm die Tränen über die Wangen liefen. In diesem Moment wurden auch ihre Augen feucht, denn sie wußte, daß der Junge nun außer Gefahr war.

»Ah, mein Kleines. Jetzt bist du bald wieder gesund.« Sie ging sofort daran, Adam zu versorgen. Sie wechselte sein Nachthemd und seine Bettwäsche und redete fortwährend mit ihm, um ihn zu beruhigen.

Er fand die Frau sympathisch. Und ihre Stimme kam ihm irgendwie bekannt vor. Aber deswegen war er trotzdem hungrig und wollte bei seiner Mutter sein. »Mama« flüsterte er.

»Ja, ich werde deine Mama für dich holen.«

Lupita öffnete zwei Türen, bevor sie hinter der dritten Morgans Zimmer fand. Sie blieb einen Moment stehen und starrte auf Morgan und Seth, die aneinandergeschmiegt in dem großen Bett schliefen. Sie war froh, daß sie wieder zusammen waren.

»Morgan.« Seth wurde unruhig und drehte sich auf die andere Seite. Lupita rüttelte sacht an Morgans Schulter.

»Morgan, Adam verlangt nach dir.«

»Adam?« murmelte Morgan schlaftrunken und konnte sich kaum dazu durchringen, die Augen zu öffnen. Doch plötzlich war sie hellwach.

»Das Fieber geht zurück. Er wird wieder gesund werden. Ich muß wieder in sein Zimmer. Komm nach, sobald du kannst.«

Morgan sprang aus dem Bett und lief zum Kleiderschrank. Sie holte rasch einen Morgenmantel heraus und warf ihn sich über.

Adam wimmerte leise, als er seine Mutter sah. Sie drückte ihn an sich, und ihre Nähe beruhigte ihn. Er sah müde aus und war abgemagert, doch zum erstenmal nach langer Zeit waren seine Augen klar und aufnahmefähig.

Etwas später trat Seth ins Zimmer und griff nach der Hand seines Sohnes. »Ich bin froh, daß du jetzt wieder gesund bist.« Morgan sah die Tränen in seinen Augen. Gleichgültig, wie sehr sie an seiner Liebe zu ihr gezweifelt hatte – seine Liebe zu seinem kleinen Jungen stand außer Frage.

Seth nahm sie in die Arme. »Nun muß ich mich wieder um die Ranch kümmern. Nach vier Tagen ohne Aufsicht steht sie wahrscheinlich dicht vor dem Bankrott. Ich werde versuchen, zum Dinner zurück zu sein, sollte ich verhindert sein, gebe ich dir Nachricht.« Er küßte ihre Nasenspitze. »Ich liebe dich.«

Morgan verbrachte den ganzen Tag mit Adam. Sie fütterte ihn mit dem Löffel, las ihm vor und malte Bilder auf seine kleine Schiefertafel. Lupita schlief fast den ganzen Tag, und Roselle blieb im Erdgeschoß und kam nur ins Zimmer, um Morgan etwas zu essen zu bringen.

»Mrs. Colter, warum reiten Sie nicht eine Stunde aus?« sagte Roselle am darauffolgenden Nachmittag zu ihr. »Adam schläft, und ich bin ja hier, falls er aufwachen sollte. Sie müssen jetzt mal an die frische Luft.«

»Ich weiß, Roselle, das sollte ich wohl. Aber ich habe Angst, daß mein Sohn aufwacht und mich braucht. Ich werde schon noch über dieses Gefühl hinwegkommen, aber ich hätte ihn fast verloren, und deshalb wage ich kaum, ihn aus den Augen zu lassen.«

Roselle gab ihr recht. Hätte ihr kleines Mädchen damals überlebt, würde sie auch Angst gehabt haben, es nur für eine Minute allein zu lassen.

Als Lupita ins Zimmer kam, lief Morgan zu ihr und nahm sie fest in die Arme. »Ich werde dir wohl niemals genug danken können für alles, was du bisher für mich getan hast.«

»Ich habe den Jungen nicht für dich gerettet... ja, vielleicht ein bißchen. Wenn ihm etwas passiert wäre, hätte mein Seth keine so hohe Meinung mehr von mir gehabt. Das könnte ich nicht ertragen.« Lupita grinste. »Und vergiß nicht, daß Adam auch so etwas wie mein Kind ist.«

Als Lupita seinen Namen nannte, blickte Adam sie fragend an und lächelte. Die ältere Frau war ihm rasch wieder vertraut geworden.

Lupita strich über seine Haare. »Nun wirst du so groß und stark wie dein Daddy werden. Ich glaube, ich gehe jetzt mal in die Küche und sehe nach, was Roselle für uns kocht.«

»Ihre Küche unterscheidet sich sehr von deiner, Lupita.«

»So? Deshalb ist das Kind so krank geworden! Er braucht Chili. Ich werde dafür sorgen, daß heute abend etwas Vernünftiges auf den Tisch kommt!«

»Chili! Das klingt herrlich. Wie wäre es mit *Chili con carne*? Wir zwei könnten dann hier oben bei Adam im Zimmer essen.«

Lupita sah sie lächelnd an. »Ja. Das wäre fein.«

Es dauerte nicht lange, und die beiden Frauen verzehrten vergnügt eine große Portion Chili mit frischgebackenen Tortillas. Morgan fütterte Adam mit einer Fleischbrühe, die mit grünem Chili gewürzt war. »Essen«, murmelte er, vertilgte sie bis zum letzten Löffel auf und trank danach etwas Milch. Die beiden Frauen lachten. »Jetzt bin ich fast überzeugt, daß er wieder gesund wird«, erklärte Morgan.

»Eine Mahlzeit muß Charakter haben, oder sie taugt nichts. Er wollte vermutlich nicht richtig essen, weil die Speisen keinen Geschmack hatten.«

Martin kam ins Zimmer. »Mr. Colter läßt seiner Frau ausrichten« – er zwinkerte Morgan zu –, »daß die Ranch zusammenzubrechen droht. Er wird heute abend sehr spät nach Hause kommen, da er sie wieder zusammenflicken muß.«

Morgan lachte. »Vielen Dank, Martin. Wer hat die Botschaft überbracht?«

»Ein junger Weidereiter. Er heißt Tim.«

»Nun, dann bringen Sie ihn in die Küche und setzen Sie ihm einen Teller mit *Chili con carne* und Tortillas vor. Es ist doch reichlich davon vorhanden, Lupita?«

»Was denkst du denn von mir – daß ich nur eine kleine Menge gekocht habe?«

»Und Sie, Martin, und Roselle bedienen sich ebenfalls davon.«

»Das haben wir bereits getan. Die Düfte aus Lupitas Töpfen waren zu verlockend.«

»Oh, Lupita.« Morgan lachte, als Martin wieder aus dem Zimmer gegangen war. »Ich habe ein ganzes Jahr bei einem französischen Küchenmeister gelernt, und keines meiner Gerichte hat so viel Aufsehen erregt wie dein Chili.« Sie streckte sich und gähnte hinter vorgehaltener Hand.

»Es wird Zeit für deinen Schönheitsschlaf.«

»Ich werde hier auf der Couch schlafen, falls Adam nachts aufwachen und mich brauchen sollte.«

»Nein. Du gehst in dein Zimmer und schläfst in deinem Bett. Ich bleibe bei ihm. Wenn er nach dir verlangt, werde ich dich rufen.«

Morgan wußte genau, wann eine Schlacht verloren war, und kaum hatte sie sich unter ihrer Zudecke ausgestreckt, fielen ihr schon die Augen zu.

Es war sehr spät, als Seth ins Haus zurückkam, und er blieb, die Hand auf dem Türknopf, vor Morgans Zimmer stehen. Er lächelte, weil er daran denken mußte, daß sie vermutlich nicht noch eine Nacht zusammen in einem Bett schlafen konnten, ohne sich zu lieben.

Er blickte an sich hinunter. Er war schmutzig und müde. Und am frühen Morgen würde Morgan in Adams Zimmer eilen. Nein, die Liebe mußte noch warten. Wenn er seine Frau zum erstenmal seit Jahren wieder in die Arme nahm, wollte er jeden Teil ihres Körpers, den er einmal so gut gekannt hatte, liebkosen und berühren. Mit einem Seufzer ging er weiter zu seiner Zimmertür.

Morgan wachte in aller Frühe auf. Sie hatte sich noch immer nicht daran gewöhnt, daß Adam morgens nicht mit der Faust gegen ihre Tür trommelte. Sie warf sich einen Morgenmantel über und ging zu ihrem Sohn hinüber. Sofort erkannte sie, daß irgend etwas nicht stimmen konnte. Es sah schlimm aus im Zimmer: Handtücher lagen auf dem Boden verstreut, und neben dem Bett stand ein Teekessel. Adam und Lupita schliefen beide. Morgan ließ sich schwer auf einen Stuhl fallen. Nur zu deutlich wurde ihr bewußt, daß ihr Sohn fast gestorben wäre. Und heute nacht hätte sie ihn fast wieder verloren, während sie sich in ihrem Zimmer ausruhte. Wenn Lupita nicht bei ihm gewesen wäre...

Sie drehte sich um und merkte, daß Lupita die Augen geöffnet hatte. »Was ist passiert?« fragte Morgan mit banger Stimme.

»Nichts ist passiert. Er war unruhig, und deshalb habe ich ihm einen Tee gemacht.«

»Und warum dann die vielen Handtücher, die überall herumliegen?«

»Ich hatte sie nur bereitgelegt, falls das Fieber zurückkommen sollte, doch das ist nicht geschehen.«

»Er hatte einen Rückfall, nicht wahr?«

»Morgan, nein! Es war nur eine Vorsichtsmaßnahme, aber er brauchte keine Behandlung mehr.«

»Warum hast du mich nicht gerufen?«

»Das war nicht nötig. Es ist doch nichts geschehen. Ich...«

Seth kam ins Zimmer und blickte fragend von einer Frau zur anderen. »Stimmt etwas nicht?«

»Adam hatte heute nacht einen Rückfall«, erklärte Morgan. »Er ist noch längst nicht über dem Berg.«

Lupita warf die Hände in die Luft, murmelte etwas auf spanisch und wandte sich dann an Seth. »Adam ist außer Gefahr. Heute nacht wurde er unruhig, und ich befürchtete, einen Rückfall, aber es gab keinen. Dein Sohn erholt sich jetzt sehr rasch. Er hat die Krankheit überstanden.«

Morgan blickte ihren Mann voller Zweifel an. »Ich mache mir nur Sorgen, das ist alles.«

»Und ich glaube Lupita.« Er küßte die ältere Frau auf die Stirn. »Laßt uns jetzt alle nach unten gehen und frühstücken. Carol kann ja so lange bei Adam bleiben.«

»Ich möchte das lieber selbst tun.«

»Natürlich. Wenn du lieber bei ihm bleiben willst, habe ich Lupita ganz für mich allein«, sagte er augenzwinkernd. Als er seine Frau auf die Wange küßte, fiel ihm auf, daß sie ihn dabei nicht einmal ansah. Er runzelte die Stirn und wandte sich rasch wieder ab.

Seth und Lupita setzten sich unten an den Frühstückstisch. »Ihm fehlt doch wirklich nichts mehr, nicht wahr?«

»Nein, überhaupt nichts. Ich bin nur eine alte Glucke und wollte sichergehen. Es tut mit leid, daß ich das Zimmer nicht aufgeräumt habe, bevor Morgan es sah. Es ist schön, wieder mit dir an einem Tisch zu sitzen.«

»Lupita, ich kann dir nicht genug danken für das, was du für Morgan getan hast. Und für Adam und mich. Ich wußte, daß du kommen würdest, wenn wir dich brauchten.«

»Natürlich komme ich, wenn ich gebraucht werde. Ist nun alles wieder in Ordnung zwischen dir und der *Señora*?«

»Es renkt sich alles wieder ein. Sie kann mir nicht so leicht vergeben, was ich ihr angetan habe.«

»Sie muß doch merken, wie sehr du sie liebst.«

»Nein, das glaube ich nicht. Manchmal habe ich den Eindruck, daß es so ist. Aber... vielleicht traut sie mir noch nicht ganz. Ich muß eben abwarten und Geduld haben.«

»Abwarten. Du brauchst nicht zu warten. Sie ist deine Frau. Nimm sie!«

Seth lächelte nachsichtig. »So ist das nicht. Ich habe Rechte verloren...«

»Rechte! Sie ist eine Frau, und du bist ein Mann. Und außerdem liebt ihr euch.«

»Ich möchte, daß Morgan selbst bestimmt, wann sie zu mir kommen will.«

»Sie kann das gar nicht selbst bestimmen. Morgan war ihr Leben lang von Leuten umgeben, die ihr gesagt haben, was sie tun soll. Sie hat nie eine Chance gehabt, sie selbst zu sein. Zuerst betete sie die Worte ihrer Mutter nach, dann hatte sie einen Onkel, der sie bevormundete, und schließlich dich. Selbst in Kalifornien wurde sie von anderen gedrängt und geschoben.«

Seth fühlte sich aus irgendeinem Grund verpflichtet, seine Frau zu verteidigen. »Sie hat bewiesen, daß sie ihren eigenen Willen hat, als sie mich bat, sie zu heiraten. Dazu gehörte Mut.«

»Ja, ich kenne die Geschichte. Selbst da hat sie sich an jemanden gewandt, der über sie bestimmen sollte. Ich bin überzeugt, sie spürte damals, daß du ein starker Mann bist. Eine andere Frau hätte jedem ihre Probleme erzählt und sich dann für einen unter mehreren Männern entschieden. Doch Morgan ist immer viel zu behütet gewesen, um selbständig eine Entscheidung treffen zu können.«

Seth nahm einen Schluck aus seiner Tasse. Lupita hatte recht.

»Nun braucht sie jemanden, der ihr beisteht.« Lupita deutete mit dem Kopf zur Treppe hin. »Sie liebt diesen kleinen Jungen. Aber wenn ihr keiner hilft, wird sie ihr Leben von ihm beherrschen lassen. Sie ist ja selbst noch ein kleines Mädchen.«

Seth saß eine Weile stumm da. Sein Verhältnis zu Morgan war immer viel zu sehr von seinen Gefühlen bestimmt gewesen, um sie mit so klaren Augen betrachten zu können wie Lupita. Seth hatte stets Morgans Mutter für deren Unsicherheit verantwortlich gemacht, dabei jedoch übersehen, daß er die gleiche Autorität für sie verkörperte wie ihre Mutter.

»Ich habe daran gedacht, morgen nach Hause zu fahren.«

»So früh?«

»Ja. Der Junge ist über den Berg. Er braucht mich nicht mehr, aber Jake und Paul brauchen mich.«

»Lupita, ich wünschte mir, du würdest bleiben. Ich habe dich so lange nicht mehr gesehen; und du weißt, wieviel du mir immer bedeutet hast.«

»Ich muß nach Hause. Und ich hoffe, daß ihr drei bald nachkommt.«

»Ja.« Er grinste. »Das würde mir gefallen. Es wäre schön, wieder sein eigener Herr im eigenen Haus zu sein. Ich hoffe, daß dein Wunsch bald in Erfüllung geht. Wenn Gordon wieder zurück ist, wird es sich wohl einrichten lassen. Ich werde meine Frau und meinen Sohn mitbringen ... Obwohl ... Morgan hat mich noch nicht wieder als ... Ehemann akzeptiert.«

»Akzeptiert! Diese modernen Männer! Zu meiner Zeit haben sich die Frauen nicht ihre Männer ausgesucht, sondern ihre Eltern bestimmten, wen sie zum Ehemann zu nehmen hatten. Das hätte in ihrem Fall auch so sein sollen.«

»Und wenn der Vormund ihr Jake zum Mann bestimmt hätte – wo wäre *ich* dann jetzt?«

Lupita wollte ihm eine scharfe Antwort geben, als sie den Schalk in seinen Augen sah. »Wir sitzen hier schon viel zu lange beim Frühstück. Wir haben beide genug zu tun. Also fangen wir an!«

Seth küßte sie auf die Wange und verließ sie dann, um einen langen Arbeitstag draußen auf der Ranch zu verbringen.

Lupita blieb den ganzen Tag mit Morgan und Adam zusammen, redete und lachte mit ihnen. Doch ihr gefiel der bekümmerte Blick nicht, mit dem Morgan immer wieder ihren Sohn betrachtete. Es wollte ihr nicht gelingen, Seths Frau davon zu überzeugen, daß Adam außer Gefahr sei.

Als es Zeit wurde zum Abendessen, weigerte sich Morgan abermals, Adam nur ein paar Minuten allein zu lassen. Seth las die Angst in ihren Augen und gab ihr recht. Selbst er hatte noch leise Zweifel, daß Adam das Fieber wirklich überstanden hatte.

Er und Lupita nahmen deshalb ihr Dinner wieder allein im Speisezimmer ein und sprachen über die Colter-Ranch. Lupita unterhielt Seth mit Geschichten von Morgans Schwangerschaft.

Als er sie später zu ihrem Zimmer hinaufbegleitete, warfen

sie einen kurzen Blick in Adams Zimmer, Morgan lag zusammengerollt auf der Couch und schlief.

»Nein, weck sie nicht auf«, sagte Seth, wobei er die Hand auf Lupitas Arm legte. »Laß sie schlafen.«

»Sie sollte in ihrem Bett liegen. Es ist nich nötig, daß sie in Adams Zimmer übernachtet. Ihr Sohn ist wohlauf.«

»Laß sie, Lupita. Sie braucht die Bestätigung, daß er gesund wird. Wenn sie aufwacht, sieht sie ihn gleich und weiß, daß es ihm gut geht.«

»Eines Tages wirst du an meine Worte zurückdenken.«

»Lupita, habe ich dir eigentlich schon gesagt, wie hübsch du bist, wenn du so zornige Augen bekommst?«

»Du!« Sie konnte ein Kichern nicht unterdrücken. Wie leicht es diesem Mann doch gelang, sie wieder in eine achtzehnjährige *Señorita* zu verwandeln!

Die Sonne war noch nicht richtig aufgegangen, als Seth wach wurde, sich eine Hose anzog und zum Zimmer seines Sohnes ging. Morgan schlief tief und fest. Ihr rechter Arm hing über den Rand der Couch. Seth küßte sie auf den Mund, und sie öffnete langsam die Augen. In diesem Moment hörte er Adams klagende Stimme. »Mama, Mama!«

Sofort war Morgan hellwach. Sie sprang rasch von der Couch und ging zum Bett hinüber, um Adam zu beruhigen.

Seth lachte. »Ich hätte nie geglaubt, daß mein eigener Sohn zu meinem Feind werden könnte.«

Ihr Gesicht blieb ernst. »Er ist immer noch sehr krank. Er braucht mich.«

Seth wandte sich ab und flüsterte: »Ich brauche dich auch.« Er betrachtete seine Frau und seinen Sohn und machte sich dann im stillen Vorwürfe wegen seiner Selbstsucht. »Ich bringe Lupita heute nach Hause. Wir werden langsamer reisen als beim letztenmal, so daß ich wahrscheinlich erst in einer Woche wieder hier bin.«

Morgan hörte ihm kaum zu. »Möchtest du etwas essen, Adam? Lupita hat dir Apfelsaft gemacht.«

»Morgan, hast du gehört, was ich sagte?«

»Etwas von einer Woche?«

»Ich werde eine Woche wegbleiben, um Lupita auf die Ranch zurückzubringen.«

»Ja. Aber reise nicht ab, bevor ich mich von Lupita verabschiedet habe. Ich habe ihr viel zu verdanken.« Damit drehte sie sich wieder zu Adam um.

Seth verließ grollend das Zimmer. Da schien sich alles so gut anzulassen, und nun hatte sie vergessen, daß er auch noch existierte! Da wünschte er sich doch die Zeit zurück, wo sie ihm Vasen an den Kopf werfen wollte!

Morgan frühstückte mit Adam im oberen Stockwerk, während Seth mit Lupita unten im Eßzimmer aß. Er vermied es, mit ihr über seine Frau zu reden. Vor dem Stall spannte einer der Männer einen Wagen an, während Lupita sich von allen verabschiedete. Morgan hätte am liebsten gehabt, daß die ältere Frau blieb, falls Adam einen Rückfall bekam, doch diesmal ließ Lupita sich nicht einmal auf Verhandlungen ein. Sie zuckte nur mit den Schultern. »Ein Glück, daß ich nicht nach Hause reiten muß«, sagte sie und schüttelte sich, als litte sie Schmerzen.

»Wenn du lange genug auf diesem Fuhrwerk sitzt, sehnst du dich nach einem weichen Sattel als Unterlage«, erwiderte Seth lachend.«

Sie fuhren zwei Tage lang mit dem ungefederten Wagen über mit Schlaglöchern übersäte Straßen. Als sie dann kurz vor Sonnenuntergang auf der Colter-Ranch eintrafen, waren sie in Schweiß gebadet, schmutzig und erschöpft.

Jake und Paul rannten herbei, um sie zu begrüßen. Seth hob den kleinen Mann hoch und wirbelte ihn im Kreis herum. »Immer noch so schwach wie früher!« krähte Jake. »Und wann bekommst du endlich ein paar Muskeln? Wenn man dich ansieht, könnte man glauben, du seist ein Mädchen!«

Paul schüttelte Seth die Hand. »Ich schätze, der Junge ist wieder wohlauf.«

Seth strahlte. »Das haben wir Lupita zu verdanken.« Er legte ihr den Arm um die üppigen Schultern.

Verlegen schob sie seine Hand weg. »Sei vorsichtig! Du

könntest dir deine Schulter auskugeln, wenn du versuchst, deine Arme um mich zu legen.«

»Mir die Schulter auskugeln? Aber, Lupita, du hast doch nur eine Taille wie ein Laubfrosch.«

Seth zwinkerte Jake zu, und dann hob er Lupita auf seine Arme und rannte mit ihr zum Haus. Beim Dinner gab es dann viel zu berichten.

Lupita erzählte nicht die ganze Geschichte, sondern erwähnte nur, daß Seth und Morgan sich wieder ausgesöhnt hätten. Jake unterhielt sie mit Anekdoten aus der Zeit von Morgans Schwangerschaft. »Wir hatten furchtbare Angst, sie könnte in eine Schlucht fallen. Da würde sie noch heute durchs Tal rollen, wenn ich bedenke, wie sie damals aussah.«

»Es genügt, zu erwähnen, daß sie im siebten Monat aufhörte, die Hintertür zu benützen.«

Seth runzelte die Stirn, weil er nicht verstand, was Paul meinte.

»Die Tür war zu schmal. Morgan paßte nur noch durch die Vordertür.«

Das letzte Wort ging in ihrem Gelächter unter.

Seth verbrachte zwei Tage auf der Colter-Ranch. Jake und Paul waren in seiner Abwesenheit für die Ranch verantwortlich, und er konnte keinen Fehler in ihrer Geschäftsführung entdecken. Er erzählte ihnen von den komplizierten Problemen, die der Vormann der Drei-Kronen-Ranch zu bewältigen hatte. »Und ihr könntet die Colter-Ranch im Wohnhaus der ›Drei Kronen‹ unterbringen, wenn nicht gar im Speisezimmer.«

»Das kleine Mächen wird das wohl nicht gern aufgeben wollen, nicht wahr? Schon der vielen Dienstboten wegen nicht – habe ich recht?«

Seth wollte nicht mit ihnen – nicht einmal mit sich selbst – die Möglichkeit erörtern, daß Morgan sich weigerte, mit ihm auf seine Ranch zurückzukehren. Sie war mit Adam auf der Drei-Kronen-Ranch glücklich gewesen, und vielleicht wollte sie für immer dort bleiben. Wenn das der Fall war, konnte er nicht mehr auf seine Ranch zurückkehren. Er mußte in ihrer Nähe bleiben und bei seinem Sohn.

Am Morgen des dritten Tages spannte er wieder den Wagen an und bereitete sich auf die Rückreise vor. Lupita füllte einen großen alten Indianerkorb mit Proviant, damit Seth unterwegs nicht Hunger leiden mußte, und packte auch ein paar Pakete mit Lebensmitteln für Juan Ramon ein. Seth band hinten am Wagen eine Milchkuh an, die er dem Farmer schenken wollte, der ihm so selbstlos geholfen hatte, als Adam krank war.

Nachdem er sich von Lupita und den Männern verabschiedet hatte, blickten ihm die drei noch lange nach. »Ich kann dieses ›ja, wenn‹ und ›ja, aber‹ nicht verstehen«, meinte Jake kopfschüttelnd. »Warum packen die drei nicht einfach ihre Sachen und kommen hierher, wo sie hingehören?«

Seth machte in Sante Fé Zwischenstation und kaufte einem Mann, der sich einem Wagenzug anschließen wollte, eine Spielzeugeisenbahn aus Metall für Adam ab. Die Leute strömten noch immer in Scharen auf die Goldfelder von Kalifornien.

Er beschloß, auch eine Rolle Stoff für Morgan zu kaufen, und als er in den Laden trat, sah er Marylin Wilson auf sich zukommen.

»Seth! Was für eine Freude! Wie geht es dir denn?« rief sie. »Es ist ja schon eine Ewigkeit her, seit ich dich zuletzt gesehen habe.« Sie nahm besitzergreifend seinen Arm und drückte dabei wie versehentlich ihre Brüste gegen ihn.

»Hallo, Marylin.«

Sie überhörte die Kälte in seiner Stimme. »Du siehst blendend aus wie immer! Wie ich hörte, bist du nach Kalifornien gegangen – das muß ja schrecklich aufregend sein.«

Er musterte sie von Kopf bis Fuß. Sie trug ein auffälliges rot- und grüngestreiftes Taftkleid. Ihre Haare waren nicht allzu sauber. »Dir würde es bestimmt auf den Goldfeldern gefallen«, sagte er.

Wieder überhörte sie den Sarkasmus in seiner Stimme. Sie fühlte sich ermutigt, als sein Blick über ihren Körper wanderte. »Ich glaube, du weißt schon, daß mein Vater mir diesen Laden gekauft hat?«

»Nein, das wußte ich nicht.« Er konnte sie nicht ansehen,

ohne sich daran zu erinnern, was für Lügen sie ihm auf dem Fest bei den Montoyas erzählt hatte.

»Aber deine ... Mrs. Colter« – sie spuckte den Namen förmlich aus – »ist mal hier in meinem Laden gewesen.«

»Tatsächlich? Davon hat sie mir gar nichts gesagt.«

»Oh? Dann hat sie vielleicht auch vergessen, dir von dem Mann zu erzählen, der sie damals begleitete. Ein sehr gut aussehender Mann. Und der kleine Junge – der schien eine große Ähnlichkeit mit diesem Mann zu haben. Sie hat wahrscheinlich nur auf den Jungen aufgepaßt, obwohl sie behauptete, er wäre ihr Sohn.«

Seth lachte in Gedanken über sich selbst. Wie hatte er nur den Lügen dieser Person glauben können? »Gordon ist ein gemeinsamer Freund, und Adam ist mein Sohn.«

»Also, Seth, mein Lieber« – sie legte ihm die Hände auf den Arm – »Wenn du das glaubst! Ich habe mich immer gewundert, warum Joaquin die Stadt verließ, als deine Frau so plötzlich von der Bildfläche verschwand. Ich meine ...«

»Guten Tag, Marylin.« Seth verließ den Laden wieder. Und er empfand Ekel vor sich selbst, weil er sich einmal mit dieser Frau eingelassen hatte.

42

Nachdem Seth mit Lupita abgereist war, verbrachte Morgan ihre Zeit nur noch mit Adam. Sie flößte ihm alle Mahlzeiten mit dem Löffel ein und erlaubte keinem anderen, ihren Sohn zu füttern. Nachts wachte sie schweißgebadet auf und kam erst wieder zur Ruhe, wenn sie sah, daß Adam friedlich in seinem Bett lag. Am Tage saß sie stundenlang bei ihm, wenn er schlief, starrte ihn an und hielt seine Hand.

Roselle redete ihr immer wieder zu, an die frische Luft zu gehen, denn Morgan sah bleich aus und war sichtlich abgemagert. Nach einigen Tagen verbot sie Carol sogar, Adams Zimmer zu säubern – das wollte sie selbst erledigen. Sie ging auch nicht mehr in die Küche hinunter, um selber etwas zuzubereiten, sondern gab Roselle Instruktionen, was sie kochen sollte. Adam hatte seinen Appetit verloren, und Morgan mußte ihn überreden, seinen Teller leer zu essen.

Seth wunderte sich, als er die Haustür abgeschlossen fand. Das war tagsüber nie der Fall gewesen. Als Martin ihm öffnete, hatte Seth den Eindruck, daß der Mann älter aussah – und traurig.

»Es ist gut, daß Sie wieder da sind, Mr. Colter.«

»Es ist schön, wieder zurück zu sein. Könnte Donaciano mir ein Bad in meinem Zimmer vorbereiten? Ist Morgan ausgeritten?«

»Nein, Sir. Mrs. Colter ist bei Master Adam.«

Seth runzelte die Stirn. ›Master‹ Adam? Er lief die Treppe hinauf, nahm immer drei Stufen auf einmal.

Er blieb an der Tür von Adams Zimmer stehen, da er ein paar Sekunden brauchte, um zu verdauen, was sich seinen Blicken bot. Das Zimmer war ungelüftet, dunkel und roch schlecht. Morgan, die ihre Haare wieder zu einem häßlichen Knoten aufgesteckt hatte, bemühte sich, Adam zum Essen zu überreden. »Bitte, mein Herz, nun iß doch etwas. Tu es für Mami.«

»Nein!« schrie Adam und stieß den Teller fort, daß er ihr fast aus der Hand gefallen wäre.

»Morgan?« Seths Stimme war nur ein Flüstern. Sie drehte sich um und ihm stockte der Atem, als er sie ansah. Sie trug noch dasselbe Kleid wie vor einer Woche, als er abgereist war, und es war von oben bis unten voller Speiseflecke. Doch am meisten erschreckte ihn ihr Gesicht: Morgan hatte entzündete Augen, und die blauen Schatten darunter waren fast schon purpurrot. Ihre Haut war fahl und wächsern, und sie machte den Eindruck, als würde sie jeden Moment vor Erschöpfung zusammenbrechen.

»Wann bist du zurückgekommen?« fragte sie mit heiserer Stimme.

»Gerade. Was geht hier vor?«

»Ich versuche Adam zu helfen, damit er wieder gesund wird.«

»Zu helfen, daß er wieder...« Er beherrschte sich nur mühsam, ging zum Fenster und riß die Vorhänge auf. Im hellen Sonnenlicht sah das Zimmer sogar noch schmutziger aus.

Morgan folgte ihm zum Fenster und zog die Vorhänge wieder zu. »Nein, das darfst du nicht tun. Das Licht schadet seinen Augen.«

Seth faßte sie bei den Schultern. »Morgan, wieviel hast du in den letzten Tagen geschlafen?«

Sie sah zur Seite. »Genug.«

Er faßte sie unter das Kinn, damit sie ihm in die Augen blicken mußte. »Sag mir die Wahrheit!«

»Adam braucht mich manchmal in der Nacht. Willst du denn nicht erst mal deinen Sohn begrüßen?« Sie drehte sich um und lächelte Adam zu.

Seth betrachtete seinen Sohn, und dieser machte auf ihn einen vollkommen gesunden Eindruck. Seine Haut war nur heller als zu der Zeit, als er noch draußen gespielt hatte. Seth schenkte ihm ein Lächeln. Adam wandte sich ab, nahm einen Löffel, der neben seinem Bett lag, und schlug damit auf ein kleines Tablett aus Metall. »Mama!« rief er in quengelndem Ton.

Morgan sah Seth und erklärte: »Das ist das Zeichen, daß er mich braucht.«

»Was ist denn aus seinem Wortschatz geworden?«

»Er lernt schon wieder neue Wörter. Aber zunächst muß er sich von seinem Fieber erholen.«

»Morgan, er sollte draußen sein – an der frischen Luft!«

»Nein! Ich sagte dir doch, daß die Sonne seinen Augen schadet.«

»Sie hat ihm vorher auch nicht geschadet.« Er trat näher an das Bett heran. »Willst du mit mir auf einem Pferd reiten?«

Adam schaute mit einem gelangweilten Gesicht zu seinem Vater hoch, drehte sich dann seiner Mutter zu und begann »Mami!« zu wimmern.

Morgan hob die Zudecke an und schob ihre Hand darunter.

»Was machst du denn da?«

»Ich prüfe nach, ob seine Windeln naß sind.«

»Aber er hat doch schon lange keine Windeln mehr getragen – nur in der Zeit, als er diesen Durchfall hatte!«

»Aber er ist immer so schwach, Seth – beängstigend schwach.«

Adam warf Seth einen feindseligen Blick zu und wimmerte noch lauter.

»Ich fürchte, du mußt jetzt den Raum verlassen. Der Junge braucht seine Ruhe.«

Sie schickte ihn einfach aus dem Zimmer! Seth drehte sich abrupt um und ging rasch auf den Flur hinaus, damit er nicht etwas sagte, das er später bereuen mußte. Er stürmte in die Küche, wo Roselle und Martin gerade Kaffee tranken. »Was, zum Henker, geht hier vor? Ich fahre eine Woche weg, und was finde ich bei meiner Rückkehr vor? Ein Wrack von einer Frau in einem schmutzigen Kleid, die seit Tagen nicht mehr geschlafen hat, und ein greinendes, tyrannisches Kind! Was ist aus dem Jungen geworden, der den ganzen Tag lachte und juchzte? Wißt ihr, was sie gemacht hat, als ich vorhin in Adams Zimmer kam? Sie hat ihn *angebettelt*, daß er essen soll! Mein kleiner Sohn, der von morgens bis abends nur ans Essen dachte! Sie fleht ihn an, daß er etwas zu sich nehmen soll!«

Seth holte tief Luft. »Er hat offenbar in meiner Abwesenheit das Wort ›nein‹ gelernt. Er benützt es sehr häufig. Und dieser gottverdammte Löffel und das Tablett...«

»Mr. Colter, wir wissen Bescheid. Wir haben ja zusehen müssen, wie sich das alles so entwickelt hat.«

»Dagegen muß etwas unternommen werden. Vielleicht kann ich sie beim Abendessen ein wenig zur Vernunft bringen.«

»Dann wollen Sie also Ihr Dinner im Speisezimmer einnehmen?«

»Natürlich! Wo sonst?«

»Mrs. Colter benützt das Speisezimmer nicht mehr. Sie nimmt alle ihre Mahlzeiten im Kinderzimmer zusammen mit Master Adam ein.«

»Seit wann ist mein Sohn *Master* Adam?!«

»Mrs. Colter war der Ansicht, daß es dem jungen Herrn besser ansteht, Master genannt zu werden.«

»Dem jungen...!« Seth wirbelte wieder herum und stürmte aus der Küche. Er wahr wohl kaum in seinem Leben wütender gewesen als jetzt. Er mußte erst einmal Dampf ablassen. Vielleicht würde er sich nach einem Bad und einer Rasur so weit beruhigt haben, daß er mit Morgan in vernünftigem Ton reden konnte.

Nachdem er sich zum Dinner umgezogen hatte, war er immer noch wütend, hatte inzwischen aber erkannt, daß er an dieser Entwicklung nicht ganz unschuldig war. Lupita hatte recht, Morgan brauchte jemand, der ihr bei allen wichtigen Entscheidungen helfen mußte.

Sie saß neben dem Bett und las ihrem kleinen Sohn vor. Adam hörte ihr stirnrunzelnd zu. Wo war das heitere Kind geblieben, das lächelnd seine Grübchen zeigte?

»Morgan, bist du so weit, daß du mit mir zum Dinner hinuntergehen kannst?«

»Ich bleibe hier. Adam braucht mich vielleicht.«

Er hob ihre Arme an. Schweißränder zeichneten sich unter den Achseln auf ihrem Kleid ab. »Wie lange ist es her, seit du zuletzt ein Bad genommen hast?«

»Ich weiß nicht. Ich glaube, ich war so beschäftigt, daß ich nicht zum Baden gekommen bin.«

Seth zog sie an sich. »Mich stört es nicht. Ich liebe dich auch so. Komm mit mir hinunter zum Essen, und danach werde ich dir ein Bad richten und dich waschen.«

Hinter ihnen fing Adam laut zu quengeln an.

Morgan versuchte sich aus Seths Umarmung zu lösen. Er hielt sie fest, und sie blickte ihn wütend an. »Laß mich sofort los!« fauchte sie. Er war so verwirrt, daß er ihrer Aufforderung gehorchte, und sie eilte an das Bett ihres Sohnes, legte ihm die Hand auf die Stirn und seufzte erleichtert.

»Morgan, er ist nicht mehr krank, sondern vollkommen gesund. Er muß nur an die frische Luft, dort herumtollen oder sogar reiten.«

Sie drehte sich zu ihm um, stemmte die Arme in die Hüften und sah ihn böse an. »Reiten! Hat der Doktor nicht gesagt, das Fieber wäre von einem Insektenstich ausgelöst worden? Den hat er vermutlich bekommen, *als* er auf einem Pferd saß. Und wenn du jetzt hier im Zimmer bleiben möchtest, halt bitte den Mund, denn ich muß ein krankes Kind versorgen.«

Seth hätte schwören können, daß sein Sohn ihn triumphierend ansah. Er verließ das Zimmer und machte die Tür dabei nicht so leise zu, wie Morgan sich das vermutlich wünschte.

Das Dinner wurde zu einer einsamen Mahlzeit für Seth. Er starrte auf seinen Teller. Er hatte geschworen, auf sie zu warten – und wenn es Jahre dauern sollte. Aber er konnte nicht tatenlos zusehen, wie sie ihr Leben ruinierte und das seines Sohnes dazu. Doch was sollte er tun, um es zu verhindern? Nun, es würde ihm schon etwas einfallen.

Erst am nächsten Morgen begab sich Seth wieder ins Kinderzimmer. Morgan schlief. Sie sah noch schlimmer aus als am Tag zuvor. Er küßte sie auf die Wange, und sie schrak zusammen und war sofort hellwach.

»Hast du gut geschlafen?«

»Adam hatte eine unruhige Nacht.«

»Der Arme. Wie fühlt er sich denn heute morgen?«

»Ich glaube, es geht ihm schon besser, aber man weiß das nie so genau. Es ist so mühsam, ihn jetzt zum Essen zu bewegen. Roselle wird ihm heute Apfelkringel backen. Ich hoffe, ich kann ihn dazu überreden, daß er wenigstens einen davon ißt.«

Seth blickte sie lächelnd an. »Hättest du heute vielleicht Lust, unten mit mir zu frühstücken?«

»Nein, ich muß bei Adam bleiben, falls er etwas braucht.«

»Du hast recht, mein Herz – er könnte vielleicht etwas brauchen.«

Morgan erwiderte sein Lächeln. Sie war ihm dankbar, daß er so verständnisvoll war.

Er küßte sie wieder auf die Wange. »Es kann spät werden heute abend. Ich bin überzeugt, in meiner Abwesenheit hat sich vieles angesammelt, was ich erledigen muß.« Seth sah zu, wie

Morgan Adam die Stirn wischte. Er schnitt eine Grimasse und sah seinen Sohn dabei drohend an, und er hätte schwören können, daß er ein winziges Grübchen bei Adam bemerkte. Draußen im Korridor lachte er leise in sich hinein. Wenigstens war der Junge nicht so dumm, daß er nicht wußte, wie weit er dieses Spiel treiben durfte. Er würde die Situation wohl nur so lange ausnützen, wie es ging.

Morgan war das Problem.

Seth verbrachte den Tag damit, Arbeitstrupps zu bilden, sie in ihre Aufgaben einzuweisen und die Männer von seinen Plänen zu unterrichten. Als er zum Haus zurückkam, war es dunkel, und dessen Bewohner lagen alle schon im Bett. Roselle stand auf, als sie ihn in der Küche hörte.

»Mr. Colter, ich habe Ihnen das Essen warmgehalten.«

»Roselle, ich tue das nicht gern. Ich weiß, daß es schon spät ist – aber könnten Sie vielleicht Martin wecken? Ich habe etwas sehr Wichtiges mit Ihnen beiden zu besprechen.«

Es war schon früher Morgen, als er und die zwei Hausangestellten endlich ins Bett kamen. Als Seth sich auf seinem kühlen Laken ausstreckte, lächelte er. Er fühlte sich so gut wie schon lange nicht mehr. Alles war bereit. Nur war er nicht gerade stolz auf seinen Plan, sondern fand ihn sogar abscheulich. Leider wußte er kein anderes Heilmittel für die verfahrene Situation.

Als Morgan auf der Couch erwachte, schlief Adam noch. Sie fühlte sich noch müde, aber so kleine Unannehmlichkeiten nahm sie gern in Kauf, wenn ihr Sohn nur wieder gesund wurde. Sie konnte die schrecklichen Tage nicht vergessen, als er so krank gewesen war, dem Tode so nahe. Sie würde mit Freuden einen Teil ihres Lebens opfern, um ihn vor weiteren Leiden und Krankheiten zu bewahren. Es war ihre Schuld, daß Adam so krank geworden war. Wenn sie ihm nicht so viele Freiheiten gewährt hätte, würde er nie so krank geworden sein.

Irgend etwas stimmte nicht im Haus – es war zu still. Um diese Zeit waren seine Bewohner doch schon auf! Da konnte man Roselle in der Küche hören, und Carol brachte regelmäßig das Frühstück für zwei auf einem Tablett herauf. Adam öffnete die Augen und stöhnte. Sie eilte zu seinem Bett. In diesen ersten Sekunden nach seinem Erwachen mußte sie stets eine aufsteigende Panik niederkämpfen.

»Hast du Hunger, mein Baby? Essen?« Sie führte einen imaginären Löffel zum Mund.

Adam nickte kurz und schob dann schmollend seine Unterlippe vor.

»Carol ist spät dran heute morgen mit dem Frühstück.« Morgan ging zur Tür und sah auf den Korridor hinaus. Er war leer. »Ich möchte nur wissen, wo sie alle sind!« Sie rief nach Roselle und Carol, bekam jedoch keine Antwort. »Adam, mein Süßer, Mami muß dich einen Moment allein lassen. Du ruhst dich inzwischen aus. Ich bin gleich wieder zurück.«

Morgan öffnete jede Schlafzimmertür im oberen Stockwerk, doch die Zimmer waren alle leer. Sie blieb am Kopfende der Treppe stehen und rief, aber wieder bekam sie keine Antwort. Nervös rannte sie ins Kinderzimmer zurück. »Mami muß mal hinunter in das Erdgeschoß, aber sie ist gleich wieder zurück.« Sie küßte den Kleinen auf die Stirn. Wo stecken sie nur alle? Wie kamen sie dazu, sie und einen schwerkranken kleinen Jungen zu verlassen? Und zugleich regte sich Angst in ihr.

Das Eßzimmer war leer. Morgan wußte, daß Seth sein Frühstück immer im Erdgeschoß einnahm. Die Küche war ebenfalls leer, der Herd kalt, und nichts lag auf dem Arbeitstisch bereit. Die Angst breitete sich nun über ihren ganzen Körper aus. Irgend etwas hatte die Leute veranlaßt, das Haus zu verlassen!

Sie versuchte sich zu beruhigen. Es mußte eine einfache Erklärung dafür geben. Am liebsten wäre sie wieder nach oben gelaufen und hätte sich schützend vor Adams Bettchen gestellt.

Die Küchentür stand offen, und Morgan trat ins Freie. Die Sonne blendete sie. Sie hatte seit fast zwei Wochen Adams Zimmer nicht verlassen und war an diese Helligkeit nicht mehr gewöhnt. Auch die Stalltür stand offen, und sie lief darauf zu. Ihre Beine waren schwach und knickten fast unter ihr ein. Es war dunkel und kalt im Stall, und sie sah dort niemand.

Plötzlich hörte sie ein Geräusch in einer Box und seufzte erleichtert. Sie hatte wieder das Bild vor Augen, als sie Donaciano schlafend in einem Verschlag gefunden hatte. Wie froh würde sie sein, wenn sie den Jungen dort entdeckte!

Morgan machte zwei Schritte auf die Box zu und war auf einmal von völliger Dunkelheit umgeben. Irgend etwas drohte sie zu ersticken! Etwas sehr Schweres, das auf ihren Körper drückte und es ihr unmöglich machte, die Arme zu bewegen. Sie bekam keine Luft mehr. Da waren Hände – viele Hände –, die an ihr zerrten. Sie versuchte zu strampeln, aber das gewaltige Gewicht, das auf ihrem Körper lag, verhinderte auch das. Es schnürte ihr den Atem ab. Morgan schrie, aber es kam nur ein erstickter schwacher Laut heraus. Wo waren sie nur alle? War sie diesen Leuten, die sie überfielen, denn hilflos ausgeliefert?

Als man sie von der Stelle bewegte, wollte sie die Beine in die Erde stemmen, blieb aber mit dem Fuß in ihrem Rocksaum hängen und fiel auf die Knie. Da waren rauhe, grausame Hände, die ihre Arme nach hinten bogen. Und da war noch etwas. Ein Strick! Wenn sie doch nur hätte frei atmen können! Sie kämpfte gegen ihren unsichtbaren Gegner, rang mit ihm, schnappte nach Luft. Aber sie wußte nicht einmal, in welcher Richtung sich ihr Feind befand.

Morgan bemühte sich, aufzustehen, fiel jedoch nach vorn auf ihr Gesicht. Irgend jemand legte ihr einen Knebel an, und ein anderer band ihr ein Tuch um den Kopf, so daß ihre Augen bedeckt waren. Das schreckliche Gewicht wurde von ihrem Körper entfernt. Mit tiefen Zügen sog sie die kühle Luft in die Lungen, froh, daß sie wieder frei atmen konnte.

Hände zerrten sie in die Höhe und stellten sie auf die Füße. Dann wurde sie plötzlich hochgehoben, und etwas Hartes traf sie in der Magengrube. Morgan wurde mit dem Kopf nach unten getragen. Mit gefesselten Händen versuchte sie, ihren Peiniger wegzustoßen, traf aber nur eine Wand. Irgend etwas hielt ihre Beine wie mit einer eisernen Klammer fest.

Dann wurde sie plötzlich wieder umgedreht und auf die Füße gestellt. Morgan konnte einen schwachen Lichtschimmer durch ihre Augenbinde wahrnehmen und die Sonne auf ihrem Körper spüren. Sie drehte sich in die Richtung, aus der sie eine Stimme hörte. Da war doch jemand in ihrer Nähe. Bitte, hilf mir, schrie eine Stimme in ihrem Kopf. Bitte! Mein kleiner Junge braucht mich!

Es war fast genauso wie damals, als sie von Cat Man gefangengenommen worden war, aber damals war sie sich sicher gewesen, daß Seth sie wieder befreien würde. Diesmal war sie sich dessen gar nicht sicher. Dafür hatte sie ihn zu schlecht behandelt. Sie stöhnte, als sie quer über einen Sattel geworfen wurde und griff instinktiv nach dem Sattelknopf. Ihr Entführer stieg hinter ihr auf, und sie keilte mit aller Gewalt aus und traf ihn mit ihrem Absatz. Sie hörte, wie er scharf nach Luft schnappte. Sie wollte noch einmal nach ihm treten, aber ein Arm legte sich um ihre Taille, und als sie ihren Fuß hob, drückte dieser Arm sie so fest, daß ihr wieder die Luft ausging. Erschöpft gab sie auf.

Sie ritten eine lange Zeit. Morgan konnte nicht sehen, in welche Richtung sie sich bewegten. Sie mußte sich darauf konzentrieren, langsam zu atmen und sich auf dem Pferd zu halten. Gelegentlich hörte sie Wasser unter den Hufen des Tieres aufspritzen, als würden sie Bäche oder kleine Flüsse überqueren.

Allmählich setzte ihr Denkvermögen wieder ein. Vielleicht war der Verrückte, der sie auf dem Pferd festhielt, nur einer von vielen. Vielleicht hatten seine Komplicen Roselle und Martin bereits getötet. Und Seth! Konnte Seth sich gerettet haben? Sie hatte nicht oft an ihn gedacht in letzter Zeit, doch nun war sie sehr besorgt um ihn. Warum hatte sie ihn nur so schrecklich vernachlässigt in den letzten Wochen?

Irgendwann wurde sie abrupt vom Pferd heruntergehoben. Sie blieb unbeweglich stehen und konzentrierte sich darauf, nicht das Gleichgewicht zu verlieren. Hinter ihr ertönten Schritte, und dann wurde eine Tür geöffnet. Hände schoben sie durch die Tür und halfen ihr eine Stufe hinauf.

Morgan lauschte. Sie sog prüfend den Geruch brennender Holzscheite ein. Ihr Entführer umrundete sie. Sie hörte seine langsamen, leichten Schritte.

Dann spürte sie seine Hände auf ihren Schultern, auf ihrem Kopf, fühlte, wie das Band entfernt wurde, das ihre Haare zusammenhielt, zuckte zurück, als die Hände sanft ihre Brüste berührten.

Der Mann begann die kleinen Knöpfe an ihrem schmutzigen Baumwollkleid zu öffnen. Nein! Morgan schüttelte heftig den Kopf, doch er ließ sich davon nicht beeindrucken. Sie versuchte nach ihm zu treten, doch er wich ihr aus, und einen Moment später packte er sie wieder und riß ihr das Kleid vom Körper. Sie hörte Schritte und hatte den Eindruck, daß es plötzlich wärmer wurde. Er verbrannte ihr Kleid!

Dann schnitt er mit schnellen Bewegungen die Schnüre ihres Korsetts durch und ließ es zu Boden fallen. Nachdem er ihr auch noch das Hemd mit Gewalt vom Leib gezerrt hatte, warf er die beiden Kleidungsstücke ebenfalls ins Feuer.

Morgan hatte zuletzt alles wie erstarrt über sich ergehen lassen. Als sie spürte, wie ihr Entführer den Knoten ihrer Augenbinde löste, machte sie sich auf das Schlimmste gefaßt.

43

»Hallo, meine kleine Frau. Oh, nein, ich habe nicht vor, dir schon jetzt den Knebel abzunehmen. Ich habe dir eine Menge zu sagen und möchte nicht unterbrochen werden.« Seth befreite sie von den Fesseln an ihren Händen, und sie flehte ihn mit den Blicken an, ihr etwas zum Anziehen zu geben.

»Wie du siehst, habe ich soeben deine Kleider verbrannt. Ich beabsichtige, dich einige Zeit in diesem Zustand zu belassen.« Er setzte sich auf einen Stuhl neben den Kamin. »Komm ein bißchen näher. Ich möchte diesen Anblick genießen.« Er nahm ihren Arm, und sie versuchte vergeblich, sich aus seinem Griff zu befreien.

»Du bist wütend, nicht wahr?«

Sie nickte heftig und funkelte ihn dabei an.

»Also brauchst du eine Erklärung. Ich bin ein sehr geduldiger Mann, aber kein Märtyrer. Ich war, wie gesagt, bereit, jahrelang auf dich zu warten, doch das, was sich in den letzten Wochen auf den ›Drei Kronen‹ getan hat, hätte selbst die Langmut eines Heiligen erschöpft. Ich weiß, ich habe einen großen Fehler gemacht, aber...« Seth unterbrach sich und fuhr dann fort: »Also, Morgan, wenn du mich weiterhin so wütend anfunkelst, ist deine Stirn in zwei Tagen so voller Falten, daß du sie nie mehr wegbekommst. Ich weiß, daß ich die Dinge vereinfache, aber ich habe nun fast einen Monat lang geduldig zugesehen, wie du ›dein eigenes Leben führst‹. Und glaube mir – du machst ein Chaos daraus.«

Sie wollte sich wieder von ihm losreißen, doch er zog sie auf seinen Schoß und drückte ihren Kopf an seine Schulter. »Ich weiß nicht, ob ich mit meinen Erklärungen weit komme«, sagte er mit tiefer, etwas belegter Stimme, während er ihre Schenkel streichelte. »Als ich deinen Körper zum erstenmal sah, war er für mich eine große Überraschung. Und jedesmal, wenn ich ihn dann wiedersah – was selten genug geschah –, habe ich seine Vollkommenheit aufs neue bewundert.«

Seth küßte sie sanft auf die Wange. »Morgan, ich liebe dich so sehr. Ich dachte, alles sei wieder in Ordnung, als Gordon abreiste, aber dann wurde Adam krank, und ich mußte die Ranch verlassen, um Lupita nach Hause zu bringen. Als ich nach einer Woche zurückkehrte, erkannte ich, daß etwas unternommen werden mußte, und zwar rasch. Du brauchst jemand, der dir tatkräfig zur Seite steht, der dich liebt und sich um dich kümmert. Ich habe dich nur eine Woche lang alleingelassen, und schau dir nun die Folgen an! Du ißt nichts mehr, badest nicht mehr – du riechst schauderhaft, wenn ich ehrlich sein soll – und du verwandelst meinen netten, immer vergnügten Sohn in ein nörgelndes Monster.

Jedesmal, wenn ich nicht bei dir war, geschahen schreckliche Dinge. Ich habe den Wagenzug auf dem Treck nach Neu-Mexiko verlassen, um den Weg zu erkunden, und du wirst von diesem Cat Man geraubt. Ich komme zu spät zu einer Party und... nun, du weißt ja, was damals passierte.«

Morgan drehte den Kopf zur Seite.

»Ich konnte das nicht länger mit ansehen«, wechselte Seth abrupt das Thema.

Sie blickte fragend zu ihm hoch.

»Ich konnte nicht mehr tatenlos zusehen, wie du eine Närrin aus dir machst. Du brauchst mich.« Seine Stimme wurde leiser. »Möchtest du wissen, was ich nun mit dir vorhabe? Ich will dich hier festhalten, bis du deinen Zorn überwunden hast. Das kann vielleicht ein Jahr dauern. Und dann warte ich noch ein Jahr, bis du dir eingestehst, daß du mich liebst. Oh, du glaubst, das sei unmöglich? Da täuscht du dich sehr! Und während du dir überlegst, was du für mich empfindest, werde ich dafür sorgen, daß du ganz wild wirst vor Leidenschaft.«

Sie versteifte sich in seinen Armen.

»Nicht sofort natürlich. Zuerst einmal mußt du gebadet und gefüttert werden und ausruhen ...« Seth streichelte ihre weiche Haut. »Ich hoffe auch, daß es dir hier gefällt, weil Roselle – ja, Roselle – und schau mich nicht so an, als sei sie eine Verräterin, denn in der Scheune hätte sie *mich* fast verraten – Roselle also hat so viel Proviant eingepackt, daß wir mindestens einen Monat davon leben können. Wenn das nicht reichen sollte, sperre ich dich hier ein und hole Nachschub. Du, mein Schatz« – er küßte sie auf die Nase – »bist die Gefangene meiner Liebe.«

Er rieb seinen Stoppelbart an Morgans Bauch, und sie mußte wider Willen lachen.

»Sollte das ein Zeichen sein, daß deine Wut nachläßt? Ich werde dir den Knebel abnehmen, wenn du mir versprichst, nicht zu schreien – nicht, daß dich hier jemand hören würde, aber es täte meinen Ohren weh.« Er entfernte den Knebel.

»Seth Colter! Du bist der schrecklichste ...«

Er versiegelte ihr den Mund mit einem Kuß – einem sehr süßen Kuß.

»Du kannst mir nicht entrinnen, also entspann dich lieber.« Seth küßte sie erneut, und diesmal mit großer Leidenschaft. Als er sich schweratmend von ihr löste, sagte sie mit flehender Stimme. »Seth, Adam braucht mich.«

»In diesem Punkt, mein Schatz, irrst du dich sehr. Adam braucht dich nicht. Jedenfalls braucht er dich vorläufig nicht. Wenn du nämlich so weitermachst wie bisher, wird er noch als Mann von zweiunddreißig Jahren von seiner kleinen alten Mutter gewickelt, die sich seit seinem zweiten Lebensjahr nicht mehr gebadet hat.«

Morgan wollte protestieren, kicherte aber dann. Die Vorstellung war zu komisch. »War ich so schlimm?«

»Schlimmer. Noch so eine Woche, und er hätte das Laufen verlernt. Sprechen konnte er ja schon nicht mehr.«

»Aber warum dann die Entführung und das hier?« Ihr Blick wanderte durch die Hütte.

»Was würdest du wohl geantwortet haben, wenn ich gesagt hätte: ›Morgan, wäre es dir recht, wenn wir ein paar Wochen allein in einer Berghütte verbringen?‹!«

»Nun, ich würde...«

»...ein paar hundert Vorwände erfunden haben, weshalb das nicht geht!«

»Aber warum dann dieser Knebel, die Fesseln und das Herunterreißen der Kleider?«

»Ich mußte dich knebeln, weil du sonst auf dem Weg hierher ununterbrochen geschrien hättest, und ich hatte keine Lust, mich unterwegs dauernd mit dir zu streiten.« Er grinste sie an und zeigte dabei seine tiefen Grübchen. »Dir die Kleider herunterzureißen, war ein Herzenswunsch von mir. Ich glaube, daß ich im Grunde meiner Seele ein Pirat bin, ein Wilder.« Wieder kitzelte er sie mit seinem Stoppelbart.

»Seth« – sie mußte lachen –, und was geschieht jetzt?«

»Du wirst baden. Du riechst schlimmer als die Weidereiter in der Wohnbaracke.«

»Seth!«

»Das ist die Wahrheit. Wenn jetzt ein Bär durch die Tür käme, würde er glauben, du seist seine Gefährtin.«

»Du!« Morgan gab ihm einen spielerischen Klaps auf die Wange. »Warum kann ich nicht einen so romantischen Liebhaber haben, wie man sie in Romanen findet?«

»Welchen möchtest du denn gern haben – den Typ, der dich

auf die Erde wirft und seine Lust an dir stillt, oder den, der vor dir auf die Knie fällt und dir die Hand küßt?«

»Nun, ich weiß nicht...«

»Sag es mir, meine Ginevra. Ich bin dein Lancelot.«

Sie kicherte.

»Nun, Sir, die Kavaliersregeln verbieten es einem Ritter, seiner Dame zu sagen, daß sie – stinkt.«

»Mein Süßes – ah, vielleicht ist Süßes nicht das richtige Wort... Mein Schatz, du magst es glauben oder nicht, aber ich liebe dich noch immer... königliche Damen stinken nie. Sie nehmen Bäder.«

»Teurer Ritter, wollt Ihr diese Dame in ihre Badekammer führen?«

Seth hob sie lächelnd von seinem Schoß herunter, ging zur Tür und öffnete sie. »Eure Badekammer erwartet Euch!«

»Aber es ist kalt dort draußen. Laß uns hier etwas Wasser warm machen.«

»Ich habe einen großen Riegel parfümierter Seife bei mir, und ich gedenke, ihn ganz an deinen lieblichen Leib zu verschwenden.«

»Das ist alles gut und schön, aber ich bin ein erwachsener Mensch und durchaus in der Lage, mich selbst zu waschen.«

Seine Blicke liebkosten ihren Körper. »Ich kann sehen, daß du erwachsen bist, und eben deshalb habe ich vor, dich zu waschen. Und wenn du jetzt nicht vergewaltigt werden willst, solltest du lieber nach draußen gehen, wo ich mich abkühlen kann.«

Morgan zögerte noch.

»Er kniff sie ins Gesäß. »Also, los! Worauf wartest du noch.«

Sie eilte hinaus in die kalte Gebirgsluft und lief auf den Bach zu, den sie vor sich sah. Dort angekommen, warf sie Seth einen Blick zu, daß ihm der Atem stockte. »Seth...«

»Wenn du dich nicht beeilst und dein Bad hinter dich bringst, wirst du hier draußen noch erfrieren. Oh, nun weiß ich, wie wir es machen werden. Ich will mir doch nicht ein gutes Paar Stiefel ruinieren.« Rasch zog er seine Stiefel und die

Kleider aus, und Morgan erhaschte nur einen kurzen Blick auf seinen muskulösen Körper, bevor er sie energisch ins Wasser schob.

Sie schrie auf. »Es ist zu kalt!«

»Das ist schon in Ordnung. Es wird dir rasch warm werden.«

Er begann, sie so kräftig einzuseifen, daß Morgan das Gefühl hatte, ihre Haut löse sich von ihrem Fleisch. Sie flehte ihn an, es genug sein zu lassen, und er ließ sie ganz plötzlich los und seifte sich selbst ein.

»Du wirst mich doch nicht in diesem Seifenschaum stehenlassen, oder?«

Ohne ein Wort zu sagen, zog Seth sie an sich und fing an, sie leidenschaftlich zu küssen. Wie aus Versehen berührte sie sein Glied, und als er erschauerte und scharf nach Luft schnappte wurde ihr Griff fester.

Seth spülte die Seife von ihren Körpern ab, hob Morgan dann auf seine Arme und legte sie sacht in das weiche Gras, das am Bachufer wuchs.

Er drang mit einer Heftigkeit in sie ein, die ihr Verlangen noch mehr anstachelte. Ihre lang unterdrückte Leidenschaft führte sie rasch zum Höhepunkt.

Nachdem sie beide wieder ruhiger atmeten, drückte er einen zärtlichen Kuß auf ihre Lippen und rollte sich dann von ihr herunter.

»Lady Ginevra. Wenn Ihr nicht erfrieren wollt, sollten wir uns jetzt in unsere Gemächer zurückziehen. Außerdem hat Ihr treuer Lancelot Hunger wie ein Wolf. Wenn wir gegessen haben, fangen wir wieder von vorne an.«

»Du meinst, mit der Augenbinde und dem Knebel?« erwiderte Morgan scherzend. »Was war denn das für ein schweres Ding, das du über mich geworfen hast? Ich dachte schon, es würde mir das Genick brechen.«

»Ein schweres Ding?« Seth sah sie verwundert an und lachte dann. »Das war eine Steppdecke.«

»Es kann doch nicht nur eine Steppdecke gewesen sein. Ich fürchtete, ich müßte darunter ersticken.«

»Du wirst noch an Unterkühlung sterben, wenn wir jetzt nicht in die Hütte zurückgehen.«

Er zog sie mit sich und blieb erst vor dem prasselnden Kaminfeuer wieder stehen.

»Habe ich dir eigentlich schon gesagt, daß ich dich liebe?«

»Noch nie.«

»Kein einziges Mal?«

»Kein einziges Mal.«

»Gut, weil ich dich nicht liebe, sondern anbete. Du bist meine... Frau. Ja, meine Frau, Morgan«, sagte Seth ernst. »Empfindest du auch etwas für mich?«

»Nur eine flüchtige Zuneigung.« Morgan sah den Schmerz in seinen Augen und setzte schnell hinzu: »Seth, ich habe dich von dem Augenblick an geliebt, als ich dich zum erstenmal auf Cynthia Fergusons Ball sah, und ich fürchte, ich werde dich immer lieben – egal, was passiert.«

Sie sah ihm nach, als er wieder zur Tür ging. Im Licht des Feuerscheins schimmerte seine Haut wie Bronze.

»Wohin gehst du?«

»Meine Kleider holen. Und dann werde ich ein bißchen Holz hacken. In der Truhe dort sind Nahrungsmittel.«

»Nahrungsmittel?«

»Natürlich. Du wirst doch nicht vergessen haben, wie man kocht – oder?«

Morgan schnitt eine Grimasse. »Ich bin eine kostbare Gefangene und deshalb zu schade für niedrige Arbeiten.«

Seth setzte eine gespielt drohende Miene auf. »Wenn die Sachen, die ich mitgebracht habe, nicht im Kochtopf sind, sobald ich mit dem Holzhacken fertig bin, gibt es großen Ärger.« Sein Blick wanderte langsam und zärtlich über ihren nackten Körper. »Ich habe heute abend noch viel zu tun, und wie ich meine ›Gefangene‹ kenne, werde ich dazu viel Kraft brauchen.«

Er verließ die Hütte und machte die Tür hinter sich zu.

Morgan lächelte glücklich. Wie weit sie doch in so kurzer Zeit gekommen waren! Ihr alter Traum, ein zurückgezogenes Leben in Trahern House zu führen, bedeutete ihr nichts mehr.

Sie hatte alles, was man sich überhaupt nur erträumen konnte – ein Heim, ihren Sohn und ihren Mann.

Sie drehte sich zu der Truhe um. Es wurde Zeit, daß sie die erste von vielen Mahlzeiten zubereitete.

Roman

Von Jude Deveraux sind bisher erschienen:

10471 Die Ascotts – Judith
10513 Die Ascotts – Alicia
10567 Die Ascotts – Clarissa
10598 Die Ascotts – Fiona
10746 Und am Ende siegt die Liebe
10772 Geliebter Tyrann
10849 Dieses heißersehnte Glück
10886 Herz aus Eis
10932 Herz aus Feuer
10993 Die Verführerin
11216 Herz in Aufruhr